国家社科基金
GUO JIA SHEKE JIJIN HOUQI ZIZHU XIANGMU
后期资助项目

王安石诗歌研究史稿

（两宋时期）

The Research of History Draft on Wang Anshi's Poetry
During the Song Dynasties

徐　涛　著

中华书局
ZHONGHUA BOOK COMPANY

图书在版编目（CIP）数据

王安石诗歌研究史稿:两宋时期/徐涛著. —北京:中华书局,
2021.11
（国家社科基金后期资助项目）
ISBN 978-7-101-15390-3

Ⅰ.王… Ⅱ.徐… Ⅲ.诗歌研究-中国-宋代 Ⅳ.I207.22

中国版本图书馆 CIP 数据核字（2021）第 204375 号

书　　名	王安石诗歌研究史稿（两宋时期）
著　　者	徐　涛
丛 书 名	国家社科基金后期资助项目
责任编辑	王贵彬
出版发行	中华书局
	（北京市丰台区太平桥西里38号　100073）
	http://www.zhbc.com.cn
	E-mail:zhbc@zhbc.com.cn
印　　刷	北京瑞古冠中印刷厂
版　　次	2021 年 11 月北京第 1 版
	2021 年 11 月北京第 1 次印刷
规　　格	开本/710×1000 毫米　1/16
	印张 20¾　插页 2　字数 300 千字
国际书号	ISBN 978-7-101-15390-3
定　　价	86.00 元

国家社科基金后期资助项目出版说明

后期资助项目是国家社科基金设立的一类重要项目，旨在鼓励广大社科研究者潜心治学，支持基础研究多出优秀成果。它是经过严格评审，从接近完成的科研成果中遴选立项的。为扩大后期资助项目的影响，更好地推动学术发展，促进成果转化，全国哲学社会科学工作办公室按照"统一设计、统一标识、统一版式、形成系列"的总体要求，组织出版国家社科基金后期资助项目成果。

全国哲学社会科学工作办公室

目　录

绪　论

王安石是宋代诗坛大家，对王安石诗歌的研究，一直是学术界关注的热点，尤其是二十世纪以来，随着研究方法的深入开拓与研究视角的推陈出新，相关成果日益丰富，取得了巨大成绩①。不过比较遗憾的是，在这些丰硕的成果中，却缺少对王安石诗歌研究史的系统全面的考察与总结。傅璇琮先生曾在《唐才子传校注》一书的序中说："中国古典文学固然有悠久的历史，中国古典文学的研究同样有悠久的历史。我们需要有中国文学创作史的著作，同样需要有中国文学研究史的著作。我们应从学术史的角度对中国文学的发展作历史的审视，这样可能对文学史的研究提供值得借鉴的学术背景。也就是说，要开展对研究的研究。"②这就是强调对中国古典文学的"学术史"或"研究史"的深入展开。就宋代大家诗人而言，苏轼、黄庭坚的相关研究史或接受史均已纳入到学者研究的视野，并已有水准较高的成果问世，如曾枣庄、衣若芬、舒大刚等人合著的《苏轼研究史》、王友胜的《苏诗研究史稿》、郑永晓的《江西诗派研究史》、邱美琼的《黄庭坚诗歌传播与接受研究》、陈伟文的《清代前中期黄庭坚诗接受史研究》等③。相比较而言，王安石诗歌的研究史却鲜有学者问津④。

---

① 自 1912 年至 2014 年海内外学者研究王安石的著作、论文等，可参见张保见、高青青编：《王安石研究论著目录索引(1912—2014)》，四川大学出版社 2015 年版。

② 见〔元〕辛文房著，孙映逵校注：《唐才子传校注》序，中国社会科学出版社 1991 年版，第 5 页。

③ 曾枣庄等：《苏轼研究史》，江苏教育出版社 2001 年版；王友胜：《苏诗研究史稿》(修订版)，中华书局 2010 年版；郑永晓：《江西诗派研究史》，中国社会科学院博士学位论文，2003 年；邱美琼：《黄庭坚诗歌传播与接受研究》，江西人民出版社 2009 年版；陈伟文：《清代前中期黄庭坚诗接受史研究》，中国人民大学出版社 2012 年版。

④ 近年来有数篇硕士学位论文涉及到了这一题目，如符云辉：《南宋的王安石论》，复旦大学硕士学位论文，2001 年；刘文娟：《王安石诗歌在宋代的批评与接受》，北京师范大学硕士学位论文，2007 年；杨国文：《宋代王安石诗歌接受研究》，郑州大学硕士学位论文，2017 年；叶国云：《王安石诗歌接受史研究》，南昌大学硕士学位论文，2017 年；贾一星：《民国时期的王安石文学研究》，河北大学硕士学位论文，2018 年；安梦倩：《1949—1978 年的王安石文学研究》，河北大学硕士学位论文，2018 年；赵一曼：《改革开放以来的王安石文学研究》，河北大学硕士学位论文，2018 年；雷雪：《清代王安石诗歌接受研究》，郑州大学硕士学位论文，2019 年。

　　造成这种现象的原因，与人们对两宋诗坛的认知不无关系。从宋元时起，有些学者对宋诗发展演变的概括就是这样的："元祐后，诗人迭起，一种则波澜富而句律疏，一种则锻炼精而性情远，要之不出苏、黄二体而已。"①"自西昆体盛，襞积组错，欧、梅诸公，发为自然之声，穷极幽隐。而诗有三宗焉：夫律正不拘，语腴意赡者，为临川之宗；气盛而力夸，穷抉变化，浩浩焉沧海之夹碣石也，为眉山之宗；神清骨爽，声振金石，有穿云裂竹之势，为江西之宗。二宗为盛，惟临川莫有继者，于是唐声绝矣！"②这样的说法，给人以苏、黄在两宋诗坛独领风骚，而王安石却寂寂无闻，影响甚微的印象。这样一来，有关苏、黄诗研究史的关注热度自然要远大于王安石诗了。

　　自北宋后期至南宋末这一个半世纪的时间里，王安石诗是否真的淡出了宋人的视野呢？其实，若翻一下宋人的文集、诗话、杂史、笔记等，便可知事实绝非如此。实际上，宋人对王诗的辑录、整理与注释，对王诗的校勘、辨伪与系年，对王安石生平、思想与人格的讨论，对王诗的内容辨析、艺术探索与风格论定，对王安石艺术造诣与诗史地位的判定等，相关内容颇多，恰恰显示出宋人对这位诗坛大家的浓厚兴趣，若论材料之丰富，涉及层面之广泛，恐怕并不在对苏、黄的讨论之下。这就表明，对王安石诗歌研究的研究，实际上从宋代开始就有大量的材料可供深入整理和挖掘。

　　正如曾枣庄先生在《苏轼研究史》一书的前言中所说："苏轼是国内外研究得最多的文学家，今后研究苏轼的人仍会很多，很需要了解以前的研究状况，需要一部系统的入门书……最近几年各个学科都在进行本学科学术史的研究，总结以前工作的得失，展望今后的研究方向，这是一件对推动今后研究深入发展非常有意义的工作。"③王安石也许并不是"国内外研究得最多的文学家"，但可以肯定的是，研究他的人会越来越多。2016年，王水照先生主编的《王安石全集》十册由复旦大学出版社出版；2018年，刘成国撰写的《王安石年谱长编》六册由中华书局出版，这些学界久盼的基础性研究文献及资料成果的问世，将给王安石研究带来极大的推动与促进作用。在此基础上，对前人研究王安石文学的基本文献及在历代阐释中积累的丰厚成果进行总结与研究，同样是十分必要且有益的。有鉴于此，本书

①〔宋〕刘克庄著，王秀梅点校：《后村诗话》前集卷二，中华书局1983年版，第26页。
②〔元〕袁桷著，杨亮校注：《袁桷集校注》卷四八《书汤西楼诗后》，中华书局2012年版，第2104页。
③曾枣庄等：《苏轼研究史》前言，第23—24页。

选择了《王安石诗歌研究史稿》(两宋时期)这一题目,以期对两宋时期的王安石诗歌研究进行比较详尽的、系统的、整体的整理。

本书的主要内容分为五个方面:

第一,王安石诗歌在宋代的流传情况及其诗文集的编刻整理。王诗早年即以手书诗篇与诗卷的形式流传,促进了作品的交流与传播,并与诗人声名的高涨起到了双向互动的作用。这些手书诗篇在流传过程中成为了具有收藏价值的诗帖,至南宋时,收集、保藏王安石诗帖已成为宋人的好尚之一。王诗还以题诗(包括题壁、题牌、题画、题写真、题扇等)与石刻的方式流传,许多宋人因年代不久,都曾亲见其物并将其记录下来,这一方面体现了宋人弥足珍贵的文献意识,另一方面也反映了宋人对王诗的珍视与喜爱。王安石生前并没有为自己的作品编集,由于其特殊的政治地位,较早的王安石诗文集是由北宋徽宗时朝廷官方编修的,此即薛昂、王棣等先后主持的"官修本",是书在宣和六年(1124)之前应已编成,后在靖康战火中毁去。两宋之交时,王安石诗文集有"坊间本"与"闽浙本"流传于世;嗣后又相继出现了"临川本""龙舒本"与"杭本"等,这才为王安石诗提供了比较可靠的本子,不过这几部集子无论是在校勘、辨伪还是辑佚等方面,都还有不少问题存在。宋人还为王安石诗编过几种选集,包括陈辅编的《半山集》、北宋刊印的《半山别集》、汪藻编的《临川诗选》、吴说编的《古今绝句》,以及南宋人编的《荆公律》等。总结王诗在宋代的流传及宋人对王诗的整理编集情况,可以反映宋人对王安石诗的关注程度。

第二,李壁注王安石诗歌的特点及意义。李壁的《王荆文公诗注》,是最有价值的宋诗宋注之一,该书不仅有重要的文献价值,更还通过笺注的方式,表达了对王安石政治、学术、人格的评价,以及对王诗创作背景、内容意蕴、艺术特点的分析考辨等。与当时"共惩荆舒"的议论风气不同,李壁对王安石新法的态度较为宽容,他也批评新法的具体措施和造成的后果,但对王安石施行变法的"本意"给予了"同情之理解",肯定了荆公的淑世精神与为国之心。在对王安石学术的评价上,李壁既不似南宋某些学者那般直斥其为"邪说",也没有刻意偏袒维护,而是有褒有贬,既有具体讨论,也有总体判断。在人格评判方面,李壁多为王安石辩诬,并赞许其宠辱不惊、超然恬淡的人格风度,但对荆公性格上的某些缺点如好诋排、好与人争等,也并未刻意回避。对王安石诗,李壁注对其所蕴含的深意进行了深度挖掘与阐发，不仅清晰解释了诗意，更深入反映了诗人的精神世界，他还常常自发议论、断以己意，将自己的阅读经验和议论掺杂在注释之中。在艺术分析上，李壁注探讨了王诗的下字、对仗、用典、句法、章法、风格、点化、渊源等各个层面，突出了其精工锻炼，追求新奇，讲究无一字无来处，融合新意与法度，兼具妙理与豪放的创作特点，由此进一步凸显了王诗的宋诗特质；同时，通过对王诗艺术手段细致入微的分析，既揭示了王安石创作时的"诗法"，也体现出了李壁"金针度人"的愿望，对后人领略荆公诗的艺术魅力有启发之功。

第三，宋人对王安石人品的争议，并在"诗如其人"的观念影响下对王安石某些作品的特殊解读与批评。历史上对王安石其人的评价极其纷纭复杂，可以说是毁誉参半，这种情况自宋代起就已存在，可大致分为三个阶段。第一阶段，熙丰变法前后。王安石早年以德行器业与学术文章著声于朝野上下，后来因熙丰变法的展开而引发不满与批评之声渐高；随着党争的加剧，王安石的为人处世等品格问题也招致了旧党的质疑与指责。第二阶段，北宋后期至南宋初期。随着北宋后期政治恶化、党争加剧，以及靖康之难、北宋灭亡等政治局势的风云变幻，这一时期对王安石的评价，比起熙丰时期更加跌宕起伏、大起大落；尤其是随着宋高宗赵构建立起南宋政权，对王安石及其变法的批评与清算就开始成为朝野上下的共同呼声，指责王安石"祸国殃民"，批评其学术为"异端邪说"，以及抨击王安石为"奸邪小人"的议论得到了极大的推动并迅速蔓延。第三阶段，南宋中后期。这一时期对王安石的评价仍以批评贬斥为主，尤其是南宋大量官私史书对王安石变法的反复否定和理学兴盛并逐步取代新学成为正统学术，将王安石斥为"小人"的评价几乎成了历史定谳。不过，较为难能可贵的是，也有个别南宋学者能够将王安石的人品与政治、学术区别对待，即使否定、批判其新法与新学，也能对荆公之人格作出较为公允的评价。宋人越来越重视人品与诗品的对应关系，所谓"诗如其人"，对王安石人格的"小人化"批评也就影响到了对他作品的解读与阐释。最典型的是对《商鞅》《明妃曲二首》的批评，某些批评者站在道德大义的名分上，对诗作大意进行了歪曲解读，以便进一步证明王安石"心术不正"，而其中实际羼杂了党派斗争等更加复杂的因素，并非纯粹的文学批评。通过揭示王安石被"小人化"的评价过程，以及个别宋人对其诗作的"特殊"解读，可以在一定程度上反映出宋代政治局势的反复变化、学术的正统之争等对宋人评价王安石人格及其诗歌的影响，并为王安石自古以来即遭受褒贬不一的评价找到更深层的历史原因。

第四，宋人对王安石诗的文学评价，以及王诗在宋代诗史发展中的影响与传续。宋人深入分析了王安石诗下字的精严烹炼、用典的丰赡自然、对仗的精工极巧、格律的谨严谐婉，以及善于夺胎换骨等艺术特点，并指出荆公诗的整体风格即精致工丽、精益求精，而对其是否达到了返归自然平淡之境，则存在不同看法。从题材内容上看，王安石的咏史诗、写物诗往往成为宋人热议的话题；而从体裁上看，他的近体诗尤其是绝句，以及集句这一比较特殊的诗体形式，也为宋人所津津乐道。对王安石的诗史地位，宋人通过对王、苏、黄的比较，大致形成了三种看法：一是推崇苏、黄在王之上；二是推崇王在苏、黄之上；三是王、苏、黄并称，将他们共同视为宋诗发展的高峰与典范。后世多以苏、黄为宋诗典型，但其实第三种看法在宋人中也相当具有普遍性。王安石既在宋人心目中有崇高的诗史地位，则他对宋代诗坛的影响也就绝非如某些论者所说的"惟临川莫有继者"①。实际上，王安石身边即围绕着一批年轻诗人，形成了所谓的"王门诗人群"，并且受到了王安石艺术旨趣与创作精神的陶冶浸润。更加重要的是，王安石的艺术精神还通过"王安石—黄庭坚—江西诗派"这一条诗学潜流的隐性传承，在江西诗派盛行的南宋初期继续发挥影响。南宋中兴诗坛，与江西诗派渊源甚深的杨万里也十分推崇王安石，但他学习王诗是因为后者与晚唐诗接近，由此显示出了南宋诗学风尚的转变，从而将王安石与唐诗联系在了一起。随着南宋诗坛风气向唐诗的转向，推崇晚唐的"四灵"、江湖派相继兴起，王安石诗因被赋予了接近唐体的意义，故又受到了宗尚唐风的南宋诗人的关注。通过对王安石诗在宋人中的评价与影响的探讨，可以大致描绘出宋人对王安石诗的整体看法与评价，透视宋诗发展演变带来的文艺思潮变化，以及由此造成的宋人对王安石诗传承与接受的不同风尚。

第五，方回、刘辰翁对王安石诗的选评与评点。方回、刘辰翁均为宋末元初的诗评家，在文学批评领域有较大影响，且其批评方式亦各具特色，两人都对王安石诗有比较独到的评价和看法。方回的评论主要见于其编选的唐宋律诗选本《瀛奎律髓》，是书选王安石诗81首，数量在宋人中排第

---

① 〔元〕袁桷著，杨亮校注：《袁桷集校注》卷四八《书汤西楼诗后》，第 2104 页。

四。不过，对王诗的评价还要从方回本人诗学思想体系的整体来看。针对宋末诗坛的弊端，方回认为荆公诗的"精工"与"细润"，在一定程度上融合了"宋诗"与"唐诗"（尤其是杜甫、晚唐一路）的特质，不失为疗救宋诗发展末流之弊的一种选择。但这并非方回的最佳选择，他的理想诗学途径，一是重振"江西"，标举"劲健清瘦"以臻"格高"之境；一是兼容"盛唐"，崇尚"圆熟自然"而具"韵胜"之致，前者的典范是陈师道，后者的典范是梅尧臣。理解《瀛奎律髓》对王安石诗的褒或贬，都不能脱离方回对宋诗发展的这一总体建构。刘辰翁对王安石诗的评点，内容也比较丰富，并非只有艺术评鉴，对王诗的诗意、深层意蕴及主旨也时有阐论并不乏新见，扩大了对王安石诗意的解读空间；受《古文关键》等评点著作的影响，刘辰翁对王安石诗的章法脉络与构思进行了深刻点评，这是宋代其他诗评者较少关注的方面；刘辰翁还以"悲剧精神"观照荆公的情感世界，对王安石诗中蕴含的"悲愤哀怨"之情进行了揭示；刘辰翁还从"言意"关系的角度指出了王诗的"自然"风格，认为其与魏晋时期诗歌的自然本色有相通之处。此外，刘辰翁利用评点符号进行的圈点，也有其独特的诗歌鉴赏意义。

王友胜在《苏诗研究史稿》的引论中是这样界定苏诗之"学术史"的："'学'指历代苏诗研究的基本内容，如对苏诗的辑录、整理与注释，对苏诗的系年、校勘与真伪考辨，对苏诗的选录、评点与研究，还包括对作者生平、思想的研究，年谱、传记的写作等内容。'术'指研究者在研究过程中体现出的学术思想与治学方法、原则，也指众多研究者彼此之间的学术风气、影响以及所体现出的时代学术思潮、文艺思想等。以上两方面相辅相成，缺一不可。"[①]本书作为王安石诗歌研究史的一部分，亦将遵循"学"与"术"相结合的研究方法：

一是对史料文献的广泛占有与甄别考辨。宋人论王安石的材料极其丰富博杂，在搜集文献的过程中，本书将力求做到竭泽而渔，详尽地占有史料。当然，这些材料不可能全部呈现在本书中，而且许多材料也存在疏误、浅陋、重复等弊病，故此就要做必要的筛选与汰择工作，去粗取精，去伪存真，力争做到充分运用而又能准确理解材料，使研究中所使用的材料具有典型性。例如对薛昂编纂的王安石文集官修本成书与否的问题，历来就有

不同看法,今人多赞同《四库全书总目》的推测,对其已成书持怀疑态度。而笔者发现,韩驹曾在两道奏疏中提到了官方编纂的王安石集。前人之所以没有注意这两则材料,或是由于疏漏,或是因为《历代名臣奏议》将这两道奏疏系于南宋高宗时,故没有引起人们的重视。本书通过考证,发现韩驹这两道奏疏是呈给徽宗而非高宗的,这就提供了明确证据,证明北宋官方编纂的王安石集在宣和年间就已经成书并颁行于世了。再如对刘辰翁评点王安石诗的版本选择,因刘评是以李壁注本为依托的,故此容易形成一个误区,即认为李壁注的善本也是刘辰翁评点的善本。而笔者通过比勘发现,作为李壁注善本的朝鲜活字本,相比元大德年间的王常刊本,所收刘辰翁评有大量缺失,且个别异文亦不如后者精审,因此要研究刘辰翁对王安石诗歌的评点,还必须参照王常刊本。在广泛搜罗文献的过程中,笔者也发现了一些前人有所忽略的材料,如南宋人曾以王安石的律体诗编选过名为《荆公律》的选本;南宋理学家黄震《黄氏日抄》的第六十四卷是对王安石诗文的评价专卷;南宋中后期一部分诗人有效仿王安石的创作倾向;等等。

　　二是历史与逻辑相统一的思维方法。宋人对王安石及其诗歌的评价并不是一成不变的,而是随着宋代各个历史时期不断变化,描述这些评价变化的脉络与历程,正是本书的题中之义。当然,描述现象并不是最终目的,还要进一步挖掘现象背后的原因、规律及意义,因此本书力求结合宋代政治、学术的改弦更张,以及诗史发展演变与文艺思潮的改变,深入揭示导致王诗评价变化的更深层本质,以此做到历史与逻辑的统一。例如宋人对王安石人品的评价,就是随着变法、党争等政治局势的变化而不断反复的;并且在南宋朝廷的意识形态主导下,王安石的历史形象被刻意“妖魔化”。与此同时,理学与新学的道统之争,也对王安石的“小人化”起到了推波助澜的作用。又因为宋代诗学十分关注人品与诗品之间的对应关系,对王安石人格的评价自然又延伸到了对其诗品的评价;不过这种评价并没有保持文学评价的纯粹性与客观性,而是与党争、政治、学术之争等复杂因素纠结在一起,往往沦为了人格诋毁和道德审判的工具。由此可见,宋人对王安石《明妃曲》《商鞅》等诗歌的批判,其背后存在着非常复杂的政治、历史与文化背景,只有摸清这些隐藏在文学背后的东西,才能真正理解评价的内涵与意义。再如宋人对王安石诗的诗学定位及传承等,也是随着宋代诗学思潮的变迁而变化的。梁启超、徐复观、内山精也等学者都曾指出过王安石对黄庭坚及江西诗派的影响，"王安石—黄庭坚—江西诗派"被视为宋诗发展的一条潜流；而随着南宋诗学由"江西"向"唐诗"的回归，"江西诗派—王安石—唐诗（晚唐）"的诗学脉络又对王诗有了新的诗学定位，王安石与唐诗尤其是晚唐诗之间的密切联系，也就顺理成章地引起了后来宗唐诗人（包括江湖派）的关注。到方回时，因其对南宋末流诗风的不满，遂主张重振"江西"或兼容"盛唐"，王安石诗风则因处于两者之间（在"唐诗"方面更偏于"晚唐"），故此没有成为方氏理想的诗学选择。总而言之，考察宋人对王安石诗的评价，只有将其置于所处的历史时代和诗史脉络中去观照，才能得出真实可靠的结论。

　　本书希望通过对两宋时期王安石诗歌研究的考察，能够获得以下的研究价值：一是对宋人重要评价的汇总与梳理。从事王安石诗的研究，必须对前人的成果有所了解，而宋人对王安石诗的研究十分丰富，有必要对这些材料认真辑录、仔细考辨与准确理解，看看前人都提出和解决了哪些问题，从而汲取其学术养分，为今人的研究提供助益。二是重新审视、界定王安石在宋代诗坛的地位。今人对王安石诗歌的研究虽已取得了显著成绩，但相比于苏轼、黄庭坚而言，仍稍显薄弱，这与王安石的诗史地位有关。实际上，通过宋人对王诗评价的考察，可以发现王安石的诗史地位在许多宋人看来并不逊色于苏、黄，而且他对宋代诗坛的影响也一直作为一条潜流存在。这有利于我们了解王安石在宋人心目中的实际地位，从而更好地界定王安石研究的诗史意义及价值所在。三是为元明清时期的王安石诗歌研究提供基础，进而为完整的王安石诗歌研究史做好铺垫。从学术史的角度看，宋人对王安石诗歌的研究是后世研究的基础，元明清时期对王安石的许多评价都由宋人的评价衍化而来，只有将宋人的评价了然于胸，才能甄别后世的评价究竟哪些是陈陈相因，哪些是真知灼见，找到真正有学术价值的研究点，完成元明清人论王安石诗的研究课题，进而更好地构建起王安石诗歌研究史的完整框架。

　　当然，由于笔者功力的不足，目前仅完成了两宋部分，且对许多问题的探讨还有进一步深入提高的可能；至于一部完整的王安石诗歌研究史的完成，则更是有待继续努力了，故此本书只能以"史稿"命名。

第一章 王安石诗的流传方式与
宋人对荆公诗文集的整理

宋诗大家多喜自编诗文集,如欧阳修编有《礼部唱和诗》(总集)、《居士集》,苏轼有《南行集》(总集)、《岐梁唱和诗集》(总集)、《汝阴唱和集》(总集)、《眉山集》《钱塘集》《超然集》《黄楼集》《和陶诗》,黄庭坚有《焦尾集》《敝帚集》《退听堂集》,等等。而同样身为诗坛大家的王安石,生前却几乎没有自编诗文集传世。《宋史·艺文志》载王安石《建康酬唱诗》一卷、《送朱寿昌诗》三卷①,但因二书久佚,且宋人公私书目中亦别无旁录,故今人多对其是否为荆公亲自所编存有疑问②。有学者认为王安石一生主要致力于变法改革,故无暇整理文集③,此说有一定道理。不过,考虑到王安石晚年罢相后曾有十年过着闲居林下的生活,时间颇为充裕,而他亦未曾自编文集,这恐怕还与以下几个原因有关:其一,王安石本人虽文才卓越却并不肯以文人自居,宋人谓"王介甫刻意于文而不肯以文名,究心于诗而不肯以诗名"④,因此对荆公而言,他虽喜好诗文,却并没有普通文人那种编文集以传世的迫切愿望。其二,王安石晚年虽赋闲在家,却将一定精力投入到了《字说》的创作中,这是远离朝堂的他为巩固新学所做的进一步努力。《字说》成书于元丰三年(1080)或四年(1081)⑤,由此可知王安石归隐后的最初几年仍是专心于新学的传播与推广,而对自编文集一事恐怕并未特别在意。其三,王安石似有意将编文集之事交托给门人弟子来完成。《西清

---

① 〔元〕脱脱等:《宋史》卷二〇九,中华书局1977年版,第5406页。
② 参见高克勤:《王安石著述考》,《复旦学报》(社会科学版)1988年第1期。按:此文收《送朱寿昌诗》及《建康酬唱诗》,然未论编者为何人。又可参见汤江浩《北宋临川王氏家族及文学考论——以王安石为中心》:"《建康酬唱集》是否收有其他人的唱酬之作,也不得而知。《送朱昌寿诗》三卷,无疑收录了当时众人之作……王安石此诗也一定收入该集。但此集不属王安石个人独集,且此集是否为王安石所辑,亦有可疑。"(人民文学出版社2005年版,第278页。)
③ 王岚:《宋人文集编刻流传丛考》,江苏古籍出版社2002年版,第156页。
④ 〔宋〕沈作喆:《寓简》卷八,〔清〕鲍廷博等辑:《知不足斋丛书》,上海古书流通处1921年影印。
⑤ 李德身:《王安石诗文系年》,陕西人民教育出版社1987年版,第262页;刘成国:《王安石年谱长编》卷七,中华书局2018年版,第2079页。

诗话》有这样一条记载："王文公云：'李汉岂知韩退之，缉其文，不择美恶，有不可以示子孙者，况垂世乎？'以此语门弟子，意有在焉。"①王安石以李汉为韩愈编《昌黎先生文集》的例子，提醒门人弟子编定业师文集时一定要谨慎汰择，断不可"不择美恶"。所谓"意有在焉"，似乎就是属意于门人效仿李汉，在其身后为之编文集，但去取要尤为精审慎重。

第一节　王安石诗的流传情况

尽管无自编诗文集传世，但这并不妨碍王安石诗的传播，而其传播的方式也十分多样，包括手书诗篇与诗卷、诗帖、题诗以及石刻等等，由此反映出了宋人对王诗的喜爱。兹分别论之。

一、手书诗篇与诗卷

早年，王安石诗主要是以手书诗篇或诗卷的方式流传的。现存较早的一条材料见于欧阳修庆历三年（1043）写给沈遘的书简《与沈待制遘二通》（其一），文中云："介甫诗甚佳，和韵尤精，看了却希示下。"②王安石庆历二年（1042）登杨寘榜进士第四名，据传安石本中状元，因卷中有语忌犯讳，才与第四名杨寘对调名次③。其时沈遘充天章阁待制④，欧阳修权同知太常礼院，皆在京师，因此听闻了王安石这位名列上第的新科举人。据书简推断，当时欧阳修对王诗已颇为关注⑤，对其"和韵"尤为赞赏；而王安石恰有

---

① 〔宋〕蔡絛：《西清诗话》卷下，张伯伟编校：《稀见本宋人诗话四种》，江苏古籍出版社 2002 年版，第 216 页。

② 〔宋〕欧阳修著，李逸安点校：《欧阳修全集》卷一四八，中华书局 2001 年版，第 2435 页。

③ 参见〔宋〕王铚著，朱杰人点校：《默记》卷下，中华书局 1981 年版，第 38—39 页。

④ 按：此时沈遘充天章阁待制为贴职，其实际职事应为侍御史或盐铁判官。〔元〕脱脱等《宋史》卷三〇二《沈遘传》："庆历初，为侍御史。"（第 10030 页）；〔宋〕李焘《续资治通鉴长编》卷一四四："（庆历三年十月丙午）盐铁判官、兵部员外郎沈遘为直史馆，京东转运按察使。"（中华书局 1995 年版，第 3480—3481 页。）

⑤ 〔元〕脱脱等《宋史》卷三二七《王安石传》："友生曾巩携以示欧阳修，修为之延誉。擢进士上第。"（第 10541 页。）按：王安石与欧阳修定交，曾巩起到了重要作用，但《宋史》之说有误。盖王安石、曾巩定交于庆历元年（1041），曾巩游于欧阳门下亦在是年，但曾巩作《上欧阳舍人书》《再与欧阳舍人书》等文向欧阳修荐王安石，则是庆历四年事。参见李震《曾巩年谱》卷一，苏州大学出版社 1997 年版，第 78 页。由此可知，欧阳修通过曾巩交往王安石当在庆历四年后。然今据欧氏《与沈待制遘二通》一文，则又可知欧阳修对王安石及其诗的关注或更早于曾巩推荐之前，只不过欧、王二人此时尚无进一步的来往而已。

诗卷赠与沈邈,故欧请沈看过后再转交他一阅。这说明年轻的王安石虽然刚刚步入仕途,但其诗篇已经得到了一些士大夫的赏识并传阅。

此后王安石历任扬州签判、知鄞县、舒州通判等职,与东南士人曾巩、陈升之、孙侔、丁宝臣、邵必、朱明之、孙觉、王令等交流学问、酬赠诗文,声名渐显于东南。而其诗名大盛当始于嘉祐年,这与王安石在此期间参与了以欧阳修、梅尧臣等为首的汴京文学圈并大放异彩,以及欧、梅等人对他的揄扬推重有很大关系。北宋嘉祐间的京城汴京,以欧阳修为中心,大批文人学士聚集在他周围,形成了规模庞大的京城文人集团,开始了规模空前的唱和活动。作为唱和群中的一员,王安石凭借着超卓的诗才,很快即脱颖而出,成为了嘉祐诗坛的生力军。宋人的记载可以略见当时情景:"王介甫、欧阳永叔、梅圣俞,皆一时闻人。坐上分题赋虎图,介甫先成,众服其敏妙。永叔乃袖手。"①"荆公在欧公坐,分韵送裴如晦知吴江,以'黯然消魂唯别而已'分韵。时客与公八人:荆公、子美、圣俞、平甫、老苏、姚子张、焦伯强也。时老苏得'而'字,押'谈诗究乎而'。荆公乃又作'而'字二诗:'采鲸抗波涛,风作鳞之而',盖用《周礼·考工记·瓬人》'深其爪,出其目,作其鳞之而';又云:'春风垂虹亭,一杯湖上持。傲兀何宾客,两忘我与而',最为工。"②根据以上两则材料,完全可以得出这样的结论:嘉祐间的欧、梅等为诗坛耆宿,而作为后起之秀的苏洵父子尤其是苏轼尚未称雄于诗坛,王安石实际上已成为欧、梅之后最令人瞩目的诗坛中坚力量。

此时只要王安石诗作一出,即会屡屡得到师友们的关注、唱和,最著名的例子就是《明妃曲二首》的酬唱活动。此事发生在嘉祐四年(1059),由王安石首唱,欧阳修、梅尧臣、曾巩、司马光、刘敞等人随即和作,在当时诗坛上产生了不小的轰动与影响。除王安石本人的原唱两篇洵为经典佳作外,欧阳修也自诩其和作两首为平生诗篇之冠。叶梦得曾云:"余尝于其家见欧阳文忠子棐以乌丝栏绢一轴,求子厚书文忠《明妃曲》两篇,《庐山高》一篇。略云:'先公平日,未尝矜大所为文,一日被酒,语棐曰:吾《庐山高》,今人莫能为,惟李太白能之。《明妃曲》后篇,太白不能为,惟杜子美能之;至

---

① 〔宋〕蔡絛:《西清诗话》卷中,张伯伟编校:《稀见本宋人诗话四种》,第203—204页。
② 〔宋〕龚颐正:《芥隐笔记》,王云五主编:《丛书集成初编》,商务印书馆1937年版,第312册,第11—12页。按:此则材料本身亦有误,"子美"即苏舜钦,卒于庆历八年,实不能与会。

于前篇,则子美亦不能为,惟我能之也。'"①才学相当的诗友在往来唱和中常常能激发出对方的创作潜力,从很大程度上讲,欧诗和作的成功正是因为受到了王安石原作"刺激"的结果。而王安石的《明妃曲二首》不仅在京城文友间流传,就连身处江湖之远的少年诗人黄庭坚也见闻了这两首诗作,据李壁《王荆文公诗注》云:"山谷跋荆公此诗云:荆公作此篇,可与李翰林、王右丞并驱争先矣。往岁道出颍阴,得见王深父先生,最承教爱。因语及荆公此诗,庭坚以为词意深尽,无遗恨矣。深父独曰:'不然。孔子曰:夷狄之有君,不如诸夏之亡也。人生失意无南北,非是。'庭坚曰:'先生发此德言,可谓极忠孝矣。然孔子欲居九夷,曰:君子居之,何陋之有? 恐王先生未为失也。'明日,深父见舅氏李公择曰:'黄生宜择明师畏友与居,年甚少而持论知古血脉,未可量也。'"②郑永晓《黄庭坚年谱新编》将此事系在嘉祐四年③,李常(字公择)、王回(字深父)皆与王安石友善,很可能是王氏将诗稿寄与二人,而黄庭坚就从他们那里听闻或直接阅读了此诗的手稿。总之,这都足以说明当时王诗的流传已经十分迅速、广泛,成为了士人们竞相传诵的对象。

　　有两则例子可以进一步证明这一点。其一,欧阳修嘉祐二年(1057)的书简《与王文公三通》其二云:"近得扬州书,言介甫有《平山诗》,尚未得见,因信,幸乞为示。"④其时,王安石出京知常州,过扬州时作有《平山堂》一诗,欧阳修从知扬州的刘敞处听闻此事,遂即致书王安石本人索其诗篇。其二,欧阳修嘉祐四年(1059)的书简《与刘侍读二十七通》其八云:"昨日奉见后,遂之北李园池,见木阴葱翠,节物已移,而原父独不在,但终席奉思。加以风沙,益可憎尔。辄此奉报。前承要介甫诗,谨以咨呈,其一二篇不当传者,特为剪去之矣。"⑤据文意可知,这是刘敞向欧阳修索观王诗,故欧作此书以答。欧阳修还对王诗进行了删择,这或许与王安石嘉祐三年(1058)

---

①〔宋〕叶梦得:《石林诗话》卷中,〔清〕何文焕辑:《历代诗话》,中华书局1981年版,第424页。

②〔宋〕王安石著,〔宋〕李壁笺注,高克勤点校:《王荆文公诗笺注》卷六,上海古籍出版社2010年版,第141—142页。

③郑永晓:《黄庭坚年谱新编》,社会科学文献出版社1997年版,第12页。

④按:原文题下注云"嘉祐元年",见〔宋〕欧阳修著,李逸安点校:《欧阳修全集》卷一四五,第2368页。然据今人考证,王安石是嘉祐二年离京赴知常州的,见李德身:《王安石诗文系年》,第97页;刘成国:《王安石年谱长编》卷三,第396—397页。

⑤〔宋〕欧阳修著,李逸安点校:《欧阳修全集》卷一四八,第2421页。

提点江东刑狱时"得吏之大罪有所不治,而治其小罪。不知者以谓好伺人之过以为明,知者又以为不果于除恶",遂"自江东日得毁于流俗之士"有关①,王诗可能颇含激愤之意,故欧阳修要加以拣择后再寄给刘敞,以免其流布于外。这样做当然是欧阳修这位文坛兼政坛前辈出于保护王安石的好意,但恰从一个侧面反映了王安石诗的影响之大、流传之广,其传播早已不限于师友之间,因此才要谨慎地汰择"不当传者"。

据说欧阳修在遇到苏轼之前,本有意将文坛盟主的地位传与王安石,其《赠王介甫》诗云"翰林风月三千首,吏部文章二百年。老去自怜心尚在,后来谁与子争先"②,就是以他本人最为推崇的李白、韩愈许之。但以"师儒"而非"文士"高自期许的王安石却并不以接掌文坛为意,"文忠还朝,始见知,遂有'翰林风月三千首,吏部文章二百年'之句。荆公犹以为非知己也,故酬之曰:'它日倘能窥孟子,此身何敢望韩公。'自期以孟子,处(欧)公以为韩愈,公亦不以为嫌"③。不过,尽管无意以"诗人"自处,但受嘉祐诗坛唱和氛围的影响,王安石还是具有让诗作传播的主动意识的,如其《伴送北朝人使诗序》云:"某被敕送北客至塞上,语言之不通,而与之并辔十有八日,亦默默无所用吾意。时窃咏歌,以娱愁思,当笑语。鞍马之劳,其言有不足取者,然比诸戏谑之善,尚宜为君子所取。故悉录以归示诸亲友。"④王安石在嘉祐五年(1060)春曾伴送契丹使臣至北境,沿途作有《澶州》《王村》《发馆陶》《道逢文通北使归》《飞雁》《爱日》《河间》《白沟行》《涿州》《北客置酒》《欲归》《出塞》《入塞》等诗⑤。由序文可知,王安石将北使途中的这些诗作进行了汇录,其目的即是"归示诸亲友",亦即主动将作品在诗坛散播流布。《伴送北朝人使诗》也许还是王安石唯一的带有明确流传目的的自编诗集,据龙舒本《王文公文集》所收《入塞二首》其二题下注:"此一首误在《题试院壁》,观其文乃是出塞辞,《奉使诗录》不载,恐脱,不敢补次之,

---

①〔宋〕王安石:《临川先生文集》卷七二《答王深甫书》其三,王水照主编:《王安石全集》,复旦大学出版社 2016 年版,第 1299 页。

②〔宋〕欧阳修著,洪本健校笺:《欧阳修诗文集校笺》外集卷七,上海古籍出版社 2009 年版,第 1475 页。

③〔宋〕叶梦得:《避暑录话》卷上,朱易安、傅璇琮等主编:《全宋笔记》第 2 编,大象出版社 2006 年版,第 10 册,第 274 页。

④〔宋〕王安石:《临川先生文集》卷八四,王水照主编:《王安石全集》,第 1486 页。

⑤参见李德身:《王安石"使北诗"考》,《南充师院学报》(哲学社会科学版)1981 年第 2 期;李德身:《王安石诗文系年》,第 132—139 页;刘成国:《王安石年谱长编》卷三,第 509—527 页。

辄收附于《入塞》之后。"①所谓《奉使诗录》，与《伴送北朝人使诗》当即一书而异名，据此可知王安石的"使北诗"初为作者本人手录，其后或又有刊刻的单行本传世。不过，宋人书目中再无《奉使诗录》或《伴送北朝人使诗》的其他相关记载。尤袤《遂初堂书目》"本朝杂史"类载"《王文公送伴录》""《王介甫送伴录》"之目②，但所录《送伴录》属于杂史笔记，显非诗集《奉使诗录》③。

　　诗人声名的煊赫有助于诗作的传播，与此相应，诗作的广泛传播又会进一步推动诗人的声名。嘉祐间的王安石已隐然与一代文宗欧阳修齐名，成为士子们争相趋慕的对象。据邵伯温《邵氏闻见录》载："眉山苏明允先生，嘉祐初游京师时，王荆公名始盛。"④张舜民《与石司理书》记其早年游学经历时亦云："（予）游京师，求谒先达之门，是时文忠欧阳公、司马温公、王荆公，为学者之共趋之。"⑤而司马光也说："（介甫）由是名重天下，士大夫恨不识其面。"⑥当然，王安石声名之取得不仅仅是因为他的诗，还包括文章、学术等，但不可否认的是，王诗在嘉祐诗坛的异军突起，绝对是其中一个不可或缺的重要因素。

　　这点通过从游于王安石门下的文学才士之众亦可见一斑："（方惟深）尝过黯淡滩，题一绝……王荆公见之大喜，欲收致门下……后子通以诗集呈荆公，侑以诗……凡有所作，荆公读之必称善，谓深得唐人句法。尝遗以书，曰：'君诗精淳警绝，虽元、白、皮、陆，有不可及。'子通游王氏之门，极蒙爱重。"⑦"（陈辅）尤工于诗……安石称诗甚佳……由是出入安石之门，安

①〔宋〕王安石著，唐武标点校：《王文公文集》卷七〇，上海人民出版社 1974 年版，第 741 页。按：《入塞二首》其二，他本题作《涿州》。

②〔宋〕尤袤：《遂初堂书目》，〔清〕潘仕成编：《海山仙馆丛书》，清道光二十六年刻本。

③按：王水照主编《王安石全集》的第 10 册《王安石全集附录》载高克勤《王安石著述考》，认为尤袤著录的《王文公送伴录》与《王介甫送伴录》当为同一书，并且"此书与《伴送北朝人使诗》，也有可能为一书而异名"，见《王安石全集》第 10 册，第 388—389 页；然高克勤发表于《复旦学报》（社会科学版）1988 年第 1 期的《王安石著述考》则未有上述内容，显是文章在收入《王安石全集》时又经过修改，但修改时作者恰恰忽略了《遂初堂书目》是将《王文公送伴录》与《王介甫送伴录》列入"本朝杂史"类而非"诗文集"类，故二书不可能与《奉使诗录》为同一书。

④〔宋〕邵伯温著，李剑雄、刘德权点校：《邵氏闻见录》卷一二，中华书局 1983 年版，第 130 页。

⑤曾枣庄、刘琳主编：《全宋文》卷一八一四，上海辞书出版社、安徽教育出版社 2006 年版，第 83 册，第 286 页。

⑥〔宋〕司马光著，邓广铭、张希清点校：《涑水记闻》附录三《温公琐语》，中华书局 1989 年版，第 386 页。

⑦〔宋〕龚明之著，孙菊园点校：《中吴纪闻》卷三，上海古籍出版社 1986 年版，第 71 页。

石厚遇之。"①"（蔡肇）师事王安石，长于歌诗。"②"俞紫芝字秀老，喜作诗，人未知之，荆公爱焉。手写其一联……于所持扇，众始异焉。"③"郭功父方与荆公坐，有一人展刺云：'诗人龙太初。'功父勃然曰：'相公前敢称诗人，其不识去就如此。'荆公曰：'且请来相见。'既坐，功父曰：'贤道能作诗，能为我赋乎？'太初曰：'甚好。'功父曰：'只从相公请个诗题。'时方有一老兵，以沙擦铜器，荆公曰：'可作沙诗。'太初不顷刻间，诵曰：'茫茫黄出塞，漠漠白铺汀。鸟过风平篆，潮回日射星。'功父阁笔，太初缘此名闻东南。"④明人胡应麟《诗薮》云："宋世人才之盛，亡出庆历、熙宁间，大都尽入欧、苏、王三氏门下。今略记其灼然者……荆国所交，则刘贡父、王申父、俞清老、秀老、杨公济、袁世弼、王仲至、宋次道、方子通。门士则郭功父、王逢原、蔡天启、贺方回、龙太初、刘巨济、叶致远，二弟一子，俱才隽知名。"⑤与大多数人只关注"欧门""苏门"诗人不同，胡氏注意到了"王门"诗人之盛，可谓慧眼独具。毫无疑问，这批年轻诗人围绕在王安石身边，均是受到了王氏本人诗学魅力的感召。而从王安石诗歌流传的角度看，正是这批倾慕荆公诗学成就而聚集在他身边的诗人，构成了王诗尤其是晚年王诗流通的重要媒介。

自熙宁二年（1069）至熙宁九年（1076），王安石在朝施行变法，即历史上著名的熙宁新法。这对"以天下为己任"的王安石而言，正是其得君行道、治国平天下的理想与夙愿得以实现的人生高峰期，此时王安石将更多精力投入到了政务以及作为变法思想根基的新学之上，诗歌等文学创作活动自然就退居其次了，故此他熙宁年间的诗作数量明显少于嘉祐以及后来的元丰年间。有的学者还通过考察王安石身边的"文学生态"，从而得出了以下结论："作用于王安石及其结盟的新党作家的，已非文学本身，而是政治；维系他们的文学实践的，主要不是文学自身的运行规律，而是政治权

①〔宋〕佚名：《京口耆旧传》卷三，《景印文渊阁四库全书》，台湾商务印书馆 1986 年版，第 451 册，第 150 页。
②〔宋〕王偁：《东都事略》卷一一六，《丛书集成三编》，新文丰出版公司 1997 年版，第 97 册，第 385 页上。
③〔宋〕潘淳：《潘子真诗话》，郭绍虞辑：《宋诗话辑佚》，中华书局 1980 年版，第 305 页。
④〔宋〕王直方：《王直方诗话》，郭绍虞辑：《宋诗话辑佚》，第 20 页。
⑤〔明〕胡应麟：《诗薮》杂编卷五，上海古籍出版社 1979 年版，第 311—312 页。

力。因此,阻碍了文学的健康发展,在文坛产生了严重的负面效应。"①还应注意的是,王安石的早期师友中有很多人因反对变法而与其由亲转疏甚至分道扬镳,失去了往日交游唱和的对象,同样是制约王诗创作与流传的消极因素。

直到熙宁十年(1077)王安石第二次罢相退居江宁,由此远离政治归老林泉,他才又重新致力于创作;而一批年轻诗人聚集在他身边往来酬唱,亦使王诗之流传再次活跃起来:

1.(荆公)尝与叶致远诸人和头字韵诗,往返数四,其末篇有云:"名誉子真矜谷口,事功新息困壶头。"以谷口对壶头,其精切如此。后数日,复取本追改云:"岂爱京师传谷口,但知乡里胜壶头。"②

2.王荆公在钟山,有马甚恶,蹄啮不可近……蔡天启时在坐,曰:"世安有不可调之马,第久不骑,骄耳!"即起捉其鬃,一跃而上,不用衔勒,驰数十里而还。荆公大壮之,即作集句诗赠天启。③

3.(俞紫芝)工于作诗。王荆公居钟山,秀老数相往来,尤爱重之,每见于诗,所谓"公诗何以解人愁,初日芙蓉映碧流。未怕元刘争独步,不妨陶谢与同游"是也。秀老尝有"夜深童子唤不起,猛虎一声山月高"之句,尤为荆公所赏,亟和云:"新诗比旧仍增峭,若许追攀莫太高。"④

4.黄庭坚《与俞清老书三》其一:某顿首。辱书,审宴居有以自乐,开轩陈书,想见柴桑道人,甚慰怀仰。寄惠荆公自录诗,极荷勤笃不忘。⑤

5.黄庭坚《书王荆公赠俞秀老诗后》:秀老盖金华俞紫芝,道意淳熟。然建隆昭庆道人谓秀老百事过人,病在好说俗禅,秀老以为知言也。秀老作《唱道歌》十篇,欲把手牵一切人同入涅槃场。虽未见策名释迦之室,然林下水边,幽人衲子,往往歌之,以遣意于万物之表,厌而饫之,使自趋之,功亦过半矣。来者未知秀老,观荆公所赠六诗,可知其人品高下也。⑥

---

①沈松勤:《论王安石与新党作家群》,《杭州大学学报》(哲学社会科学版)1998年第1期。
②〔宋〕叶梦得:《石林诗话》卷上,〔清〕何文焕辑:《历代诗话》,第406页。
③〔宋〕叶梦得:《石林诗话》卷中,〔清〕何文焕辑:《历代诗话》,第421—422页。
④〔宋〕叶梦得:《石林诗话》卷中,〔清〕何文焕辑:《历代诗话》,第427—428页。
⑤〔宋〕黄庭坚著,刘琳等点校:《黄庭坚全集》外集卷一五,四川大学出版社2001年版,第1774页。
⑥〔宋〕黄庭坚著,刘琳等点校:《黄庭坚全集》正集卷二七,第720—721页。

6.李之仪《跋元章所收荆公诗》:荆公得元章诗笔,爱之而未见其人,后从辟金陵幕下,既到,而所主者去,遂不复就职。荆公奇之,挽不可留。后亲作行笔,录近诗凡二十余篇寄之。字画与常所见不类,几与晋人不辨。顷见此字,乃知荆公未尝不学书也。元章怀旧恋知,故过其坟为之□形容,读其诗可得其意也。①

由此可见,王安石晚年不仅乐于与人相互唱和并交流诗艺,还常常亲自手书诗篇、诗卷以相赠,由是形成了一个以王安石为中心,由倾慕追随他的年轻诗人组成的唱和群体。这个唱和群体本身即是王诗流通的重要对象,而其成员通过与其他文人的交游活动,又在客观上推动了王诗的进一步传播。据以上材料可知,黄庭坚就是通过友人俞秀老、俞清老兄弟而获得了王安石的诗卷,李之仪亦是经由米芾之手辗转而得睹荆公亲笔,这都在一定程度上反映了文人士子们对荆公诗作的喜爱及王诗流传的广泛。

值得一提的还有王安石晚年与苏轼的文字交谊。熙宁年间的王安石与苏轼,因变法和政治观念的南辕北辙而成为政治上的劲敌,苏轼曾旗帜鲜明地反对新法,王安石亦必欲将苏轼驱逐出朝廷而后快。苏轼又经历了新党成员炮制的乌台诗案,几乎丧命,幸得已经退归的王安石上书向神宗求情,对苏轼免死起了很大作用。元丰七年(1084)七月,苏轼离开黄州贬所来到江宁会晤王安石,远离了政治旋涡的两位文坛巨子均不计前嫌,并以文字赠答的方式谱写了一段惺惺相惜的文坛佳话。且看宋人之记载:

1.东坡得请宜兴,道过钟山,见荆公。时公病方愈,令坡诵近作,因为手写一通,以为赠。复自诵诗俾坡书以赠己,仍约坡卜居秦淮。故坡和公诗云:"骑驴渺渺入荒陂,想见先生未病时。劝我试求三亩宅,从公已觉十年迟。"②

2.元丰中,王文公在金陵,东坡自黄北迁,日与公游,尽论古昔文字,闲即俱味禅悦。公叹息谓人曰:"不知更几百年,方有如此人物。"东坡渡江至仪真,《和游蒋山诗》寄金陵守王胜之益柔,公亟取读,至"峰多巧障日,江远欲浮天",乃抚几曰:"老夫平生作诗,无此二句。"又在蒋山时,以近制示东坡,东坡云:"若'积李兮缟夜,崇桃兮炫昼',自屈、宋没

①曾枣庄、刘琳主编:《全宋文》卷二四二二,第112册,第135—136页。
②〔宋〕潘淳:《潘子真诗话》,郭绍虞辑:《宋诗话辑佚》,第305页。

世,旷千余年,无复《离骚》句法,乃今见之。"荆公曰:"非子瞻见诮,自负亦如此,然未尝为俗子道也。"当是时,想见俗子扫轨矣。①

以上材料若从作品流传的角度看,可以发现荆公与东坡二人不仅互赠本人得意之作,还相约互写对方诗篇,从而留下了十分宝贵的手书文献。这些记载的可信度颇高。据资料显示,由苏轼手书的王安石诗稿在南宋时犹有流传,今有两条证据或可佐证。其一,胡仔编《苕溪渔隐丛话》引《复斋漫录》云:"荆公诗:'静憩鸠鸣午,荒寻犬吠昏。'学者谓公取唐诗'一鸠鸣午寂,双燕语春愁'之句。余尝见东坡手写此诗,乃是'静憩鸡鸣午',读者疑之,盖不知取唐诗'枫林社日鼓,茅屋午时鸡。'"②其二,南宋学者叶适《水心集》中《题荆公诗后》一文云:"或言:苏公书荆公'高下数家村'诗,疑'武陵源'句为不工,且云:也是别无好韵。审尔,则'欲宿愧桑门',当又疑矣。"③"静憩鸡鸣午""高下数家村""疑是武陵源"等句与"欲宿愧桑门"句分别出自《即事》《过故居》二诗,均为王安石晚年所作,或即为《潘子真诗话》所载荆公"自诵诗俾坡书以赠己"中的篇什。

王安石的生前身后,因变法而遭到了宋人的无数指摘责难,但若讲到荆公的文学事业,则昔日与其势同水火的政敌也不得不予以充分肯定。与王安石先友后敌的司马光,在元祐初甫一执政即申令尽废熙宁新法,但他也亲口承认"介甫文章、节义过人处甚多"④;苏轼在王安石死后代朝廷起草的追赠诰文《王安石赠太傅》中,更对荆公一生的道德、学术、文章作出了较为公允的评价:"将有非常之大事,必生希世之异人。使其名高一时,学贯千载。智足以达其道,辩足以行其言。瑰玮之文,足以藻饰万物;卓绝之行,足以风动四方。用能于期岁之间,靡然变天下之俗。具官王安石,少学孔、孟,晚师瞿、聃。网罗六艺之遗文,断以己意;糠秕百家之陈迹,作新斯人。"⑤这里所说的"文章""文"都取广义,包括诗歌在内。这就意味着,作为诗坛大家的王安石,其诗歌之流传,终究不会因政治反复和对其本人的

---

① 〔宋〕蔡絛:《西清诗话》卷上,张伯伟编校:《稀见本宋人诗话四种》,第181页。
② 〔宋〕胡仔纂集,廖德明点校:《苕溪渔隐丛话》后集卷二五,人民文学出版社1962年版,第180页。
③ 〔宋〕叶适著,刘公纯等点校:《叶适集》卷二九,中华书局1961年版,第596页。
④ 〔宋〕司马光著,李文泽、霞绍晖点校:《司马光集》卷六三《与吕晦叔简》,四川大学出版社2010年版,第1320页。
⑤ 〔宋〕苏轼著,孔凡礼点校:《苏轼文集》卷三八,中华书局1986年版,第1077页。

历史争议而断绝。

二、诗帖、题诗与石刻

王安石诗的流传形式,还有以下几种值得注意。

首先是诗帖。诗帖其实也是手书,只不过同时又具有书法、收藏等意义。王安石诗文早年主要是以手书的形式流传,故其散布于世间的真迹翰墨颇多,而其本人的书法亦别具一格,作为宋代书法四大家之一的黄庭坚即称"王荆公书法奇古,似晋宋间人笔墨"①、"近世惟颜鲁公、杨少师特为绝伦,甚妙于用笔,不好处亦妩媚,大抵更无一点一画俗气。比来士大夫惟荆公有古人气质,而不端正,然笔间甚遒"②;张邦基《墨庄漫录》也称:"王荆公书,清劲峭拔,飘飘不凡,世谓之横风疾雨。黄鲁直谓学王濛,米元章谓学杨凝式,以余观之,乃天然如此。"③正因如此,王安石的书帖、诗帖也受到了人文气息浓厚的宋人的高度喜爱,如南宋学者张栻就在《跋王介甫帖》其三中说:"予喜藏金陵王丞相字画,辛卯岁过雪川,有持此轴来售而得之。丞相于天下事多凿以己意,顾于字画独能行其所无事如此。此又其晚年所书,尤觉精到,予所藏他帖皆不及也。"④这则例子表明,南宋时的字画商人已将王安石墨宝当作商品进行售卖;而流通总是由需求产生的,这也恰恰反映出王安石帖子的收藏风气必定在南宋士林中有所流行。无独有偶,与张栻齐名的朱熹,其家就收藏有不少荆公书帖,此缘于朱熹之父朱松对王安石书法的喜爱:"先君子少喜学荆公书,收其墨迹为多。"⑤后来朱熹对此也有所继承,如《题荆公帖》云:"今观此帖,笔势翩翩,大抵与家藏者不异,恨不使先君见之,因感咽而书于后。"⑥此帖显然是其新得的收藏。作为理学家代表人物的张栻、朱熹,其政治观念、学术思想等均与王安石格格不入,但这丝毫不妨碍他们对荆公帖子的喜爱。又,宋人好对前贤的诗文帖子作题跋文,如果检索一下宋人文集,可以发现许多题为"跋王介甫帖"

---

① 〔宋〕黄庭坚著,刘琳等点校:《黄庭坚全集》正集卷二五《跋王荆公书陶隐居墓中文》,第648页。
② 〔宋〕黄庭坚著,刘琳等点校:《黄庭坚全集》外集卷二四《论书》,第1428页。
③ 〔宋〕张邦基著,孔凡礼点校:《墨庄漫录》卷一,中华书局2002年版,第34页。
④ 曾枣庄、刘琳主编:《全宋文》卷五七三六,第255册,第298页。
⑤ 〔宋〕朱熹:《晦庵先生朱文公文集》卷三八《与周益公》,朱杰人等主编:《朱子全书》,上海古籍出版社、安徽教育出版社2002年版,第21册,第1684页。
⑥ 〔宋〕朱熹:《晦庵先生朱文公文集》卷八二,朱杰人等主编:《朱子全书》,第24册,第3864页。

"题荆公帖""跋王荆公帖后""跋王荆公字帖""跋半山老人帖"之类的文章，这又是王安石诗文帖子流行于士人间的佐证。以上多是书帖的例子，与诗歌有关的诗帖，则可以看以下几条材料：

1. 洪适《跋王顺伯所藏荆公诗卷》：予顷在会稽，整比《隶释》，始识临川王厚之，好古博闻，赖其助为多。作别十年，千里命驾，出其先正荆国公遗墨，展玩再三，敬书其后。①

2. 前辈作字亦有错误处，初不是假借也。米元章帖写"无耗"作"无好"，苏东坡帖写"墨仙"作"默仙"，周孚先帖写"修园"作"脩园"。以至王荆公作诗，其间有"千竿玉"三字，却写作"千岸玉"，恐皆是其笔误耳。②

3. 荆公尝任鄞县令。昔见一士人，收公亲札诗文一卷，内有两篇，今世所刊文集无之。其一《马上》云："三月杨花迷眼白，四月柳条空老碧。年光如水尽东流，风物看看又到秋。人世百年能几许，何须戚戚长辛苦。富贵功名自有时，箪瓢菜茹亦山雌。"其二《书会别亭》云："西城路，居人送客西归处。年年即问去何时，今日扁舟从此去。春风吹花落高枝，飞来飞去不自知。路上行人亦如此，应有重来此处时。"③

4. 朱熹《题荆公帖》：熹家有先君子手书荆公此数诗，今观此卷，乃知其为临写本也。恐后数十年，未必有能辨之者，略识于此。④

5. 陈傅良《跋朱宰元成所藏宋宣献公王荆公帖》：宣献明道二年帖。先是，王文正公出守兖，宣献相继请上亲政，亦出守亳。意此帖为文正发也。荆公熙宁五年帖。运判中允者，杨蟠公济也。公济以是年十一月自光禄丞改太子中允、权发遣永兴等路转运判官。明年，司农言：近诏天下出钱免役，而永兴、秦凤比它路民贫役重，于是始立二分宽饶之法。以此帖考之，当是荆公尝有悔意，故农寺敢白上耳。余诗帖不能详其岁月，良愧该洽。⑤

①曾枣庄、刘琳主编：《全宋文》卷四七四〇，第213册，第330页。

②〔宋〕袁文著，李伟国点校：《瓮牖闲评》卷五，上海古籍出版社1985年版，第53页。

③〔宋〕吴曾：《能改斋漫录》卷一一，上海古籍出版社1979年版，第337页。

④〔宋〕朱熹：《晦庵先生朱文公文集》卷八二，朱杰人等主编：《朱子全书》，第24册，第3864页。

⑤〔宋〕陈傅良著，周梦江点校：《陈傅良先生文集》卷四二，浙江大学出版社1999年版，第538页。

6. 赵蕃《观王文之所藏荆公帖》：帖窥藏五世，诗续咏前朝。①

由此可见王安石诗帖亦是宋人珍爱、收藏的对象，有的还引起了南宋学者文献校订或玩味诗意的兴趣。

其次是题诗，包括题壁、题牌、题画等。这也是古人诗作传播的一种重要形式，如题壁简单易行，只要把作品写在墙壁上，天南海北的过往行人见而读之，就可传播开来；题牌的性质与此类似，只是寺院、驿站等出于爱护墙壁的需要，往往设诗板（诗牌）供过往行人在上面题诗。唐宋诗人中有不少喜好题诗的，王安石就是其中之一。《高斋诗话》载荆公悔其少作事："荆公《题金陵此君亭》诗云：'谁怜直节生来瘦，自许高才老更刚。'宾客每对公称颂此句，公辄频蹙不乐。晚年与平甫坐亭上，视诗牌曰：'少时作此题榜，一传不可追改，大抵少年题诗，可以为戒。'平甫曰：'扬子云所以悔其少作也。'"②《题金陵此君亭》就是一首题牌诗，正如王安石自己所说"题榜一传，不可追改"，可见他本人虽不满意，但此诗还是广为流传，所以前来拜访他的宾客"每对公称颂此句"，引得王安石"频蹙不乐"。尽管有"少年题诗，可以为戒"的自省，但其实王安石诗名耸动天下，故其题壁、题牌之作不仅数量众多，还往往成为士人们津津乐道的话题，宋人对此有大量记载：

1. 荆公《题舒州山谷寺石牛洞泉穴》云："水泠泠而北出，山靡靡以旁围。欲穷源而不得，竟怅望以空归。"晁无咎编《续楚词》，谓此诗具六艺群书之余味，故与其经学典策之文俱传。朱文公编《楚词后语》，亦收此篇。③

2. 唐孟郊，因其父为昆山尉，尝至山中，题诗于上方云："昨日到上方，片霞封石床。锡杖莓苔青，袈裟松柏香。晴磬无短韵，昼灯含永光。有时乞鹤归，还放逍遥场。"其后张祜尝游，亦有诗云："宝殿依山险，凌虚势欲吞。画檐齐木末，香砌压云根。远景窗中岫，孤烟竹里村。凭高聊一望，归思隔吴门。"皇祐中，王荆公以舒倅被旨来相水事，到邑已深夜，舣舟寺之前，秉火炬登山，阅二公之诗，一夕和竟，诘旦即回棹。

①北京大学古文献研究所编：《全宋诗》卷二六三九，北京大学出版社1991年版，第49册，第30876页。
②〔宋〕曾慥：《高斋诗话》，郭绍虞辑：《宋诗话辑佚》，第496页。
③〔宋〕罗大经著，王瑞来点校：《鹤林玉露》甲编卷五，中华书局1983年版，第91页。

其诗云："僧蹊蟠青苍，莓苔上秋床。霜翰饥更清，风花远亦香。扫石出古色，洗松纳空光。久游不忍还，迫迮冠盖场。""峰岭互出没，江湖相吐吞。园林浮海角，台殿拥山根。百里见渔艇，万家藏水村。地偏来客少，幽兴只柴门。"此四诗，为山中之绝唱。①

3.《诗话》云："王介素与荆公不相能，荆公曾题江宁道中驿舍，一联云：'茅屋沧洲一酒旗，午烟孤起隔林炊。'介鄙之，书其末云：'金陵村里王夫子，可是能吟富贵诗。'荆公见之，亦不屑意，乃续之云：'江晴日暖芦花起，恰似春风柳絮时。'末语又讥介之轻狂也。"②

4. 王荆公在翰林兼修《实录》，一日以诗题实录院壁云："御柳新黄染旧条，宫沟薄冻未全消。不知人世春多少，先看天边北斗杓。"不数日，遂参知政事。③

5. 众人之诗，例无精彩，其气夺也。夫气之夺人，百种禁忌，诗亦如之。曰富贵中不得言贫贱事，少壮中不得言衰老事，康强中不得言疾病死亡事，脱或犯之，谓之诗谶，谓之无气，是大不然。诗者，妙观逸想之所寓也，岂可限以绳墨哉！如王维作画雪中芭蕉，诗眼见之，知其神情寄寓于物；俗论则讥以为不知寒暑。荆公方大拜，贺客盈门，忽点墨书其壁曰："霜筠雪竹钟山寺，投老归软寄此生。"坡在儋耳作诗曰："平生万事足，所欠惟一死。"岂可与世俗论哉。予尝与客论至此，而客不然吾论。予作诗自志其略曰："东坡醉墨浩琳琅，千首空余万丈光。雪里芭蕉失寒暑，眼中骐骥略玄黄。"④

6. 前辈访人不遇不书壁，东坡作行说不肯书牌，恶其特地，只书壁耳。候人未至则扫墨竹。荆公访一高士不遇，题曰："墙角数枝梅，凌寒独自开。遥知不是雪，为有暗香来。"⑤

7. 荆公退居钟山，尝独游山寺，有人拥数卒按膝据床而坐，骄气满容，慢骂，左右为之辟易。公问为谁，僧云押纲张殿侍也。公即索笔题一诗于扉云："口衔天宪手持钧，已是龙墀第一人。回首三千大千界，此

①〔宋〕龚明之著，孙菊园点校：《中吴纪闻》卷二，第40—41页。
②〔宋〕蔡正孙著，常振国、绛云点校：《诗林广记》后集卷二，中华书局1982年版，第223页。
③〔宋〕吕希哲：《吕氏杂记》卷下，朱易安、傅璇琮等主编：《全宋笔记》第1编，大象出版社2003年版，第10册，第284页。
④〔宋〕惠洪：《冷斋夜话》卷四，张伯伟编校：《稀见本宋人诗话四种》，第42—43页。
⑤〔宋〕阮阅编，周本淳点校：《诗话总龟》前集一六，人民文学出版社1987年版，第192页。

身犹是一微尘。"①

8.山谷云尝见荆公于金陵,因问丞相近有何诗,荆公指壁上所题两句"一水护田将绿绕,两山排闼送青来",此近所作也。②

将这些材料综合起来,可以看出王安石以"题诗"这一方式进行的创作活动是非常频繁的,由此可见其对这一艺术形式的特殊喜好;与此相应,正因为王安石喜好题诗,而随着他仕宦生涯与人生行迹的变换,其题壁、题牌之作也往往散布于各地。

其中不能不提到金陵。王安石晚年在此过着闲居生活,"多骑驴游肆山水间"③,所作题壁、题牌诗尤多,从诗题即知的就有《题半山寺壁二首》《题定林壁》《题定林壁怀李叔时》《书定林院窗二首》《题齐安寺》《题齐安壁》《题齐安寺山亭》《题勇老退居院》《题正觉院筹龙轩二首》《题北山隐居王闲叟壁》《书湖阴先生壁二首》等等。不难发现,荆公晚年生活的半山园,以及他经常游览的定林寺、齐安寺等地,是大量保留其题诗的场所。而这也成了金陵一道特殊的人文景观,引后来无数骚人墨客在此追寻、感慨这位诗坛前辈当年留存的历史印迹,如曾亲眼目睹王安石题壁诗的黄庭坚就感叹道:"今夫定林寺壁,荆公书数百字,未见赏音者。"④发出同样喟叹的还有贺铸"宅枕谢公墩下路,诗寻萧寺壁间尘"⑤,道潜"壁间千字走龙蛇,好事何人护绛纱"⑥,杨万里"半破僧庵半补篱,旧题无复壁间诗"⑦,苏泂"半山松菊略能存,犹有荆公旧墨痕"⑧,等等。杨万里、苏泂皆南宋中期人,可见在经历了岁月风雨的不断冲刷后,王安石在金陵的题壁、题牌诗已剥落损毁得十分严重。

---

① 〔宋〕张邦基著,孔凡礼点校:《墨庄漫录》卷四,第128页。
② 〔宋〕胡仔纂集,廖德明点校:《苕溪渔隐丛话》前集卷三三,第226页。
③ 〔宋〕吕希哲:《吕氏杂记》卷下,朱易安、傅璇琮等主编:《全宋笔记》第1编,第10册,第285页。
④ 〔宋〕黄庭坚著,刘琳等点校:《黄庭坚全集》正集卷二六《题王荆公书后》,第685页。
⑤ 〔宋〕贺铸:《寓泊金陵寻王荆公陈迹》,北京大学古文献研究所编:《全宋诗》卷一一〇七,第19册,第12566页。
⑥ 〔宋〕释道潜:《过定林谒荆公画像》,北京大学古文献研究所编:《全宋诗》卷九一七,第16册,第10767页。
⑦ 〔宋〕杨万里著,辛更儒笺校:《杨万里集笺校》卷三一《游定林寺即荆公读书处》其三,中华书局2007年版,第1607页。
⑧ 〔宋〕苏泂:《金陵杂兴二百首》其一二六,北京大学古文献研究所编:《全宋诗》卷二八四八,第54册,第33948页。

　　不过也有例外的情况。俞德邻(1232—1293)《佩韦斋辑闻》云:"甲戌夏,予游江右,旅邸题诗满壁,独记忆数首,久远忘其氏名,因录于左……王荆公《读书堂诗》云:'乌石冈头上冢归,柘冈西畔下书帷。辛夷花发白如雪,万国春风庆历时。'此诗尤婉而成章者也。"①所谓"甲戌夏"指的是南宋度宗咸淳十年(1274)夏;"江右"的地理范围较广,俞氏亦未明确指出究竟是在何地看到了王安石的题壁诗,不过据其所录《读书堂诗》"乌石冈""柘冈"等句,似是在王安石外家吴氏所居的金溪②,《金溪县志》亦载有荆公读书堂③,或即俞氏所见题壁之处。总之,由俞德邻的记载可知,王安石散布于各地的题诗中,也有保留到了南宋末年的。

　　从作品影响的角度看,王安石的题诗不仅受到人们的喜爱、传诵,还常常引起其他诗人的随题唱和。如嘉祐元年(1056)王安石曾提点开封府界诸县镇公事,作有题壁诗《题景德寺试院壁》,而其诗友沈遘亦有《景德寺考试院壁和王介甫所题诗二首》④,据沈诗题目,和诗应当是紧接在王诗后面的随题而作。再如皇祐三年(1051)王安石通判舒州时途经三祖山,游览了当地的山谷寺石牛洞,并留下《题舒州山古寺牛洞泉穴》的六言题壁诗;元丰三年(1080),当黄庭坚也路过三祖山时,看到了荆公当年的题诗,遂亦仿效其六言而作《题山谷石牛洞》。又如熙宁元年(1068)王安石应刚即位的神宗之召进京入对,在重游西太一宫时写下了《题西太一宫壁二首》,这又是两首六言题壁诗;元祐元年(1086)秋,当苏轼以中书舍人的身份奉敕祭西太一宫见到壁间荆公诗后,"注目久之曰:'此老野狐精也。'"⑤。他还和作了《祭西太一见王荆公旧诗偶次其韵》两首,并邀门人黄庭坚同和,认为"座间惟鲁直笔力可及此尔";黄庭坚先是自谦地表示"庭坚极力为之或可

---

①〔宋〕俞德邻:《佩韦斋辑闻》卷二,〔清〕曹溶辑,〔清〕陶樾增订:《学海类编》,上海涵芬楼1920年据道光六安晁氏木活字排印本景印。

②按:李壁于王安石《乌塘》"辛夷如雪柘冈西"句下笺注云:"公母家吴氏,居临川三十里外,地名乌石冈。吴氏所居又有柘冈。"见〔宋〕王安石著,〔宋〕李壁笺注,高克勤点校:《王荆文公诗笺注》卷四四,第1149页。

③《金溪县志》:"柘冈在十七都,县西六十里,高二里,周旋五里,形势迥伏可怡。每春月,辛夷盛开,上有王安石读书堂。外家吴氏居其下,安石有诗。"转引自黄长椿:《王安石与柘冈吴氏》,《江西师院学报》(哲学社会科学版)1979年第3期。

④北京大学古文献研究所编:《全宋诗》卷六二八,第11册,第7503页。

⑤〔宋〕蔡絛:《西清诗话》卷中,张伯伟编校:《稀见本宋人诗话四种》,第206页。

追及，但无荆公之自在耳"①，随即便和作有《次韵王荆公题西太乙宫壁》两首，其后又再次和作了《有怀半山老人再次韵》两首。黄庭坚元丰三年、元祐元年先后两次唱和王安石的六言题壁诗，可谓颇为巧合。

　　除题壁、题牌外，王安石还有题画、题写真、题扇等题诗流传。如宋人孙绍远编的《声画集》就收有荆公《杜甫画像》《赠金陵传神者李士云》《王氏雪图》《燕侍郎山水图》《题徐熙花》《题扇》《虎图》《纯甫出僧惠崇画要予作诗》《跋黄鲁直画》等诗②。这些诗作或许并非全都是题写于画卷或书卷上的，但其中也有真正意义上的"题画诗"，如蔡确有一诗题作《观燕公山水画后有王荆公题诗》③，题目即明证王安石《题燕侍郎山水图》这首诗的确是题写在燕肃的山水画卷后，并随画一起流传于世的。

　　除手书、诗帖、题诗外，刻石也是王安石诗的一种流传形式。宋人有关的记载也有不少：

　　1. 黄庭坚《题绛本法帖》云："观王濛书，想见其人秀整，几所谓毫发无遗恨者。王荆公尝自言学濛书。世间有石刻《南涧楼诗》者，似其苗裔，但不解古人所长，乃尔难到。"④

　　2. 陆游《跋荆公诗》云："右荆公手书诗一卷，前六首赠黄庆基，后七首赠邓铸，石刻皆在临川。"⑤

　　3. 周必大《记金陵登览》云："宝公塔在钟山顶……约四五里到介甫坟庵，一僧守之，平甫、和甫、元泽诸坟相望也。日斜归憩，半山主僧出介甫画像，屋壁之后陷小碑刻介甫《谢公墩》绝句及他诗数篇。"⑥

　　4.《嘉泰会稽志》卷八载："龙泉寺在县西二百步……龙泉在寺山，王荆公有绝句所谓：'四海苍生待霖雨，不知龙向此中蟠。'今有大字刻于泉

①〔宋〕佚名：《诗事》，郭绍虞辑：《宋诗话辑佚》，第528页。
②见〔宋〕孙绍远编：《声画集》卷一、卷三、卷四、卷六、卷七、卷八，《景印文渊阁四库全书》，第1349册，第809、842—843、857、891、898、900、921、924页。按：此书卷八还将《五月二十四日江邻几邀观三馆书画》诗归入王安石名下，误，诗实乃梅尧臣作。参见阮堂明：《〈全宋诗〉王安石卷辨正》，《常熟理工学院学报》（哲学社会科学版）2015年第3期。
③北京大学古文献研究所编：《全宋诗》卷七八三，第13册，第9076页。
④〔宋〕黄庭坚著，刘琳等点校：《黄庭坚全集》正集卷二八，第751页。
⑤〔宋〕陆游：《渭南文集》卷二七，《陆放翁全集》，中国书店1986年版，第161页。
⑥〔宋〕周必大：《二老堂杂志》卷五，王云五主编：《丛书集成初编》，第2767册，第87—88页。

傍，盖后人仿公书为之，非真笔也。"①

5.《舆地纪胜》卷二一"玉光亭"下注云："章郇公及王荆公诗碑在焉。郇公诗云：'千层怀玉对轩窗，池上新亭号玉光。只此便堪为吏隐，神仙官职水云乡。'荆公诗云：'传闻天玉此埋湮，污古谁分伪与真。每向小庭风月夜，却疑山水有精神。'"②

6.《景定建康志》卷二一载："筹思堂在转运司圃内，本筹思亭之旧，王荆公、范忠宣公皆有诗……绍兴二十年，郑公侨年即亭基建堂，边惇德为记。……筹思亭者，兵火之后，其废日久，独大丞相王文公、范忠宣公所咏二诗刊石尚存……边惇德撰。"③

7.《景定建康志》卷四二"徐铉宅"下考证云："裴迪《留题徐氏来贤亭》云：'常侍江东第一流，子孙今不泯先猷。结亭意在来贤者，谁慕清风为驻留。'王荆公《题徐秀才园亭诗》云：'茂林修竹翠纷纷，正得山阿与水濆。笑傲一生虽有乐，有司还欲选方闻。'二诗刻石，今在栖霞市酒坊。"④

8.《新安志》卷四载："东松庵在县西三十五里官道上，先是，地当往来之冲，而邸舍辽远，暮行两山间，过者患之。悟法寺僧子珣少游四方，尝参云居心印禅师，迨老而归，乃当官道为庐舍数十间，设荐榻，持薪水蔬米以劳迎。四方之来者，至则如归。时熙宁间也，士大夫多为诗美之。元丰中，王荆公以江东提刑过此止宿，亦留诗刻山中。"⑤

由此可见，与其题诗类似，王安石诗的石刻也是散布广泛，而且石刻比题写在墙壁或诗板上的作品更易保存，故此南宋的地理方志中留有不少相关记载。

　　荆公诗不仅在中原流传，而且还传播到了金国，据赵与虤《娱书堂诗话》载："李参预璧云使燕时，伴使李著能诵荆公'草头蛱蝶黄花晚，菱角蜻

①〔宋〕沈作宾修，〔宋〕施宿等纂：《嘉泰会稽志》卷八，《宋元方志丛刊》，中华书局 1990 年版，第 6848 页。
②〔宋〕王象之：《舆地纪胜》卷二一，中华书局 1992 年版，第 956 页。
③〔宋〕马光祖修，〔宋〕周应合纂：《景定建康志》卷二一，《宋元方志丛刊》，第 1649—1650 页。
④〔宋〕马光祖修，〔宋〕周应合纂：《景定建康志》卷四二，《宋元方志丛刊》，第 2017 页。
⑤〔宋〕赵不悔修，〔宋〕罗愿纂：《新安志》卷五，《宋元方志丛刊》，第 7657 页。按：文中云"元丰中，王荆公以江东提刑过此止宿"乃误，王安石任江东提刑在嘉祐三年。见刘成国：《王安石年谱长编》卷三，第 429 页。

蜓翠蔓青’,以为妙。此乃荆公《斜径》绝句,后联形状景物,语意精工,金使亦可谓知诗者矣。"①当然,王诗通过前面列举的几种传播方式流入金国的可能性不大,故此,金人应该是借由宋人整理的王安石诗文集而了解其诗的。

第二节　王安石诗文集的编刻

宋人整理王安石诗文集,起自北宋徽宗朝,其后在南宋初期又相继出现了若干版本;此外,由宋人编选的王诗选集也值得注意。

一、薛昂、王棣等"官修本"

由于完整的王安石集一直无人编就,故此到徽宗重和元年(1118)六月,朝廷便下诏由官方主持编纂王安石文集,并命王安石门人薛昂(字肇明)主司其事。《皇宋通鉴长编纪事本末》载:"重和元年六月壬申,门下侍郎薛昂奏:承诏编集王安石遗文,乞更不置局,止就臣本府编集,差检阅文字官三员,从之。"②考虑到宋徽宗年间党争严酷的政治气候,此次官修荆公集的意图应并不简单,尤其是在朝廷屡禁"元祐学术"及诗文的背景下:"三苏、黄、张、晁、秦及马涓文集,范祖禹《唐鉴》,范镇《东斋记事》,刘攽《诗话》,僧文莹《湘山野录》等印板,悉行焚毁。"③"自崇宁以来,(蔡)京贼用事……至如苏轼、黄庭坚之文集,范镇、沈括之杂说,畏其或记祖宗之事,或记名臣之说,于己不便,故一切禁之,坐以严刑,购以重赏,不得收藏。则禁士之异论,其法亦已密矣。"④"诏令今后举人传习元祐学术以违制论,印造及出卖者与同罪,著为令。"⑤如此看来,其借由推尊王安石以加强思想统治的政治目的也就不言而喻了。

---

① 〔宋〕赵与虤:《娱书堂诗话》,《景印文渊阁四库全书》,第 1481 册,第 476 页。按:李壁曾任参知政事,故文中"参预"为"参政"之误。又按:丁福保辑《历代诗话续编》所收二卷本《娱书堂诗话》未收此条。

② 〔宋〕杨仲良:《皇宋通鉴长编纪事本末》卷一三〇,《续修四库全书》,上海古籍出版社 2002 年版,第 387 册,第 378 页。

③ 〔宋〕杨仲良:《皇宋通鉴长编纪事本末》卷一二一,《续修四库全书》,387 册,第 309—310 页。

④ 〔宋〕汪藻著,王智勇笺注:《靖康要录笺注》卷七,四川大学出版社 2008 年版,第 804 页。

⑤ 〔清〕徐松辑:《宋会要辑稿·刑法二之八八》,中华书局 1957 年版,第 6539 页。

　　不过,关于薛昂是否将王安石文集编纂成书的问题,后人却有不同看法,如《四库全书总目》认为,"次山序中亦只举闽、浙本而不称别有敕定之书,其殆为之而未成欤"①;而余嘉锡《四库提要辨证》则曰:"昂既承诏编集,又已奏置官属,时方承平无事,下距靖康之难犹将十年,何至为之不成? ……然则昂等所编集,非为之而未成,乃已成之后,旋复散落耳。"②对此,今人汤江浩从梳理薛昂的仕履经历出发来进行推测。据其考证,薛昂任门下侍郎的时间是自政和七年(1117)十二月丁巳至重和元年九月庚寅,任期不足十个月,其后便出任彰化军节度使、祐神观使兼侍读③;而根据《皇宋通鉴长编纪事本末》的记载,薛昂是在重和元年六月门下侍郎任上负责编纂王安石文集的,且并未别置局司,而是应薛氏之请就在其本府进行④,故"薛昂能否在重和元年六月至九月任门下侍郎的职任上完成王安石文集的编纂工作,颇让人怀疑。……《四库全书总目提要》对薛昂编集是否完成提出疑问,应该说确有值得怀疑的理由。"⑤这里还可以补充一则材料:负责协助薛昂编纂文集的"检阅文字官三员"中的范济美,也在任事期间病逝。杨时《范君墓碣》载:"君讳某,字济美,姓范氏,建州建阳人。……政和五年登进士第,授将仕郎,调河南府新安县尉,就除宿州教授。官制行,改迪功郎。君在学声名籍甚,宿之士人向风久矣。既莅职,学者造门授经,朝暮踵相蹑,皆虚往而实归。秩满,士争请留,不报。用荐者改从事郎。初,右丞薛公某常自负学有师承,为世儒宗,闻君名,以礼币延置门下,命诸子从游,间与之辨析疑义,虽逢其族,皆迎刃而解,由是薛公加敬畏焉。自符离罢还,会薛公被旨编集荆公遗文,辟为检讨官。仅逾月,以疾终于京师甘泉坊。时宣和二年三月二十六日也,享年六十有一。"⑥范济美乃杨时弟子⑦,学有渊源;但杨时云范济美卒于宣和二年(1120)三月,受薛昂之辟任王安石集检讨官"仅逾月",则其参与编纂文集是在宣和元年(1119)左右。

①〔清〕永瑢等:《四库全书总目》卷一五三《临川集》,中华书局 1965 年版,第 1325 页。按:"次山序"指宋人黄次山所作《重刻临川文集序》。

②余嘉锡:《四库提要辨证》卷二一,中华书局 1980 年版,第 1354 页。

③汤江浩:《北宋临川王氏家族及文学考论——以王安石为中心》,第 338—341 页。

④按:元丰改制后门下侍郎为左相,官署为中书门下,亦称"东府"。

⑤汤江浩:《北宋临川王氏家族及文学考论——以王安石为中心》,第 341 页。

⑥曾枣庄、刘琳主编:《全宋文》卷二七〇一,第 125 册,第 126 页。

⑦见〔清〕黄宗羲著,〔清〕全祖望补修,陈金生、梁运华点校:《宋元学案》卷二五《龟山学案》,中华书局 1986 年版,第 942 页。

检讨官成员病逝,主司其事的薛昂亦离朝外任,依情理推测,薛氏是不可能在出外任官的同时继续承担朝廷的这项任务的,故此《四库全书总目》的推测有一定道理,薛昂编王安石文集很可能是"为之未成"。

但值得注意的是,正如前文所言,徽宗年间的政治局势是以"新法"为"国是",政和三年(1113)正月诏王安石、王雱配享孔子庙庭,又进封王安石为舒王,而重和元年的编纂文集之举,同样是崇重王安石以推行"国是"的举措之一①。从这一意义来讲,即使薛昂并未完成这项工作,朝廷也不会放弃。

王安石曾孙王珏所作的《题临川先生文集》就提供了编纂文集工作的后续线索:"曾大父之文,旧所刊行,率多舛误。政和中门下侍郎薛公、宣和中先伯父大资皆尝被旨编定。后罹兵火,是书不传。"②这则材料至少包含了几点信息。其一,王珏文中所言的"先伯父大资"指王棣,乃王安石本族孙,过房给早逝无子的王雱以承其嗣。王棣宣和四年除显谟阁待制,死后诏赠资政殿大学士(大资)③。其二,当时坊间还流传着王安石文集的其他版本(详见后文),故王珏说"曾大父之文,旧所刊行,率多舛误"。其三,政和中薛昂编王安石集未成④,所以朝廷在宣和间再诏王棣继续此事⑤。此前薛昂以门下侍郎主事,而王棣至多只是从四品的显谟阁待制,朝廷用他主持修书,除他与王安石的特殊关系外,应该也是考虑到当时职高位显的朝臣容易受朝政局势影响,升黜不定,反不如显谟阁待制这类侍从官更加稳定,可以专心从事编纂文集的工作。其四,王安石集在北宋末年确实已经编定成书了,但旋即随着靖康之难而毁于兵火,湮没不传,故曰"后罹兵火,是书不传"。

由此可见,宣和间王棣再次奉旨编纂文集,一定是在薛昂的基础上展开的,故薛昂、王棣所编王安石文集实为一部⑥,不妨以"官修本"称之。那

---

① 参见〔宋〕杨仲良:《皇宋通鉴长编纪事本末》卷一三〇"尊王安石"条,《续修四库全书》,第387册,第378页。

② 曾枣庄、刘琳主编:《全宋文》卷四六四三,第209册,第257页。

③ 参见余嘉锡:《四库提要辨证》卷二一,第1354页;汤江浩:《北宋临川王氏家族及文学考论——以王安石为中心》,第236、342页。

④ 按:政和八年即重和元年,政和八年十一月始改元重和。

⑤ 按:重和二年即宣和元年,重和二年二月改元为宣和。

⑥ 学者汤江浩、王岚亦持此观点,参见汤江浩:《北宋临川王氏家族及文学考论——以王安石为中心》,第341—342页;王岚:《宋人文集编刻流传丛考》,第157页。

么，这个"官修本"究竟完成与否呢？除上引王珪言其成书后又毁于战乱外，魏了翁《临川诗注序》也说："国朝列局修书，至崇、观、政、宣而后尤为详备，而其书则经史图、乐书、礼制、科条、诏令、记注、故实、道史、内经，臣下之文鲜得列焉。时惟临川王公遗文获与编定，薛肇明诸人寔董其事。虽曰出于一时之好尚，然其锻炼精粹，诚文人之巨擘。以元祐诸贤与公异论者，至其为文则未尝不许之。然肇明诸人所编，卒以靖康多难，散落不存。"①可见他的看法与王珪相近，都是认为该书不传的原因是罹兵火之难，而并非编集未成。当然，王、魏皆处南宋时期，王珪虽生于政和二年（1112）②，但薛昂、王棣编纂文集时他还是总角孩童，魏了翁（1178—1237）更是年代相隔辽远，故此二人的说法只可作为旁证，尚不足以作为遽断"官修本"之成书与否的直接证据。

其实要证明这个问题，最有力的证据还是当年曾亲眼目睹其事之人的记载。幸运的是，"江西诗派"后劲诗人韩驹（1080—1135）就在两道上皇帝疏中提及了"官修本"的重要线索：

> 《论时文之弊疏》：往者初立经义时，士以王安石为师，至今有司颁其书于天下数十百卷，可取视也，亦岂独偶俪汗漫之体哉！则是学者不能上陶风化以复浑灏之气，而次亦未能希王安石立言之万一也……愿下明诏，使为文者上穷六经之体以为质，中取孟轲、诸子之作以为支，下如王安石《义解》之类以为义，至于汉晋之弊，则使痛刮而深锄之。③

> 《请立文章楷模疏》：今之所尊师者莫如王安石文集数十百卷，其间箴、铭、歌、诗、赋、颂、表、奏之类无不皆善，经术特其文章之一端尔。④

韩驹的这两篇文章，都是上疏皇帝要求变革时文风气的，当作于同一时期，但明代黄淮、杨士奇等人编的《历代名臣奏议》将此二疏系于南宋高宗

① 曾枣庄、刘琳主编：《全宋文》卷七〇七八，第 310 册，第 12 页。
② 参见宋晁公遡《王少卿墓志铭》："公讳珪，字德全……隆兴二年（1164）闰十一月一日卒于苏州宝华山之私第，年五十三。"曾枣庄、刘琳主编：《全宋文》卷四七〇〇，第 212 册，第 74—75 页。
③ 曾枣庄、刘琳主编：《全宋文》卷三五〇九，第 161 册，第 372 页。
④ 曾枣庄、刘琳主编：《全宋文》卷三五〇九，第 161 册，第 375 页。

时①,却并不准确。据今人熊海英考证,韩驹入南宋后,高宗曾下诏起用其知江州,但被韩驹力辞,随后即辗转居于金陵、洪州、临川等地,再未出仕②,故不可能有上皇帝疏。又,《请立文章楷模疏》一文云:"往者哲宗皇帝患其若此,始立宏词之科,陛下前又置词学兼茂科,欲以此等求天下之士。"③所谓"宏词科""词学兼茂科",以及南宋高宗时设立的"博学宏词科",皆宋代科举中的"词科"名称④;而将哲宗时的"宏词科"改为"词学兼茂科"的正是宋徽宗。《宋会要辑稿》载大观四年(1110)五月十六日诏:"绍圣之初,尝患士之学者不复留意文词,故设宏词科,岁一试也。然立格法未至详尽,不足以致实学有文之士,可改立词学兼茂科,每岁附贡士院引试。"⑤由此可证,以上二疏中的"陛下"是指宋徽宗而非宋高宗。韩驹政和元年(1111)除秘书省正字,次年贬华州市易务;政和六年(1116)还朝为著作郎;重和元年出知分宁县;宣和二年复入朝为著作郎,五年(1123)除秘书少监,六年(1124)迁中书舍人兼修国史,寻兼权直学士院;未几,坐乡党曲学,以集英殿修撰提举江州太平观;宣和七年(1125),除守和州;钦宗靖康元年(1126),授中书舍人,旋出知南京(应天府),又移知黄州、蔡州⑥。从其履历来看,以上二疏的创作时间很可能是在他宣和六年任中书舍人时。《宋史·韩驹传》载:"(驹)入谢,上曰:'近年为制诰者,所褒必溢美,所贬必溢恶,岂王言之体。且《盘》《诰》具在,宁若是乎?'驹对:'若止作制诰,则粗知文墨者皆可为,先帝置两省,岂止使行文书而已。'上曰:'给事实掌封驳。'驹奏:'舍人亦许缴还词头。'上曰:'自今朝廷事有可论者,一切缴来。'寻兼权直学士院,制词简重,为时所推。"⑦这是韩驹在仕途的顶峰时期,宋徽宗对其颇为信任,故有向皇帝评议时文弊病的进言文字。如此说成立,那么至迟在宣和六年,"官修本"王安石文集就已经完成了,故曰"至今有司颁其书于天下数十百卷,可取视也",明言其乃官方颁定之书。此外,还可知这个本子的王安石文集有"数十百卷",并且是按"箴、铭、歌、诗、赋、颂、

---

① 〔明〕黄淮、杨士奇编:《历代名臣奏议》卷一一五,上海古籍出版社1989年版,第1521—1522页。
② 参见熊海英:《韩驹行年考》,《江西诗派诸家考论》,北京大学出版社2005年版,第165—175页。
③ 曾枣庄、刘琳主编:《全宋文》卷三五〇九,第161册,第375页。
④ 参见祝尚书:《宋代科举与文学》,中华书局2008年版,第30—42页。
⑤ 〔清〕徐松辑:《宋会要辑稿·选举一二之六》,第4450页。
⑥ 参见熊海英:《韩驹行年考》,《江西诗派诸家考论》,第152—165页。
⑦ 〔元〕脱脱等:《宋史》卷四四五,第13140页。

表、奏"等文体分类编排的。

根据韩驹这位历史"目击者"提供的证据，已基本可以断定：由薛昂、王棣等主持编纂的王安石集，在徽宗宣和年间就已经成书并颁行于世了。至于是集到南宋时已散落不存，则是由于靖康战乱的原因。

二、两宋之际的"坊间本"与"闽浙本"

前引王珏《题临川先生文集》一文曾提到，与"官修本"王安石文集相先后，似乎还流传着"坊间本"，即所谓"曾大父之文，旧所刊行，率多舛误"，又云："比年临川、龙舒刊行，尚循旧本。"①所谓"旧本"则显然是指北宋末流传的本子，时间或还早于"官修本"，故祝尚书《宋人别集叙录》云："据此序，则在薛昂编集之前，已有刊本行世，后来龙舒刊本即循其旧。"②可见这些"坊间本"在南宋时犹有流传。

宋人还有一些记载也证明了"坊间本"的存在。如蔡絛《西清诗话》载："而（荆公）其文迄无善本。盖鬻书者夸新逐利，牵多乱真，如'春残叶密花枝少，睡起茶多酒盏疏'，'吾皇英睿超光武，上将威名得隗嚣'，皆元之诗也。《金陵独酌》'西江雪浪来天际'，《寄刘原父》'君不见，翰林放逐蓬莱殿'，王君玉诗也。'临津艳艳花千树'，'天末海门横北固'，'不知朱户锁婵娟'，皆王平甫诗也。此类不胜数。众所传讽者，多非公句。余每叹惜于斯云。"③据李裕民《宋诗话丛考》考证，《西清诗话》成书于宣和五年九月前④，则蔡絛所见的王安石集显然是北宋末"鬻书者"刊行的"坊间本"。

又据曾季狸《艇斋诗话》载："荆公《定林》诗云：'定林修木老参天，横贯东南一道泉。五月杖藜寻石路，午阴多处弄潺湲。'尝见许子礼吏部云，渠亲见定林题壁，不云'修木'云'乔木'，不云'石路'云'去路'，不云'弄潺湲'云'听潺湲'。又《试院中》诗云：'白发无聊病更侵，移床向竹卧秋阴。'子礼云见荆公真本，不云'向竹卧秋阴'，却云'卧竹向秋阴'。皆与印本不同。"⑤"许子礼吏部"乃许忻，字子礼，宣和三年进士，高宗时为吏

---

① 曾枣庄、刘琳主编：《全宋文》卷四六四三，第 209 册，第 257 页。
② 祝尚书：《宋人别集叙录》，中华书局 1999 年版，第 318 页。
③〔宋〕蔡絛：《西清诗话》卷下，张伯伟编校：《稀见本宋人诗话四种》，第 216—217 页。
④ 参见李裕民：《宋诗话丛考》，《文史》第 23 辑，中华书局 1984 年版。
⑤〔宋〕曾季狸：《艇斋诗话》，丁福保辑：《历代诗话续编》，中华书局 2006 年版，第 294 页。

部员外郎①，据《艇斋诗话》，其亲眼所见"定林题壁""荆公真本"与世传的荆公集"印本"诸诗字句有所不同；而罗根泽先生推测《艇斋诗话》作于绍兴二十年（1150）前后②，其时"临川本""龙舒本""杭本"皆已问世（详见下文）。今将诸本二诗并列于下表：

诸本所见王安石《定林》《试院中》二诗

（加着重号的是诸本文字差异处）

	《定林》	《试院中》
许子礼（忻）所见题壁、真本	定林乔木老参天，横贯东南一道泉。五月杖藜寻去路，午阴多处听潺湲。	白发无聊病更侵，移床卧竹向秋阴。朝来雁背西风急，吹折江湖万里心。
《艇斋诗话》载"印本"	定林修木老参天，横贯东南一道泉。五月杖藜寻石路，午阴多处弄潺湲。	白发无聊病更侵，移床向竹卧秋阴。朝来雁背西风急，吹折江湖万里心。
临川本③	定林青木老参天，横贯东南一道泉。六月杖藜寻石路，午阴多处弄潺湲。	白发无聊病更侵，移床卧竹向秋阴。朝来雁背西风急，吹折江湖万里心。
龙舒本④	定林修木老参天，横贯东南一道泉。五月杖藜寻石路，午阴多处弄潺湲。	白发无聊病更侵，移床卧竹向秋阴。朝来雁背西风急，吹折江湖万里心。
杭本⑤	定林青木老参天，横贯东南一道泉。六月杖藜寻石路，午阴多处弄潺湲。	白发无聊病更侵，移床卧竹向秋阴。朝来雁背西风急，吹折江湖万里心。

不难看出，《艇斋诗话》记载的"印本"二诗在字句上与"临川本""龙舒本"

---

① 参见〔元〕脱脱等《宋史》卷四二二，第12607页；〔清〕黄宗羲著，〔清〕全祖望补修，陈金生、梁运华点校《宋元学案》卷四五《范许诸儒学案》，第1445页。

② 参见罗根泽《中国文学批评史》（三），上海古籍出版社1984年版，第233页。

③ 此据1959年中华书局用明嘉靖三十九年庚申（1560）抚州覆绍兴中詹大和桐庐刊本为底本排印的《临川先生文集》（见其序言），二诗分别见于卷三〇、卷三一，第340、345页。按："临川本"宋本已佚，明代流传甚广的"递修本"，据今人考证，实多祖"杭本"，故学者云宋以后"杭本"一统天下，参见王岚《宋人文集编刻流传丛考》，第156—164页；明嘉靖三十九年有何迁刊本《临川先生文集》，流传极广，《四部丛刊初编》收录的《临川先生文集》即据何本影印，故疑中华书局1959年本所据者亦是此本。关于何迁本，今人或曰其乃翻刻詹大和本，参见祝尚书《宋人别集叙录》，第333页；或曰其乃由王珏本相沿而来，参见王岚《宋人文集编刻流传丛考》，第162—164页，而以后一种说法更为普遍。

④ 此据1962年中华书局上海编辑所影印宋本《王文公文集》，二诗分别见于卷六三、卷七六，而《定林》题作《定林院三首》其二，《试院中》题作《试院中五绝句》其二。

⑤ 此据国家图书馆藏元明递修本《临川先生文集》（善本书号07667），是本前有元吴澄所作《临川王文公文集序》，据今人考证，嘉靖十三年（1534）刘氏安正堂本卷首收有此序，参见王岚《宋人文集编刻流传丛考》，第162页；而刘氏安正堂本乃翻刻元修绍兴王珏本，参见祝尚书《宋人别集叙录》，第331页。二诗分别见于卷三〇、卷三一。

"杭本"均有不同程度的差异，应当是另外流传的"坊间本"。

再如吴曾《能改斋漫录》载："荆公尝任鄞县令。昔见一士人，收公亲札诗文一卷，内有两篇，今世所刊文集无之。其一《马上》云：'三月杨花迷眼白，四月柳条空老碧。年光如水尽东流，风物看看又到秋。人世百年能几许，何须戚戚长辛苦。富贵功名自有时，箪瓢菜茹亦山雌。'其二《书会别亭》云：'西城路，居人送客西归处。年年即问去何时，今日扁舟从此去。春风吹花落高枝，飞来飞去不自知。路上行人亦如此，应有重来此处时。'"①其中《马上》《书会别亭》二诗，"临川本""杭本"皆收，分别见于卷一〇、卷一二，而《马上》题作《马上转韵》；"龙舒本"未收《马上》，《书会别亭》见于卷四八，而吴曾云"今世所刊文集无之"，可见他所看的并非"临川本""杭本"或"龙舒本"，而是"坊间本"。

这些王安石集的"坊间本"究竟是一种还是数种，今已不得而知。不过可以肯定的是，它们多出于商贾之手，因急功近利而校刻质量不精，这从王珏、蔡絛诸人"旧所刊行，率多舛误""夸新逐利，牵多乱真"的批评中即可见一斑。

两宋之交，闽、浙间还流传着王安石集的刊本，称为"闽浙本"。黄次山《绍兴重刊临川文集序》曰："绍兴重刊《临川集》者，郡人王丞相介甫之文，知州事桐庐詹大和甄老所谱而校也。……一日谓客曰：'……吾今所校本，仍闽、浙之故尔……'"②可见闽、浙刊本在绍兴年间仍较常见，故詹大和编集时犹多有参照。

三、"临川本""龙舒本"与"杭本"

南宋时，詹大和（1093—1140）来到王安石的故乡抚州（治临川）任知州，遂有意为本邦先贤王安石编刻文集，并请黄庭坚族子黄彦平（字季岑，号次山）作序记其原委③："艺祖神武定天下，列圣右文而守之。江西士大

①〔宋〕吴曾：《能改斋漫录》卷一一，第337页。
②引自〔宋〕王安石：《临川先生文集》附录二，王水照主编：《王安石全集》，第1844页。
③参见清永瑢等《四库全书总目》卷一五六《三余集》："惟《丰城县志》载宋黄得礼字执中，元祐间进士……又载得礼……次子彦平，字季岑，号次山，登宣和进士。建炎初仕至吏部郎中。出提点湖南刑狱。载其世系名字、科第仕履，皆一一条晰。然则撰此集者乃黄彦平。所谓次岑、次山、季岑者，或传写讹异，或偶以字行耳。"（第1352页）今人或谓黄彦平卒于绍兴九年，见曾枣庄、吴洪泽：《宋代文学编年史》，凤凰出版社2010年版，第1230、1448页；然据《绍兴重刊临川文集序》自署"（绍兴）十年五月戊子，豫章黄次山季岑父序"，则知黄彦平绍兴十年尚在，《宋代文学编年史》之说不确。

夫多秀而文,挟所长与时而奋。王元之、杨大年笃尚音律,而元献晏公臻其
妙;柳仲涂、穆伯长首唱古文,而文忠欧阳公集其成。南丰曾子固,豫章黄
鲁直,亦所谓编之乎诗书之册而无愧者也。丞相早登文忠之门,晚跻元献
之位,子固之所深交,而鲁直称为不朽。近岁,诸贤旧集,其乡郡皆悉刊行,
而丞相之文流布闽、浙,顾此郡独因循不暇,而詹子所为奋然成之者也。"①

　　詹大和刊刻的这个本子名为《临川文集》,凡一百卷。据黄彦平序文交
代,是集的成书过程似乎颇为仓促:"纸墨既具,久而未出。一日(詹子)谓
客曰:'读书未破万卷,不可妄下雌雄。雠正之难,自非刘向、扬雄,莫胜其
任。吾今所校本,仍闽、浙之旧尔,先后失次,讹舛尚多。念少迟之,尽更其
失,而虑岁之不我与也,计为之何?'客曰:'不然。皋、苏不世出,天下未尝
废律;刘、扬不世出,天下未尝废书。凡吾所为,将以备临川之故事也,以小
不备而忘其大不备,士夫披阅,终无时矣。明窗净榻,永昼清风,日思误书,
自是一适。若览而不觉其误,误而不能思,思而不能得,虽刘、扬复生,将如
彼何哉!'詹子曰:'善! 客其为我志之。'"②此序作于"(绍兴)十年(1140)
五月戊子"。考诸詹大和生平,汪藻《詹太和墓志铭》云:"詹君讳太和③,字
甄老……知江、虔、抚三州,再知虔州以殁……擢直显谟阁、知虔州。贼黄
细三等暴甚……(君)平其尤剧者二十余辈,渠魁皆生致戏下。于是汀、吉、
循、梅数州皆倚君为重。转朝请大夫,移抚州。到官扩廪济饥民,所活以万
计。召对,复知虔州。又召对,卒于临安客舍,年四十八,时绍兴十年十月
癸未也。"④以此可知詹大和卒于绍兴十年十月,卒前迭任虔、抚、虔之知
州,其第一次知虔时曾平定贼盗之乱。据《建炎以来系年要录》卷一一二
载:"(绍兴七年七月)乙丑,直龙图阁、知虔州张觷条上措置盗贼事件"⑤,
同书卷一二〇又载:"(绍兴八年六月)庚午,诏故左朝请郎、直龙图阁、知虔
州张觷特与遗表恩泽一名。觷至郡,未踰岁而卒。"⑥由此推断,詹大和知

①〔宋〕黄次山:《绍兴重刊临川文集序》,引自〔宋〕王安石:《临川先生文集》附录二,王水照主编:
　《王安石全集》,第1844页。
②〔宋〕黄次山:《绍兴重刊临川文集序》,引自〔宋〕王安石:《临川先生文集》附录二,王水照主编:
　《王安石全集》,第1844—1845页。
③按:詹大和之名,今一般作"大和",而汪藻《詹太和墓志铭》作"太和"。
④曾枣庄、刘琳主编:《全宋文》卷三三九三,第157册,第378—380页。
⑤〔宋〕李心传著,胡坤点校:《建炎以来系年要录》卷一一二,中华书局2013年版,第2094页。
⑥〔宋〕李心传著,胡坤点校:《建炎以来系年要录》卷一二〇,第2239页。

虔州应是继前任张鼐以继续平寇,时间为绍兴八年(1138)六月张鼐致仕后。那么,詹大和知抚州的时间应该更晚,或应在绍兴九年(1139)左右。据《绍兴重刊临川文集序》的创作时间,可知詹大和绍兴十年五月仍在抚州任上,而其离开抚州再知虔州之时间,应在绍兴十年七月,《建炎以来系年要录》卷一三七载,"(绍兴十年七月)乙酉,直徽猷阁、主管台州崇道观张滉知抚州"①,张滉知抚州当即接替詹大和。故此,詹大和知抚州的时间,是在绍兴九年至十年七月之间,《临川文集》就是在这一时期编刻而成的。在此期间,詹大和除了要处理知州事务,还要"扩廪济饥民",可见其真正能用于编校王安石诗文的时间并不会太充裕。是故詹大和本人也承认所据乃闽、浙旧本,并非善本;而自己所作的校订也因时间急迫而并不完善,故只好借"门客"之语聊以自解:"明窗净榻,永昼清风,日思误书,自是一适。若览而不觉其误,误而不能思,思而不能得,虽刘、扬复生,将如彼何哉!"

据汪藻《詹太和墓志铭》,詹大和为严州遂安(今属浙江淳安)人,唐高祖武德年间曾置严州,治所设在桐庐县②,故黄彦平称其为"桐庐詹大和"③,所以《临川文集》除了因刊刻于抚州而称"临川本"外,有时也被称为"桐庐本"。

大约在"临川本"之后,绍兴二十一年(1151)之前,"龙舒"又有《王文公文集》一百卷本出现。前引王珏《题临川先生文集》曾提到:"比年临川、龙舒刊行,尚循旧本。"④"临川"指詹大和刻本,"龙舒"即后世通常所称的"龙舒本"。

对这个本子,首先要明确的就是宋代的"龙舒"是何地。对这个问题,学界至今尚有争议。正如李伟国《绍兴末隆兴初舒州酒务公文研究》一文指出的:"'龙舒'在宋代已为古地名,其地究竟属宋朝何州何县,宋末即已传闻异词,一说在舒州,一说在庐州舒县,清季复众说纷纭,两地人修志,都连篇累牍,加以考证,似乎'龙舒'成了荣耀的称号。这桩公案,至今仍未了结。"⑤事实也的确如此。如赵万里《宋龙舒本〈王文公文集〉题记》先是说

①〔宋〕李心传著,胡坤点校:《建炎以来系年要录》卷一三七,第2584页。
②参见〔五代〕刘昫等:《旧唐书》卷四〇《地理志三》,中华书局1975年版,第1595页。
③按:有些学者径称詹大和为桐庐(今浙江桐庐县)人,当误。
④曾枣庄、刘琳主编:《全宋文》卷四六四三,第209册,第257页。
⑤李伟国《绍兴末隆兴初舒州酒务公文研究》,邓广铭、漆侠主编:《国际宋史研讨会论文选集》,河
　北大学出版社1992年版,第120页。

"龙舒即今安徽舒城，宋时属淮南西路庐州，南境与舒州接壤"①，随即又举了南宋舒州刻书的例子，则"龙舒"究竟是庐州的舒城（今安徽合肥庐江县）还是舒州（今安徽安庆潜山县），本身就说得含糊其辞。马德鸿、胡光《龙舒本〈王文公文集〉考》所言同样比较模糊："龙舒即今安徽潜山、舒城一带，宋时属淮南西路庐州。宋皇祐四年……是时王安石始任舒州通判……安石读书处即为现舒王台，故址在今潜山城内东南隅天宁寨上，环境十分清幽雅致，王任舒州通判期间，每夜必登此台读书……后龙舒刊刻《王文公文集》，世人称龙舒本，何人刊刻此书待考，约是纪念安石故。"②祝尚书《宋人别集叙录》云："……龙舒本即此本……则是集舒州已非初刊；而列于临川本之后，则龙舒本疑刊于绍兴十年之后、绍兴二十一年之前。"③这显然是认定"龙舒"指舒州；但王岚《宋人文集编刻流传丛考》云："在庐州舒城县（今属安徽），又有《王文公文集》一百卷刻本出现……龙舒是舒城的古称，因有龙舒水流过城市而得名。"④此说却又是庐州舒城说的支持者。

　　遇到地名问题当然先想到查找地理志，但宋代有的地理志已经对"龙舒"地名的归属夹杂不清了，如祝穆《方舆胜览》卷四九《安庆府》"〔郡名〕龙舒"条下注⑤："《郡县志》：'汉为庐江，统县十二，有皖，有潜，有舒，有龙舒。'又云：'舒、龙舒、庸舒、舒鸠、舒城，其实一也。又曰群舒。'按《合肥志》：'今舒城县属庐州。'引《春秋注》，且曰：'庐江南有舒城，舒城西南有龙舒。'"⑥可见庐州舒城古称"龙舒"，宋以前的地理志就已明确记载了。但问题是，祝穆在"安庆府"即"舒州"这里引据"庐州舒城"的资料，显然是混淆了二者的区别，后人若以《方舆胜览》为依据，就只能对"龙舒"究竟是"庐州舒城"还是"舒州"产生更多分歧。

　　其实大多数宋人对"龙舒"地名还是十分清楚的，它本来就既可指代"庐州舒城"也可指代"舒州"，到底指称何地，则要视具体的语境而定。如《诗话总龟》的编纂者阮阅，南宋胡仔《苕溪渔隐丛话》称其"字闳休，官至中

---

① 见〔宋〕王安石：《王文公文集》卷首，中华书局上海编辑所1962年影印宋本。
② 马德鸿、胡光：《龙舒本〈王文公文集〉考》，《新世纪图书馆》2005年第1期。
③ 祝尚书：《宋人别集叙录》，第326页。
④ 王岚：《宋人文集编刻流传丛考》，第157—158页。
⑤ 按：安庆府即舒州，绍兴十七年改安庆军，庆元元年升安庆府，见〔元〕脱脱等：《宋史》卷八八《地理志四》，第2184页。
⑥ 〔宋〕祝穆著，〔宋〕祝洙增订，施和金点校：《方舆胜览》卷四九，中华书局2003年版，第874—875页。

大夫,尝作监司郡守,庐州舒城人"①,吴曾《能改斋漫录》则谓"龙舒人阮阅字宏休"②,这里的"龙舒"显然是指"庐州舒城";而楼钥《吴宗旦知舒州》制云,"敕具官某:龙舒在淮右为名郡,士大夫以剖符为乐,而朝廷必选才而后授之尔"③,却是在朝廷公文中以"龙舒"代指"舒州"了。

由此可见,想要明确"龙舒本"的归属地,关键是找出相关"语境"。王珏《题临川先生文集》但云"比年临川、龙舒刊行,尚循旧本",语焉不详,难以判断其所指究竟是"庐州舒城"还是"舒州"。但值得庆幸的是,"龙舒本"《王文公文集》宋本残帙犹存,国内传本清光绪年间为宝应刘启瑞食旧德斋所藏,存卷一至三、八至三六、四八至六〇、七〇至一〇〇,共七十六卷,大多数纸背都有南宋人书简手札与官方公牍,恰恰为"龙舒本"提供了比较特殊的"历史语境"。这些书信与公牍于1990年被上海古籍出版社以《宋人佚简》之名出版,引起了史学界的极大兴趣;由于"龙舒本"与这些"佚简"是刻在一起的,因此,一些研究宋史的学者通过对"佚简"的考察,也顺带引出了对《王文公文集》刊刻地点的考证。李伟国《绍兴末隆兴初舒州酒务公文研究》即分析道:"从公牍纸上所盖的大量'向氏珍藏'印和公牍内容可知,这些纸的原主是向沟,曾任舒州知州。这批公牍中有叶义问致向沟信云:'新除深为赞庆,承已束装就道,行且视篆龙舒,得贤太守千里,所赖多矣。'又邵宏渊致向沟信:'使府解淮右之漕权,填龙舒之□□。'……从中得知,南宋初人以舒州为古龙舒地,并无疑义。《王文公文集》称龙舒本,刻于舒州,亦确切无疑。"④由于《王文公文集》背面的"佚简"皆是与舒州有关的书信与公牍,至此已经可以确定,"龙舒本"确系舒州刻本,而并非刻于同样有"龙舒"之称的庐州舒城。

宋本"龙舒本"除国内所存外,日本宫厅书陵部还藏有一部,存卷一至七〇,北京图书馆(即今中国国家图书馆)从日本东洋文库得其胶卷,将两部残本相合。1962年,中华书局上海编辑所将原先傅增湘拍摄的刘氏原本玻璃片,依北京图书馆所藏胶卷补足缺卷,影印出版,使"龙舒本"《王文

---

① 〔宋〕胡仔纂集,廖德明点校:《苕溪渔隐丛话》前集卷一一,第75页。
② 〔宋〕吴曾:《能改斋漫录》卷一七,第488页。按:"阮闳"为"阮阅"之误。
③ 曾枣庄、刘琳主编:《全宋文》卷五九〇四,第262册,第220页。
④ 李伟国:《绍兴末隆兴初舒州酒务公文研究》,邓广铭、漆侠主编:《国际宋史研讨会论文选集》,第120页;还可参见陈静:《〈宋人佚简〉之"舒州"、"龙舒"地名考》,《沧州师范专科学校学报》2011年第3期。

公文集》一百卷重新流传行世;1974年唐武标点校、上海人民出版社排印的《王文公文集》,即以"龙舒本"为底本。

"龙舒本"与后来王珏"杭本"均按诗文文体分类编次,但编排顺序有所不同,具体可见下表:

龙舒本、杭本文体分类编次表

龙舒本	杭 本
卷一——八:书	卷一——一三:古诗
卷九:宣诏	卷一四——三四:律诗
卷一〇——一四:制诰	卷三五:挽词
卷一五——二一:表	卷三六、三七:集句、歌曲
卷二二——二四:启	卷三八:四言诗、古赋、乐章、上梁文、铭、赞
卷二五:传	卷三九:书疏
卷二六——三三:杂著	卷四〇:奏状
卷三四、三五:记	卷四一——四四:札子
卷三六:序	卷四五——四八:内制
卷三七——五一:古诗	卷四九——五五:外制
卷五二——七七:律诗	卷五六——六一:表
卷七八:挽词	卷六二——七〇:论议
卷七九:集句诗	卷七〇——七一:杂著
卷八〇:集句、歌曲	卷七二——七八:书
卷八一、八二:祭文	卷七九——八一:启
卷八三——八五:神道碑	卷八二、八三:记
卷八六:墓表	卷八四:序
卷八七——一〇〇:墓志	卷八五、八六:祭文、哀辞
	卷八七——八九:神道碑
	卷九〇:行状、墓表
	卷九一——一〇〇:墓志

通过比较可知:1.在编次顺序上,"龙舒本"将诗类列在中间,而"杭本"则先诗后文。2.在文体分类上,"龙舒本"较"杭本"简略,"杭本"的文体区分更

加细致,如"龙舒本"的"制诰"在"杭本"中被区分为"内制"与"外制";"龙舒本"的"表"中包括"表""状""札子",而"杭本"则在"表"之外另列"奏状"与"札子";"杭本"中的"古赋""乐章""铭""赞"等,在"龙舒本"中也分别被归类在"杂著""古诗"中;等等。3."龙舒本"将"律诗"中各体律诗和绝句都杂合在一起,而"杭本"的"律诗"则对五律、五排、七律、七排、五绝、六绝、七绝等做了一番分类整理,更加整齐划一。

王珏曾说龙舒本"尚循旧本",说明"龙舒本"也是有旧本作基础的,故此有的学者认为"龙舒本内容和薛昂初编本比较接近"①,大概即是据王珏此语推测而言。实际上,我们前面通过韩驹《论时文之弊疏》《请立文章楷模疏》二文,已经考察出北宋末"官修本"王安石集"数十百卷"是按"箴、铭、歌、诗、赋、颂、表、奏"等编次的,不难看出,"铭""赋""奏"之类恰恰是"杭本"列出而"龙舒本"未列的,可见若真要从渊源上讲,恐怕"杭本"与"官修本"的关系反而更近一些。

这一点从"杭本"的成书过程也可得到证明。绍兴二十一年(1151)七月,以右朝散大夫、提举两浙西路常平茶盐公事的王珏在为新刊《临川先生文集》一百卷所作的序文《题临川先生文集》中说:"政和中门下侍郎薛公、宣和中先伯父大资皆尝被旨编定。……比年临川、龙舒刊行,尚循旧本。珏家藏不备,复求遗稿于薛公家,是正精确,多以曾大父亲笔、石刻为据。其间参用众本,取舍尤详。至于断缺,则以旧本补校足之。凡百卷,庶广其传云。"②因此可知王珏因家藏文本不全,曾向薛昂后人求索王安石遗稿,然后据王安石手书石刻是正文字;一百卷的编次取舍,系参用众本,残损处以旧本校补完成。

王珏(1112—1164),字德全,王安石曾孙,生平事迹见晁公遡所撰《王少卿墓志铭》③。其任提举两浙西路常平茶盐公事的时间,《吴郡志》卷七记载甚明:"右朝散大夫王珏,绍兴十九年十一月十五日到任,绍兴二十一年十二月十四日任满。"④再据《题临川先生文集》所署时间,则王珏编刻

①赵万里:《宋龙舒本〈王文公文集〉题记》,见〔宋〕王安石:《王文公文集》卷首,中华书局上海编辑所1962年影印宋本。
②曾枣庄、刘琳主编:《全宋文》卷四六四三,第209册,第257页。
③曾枣庄、刘琳主编:《全宋文》卷四七〇〇,第212册,第74—76页。
④〔宋〕范成大纂修,〔宋〕汪泰亨等增订:《吴郡志》卷七,《宋元方志丛刊》,第743页。

《临川先生文集》当是在绍兴十九年十一月至绍兴二十一年七月之间,前后至多二十一个月。相比于詹大和"临川本"十几个月的编刻时间,王珏"杭本"的成书时间略微从容一些,但似乎也不足以使其撇开其他王集旧本而重新编定,故"杭本"与旧本之间存在着千丝万缕的关系。尤其是"临川本",余嘉锡《四库提要辨证》即怀疑"杭本"与"临川本"差别不大,"杭本"之不同只是做了"是正精确"的文字校勘而已①。祝尚书《宋人别集叙录》亦云:"就版本体系而言,王珏本与詹大和本其实相同。或者王珏在薛氏家所得原即闽、浙旧本,不过有所校正,经靖康兵火之后,薛家已无所谓'遗稿';或者闽、浙旧本原即出于薛昂本,薛本、闽浙本、詹本,再由薛本('遗稿')到王本,诸本同源。若非如此,则正如余氏所说,詹、王两本即应大相径庭。此事可疑,今已不易确考。"②尽管如此,"杭本"在校勘质量上应比旧本有了一定程度的提高,正如有的学者指出的:"在绍兴年间,王珏此刻出现之前的闽本、浙本都有先后失次、多舛讹之弊病,詹大和临川刻本也没来得及完全纠正这些缺失,而有了这些前人的旧本作基础,王珏此次便作了较为精细的校勘补缺工作。他参校了'众本',其中除了他在刊刻序中明确提到的'临川'、'龙舒'二本之外,应当还有别的旧本。特别是他用当时还留存甚多的王安石手书石刻作为是正文字的一种可靠版本,无疑使该本的校勘质量胜出众本。"③

"杭本"《临川先生文集》的宋刻本尚存三种残帙,全部收藏于北京大学图书馆,而元、明递修的全本却不下十几种,由是形成了宋以后"杭本"一统天下的局面④。

自"临川本""龙舒本""杭本"等问世以来,宋人读王安石文集便有了可以依托的本子。不过,这几种本子本身都并不完善,因此宋人在读集的过程中也发现了不少问题,主要包括:1. 未充分利用王安石传世真迹,或妄意窜改文字。如洪迈《容斋四笔》载:"'杨柳鸣蜩绿暗,荷花落日红酣。三十六陂春水,白头想见江南。'荆公《题西太一宫》六言首篇也。今临川刻本以'杨柳'为'柳叶',其意欲与荷花为切对,而语句遂不佳。此犹未足问,至改

---

① 余嘉锡:《四库提要辨证》卷二一,第 1355 页。
② 祝尚书:《宋人别集叙录》,第 321 页。
③ 王岚:《宋人文集编刻流传丛考》,第 159 页。
④ 参见王岚:《宋人文集编刻流传丛考》,第 159—164 页。

'三十六陂春水'为'三十六宫烟水'，则极可笑。公本意以在京华中，故想见江南景物，何预于宫禁哉！不学者妄意涂窜，殊为害也。彼盖以太一宫为禁廷离宫尔。"①再如胡仔《苕溪渔隐丛话》载："鲁直书荆公集句《菩萨蛮词》碑本云：'数间茅屋闲临水，窄衫短帽垂杨里。花是去年红，吹开一夜风。娟娟新月偃，午醉醒来晚。何许最关情，黄鹂三两声。'因阅《临川集》，乃云：'今日是何朝，看余度石桥。'余谓不若'花是去年红，吹开一夜风'为胜也。"②2.误收他人作品入集中。孙觌《与苏守季文》即云："比临川刻荆公诗文，赝本居十之一，而错谬不可读。"③如黄伯思《东观余论》载："按《隋经籍志》《唐艺文志》，《相鹤经》皆一卷，今完书逸矣。特马总《意林》及李善注鲍照《舞鹤赋》钞出大略，今真靖陈尊师所书即此也，而流俗误录著故相国舒王集中，且多舛午。"④再如龚明之《中吴纪闻》载："方子通一日谒荆公，未见，作诗云：'春江渺渺抱墙流，烟草茸茸一片愁。吹尽柳花人不见，春旗催日下城头。'荆公亲书方册间，因误载《临川集》，后人不知此诗乃子通作也。"⑤又，《苕溪渔隐丛话》引《复斋漫录》云："景文（宋祁）《咏叔孙通》云：'马上成功不喜文，叔孙绵蕞擅经纶。诸生可笑贪君赐，便许当时作圣人。'王逢原《咏叔孙通》作，亦用此意云：'弟子由来学未纯，异时得失亦频频。一官所买知多少，便拟先生作圣人。'其用意正同，今荆公集所载宋诗，非也。"⑥又，陆游《家世旧闻》载："先君言：今《临川集》中，有《君难托》一篇，是平甫诗，自载《平甫集》。议者便谓荆公去位后所作，此浅丈夫之论也。"⑦又，楼钥《跋白乐天集目录》云："香山居士之诗，爱之者众，亦有轻之者……'周公恐惧流言日，王莽谦恭下士时。若使当时身便死，一生真伪有谁知？'今在《王文公集》中，不知亦香山诗也。"⑧3.有作品遗漏未收。如吴曾《能改斋漫录》载："王荆公有唐律一首，寄池州夏太初，今集不载。其叙云：'不到太初郎中兄所居，遂已十年，以诗奉寄。'诗云：'一水衣巾剪翠绡，

①〔宋〕洪迈著，孔凡礼点校：《容斋随笔·四笔》卷七，中华书局 2005 年版，第 710—711 页。

②〔宋〕胡仔纂集，廖德明点校：《苕溪渔隐丛话》后集卷三九，第 326 页。

③〔宋〕孙觌著，〔宋〕李祖尧编注：《李学士新注孙尚书内简尺牍》卷七，宋蔡氏家塾刻本。

④〔宋〕黄伯思：《宋本东观余论》卷下《跋慎汉公所藏相鹤经后》，中华书局 1988 年据《古逸丛书三编》影印，第 286 页。

⑤〔宋〕龚明之著，孙菊园点校：《中吴纪闻》卷四，第 89—90 页。

⑥〔宋〕胡仔纂集，廖德明点校：《苕溪渔隐丛话》后集卷二〇，第 141 页。

⑦〔宋〕陆游著，孔凡礼点校：《家世旧闻》卷下，中华书局 1993 年版，第 209 页。

⑧曾枣庄、刘琳主编：《全宋文》卷五九六〇，第 264 册，第 289 页。

九峰环佩刻青瑶。平生故有山川气,卜筑兼无市井嚣。三叶素风门阀在,十年陈迹履綦销。归来早晚重携手,莫负幽人久见招。'"①同书又载:"王荆公尝题一绝句于夏昳扇云:'白马津头驿路边,阴森乔木带漪涟。夕阳一马匆匆过,梦寐如今十五年。'本集不载,见《湟川集》。"②再如佚名《京口耆旧传·陈辅传》云:"一日,安石丧马,为之设斋,辅之作诗戏之,末章有'含识应为狮子去,却来重载法王身'之句。安石和之,末章云:'隐几先生未忘物,葛陂犹问化龙身。'其他唱酬甚多,见《南郭集》中,盖有《临川集》所不载者。"③由此可见,无论是在校勘、辨伪还是辑佚等方面,"临川本""龙舒本""杭本"都还有不少问题存在。

四、"《大成集》本"与"一百六十卷本"

除"临川本""龙舒本""杭本"外,宋代还有两种王安石集值得注意。

其一是眉山杜仲容绍兴间所刻"《大成集》本"。程敦厚《临川文集序》云:"自孔子殁,曾子、子思、孟子以降,得道德之传而发圣贤之秘以诏后觉,惟国朝欧阳氏、司马氏、苏氏、王氏、程氏,各一家言,皆非汉唐先儒之所能到。然王氏之学,其弊在于尚同,而施于政事者,又不幸失于功利。文正、东坡二先生之所排者,以此而已。及至于文词之雅健,诗章之精深,春容怡愉,一唱三叹。尽善极挚,则无以议也。而后代之士,见之不明,讲之不详,则摈以为邪说,举而弃之,可乎? 乡人杜仲容悉裒临川凡所论著,合为大成集,锼木以行于世,曰抑有以也,谓:'吾州里唯知尊苏氏,而不博取约守,以会仁智之归,彼自陋也。'予于是乐为之书。"④祝尚书《宋人别集叙录》考证道:"今案程敦厚字子山,眉山人,绍兴五年进士,累官中书舍人,坐附会秦桧谪。则杜仲容刊行《临川文集》,疑在绍兴后期(秦桧未死前)。"⑤考诸程敦厚生平⑥,绍兴十一年(1141)以依附秦桧召试为秘书省校书郎,积官至起居舍人兼权中书舍人兼侍读;绍兴十三年(1143)因争媚韩世忠、张俊等

①〔宋〕吴曾:《能改斋漫录》卷一一,第 321 页。
②〔宋〕吴曾:《能改斋漫录》卷一一,第 334 页。
③〔宋〕佚名:《京口耆旧传》卷三,《景印文渊阁四库全书》,第 451 册,第 151 页。
④曾枣庄、刘琳主编:《全宋文》卷四二八八,第 194 册,第 283 页。
⑤祝尚书:《宋人别集叙录》,第 329 页。
⑥可参见顾友泽:《程敦厚事迹辨误》,《文学遗产》2010 年第 6 期;顾友泽:《南宋程敦厚卒年考》,《江海学刊》2013 年第 1 期。

人而忤秦桧，谪知安远县；绍兴十四年（1144）改通判彭州①，其后似又以左承议郎主管台州崇道观的闲职居于眉山，绍兴二十一年（1151）十一月以献诗谀颂秦桧，始由左承议郎主管台州崇道观直徽猷阁，重回政坛。之所以言其曾居眉山，是根据《建炎以来系年要录》卷一六三所载："（绍兴二十二年七月）辛亥，左朝散大夫、知眉州邵博罢。先是，直徽猷阁程敦厚废还里居，专以持郡县短长、通赇谢为业。及博为守，貌礼之，而凡以事来，辄不答。敦厚衔之。"②程敦厚是眉山人，"废还里居"当然就是罢居眉山，他为乡人杜仲容编刻的王安石"《大成集》本"作序，极有可能是在这段期间，即绍兴十四年至二十一年之间。南宋绍兴年号共用三十二年，《宋人别集叙录》谓"杜仲容刊行《临川文集》，疑在绍兴后期"，或恐未必如此。

其二是"一百六十卷本"，乃明人华夏（字中甫）所藏宋刊本。《宋人别集叙录》云："何焯跋嘉靖翻宋本道：'内阁宋刻《临川集》，其行数字数卷帙与此皆同，唯华中甫真赏斋所藏独为一百六十卷。此本不知尚在人间否？以中甫之力，能重开以传，而独私之为斋中珍玩。吁，可嘅已！'岛田翰《残宋本跋》引说者语，谓'其作百六十卷者，徒分析其卷帙耳'。究竟如何，因原本清初已不可得，今莫可考其详。"③

在宋、元人所著的公私目录中，陈振孙《直斋书录解题》卷一七载《临川集》，还有《宋史·艺文志》载《王安石集》，皆为一百卷，而未知具体所指为何时何地刊本；晁公武《郡斋读书志》卷四下，马端临《文献通考》卷二三五载《临川集》皆为一百三十卷；郑樵《通志》卷七〇载《临川集》一百卷又《临川后集》八十卷；此外，《名臣碑传琬琰集》下卷一四《王荆公安石传》（《实录》），载其《文集》一百卷，《奏议》一百七十卷。"临川本""龙舒本""杭本"皆为一百卷，由此可知王安石各集在宋代的实际流传情况要复杂得多，只不过由于资料缺失，很多问题已经无从考证了。

五、其他编选集

根据现存记载，由宋人编选的王安石集，还有以下几种值得注意：

---

① 宋李心传著、胡坤点校《建炎以来系年要录》卷一五二："（绍兴十四年九月）庚申……左奉议郎、知安远县程敦厚令吏部差通判彭州。"（第 2874 页）

② 〔宋〕李心传著，胡坤点校：《建炎以来系年要录》卷一六三，第 3102 页。

③ 祝尚书：《宋人别集叙录》，第 329 页。

　　第一种，王安石门人陈辅编的《半山集》二卷。陆游《跋半山集》载："右，《半山集》二卷，皆荆公晚归金陵后所作诗也。丹阳陈辅之尝编纂刻本于金陵学舍，今亡矣。"①由此可知，《半山集》所收皆王安石罢相归金陵后的诗作。陈辅，字辅之，号南郭子，人称南郭先生，丹阳（今属江苏）人。少负俊才，不事科举，以诗为王安石所赏，由是出入门下多所唱和，深得安石厚遇。苏轼、邹浩、蔡肇、沈括等皆与之游②。有《南郭集》四十卷，已佚；又有残本《陈辅之诗话》一卷。陈辅的具体生卒年不详，但据《京口耆旧传》载，"其诗文自治平至元祐二十卷为前集，自元祐抵政和二十卷为后集"③，则其人当生于英宗治平前，卒于徽宗政和后。陈辅编《半山集》应是在荆公逝世之后；《跋半山集》言"丹阳陈辅之尝编纂刻本于金陵学舍"，而据周广学《古代的公牍纸印书》一文云宋代"公款刻书置之郡斋、书院等处留作公用，而私钱刻书，则归个人所有"④，则陈辅似曾为金陵学官，故有条件在学院刻书并留存。苏轼元祐五年（1090）前后曾寄章衡书，《与章子平十二首》其六曰："某少事试干闻。京口有陈辅之秀才，学行甚高，诗文皆过人，与王荆公最雅素。荆公用事，他绝不自通。及公退居金陵，日与之唱和，孤介寡合，不娶不仕，近古独行。然贫甚，薪水不给。窃恐贵郡未有学官，可请此人否，如何？乞示及。月给几何，度其可足，即当发书邀之。如已有人，或别有所碍，即已。哀其孤高穷苦，故谩为之一言。"⑤由此可知陈辅在元祐五年前尚无任何职事，生计颇艰，故苏轼将他介绍给知秀州的章衡，请对方聘其为学官。又据王文诰《苏文忠公诗编注集成总案》卷三一"荐柳豫、陈辅之为秀州学官"条下考证："陈辅之于下年从公游万松岭，见于题壁，必学官之事已定，故召以来也。其后公归毗陵，辅之特往问疾。"⑥根据这些线索，似乎可以推测：陈辅由苏轼推荐，始出为秀州学官；后来可能又做江宁府学官，并在金陵学舍编纂刊刻了《半山集》。如果这一推测成立，那么，《半山集》应是在元祐（至少元祐五年之后）至政和之间编成的。

①〔宋〕陆游：《渭南文集》卷二七，《陆放翁全集》，第 164 页。

②参见〔宋〕佚名：《京口耆旧传》卷三《陈辅传》，《景印文渊阁四库全书》，第 451 册，第 150—151 页。

③〔宋〕佚名：《京口耆旧传》卷三，《景印文渊阁四库全书》，第 451 册，第 151 页。

④周广学：《古代的公牍纸印书》，《图书与情报》1991 年第 3 期。

⑤按：此文之系年，据张志烈、马德富、周裕锴主编《苏轼全集校注》文集卷五五，河北人民出版社
　　2010 年版，第 17 册，第 6107 页。

⑥〔清〕王文诰：《苏文忠公诗编注集成总案》卷三一，巴蜀书社 1985 年版，第 12—13 页。

　　第二种，北宋刊印的《半山别集》，以及汪藻（1079—1154）编《临川诗选》一卷。汪氏《跋半山诗》云："《半山别集》有诗百余首，表启十余篇，乃荆公罢相居半山时老笔也。祝邦直作淮南学事司属官时摹印，甚精。德兴建节乡人周彦直，旧从荆公学，亦用此集印行。余皆宝之。过江以来二十年，求之莫获。顷见徐师川，云黄鲁直读此诗，句句击节。公器之不可掩也如此。近观《临川前后集》，犹识其在集中者数十首，因择出录之。而表启不存一字，可惜也。然录者极多舛误。非不知其非真，但不敢擅下雌黄耳。今人谓荆公诗皆其少作，而此老笔无人辨之，尤怅然也。"①《直斋书录解题》卷二〇记载道："《临川诗选》一卷，汪藻彦章得《半山别集》，皆罢相后山居时老笔。过江失之，遂于《临川集》录出。又言有表启十余篇，不存一字。"②由此可知，汪藻记得《半山别集》所选王安石晚年罢相后所作诗，后来从《临川前后集》中摘出，而成《临川诗选》一卷。《跋半山诗》云"过江以来二十年"，以南渡（1127）时间算起，则《临川诗选》或成书于绍兴十七年（1147）左右。

　　汪藻跋中还提到了南渡前见过的《半山别集》，可见这是一部北宋印本，所收兼有诗、文③，皆为王安石晚年所作。今人汤江浩认为《半山别集》与陈辅编刻的《半山集》二卷很可能为同一书④，似乎是没注意到《半山集》所收皆诗⑤，而《半山别集》却诗、文兼收，因此二者显然不是同一种书。汪氏《跋半山诗》云《半山别集》系"祝邦直作淮南学事司属官时摹印""德兴建节乡人周彦直，旧从荆公学，亦用此集印行"，未知祝邦直是否即该书的编者。葛胜仲（1072—1144）有《次韵祝邦直题饮凤泉》诗，在"祝邦直"下有小字注云"廷"⑥，可知祝邦直名祝廷，邦直乃其字。其人曾为淮南学事司属官，崇宁三年（1104）前又曾任提举利州路学事⑦，南渡建炎间为

<hr>

① 曾枣庄、刘琳主编：《全宋文》卷三三八四，第 157 册，第 239 页。
② 〔宋〕陈振孙著，徐小蛮、顾美华点校：《直斋书录解题》卷二〇，上海古籍出版社 1987 年版，第 591 页。
③ 按：前引汪藻《跋半山诗》云"《半山别集》有诗百余首，表启十余篇"。
④ 参见汤江浩：《北宋临川王氏家族及文学考论——以王安石为中心》，第 278 页。
⑤ 按：前引陆游《跋半山集》云"《半山集》二卷，皆荆公晚归金陵后所作诗也"。
⑥ 北京大学古文献研究所编：《全宋诗》卷一三六五，第 24 册，第 15651 页。
⑦ 清徐松辑《宋会要辑稿·职官六八之一八》："（崇宁三年五月）二十一日，提举利州路学士祝廷送吏部与合入差遣，以奸臣章复之亲故也。"（第 3917 页）

卫尉少卿①。另一刊印者周庭俊(1074—1162)，字彦直(一作彦正)②，信州弋阳县(今属江西)人③，是充敷文阁待制、知洪州、江南西路安抚使周执羔之父，少力学自立，尤工词赋，不复治举子业，以子执羔故赐承事郎，以右朝奉大夫致仕④。

又，汪藻《跋半山诗》云其从《临川前后集》中"择出录之"，不知与《通志》所载"《临川集》一百卷又《临川后集》八十卷"有无关系。而《直斋书录解题》谓汪氏所据乃《临川集》，按汪藻与詹大和相友善，后者墓志铭即由汪藻所撰，则汪藻用友人刊刻的《临川文集》而选编《临川诗选》的可能性也很大。只是汪藻何以言"《临川前后集》"，抑或詹氏《临川文集》原本即按"前集""后集"的方式编纂，这已经不得而知了。

第三种，吴说编的《古今绝句》二卷⑤。《直斋书录解题》卷一五载"《古今绝句》二卷。吴说传朋所书杜子美、王介甫诗。师礼之子，王令逢原之外孙也。"⑥吴说，字傅朋，号练塘，钱塘(今浙江杭州)人，吴师礼之子，王令外孙。其人建炎中提举两浙市舶，绍兴中除尚书郎，出知信州，再知盱眙军，主管崇道观；又以书法闻名当世⑦。

吴说撰《跋古今绝句》曰："说少日尝观山谷老人为同郡胡尚书以砑绫笺写杜陵、临川绝句，错综间见，参以行草。亦概闻其绪言，谓古今绝句，造

---

① 汪藻《祝廷卫尉少卿制》："九卿，朝廷高选也，异时率以诸郎久次者为之，未有径跻而躐至者也。以尔太学誉髦之旧，累朝循吏之余，独抱遗编，不忘所学，屡持使节，几老于行，是用升之，特揖之联，遂尔本朝之志。职闲无事，惟以均劳。"见〔宋〕汪藻：《浮溪集》卷八"外制"，张元济辑《四部丛刊初编》，商务印书馆1929年版，第1040册。按：此文列于"外制"，当系汪藻为中书舍人时所作，时间在建炎元年(1127)五月至二年(1128)二月、建炎三年(1129)六月至七月，参见金建锋：《汪藻年谱》，广西师范大学硕士学位论文，2006年，第30—36页。
② 按：周庭俊之字，所据乃孙觌《鸿庆居士集》卷三六《宋故右朝奉大夫致仕周公墓志铭》一文。周庭俊之字，《全宋文》据《常州先哲遗书》本《鸿庆居士集》作"字彦正"，见曾枣庄、刘琳主编：《全宋文》卷三四九一，第161册，第59页；而《景印文渊阁四库全书》本《鸿庆居士集》作"字彦直"，见《景印文渊阁四库全书》，第1135册，第386页。
③ 按：汪藻《跋半山诗》云"德兴建节乡人"，盖建节乡本属弋阳县，徽宗政和、宣和间归入德兴县。见宋张世南著、张茂鹏点校《游宦纪闻》卷一："又德兴县《开山记》载，宣政间，拨弋阳县建节乡入本县。"(中华书局1981年版，第2页。)
④ 参见〔宋〕孙觌：《宋故右朝奉大夫致仕周公墓志铭》，曾枣庄、刘琳主编：《全宋文》卷三四九一，第161册，第58—61页。
⑤ 元脱脱等《宋史》卷二〇九《艺文志八》作"吴说编《古今绝句》三卷"(第5400页)。
⑥ 〔宋〕陈振孙著，徐小蛮、顾美华点校：《直斋书录解题》卷一五，第449页。按：该书于"传朋"二字出校："卢校本'传朋'作'傅朋'。"
⑦ 参见曾枣庄、刘琳主编：《全宋文》卷三九七〇吴说小传，第181册，第158页。

微入妙，无出二家之右。说近岁尝以所闻质诸当代诗匠，咸谓斯言可信不疑。今二集行于世者凡一百二十卷，每欲检寻绝句，如披沙拣金，徒劳翻阅。暇日掇拾，自为一编，得杜陵五言、七言凡一百三十有二首，临川五言、六言、七言凡六百十有三首，目曰《古今绝句》。手写一本，锓木流传，以与天下后世有志于斯文者共之。不敢辄为序引，谨以所闻附之篇末。绍兴二十三年，岁在癸酉，三月二十九日，钱塘吴说题。"①由此可知：其一，吴氏编《古今绝句》实是因少时受到了黄庭坚的启发，盖山谷常手书老杜、荆公绝句以示后学，并称"古今绝句，造微入妙，无出二家之右"，吴说耳濡目染，故有编杜、王绝句之举，并径题其集为《古今绝句》；其二，《古今绝句》收杜甫绝句 132 首，王安石绝句 613 首，从他们现存诗歌数量上看，这基本就是二人绝句的全帙。

吴说题其跋于"绍兴二十三年（1153）"，但留存下来的宋本或为宁宗（1195—1224）时刊刻，清代瞿氏《铁琴铜剑楼藏书目录》云："书中'惊'、'殷'、'让'、'沟'、'廓'字有阙笔，当为宁宗时刻本。"②瞿氏还将《古今绝句》所录篇什与传世的荆公绝句进行了复核："其临川《绝句》以全集本核之，五言中无《泊雁》二首，盖集本误以五律编入者；六言中多《宫词》一首，李雁湖《诗注本》亦有注云：'王建诗，误入。'七言中多四首，李《注本》亦无。《偶作》云：'一灯相伴十余年，旧事陈言知几编。到老不如无累后，困来颠倒枕长眠。'《代答陈碧虚》云：'超然便可赴仙期，何苦茅山下泊为。紫府未应无鹤料，西城问取我宗支。'又《奉和》云：'故国波涛烟雨间，幽亭时见片云还。危峰叠障秀如画，却是江南何处山？'其二云：'潮落江风怒不收，升州一日到真州。彩衣认得经行处，事事伤心欲白头。'又五言集句中多一首《花下》云：'花下一壶酒，定将谁举杯。雪英飞舞近，疑是故人来。'"③由此更可见作为绝句全集的《古今绝句》，对荆公诗足有补遗之功。不过瞿氏所言亦有疏误，如《偶作》（"一灯相伴十余年"），瞿氏以为是佚诗，而《临川先生文集》卷三二、李壁《王荆文公诗笺注》卷四五皆收，均题为《适意》；再如《奉和》其二（"潮落江风怒不收"），此诗又见于彭汝砺《鄱阳集》卷一一，题

---

①曾枣庄、刘琳主编：《全宋文》卷三九七〇，第 181 册，第 170 页。

②〔清〕瞿镛编纂，瞿果行标点，瞿凤起复校：《铁琴铜剑楼藏书目录》卷二三，上海古籍出版社 2000 年版，第 661 页。

③〔清〕瞿镛编纂，瞿果行标点，瞿凤起复校：《铁琴铜剑楼藏书目录》卷二三，第 661 页。

作《真州江亭》,字句与《古今绝句》所载略异:"潮落淮风怒不收,升州一日到真州。多情杨柳能青眼,底事波澜亦白头。"①检校宋人典籍,《锦绣万花谷》续集卷九、《舆地纪胜》卷三八、《方舆胜览》卷四五均收此诗,皆署为彭汝砺作,可证是《古今绝句》误收入荆公诗中。不过无论如何,《古今绝句》宋本犹存,中国国家图书馆据所藏宋刻本,将其收录于《中华再造善本》影印出版②,可谓弥足珍贵。

除以上几种外,《景定建康志》卷三三《文籍志·书版》载"半山老人绝句三十八版",这应是王安石绝句的某个选本。又,宋元之际似乎还有人以《荆公律》之名编选王安石诗集,汪炎昶(1261—1338)《编就荆公律》云:"半山松菊黯风烟,犹有新词世共传。暗叶宫商那有韵,绝无脂粉却成妍。趋朝玉佩行行整,入手骊珠颗颗圆。老子平生端崛强,可能着句独浑然。"③由此可知《荆公律》所选应是王安石的近体诗,因荆公长于律绝,而南宋后期诗坛正是律体盛行,故此才有好事者专门编选王安石近体而成《荆公律》;至于编选者是不是汪炎昶本人,则尚有待考证。

---

①〔宋〕彭汝砺:《鄱阳集》卷一一,《景印文渊阁四库全书》,第1101册,第301页。
②〔宋〕吴说编:《古今绝句》,《中华再造善本》(唐宋编),据中国国家图书馆藏宋刻本影印,编号0410,北京图书馆出版社2004年版。
③北京大学古文献研究所编:《全宋诗》卷三七二五,第71册,第44804—44805页。

第二章　李壁《王荆文公诗注》
与王安石研究

宋人开始大量注释前代及本朝人的诗文集,涌现了很多学术质量较高的注本。据张三夕《宋诗宋注管窥》一文的统计,宋代有宋人注宋诗35种,涉及到宋祁、欧阳修、王安石、苏轼、黄庭坚、陈师道、陈与义、朱淑真、陆游、朱熹、魏了翁等知名作家①。这些注本大多或佚或残,而保存较全的李壁《王荆文公诗注》,无疑是最有价值的宋诗宋注之一。清人徐康即曰:"宋人注宋集,如李壁注《荆公集》,王、施之注《苏集》,任、史之注《黄集》《陈后山集》,皆风行海内,后世奉为圭臬,传本极多。"②实际上,李壁注的价值与意义并不限于版本与笺注,他对王安石政治、学术及人格等方面的评价,对王诗内蕴深意、艺术技巧与风格特点等的分析,都非常独到而精辟。

第一节　《王荆文公诗注》的编撰、
版本及文献价值

《王荆文公诗注》的编撰者李壁(1159—1222),字季章,号雁湖居士,又号石林,眉州丹棱(今属四川)人。南宋著名史学家李焘第六子。初以父任入官,仕至永康军通判。光宗绍熙元年(1190),举进士。二年(1191),除秘书省正字。五年(1194),为校书郎兼实录院检讨。宁宗庆元元年(1195),除著作佐郎兼权礼部郎官。二年(1196),出知阆州,又知汉州,提点夔州路刑狱。嘉泰三年(1203)除秘书少监,权中书舍人;迁宗正少卿,仍直院。四年(1204),权礼部侍郎兼直学士院。开禧元年(1205),使金贺生辰。二年(1206),与韩侂胄共谋伐金,起草出师诏,进权礼部尚书,拜参知政事。三年(1207),史弥远诛韩侂胄,壁实预闻,兼同知枢密院事,后谪居抚州。嘉

---

①张三夕:《宋诗宋注管窥》,《古籍整理与研究》第4期,中华书局1989年版。
②清汪氏艺芸书舍影元抄本《新注朱淑真断肠诗集》卷末,转引自王友胜:《论〈王荆公诗笺注〉的学术价值与局限》,《中国文学研究》2008年第2期。

定二年（1209），令自便。四年（1211），诏复中大夫提举洞霄宫。八年（1215），仍罢祠。十一年（1218），始复。十二年（1219），除端明殿学士、知遂宁府。十三年，以疾求奉祠。十五年（1222）卒于家，谥文懿。《宋史》卷三九八有传，真德秀撰有《故资政殿学士李公神道碑》。

李壁作《王荆文公诗注》的时间，魏了翁《临川诗注序》云："今石林李公曩居临川，省公之诗，息游之余，遇与意会，往往随笔疏于其下。涉日既久，命史纂辑，固已粲然盈编。会某来守眉山，得与寓目。"①《故资政殿学士李公神道碑》亦载："晚谪临川，笺王文公诗为五十卷。"②由此可见李壁是在谪居抚州期间开始为王安石诗作注的。李被贬谪是因为遭御史弹劾其"反复诡谲"③，事在开禧三年十一月④；而他离开抚州之时间，应是在嘉定二年朝廷"令自便"之后⑤。所谓"自便"，是对被贬官员的一种恩待，即允许其自由居住与行动，李壁应是在此之后才回到了家乡眉州。魏了翁作于嘉定七年（1214）的《临川诗注序》云："石林尝参预大政，今以洞霄之禄里居，其门人李西极醇儒，必欲以是书板行，而属某叙所以作。"⑥以此足知李壁当时仍在眉州乡里。而魏《序》又称"会某来守眉山，得与寓目"，表明了翁知眉州时，李壁已回故乡，他因而得以见其诗注；魏了翁知眉州的时间，是在嘉定六年至八年间⑦，可见《王荆文公诗注》在这段时间已经成稿，故魏氏一见其书已称其"窥奇摘异，抉隐发藏，盖不可以一二数"⑧。当然还有一种可能，即魏了翁当时所见也并非完稿，因《临川诗注序》作于嘉定七年，也就意味着《王荆文公诗注》刊于本年或之后，李壁返眉州后没有立刻将其付梓，很可能是在继续进行着诗注工作，而直到嘉定七年才大致完成。这样

---

① 曾枣庄、刘琳主编：《全宋文》卷七〇七八，第 310 册，第 12 页。

② 曾枣庄、刘琳主编：《全宋文》卷七一九〇，第 314 册，第 82 页。

③〔元〕脱脱等：《宋史》卷三九八《李壁传》，第 12108 页。

④ 参见〔宋〕真德秀：《故资政殿学士李公神道碑》，曾枣庄、刘琳主编：《全宋文》卷七一九〇，第 314 册，第 80 页；〔宋〕佚名编，汝企和点校：《续编两朝纲目备要》卷一〇，中华书局 1995 年版，第 188 页。

⑤ 参见〔宋〕真德秀：《故资政殿学士李公神道碑》，曾枣庄、刘琳主编：《全宋文》卷七一九〇，第 314 册，第 80 页。

⑥ 按：曾枣庄、刘琳主编之《全宋文》收《临川诗注序》未署时间；此云"嘉定七年"，乃见于大德本《王荆文公诗注》所收魏了翁序，参见〔宋〕王安石著，〔宋〕李壁笺注：《王荆文公诗笺注》附录《大德本旧序三篇》，中华书局 1958 年版，第 718 页。

⑦ 参见彭东焕：《魏了翁年谱》，四川人民出版社 2003 年版，第 159—177 页。

⑧ 曾枣庄、刘琳主编：《全宋文》卷七〇七八，第 310 册，第 12 页。

看来,李壁从开禧三年末开始为王诗作注,而大致成书与刊印则在嘉定六年至七年间,前前后后经历了六七年时间。

实际上,嘉定七年刊行的《王荆文公诗注》也并非定本,因为现存李壁注中还保留了大量的"补注"以及"庚寅增注"。以日本蓬左文库所藏的朝鲜活字本《王荆文公诗李壁注》为例,全书除卷一九、卷二〇、卷三七外,其他各卷都有"补注",有的在卷末,有的在卷内,有的在诗末,也有在诗句之下或题下加补注的;有的用阴文"补注"两字标明,有的仅标出词条之目;更有前一首诗的补注刻在后一首诗题下空白处的;等等。而"庚寅增注"除卷一九、卷二〇、卷三二、卷四〇外,均见于每卷之后。"庚寅"是绍定三年(1230),李壁卒于嘉定十五年(1222),故此有的学者推测这些"补注"与"庚寅增注"或是李壁的门生故友如李西美、曾极(字景建)等人所为。不过据巩本栋《论〈王荆文公诗李壁注〉》一文考证:"李壁不但是'补注'的撰者,也是'庚寅增注'的撰者……李壁的这些修订和补充,多半是在其身后由李氏门人或友人搜集并补刻入此书的。因为,从现存宋本残卷的版式上来看,既然其性质是补刻,那么,补注和增注的刊刻地点也就应在抚州。所谓'补注',即嘉定十七年所补刻之李壁注;'庚寅增注',就是绍定三年所增刻之李壁注,而并非他人在嘉定十七年或绍定三年对李壁注的'补注'和'增注'。"其理由是:"补注""庚寅增注"与李壁原注在内容上存在着某种相互照应的关系;"补注"与"庚寅增注"的注文都有重复的地方,可证这些注是出于同一人即李壁之手①。这一论断已经取得了学界广泛的认可。魏了翁《临川诗注序》谓李壁作注乃是"随笔疏于其下。涉日既久,命史纂辑"②,则其在嘉定七年之后对《王荆文公诗注》又随时有所修订增补,而这些修订增补的内容由其弟子友人搜集整理,又以"补注""庚寅增注"的名义补刻,便有了前面所说的情况。

对李壁注的书名,历来的著录也稍有差异。王水照先生在为上海古籍出版社1993年据日本蓬左文库藏朝鲜活字本影印的《王荆文公诗李壁注》所写的《前言》中有云:"宋刊本大都作《王荆文公诗注》,如《郡斋读书志·附志》作《王荆公诗注》、《藏园群书经眼录》作《王荆文公诗注》,严

---

①参见巩本栋:《论〈王荆文公诗李壁注〉》,《文学遗产》2009年第1期。

②曾枣庄、刘琳主编:《全宋文》卷七〇七八,第310册,第12页。

元照《书宋版王荆文公诗注残卷后（庚午）》等。元刊本作《王荆文公诗笺注》。张元济影印本作《王荆公诗李雁湖笺注》。蓬左本扉页无正式书名，今拟名《王荆文公诗李壁注》，取其简明醒豁。"①此外，陈振孙《直斋书录解题》卷二〇作"《注荆公集》五十卷"②，魏了翁《临川诗注序》作"《临川诗注》"，马端临《文献通考》卷二四四作"《注荆公诗》十五卷"③，翁方纲《跋李雁湖注王半山诗二首》作"《李雁湖注王半山诗》"④等，亦都可视为此书之异名。

李壁《王荆文公诗注》的版本大致可分为宋本与元本两大系统⑤。

宋本系统主要有：1. 眉州本。这是最初的宋刻本，刊于嘉定七年（1214）或其后，魏了翁为作序。元代刘将孙曾在元本序中提到："东南仅刻两本，眉久废，抚亦落。"⑥可见宋刻本，包括眉州本及抚州本，在元代已经流传不广。2. 抚州本两种，分别是嘉定十七年（1224）胡衍跋本和绍定三年（1230）庚寅增注本。清严元照《书宋版王荆文公诗注残卷后（庚午）》云："（宋残本）并有嘉定甲申中和节胡衍跋，知是抚州刻本。每一卷后有庚寅补注数页，卷内修版，版心亦有'庚寅换'三字。"⑦嘉定甲申为十七年，庚寅为绍定三年，据此知抚州本有胡衍跋本和庚寅增注本。3. 其他如傅增湘在《藏园订补郘亭知见传本书目》卷一三上与《覆刻宋本王荆文公诗笺注跋》中提到的残宋十七卷本⑧，汪士钟《艺芸书舍宋元本书

---

① 见〔宋〕王安石著，〔宋〕李壁笺注：《王荆文公诗李壁注》，上海古籍出版社1993年据日本蓬左文库藏朝鲜活字本影印，第12页。按：该本以下简称为"朝活本"。

② 〔宋〕陈振孙著，徐小蛮、顾美华点校：《直斋书录解题》卷二〇，第591页。

③ 〔元〕马端临：《文献通考》卷二四四，中华书局1986年版，第1931页。按："十五卷"当为"五十卷"之误。

④ 〔清〕翁方纲：《复初斋文集》卷一八，《清代诗文集汇编》，上海古籍出版社2010年版，第382册，第190页。

⑤ 按：本书这部分内容，主要参考了王水照在《王荆文公诗李壁注》（朝活本）中的《前言》和周焕卿发表于《古籍研究》2006年总第49期的《〈王荆文公诗注〉版本源流考》一文，特此说明。

⑥ 〔宋〕王安石著，〔宋〕李壁笺注：《王荆文公诗笺注》附录《大德本旧序三篇》，中华书局1958年版，第718页。

⑦ 〔清〕严元照：《悔庵学文》卷八，清光绪五年刘履芬抄本。

⑧ 按：所存者乃卷一至卷三，卷一五至卷一八，卷二三至卷二九，卷四五至卷四七。参见〔清〕莫友芝著，傅增湘订补，傅熹年整理：《藏园订补郘亭知见传本书目》卷一三上，中华书局1993年版，第3册，第68页；傅增湘：《藏园群书题记》卷一三《覆刻宋本王荆文公诗笺注跋》，上海古籍出版社1989年版，第673页。另按：残宋十七卷本现存于台北故宫博物院，参见巩本栋《论〈王荆文公诗李壁注〉》，《文学遗产》2009年第1期。

目·宋板书目》中提到的《荆公诗注》残本十三卷①，等等。前者版式与抚州本同，都是每半页七行十五字；后者则版式不详，未知是否亦出自抚刻。

　　元本系统主要有：1. 元大德五年本。此本乃元成宗大德五年（1301）时由刘辰翁门人王常刊刻于江西南丰，经刘辰翁评点并删略李注，卷首有宋詹大和所编《王荆公年谱》。现国家图书馆、台北"中央"图书馆各藏一部。这个本子实是李壁注的删节本，但在后世却广为流传，而李注原本则几乎绝迹。2. 大德十年毋逢辰翻刻本。内有毋逢辰序云："方今诗道大昌，而建安两书坊竟缺是集（指李注本），予偶由临川得善本，镂梓于考亭。"②此本现藏日本宫内厅书陵部，系日本仁孝天皇文政年间（1818—1829）由毛利高翰进献于德川幕府；董康《书舶庸谭》卷三有载。

　　宋、元刻本两个系统有很大不同。据王水照先生考证，两个版本的主要差异在于：其一，宋刻本保存李注原貌，并有"补注""庚寅增注"，元刻本对李注大加删节，且无"补注""庚寅增注"；其二，宋刻本多有挤版挖补者，元刻本则版式整齐划一；其三，宋刻本有魏了翁序（另有胡衍跋），元刻本有刘将孙序、毋逢辰序、詹大和《年谱》（另有王常刊记）③。

　　从流传上讲，宋刻本在元代时已渐渐湮没不传，元刻本却一直长盛不衰，明清两代诸刻皆出于元本系统。比如甚为流行的清绮斋本，清乾隆六年（1714）海盐张宗松刻。卷首有刊刻记、《重刊王荆公诗笺注略例》十二则及《宋史·王安石传》，卷末又附补遗《车螯》《信陵坊有笼山乐官》《致仕邵少卿挽词二首》《偶成》四首诗；无魏了翁序、詹大和《王荆文公年谱》、刘将孙序及王常刊记，并删去刘辰翁评点；题："宋李雁湖先生原本，王荆公诗笺注，清绮斋藏版。"其实张氏所据乃华山马氏元刻本，他误以为删去刘评即恢复李注原貌，实际上其仍不脱元本系统，却既失刘辰翁评点，又非李注原貌，其注文是宋元刻本中最不全的。《四库全书》所收即为此本，1958年中华书局上海编辑所的《王荆文公诗笺注》排印本，亦据清绮

①按：所存者乃刻本卷二七、卷二八、卷三四至卷三八、卷四八至卷五〇、抄本卷四五、卷四六、卷四七。见〔清〕汪士钟：《艺芸书舍宋元本书目》，王云五主编：《丛书集成初编》，第41册，第20页。
②转引自王水照：《前言》，〔宋〕王安石著，〔宋〕李壁笺注：《王荆文公诗李壁注》（朝活本），第4页。
③参见王水照：《前言》，〔宋〕王安石著，〔宋〕李壁笺注：《王荆文公诗李壁注》（朝活本），第5—6页。

斋本而出。

　　值得注意的是藏于日本蓬左文库的朝鲜活字本。王水照先生谓该本乃据宋、元两本合编重刊，有刘辰翁评点，刘将孙、毋逢辰两序，又有詹大和《王荆文公年谱》，此为元刻本所有（仅无王常刊记）；又有李注全文、补注、庚寅增注、魏了翁序（仅无胡衍跋），此为宋刻本所有。与元刻本相较，该本注文多出一倍左右，元本为刘辰翁所删略的一部分词语出处、史实典故、考辨辨正、诗意阐发等，在该本中都有较为完整的保留；此外，该本"补注"刊刻的格式也十分紊乱，与清人所见宋残本"多有挤版挖补者"完全一致。由此，王水照先生认为"此朝鲜古活字本最为可贵之处，在于保存了被刘辰翁删节的李注一倍左右，保存了'补注'和'庚寅增注'，得见已佚宋本的原貌，提供了大量有用的研究资料。但此本亦恐非李注足本……似有残缺，但它是李壁注本中迄今最佳的版本，他本无夺其席，则又是无疑的。"①此朝鲜活字本由王水照先生在日本访学时发现并复印带回中国，1993年由上海古籍出版社影印出版，定名为《王荆文公诗李壁注》；2010年高克勤整理、上海古籍出版社出版的《王荆文公诗笺注》，所依底本即是此书。

　　从文献价值来看，李壁注对王安石诗进行了初步的校勘、辨伪与辑佚工作。李壁注的校勘，其特点是网罗异本，犹重搜集手稿、墨迹及石刻等实物文献进行校勘，故保存了许多有价值的异文。作品辨伪上，钱锺书先生曾言："李壁的《王荆文公诗笺注》不够精确，也没有辨别误收的作品。"②真实情况并非如此。李壁注涉及辨伪的诗篇有二十首左右，其中《送春》（卷六）、《青青西门槐》（卷一一）、《马上转韵》（卷一四）、《望皖山马上作》（卷二一）、《送王詹叔利州路运判》（卷三二）、《送赵学士陕西提刑》（卷三四）、《寄程给事》（卷三七）、《漫成》（卷四八）等诗，壁注皆疑其非荆公作；而《寄慎伯筠》（卷二一）、《勿去草》（卷二一）、《汝瘿和王仲仪》（卷二一）、《江邻几邀观三馆书画》（卷二一）、《西帅》（卷三七）、《归燕》（卷四〇）、《春江》（卷四四）、《即席》（卷四五）、《访隐者》（卷四六）、《上元夜戏作》（卷四七）、《嘲叔孙通》（卷四八）等诗，则因涉及其他作者或见于他人诗集而两存之。总之，对这

①参见王水照：《前言》，〔宋〕王安石著，〔宋〕李壁笺注：《王荆文公诗李壁注》（朝活本），第7—11页。
②钱锺书：《宋诗选注》，生活·读书·新知三联书店2002年版，第68页。

些归属存疑的作品，李壁注并不急于武断地作出决定，而是提出疑问，为读者进一步研究提供线索，绝非不加辨别地一概归于王安石名下。李壁注还对王安石佚诗做过辑佚补阙的工作，该书比《临川先生文集》本多出七十二首，清人张宗松《重刊王荆公诗笺注序》云，他以此书与《临川集》对勘，发现"篇目既多寡不同，题字亦增损互异。乃叹是书之善，不独援据该洽，可号王氏功臣也"①；张氏还在《重刊王荆公诗笺注略例》中列举了这七十二首补佚之诗的详细篇目②，可以参看。

　　作为注本，李壁注并非尽善尽美。南宋刘克庄已在《后村诗话》前集卷二中最早对其引用出处不当表示了不满③；刘辰翁则删削李注，原因就是嫌其"尚袭常眩博，每字句附会，肤引常言常语，亦跋涉经史"④；方回《瀛奎律髓》也对李壁注的不够精审及深僻附会颇有微词⑤；其后，清人全祖望《鲒埼亭集外编》也论其注释之疏误⑥。至于姚范《援鹑堂笔记》卷五〇⑦，以及沈钦韩《王荆公诗集李壁注勘误补正》四卷⑧，则是对李壁注的大规模修正增补。现代学者中，钱锺书先生《谈艺录》（增订本）也指出了李壁注的多处不当，并纠补约四十条⑨。大体而言，李壁注在注释学上的缺陷主要包括：1.引用文献有误，有时不标明作者或篇目；2.有不少漏注、误注之处；3.有些注释过于繁复穿凿，故有"眩博""附会"之讥；4.好引后人诗作注，不合注释义法；5.在辨伪与辑佚方面也有不足或错误之处；6.编次上也并非无懈可击，有些诗目录与正文中的题目并不一致，还有重出的现象；等等。

①〔清〕张宗松：《重刊王荆公诗笺注序》，〔宋〕王安石著，〔宋〕李壁笺注：《王荆公诗笺注》卷首，清乾隆六年张宗松清绮斋刊本。

②〔清〕张宗松：《重刊王荆公诗笺注略例》，〔宋〕王安石著，〔宋〕李壁笺注：《王荆公诗笺注》卷首，清乾隆六年张宗松清绮斋刊本。

③〔宋〕刘克庄著，王秀梅点校：《后村诗话》前集卷二，第24页。

④见刘将孙序，〔宋〕王安石著，〔宋〕李壁笺注：《王荆文公诗笺注》附录《大德本旧序三篇》，中华书局1958年版，第718页。

⑤参见〔元〕方回选评，李庆甲集评《瀛奎律髓汇评》卷一《登大茅山顶》、卷一〇《春日》、卷二〇林逋《梅花》、卷二〇《与微之同赋梅花得香字三首》、卷二一《读眉山集爱其雪诗能用韵复次韵一首》，上海古籍出版社1986年版，第30、349、789、793、883页。

⑥〔清〕全祖望：《鲒埼亭集外编》卷三一《题雁湖注荆公诗》，朱铸禹汇校集注：《全祖望全集汇校集注》，上海古籍出版社2000年版，第1371页。

⑦按：姚范纠补李壁注约百条，见〔清〕姚范：《援鹑堂笔记》卷五〇"王荆公诗集"条，《续修四库全书》，第1149册，第173—180页。

⑧〔清〕沈钦韩：《王荆公诗文沈氏注》，中华书局上海编辑所1959年版，第1—118页。

⑨参见钱锺书：《谈艺录》（增订本），中华书局1984年版，第69—83、400页。

对这些问题，当代学者也已有不少相关研究可供参考①。

第二节　李壁注对王安石的评价问题

李壁选择王安石诗作注的原委，宋元人已有说法。魏了翁《临川诗注序》云："(荆)公博极群书，盖自经子百史以及于《凡将》《急救》之文，旁行敷落之教，稗官虞初之说，莫不牢笼搜揽，消释贯融。故其为文，使人习其读而不知其所由来，殆诗家所谓秘密藏者。今石林李公曩居临川，省公之诗，息游之余，遇与意会，往往随笔疏于其下。"②这是说王安石诗博大精深，如诗家中的"秘密藏"，后人不易理解；而李壁极其喜好荆公诗，故为之作注，这一方面是得其所好，另一方面也有利于王诗在后世的传播接受。刘辰翁之子刘将孙也论及了王安石诗在南宋的流传情况，他说："洛学盛行，而欧苏文如不必作。江西派接，而半山诗几不复传。诸老心相服各有在，而世俗剽耳附声者，往往可叹也。"③这实际上是欲扬先抑，其真正目的是赞扬李壁不同于世俗那些"剽耳附声者"，通过笺注对王诗有推广振起之功，"于是荆公诗当粲然行世矣"④。

李壁出身于史学世家，父亲李焘、兄弟李壦等皆有盛名，他本人也精通学问，擅长文学，真德秀《故资政殿学士李公神道碑》曾将其一门比于苏氏父子："惟眉山自苏氏父子以文章冠宇内，而颍滨遂践政席，为元祐名辅臣。甫若干年而文简公出，以海含山负之学，松劲玉刚之节，标示当代。公之兄

---

① 如高文、高启明：《蔡上翔〈王荆公年谱考略〉及李壁〈王荆文公诗笺注〉勘误补正》，《河南大学学报》(社会科学版)1996 年第 3 期；寿涌：《李壁〈王荆文公诗李壁注〉误收五首考述》，《江西教育学院学报》(社会科学版)2007 年第 4 期；王友胜：《论〈王荆文公诗笺注〉的学术价值与局限》，《中国文学研究》2008 年第 2 期；寿涌：《考〈王荆文公诗李壁注〉误收他人诗三首》，《江西教育学院学报》(社会科学版)2009 年第 5 期；卞东波：《李壁〈王荆文公诗笺注〉引诗正讹》，《古典文献研究》第 13 辑，凤凰出版社 2010 年版；任群：《增补〈王荆文公诗李壁注〉引诗正讹七十六则》，《中国韵文学刊》2012 年第 2 期；陈开林：《〈王荆文公诗笺注〉引诗正讹续补》，《古典文献研究》第 18 辑上卷，凤凰出版社 2015 年版；韩元：《〈王荆文公诗李壁注〉前五卷勘误补正》，《古籍整理研究学刊》2018 年第 4 期；等等。按：李壁注还有人名错误，可参阅本书附录二。
② 曾枣庄、刘琳主编：《全宋文》卷七〇七八，第 310 册，第 12 页。
③ 见刘将孙序，〔宋〕王安石著，〔宋〕李壁笺注：《王荆文公诗笺注》附录《大德本旧序三篇》，中华书局 1958 年版，第 718 页。
④ 见刘将孙序，〔宋〕王安石著，〔宋〕李壁笺注：《王荆文公诗笺注》附录《大德本旧序三篇》，中华书局 1958 年版，第 719 页。

弟皆世其学,文采议论,震耀一时,公亦与闻国政,人谓有光苏氏。"他又称李壁"平生嗜学如饥渴,群经百氏,搜讨弗遗,于本朝故实尤所综练。国有疑义,旁撇广引,如指诸掌。其为文本于至理而达之实用,浮淫俚丽之作,未尝辄措一词"①。在当时诗坛上,李壁也卓有名望,周必大许之以"谪仙才"②,叶适称"近世独李季章、赵蹈中笔力浩大,能追古人"③;一时闻人如陆游、杨万里、楼钥、韩淲、叶适、周必大、项安世、魏了翁等皆与之唱和④。李壁诗作留存下来的不多,他原有《雁湖集》一百卷,但现在《全宋诗》仅存其诗一卷⑤。不过,宋人已指出李壁诗有荆公诗之风味,如真德秀曰:"其所自作,知诗者谓不减(王)文公。"⑥刘克庄亦曰:"雁湖注半山诗,甚精确,其绝句有绝似半山者。"⑦可见李壁的创作也受到了王诗的浸润沾溉,恐怕这也是李壁选择王安石诗进行笺注的重要原因。李壁注在宋人宋注中的一个显著特点是:他不仅笺训诗句涉及的典章制度或名物典故,有时还对诗中蕴含的深意以及诗篇的艺术特点进行分析、阐发。这就意味着李壁时常跳出"笺注者"的角色,而以一个"诗人"的身份,与其笺注对象进行"对话"。从这个角度看,李壁对王安石诗深意与诗艺的抉发,实际正是作为诗人的他阅读与钻味王诗之体会心得的呈现。

　　除此之外,魏了翁、刘将孙还对李壁注对王安石的态度进行了探赜:

　　1. 然(荆)公之学亦时有专己之癖焉,石林于此盖未始随声是非也。《明妃曲》之二章曰"汉恩自浅胡恩深,人生乐在相知心",则引范元长之语以致其讥。《日出堂上饮》之诗,其乱曰"为客当酌酒,何预主人

①曾枣庄、刘琳主编:《全宋文》卷七一九〇,第314册,第82页。按:"文简公"谓李焘。

②见〔元〕脱脱等:《宋史》卷三九八《李壁传》,第12106页。

③〔宋〕叶适著,刘公纯等点校:《叶适集》卷二七《答刘子至书》,第554页。按:赵蹈中即赵汝谠。

④按:陆游有《寄题李季章侍郎石林堂》《次韵李季章参政哭其夫人》,杨万里有《题李季章中书舍人石林堂》,楼钥有《次韵李季章监簿泛湖》《次李季章监簿韵》,韩淲有《次韵晁元默和李季章参政长句因寄呈李参》《李季章参政寄近作绝句次韵答之》《器远寄近诗季章兄弟唱和蝶颐江梅术皆其所也因题二绝寄答盖曹李同榜》,叶适有《寄李季章参政》,周必大有《走笔再次西美韵兼简季章》《新永康倅李季章》,项安世有《送李季章》《赋李季章大著书楼》。魏了翁与李壁唱和最多,计有《次韵李参政湖上杂咏录寄龙鹤坟庐》《续和李参政湖上杂咏》《次韵李参政李提刑见和雁湖观梅》《次韵李参政见谢游龙鹤山诗二首》《李参政生日》等三十余题,此不一一列举。

⑤见北京大学古文献研究所编:《全宋诗》卷二七四四,第52册。

⑥〔宋〕真德秀:《故资政殿学士李公神道碑》,曾枣庄、刘琳主编:《全宋文》卷七一九〇,第314册,第82页。

⑦〔宋〕刘克庄著,王秀梅点校:《后村诗话》续集卷四,第130页。

谋"，则引郑氏《考槃》之误以寓其贬。《君难托》之诗曰"世事反覆那得知，逸言入耳须臾离"，则明君臣始终之义以返诸正。自余类此者尚众，姑摘其一二以明之，则《诗注》之作虽出于肆笔脱口、若不经意之余，而发挥义理之正，将以迪民彝、厚世教，夫岂训故云乎哉！[①]

2. 开禧参政雁湖李氏，独笺临川诗于共惩荆舒之后，与象山记祠堂磊磊恨意相似。[②]

魏、刘二人均已发现，李壁对王安石的评价不同于当时士林间一些流行的观点，而是有自己的评价标准，所谓"未始随声是非""独笺临川诗于共惩荆舒之后"是也；魏了翁还将李壁评价王安石的宗旨归之于"发挥义理之正，将以迪民彝、厚世教"，这几乎是从"诗教"的角度对李壁注给予了很高评价，从中不难嗅出几分南宋盛行的"理学"话语的味道。

刘将孙所云的"共惩荆舒"，实际上已经道出了不少南宋人评价王安石尤其是王安石变法的基本立场。这句话还有个典故："王介甫先封舒公，改封荆公。《诗》曰：'戎狄是膺，荆舒是惩。'识者曰：'宰相不学之过也。'"[③]后人遂以"惩荆舒"作为批评王安石的话头。由北宋入南宋的道学家杨时的一段议论颇具代表性：

> 蔡京用事二十余年，蠹国害民，几危宗社，人所切齿，而论其罪者，莫知其所本也。盖京以继述神宗为名，实挟王安石以图身利，故推尊安石，加以王爵，配飨孔子庙庭。今日之祸，实安石有以启之。谨按安石挟管、商之术，饰六艺以文奸言，变乱祖宗法度。当时司马光已言其为害当见于数十年之后，今日之事，若合符契。其著为邪说以涂学者耳目，而败坏其心术者，不可缕数。[④]

其核心观点是将北宋亡国的原因归咎于王安石变法，并斥其学术为异端邪说、祸乱人心。类似这样的观点，在南宋可谓不绝于耳，如：

1. 绍兴四年八月戊寅朔，宗正少卿兼直史馆范冲入见，冲立未定，上

---

①〔宋〕魏了翁：《临川诗注序》，曾枣庄、刘琳主编：《全宋文》卷七〇七八，第310册，第12—13页。

②见刘将孙序，〔宋〕王安石著，〔宋〕李壁笺注：《王荆文公诗笺注》附录《大德本旧序三篇》，中华书局1958年版，第718页。

③〔宋〕苏轼：《仇池笔记》卷上，朱易安、傅璇琮等主编：《全宋笔记》第1编，第9册，第197页。

④〔元〕脱脱等：《宋史》卷四二八《杨时传》，第12741页。

云："以史事召卿。两朝大典，皆为奸臣所坏，若此时更不修定，异时何以得本末。"冲因论熙宁创制、元祐复古，绍圣以降，弛张不一，本末先后各有所因，不可不深究而详论。读毕，上顾冲云："如何？"对曰："臣闻万世无弊者，道也；随时损益者，事也。仁宗皇帝之时，祖宗之法诚有弊处，但当补缉，不可变更……王安石自任己见，非毁前人，尽变祖宗法度，上误神宗皇帝。天下之乱，实兆于安石，此皆非神祖之意。"上曰："极是，朕最爱元祐。"①

2. 王安石轻用己私、纷更法令，不能兴才教化、弭奸邪心，以来远人，乃行青苗，建市易，置保甲，治兵将，始有富国强兵、窥伺边隅之计，弃诚而怀诈，兴利而忘义，尚功而悖道。人皆知安石废祖宗法令，而不知其与祖宗之道废之也。邪说既行，正论屏弃，故奸谀敢挟绍述之义以逞其私，下诬君父，上欺祖宗，诬谤宣仁，废迁隆祐。使我国家父子君臣夫妇之间顿生疵疠，三纲废坏，神化之道泯然将灭，纲纪文章扫地尽废。遂致邻敌外横，盗贼内讧，天师伤败，中原陷没，二圣远栖于沙漠，皇舆僻寄于东吴，嚣嚣万姓，未知攸底，祸至酷也。②

3. 臣栻创见靖康翰墨，拊膺痛哭，不知涕泪之横流也。窃惟国家自王安石怀祖宗法度以行其私意，奸凶相承，驯兆大衅。至靖康初元，国势盖岌岌矣，而冯澥辈犹敢封殖邪说、庇护死党如此。《传》曰："为国家见恶，如农夫之务去草焉，芟夷蕴崇之，绝其本根，勿使能殖，则善者信矣。"正误国之罪，推原安石，所谓芟其本根者，绍兴诏书有曰"荆舒祸本，可不惩乎"，大哉王言也！③

4. 王安石以六经文奸似王莽，蔡京党籍锢正人似东汉中常侍，秦桧兴大狱陷忠良似李林甫。本朝累圣相承，仁厚恭俭过汉之文景，此三小人伤政害国，言路榛棘，外敌侵陵，可为痛哭。④

上面这些言论，有出自官方的，也有出自私人的；有出自史学家的，也有出自理学家的，还有出自普通士人的。尽管来源不一，但他们都表现出了相近的价值取向，即对王安石予以全面否定与批判，甚至还掺杂着不少严厉

---

①〔宋〕李心传著，胡坤点校：《建炎以来系年要录》卷七九，第1487页。
②〔宋〕胡宏：《上光尧皇帝书》，曾枣庄、刘琳主编：《全宋文》卷四三八三，第198册，第237页。
③〔宋〕张栻：《题李光论冯澥札子》，曾枣庄、刘琳主编：《全宋文》卷五七三四，第255册，第273页。
④〔宋〕谢采伯：《密斋笔记》卷一，王云五主编：《丛书集成初编》，第2872册，第11页。

的诛心之论。此即"共惩荆舒"之背景。

在此背景下,李壁对王安石的评价能够不为世俗众人所左右,"未始随声是非",这就显示出了他本人的独立个性与卓越见识。今人对《王荆文公诗注》的研究,主要集中在其注释特点、文献考订及艺术评价这三个方面,其实此书还有一个重要特点被忽略了,那就是注者李壁对王安石的评价问题。荆公与东坡、山谷诸人不同,他不仅是诗坛大家,而且是两宋政治历史上饱受争议的人物,笺注他的诗作所面临的情况要复杂得多,其中就包括如何评价王荆公。在这一问题上,李壁好自发议论,也就是在注释中加入自己对诗乃至对事、对人的态度、观点、评判等,这就使《王荆文公诗注》具有了综合评价王安石的意味。那么,李壁究竟是如何评价王安石的,有何独特的价值与意义? 这正是本节要探讨的问题。

一、"历史罪人"还是"至公为心":李壁对王安石变法的评价

南宋初期,对王安石的批评与清算已成为朝野上下的共同呼声,首当其冲的就是王安石变法再次被彻底否定,并遭到了空前严厉的批判,正如上引胡宏、张栻等人所论,王安石变法是被当作北宋大乱乃至亡国的"罪魁祸首",并且还以历史定谳的方式载入史册[1],这代表了南宋朝廷的官方定论。李壁的父亲李焘即持此观念,故此由他编撰的《续资治通鉴长编》采取的就是贬抑王安石的态度[2]。然而李壁对王安石变法的评价却并未"子承父志",也与南宋官方的"历史结论"不同。

这也要分两个层面来看。首先,从反思历史的角度看,出身史学之家的李壁对新法的某些具体措施亦持批评与否定态度,这点是与当时的主流评价相合的。如《兼并》《寓言十五首》其三两诗皆关乎"青苗法",而李壁分别引苏辙、刘敞反对青苗法的长篇文章为训[3],且云"荆公此言,乃后日青苗张本也。平昔所论如此,一旦得位,自宜举而措之。当时独公是先生刘贡父素与公善,一书争之,最为至切"[4]。不难看出,他是站在苏辙、刘敞一

---

①参见本书第三章第一节。
②参见李华瑞:《王安石变法研究史》,人民出版社2004年版,第114—149页。
③参见〔宋〕王安石著,〔宋〕李壁笺注,高克勤点校:《王荆文公诗笺注》卷六、卷一五,第147、363页。
④〔宋〕王安石著,〔宋〕李壁笺注,高克勤点校:《王荆文公诗笺注》卷一五,第363页。按:"荆公此言"指《寓言十五首》其三"婚丧孰不供,贷钱免尔萦"两句。

边，赞成二人对新法的批评。再如注《和圣俞农具诗十五首·耘鼓》"昨日应官繇，州前看歌舞"句时提到了新法的扰民："东坡诗'赢得儿童语音好，一年强半在城中。'盖病新法之扰也。今观公'应官繇'之语，岂知后人乃亦以此讥公乎？"①又如《思王逢原》《送宋中道通判洺州》诗注言及王安石治河措施的不利，前者引魏泰《东轩笔录》云："汴渠旧例十月闭口，则舟楫不行。王荆公当国，欲通冬运，遂不令闭口。水既浅涩，舟不可行，而流冰颇损舟楫。于是以船脚数十，前设巨碓，以捣流冰，而役夫苦寒，死者甚众。京师有谚语云：'昔有磨，去磨冰，浆水今见，碓捣冬凌'"②；后者则直接说道："介甫既相，遣程昉治漳水，一方大骚，竟无成功。"③对变法所进用者多"奸佞小人"，李壁也不吝笔墨进行指摘，如《示元度》诗注谓蔡卞"绍圣以来窜斥善类，皆卞密进札子，请哲宗亲批示外……其崄巇至此"④，《与吕望之上东岭》诗注谓吕嘉问"市易诸法，悉其建明，误（荆）公多矣"⑤，《金陵郡斋》诗注谓吕惠卿"为政，已极力倾（荆）公"⑥，《勿去草》诗注谓"自（荆）公罢相，凡昔之门生故吏，舍之而去者多矣。又从而下石焉，如吕惠卿者，盖其尤也"⑦，等等。从这些笺注中，都可见出李壁对王安石变法的具体批评。

但王安石变法是否如南宋君臣宣称的那样，应该为北宋亡国的历史罪责"买单"？王安石是否是祸国殃民的"历史罪人"？李壁的回答则是否定的。这就涉及李壁评价荆公的另一重要层面，即还原历史人物之"本心"，也就是探究王安石变法的根本目的是什么。《解使事泊棠阴时三弟皆在京师二首》其一诗注云："（公）献万言书，深言当世之故。所谓'百忧'，皆书中所论者。"⑧众所周知，王安石嘉祐年间作的《上仁宗皇帝言事书》是他日后实施变法的大纲，李壁在此称万言书系"深言当世之故"，实际就是侧面肯定了王安石变法的目的是为了针砭时弊，革新时政。故他认为王安石义无

①〔宋〕王安石著，〔宋〕李壁笺注，高克勤点校：《王荆文公诗笺注》卷一五，第386页。
②〔宋〕王安石著，〔宋〕李壁笺注，高克勤点校：《王荆文公诗笺注》卷一〇"庚寅增注"，第264页。
③〔宋〕王安石著，〔宋〕李壁笺注，高克勤点校：《王荆文公诗笺注》卷一三，第330页。
④〔宋〕王安石著，〔宋〕李壁笺注，高克勤点校：《王荆文公诗笺注》卷一，第19页。
⑤〔宋〕王安石著，〔宋〕李壁笺注，高克勤点校：《王荆文公诗笺注》卷二，第33页。
⑥〔宋〕王安石著，〔宋〕李壁笺注，高克勤点校：《王荆文公诗笺注》卷四三，第1123页。
⑦〔宋〕王安石著，〔宋〕李壁笺注，高克勤点校：《王荆文公诗笺注》卷二一，第499页。
⑧〔宋〕王安石著，〔宋〕李壁笺注，高克勤点校：《王荆文公诗笺注》卷八，第197页。

反顾地进行变法,正是一位有担当、有责任感的士大夫在内忧外患的时局下,忠君爱国之举的必然表现,《日出堂上饮》诗注云:"此诗'主'以喻君,'客'以喻臣;'堂'以喻君,'柱'以喻臣。堂上主人居安而忘危。为客者,视其蠧坏已甚,将有镇压之忧,为主人图所以弭患。此臣不忘君卷卷之意。更张之念,疑始于此。"①这就将王安石的变法更张与君臣大义联系起来了。正因如此,不论变法的是非成败如何,荆公忧勤国事的淑世精神都是值得崇敬的,所以李壁又借注王安石《李氏沅江书堂》"无以私智为公卿"句而大发议论曰:"诗言居公卿大夫之任者,当以至公为心。凡好恶任情,违众自用,盗国威福,怗□植党,皆私也。"②这"至公为心"四字,实是对王安石变法心迹的最好剖明。

李壁还力图揭示王安石变法的思想渊源,这实际也是在对新法背后蕴含的政治理想予以申说。如"青苗法"虽遭诟病,但其制度之蓝本却是圣人经典与师儒传注,故《寓言十五首》其三诗注先引刘敞文之贬抑,但又有笺注云:"《周礼·司市》:'以泉府同贷而敛赊。'注云:'同,共也,谓民贷不售,则为敛而买之。民无贷,则赊贳而予之。执有婚丧而不能赡者,官当助之。'此(荆)公所以为新法。"③言外之意是:其事虽非,其心可原;虽然新法的种种举措遭人非议,但不能因此抹杀王安石寄寓其中的高远的政治理想,即恢复"三代之治"。所以李壁又在其他诗注中云:"此足见公所存,早便规模三代,意非不美"④……公所谓'私智'者,谓士大夫既得位,多蔽于小己之私见,不能远迹唐虞三代,《诗》《书》之传,故劝以'勉求高论'乎?"⑤这仍是在为王安石变法的初衷进行辩护。

在《白沟行》诗注中,李壁感慨道:"窃味全篇,已微见经理之意。君臣之间,志迄弗遂,其卒乃为政、宣之祸,岂非天哉!"⑥《白沟行》是王安石嘉祐年间的一首使北诗,全诗云:"白沟河边蕃塞地,送迎蕃使年年事。蕃使常来射狐兔,汉兵不道传烽燧。万里锄耰接塞垣,幽燕桑叶暗川原。棘门

① 〔宋〕王安石著,〔宋〕李壁笺注,高克勤点校:《王荆文公诗笺注》卷一一,第289页。
② 〔宋〕王安石著,〔宋〕李壁笺注,高克勤点校:《王荆文公诗笺注》卷八"补注",第210页。
③ 〔宋〕王安石著,〔宋〕李壁笺注,高克勤点校:《王荆文公诗笺注》卷一五,第363—364页。
④ 〔宋〕王安石著,〔宋〕李壁笺注,高克勤点校:《王荆文公诗笺注》卷三七,第944页。
⑤ 〔宋〕王安石著,〔宋〕李壁笺注,高克勤点校:《王荆文公诗笺注》卷八"庚寅增注",第212页。
⑥ 〔宋〕王安石著,〔宋〕李壁笺注,高克勤点校:《王荆文公诗笺注》卷七,第174页。

灞上徒儿戏,李牧廉颇莫更论。"注云:"诗意又似言幽燕之地本如此其广,而汉初疆理之狭、将帅之谬如此,盖欲借此以明当时合经理之意。"①也就是说,李壁从诗中读到了王安石的借古喻今之意,虽托名胡汉而实言宋辽,而且王安石日后进行变法的重要动机就是为了富国强兵,抵御辽夏外侮,所以注云"已微见经理之意"。不难看出,李壁对王安石力图恢复的决心是十分理解与赞赏的,所以他才对变法的失败抱以了极其惋惜的态度:"君臣之间,志迄弗遂";如果再考虑到李壁为荆公诗作注是在开禧北伐失败后这一历史背景,就更能体会注文中的遗憾之意。

因为对王安石变法的良苦用心予以了深层体察与深刻理解,所以李壁没有像其他人那样"大义凛然"地将北宋亡国的历史罪责归咎到王安石头上,而是不胜唏嘘地感慨道:"其卒乃为政、宣之祸,岂非天哉!"这在当时"共惩荆舒"的背景下,已属难能可贵了。

二、李壁对王安石学术的评价及与理学的关系

对王安石学术的评价,李壁注既未斥其为"邪说",也没有刻意偏袒维护,而是有褒有贬,既有具体讨论,也有总体判断。

两宋间已有不少学者以王学为"异端邪说",如北宋程颐就言"安石心术不正,为害最大。盖已坏了天下人心术,将不可变"②;将洛学南传的程门弟子杨时亦云,"昔王荆公以邪说暴行,祸天下三十有余年"③;而其弟子陈渊又说,"自佛入中国,聪明辩智之士多为其所惑,鲜不从者……如王荆公晚年深取其言,自谓已知之,而知有不尽,此非同乎流俗也。盖其于儒者之道未尝深造,故溺焉而不自悟耳,是以为世大害"④;至于湖湘学的代表人物胡寅,更批判王氏之学:"昔人云王衍清谈之罪甚于桀纣,而未见临川谈经之祸甚于王衍也!"⑤这些说法都出自理学一脉,在本质上反映了宋代学术的道统之争。

---

①〔宋〕王安石著,〔宋〕李壁笺注,高克勤点校:《王荆文公诗笺注》卷七,第175页。

②〔宋〕李心传著,胡坤点校:《建炎以来系年要录》卷七九,第1488页。

③〔宋〕杨时:《龟山先生全集》卷二六《题诸公邪说论后》,《宋集珍本丛刊》,线装书局2004年版,第29册,第496页。

④〔宋〕陈渊:《又论龟山墓志中事书·攻王氏一章行状不载墓志载之》,曾枣庄、刘琳主编:《全宋文》卷三二九七,第153册,第217页。

⑤〔宋〕胡寅:《致堂读史管见》卷六,台湾商务印书馆1981年据《宛委别藏》影印,第356页。

　　不过,新学虽受到理学冲击,却并没有像新法那样遭到彻底否定,实际上,在宋理宗淳祐年间理学定于一尊之前,王安石的新学始终在历史舞台上占有一席之地,是南宋官方承认的正统儒家学说。李心传《建炎以来朝野杂记》记载王安石祀享孔庙的地位变迁,云:"蔡京得政,乃封王介甫为舒王,与颜、孟并(配飨)……靖康间,杨文靖公为谏议大夫,首论荆公不当配飨,降于从祀……乾道五年春,魏元履以布衣为太学录,复请去荆公父子,而以二程从祀。陈正献公为相,难之……嘉定二年,仲贯甫为著作佐郎,转对,请追爵周、二程、张,列于从祀,未克行……"①由此可见,王安石祀享孔庙的地位虽不断下降,但直到嘉定二年,荆公仍是宋廷最高统治者承认的儒家学说的正统传人。故不少南宋学者也认可新学为一家之学,如员兴宗言:"苏学长于经济,洛学长于性理,临川学长于名数。诚能通三而贯一,明性理以辨名数,充为经济,则孔氏之道满门矣。"②浙东学派的陈亮也说:"昔庆历有胡翼之学法,熙宁有王文公学法,元祐有程正叔学法。今当请诸朝廷,参取而用之。"③李壁对新学的态度与他们相近,他在《金陵郡斋》诗注中云:"公经术晚益深,而云'拚悠悠'者,谦光之谈也。"④又在此诗"补注"中说:"苏公子由云:'安石以宰相解经,行之于世。至《春秋》漫不能通,则诋以为断烂朝报。'余每谓'以宰相解经'五字,以讥公操权势,驱胁世俗,以行其说。然公诸经解妙处实多,韩持国辈终推之,何可尽疵哉。"⑤可见李壁认为王氏"新学"精妙之处实多,不宜一概否定。

　　然而李壁对王安石某些学术观点的评价,又与理学有声气相通之处。如《宰嚭》诗:"谋臣本自系安危,贱妾何能作祸基。但愿君王诛宰嚭,不愁宫里有西施。"⑥王安石善于论史,又特别长于翻案,这首绝句就是一例。针对历史上常常出现的"女色亡国"论,王安石认为,不应该将国家兴亡的原因系在一女子身上,真正承担起国家基础柱石之责的是大臣;故此吴王当年若能信重贤臣如伍子胥等,诛灭奸邪佞臣宰嚭的话,则即使宠溺美人

①〔宋〕李心传著,徐规点校:《建炎以来朝野杂记》乙集卷四,中华书局 2000 年版,第 568—569 页。
②〔宋〕员兴宗:《苏氏王氏程氏三家之学是非策》,曾枣庄、刘琳主编:《全宋文》卷四八四二,第 218 册,第 217 页。
③〔宋〕陈亮著,邓广铭点校:《陈亮集》(增订本)卷一二《变文格》,中华书局 1987 年版,第 136 页。
④〔宋〕王安石著,〔宋〕李壁笺注,高克勤点校:《王荆文公诗笺注》卷四三,第 1123 页。
⑤〔宋〕王安石著,〔宋〕李壁笺注,高克勤点校:《王荆文公诗笺注》卷四三"补注",第 1143 页。
⑥〔宋〕王安石著,〔宋〕李壁笺注,高克勤点校:《王荆文公诗笺注》卷四八,第 1314 页。

西施,也不会遭受亡国之祸。这样的议论实际包含着北宋士大夫与君王"共治天下"的理想,比所谓的"女色亡国"论要高明、深刻得多。不过,李壁似乎觉得此论也还未达一间,他更加赞成理学家程颐的观点,其注引程氏语云:"李觏谓:'若教管仲身长在,宫内何妨更六人?'此语不然。管仲时,桓公之心时未蠹也,若已蠹,虽管仲可奈何?未有心蠹尚能用管仲之理。"并下断语曰:"公诗亦李意,当以程说为允。"①也就是说,李觏、王安石皆重视士大夫之作用,而程颐则更加强调"正人心"尤其是"正君心"的重要性,李壁认为程说更加允当。其实程朱理学一脉经常批评王安石的学术未能正人心甚至是败坏了风俗人心,如朱熹就说:"古圣贤之言治,必以仁义为先,而不以功利为急……盖天下万事本于一心,而仁者,此心之存之谓也。此心既存,乃克有制。而义者,此心之制之谓也。诚使是说著明于天下,则自天子以至于庶人,人人得其本心以制万事,无一不合宜者,夫何难而不济?不知出此,而曰事求可、功求成,吾以苟为一切之计而已。是申、商、吴、李之徒所以亡人之国而自灭其身,国虽富,其民必贫;兵虽强,其国必病;利虽近,其为害也必远。"②从李壁对程、王二说的评议选择中,不难看出理学思想对他的影响。

　　再如《读汉书》云:"京房刘向各称忠,诏狱当时迹自穷。毕竟论心异恭显,不妨迷国略相同。"③这是王安石对汉儒京房、刘向等人以天变灾异之说附会政治的批评。李壁注云:"房、向各以言灾异下诏狱,盖汉儒《五行传》必以某异应某事,识者多非之。公素不喜。疑所称'迷国',指此也。"④王安石反对政治上的天人感应说,宋人尝谓其有"三不足"说,其一即"天变不足惧"⑤,这的确是王安石的思想。《尚书·洪范》云:"庶征:曰雨,曰旸,曰燠,曰寒,曰风。曰时五者来备,各以其叙,庶草蕃庑。……曰休征:曰肃时雨若,曰乂时旸若,曰晰时燠若,曰谋时寒若,曰圣时风若。曰咎征:曰狂恒雨若,曰僭恒旸若,曰豫恒燠若,曰急恒寒若,曰蒙恒风若。"前儒将"若"

①〔宋〕王安石著,〔宋〕李壁笺注,高克勤点校:《王荆文公诗笺注》卷四八,第 1314 页。

②〔宋〕朱熹:《晦庵先生朱文公文集》卷七五《送张仲隆序》,朱杰人等主编:《朱子全书》,第 24 册,第 3623 页。

③〔宋〕王安石著,〔宋〕李壁笺注,高克勤点校:《王荆文公诗笺注》卷四四,第 1173 页。

④〔宋〕王安石著,〔宋〕李壁笺注,高克勤点校:《王荆文公诗笺注》卷四四,第 1173 页。

⑤〔宋〕杨仲良:《皇宋通鉴长编纪事本末》卷五九《王安石事迹》(上),《续修四库全书》,第 386 册,第 495 页。

字解为"顺",则如"肃时雨若"就可解释为"君行敬,则时雨顺之"①,由此将君王的品德行为与自然现象联系起来,天意与人事交感相应,此即"天人感应"之说。而王安石作《洪范传》,却将"若"字解为"如"意,这样来解释的话,则"言人君之有五事,犹天之有五物也。……降而万物悦者,肃也,故若时雨然;升而万物理者,乂也,故若时旸然;哲者,阳也,故若时燠然;谋者,阴也,故若时寒然;睿其思,心无所不通,以济四事之善者,圣也,故若时风然。狂则荡,故常雨若;僭则亢,故常旸若;豫则解缓,故常燠若;急则缩栗,故常寒若;冥其思,心无所不入,以济四事之恶者,蒙,故常风若也"②。他将君王的品德行为比喻为自然现象而非把二者联系起来,由此消解了"天人感应"说的理论基础。正因如此,天变只是自然现象,实不足畏,与人君之修德修身没有必然联系:"君子之于人也,固常思齐其贤,而以其不肖为戒,况天者固人君之所当法象也,则质诸彼以验此,固其宜也。然则世之言灾异者,非乎?曰:人君固辅相天地以理万物者也,天地万物不得其常,则恐惧修省,固亦其宜也。今或以为天有是变,必由我有是罪以致之;或以为灾异自天事耳,何豫于我,我知修人事而已。盖由前之说,则蔽而葸;由后之说,则固而怠。不蔽不葸、不固不怠者,亦以天变为己惧,不曰天之有某变必以我为某事而至也,亦以天下之正理考吾之失而已矣,此亦'念用庶证'之意也。"③针对王安石对汉儒的批评,李壁亦提出了不同见解,他在"庚寅增注"中说:"《洪范》'庶证'固难一定,如多雨,便谓某时作某事不肃所以致此,执其必然之说,岂能尽合?然古人之意,亦恐是于五事上参验体察,不无此理耳。荆公既尽辟之,但以'若'字作'如'字义说,又未可知也。盖人主每遇咎证,不问是某事致之与否,凡百皆当敬戒。如汉儒固泥,荆公以为全不相关,亦虑启后世人主怠忽之端。如概以为'迷国',非余所知也。"④显然,李壁固然不赞成汉儒穿凿附会的天人感应之说,但对王安石不惧天变的思想也并不赞同,因为后者带来的严重后果很可能是"启后世人主怠忽之端",君王一旦失去了对天地的敬畏,那就会更加无所顾忌、为

---

①〔汉〕孔安国传,〔唐〕孔颖达正义:《尚书正义》卷一二,〔清〕阮元校刻:《十三经注疏》,中华书局1980年版,第192页。

②〔宋〕王安石:《临川先生文集》卷六五,王水照主编:《王安石全集》,第1189页。

③〔宋〕王安石:《临川先生文集》卷六五,王水照主编:《王安石全集》,第1190页。

④〔宋〕王安石著,〔宋〕李壁笺注,高克勤点校:《王荆文公诗笺注》卷四四"庚寅增注",第1186页。

所欲为了。其实王安石《洪范传》并未忽视君王的修德，他也强调"人君固辅相天地以理万物者也，天地万物不得其常，则恐惧修省，固亦其宜也"，但宋儒往往针对其"天变不足惧"这一面加以批评，所以朱熹就曾说："如荆公，又却要一齐都不消说感应，但把'若'字做'如、似'字义说，做譬喻说了，也不得。荆公固是也说道此事不足验，然而人主自当谨戒。"①李壁"庚寅增注"很可能受到了这一说法的影响，故此对王诗表达出来的观点进行反驳。

由以上例子，隐约可以看出朱熹理学思想对李壁的影响。理学虽在宁宗庆元时期被定为"伪学"而遭禁毁，但经过吕祖谦、朱熹、陆九渊等人的发展，已经在南宋士人中普遍推广，并在嘉定至淳祐间逐渐确立起了一尊官学的地位。李壁所处的年代正是理学蓬勃发展的时期，而他本人又与朱熹有交集，作为后学晚辈，他在庆元初曾与朱熹同在史院任职②；"庆元党禁"发生后，二人亦交往不辍③，朱熹文集中有九通书信皆为"答李季章"。近年，有学人稽考《王荆文公诗注》，发现其中的补注与庚寅增注，引用了李道传池州刊本《朱子语录》（初版于 1215 年）以补充诗学阐释、历史背景和道学思想④。所以，李壁注时有理学思想的影子存在，也就不足为奇了。

但李壁终究与理学家的立场不同，故其对王安石的评价必然走向不同方向。以朱熹为代表的理学家，与新学之争涉及"道统"根本，对新学予以坚决否定，正是其维护自家学术正统的应有之义。故朱熹有时虽也表现出对荆公之学的欣赏，如谓"王氏《新经》尽有好处，盖其极平生心力，岂无见得著处"⑤，但一旦触及正统之争时，他立刻又变得十分严厉、毫不留情了："若夫道德性命之与刑名度数，则其精粗本末虽若有间，然其相为表里如影随形，则又不可得而分别也。今谓安石之学独有得于刑名度数，而道德性命则为有所不足，是不知其于此既有不足，则于彼也，亦将何自而得其正

①〔宋〕黎靖德编，王星贤点校：《朱子语类》卷七九，中华书局 1986 年版，第 2048—2049 页。
②见〔宋〕李壁：《曾子宣与宋亲帖跋》，曾枣庄、刘琳主编：《全宋文》卷六六八五，第 293 册，第 389页；〔宋〕王安石著，〔宋〕李壁笺注，高克勤点校：《王荆文公诗笺注》卷一四《示平甫弟》注，第 341 页。
③见〔宋〕魏了翁：《跋朱文公帖》，曾枣庄、刘琳主编：《全宋文》卷七〇八八，第 310 册，第 181 页。
④参见董岑仕：《王安石诗李壁注引朱熹说小考》，《励耘学刊》（文学卷）2016 年第 2 辑，学苑出版社 2016 年版。
⑤〔宋〕黎靖德编，王星贤点校：《朱子语类》卷一三〇，第 3099 页。

耶？夫以佛老之言为妙道而谓礼法事变为粗迹，此正王氏之深蔽。"①可见朱熹批判王学的根本症结，就在于后者未能深入儒家"道德性命"之理。惟其如此，以新学为指导思想的王安石变法必然立脚不正、贻害无穷："看来荆公亦有邪心夹杂，他却将《周礼》来卖弄，有利底事便行之。意欲富国强兵，然后行礼义；不知未富强，人才风俗已先坏了"②，"而公乃汲汲以财利兵革为先务，引用凶邪，排摈忠直，躁迫强戾，使天下之人嚚然丧其乐生之心，卒之群奸嗣虐，流毒四海。至于崇宣之际，而祸乱极矣"③。不难看出，朱熹从思想学术的角度出发，最终亦将王安石变法视为祸乱天下的"罪魁"。而这一观点恰恰是李壁所反对的。就李壁的立场来说，他始终对王安石抱着"同情之理解"的态度，所以在评价其学术时，虽引用了理学观点以示商榷，但却绝无是此非彼的学派之争之意。

　　当然，李壁对荆公学术也时有直接批评，但大多都属就事论事的具体讨论。如他对王氏观点有时相互抵牾、莫衷一是的现象就颇为不满，《寓言十五首》其三诗注曰："余尝见杨龟山志谭勋墓云：'公雅不喜王氏。或问其故，曰：说多而屡变，无不易之论也。世之为奸者，借其一说，可以自解。伏节死谊之士始鲜矣。'始余以勋言为过。今观此诗，不能无疑。"④李壁称其"不能无疑"，是因为此诗有"物赢我收之，物窘出使营。后世不务此，区区挫兼并"几句，而"（荆）公诗尝云：'俗者不知变，兼并可无摧？'而此诗乃复以挫兼并为非"⑤。"俗者不知变，兼并可无摧"出自王安石的《兼并》诗，大意谓秉国者应抑制豪强兼并，故李壁读到"后世不务此，区区挫兼并"时，认为王安石又不主张"挫兼并"，是思想上的前后矛盾，"说多而屡变"。其实李壁这里恐怕对诗意有所误解；就王安石本意来看，他并不是不主张"挫兼并"，而是认为国家应采取措施——实际也就是变法，如日后施行的"青苗法""均输法""市易法"等——来抑制豪强富贾与国家争利，否则因循守旧，"挫兼并"就沦为空谈，只能是徒劳无功。李壁于此诗的深意有所失察，所以才觉得王诗前后所论不一。李壁注指摘王安石学术论点相悖的地方不

①〔宋〕朱熹：《晦庵先生朱文公文集》卷七〇《读两陈谏议遗墨》，朱杰人等主编：《朱子全书》，第23册，第3382—3383页。
②〔宋〕黎靖德编，王星贤点校：《朱子语类》卷七一，第1799页。
③〔宋〕朱熹：《楚辞后语》卷六《寄蔡氏女》，朱杰人等主编：《朱子全书》，第19册，第304页。
④〔宋〕王安石著，〔宋〕李壁笺注，高克勤点校：《王荆文公诗笺注》卷一五，第363页。
⑤〔宋〕王安石著，〔宋〕李壁笺注，高克勤点校：《王荆文公诗笺注》卷一五，第364页。

止此一处。王诗《杂咏八首》其七云："召公方伯尊，材亦圣人亚。农时惮烦民，听讼甘棠下。"这是用《韩诗外传》记载的召公"棠下听讼"之事，但王安石曾在文章中论此事不实，故李壁注转引道："公尝作《抚州通判厅见山阁记》，乃云：'此殆非召公之实事，诗人之本旨，特墨子之余言赘行、吝细褊迫者之所好。'则记又与诗意异矣。"①这是指出王安石文明明辩其事为"伪"，却又在自己的诗中作为典故来用，是诗与文自相矛盾。李壁还在《千蹊》诗"但有兴来随处好，杨朱何苦涕横流"句下注云："《淮南子》：杨朱见歧路而哭之，谓其可以南可以北，伤其本同而末异也。"②又在"庚寅增注"中申说："此诗公或戏言，但前辈每病公学术多变而支离，此亦其一也。"③这里是在批评王安石学术有时如歧路多端，杨朱尚临歧而泣难以抉择，荆公则随心所欲，所谓"但有兴来随处好"，故学者病其"多变而支离"也。

三、"小人化"的辩诬：李壁对王安石人格的评价

由于南宋人多将亡国之祸归咎于王安石，所以常常连累着他的人品道德也遭到了极为严厉的质疑与谴责。自北宋程颐、杨时等人，已屡斥王安石"败坏天下人心术"。南宋君臣在合力清算王安石变法的同时，一股痛诋荆公"奸邪小人"的浪潮亦随之兴起④。与此相应，两宋学者的一批私家撰著，对王安石的"小人化"也起到了推波助澜的作用，如前引谢采伯《密斋笔记》谓"王安石以六经文奸似王莽"，就将他与弄权篡国的王莽同视为大奸大恶之辈。再如龚昱为其师李衡（1100—1178）编的《乐庵语录》载："有门人侍坐，因论熙丰间事，极口诋毁王介甫，至不以人类待之。"⑤这当然是十分极端的态度，所以受到了其师李衡的训诫："诸公尚论前辈止可辨是非、不当斥骂如此，宜戒之。"⑥但不可否认的是，它多少仍代表了一部分普通士人对王安石的憎恶心态。

---

① 〔宋〕王安石著，〔宋〕李壁笺注，高克勤点校：《王荆文公诗笺注》卷五，第129页。
② 〔宋〕王安石著，〔宋〕李壁笺注，高克勤点校：《王荆文公诗笺注》卷四一，第1053页。
③ 〔宋〕王安石著，〔宋〕李壁笺注，高克勤点校：《王荆文公诗笺注》卷四一"庚寅增注"，第1066页。
④ 参见本书第三章第二节。
⑤ 〔宋〕李衡著，〔宋〕龚昱编：《乐庵语录》卷五，《景印文渊阁四库全书》，第849册，第313页。按：关于此书之真伪，可参见金生杨：《〈乐庵语录〉辨证》，《西华师范大学学报》（哲学社会科学版）2013年第3期。
⑥ 〔宋〕李衡著，〔宋〕龚昱编：《乐庵语录》卷五，《景印文渊阁四库全书》，第849册，第313页。

有人还从王安石的诗作中寻找其"祸国殃民"的"罪证",这可以范冲对《明妃曲》的"解读"为代表。《建炎以来系年要录》卷七九"绍兴四年八月戊寅"条载:

> 宗正少卿兼直史馆范冲入见……上又论王安石之奸曰:"至今犹有说安石是者。近日有人要行安石法度,不知人情何故,直至如此。"冲对:"昔程颐尝问臣:'安石为害于天下者何事?'臣对以新法,颐曰:'不然,新法之为害未为甚,有一人能改之即已矣。安石心术不正,为害最大。盖已坏了天下人心术,将不可变。'臣初未以为然,其后乃知安石顺其利欲之心,使人迷其常性,久而不自知。且如诗人多作《明妃曲》,以失身为无穷之恨。至于安石为《明妃曲》,则曰:'汉恩自浅胡自深,人生乐在相知心。'然则刘豫不是罪过也。今之背君父之恩,投拜而为盗贼者,皆合于安石之意,此所谓坏天下人心术。"上曰:"安石至今犹封王,岂可尚存王爵?"①

这则材料表明,理学代表人物程颐已极力批评王安石的最大危害不是实行新法,而是"心术不正""坏了天下人心术";范冲则进一步发挥了程颐的"心术"说,他从王安石所作的《明妃曲》中找到"汉恩自浅胡自深,人生乐在相知心"二句,以之为"铁证"来坐实王安石是如何"坏天下人心术"的,即"今之背君父之恩,投拜而为盗贼者,皆合于安石之意""刘豫不是罪过也"。这样的"解释"真可谓句句诛心,定要把王安石牢牢钉在耻辱柱上。

李壁在《明妃曲》其二注中移录了范冲与高宗的对话,而且末尾还多出几句:"孟子曰:'无父无君,是禽兽也。'以胡虏有恩而遂忘君父,非禽兽而何?"②《建炎以来系年要录》删去了这一段,或许是著者身为史学家嫌其几近于骂而不够雅驯。正因李壁注忠实记载了范冲的评议,故理学门人魏了翁盛赞其《明妃曲》之二章……则引范元长之语以致其讥","而发挥义理之正,将以迪民彝、厚世教"③。可事实是否如此呢?

李壁注引范冲语之后,又有一段他本人的评论:"(荆)公语意固非,然诗人一时务为新奇,求出前人所未道,而不知其言之失也。然范公傅致亦

①〔宋〕李心传著,胡坤点校:《建炎以来系年要录》卷七九,第1487—1488页。
②〔宋〕王安石著,〔宋〕李壁笺注,高克勤点校:《王荆文公诗笺注》卷六,第143页。
③〔宋〕魏了翁:《临川诗注序》,曾枣庄、刘琳主编:《全宋文》卷七〇七八,第310册,第12—13页。

深矣。"①这才是李壁真实的观点：其一，他认为范冲之言实有"傅致"之嫌，即附会、罗织罪名，是所谓"欲加之罪"；其二，他没有从"心术"而是从"文学"上去理解"汉恩自浅胡自深，人生乐在相知心"二句，认为这是诗人出于诗意上的求新，道前人未道之语，是艺术表现而非内容表达，它不是从夷夏大防的角度命意下笔的，故根本不应涉及什么"心术"问题；其三，尽管如此，李壁也承认诗句语意不够稳妥，容易引起歧义落人口实，所以说"公语意固非""而不知其言之失也"，即使令人误解，也属无心之失。总而言之，从李壁注这段话中，可以看出他引范冲语的实际目的并不是想要"致其讥"，恰恰相反，他是想通过对荆公诗的艺术阐释，委婉地为王安石辩诬，以证明其道德品格的清白。

《龟山语录》载："或谓：'荆公晚年诗，多有讥诮神宗处，若下注脚，尽做得谤讪宗庙，它日亦拈得出。'"②可见当时曾有一批别有用心之辈，有意想搜集荆公诗句，以便罗织王安石"小人讪谤"之类的罪名。李壁注特别留意对这些诗篇的辨正，如《后元丰行》诗注曰，"介甫熙宁七年罢政，作此歌，正居钟山时。或谓公欲以此彻神宗之听，冀复相，此谬论也"③；《杂咏六首》其六诗注曰，"公闲居诗大率类此。怨怼讥刺者，视之有愧矣"④；《君难托》诗注曰，"或言，此诗恐作于神考眷遇稍衰时。然词气殆不类平日所为，兼神考遇公终始不替，况大臣宜知事君之义，必不为此怨尤也"⑤。通过这些注文，李壁有力回击了那些诋毁王安石心怀怨望、欺君冈上的猖狂之论。

更有力的"辩诬"，是李壁注直接表达对荆公品格的赞誉与称许，包括：1.身处江湖，不忘君恩。《六年》诗注："此见公深追神宗之遇，虽已在田里，不忘朝廷也。"⑥2.不热衷于权势，淡泊名利。王安石《中书即事》诗云："投老翻为世网婴，低徊终恐负平生。何时白石冈头路，渡水穿云取次行。"壁注云："观公拜相日，题西庑小阁窗间云：'霜筱雪竹钟山寺，投老归来寄此身。'既得请金陵，出东府，寓定力院，又题壁云：'溪北溪南水暗通，隔溪遥

---

① 〔宋〕王安石著，〔宋〕李壁笺注，高克勤点校：《王荆文公诗笺注》卷六，第 143 页。按：原书将"傅致"写作"传致"，误。

② 〔宋〕杨时：《龟山语录》卷三，《龟山先生全集》卷一二，《宋集珍本丛刊》，第 29 册，第 381 页。

③ 〔宋〕王安石著，〔宋〕李壁笺注，高克勤点校：《王荆文公诗笺注》卷一，第 3 页。

④ 〔宋〕王安石著，〔宋〕李壁笺注，高克勤点校：《王荆文公诗笺注》卷四六，第 1235 页。

⑤ 〔宋〕王安石著，〔宋〕李壁笺注，高克勤点校：《王荆文公诗笺注》卷二一，第 509 页。

⑥ 〔宋〕王安石著，〔宋〕李壁笺注，高克勤点校：《王荆文公诗笺注》卷四四，第 1168 页。

见夕阳春。当时诸葛成何事,只合终身作卧龙。'时熙宁九年十月,大抵皆此诗之意。"①3.不溺于声色权利,清廉自守。《秋热》诗注:"元丰末,以公前宰相奉祠,居处之陋乃至此。今之崇饰宅第者,视此得无愧乎?"②《绝句呈陈和叔二首》其二诗注:"公时已为宰相,清约如此。"③《和叔招不往》诗注:"公意欲省烦耳,足见其简旷。"④《杭州修广法师喜堂》诗注引黄庭坚语曰:"荆公学佛,所谓'吾以为龙又无角,吾以为蛇又无足'者也。余尝熟观其风度,其视富贵如浮云,不溺于财利酒色,一世之伟人也。"⑤4.胸次浩然,与天地精神往来。《示平甫弟》"岂无他忧能老我,付与天地从今始"二句注:"邵康节诗'惟须以命听于天,此外谁能闲计较',皆公诗'付与天地'之意也。公所造至是益高,人不足与及此,故独以语平甫。朱晦翁在史院,酒半,尝为予诵此二句,意气甚伟云。"⑥5.宠辱不惊,清高避俗。《与吕望之上东岭》诗注:"方公盛时,俗子纷沓而至,徒使人厌之。今居闲,自无一迹,公更以为惬也。"⑦6.超然恬淡,适性忘虑。《新花》诗注:"'两忘'之句,其超然无累,又欲出庄生右矣。"⑧《马死》诗注:"《建康续志》亦云:'公晚年定《字说》,出入百家,语高而意深……金华俞紫琳清老,尝冠秃巾,衣扫塔服,抱《字说》,逐公之驴,往来法云、定林,过八功德水,逍遥游亭之上。龙眠李伯时曰:此胜事,不可以无传也。遂画以为图。'观此,则'小蹇载闲身',殆非空言矣。"⑨7.笃于友义。《思王逢原》诗注:"今'窃食'之诗,作于逢原既亡之后,尤见公笃于友义,不忘平生切磨之言。"⑩

在李壁之前的南宋学者中,对王安石的操行、人品给予了很高评价的是象山先生陆九渊。在《荆国王文公祠堂记》一文中,他对王安石变法的内容虽也提出了客观批评,但同时又盛赞其为人曰:"英特迈往,不屑

①〔宋〕王安石著,〔宋〕李壁笺注,高克勤点校:《王荆文公诗笺注》卷四三,第1139页。
②〔宋〕王安石著,〔宋〕李壁笺注,高克勤点校:《王荆文公诗笺注》卷五,第109页。
③〔宋〕王安石著,〔宋〕李壁笺注,高克勤点校:《王荆文公诗笺注》卷四二,第1101页。
④〔宋〕王安石著,〔宋〕李壁笺注,高克勤点校:《王荆文公诗笺注》卷四二,第1102页。
⑤〔宋〕王安石著,〔宋〕李壁笺注,高克勤点校:《王荆文公诗笺注》卷二〇,第479页。
⑥〔宋〕王安石著,〔宋〕李壁笺注,高克勤点校:《王荆文公诗笺注》卷一四,第341页。
⑦〔宋〕王安石著,〔宋〕李壁笺注,高克勤点校:《王荆文公诗笺注》卷二,第33页。
⑧〔宋〕王安石著,〔宋〕李壁笺注,高克勤点校:《王荆文公诗笺注》卷二,第44页。
⑨〔宋〕王安石著,〔宋〕李壁笺注,高克勤点校:《王荆文公诗笺注》卷四二,第1094页。
⑩〔宋〕王安石著,〔宋〕李壁笺注,高克勤点校:《王荆文公诗笺注》卷一〇,第255页。

于流俗，声色利达之习，介然无毫毛得以入于其心，洁白之操，寒于冰霜，公之质也。扫俗学之凡陋，振弊法之因循，道术必为孔孟，勋绩必为伊周，公之志也。"①在当时"小人化"王安石的风评气氛中，这无疑是大胆而可贵的见解。李壁继陆九渊之后，对王安石的品格进行了更为全面的评价与肯定，所以刘将孙说他"与象山记祠堂磊磊恨意相似"②。就李壁注评价王安石人格的具体内容来看，其实并没有什么特别之处，但他通过笺注的方式，使读者在阅读王诗的过程中，可以更加深切地体会其中蕴含的情志与心意，从而对诗人的人格与心性有更为深入的理解，这在王安石评价史上是有其特殊意义的。

　　当然，李壁注也并非一味"颂德"，对荆公品行、人格上的某些瑕疵，笺注也并未回避。如《韩子》诗注谓荆公讥韩愈"可怜无补费精神"是其本人"好诋之过"③；《用前韵戏赠叶致远直讲》诗注引《遁斋闲览》《苕溪渔隐丛话》所载荆公与人对弈事而暗讽其棋品不高④；《寄赠胡先生》诗注不满其诋排前辈宿儒⑤；《题雾祠堂》诗注批评其纳颂美者之言，自处圣人而不疑⑥；《孤桐》诗注称王安石为人正直但欠虚心⑦；《谢公墩二首》其一诗注引《（蔡宽夫）诗话》谓其好与人争⑧；《舒州被召试不赴偶书》诗注评其屡不赴召有过于清高，有伤夭矫之嫌⑨；等等。

　　由李壁注对王安石变法、学术及人格等方面的评价，可见在南宋"共惩荆舒"也就是王安石受到普遍批判的气氛下，他能够始终保持着对荆公的"同情之理解"，显得极为难能可贵。这或许与李壁本人的特殊经历也有关系。他曾官至参知政事，为朝廷宰辅，又适逢开禧北伐的发起与失败，继而又被动地陷入韩侂胄、史弥远等人的斗争旋涡中，因此，他比一般学者更能体会身处政治中心、意图有所作为的步步维艰，以及在遭受挫折失败后被

①〔宋〕陆九渊著，钟哲点校：《陆九渊集》卷一九，中华书局1980年版，第232页。
②见刘将孙序，〔宋〕王安石著，〔宋〕李壁笺注：《王荆文公诗笺注》附录《大德本旧序三篇》，中华书局1958年版，第718页。
③〔宋〕王安石著，〔宋〕李壁笺注，高克勤点校：《王荆文公诗笺注》卷四八，第1314页。
④〔宋〕王安石著，〔宋〕李壁笺注，高克勤点校：《王荆文公诗笺注》卷三，第65页。
⑤〔宋〕王安石著，〔宋〕李壁笺注，高克勤点校：《王荆文公诗笺注》卷二〇，第482—483页。
⑥〔宋〕王安石著，〔宋〕李壁笺注，高克勤点校：《王荆文公诗笺注》卷二二，第516页。
⑦〔宋〕王安石著，〔宋〕李壁笺注，高克勤点校：《王荆文公诗笺注》卷二五"补注"，第602页。
⑧〔宋〕王安石著，〔宋〕李壁笺注，高克勤点校：《王荆文公诗笺注》卷四二，第1077页。
⑨〔宋〕王安石著，〔宋〕李壁笺注，高克勤点校：《王荆文公诗笺注》卷四七"庚寅增注"，第1295页。

世人纷纭指责的悲慨与无奈①。这与王安石生前身后的遭遇颇有几分相似之处，李壁谪居抚州后为王诗作注，未始不是受以上种种情绪因素的影响。惟其如此，李壁能在一定程度上理解王荆公当年的心境与心态，从而对其变法、学术及人格等方面作出较为公允的评价，这在南宋人对王安石的评价中，是极有意义的。

第三节　李壁注对王安石诗的诠评及价值

在一众宋诗宋注中，李壁注是较晚的一种，故此其对其他注家的优点均有一定程度的吸收，具有汇集众长的特点，正如有的学者所言："任渊的《山谷内集诗注》《后山诗注》问世最早，作于北宋政和元年至南宋建炎二年之间。任渊已开始尝试用'以史证诗'的方法考证创作背景，但尚属简略。任注的特点是在注释中总结黄庭坚等江西诗人'无一字无来处'等创作理论。南宋前期的《集百家注分类东坡先生诗》号称注者百家，其主体是赵次公、赵夔、林敏功等数家。赵次公等人注释的特点是评论苏诗的风格，总结创作方法的长处。施元之、顾禧《注东坡先生诗》出现得较晚，作于淳熙三年至淳熙九年之间，后由施宿于嘉定二年补充题下注。《注东坡先生诗》注释重心已偏向于运用'以史证诗'方法解释诗意，而不甚关注诗歌的创作艺术与创作理论。李壁的《王荆公诗注》出现稍晚，其注释方法集众家之长。"②今人对李壁注的研究，也注意到了其注释特点、文献考订及艺术评

---

① 按：李壁被贬谪抚州，与他对北伐一事的态度以及与韩侂胄的复杂关系有关，此不细论，可参见赵晓兰《李壁和他的〈王荆文公诗笺注〉》，《四川师范大学学报》1988年第3期。然李壁既因御史弹劾其"反复诡谲"而夺职被贬，则当时士林间必有不利于其声名的风评存在，故李壁《临川节中寄季和弟》诗云"江城牢落追前事，一寸丹心只自知"，《再和雁湖十首》其五云"一时偃月怨哥奴"，《再和雁湖十首》其七云"流俗是非何足算"，见北京大学古文献研究所编：《全宋诗》卷二七四四，第52册，第32311、32314页；韩淲《次韵晁元默和李季章参政长句因寄呈李参》诗亦云"山焚玉石何难辨，水杂淄渑未易分"，见北京大学古文献研究所编：《全宋诗》卷二七六四，第52册，第32659页；而程公许《拟九颂》序则将其比为"忠而被谤"的屈原，见北京大学古文献研究所编：《全宋诗》卷二九八四，第57册，第35482页。至于后世，则对李壁人品评价不高，如元脱脱等《宋史》卷三九八《李壁传》："议者谓壁不论桧之无君而但指其主和，其言虽公，特以迎合侂胄用兵之私而已。"（第12107页）清永瑢等《四库全书总目》卷一五三《王荆公诗注》："附和权奸，以至丧师辱国，实堕其家声，其人不足重。"（第1325页）
② 何泽棠：《李壁〈王荆公诗注〉的诗学批评》，《西华大学学报》（哲学社会科学版）2011年第1期。

价等多方面的价值①。这是从"笺释学"的角度来看。从对王安石及其诗歌研究的角度看，李壁注的价值也值得重视。

一、"以意逆志"与"自发议论"

"知人论世"与"以意逆志"是孟子提出的诗歌解释观，成为了传统文学批评的重要方法。在宋代，随着"尊孟"思潮的展开，孟子的地位空前提高，他的"知人论世"主张也受到了诗歌笺释者的高度重视，而宋代的史学又格外发达，这两者结合起来，就形成了宋人"以史证诗"的风气。正如张伯伟先生所言："虽然汉儒在说《诗》的过程中，也曾注意到历史与作品的关系，但是在实践中把'知人论世'作为'以意逆志'法的一个重要环节，并在'以史证诗'方面有所新创的，则是宋人的贡献。"②

李壁出身于史学世家，条件得天独厚，而他本人也是"群经百氏，搜讨弗遗，于本朝故实尤所综练。国有疑义，旁摭广引，如指诸掌"③，对有宋一代的历史事件、典章制度、掌故逸闻等都极为熟悉，这就成为其笺注王诗的一个重要优势。汪辟疆先生就曾评价道："李壁注荆公……以宋人而注宋人诗，故注中于数典外皆能广征当时故事，俾后人读之，益见其用事之严，此其所以可贵也。"④其实，"广征当时故事"的主要作用还不是"益见其用事之严"，更重要的是，这些历史背景常常为解读王安石诗的创作意旨以及诗人的思想心态等，提供了不可或缺的材料。

以《白沟行》一诗为例。这首诗作于嘉祐五年王安石伴送契丹使臣至北境时，诗云："白沟河边蕃塞地，送迎蕃使年年事。蕃使常来射狐兔，汉兵不道传烽燧。万里锄耰接塞垣，幽燕桑叶暗川原。棘门灞上徒儿戏，李牧

---

① 参见周焕卿：《试论李壁对诗歌笺释学的贡献》，《南京师大学报》（社会科学版）2004年第5期；王友胜：《论〈王荆公诗笺注〉的学术价值与局限》，《中国文学研究》2008年第2期；何泽棠：《李壁〈王荆公诗注〉的诗学批评》，《西华大学学报》（哲学社会科学版）2011年第1期；何泽棠：《李壁〈王荆公诗注〉与"以史证诗"》，《长江学术》2011年第3期；李晓黎：《〈王荆文公诗李壁注〉二题》，《中南大学学报》（社会科学版）2012年第2期；韩元：《论李壁注在宋诗宋注中的新特点》，《中国文学研究》2016年第3期；等等。

② 张伯伟：《中国古代文学批评方法研究》，中华书局2002年版，第67页。

③〔宋〕真德秀：《故资政殿学士李公神道碑》，曾枣庄、刘琳主编：《全宋文》卷七一九〇，第314册，第82页。

④ 汪辟疆：《汪辟疆文集》，上海古籍出版社1988年版，第870页。

廉颇莫更论。"①不得不说，因为此时王安石的身份相当于北宋的外交官，他在伴送契丹使者回国途中写下这首涉及宋、辽关系的诗篇，其真实意旨是有所内敛隐晦的，所以诗歌表面看上去是在论西汉与匈奴，但明眼人自知其是在借古论今。只是王安石创作此诗的真正意图与想法是什么呢？李壁注对诗歌的注解从交代一系列相关历史背景开始：他先引宋太祖建内藏库以冀收复幽燕之事（欧阳修《归田录》）；再引宋神宗作《内藏库铭》以见其"平燕之志"（林希《野史》）；又引神宗诸路分将、经营河北、结好高丽之事（张芸叟言），还于诗歌最后两句注中引欧阳修上宋仁宗的奏疏："《兵法》曰：'将者，民之司命，国家安危之主也。'今外以李昭亮、王克基辈当契丹，内以曹琮、李用和等卫天子，如当今之事势，而以民之司命、国之安危系此数人，安得不取笑四夷，为其轻侮？"②至此，李壁注的意向性已经非常明显了，他认为此诗的主旨是"意图恢复"，是王安石在北行途中产生了对朝廷边备废弛、边将无能的忧患，并由此激发了诗人抵御外侮的经世之心与兴复之志。诗注所引神宗时史事，从时间上看皆发生在此诗之后，似不当引以为注，但李壁认为荆公此诗正透露出了他日后辅佐神宗实施变法的"先兆"，故此他在注释中说："窃味全篇，已微见经理之意……诗意又似言幽燕之地本如此其广，而汉初疆理之狭、将帅之谬如此，盖欲借此以明当时合经理之意。李牧大破杀匈奴，灭襜褴，破东胡，降林胡，言如此等人，汉文必不能用，不劳更言也。意亦有托。"③所谓"微见经理之意""以明当时合经理之意""意亦有托"云云，正是对王安石意图变法富国强兵之心曲的深切体察，引神宗时史事恰恰是对王安石此刻心志的证明。后来刘辰翁亦解读此诗，但意见似与李壁不合，他认为此诗"谓通国以和好为久可恃，不复越白沟一步也"④。刘氏所言有些含糊，不知他的意思是说诗的主旨意在强调宋、辽的和议通好，还是说荆公对宋廷安于现状、不思进取的国策有所讥讽与不满。不过终归还是李壁对这首诗的解读更具说服力，也更加契合王安石的本意，尤其他是以宋、辽关系以及北宋君臣志在恢复的史料为据，再加

---

① 〔宋〕王安石著，〔宋〕李壁笺注，高克勤点校：《王荆文公诗笺注》卷七，第175页。
② 〔宋〕王安石著，〔宋〕李壁笺注，高克勤点校：《王荆文公诗笺注》卷七，第175页。
③ 〔宋〕王安石著，〔宋〕李壁笺注，高克勤点校：《王荆文公诗笺注》卷七，第174—175页。
④ 〔宋〕王安石著，〔宋〕李壁笺注，高克勤点校：《王荆文公诗笺注》卷七，第175页。按：白沟在北宋时为宋、辽分界处。

上对王安石生平心志的深刻体会，所以对诗歌深意的体察能入木三分。由此可见，李壁注的"以史证诗"，是与中国古代传统的"知人论世"观念密不可分的。类似这样的注解，在《兼并》《发廪》《省兵》《收盐》《和杨乐道韵六首》《谒曾公亮》等诗注中均有发挥。一言以蔽之，但凡与北宋的政治制度及王安石的变法思想、人事纷争等问题有关的诗，李壁注总会提供一定的历史史料，这对深入理解诗歌的创作背景有很大帮助。

值得注意的是，李壁注还以笺注的方式，提供了王安石的很多"私史"，为后人了解诗人的生活圈子或内心世界提供了鲜活生动的资料。如卷二〇《寄赠胡先生》注云："余尝见公《题王昭素易论要纂后》云：'予尝苦王先生易论晦而难读，徐徽生删取其略以示予，又取其义可传、及虽不足传而犹可论者存之。'按公初于前辈宿儒，犹有尊事之意，故如昭素与安定，皆以先生呼之。其后诋排诸老，略不少假，此意无复存矣。"①卷三三《送陈舜俞制科东归》注云："舜俞初忤介甫，晚乃翻悔青苗，负此诗矣。然介甫初以古人期舜俞，泊舜俞极论新法，乃亦不能容之。"②卷二一《勿去草》注云："此诗言客负主人，主人亦时负客，皆以讥道丧俗薄，上下胥失也。盖自公罢相，凡昔之门生故吏，舍之而去者多矣。又从而下石焉，如吕惠卿者，盖其尤也。公之卒也，张芸叟为诗以吊之，曰：'今日江南从学者，人人讳道是门生。'及绍圣后崇尚新学，以公配享先圣，前日舍之而去者至是复还。故无名子嘲之曰：'今日江南从学者，人人争道是门生。'观公此诗，盖有所激而云也。士固可罪，然知人亦难矣。"③卷二《与吕望之上东岭》注云："望之，嘉问也。市易诸法，悉其建明，误公多矣，而公终厚之不替也。"④如此等等，宋人的史书、笔记等中有关变法及新旧党争的记录极多，但王安石在此过程中产生了怎样的心态变化，与旧党成员的关系是如何从同道转变为政敌的，罢相后的王安石是如何看待昔日的一众新党成员及门生故吏的，李壁注结合着诗歌内容，为解决这些问题提供了更加丰富细致的材料。

正因李壁注在笺释诗歌时十分注意结合王安石的生平履历及历史事件等，故其一方面交代了诗歌的创作背景，另一方面也对王诗的系年有考

---

① 〔宋〕王安石著，〔宋〕李壁笺注，高克勤点校：《王荆文公诗笺注》卷二〇，第 482—483 页。
② 〔宋〕王安石著，〔宋〕李壁笺注，高克勤点校：《王荆文公诗笺注》卷三三，第 828 页。
③ 〔宋〕王安石著，〔宋〕李壁笺注，高克勤点校：《王荆文公诗笺注》卷二一，第 499 页。
④ 〔宋〕王安石著，〔宋〕李壁笺注，高克勤点校：《王荆文公诗笺注》卷二，第 33 页。

订之功。如《王荆文公诗注》卷一一有古诗二十八首,每首皆以首句命题,李壁注考证道:"据此古诗二十八首,虽无岁月可考,然第七首有'邂逅亦专城'之句,当是嘉祐元年、二年之间知常州时作。又第十首有'行观蔡河上,负土知力弱'之句,按嘉祐三年,开京城西葛家港新河,直城南,疑即指此。又二十三首咏麒麟,按交趾贡献号麒麟,亦是嘉祐三年事。则公赋此诗二十八篇,嘉祐初年作无疑矣。今《两马齿俱壮》诗,一以指方为时用而自喜欲前者,一以指困于羁束而恨不获骋力者。是时文、富并相,贾文元时为枢使,不知意竟属何人? 或别有所谓也。"①这二十八首诗有"拟古"性质,不易确定其具体的创作时间,而李壁注通过诗句中的蛛丝马迹,推断出其中几首的大致系年,又因其性质相近而推测整体的创作年代,结论大致可信。有时,李壁注也根据诗意,径直判断诗作的创作时间,这样的例子更多,如:《老树》"此诗托意甚深,当是更张后作"②;《平甫归饮》"在馆中时作"③;《收盐》"公为鄞县,尝上运使孙司谏书……公诗当作于此时也"④;《太白岩》"鄞县时作"⑤;《登越州城楼》"作鄞邑满秩而归"⑥;《送赞善张君西归》"此必公罢相家居时也"⑦;《和仲庶池州齐山画图》"知制诰时作"⑧;《退朝》"此诗作于嘉祐初,时为群牧判官、提点府界诸县镇公事"⑨;《狄梁公陶渊明俱为彭泽令至今有庙在焉刁景纯作诗见示继以一篇》"嘉祐中,江东提刑时作"⑩;《次韵张唐公马上》"此诗恐是神庙初自知江宁召还时作"⑪;等等。值得注意的是,李壁注为王诗系年,还运用了一些流传不广的实物文献。如《送陈峄》诗注云:"此诗余在抚州见石本,嘉祐元年作。"⑫《试茗泉》诗注云:"此泉在抚州之金溪翠云院,石本尚存。诗序云:'治平丁未,临川王公自江宁召还翰林,金溪吴显道追送至抚州,因语及金溪令君政事余暇,多得

---

① 〔宋〕王安石著,〔宋〕李壁笺注,高克勤点校:《王荆文公诗笺注》卷一一,第267页。
② 〔宋〕王安石著,〔宋〕李壁笺注,高克勤点校:《王荆文公诗笺注》卷一四,第355页。
③ 〔宋〕王安石著,〔宋〕李壁笺注,高克勤点校:《王荆文公诗笺注》卷一六,第400页。
④ 〔宋〕王安石著,〔宋〕李壁笺注,高克勤点校:《王荆文公诗笺注》卷一七"补注",第439页。
⑤ 〔宋〕王安石著,〔宋〕李壁笺注,高克勤点校:《王荆文公诗笺注》卷一九,第473页。
⑥ 〔宋〕王安石著,〔宋〕李壁笺注,高克勤点校:《王荆文公诗笺注》卷二〇,第486页。
⑦ 〔宋〕王安石著,〔宋〕李壁笺注,高克勤点校:《王荆文公诗笺注》卷二二,第519页。
⑧ 〔宋〕王安石著,〔宋〕李壁笺注,高克勤点校:《王荆文公诗笺注》卷二九,第716页。
⑨ 〔宋〕王安石著,〔宋〕李壁笺注,高克勤点校:《王荆文公诗笺注》卷三一,第775页。
⑩ 〔宋〕王安石著,〔宋〕李壁笺注,高克勤点校:《王荆文公诗笺注》卷三一,第782页。
⑪ 〔宋〕王安石著,〔宋〕李壁笺注,高克勤点校:《王荆文公诗笺注》卷三三,第820页。
⑫ 〔宋〕王安石著,〔宋〕李壁笺注,高克勤点校:《王荆文公诗笺注》卷一三,第332页。

山水之乐,近以五题求诗于人,乃定韵各赋一诗,独王公为二,仍使其子同赋。'此泉诗与《跃马泉》诗是也。雱所赋乃《翠云院》诗,亦佳。"①《陈君式大夫恭轩》诗注云:"公此诗,抚州有石本……作此诗时,在相位,诗石结衔'平章事'。"②由此可见,王安石的家乡临川在南宋时还保留了不少荆公诗文的石刻,李壁谪居抚州时对这些石刻文献进行了广泛调查,并在诗注中予以保留,可谓弥足珍贵。众所周知,任渊《山谷内集诗注》《后山诗注》,施、顾《注东坡先生诗》,都采用了编年注的方式,而王安石诗文集如临川本、龙舒本、杭本等,都是按体编排而非按时间次序编排的,李壁《王荆文公诗注》亦是如此,故此王安石诗作的系年一直未得到梳理。最早替王安石诗编年的是詹大和,其《王荆文公年谱》寥寥千二百余字,系年之诗仅十余首;而李壁注予以系年的则有七十余首,尽管其中也有一部分不尽正确或较为模糊之处,但毕竟为后世研究王安石提供了极为宝贵的资料,今人为王安石诗系年仍需大量参考李壁注,此即其学术价值之明证。

　　刘将孙曾指出李壁注不同于其他注家的一个重要特点:"李笺比注家异者,间及诗意。"③这里所说的"诗意",不是指训诂学意义上的字句笺释,而是指阐释学意义上的诗意阐发。这一评语可谓切中李壁注的要点。与其他注家相比,李壁确实更能发挥"知人论世""以意逆志"的解释方法,对王安石的诗意进行诠解甚至是深度发掘。

　　李壁注对荆公诗的诗意阐发,有时是将一些诗句径直"转译"成文句,从而使诗意更加明白晓畅。如,《扬雄三首》其二"长安诸愚儒,操行自为薄。谤嘲出异己,传载因疏略"注云:"言此事出于愚儒以己度雄,又有嫉雄而造谤者。史官不察,因遂实之,而雄焉是有。"④又如,《道傍大松人取为明》"应嗟无地逃斤斧,岂愿争明爝火间"注云:"诗言松意尚不愿见采于匠石充梁栋之用,况肯与区区萤爝争明于顷刻间耶?"⑤这些诗句本身亦不难

①〔宋〕王安石著,〔宋〕李壁笺注,高克勤点校:《王荆文公诗笺注》卷一八,第448页。按:原书断句标点有误,今径改。

②〔宋〕王安石著,〔宋〕李壁笺注,高克勤点校:《王荆文公诗笺注》卷三三,第793页。

③见刘将孙序,〔宋〕王安石著,〔宋〕李壁笺注《王荆文公诗笺注》附录《大德本旧序三篇》,中华书局1958年版,第718页。

④〔宋〕王安石著,〔宋〕李壁笺注,高克勤点校:《王荆文公诗笺注》卷一二,第295页。按:"此事"指扬雄投阁之事。

⑤〔宋〕王安石著,〔宋〕李壁笺注,高克勤点校:《王荆文公诗笺注》卷四四,第1166页。

理解,壁注只是使其更加明了清楚而已。

王安石诗艺精深,有时某些艺术手法的运用可能会对诗意理解带来一定难度,李壁在遇到这种情况时,则会进行疏注解析,避免可能产生的误解,并将诗意揭示得更加深入透彻。如《杏花》"嫣如景阳妃,含笑堕宫井。怊怅有微波,残妆坏难整"四句,后二句很容易被理解为顺承前二句直下,是描述"景阳妃"的,而忽视了其中的"咏物"之意;李壁则于后二句注云:"言水波而花影乱"①,这就提醒了人们王诗其实是运用了比喻与双关的手法,"怊怅有微波,残妆坏难整"被想象成"景阳妃"堕井前的惊鸿一瞥,但实际是指"杏花"映入水中,水面涟漪使其倒影凌乱,正如美人残妆,其本质仍是吟咏杏花之美。在这里,李壁注虽只短短一句,却对诗意的理解起到了画龙点睛的重要作用。再如《寄曾子固二首》其二"吾能好谅直,世或非诡诈"二句,句法颇为简古精悍,但诗意的压缩也容易产生歧义;李壁为之注云:"言世以谅直为诡诈,如指正论为沽名买直之类也。"②这样一解释,对王安石自言清高谅直,而世俗反非议其谅直为诡诈的不平之意便阐发得十分清楚,不会造成误解了。再如《次韵和中甫兄春日有感》言"淮蝗蔽天农久饿,越卒围城盗少逸",又有"元老相看进刀笔"句,李壁注云:"公讥柄国者甚矣。"③王诗"刀笔(吏)"之讥属春秋笔法,暗藏褒贬;经过李壁的注释后,遂将诗人忧心国事,不满当朝者尸位素餐的激切心情昭示出来了。

李壁注更有价值的部分,是直抉诗人"本心",对诗作表面不显的深层意旨进行挖掘与阐发,达到了"以意逆志"的极高水平。如《送孙康叔赴御史府》诗有"古人喜经纶,万事惭强聒。时来上青冥,俯仰但一节。危言回丘山,声利尽毫末"这样几句,李壁认为这其中实际蕴含着王安石自己对"出处"问题的态度,故其注云:"古人虽志经纶,是亦有义命,如刘向辈上变论事,乃几强聒,知道者不然也。故君子虽得时,小不合,辄去,故云'俯仰一节',而下又云'声利尽毫末'也。"④所谓"用之则行,舍之则藏",不以富贵声利为念,这的确是深合荆公心迹的注解。但王安石主张的"舍之则藏"并不意味着彻底肥遁避世,故《惜日》诗云:"唯士欲自达,穷通非外求。岂

①〔宋〕王安石著,〔宋〕李壁笺注,高克勤点校:《王荆文公诗笺注》卷一,第22页。
②〔宋〕王安石著,〔宋〕李壁笺注,高克勤点校:《王荆文公诗笺注》卷六,第158页。
③〔宋〕王安石著,〔宋〕李壁笺注,高克勤点校:《王荆文公诗笺注》卷一七,第426页。
④〔宋〕王安石著,〔宋〕李壁笺注,高克勤点校:《王荆文公诗笺注》卷一七,第437页。

必相天子，乃能经九畴。行虽耻强勉，闭户非良谋。"李壁先对诗中的"达"字之义进行了疏解："'达'非富贵之'达'。《论》：'是闻也，非达也。夫达也者，质直而好义。'"①此处之"达"非"显达"之"达"，乃是《论语》所说的"质直而好义"，而"唯士欲自达"不是说士人想要显达，而是追求仁义的内在品德，即宋人常说的"内圣"，故曰"穷通非外求"。这样，李壁接下来的诗意阐释就顺理成章了："此诗言君子之施，贵周四海，不可局于一隅。苟不得位，当传其道于学者，是亦救时之意。"②士大夫最理想的状态当然是"相天子""经九畴"，但若此志不遂，亦不可"闭户"自守，而应施教于天下，传道于后人。不得不说，这几句注解不长却非常精到，不仅清晰解释了诗意，更发掘了诗人的精神世界，将荆公内心对"内圣"与"外王"的追求深刻地揭示了出来。故此《到家》诗有"身闲自觉贫无累"的句子，李壁注则发挥云："言道胜，不以贫为累。且言财之能为人累也。"③其中的关键是"道胜"二字，这就将王安石以"道"为本的思想根柢予以了强调。

　　李壁注中还有不少对诗意进行引申阐释的例子，对诗歌的"言外之意"进行探究。如《秃山》是一首颇有寓言性质的诗篇，写一群狙居于山上不事生产却不停繁殖，使原本草木茂盛的高山变得一无所有，李壁注认为此诗的本意"似言天下生齿日众，吏为贪牟，公家无储积，而上未尽教养之方也"④，这无疑是说诗歌主旨包含着对朝廷教养无方、吏治不利、无法有效地解决人口增长与百姓生计问题等现实状况的不满与忧虑。李壁对此类诗歌的深意进行阐发，实际上也揭示了王安石早年对时政的看法，成为他日后主持变法更张的原因所在。

　　李壁注还对荆公诗中蕴含的托讽、比兴十分关注，力求将诗歌表面意思下的"微言大义"揭示出来。如《白鸥》"江鸥好羽毛，玉雪无尘垢。灭没波浪间，生涯亦何有。雄雌屡惊矫，机弋常纷纠"句，壁注云，"吕献可首弹公，后来刘莘老诸人力排变法，最后唐坰廷斥公尤切。恐诗意指此"⑤；《咏

①〔宋〕王安石著，〔宋〕李壁笺注，高克勤点校：《王荆文公诗笺注》卷一〇，第261页。按：原书于"论"字下未标注书名号，误。"是闻也，非达也。夫达也者，质直而好义"几句出自《论语·颜渊》。
②〔宋〕王安石著，〔宋〕李壁笺注，高克勤点校：《王荆文公诗笺注》卷一〇，第261页。
③〔宋〕王安石著，〔宋〕李壁笺注，高克勤点校：《王荆文公诗笺注》卷三七，第944页。
④〔宋〕王安石著，〔宋〕李壁笺注，高克勤点校：《王荆文公诗笺注》卷一九，第475页。
⑤〔宋〕王安石著，〔宋〕李壁笺注，高克勤点校：《王荆文公诗笺注》卷二一，第504页。

风》"汝于何时息？汝作无乃妄"句,壁注云,"此诗亦似指当时争论者"①；
《白云》"英英白云浮在天,下无根蒂旁无连"句,壁注云,"公自况拔起于江
南,自为天子所知也"②；《咏月三首》其二"此时只欲浮云尽,窟穴何妨有兔
蟾"句,壁注云,"此见公包容小人之意,不知卒为己害。谓吕、蔡之徒"③。
不难看出,李壁认为这几首诗皆与荆公变法及党派纷争有关,故于写物之
外别寓深意。他对诗中"比兴之义"的揭橥,为今天考察王诗的创作背景与
创作动机等提供了不可忽视的解读方式。

　　当然,李壁注对比兴的阐释并非仅仅针对与变法、党争有关的诗篇,其
他如《晨兴望南山》"草树露颠顶,樛枝空复繁。铜瓶取井水,已至尚余温。
天风一吹拂,的皪成璵璠"句,注曰："露颠顶、樛枝繁,若伤人才之琐碎不足
也。井水,以谕侧陋之贤,言汲引而用之,足有蕴藉,乃国家之宝也"④；《昼
寝》"弃置蕉中鹿,驱除屋上乌"句,注曰："此扫除外累也"⑤；《山陂》"白发
逢春唯有睡,睡间啼鸟亦生憎"句,注曰："此诗似谓居闲时,犹不免世俗之
嫌嫉"⑥；等等,都是就诗歌本身蕴含的比兴深意进行解读,对深入地理解
王诗同样有助益之功。

　　李壁注还有一个非常重要的特点,就是他常常将自己的观点、想法借
笺注表达出来,形成了所谓"自发议论"的独特风格。正如董岑仕在《王安
石诗李壁注引朱熹说小考》一文中所言："在笺释诗歌的过程中,其实,李壁
也在触类旁通地以'自出己意,借事以相发明'的态度旁征博引……这样的
援引、阐发,逾越了传统注释和阐释的'以意逆志',探得作者本义的同时思
绪驰骋,将自己所得的阅读经验和议论参杂交错在注释之中。可以说,'自
出己意,借事以相发明',不仅仅是王安石在创作诗歌时对阅读与用典的经
验之谈,同样也可以用来概括李壁的注释的特点,而这种在诗歌注释的方
法层面的创新之处,正是《李壁注》对宋代诗学阐释的独特贡献。"⑦如《法
云》"一川花好泉亦好,初晴涨绿深于草。汲泉养之花不老,花底幽人自衰

①〔宋〕王安石著,〔宋〕李壁笺注,高克勤点校：《王荆文公诗笺注》卷二一,第505页。
②〔宋〕王安石著,〔宋〕李壁笺注,高克勤点校：《王荆文公诗笺注》卷二一,第505页。
③〔宋〕王安石著,〔宋〕李壁笺注,高克勤点校：《王荆文公诗笺注》卷四五,第1220页。
④〔宋〕王安石著,〔宋〕李壁笺注,高克勤点校：《王荆文公诗笺注》卷一一"庚寅增注",第291页。
⑤〔宋〕王安石著,〔宋〕李壁笺注,高克勤点校：《王荆文公诗笺注》卷二二,第523页。
⑥〔宋〕王安石著,〔宋〕李壁笺注,高克勤点校：《王荆文公诗笺注》卷四二,第1079页。
⑦董岑仕：《王安石诗李壁注引朱熹说小考》,《励耘学刊》(文学卷)2016年第2辑。

槁"，本是言花好人衰、人不如花之意，而李壁注曰："然花以泉养而不老，人可不思所以自养哉"①，提出了人何以"自养"的问题，这就溢出于诗意之外，变成李壁自我观点的表达了，从而使壁注与王诗构成了"对话"关系而不再是"诠释"关系。再如《读蜀志》诗云"千载纷争共一毛，可怜身世两徒劳。无人语与刘玄德，问舍求田意最高"，王诗一反刘备对许汜的嘲笑，以独善其身的"求田问舍"为高致，故称世间纷争不值一提，这实际是摆脱了蜀、魏相争的历史背景，纯粹就人生态度与出处选择而言，刘成国认为此诗作于王安石经历变法纷争之后身心疲惫时，故有此感慨②。而李壁注却将问题重新拉回到历史语境尤其是正统之争上，他说："公此诗于理似未安。兴复之义，天意人心之所同，不可以'纷争'言也。"③这显然是奉蜀汉为正统，故不满王安石以"纷争"论之，认为这是不合于"义理"。且不论李壁所言"合理"与否，他这里所作的注释却的确不合荆公诗之本意，"笺注"由此变成了"议论"，变成了作者与注者双方的"错位对话"。

　　李壁注有时还会在诗意之外"增添"或者说"补充"以"己意"，如《拟寒山拾得》其二"若好恶不定，应知为物使。堂堂大丈夫，莫认物为己"，注曰："小人役于物，为物使也。故《楞严经》云：'若能转物，即同如来。'"④又如《寄吴冲卿》"物变极万殊，心通才一曲"，注曰："张横渠有'大其心则能体天下之物，物有未体，则心为有外。'似足以广公之说。"⑤这是采《楞严经》及张载《正蒙》中的说法，以与荆公诗意相互印证参照；或者说，这是李壁根据自我的学术经验，对王安石诗意背后触及的思想理路等问题进行了触类旁通式的引申与发挥。这就是将自己的阅读体会和思考掺杂在注释之中，而实际上已并非对诗意的客观诠解，而是注者本人对诗意的评断、议论乃至发明，由此生发出其他的意思来。

　　孟子所说的"以意逆志"本于"人情不远"，在传统文学批评中，以"逆"得作者之志，讲求的是训释的准确，力图探明作者的本意和诗文传递的旨趣。但另一方面，用"以意逆志"来推求作者的本意，所依赖的手段却是读

①〔宋〕王安石著，〔宋〕李壁笺注，高克勤点校：《王荆文公诗笺注》卷二，第37页。
②刘成国：《论王安石的翻案文学》，《浙江社会科学》2014年第2期。
③〔宋〕王安石著，〔宋〕李壁笺注，高克勤点校：《王荆文公诗笺注》卷四六，第1251页。
④〔宋〕王安石著，〔宋〕李壁笺注，高克勤点校：《王荆文公诗笺注》卷四，第87页。
⑤〔宋〕王安石著，〔宋〕李壁笺注，高克勤点校：《王荆文公诗笺注》卷一〇"庚寅增注"，第264页。
　　按：原书于字句、标点有误，今径改。

者的主观推测,"这就意味着承认不同读者的推测都具有合法性,从而成为一种'多元论的阐释学'"①,所以又有"断章取义""诗无达诂"等阐释理论的提出。李壁注的"自发议论",却还要更进一步,借鉴"接受美学"的一些说法②,他在阅读诗歌时已具有了自己的"期待视野",所以会时不时地跳出"注者"这一身份,直接以读者的身份与作者展开"对话",而这种"对话"又相当于对作品进行了"再创造"或"再评价",此时占据主导地位的恰恰是作为"读者"的李壁而非"作者"王安石。以此观之,李壁注的"自发议论"确实对传统的"以意逆志"有所突破。

　　李壁注虽然时有超出诗意之外的自发议论,有时甚至是与诗意截然相反的议论,但若抛开笺注应为训释诗意服务这一功能来看的话,作为"读者"的李壁,也不失为进一步理解"作者"王安石提供了另一种新的维度与视角。如《读墨》一诗,王安石批评了韩愈"儒墨相用"的思想③,认为墨子在诸子中虽称"奇伟",却"惜乎不见正",最终与儒家之道偏离("遂与中庸诡"),故"孔墨必相用"的观点绝不可行("自古宁有此")。不难看出,王诗诋墨批韩,是要为儒家之道正本清源。而李壁注云:"公诗诋墨,盖本于孟子,然孟子不云乎:'归,斯受之。'又云:'今之与杨、墨辩者,如追放豚,然既入其笠,又从而招之。'此足见圣人忠厚之至,于异端未尝终绝之也。招,如国武子好尽言以招人过之招。言彼既归于儒,不应追咎其既往也。"④这又是与作者本意之间的"错位",李壁注议论的并不是王安石诗中阐发的学术思想问题,而是诗人通过诗歌表现出来的对待"异端学说"的态度问题。显然他认为荆公缺乏对其他学说的包容,这其中很可能包含着李壁对王安石后来推广"新学"想要"一道德,同风俗"的政治学术主张的批评与反思。由此可见,李壁此注虽不是直接解释诗意的,但却通过以议论为注的独特方式,对深入了解王安石的思想及性格特点等,提供了颇有意义的参照,这也是李壁注的"自发议论"自有其学术价值的原因所在。

---

① 参见周裕锴:《中国古代阐释学研究》,复旦大学出版社 2019 年版,第 46 页。
② 参见朱立元主编:《当代西方文艺理论》,华东师范大学出版社 2005 年版,第 271—296 页。
③ 韩愈《读墨子》:"孔子必用墨子,墨子必用孔子,不相用不足为孔墨。"参〔唐〕韩愈著,马其昶校注,马茂元整理:《韩昌黎文集校注》卷一,上海古籍出版社 2014 年版,第 45 页。
④〔宋〕王安石著,〔宋〕李壁笺注,高克勤点校:《王荆文公诗笺注》卷六,第 138 页。

二、对王诗艺术特点及"诗法"的评论

李壁注的诗学价值，还体现在对王安石诗艺术特点的分析与评论上。李壁大量摘录了宋人诗话中的内容，包括《西清诗话》《王直方诗话》《苕溪渔隐丛话》《潘子真诗话》《石林诗话》《高斋诗话》《许彦周诗话》《蔡宽夫诗话》《漫叟诗话》《诗话》《唐子西语录》《艺苑雌黄》《后山诗话》《冷斋夜话》等不下十种，其中虽有小部分是交待诗歌创作背景或本事的，但绝大多数都还是谈诗论艺的。当然，摘引诗话本就是宋诗宋注共有的特点，但是不同于其他注本中的寥寥数条，李壁对宋诗话的摘引，无论是数量还是质量，都有超越其他注本的趋势，令人印象深刻。其实除摘录诗话外，李壁注中还有大量注者本人对王安石诗艺术特点的评鉴，价值不在所引诗话之下，而内容涉及到了王诗的下字、对仗、用典、句法、章法、风格、点化、渊源以及与其他诗人的艺术比较等各个方面。尤其值得注意的是，李壁注对王诗艺术的分析往往十分精密，触及到了具体的写作方法与构思等，这就深入到对王诗"诗法"层面的探究了。

对王诗的"下字"，李壁注强调了其精深入妙的特点。如：1.《江宁夹口三首》其一"江清日暖芦花转，恰似春风柳絮时"，壁注："晋人以雪比柳絮，介父以芦花比柳絮。'江清日暖'，尤其似者。'转'字妙甚。或误以'转'为'白'，非。"①这是言其善于体物，一字传神，不可更易。2.《经局感言》"自古能全已不才"，壁注："不才之木，终其天年。妙处全在'已'字。"②这是称其能以一字之用而见隐约之深意。3.《东皋》"草长流翠碧，花远没黄鹂"，壁注："草长，谓草色弥望而长。惟用'长'字，故觉'流'字工；亦犹用'远'字，方见'没'字妙。翠碧、黄鹂，借言颜色也。"③《至开元僧舍上方次韵舍弟》"霁雪兼山粉黛重"，壁注："粉，喻雪；黛，喻山，故云'兼'。雪霁山明，始见青色，故云'重'。公诗无一字苟，皆如此类。"④这是言其下字造语相互勾连照应，精严深密，字字珠玑。4.《示宝觉》"脉脉红蕖靓"，壁注："退之诗

---

①〔宋〕王安石著，〔宋〕李壁笺注，高克勤点校：《王荆文公诗笺注》卷四五，第1199页。
②〔宋〕王安石著，〔宋〕李壁笺注，高克勤点校：《王荆文公诗笺注》卷四三，第1116页。
③〔宋〕王安石著，〔宋〕李壁笺注，高克勤点校：《王荆文公诗笺注》卷二二，第512页。
④〔宋〕王安石著，〔宋〕李壁笺注，高克勤点校：《王荆文公诗笺注》卷三六，第921页。

'桃李晨妆靓'。'靓'字施于芙蕖，尤妙。"①这是言其善于借鉴，后出转精，下字更加精切高妙。5.《清明》"东城酒散夕阳迟"，壁注："观'迟'字，乃见晚唐诗'夕阳无限好，只是近黄昏'太迫促也。"②这是称其用字自然而深婉不迫。6.《次韵致远木人洲二首》其一"河侧鲍焦干尚立，江边屈子槁将投"，壁注："鲍焦……乃弃其蔬而立，槁死于洛水之上，事见《新序》。……屈原……遂自投汨罗而死。'立'与'投'，皆本出处，用字工且严如此。"③这是说王诗字字有根柢，即宋人所谓"无一字无来处"。

王诗的"对仗"方面，1.首先是精，即精细与精巧。如《送张宣义之官越幕二首》其二"洲荻藏迷子，溪篁拥若耶"，壁注："'耶'以对'子'，又见公诗律之精也。"④2.其次是工，即工整与工炼。如《答许秀才》"樵妻竟谢绝，漂母尝哀怜"，壁注："'漂母'对'樵妻'，甚工。"⑤3.再次是奇，即生新出奇。如《小姑》"弄玉有祠终或往，飞琼无梦故难知"，壁注："'飞琼'对'弄玉'，奇甚。"⑥4.复次是与唐诗比较，此更见王诗对仗的精工与新奇。如《次韵酬宋玘六首》其三"游衍水边追野马，啸歌林下应山君"，壁注："韩偓诗'窗里日光飞野马，案头筠管长蒲卢'，不如介甫所对精切。"⑦《和杨乐道见寄》"杀青满架书新缮，生白当窗室久虚"，壁注："白诗'空室闲生白，高情澹入玄'，不及公之对'杀青'也。"⑧

在"用典"上，李壁为了诠释荆公诗句，亦广征博引，勾稽群书，并通过评论的方式指出：1.王诗善于提炼典籍，将历史掌故转化为精湛的诗语，使诗句彰显出用典之妙。如《诸葛武侯》"汉日落西南，中原一星黄"，壁注："《魏武纪》：'桓帝时，有黄星见于楚、宋之分。殷馗言："后五十载，当有真人起于梁、沛之间，其锋不可当。"至建安五年，年恰五十，而曹公破绍，天下无敌矣。'公用'一星黄'事，甚妙。"⑨2.王诗看似寻常的诗句，往往也包蕴

①〔宋〕王安石著，〔宋〕李壁笺注，高克勤点校：《王荆文公诗笺注》卷三，第69页。
②〔宋〕王安石著，〔宋〕李壁笺注，高克勤点校：《王荆文公诗笺注》卷四一，第1035页。
③〔宋〕王安石著，〔宋〕李壁笺注，高克勤点校：《王荆文公诗笺注》卷二六，第634页。
④〔宋〕王安石著，〔宋〕李壁笺注，高克勤点校：《王荆文公诗笺注》卷二二，第519页。
⑤〔宋〕王安石著，〔宋〕李壁笺注，高克勤点校：《王荆文公诗笺注》卷二四，第585页。
⑥〔宋〕王安石著，〔宋〕李壁笺注，高克勤点校：《王荆文公诗笺注》卷二七，第662页。
⑦〔宋〕王安石著，〔宋〕李壁笺注，高克勤点校：《王荆文公诗笺注》卷三二，第811页。
⑧〔宋〕王安石著，〔宋〕李壁笺注，高克勤点校：《王荆文公诗笺注》卷三三，第833页。
⑨〔宋〕王安石著，〔宋〕李壁笺注，高克勤点校：《王荆文公诗笺注》卷五，第133页。

典故，皆有来历。如《次韵酬龚深甫二首》其二"他日杜诗传渭北，几时周宅对漳南"，壁注："杜诗'渭北春天树'。宋刘绘、张融、周颙，一时胜士，居皆连墙，故朝野为之语曰：'三人共宅夹清漳，张南周北刘中央。'以渭北对漳南，所谓无一字无来处。"①3.王诗用典尤为允当贴切。如《雪中游北山呈广州使君和叔同年》"何须持寄岭头梅"，壁注："和叔时赴广帅，用'岭头'事，尤切。"②4.王诗用典往往在若不经意之间，可谓浑然天成、自然入妙。如《招同官游东园》"取鱼系榆条"，壁注："《石鼓文》：'其鱼维何？维鲂与鲤。何以贯之？维杨与柳。'公诗妙处，在使事而不觉使事也。"③

就"句法"而言，李壁注特别指出了王诗运用的特殊句法，如：1.十字通义格，即上下两句一意连属贯通。《己未耿天骘著作自乌江来予逆沈氏妹于白鹭洲遇雪作此诗寄天骘》"而我方渺然，长波一归艇"，壁注："公诗妙处，如此等句，皆前人所未道。十字，通义格。"④《圣俞为狄梁公孙作诗要予同作》"一读亦使我，慨然想余风"，壁注："十字通义，公屡有此格。"⑤2.蹉对格，即交错对仗。《次韵酬朱昌叔五首》其二"去年音问隔淮州，自谪难知亦我忧。前日杯盘共江渚，一欢相属岂人谋"，壁注："此名蹉对格。"⑥3.倒装句法。《散策》"絮飞度屋何许柳，花落填沟无数桃"，壁注："倒用'柳'与'桃'字，尤觉奇健。"⑦此外，李壁注还指出了王诗一些艺术上可圈可点的佳句，如：《九鼎》"冶云赤天涨为黑，鞴风余吹山拔木"，壁注："二句奇甚"⑧；《将次洺州憩漳上》"平田鸦散啄，深树马迎嘶"，壁注："此二句甚妙，可画。"⑨

李壁还特别注意到了王诗的"点化"功夫，亦即王安石对前人诗意、构思、句式、句法等的取法和借鉴，以及熔铸化为己诗的本领。笺注中有不少这样的内容，包括：1.点化前人诗意。如《移桃花示俞秀老》"更值花时且追酒，君能酩酊相随否"，壁注："古诗言：'服药求神仙，多为药所误。不如

---

①〔宋〕王安石著，〔宋〕李壁笺注，高克勤点校：《王荆文公诗笺注》卷二六，第637页。
②〔宋〕王安石著，〔宋〕李壁笺注，高克勤点校：《王荆文公诗笺注》卷四二，第1076页。
③〔宋〕王安石著，〔宋〕李壁笺注，高克勤点校：《王荆文公诗笺注》卷一八，第445页。
④〔宋〕王安石著，〔宋〕李壁笺注，高克勤点校：《王荆文公诗笺注》卷一"庚寅增注"，第27页。
⑤〔宋〕王安石著，〔宋〕李壁笺注，高克勤点校：《王荆文公诗笺注》卷一五，第377页。
⑥〔宋〕王安石著，〔宋〕李壁笺注，高克勤点校：《王荆文公诗笺注》卷二六，第640页。
⑦〔宋〕王安石著，〔宋〕李壁笺注，高克勤点校：《王荆文公诗笺注》卷四三，第1117页。
⑧〔宋〕王安石著，〔宋〕李壁笺注，高克勤点校：《王荆文公诗笺注》卷一八，第452页。
⑨〔宋〕王安石著，〔宋〕李壁笺注，高克勤点校：《王荆文公诗笺注》卷二三，第559页。

饮美酒,被服纨与素.'亦此意也."①《杂咏八首》其五"翠鹄不近人,何为亦穷辱",壁注:"陈子昂《翡翠》诗:'杀身炎洲里,委羽玉堂阴。旖旎光首饰,葳蕤烂锦衾。岂不在遐远,虞罗忽见寻。多才信为累,叹息此珍禽.'公诗意颇类此。"②《寓言十五首》其十四"游鲸厌海浊,出戏清江湄。风涛助翻腾,网罟不敢窥。失身洲渚间,蝼蚁乘其机。物大苦易穷,一穷无所归",壁注:"李白《枯鱼过河泣》诗:'作书报鲸鲵,勿恃风涛势。涛落归泥沙,翻遭蝼蚁噬.'公诗意同此,断章尤佳。"③《送子思兄参惠州军事》"荣华去路尘,谤辱与山积",壁注:"韩诗:'君看一时人,几辈先腾驰?'又:'欢华不满眼,咎责塞两仪。观名计之利,讵足相陪裨.'公诗近类此。"④《读后汉书》"党锢纷纷果是非,当时高士见精微。可怜窦武陈蕃辈,欲与天争汉鼎归",壁注:"杜牧诗:'党锢岂能留汉鼎,清谈空解识胡儿.'此诗实采此意。"⑤《寄和甫》"忆得此时花更好,举家怜汝不同盘",壁注:"王摩诘《九日忆山东兄弟》诗:'遥知兄弟登高处,遍插茱萸少一人.'公诗即此意也。"⑥2.点化前人句法,如:《寄西庵禅师行详》"强逐萧骚水,遥看惨淡山",壁注:"白傅诗:'池残寥落水,窗下悠飔风.'唐人多有此句法。"⑦《题朱郎中白都庄》"山光隔钓岸,江气杂炊烟",壁注:"戎昱诗:'水痕浸岸柳,山翠借厨烟.'句颇类此。"⑧《留题微之廨中清辉阁》"山染衣巾翠欲流",壁注:"王建诗:'日暮数峰青似染,傍人说是汝州山.'今言'山染衣巾',尤妙。"⑨《金陵怀古四首》其三"地势东回万里江",壁注:"李白《金陵》诗:'汉江回万里,派作九龙盘.'公诗用白语,何其精切。"⑩《松江》"五更缥缈千山月,万里凄凉一笛风",壁注:"杜诗:'三年笛里关山月,万国兵前草木风.'介父用此句法。"⑪《登小茅峰》"白云坐处龙池杳,明月归时鹤驭空",壁注:"朱长文诗:'白云

---

① 〔宋〕王安石著,〔宋〕李壁笺注,高克勤点校:《王荆文公诗笺注》卷四,第82页。
② 〔宋〕王安石著,〔宋〕李壁笺注,高克勤点校:《王荆文公诗笺注》卷五,第128页。
③ 〔宋〕王安石著,〔宋〕李壁笺注,高克勤点校:《王荆文公诗笺注》卷一五,第370页。
④ 〔宋〕王安石著,〔宋〕李壁笺注,高克勤点校:《王荆文公诗笺注》卷一六,第397页。
⑤ 〔宋〕王安石著,〔宋〕李壁笺注,高克勤点校:《王荆文公诗笺注》卷四六,第1250页。
⑥ 〔宋〕王安石著,〔宋〕李壁笺注,高克勤点校:《王荆文公诗笺注》卷四六,第1252页。
⑦ 〔宋〕王安石著,〔宋〕李壁笺注,高克勤点校:《王荆文公诗笺注》卷二二,第526—527页。
⑧ 〔宋〕王安石著,〔宋〕李壁笺注,高克勤点校:《王荆文公诗笺注》卷二四,第579—580页。
⑨ 〔宋〕王安石著,〔宋〕李壁笺注,高克勤点校:《王荆文公诗笺注》卷三五,第876—877页。
⑩ 〔宋〕王安石著,〔宋〕李壁笺注,高克勤点校:《王荆文公诗笺注》卷三五,第886页。
⑪ 〔宋〕王安石著,〔宋〕李壁笺注,高克勤点校:《王荆文公诗笺注》卷三七,第945页。

断处见明月，黄叶落时闻捣衣。'公多用唐人句法。"①《题齐安壁》"梅残数点雪，麦涨一溪云"，壁注："曹松诗：'林残数枝月，发冷一梳风。'公句法类此。"②《蒲叶》"蒲叶清浅水，杏花和暖风"，壁注："杜牧诗：'萝洞清浅水，竹廊高下风。'公格律仿此。"③《招杨德逢》"云尚无心能出岫，不应君更懒于云"，壁注："'云无心而出岫'，略增换渊明语，尤佳。"④

在宋代诗学中，所谓"点化"前人诗意、诗句，其实也就是宋人常说的"夺胎换骨"。李壁拈出王诗中大量"点化"的例子，其一是找出了荆公诗的出处源头，进一步显示了自己对前人及荆公诗句的熟稔程度，增加了笺注的学术价值，因为高明的"点化"比直接用典更加隐秘，不易发现，故此对注者的学识要求也就更高；其二则反映出王安石本身诗艺的高深精湛，因为"夺胎换骨"不是因袭而是创新，能将前人的巧思妙句加以熔炼，融化为带有新意或者更加精妙的本人诗句，这本身就是一种创造，王安石做到了这一点，从李壁注对其"尤妙""何其精切""尤佳"等的评语中即可见一斑。

李壁注还有不少对王诗其他艺术特点的分析与点评，如：1.《和杨乐道韵六首·上巳闻苑中乐声》"宫云低绕乐声留"，壁注："诗人多称歌遏行云，此倒言之，尤妙。"⑤这是称赏荆公与众不同的诗意构思。2.《寄育王山长老常坦》"沙砾盛怒黄云愁"，壁注："杜诗：'朔风吹胡雁，惨惨带沙砾……'公不用'风'字，尤妙。"⑥《王浮梁太丞之听讼轩有水禽三巢于竹林之上恬而自得邑人作诗以美之因次元韵》"水边舟动多惊散，何事林间近绝疑"，壁注："言水边为舟所惊，至此近人而驯。诗不言水禽，直叙其事，格致甚新。"⑦这种表现手法在宋代诗学中又称"言用不言名"⑧，被视为一种高明的写作技巧，此处李壁意在说明王安石亦谙于此道。3.《赠上元宰梁之仪承议》"粉墙侵醉墨，惝恍绿苔滋"，壁注："上言'侵醉墨'，下言'绿苔滋'，盖

①〔宋〕王安石著，〔宋〕李壁笺注，高克勤点校：《王荆文公诗笺注》卷三八"庚寅增注"，第972页。
②〔宋〕王安石著，〔宋〕李壁笺注，高克勤点校：《王荆文公诗笺注》卷四〇，第997页。
③〔宋〕王安石著，〔宋〕李壁笺注，高克勤点校：《王荆文公诗笺注》卷四〇，第1019页。
④〔宋〕王安石著，〔宋〕李壁笺注，高克勤点校：《王荆文公诗笺注》卷四二，第1102页。
⑤〔宋〕王安石著，〔宋〕李壁笺注，高克勤点校：《王荆文公诗笺注》卷二九，第708页。
⑥〔宋〕王安石著，〔宋〕李壁笺注，高克勤点校：《王荆文公诗笺注》卷七，第180页。
⑦〔宋〕王安石著，〔宋〕李壁笺注，高克勤点校：《王荆文公诗笺注》卷三九，第983页。
⑧参见〔宋〕惠洪：《冷斋夜话》卷四，张伯伟编校：《稀见本宋人诗话四种》，第43页。

以苔滋而侵墨。上句起意,而下句乃成其谊,此文章之妙。"①《怀古二首》其二,壁注:"此诗逐句对用维摩、渊明事,上篇亦同。"②这是对王诗章法的分析。4.《葛蕴作巫山高爱其飘逸因亦作两篇》其二,壁注:"公此诗体制,颇类欧公《庐山高》,皆一代之杰作。"③《与平甫同赋槐》,壁注:"此诗八句而该四时,全不促迫而优游有余,其妙如此。"④这是论王诗的整体风格。

李壁注还时不时地将王诗与其他诗人相近的诗句或构思进行比较,以此来显示王诗艺术上的优胜。如:《奉酬约之见招》"伐翳取遥岑",壁注:"比少陵'开林出远山'语益工矣。"⑤《独归》"于时荷花拥翠盖,细浪翻雪千娉婷",壁注:"小杜《晚晴赋》:'复引舟于深湾,忽八九之红芰,姹然如妇,敛然如女。'前人固以荷花比妇人,但不若公语之清婉也。"⑥《休假大佛寺》"从我有不思,舍我有不忘",壁注:"王令诗'来即令我烦,去即我不思',不若公诗之婉。"⑦《除夜寄舍弟》"酒醒灯前犹是客,梦回江北已经年",壁注:"方干诗:'红灯短烬方烧腊,画角残声已报春。明日便为经岁客,昨朝犹是少年人。'观公此作,则觉干语为繁矣。"⑧通过与杜甫、杜牧、方干、王令等唐宋大家、名家诗的比较,进一步展现了荆公诗精益求精而又深婉不迫的艺术特点。

通过上面的举例,可见李壁注对王安石诗的艺术分析倾注了不少心力,尽管其论诗评艺之语大都较为简短、零星、分散,看似不经意的随手而作,但将它们集中起来,却能看出其涉及的内容与范围非常广泛,几乎包含了艺术上的方方面面。从整体看,李壁注对王诗艺术的分析还具有以下的特点及意义:

其一,李壁是将王诗当作宋诗的典型来看待的,这涉及到如何评价王安石的诗史地位问题。一般认为,宋诗到苏、黄才达到巅峰,形成了不同于唐诗的典型特征。王安石上承欧梅、下接苏黄,恰处于嘉祐诗坛与元祐诗

①〔宋〕王安石著,〔宋〕李壁笺注,高克勤点校:《王荆文公诗笺注》卷二二,第527页。
②〔宋〕王安石著,〔宋〕李壁笺注,高克勤点校:《王荆文公诗笺注》卷二二,第540页。
③〔宋〕王安石著,〔宋〕李壁笺注,高克勤点校:《王荆文公诗笺注》卷九,第232页。
④〔宋〕王安石著,〔宋〕李壁笺注,高克勤点校:《王荆文公诗笺注》卷一四,第352页。
⑤〔宋〕王安石著,〔宋〕李壁笺注,高克勤点校:《王荆文公诗笺注》卷一,第23页。
⑥〔宋〕王安石著,〔宋〕李壁笺注,高克勤点校:《王荆文公诗笺注》卷四,第101页。
⑦〔宋〕王安石著,〔宋〕李壁笺注,高克勤点校:《王荆文公诗笺注》卷八,第196页。
⑧〔宋〕王安石著,〔宋〕李壁笺注,高克勤点校:《王荆文公诗笺注》卷三九,第984页。

坛之间，其诗是否也被视为宋诗典型，自北宋起就有不同看法①。对这一问题，李壁显然是持赞同观点的：他屡屡将王诗与唐诗作比较，并指出王诗在艺术造诣上达到了更加精工深妙的境界，就是意在说明王安石实现了对唐诗的超越。此外，他对王诗下字、对仗、用典、句法、夺胎换骨等"诗法"层面的分析，突出了其精工锻炼、追求新奇，讲究无一字无来处，融合新意与法度，兼具妙理与豪放的创作特点，这种特点正是以苏、黄为代表的宋诗对艺术的追求，由此进一步凸显了王诗的宋诗特质。

　　其二，李壁对王诗艺术手段的分析细致入微，既揭示了王安石创作时的"诗法"，也体现出了其"金针度人"的愿望。如对荆公"下字"的评鉴，虽整体把握住了其"精妙"的特质，但具体分析则因诗而异、层层展开：既有字眼下得生动传神的，也有虚字用得含蓄深隐的；既有用字考究大有来历甚至后出转精的，也有以字带句构筑整体意象与意境的。除"下字"外，李壁对王诗"对仗""用典""句法"等方面的分析，亦基本循此思路。也就是说，李壁没有简单地概括王安石诗艺术上的大致囵囵的特征，而是通过具体深入的分析，探讨其不同艺术手法产生出的不同效果，以及诗人独特的艺术构思所在，生动地展示出王诗"诗法"的多样性与丰富性，意图全面而精微地反映王安石诗的艺术魅力所在。这也就是魏了翁在李壁注序中所称的："其丰容有余之词，简婉不迫之趣，既各随义发明，若博见强志、廋词险韵，则又为之证辨钩析，俾览者皆得以开卷瞭然。"②由此可见，李壁是想通过对王诗艺术与诗法的深刻揭示，并通过注本这一方式，推动荆公诗在南宋的传播与流行，使更多南宋诗人从中获得诗歌创作的经验与方法。

---

① 参见本书第四章第三节。
② 〔宋〕魏了翁：《临川诗注序》，曾枣庄、刘琳主编：《全宋文》卷七〇七八，第 310 册，第 12 页。

第三章　宋人对王安石人品
与诗品的评价

在中国古代著名的大家诗人中,王安石无疑是最具争议性的一位,这是因为他的身份不仅仅是诗人、文学家,同时还是学者、思想家、政治家与政治改革家。王安石变法是宋代也是中国历史上的大事,在纷纭千载的历史议论中,对王安石及其变法的评价可谓跌宕起伏、毁誉各异,"大抵自来论介甫,其毁之者,凡一谋一法,只须其谋其法之出于介甫,则不问事实,而一切有非而无是。其誉之者,则又只须其谋其法出于介甫,亦不问事实,而一切有是而无非"①。这种褒贬不一的评价自宋代就开始了,因王安石变法本来就是一场激烈的政治斗争,而其带来的政治影响不仅贯穿了北宋熙宁之后的历史,甚至还延伸到了南宋,引发了一波又一波激烈的论争。值得注意的是,由于各种各样的原因,宋人在评价王安石变法的功过是非的同时,也逐渐开始将矛头指向王安石本人的人格品质,尽管仍有文人学者在评价其人格品质时能持比较客观公允的态度,但更主要的还是形成了梁启超先生所说的"吠影吠声以丑诋之"的局面②。对王安石人格道德的贬低,一方面与政治上批判王安石变法的呼声合流,形成所谓的历史定谳,并对后世的评议产生了深远影响;另一方面,在宋人有意识的"诗如其人"的思想导引下,王安石某些诗作也被赋予独特的"阐释",并与其道德品质联系起来,成为其"贻害天下"的"有力罪证"。在王安石被"小人化"的过程中,宋代的理学家也起到了不可忽视的作用。当然,并不是所有的宋人都对王安石的人品与诗品予以诋毁、攻讦,这其中既有苏轼这样的文坛大家,也有陆九渊这样的理学宗师,他们对王安石人格的尊重与推崇,在一定程度上纠正了宋人的偏颇与极端态度。

---

① 熊公哲:《王安石政略》,商务印书馆 1936 年版,第 151 页。
② 梁启超:《王荆公》,《饮冰室合集》专集之二十七,中华书局 1989 年版,第 7 册,第 1 页。

第一节　宋人对王安石评价的
争议与"小人化"过程

一、变法前后的争议

王安石在仁宗庆历二年（1042）以科举入仕，至神宗熙宁二年（1069）为参知政事推行新法，在这二十余年仕宦生涯间，王安石以德行器业与学术文章著声于朝野上下，故此有不少名臣巨公及有识之士对他赞誉有加，并在仕途上予以汲引举荐。

皇祐三年（1051），也就是在王安石知鄞县任满后不久，时任同平章事的宰相文彦博就向朝廷推举其赴阙特试馆职，据程俱《麟台故事》载："景祐三年四月，宰臣文彦博言：'……殿中丞王安石进士第四人及第，旧制一任还，进所业求试馆职，安石凡数任，并无所陈，朝廷特令召试，而亦辞以家贫亲老；且文馆之职，士人所欲，而安石恬然自守，未易多得。大理评事韩维尝预南省高荐，自后五六岁不出仕宦，好古嗜学，安于退静。并乞特赐甄擢。'诏赐张瓌三品服；召王安石赴阙，俟试毕，别取旨；韩维下学士院与试。然二人者卒不就试。"①王安石任舒州通判时（1051—1054），与他同科考中进士的陈襄也向两浙安抚举荐安石："某虽愚，所识近世四方豪杰之士于心，遇执事之能推贤，不敢隐惜，谨取其才行殊尤卓绝、素与之交、与所闻见而知者，敢以为献焉……有舒州通判王安石者，才性贤明，笃于古学，文辞政事已著闻于时。"②可见当时王安石的令名已经颇为显著。

庆历四年（1044），曾巩尝向老师欧阳修推荐王安石："巩之友王安石，文甚古，行甚称文，虽已得科名，居今知安石者尚少也。彼诚自重，不愿知于人，尝与巩言：'非先生无足知我也。'如此人古今不常有。如今时所急，虽无常人千万不害也，顾如安石不可失也。先生倘言焉，进之于朝廷，其有补于天下。"③曾巩对其人品、文章颇为推崇，希望欧阳修能对王安石予以拔擢。而欧阳修在至和年间（1054—1056）即屡次向朝廷进言，他在《荐王

---

① 〔宋〕程俱著，张富祥校证：《麟台故事校证》卷三，中华书局 2000 年版，第 118 页。按："景祐三年四月"当为"皇祐三年五月"，见此条后之校证。
② 〔宋〕陈襄著：《与两浙安抚陈舍人书》，曾枣庄、刘琳主编：《全宋文》卷一〇八四，第 50 册，第 106 页。
③ 〔宋〕曾巩著，陈杏珍、晁继周点校：《曾巩集》卷一五《上欧阳舍人书》，中华书局 1984 年版，第 237 页。

安石吕公著札子》中推举王安石、吕公著二人出任台谏之职："伏见殿中丞王安石，德行文学，为众所推，守道安贫，刚而不屈。司封员外郎吕公著，是夷简之子，器识深远，沉静寡言，富贵不染其心，利害不移其守。安石久更吏事，兼有时才，曾召试馆职，固辞不就。公著性乐闲退，淡于世事。然所谓夫人不言，言必有中者也。往年陛下上遵先帝之制，增置台谏官四员。已而中废，复止两员。今谏官尚有虚位，伏乞用此两人，补足四员之数，必能规正朝廷之得失，裨益陛下之聪明。"①这是对王安石人格品行的颇高赞誉。至和三年（1056），欧阳修又在《再论水灾状》中举荐包拯、张瑰、吕公著、王安石四人，其中论王安石道："太常博士、群牧判官王安石，学问文章，知名当世，守道不苟，自重其身，论议通明，兼有时才之用，所谓无施不可者。凡此四臣者，难得之士也。"②可见欧阳修对王安石的德行、政事、学问、文学等方面均予以称扬肯定。

　　尽管有不少名臣举荐，但王安石在仁宗、英宗时期却多次推辞或拒绝了朝廷对他的征辟，如仁宗皇祐三年特令召试除馆职即"卒不就试"；至和元年（1054）除集贤校理，上书四辞，后除群牧判官，再力辞，经欧阳修谕之方就职；随即在嘉祐元年（1056）即乞外郡；嘉祐三年（1058），除三司度支判官，辞不拜；四年（1059），诏安石直集贤院，累辞乃受；五年（1060）四月，诏令安石同修起居注，七辞而不受，"最后有旨，令阁门吏赍敕就三司授之，安石不受，吏随而拜之，安石避于厕，吏置敕于案而去，安石遣人追还之"③，朝廷终不能夺；十一月再授同修起居注，安石复辞至七八而后受。英宗治平间，王安石在江宁为母守丧服除，朝廷召其赴阙，他上状三辞，以疾不赴。这其中的原因，王安石在《乞免就试状》《辞集贤校理状四》《上执政书》《辞同修起居注状七》《再辞同修起居注状五》等文中说得清楚，一是为了家贫养亲，二是在馆阁任职的资序不够，而绝非以"伪让"的方式沽名钓誉。王安石本来无心求誉，但他一再不试馆职、不受特除之命，却恰恰被时人目为"恬退""守道"，舆论反响强烈，给他增加了更多的声望，尤其是与伪饰躁竞的士风对比："至和初……时沈康为馆职，诣恭公（陈执中）曰：'某久在馆下，屡求为群牧判官而不得，王安石是不带职朝官，又历任比某为浅，必望

①〔宋〕欧阳修著，李逸安点校：《欧阳修全集》卷一〇九，第1654页。
②〔宋〕欧阳修著，李逸安点校：《欧阳修全集》卷一一〇，第1663页。
③〔宋〕杨仲良：《皇宋通鉴长编纪事本末》卷五九，《续修四库全书》，第386册，第491页。

改易。'恭公曰：'王安石辞让召试，故朝廷优与差遣，岂复屑屑计资任也。朝廷设馆阁以待天下之才，未尝以爵位相先，而乃争夺如此，学士之颜视王君宜厚矣。'康惭沮而去。"①故此，当时"士大夫谓其无意于世，恨不识其面"②。

治平四年（1067），刚即位的宋神宗欲起用王安石，特向朝臣征询意见，门下侍郎兼吏部尚书曾公亮说"安石文学器业，时之全德，宜膺大用"，又称其"真辅相之才"③。其后，龙图阁直学士韩维也称王安石"知道守正，不为利动，其于出处大节，料已素定于心，必不妄发"④，并向神宗建言"安石平日每欲以道进退"，"若陛下以礼致之，安得不来"⑤。

通过上述材料，可知王安石在熙宁变法之前，已经在北宋士大夫中获得了极高的人望，其文学造诣自不必言，从众人对他"恬然自守""守道安贫""时之全德""不为利动"的评价中，更可知王安石的道德品格也受到了时人的高度称扬，属于德才兼备、风评极佳的典范人物。正因如此，锐意进取的宋神宗甫一即位，就想到了远在千里之外赋闲江宁的王安石，希望能君臣际会，实现革旧图新的大业。

当时士林间也并非没有"不和谐"的声音，称扬王安石的人一多，贬低王安石的言论也就出现了，其中就有据传是苏洵嘉祐年间所作的《辨奸论》，文中大段影射性的文字即针对王安石而发：

> 昔者羊叔子见王衍，曰："误天下苍生者必此人也。"郭汾阳见卢杞，曰："此人得志，吾子孙无遗类矣。"自今而言之，其理固有可见者。以吾观之，王衍之为人也，容貌言语固有以欺世而盗名者，然不忮不求，与物浮沉，使晋无惠帝，仅得中主，虽衍百千，何从而乱天下乎？卢杞之奸固足以败国，然不学无文，容貌不足以动人，言语不足以眩世，非德宗之鄙暗，亦何从而用之？由是言之，二公之料二子，亦容有未必然也。今有人口诵孔、老之言，身履夷、齐之行，收召好名之士、不得志之人，相与造作言语，私立名字，以为颜渊、孟轲复出，而阴贼险狠与人

---

① 〔宋〕魏泰著，李裕民点校：《东轩笔录》卷九，中华书局1983年版，第100页。
② 〔元〕脱脱等：《宋史》卷三二七《王安石传》，第10542页。
③ 〔宋〕李焘：《续资治通鉴长编》卷二〇九，第5086页。
④ 〔宋〕李焘：《续资治通鉴长编》卷二〇九，第5087页。
⑤ 〔宋〕叶梦得著，〔宋〕宇文绍奕考异，侯忠义点校：《石林燕语》卷七，中华书局1984年版，第101页。

异趣,是王衍、卢杞合而为一人也,其祸岂可胜言哉!夫面垢不忘洗,衣垢不忘浣,此人之至情也。今也不然,衣夷狄之衣,食犬彘之食,囚首丧面而谈诗书,此岂其情也哉?凡事之不近人情者,鲜不为大奸慝,竖刁、易牙、开方是也。以盖世之名而济未形之恶,虽有愿治之主,好贤之相,犹将举而用之,则其为天下之患必然而无疑者。非特二子之比也。①

文中暗将王氏归类于祸乱天下的王衍、卢杞,并暗讽其行事不近人情、人格伪饰奸诈,实属大奸大恶之辈,对王安石的道德、人格也痛加贬斥。关于此文的真伪问题,学界历来就有较大争议,有人认为其确系苏洵所作,也有人认为其乃反对王安石变法的邵伯温伪托苏洵之名所作②。其实细检史料,与《辨奸论》论调相似的还有下面这些例子:

> 1.(李)师中始仕州县,邸状报包拯参知政事,或云朝廷自此多事矣。师中曰:"包公何能为,今鄞县王安石者,眼多白,甚似王敦,他日乱天下,必斯人也。"后二十年,言乃信。③
>
> 2.初,王安石居金陵,有重名,士大夫期以为相。(鲜于)侁恶其沽激要君,语人曰:"是人若用,必坏乱天下。"④
>
> 3.张公(方平)接富公(弼)亦简,相对屹然如山岳。富公徐曰:"人固难

---

① 引自〔宋〕邵伯温著,李剑雄、刘德权点校:《邵氏闻见录》卷一二,第130—131页。
② 清李绂《书〈辨奸论〉后二则》:"其文始见于邵氏《闻见录》中。《闻见录》编于绍兴二年,至十七年,婺州州学教授沈斐编老苏文集,附录二卷载有张文定公方平所为老泉《墓表》,中及《辨奸》;又有东坡《谢张公作墓表书》一通,专序《辨奸》事。窃意此三文皆赝作。……疑《墓表》与《辨奸》皆邵氏于事后补作也。"(〔清〕李绂:《穆堂类稿》初稿卷四五,清道光十一年奉国堂刻本。)李氏认为《辨奸论》为伪作,此后蔡上翔《王荆公年谱考略》,梁启超《王荆公》,柯昌颐《王安石评传》,柯敦伯《王安石》,罗克典《王安石评传》,邓广铭《王安石——中国十一世纪的改革家》《〈辨奸论〉真伪问题的重提与再判》(《国学研究》第3辑,北京大学出版社1995年版)、《再论〈辨奸论〉非苏洵所作——兼答王水照教授》(王元化主编:《学术集林》第13卷,上海远东出版社1998年版)等皆持此说。认为《辨奸论》非伪作,确由苏洵所作的则有李清怡《试论"辨奸论"的真伪问题》(《光明日报》1957年3月17日)、张家驹《〈辨奸论〉的伪造为北宋末年党争缩影说》(《文汇报》1961年4月4日)、周本淳《〈辨奸论〉并非伪作》(《南京大学学报》1979年第1期)、章培恒《〈辨奸论〉非邵伯温伪作》(复旦大学《古典文学论丛》1980年增刊)、曾枣庄《苏洵〈辨奸论〉真伪考》(《四川大学学报丛刊》第15辑《古典文学论丛》,1982年)、王水照《〈辨奸论〉真伪之争》(《王水照自选集》,上海教育出版社2000年版)、《再论〈辨奸论〉真伪之争——读邓广铭先生〈再论〈辨奸论〉非苏洵所作〉》(王元化主编:《学术集林》第15卷,上海远东出版社1999年版),等等。
③ 〔元〕脱脱等:《宋史》卷三三二《李师中传》,第10679页。
④ 〔元〕脱脱等:《宋史》卷三四四《鲜于侁传》,第10936—10937页。

知也。"张公曰："谓王安石乎？亦岂难知者！仁宗皇祐间，某知贡举院，或荐安石有文学，宜辟以考校，姑从之。安石者既来，凡一院之事皆欲纷更之。某恶其人，檄以出，自此未尝与之语也。"富公俯首有愧色。盖富公素喜王荆公，至得位乱天下，方知其奸云。①

4.（吴）奎曰："臣尝与安石同领群牧，备见其临事迂阔，且护前非，万一用之，必紊乱纲纪。"②

通观《辨奸论》与上述言论，在王安石还未得到重用、实施变法之前，即预言其"必坏乱天下"，颇让人怀疑材料本身的可靠性与真实度。不过，当时人对王安石有迂阔、沽激、生事甚至伪诈这样的攻击，却并非捕风捉影的无稽之谈。这可从王安石自己的诗文中得到印证。嘉祐二年（1057），王安石在《答王深父书》其二中自谓"日得毁于流俗之士"，"某学未成而仕，仕又不能俯仰以赴时事之会；居非其好，任非其事，又不能远引以避小人之谤谇。此其所以为不肖而得罪于君子者"③；嘉祐四年，他在《酬王詹叔奉使江东访茶法利害见寄》诗中又说，"区区欲救弊，万谤不容口……劳心适有罪，养誉终天丑"④；在《思王逢原》诗中他也说："我疲学更误，与世不相宜。"⑤可见在王安石主持变法之前，对他有所误解甚至诋毁的也不乏其人。当然，这些批评的声音，尤其是抨击其人格的言论，在当时至多只算是个人之私见，相比于朝野上下对王安石文行俱美的公论，可谓微不足道了。

宋人对王安石的不满与批评之声渐高，是伴随着王安石变法的展开，以及旧党对新法的强烈反对与猛烈攻击而高涨起来的。因抵制新法无效，反对者对王安石的批评渐及其为人处世等品格方面；不过，由于王安石的特殊地位以及旧党诸君子的理性克制，对王安石的整体评价大致仍较公允，尤其是在王安石死后旧党掌握话语权之时。

王安石主持变法之初，就遭到了文彦博、富弼、韩琦、吕公弼、韩维、赵抃、范镇、司马光、吕公著、范纯仁等一众元老大臣的反对，其激烈论争的过程班班见于史册，此不赘述。南宋陆九渊曾论熙宁变法之争曰："熙宁排公

①〔宋〕邵伯温著，李剑雄、刘德权点校：《邵氏闻见录》卷九，第93页。
②〔宋〕李焘：《续资治通鉴长编》卷二〇九，第5086—5087页。
③〔宋〕王安石：《临川先生文集》卷七二，王水照主编：《王安石全集》，第1298—1299页。
④〔宋〕王安石著，〔宋〕李壁笺注，高克勤点校：《王荆文公诗笺注》卷六，第151页。
⑤〔宋〕王安石著，〔宋〕李壁笺注，高克勤点校：《王荆文公诗笺注》卷一〇，第255页。

者,大抵极诋訾之言,而不折之以至理。平者未一二,而激者居八九。上不足以取信于裕陵,下不足以解公之蔽,反以固其意,成其事。"①这里所谓的"大抵极诋訾之言",是指反对者对新法的掊击,而不是对王安石道德人品的诋毁。实际上,由于反对变法的旧党中人大多为老成持重之辈,因此他们对新法的排击尽管有意气之争的成分,却罕有直接公开诋毁王安石人格的。

　　像御史中丞吕诲这样大张旗鼓地以"奸邪"之名贬斥王安石的,属于极端个别的例子。熙宁二年(1069),吕诲向神宗上《论王安石奸诈十事》,谓王安石有"倨傲不恭,慢上无礼""见利忘义,好名欲进""不识君臣之分,要君取名""塞同列沮论,用情罔公""挟情坏法,以私报怨""卖弄威福,怙势招权""专威害政""是非任性,凌轹同列""危言以惑圣聪,意在离间""虽名之曰商榷财利,其实动摇于天下"等十大奸诈之事,所谓"大奸似忠,大诈似信",而安石"外示朴野,中藏巧诈,骄蹇慢上,阴贼害物","误天下苍生,必斯人也"②。不难看出,这已经是对王安石本人公开的人格攻击了。关于吕诲所论十事,梁启超曾在《王荆公》文中一一批驳,并论吕氏之所以诋毁荆公的原因:"《宋史(吕)诲传》云:章辟光上言岐王颢宜迁居外邸,皇太后怒,帝令治其离间之罪,安石谓无罪,诲请下辟光吏,不得,遂上疏劾安石。然则诲实因争辟光事不得,激于意气,而不惜重诬安石,与前此因争濮议不得,激于意气,而不惜重诬韩琦欧阳修,事同一辙。若此辈者,就令宽以律之,已不免孔子所谓'好直不好学';苟严以绳之,则直帝尧所谓'逸说,殄行,震惊朕师'也。史称诲将入对,司马光遇之朝,密问今日所言何事,诲曰:'袖中弹文,乃新参也。'光愕然曰:'众喜得人,奈何论之?'是可见当时之贤士大夫,无一人不信荆公之为人。其诋及私德者,实一吕诲耳。此与蒋之奇、彭思永之以帷薄事诬欧阳公者无以异。"③北宋的台谏官享有风闻言事即使失实亦不加罪的奏事特权,这固然能起到纠察百官、肃正纲纪的作用,但也助长了某些台谏官故意攻讦他人以博取直名的风气,身为御史中丞的吕诲大肆攻击王安石,就属此类行为。

　　值得注意的是,尽管如吕诲这般攻击王安石为奸诈小人的言论并不多

①〔宋〕陆九渊著,钟哲点校:《陆九渊集》卷一九《荆国王文公祠堂记》,第233页。
②曾枣庄、刘琳主编:《全宋文》卷一〇三九,第48册,第141—142页。
③梁启超:《王荆公》,《饮冰室合集》专集之二十七,第7册,第150页。

见，但旧党诸人与新法执行者之间的意气之争，总不免伴随着过激的言辞和有伤和气的态度，再加上旧党反对新法无效而纷纷自请外调的消极结果，皆为旧党诸人对王安石的不满与反感奠定了情感上的深层基础，他们虽并不彻底否定后者的道德品格，但对这位"拗相公"的行事与性格，却多有批评、指摘之辞，为"小人化"王安石的论调埋下了伏笔。

　　早年与王安石并称"嘉祐四友"的司马光、吕公著、韩维，此时皆与安石分道扬镳①，司马光就曾向神宗当面论王安石性格之短，据《续资治通鉴长编》载："上曰：'王安石不好官职及自奉养，可谓贤者。'光曰：'安石诚贤，但性不晓事而愎，此其短也。又不当信任吕惠卿，惠卿奸邪，而为安石谋主，安石为之力行，故天下并指安石为奸邪也。'"②说吕惠卿是变法"谋主"而王安石不过是"力行"者，这种说法当然是"本末倒置"，颠倒了王安石、吕惠卿的身份地位；不过，说"奸邪"的是吕惠卿而非王安石，司马光还算是比较厚道，而他批评王安石的性格"性不晓事而愎"，就相当直接而不客气了。

　　司马光论及王安石性格缺点的有关记载远不止此一例，如《邵氏闻见录》载："司马温公尝曰：'昔与王介甫同为群牧司判官，包孝肃公为使，时号清严。一日，群牧司牡丹盛开，包公置酒赏之；公举酒相劝，某素不喜酒，亦强饮，介甫终席不饮，包公不能强也。某以此知其不屈。'"③这也是说王安石性格强愎、不通人情，与"性不晓事而愎"是同一意思。其实，由司马光本人所撰的《涑水记闻》《温公琐语》等笔记中，便不乏此类记载，如：

　　1. 初，韩魏公知扬州，介甫以新进士签书判官事，韩公虽重其文学，而不以吏事许之。介甫数引古义争公事，其言迂阔，韩公多不从。介甫秩满去。会有上韩公书者，多用古字，韩公笑而谓僚属曰："惜乎王廷评不在此，其人颇识难字。"介甫闻之，以韩公为轻己，由是怨之。及介甫知制诰，言事复多为韩公所沮。会遭母丧，服除，时韩公犹当国，介甫遂留金陵，不朝参。曾鲁公知介甫怨忌韩公，乃力荐介甫于上，强起之，其意欲以排韩公耳。④

　　————————

①参见陈元锋：《论"嘉祐四友"的进退分合与交游唱和》，《江西师范大学学报》（哲学社会科学版）2014年第1期。
②〔宋〕李焘：《续资治通鉴长编》卷二一○，第5113页。
③〔宋〕邵伯温著，李剑雄、刘德权点校：《邵氏闻见录》卷一○，第108页。
④〔宋〕司马光著，邓广铭、张希清点校：《涑水记闻》卷一六，第311页。

2. 上将召用介甫，访于大臣，争称誉之。张安道时为承旨，独言："安石言伪而辨，行伪而坚，用之必乱天下。"由是介甫深怨之。①

3. 嘉祐末，王介甫以知制诰纠察在京刑狱。有少年得斗鹑，其同侪借观之，因就乞之；鹑主不许，借者恃与之狎昵，遂携去；鹑主追及之，踢其胁下，立死。开封府捕按其人，罪当偿死。及纠察司录问，介甫驳之曰："按律，公取、窃取皆为盗。此不与而彼强携以去，乃盗也。此追而殴之，乃捕盗也。虽死当勿论，府司失入平人为死罪。"府官不伏，事下审刑、大理详定，以府断为是。有旨，王安石放罪。旧制，放罪者皆殿门谢。介甫自言，我无罪，不谢。御史台及阁门累移牒趣之，终不肯谢。台司因劾奏之，执政以其名重，遂不问，介甫竟不谢。②

这些记载虽没有直接对王安石予以评论，但却隐含着对其人性格缺陷的微讽，包括器量不广、好与人争、任性倔强等。就司马光而言，以上所述之事并未触及大是大非的人格问题，其目的或许也并非要故意抹黑王安石，而是他对王安石行事作风的真实感受，当然也不排除因意气之争而心存芥蒂，遂将对王氏的不满情绪宣泄其中的情由。不过，正是这些看似无关紧要的"遗事"，在日后宋人的反复渲染下，就成为了王安石"小人化"的重要依据。

当然，司马光等毕竟不负君子之名，这从其在王安石死后对他的盖棺论定中可见一斑。元丰八年（1086），宋神宗驾崩，次年（元祐元年）王安石病逝，太皇太后高氏代年仅九岁的哲宗执政，开始"元祐更化"，以司马光为代表的旧党人物重新获得起用，新法逐一被废。重新掌握了朝廷话语权的旧党，面临着如何评价这位刚刚逝去的昔日政敌的问题。司马光在与吕公著的手书中说："介甫文章、节义过人处甚多，但性不晓事，而喜遂非，致忠直疏远，谗佞辐辏，败坏百度，以至于此。今方矫其失，革其弊，不幸介甫谢世，反复之徒必诋毁百端。光意以谓朝廷特宜优加厚礼，以振起浮薄之风。苟有所得，辄以上闻。不识晦叔以为如何？"③不难看出，司马光对王安石性格的看法与之前并无太大差异，仍然认为对方"性不晓事，而喜遂非"，致

---

① 〔宋〕司马光著，邓广铭、张希清点校：《涑水记闻》卷一六，第312页。
② 〔宋〕司马光著，邓广铭、张希清点校：《涑水记闻》附录三《温公琐语》，第387页。
③ 〔宋〕司马光著，李文泽、霞绍晖点校：《司马光集》卷六三《与吕晦叔简》，第1320—1321页。

使"忠直疏远，谗佞辐辏"；但这不能掩盖一个事实，那就是"介甫文章、节义
过人处甚多"。这段评语是司马光其实也代表了旧党执政的北宋朝廷对王
安石进行历史评判的基本倾向，那就是：将政治是非与人格评价区别开来；
政治上的彻底否定不应连带着对人格也彻底贬低；对人格的评判也应以风
节大义为主。不得不说，司马光对王安石这位旧友兼政敌所秉持的评价原
则，是较为理性和开明的，显示出其宽广大度的胸怀。但从另一面来看，这
也恰恰反映出，王安石的性格尽管有争强好胜、执拗倔强等诸多瑕疵，但他
节义过人的道德品格，是令其政治对手也十分尊敬的。

值得一提的还有苏轼对王安石的态度。早在熙宁年间，苏轼即上疏极
论新法，并自请外放；转任地方期间，他写了不少批评、讽刺新法的诗作，以
致酿成后来的"乌台诗案"，差点被杀。王安石也屡次在政治上打压苏轼，
曾向神宗说东坡是"邪险之人"[①]，还多次劝神宗贬黜东坡。与司马光相
似，苏轼除了对新法强烈抵制外，对王安石的性情、为人也颇有微词，曾在
祭刘敞的祭文中讥刺其"大言滔天，诡论蔑世"[②]，《曲洧旧闻》记载："介甫
当时在流辈中，以经术自尊大，唯原父兄弟敢抑其锋，故东坡特以祭文表
之，以示后人。"[③]又据《步里客谈》载："刘道原恕尝面折王介甫，故子瞻送
之诗云：'孔融不肯让曹操，汲黯本自轻张汤。'此语盖诋介甫也。"[④]由此可
见，东坡对王安石好为大言诡论的行为和不能容人的器量十分不满。

王、苏关系的和解是在元丰年间。其中之原因，一是由于二人虽政见
不合，但彼此却极为欣赏对方的文学造诣与才华；二是王安石曾在东坡陷
于"乌台诗案"时施以援手，苏轼对此心存感激；三是因为此时王安石赋闲
在家，苏轼则是流放之身，二人都已远离政治旋涡，彼此间的敌意自然大为
减退；四是此时宋神宗恰也表现了调和新党与旧党的政治意向[⑤]；五是苏
轼在辗转地方的过程中，应该也逐渐认识到新法并非一无是处，故此他在
后来的"元祐更化"中曾反对司马光彻底废除新法的做法。元丰七年，刚离
开黄州贬所的东坡来到江宁府，会晤了退居此地已经八年的王安石。两人

①〔宋〕杨仲良：《皇宋通鉴长编纪事本末》卷六二，《续修四库全书》，第 386 册，第 526 页。
②〔宋〕苏轼著，孔凡礼点校：《苏轼文集》卷六三《祭刘原父文》，第 1945 页。
③〔宋〕朱弁著，孔凡礼点校：《曲洧旧闻》卷四，中华书局 2002 年版，第 144 页。
④〔宋〕陈长方：《步里客谈》卷上，朱易安、傅璇琮等主编：《全宋笔记》第 4 编，大象出版社 2008 年
版，第 4 册，第 5—6 页。
⑤参见朱刚：《苏轼十讲》第六讲《王苏关系》，上海三联书店 2019 年版，第 230—231 页。

相见甚欢,既有诗歌唱和,亦有书信往来,王安石赞叹东坡"不知更几百年,方有如此人物"①,而苏轼也写下了"劝我试求三亩宅,从公已觉十年迟"②、"某游门下久矣,然未尝得如此行,朝夕闻所未闻,慰幸之极。已别经宿,怅仰不可言"等表达钦慕景仰的文字③。

元祐元年,苏轼代朝廷作《王安石赠太傅》制,追赠已经去世的王安石,这篇制词虽然是代拟王言,但却反映了东坡对荆公的感情、态度。文中言道:"将有非常之大事,必生希世之异人。使其名高一时,学贯千载。智足以达其道,辩足以行其言。瑰玮之文,足以藻饰万物;卓绝之行,足以风动四方。用能于期岁之间,靡然变天下之俗。具官王安石,少学孔、孟、晚师瞿、聃。网罗六艺之遗文,断以己意;糠粃百家之陈迹,作新斯人。属熙宁之有为,冠群贤而首用。信任之笃,古今所无。方需功业之成,遽起山林之兴。浮云何有,脱屣如遗。屡争席于渔樵,不乱群于麋鹿。进退之美,雍容可观……死生用舍之际,孰能违天;赠赗哀荣之文,岂不在我。宠以师臣之位,蔚为儒者之光。"④不难看出,制文刻意避免了对王安石这位昔日宰辅在政治上的功过是非的评判,而对其文采、学问、德行等方面,则丝毫不吝揄扬之辞,可谓贯彻并发挥了之前司马光代表旧党所提出的评价原则,并如实反映了东坡本人对王安石的敬慕之情。尤其是文章高度赞扬了荆公的"浮云何有,脱屣如遗""屡争席于渔樵,不乱群于麋鹿""进退之美,雍容可观",其实也就是淡泊名利、宠辱不惊的高风亮节,可以说是对司马光"节义过人"之评的重要补充。

比较复杂的是,苏轼在元祐三年(1089)上奏朝廷的札子中,似乎又提出了截然相反的论调:"窃以安石平生所为,是非邪正,中外具知,难逃圣鉴。先帝盖亦知之,故置之闲散,终不复用"⑤,"昔王安石在仁宗、英宗朝,矫诈百端,妄窃大名,或以为可用,惟韩琦独识其奸,终不肯进。使琦不去位,安石何由得志","臣观二圣嗣位以来,斥逐小人,如吕惠卿、李定、蔡确……或首开边隙,使兵连祸结,或渔利权财,为国敛怨,或倡起大狱,以倾

---

① 〔宋〕蔡絛:《西清诗话》卷上,张伯伟编校:《稀见本宋人诗话四种》,第181页。
② 〔宋〕苏轼著,〔清〕王文诰辑注,孔凡礼点校:《苏轼诗集》卷二四《次荆公韵四绝》其三,中华书局1982年版,第1252页。
③ 〔宋〕苏轼著,孔凡礼点校:《苏轼文集》卷五〇《与王荆公二首》其一,第1444页。
④ 〔宋〕苏轼著,孔凡礼点校:《苏轼文集》卷三八,第1077页。
⑤ 〔宋〕苏轼著,孔凡礼点校:《苏轼文集》卷二九《论周穜擅议配享自劾札子二首》其一,第832页。

陷善良，其为奸恶，未易悉数。而王安石实为之首"①。之前称安石为"师臣之位""儒者之光"，此时则又斥其为"奸邪小人"，这是不是东坡反复无常呢？其实，这里有一个特殊的背景：苏轼前任中书舍人时，曾举荐了一位学官周穜，此人得官后竟上疏进言朝廷当以故相王安石配享神宗皇帝，东坡以上言论，正是为驳斥周穜而发的，而并非针对已经去世的王安石。如前所言，苏轼尽管不赞成司马光尽废新法的做法，但他反对变法的基本态度与旧党诸人并无二致，故此，当察觉到蛰伏的新党残余想要借"王安石配享神宗"的名义死灰复燃时②，便毫不犹豫地予以坚决反击；而他反击的策略，便是针锋相对地直接抨击对方抬出来的灵魂人物——王安石，以此压制新党成员意图"借尸还魂"的政治野心③。平心而论，如此攻击同样有意气之争的成分，以至于将逝者王安石也拖下了水，而不加区别地将新党人物连带王安石本人一概斥为"小人"的论调，亦是有失公平公正的；但在北宋党争愈加激烈严酷的政治氛围下，这样的结果又有其迫不得已的必然性。

　　其实苏轼个人对王安石的情感态度，或许从他的文学表现中更能见出其中三昧。据《西清诗话》载："元祐间，东坡奉祠西太乙，见公旧题……注目久之曰：'此老野狐精也。'"④王安石题于西太一宫壁的两首原诗是："柳叶鸣蜩绿暗，荷花落日红酣。三十六陂春水，白头想见江南。""三十年前此地，父兄持我东西。今日重来白首，欲寻陈迹都迷。"⑤苏轼为作次韵曰："秋早川原净丽，雨余风日清酣。从此归耕剑外，何人送我池南。""但有樽中若下，何须墓上征西。闻道乌衣巷口，而今烟草萋迷。"⑥两位历尽沧桑

---

①〔宋〕苏轼著，孔凡礼点校：《苏轼文集》卷二九《论周穜擅议配享自劾札子二首》其二，第833—834页。

②宋苏轼《论周穜擅议配享自劾札子二首》其二："今其人死亡之外，虽已退处闲散，而其腹心羽翼，布在中外，怀其私恩，冀其复用，为之经营游说者甚众。"参〔宋〕苏轼著，孔凡礼点校：《苏轼文集》卷二九，第833页。

③宋苏轼《论周穜擅议配享自劾札子二首》后附"贴黄"："周穜州县小吏，意在寸进而已，今忽猖狂，首建大议，此必有人居中阴主其事。不然者，穜岂敢出位犯分，以摇天听乎。"参〔宋〕苏轼著，孔凡礼点校：《苏轼文集》卷二九，第834页。

④〔宋〕蔡絛：《西清诗话》卷中，张伯伟编校：《稀见本宋人诗话四种》，第206页。

⑤〔宋〕王安石著，〔宋〕李壁笺注，高克勤点校：《王荆文公诗笺注》卷四〇《题西太一宫壁二首》，第1028—1029页。

⑥〔宋〕苏轼著，〔清〕王文诰辑注，孔凡礼点校：《苏轼诗集》卷二七《西太一见王荆公旧诗偶次其韵》，第1449—1450页。

的诗老,在这一刻蓦然心意相通。抛开政治上的是是非非,东坡对荆公的钦赏确系真心实意、发自肺腑,不仅是因对方的卓荦诗笔,更因其视富贵如浮云、超然物外的人格风度。王安石罢相之后所表现出来的超然气度,给东坡留下了极为深刻的印象,而这种去留无意、宠辱不惊的人格风度,更与东坡的思想性格深相契合,故此他在《王安石赠太傅》中盛赞荆公的"进退之美,雍容可观";而荆公题西太一宫壁的两首六言绝句,毫无热衷功名、恋栈不去的世俗之态,并且流露出人生如寄、不如归去的洒脱,令东坡大生知己之感。

与苏轼相近而对王安石更为钦敬的还有黄庭坚。据传黄庭坚作叶县尉时即因诗作得到荆公赏识①,后来他还曾亲至江宁探讨诗艺②。元祐年间,苏轼和荆公在西太一宫壁题诗后,山谷亦有和作:"风急啼乌未了,雨来战蚁方酣。真是真非安在,人间北看成南。"③他对"元祐更化"非议王安石的现象颇有不平,对荆公颇有回护之意。他还称赞王安石的学术"荆公六艺学,妙处端不朽"④,"荆公晚年删定《字说》,出入百家,语简而意深"⑤,后来陈善称"元祐诸公惟此一人议论稍近厚,可想见其遗风"⑥。在《跋王荆公禅简》中,黄庭坚更加毫不掩饰地表达了对王安石崇高人格的钦佩敬慕之情:"荆公学佛,所谓'吾以为龙又无角,吾以为蛇又有足'者也。然余尝熟观其风度,真视富贵如浮云,不溺于财利酒色,一世之伟人也。暮年小语,雅丽精绝,脱去流俗,不可以常理待之也。"⑦《与俞清老书》其二则表达了他对荆公的哀悼与怀念:"惠及荆公遗墨,入手喟然,想见风流余韵,招

①宋佚名《垂虹诗话》:"山谷尉叶县日,作《新寨》诗,有'俗学近知回首晚,病身全觉折腰难'之句,传至都下,半山老人见之,击节称叹,谓黄某清才,非奔走俗吏,遂除北都教授,即为潞公所知。"参郭绍虞辑:《宋诗话辑佚》,第483页。

②《苕溪渔隐丛话》载:"山谷云尝见荆公于金陵,因问丞相近有何诗,荆公指壁上所题两句'一水护田将绿绕,两山排闼送青来',此近所作也。"参〔宋〕胡仔纂集,廖德明点校:《苕溪渔隐丛话》前集卷三三,第226页。

③〔宋〕黄庭坚著,〔宋〕任渊、史容、史季温笺注,刘尚荣点校:《黄庭坚诗集注》内集卷三《次韵王荆公题西太一宫壁二首》其一,中华书局2003年版,第146页。

④〔宋〕黄庭坚著,〔宋〕任渊、史容、史季温笺注,刘尚荣点校:《黄庭坚诗集注》内集卷四《奉和文潜赠无咎篇末多以见及以既见君子胡不喜为韵》其七,第158页。

⑤〔宋〕黄庭坚著,刘琳等点校:《黄庭坚全集》正集卷二七,第733页。

⑥〔宋〕陈善:《扪虱新话》下集卷二,王云五主编:《丛书集成初编》,第311册,第61页。

⑦〔宋〕黄庭坚著,刘琳等点校:《黄庭坚全集》正集卷二六,第696页。

庆、定林之间无复斯人矣。"①由此可见,黄庭坚对王安石晚年所表现出来的人格风度亦尤为赞赏。可以说,王安石晚年罢相闲居、纵情山水的经历,在一定程度上为他挽回了声誉,在苏轼、黄庭坚之后,各个时期的宋人都不乏称美王安石淡泊名利的评价,成为其被"小人化"之外的另一种言论。

二、"祸国"·"邪说"·"小人"

随着北宋后期政治恶化、党争加剧,以及靖康之难、北宋灭亡等政治局势的风云变幻,这一时期对王安石的评价,比起熙丰时期更加跌宕起伏、大起大落;尤其是随着宋高宗赵构建立起南宋政权,对王安石及其变法进行批评与清算就开始成为朝野上下的共同呼声,而将王安石"小人化"的议论也由此得到了进一步的蔓延。

首先是在哲宗、徽宗时期,新党取代旧党再次执政,"元祐更化"的政治方向又被彻底反转,熙丰新法重被定为"国是",而王安石在政治、思想文化上的地位也得到了前所未有的推崇。哲宗绍圣二年(1094),"诏以王安石《日录》参定《神宗实录》、《正史》""诏王安石配享神宗庙庭"②;徽宗崇宁三年(1044),"诏以荆国公王安石配享孔子"③;政和三年(1113),"追封王安石为舒王,子雱为临川伯。仲春释奠,以兖公、邹国公及舒王配享文宣王庙"④。此时朝廷下诏颁布的《王安石封舒王制》,代表了对王安石的官方评价:

> 敕:朕恭惟神考,追述先王,训释群经,以作新于俗学;兴起万世,以垂裕于后昆。盖得非常之人,辅成不世之烈。肆颁显号,追贲元臣。故特进、守司空、赠太师、荆国公、食邑五千户、食实封一千七百户王安石,降命应期,自天生德。学术精微,足以穷道奥;器识宏远,足以用事几。负命世亚圣之才,有尊主庇民之志。入辅机政,延登宰司。力赞斯文于将兴,独为多士之先觉。若伊尹佐佑厥辟,咸一德以格天;若周公勤劳王家,用期年而变俗。千载之遇,万世有辞。朕只通贻谋,克笃前烈。名正而朝廷辨治,化行而华夏敉宁。道德一而风俗同,法度彰

---

①〔宋〕黄庭坚著,刘琳等点校:《黄庭坚全集》别集卷一五,第1775页。
②〔清〕毕沅编著:《续资治通鉴》卷八三,中华书局1957年版,第2118、2121页。
③〔清〕毕沅编著:《续资治通鉴》卷八九,第2271页。
④〔清〕毕沅编著:《续资治通鉴》卷九一,第2347页。

而礼乐著。原其所自,安可弭忘! 想风采以如生,盖典刑之具在。相攸南土,实既旧封;参考国章,申加王爵。噫! 继志述事,孝莫大于奉先;崇德报功,礼务隆于追远。尚其精爽,歆此褒崇。可追封舒王,余如故。①

王安石这时已经被宋廷推尊为可以比肩孟子、伊尹、周公的圣贤人物了,"学术精微,足以穷道奥""器识宏远,足以用事几""负命世亚圣之才,有尊主庇民之志""力赞斯文于将兴,独为多士之先觉"等评语,真可谓极尽赞誉、备极荣光。

当然,推尊王安石的背后其实是为了"道德一而风俗同",即加强朝廷的专制集权与思想统治。哲宗时期,旧党成员即一再被贬远窜。徽宗时,蔡京等奸佞执政,更炮制出"元祐党籍碑",将司马光、文彦博、吕公著、苏轼等三百零九人列为奸党(其中还包括曾布、章惇等新党成员),还将其姓名刻石颁布天下;除此之外,朝廷又屡次禁毁"元祐党人"的文集著作,以此来压制舆论,消弭一切反对熙丰新法与新党执政的声音。此时的蔡京等奸佞之臣虽然打着"新党"旗号,但他们的政治作为,早已背离了王安石当年革新政治、富国强兵的高尚理想,而将全部心思用在了如何争权夺利、排除异己上,将北宋后期的朝政搞得更加乌烟瘴气、腐朽不堪,终于酿成了金人入侵、北宋亡国的结局。当然,也正是由于蔡京等人的新党身份,王安石在被当政者推到荣极无比之境的同时,也成为了宋人"拨乱反正"时首当其冲的清算对象。

宣和七年(1125),金人发动了入侵北宋的战争,国难当头,宋徽宗匆忙让位于钦宗。钦宗上台,为了挽救危局,首先贬窜祸国殃民的蔡京集团,并革除徽宗朝的一些弊政。这时右正言崔鶠上章论蔡京误国,而同时将矛头也指向了王安石:

> 数十年来,王公卿相,皆自蔡京出。要使一门生死,则一门生用;一故吏逐,则一故吏来。更持政柄,无一人立异,无一人害己者,此京之本谋也……王安石除异己之人,著《三经》之说以取士,天下靡然雷同,陵夷至于大乱,此无异论之效也。京又以学校之法驭士人,如军法

---

① 司义祖整理:《宋大诏令集》卷二二二,中华书局1962年版,第858页。

之驭卒伍,一有异论,累及学官……仁宗、英宗选敦朴敢言之士以遗子孙,安石目为流俗,一切逐去。司马光复起而用之,元祐之治,天下安于泰山。及章惇、蔡京倡为绍述之论,以欺人主。绍述一道德,而天下一于谄佞;绍述同风俗,而天下同于欺罔;绍述理财而公私竭;绍述造士而人材衰;绍述开边而塞尘犯阙矣。①

与此同时,洛学传人杨时也将王安石与蔡京相提并论:

蔡京用事二十余年,蠹国害民,几危宗社,人所切齿,而论其罪者,莫知其所本也。盖京以继述神宗为名,实挟王安石以图身利,故推尊安石,加以王爵,配飨孔子庙庭。今日之祸,实安石有以启之。谨按安石挟管、商之术,饰六艺以文奸言,变乱祖宗法度。当时司马光已言其为害当见于数十年之后,今日之事,若合符契。其著为邪说以涂学者耳目,而败坏其心术者,不可缕数。②

崔、杨都将国家祸乱的源头由蔡京权奸上溯至了王安石变法,不过,崔鶠的表述重在批评其"政",且主要是王安石死后的"绍述之政";而杨时则进一步贬斥其"人",他说蔡京推尊王安石的目的其实是"以继述神宗为名,实挟王安石以图身利",可谓切中要害,但又将蔡京蠹国害民的根由归咎于王安石政治、学术的"涂人耳目""败坏心术",则是连王安石本人也被其斥为造作"奸言""邪说"的"奸邪小人"了。在此背景下,钦宗于靖康元年(1126)二月解除元祐学术禁令,四月复以诗赋取士,禁用庄、老及王安石《字说》;五月"罢王安石配享孔子庙庭",降为从祀;六月下诏:"群臣庶士亦当讲孔、孟之正道,察安石旧说之不当者,羽翼朕志,以济中兴。"③不过,钦宗对王安石变法的批判还未彻底展开,就随着金兵攻破汴京,徽、钦二帝被俘而烟消云散了。

北宋灭亡的罪魁祸首当然绝非王安石,不过,将这一罪责推到王安石身上,却最为符合宋朝最高统治者的政治需要。宋廷南渡之后,宋高宗及朝堂诸臣开始进一步清算王安石新法,并转而褒扬"元祐更化"。建炎三年(1129)夏四月,"举行仁宗法度……元祐石刻党人官职、恩数追复未尽者,

①〔元〕脱脱等:《宋史》卷三五六《崔鶠传》,第 11215—11216 页。
②〔元〕脱脱等:《宋史》卷四二八《杨时传》,第 12741 页。
③〔元〕脱脱等:《宋史》卷二三《钦宗纪》,第 424、427—429 页。

令其家自陈"①；六月，司勋员外郎赵鼎进言，"自熙宁间王安石用事，肆为纷更，祖宗之法扫地，而生民始病。至崇宁初，蔡京托名绍述，尽祖安石之政，以致大患。今安石犹配飨庙庭，而京之党未族。臣谓时政之阙，无大于此，何以收人心而召和气哉"②，高宗"遂用司勋员外郎赵鼎言，罢王安石配享神宗庙庭，以司马光配"③。建炎四年（1130）十一月，高宗谕宰执追褒元祐忠贤，"遂追封（吕）公著鲁国公，谥正献；（吕）大防宣国公，谥正愍；（范）纯仁许国公，谥忠宣；皆赠太师"④。绍兴元年（1131）九月，右司谏韩璜言："今日祸首，实自王安石变新法始。方安石秉政，（曾）布以亲戚，最先引用，聚敛刻剥之事，布皆与谋。逮建中靖国初，故相韩忠彦守正持重。布为右相，每留身，以破坏忠彦所为，卒逐忠彦，而成（蔡）京贼之势者，布也。"⑤绍兴四年（1134）八月，宗正少卿兼直史馆范冲入见高宗论史事："臣闻万世无弊者，道也；随时损益者，事也。仁宗皇帝之时，祖宗之法诚有弊处，但当补缉，不可变更……王安石自任己见，非毁前人，尽变祖宗法度，上误神宗皇帝。天下之乱，实兆于安石，此皆非神祖之意。"高宗云："极是，朕最爱元祐。"⑥由史书的这些记载，已可见南宋朝廷对待王安石及新法的基本态度。

　　为彻底否定新法，宋高宗还诏命重修《神宗实录》。《神宗实录》是宋朝历代皇帝实录中编修反复最多的一部，致其反复的主要原因即如何看待王安石变法。在此之前，《神宗实录》就曾经过了元祐、绍圣史臣的两次编修，其政治倾向截然相反，正如宋徽宗时期徐勣所言："盖由元祐、绍圣史臣好恶不同，范祖禹等专主司马光家藏记事，蔡京兄弟纯用王安石《日录》，各为之说，故议论纷然。"⑦而高宗在绍兴四年下诏重修《神宗实录》，目的就是为了崇元祐而抑熙丰。实际上，上引范冲与高宗的对话，就是在范冲担任《实录》编修官不久之后发生的，其主导思想自然不言而喻，"惟是直书安石之罪，则神宗成功盛德，焕然明白"⑧。绍兴《神宗实录》的修定，意味着王

①〔元〕脱脱等：《宋史》卷二五《高宗纪二》，第 464 页。
②〔宋〕李心传著，胡坤点校：《建炎以来系年要录》卷二四，第 575 页。
③〔元〕脱脱等：《宋史》卷二五《高宗纪二》，第 466 页。
④〔清〕毕沅编著：《续资治通鉴》卷一〇八，第 2863 页。
⑤〔宋〕李心传著，胡坤点校：《建炎以来系年要录》卷四七，第 992 页。
⑥〔宋〕李心传著，胡坤点校：《建炎以来系年要录》卷七九，第 1487 页。
⑦〔元〕脱脱等：《宋史》卷三四八《徐勣传》，第 11025 页。
⑧〔宋〕李心传著，胡坤点校：《建炎以来系年要录》卷七九，第 1487 页。

安石"误国误民"的罪责被以历史定谳的方式载入史册,这一论调再经宋国史至元人修《宋史》的不断承袭,遂成为封建时代的官方定论,对后世评价王安石产生了深远影响,清人蔡上翔就说:"(荆)公之受秽且蔓延于千万世,尤莫甚于此书。"①

宋廷南渡后,面对国破家亡、百姓流离失所的严重危机,最为紧要的政治问题就是图存救亡并检讨造成危亡的原因,在此基础上方可收拾人心,整顿朝纲。宋高宗为开脱徽、钦二帝的历史罪责,保持赵氏的圣明形象和统治地位,将国家丧乱的罪责归于王安石变法,这样做既可转嫁矛盾,转移人们反思国家危亡之因的方向,又可继续营造出赵氏"人思宋德、天眷赵宗"的圣君形象,此即为赵构最根本的政治需要,而王安石也就顺理成章地成为了政治与历史的牺牲品。

在政治上对王安石变法进行彻底清算带来的另一后果,是宋人对王安石人格品行的贬毁也达到了高潮。经过宋人的口诛笔伐,王安石不仅成为祸国殃民的罪首,就连其个人品德也被斥以"心术不正",并被加以"奸邪小人"的恶名。且看宋高宗与沈与求的这段对话:

> 上尝从容言:"王安石之罪在行新法。"公对曰:"王安石以己意变先帝法度,误国害民,诚如圣训。然人臣立朝,未论行事之是非,先观心术之邪正。扬雄名世大儒,主盟圣道,新室之乱,乃为美新剧秦之文。冯道左右卖国,得罪万世。而安石于汉则取雄,于五代则取道,臣以是知其心术不正,则奸伪百出,僭乱之萌,实由此起。自熙宁、元丰以来,士皆宗安石之学,沉溺其说,节义凋丧,驯致靖康之祸。污伪卖国,一时叛逆,尚逭典刑,愿陛下明正其罪,以戒为臣不忠者。"②

不难看出,沈与求并不满足于仅仅在政治上批判王安石新法,他还想更进一步,揭露新法危害如此之剧的深层原因,即始作俑者王安石本人就"心术不正",由此新法的实施自然招致"奸伪百出"、"僭乱"纷起;最重要的还是奸邪当道,败坏了世俗人心,其结果就是靖康之祸,以及群奸叛贼的"污伪

① 〔清〕蔡上翔著,裴汝诚点校:《王荆公年谱考略》卷二五,《王安石年谱三种》,中华书局 1994 年版,第 586 页。

② 引自〔宋〕刘一止:《知枢密院事沈公行状》,曾枣庄、刘琳主编:《全宋文》卷三二七八,第 152 册,第 244 页。

卖国"、倒行逆施。如果说政治上的是非成败尚无绝对的对错的话,那么,道德心术的黑白邪正之分就不容置辩,毫无商榷余地了,更何况王安石不仅本人"奸邪",更还因其"奸邪"而惑乱天下,误国害民。沈与求与宋高宗的这段对话,实际就是想从更为根本的道德人心的层面,彻底将王安石及新法抹黑。

当时批判王安石"心术不正"的论调绝非个例,其实北宋理学家程颐就曾言新法的危害尚在其次,而"安石心术不正,为害最大。盖已坏了天下人心术,将不可变"①,程门弟子杨时亦称王安石"著为邪说以涂学者耳目,而败坏其心术",均已开此论之先声。值得注意的是,这一时期理学传人对王安石学术及人品的批评,也对其"小人化"的评价产生了非常强烈的影响。

与宋廷君臣主要在政治上清算王安石新法略有不同,两宋之交的理学家还通过抨击新学为"邪说"来批判王安石。杨时是洛学南传的重要人物,对南宋理学的兴盛功不可没,《宋史》本传称"凡绍兴初崇尚元祐学术,而朱熹、张栻之学得程氏之正,其源委脉络皆出于时"②,他就直斥王安石的新学乃是异端邪说,危害甚大:"然以其(王安石)博极群书,某故谓其力学;溺于异端,以从夷狄,某故谓其不知道"③,"自佛入中国,聪明辩智之士多为其所惑,鲜不从者……如王荆公晚年深取其言,自谓已知之,而知有不尽,此非同乎流俗也。盖其于儒者之道未尝深造,故溺焉而不自悟耳,是以为世大害"④,"昔王荆公以邪说暴行,祸天下三十有余年"⑤。杨时的弟子陈渊继承师说,并进一步言道:"……(王安石)其道不然也如此。其见之行事,颠倒悖谬,盖不可以一二举。所谓'从许子之道,相率而为伪'者也,恶能治国家? 故渊尝窃谓龟山谏省所论王氏一章,正名其为邪说,是矣。然则其流弊足以乱天下,为言犹是一时之论,至于拔本塞源,当与待后之贤者,相与推明其意。"⑥所谓"拔本塞源",就是要彻底否定新学。

① 〔宋〕李心传著,胡坤点校:《建炎以来系年要录》卷七九,第 1488 页。
② 〔元〕脱脱等:《宋史》卷四二八《杨时传》,第 12741 页。
③ 〔宋〕杨时:《龟山先生全集》卷一七《答吴国华》,《宋集珍本丛刊》,第 29 册,第 422 页。按:"夷狄"即指佛教而言。
④ 引自〔宋〕陈渊:《又论龟山墓志中事书·攻王氏一章行状不载墓志载之》,曾枣庄、刘琳主编:《全宋文》卷三二九七,第 153 册,第 217 页。
⑤ 〔宋〕杨时:《龟山先生全集》卷二六《题诸公邪说论后》,《宋集珍本丛刊》,第 29 册,第 496 页。
⑥ 〔宋〕陈渊:《又论龟山墓志中事书·攻王氏一章行状不载墓志载之》,曾枣庄、刘琳主编:《全宋文》卷三二九七,第 153 册,第 217 页。

　　湖湘学的胡寅、胡宏兄弟，对王安石新学也是深恶痛绝。胡寅论王学流布的危害甚于西晋王衍的"清谈"误国："昔人云王衍清谈之罪甚于桀纣，而未见临川谈经之祸甚于王衍也。或问：'清谈祖老庄虚无之论，其致弊固宜；谈经者宗孔氏，何反为世祸乎？'曰：其源深，其流漫，非一言而可尽，姑论其大者。所行异乎所言，所言异乎所行，以此教人，使人不异乎己，临川之大机也……其言不顾行，行不顾言，而倚君之威，布其言于学者，命其徒为师儒，教于太学，以风天下。合此者则升进，官使而富贵；不合此者则遗弃，废黜而困穷……行之数十年，天下之士行异乎言，言异乎行，人自人，书自书，以致中原板荡之效，而临川氏之学，方且显行。识者忧之，而未如之何也；喻于利者宗之，而莫能遏也。彼为庄老清谈者，不好则已矣。故曰临川谈经之祸甚于晏、衍者，岂虚云哉！"①胡宏则更加尖锐地指责王学对礼义纲常的破坏及其祸害："邪说既行，正论屏弃，故奸谀敢挟绍述之义以逞其私，下诬君义，上欺祖宗，诬谤宣仁，废迁隆祐。使我国家父子君臣夫妇之间顿生疵厉，三纲废坏，神化之道泯然将灭，纲纪文章扫地尽废。遂致邻敌外横，盗贼内讧，天师伤败，中原陷没，二圣远栖于沙漠，皇舆僻寄于东吴，嚣嚣万姓，未知攸底，祸至酷也。"②

　　不难看出，理学家也将国破家亡的罪责归咎为王安石新法，但他们认为，新法为害如此之剧的更本质原因，其实是王安石的新学。在理学家们看来，新学属于形而上的"道"，新法的种种措施则是对形上之"道"的贯彻与落实，故此问题的关键，不仅在指出新法措施的失败，更重要的还是直达根本，确定王安石新学本身就是悖离大道的异端学术，这样才能正本清源、拨乱反正。理学家的这种观点亦有其特殊背景，因南宋朝廷对王安石的批判主要在政治层面，而在学术层面，新学不但并未退出历史舞台，而且仍被朝廷认定为正统学术，故此以孔孟绝学自任的理学家们，便将攻击的目标集矢于新学，只有打倒尚未被官方抛弃的荆公新学，才能确立自身在学术思想界的地位。

　　王安石的学说既被斥为"邪说"，与之相应，将王安石本人贬斥为"奸邪小人"甚至是"乱臣贼子"的言论出现，也就不足为奇了。这可以杨时另一

---

①〔宋〕胡寅：《致堂读史管见》卷六，第356—359页。
②〔宋〕胡宏：《上光尧皇帝》，曾枣庄、刘琳主编《全宋文》卷四三八三，第198册，第237页。

弟子罗从彦的评价为代表。罗从彦尝编《尊尧录》《尊尧录别录》以申明自己维护"祖宗法度"、反对变法的政治观点。在《尊尧录别录序》中，他将矛头直指王安石："本朝熙宁初，粤有儒者起自江宁，以孔孟之道倡于时，以管商之法施于政。颠倒舜、跖，夺其义心；混一庄、扬，荡于不法。正道荒芜，士风一变，使蔡氏阶之，以济其乱。则其为害，不特释老与杨墨尔。所以发天下之瞶瞶，莹天下之晦晦者，当在陛下。比虽诏毁其像，未能扩如，故臣别录司马光、陈瓘二人之言以著其罪。"①在"司马光论王安石"一条后，罗氏加以按语曰："异哉，安石之为人也。观其平时，抗志羲黄之上，其学圣人，必造孔氏，渊源其经术文章，下视雄愈。及立朝也，登对从容，每告其君，必以尧舜为法，而自任以夔龙。神宗眷遇特厚，遂大用之，言无不听，计无不从，一时之间，可谓明良相际矣。然考其所存则自私，论其所为则自专，必求其实，则捕风搏影之为。"②这已经由政治、学术而论及道德人品了，其实是在质疑王安石的言行不一、欺世盗名，故他在后文中又用吕诲论王安石奸诈十事，并继续加以引申佐证，以此来进一步批判王安石的"奸邪"。史载罗从彦尝与人论治道云："君子在朝则天下必治，盖君子进则常有乱世之言，使人主多忧而善心生，故治。小人在朝则天下乱，盖小人进则常有治世之言，使人主多乐而怠心生，故乱"，"天下之变不起于四方，而起于朝廷。譬如人之伤气，则寒暑易侵；木之伤心，则风雨易折。故内有（李）林甫之奸，则外必有禄山之乱，内有卢杞之奸，则外必有朱泚之叛"③。结合《尊尧录别录》的内容看，所谓的"小人在朝""林甫、卢杞之奸"等，实即指王安石而言。

经由程颐、杨时、罗从彦等理学一脉对王安石的评价，进一步落实了其"心术不正"以及"小人""奸臣"的形象。更加重要的是，理学在南宋的总体发展趋势是不断上升的，建炎、绍兴时期已经有了成为显学的态势，乾道、淳熙时就已在学术思想领域臻于鼎盛，而到嘉定、淳祐间则更确立了官学一尊的地位，从此一家独大成为主流学术。在此背景下，理学家对王安石人品与人格的评价，就愈发深入人心而影响深远了。

当然，在将王安石"小人化"的过程中，北宋后期至南宋初期一大批由

①曾枣庄、刘琳主编：《全宋文》卷三〇六〇，第142册，第159页。
②〔宋〕罗从彦：《豫章文集》卷九，《景印文渊阁四库全书》，第1135册，第725—726页。
③〔元〕脱脱等：《宋史》卷四二八《罗从彦传》，第12744页。

反变法派及其子孙撰写的笔记小说等，也起到了推波助澜的重要作用。与官方"正史"不同，这些笔记小说记载的主要是王安石的一些逸闻轶事，通过这些记载，王安石的历史形象更加丰满、生动起来；不过，由于撰述者对新法以及新党的否定态度，他们笔下的大量逸闻轶事，往往也成为了荆公品行有亏的重要佐证。这种现象其实自司马光著《涑水记闻》《温公琐语》等笔记时即已开其端，此时则涌现出更多相关作品。因直接承继着北宋历史或距离北宋历史未远，这些笔记小说逐渐构造起一套"私史"话语系统，对王安石这一历史人物的形象塑造，同样具有不可忽视的重要作用。

如成书于徽宗时期的《道山清话》①，就"颇诋王安石之奸"②，文中记载了王安石这样一段轶事："李常为言官，言王安石理财不由仁义，且言安石遂非喜胜，日与其徒吕惠卿等阴筹窃计……明日，安石登对，神宗正色视安石：'昨览李常奏，岂不误他百姓？'安石垂笏低手，作怠慢之状，笑而不对。神宗愈怒，遂再问之。安石略陈数语，人不闻安石所言何事，但见上连点头曰：'极是，极是。'常之奏竟不见降出。常后对人言：'不知安石有甚狐媚厌倒之术？'"③这段文字，栩栩如生地将王安石描绘成了一位城府极深、欺君冈上的"奸臣"形象。无独有偶，还有记载显示，王安石对宋仁宗也心怀怨望，甚至自撰史录加以贬毁。《邵氏闻见录》载："仁宗皇帝朝，王安石为知制诰。一日，赏花钓鱼宴，内侍各以金楪盛钓饵药置几上，安石食之尽。明日，帝谓宰辅曰：'王安石诈人也。使误食钓饵，一粒则止矣；食之尽，不情也。'帝不乐之。后安石自著《日录》，厌薄祖宗，于仁宗尤甚，每以汉文帝恭俭为无足取者，其心薄仁宗也。"④由此显示出王安石身为臣子之"奸险"。王安石当然不是奸臣，但当时宋人中却已流传着将王安石比拟为王莽、李林甫、卢杞等"乱臣贼子"的论调，正如记录刘安世言行的《元城语录》云："攻金陵者，只宜言其学乖僻，用之必乱天下，则人主必信；若以为以财利结人主如桑弘羊、禁人言以固位如李林甫、奸邪如卢杞、大佞如王莽，则人不信矣。"⑤刘氏认为此说过于"诛心"不足取信于君王，其实正可反证持此说

---

①按：此书为王昉祖父王某撰，王某之名已不可考，其人为"蜀党中人"。参见〔清〕永瑢等：《四库全书总目》卷一四一《道山清话》，第1195页。

②〔清〕永瑢等：《四库全书总目》卷一四一《道山清话》，第1195页。

③〔宋〕佚名：《道山清话》，朱易安、傅璇琮等主编：《全宋笔记》第2编，第1册，第87页。

④〔宋〕邵伯温著，李剑雄、刘德权点校：《邵氏闻见录》卷二，第13—14页。

⑤〔宋〕马永卿辑，〔明〕王崇庆解：《元城语录解》卷上，王云五主编：《丛书集成初编》，第601册，第3页。

者之众;再加上宋人笔记里类似上述例子的记载,遂将王安石的"奸臣"形象进一步坐实了。

除"奸邪"外,"刚愎"也是王安石在宋人笔记小说中常常呈现出来的面貌,且看下面这些例子:

1. 初,司马光贻书王安石,阙下争传之。安石患之,凡传其书者,往往阴中以祸。民间又伪为光一书,诋安石尤甚,而其辞鄙俚。上闻之,谓左右曰:"此决非光所为。"安石盛怒曰:"此由光好传私书以买名,故致流俗亦效之,使新法沮格,异论纷然,皆光倡之。"即付狱穷治其所从得者,乃皇城使沈惟恭客孙杞所为。①

2. 唐子方为人刚直,既参大政,与介甫议事每不协。尝与介甫议杀人伤者,许首服以律案问免死,争于裕陵之前。介甫强辩,上主其议。子方不胜愤懑,对上前谓介甫曰:"安石行乖学僻,其实不晓事,今与之造化之柄,其误天下苍生必矣。"②

3. 程伯淳先生尝曰:"熙宁初,正介甫行新法,并用君子小人。君子正直不合,介甫以为俗学不通世务,斥去;小人苟容诌佞,介甫以为有材能知变通,用之。君子如司马君实,不拜同知枢密院以去,范尧夫辞同修《起居注》得罪,张天祺自监察御史面折介甫被谪。介甫性狠愎,众人以为不可,则执之愈坚。君子既去,所用皆小人,争为刻薄,故害天下益深。"③

4. 王荆公初参政事,下视庙堂如无人。一日,争新法,怒目诸公曰:"君辈坐不读书耳。"赵清献同参政事,独折之曰:"君言失矣。如皋、夔、稷、契之时,有何书可读?"荆公默然。④

5. 陈无己《诗话》云:"某公用事,排斥端士,矫节伪行。范蜀公《咏僧房假山》曰:'倏忽平为险,分明假夺真。'盖刺公也。"某公,荆公也。⑤

这些笔记的撰述者大多与旧党渊源甚深,在他们笔下,反对变法的均是与"小人"势不两立的"君子",是代表"正义"与"公道"的正直士大夫。与之相

---

① 〔宋〕李焘:《续资治通鉴长编》卷二一一引《林希野史》,第5163页。
② 〔宋〕佚名:《道山清话》,朱易安、傅璇琮等主编《全宋笔记》第2编,第1册,第103页。
③ 〔宋〕邵伯温著,李剑雄、刘德权点校《邵氏闻见录》卷一五,第164页。
④ 〔宋〕邵博著,刘德权、李剑雄点校《邵氏闻见后录》卷二〇,中华书局1983年版,第154页。
⑤ 〔宋〕吴曾:《能改斋漫录》卷一一,第335页。

应，凭借权势对这些仁人君子排挤打压的，自然是一意孤行的专横独夫。上引材料所记录的逸闻轶事，在某种程度上可以补正史之阙，是对熙丰时期新旧党争的鲜活记录，但它们也带着强烈的政治色彩，在肯定旧党士大夫忠言谠论的同时，也将王安石树立成了自负执拗、刚愎自用而擅权专断、排斥异己的反面人物的典型。

　　笔记小说攻击王安石人品的另一理由是因其"虚伪矫诈"。《邵氏闻见录》卷一一整体移录了司马光《温公琐语》中对王安石出处履历的一段记载："王安石字介甫，抚州临川人。举进士，有名于时。庆历二年第五人登科……嘉祐中，除馆职、三司度支判官，固辞，不许。未几，命修《起居注》，辞以新入，馆职中先进甚多，不当超处其右。章十余上，有旨令阁门吏赍敕就三司授之，安石不受；吏随而拜之，安石避之于厕。吏置敕于案而去，安石使人追而与之。朝廷卒不能夺。岁余，复申前命，安石又辞，七、八章乃受。寻除知制诰，自是不复辞官矣。"①司马光本人写这段文字时有无其他微意不得而知，但《闻见录》的作者邵伯温认定其必有微意，所以他在引文前已交代："司马温公闲居西洛……时与王介甫已绝，其记介甫则直书善恶不隐。"在此思想指引下，上引段落的重心就落在了最后一句——"寻除知制诰，自是不复辞官矣"，由此王安石之前的种种辞官之举，就变成了沽名钓誉、谋取政治资本以希求大用的虚伪表演。王安石屡辞馆职的原因，显然并非如邵伯温所论，不过，批评王安石"虚伪"的言论却并非只此一例。《侯鲭录》载："介甫熙宁初首被选擢，得君之专，前古未有。罢政归金陵，作《日录》七十卷，前朝耆旧大臣及当时名士不附己者，诋毁至无一完人者。其间论法度有不便于民者，皆归于上；可以垂耀于后世者，悉己有之。"②在其笔下，王安石又成了敢推过于皇帝，与皇帝争功的欺世盗名之徒。至于个人私德方面，王安石更屡屡被斥为"好为诡激矫厉之行"③、"诡诈不通"④。《曲洧旧闻》云："王荆公性简率，不事修饰奉养，衣服垢污，饮食粗恶，一无所择。自少时则然。苏明允著《辨奸》，其言'衣臣虏之衣，食犬彘之食，囚首垢面而谈《诗》《书》'，以为不近人情者，盖谓是也……人见其太

①〔宋〕邵伯温著，李剑雄、刘德权点校：《邵氏闻见录》卷一一，第115—116页。
②〔宋〕赵令畤著，孔凡礼点校：《侯鲭录》卷三，中华书局2002年版，第94页。
③〔宋〕邵博著，刘德权、李剑雄点校：《邵氏闻见后录》卷二四，第191页。
④〔宋〕赵令畤著，孔凡礼点校：《侯鲭录》卷三，第93页。

甚,或者多疑其伪云。"①可见在某些宋人心目中,王安石的一些个人怪癖也成了他矫厉伪饰的表现。

通过以上论述,可知在官、私两方的话语系统里,王安石均被打上了"小人"的标签,其"小人化"过程也由此达到了一个高峰,正如有的学者指出的:"然而南宋以降,直至明清,除了像陆九渊、颜元那样的罕见例外,王安石在士大夫主流话语里却一直是个乱臣贼子、奸诈小人的形象。"②从某种程度上说,正是北宋后期至南宋初期对王安石的种种评价,奠定了这一论调的基本倾向。梁启超为王安石作传时曾感慨道:"曾文正谓宋儒宽于责小人而严于责君子。呜呼,岂惟宋儒,盖此毒深中于社会,迄今而日加甚焉。孟子恶求全之毁。求全云者,于善之中必求其不善者云尔,然且恶之,从未有尽没其善而虚构无何有之恶以相诬蔑者。其有之,则自宋儒之诋荆公始也。夫中国人民,以保守为天性,遵无动为大之教,其于荆公之赫然设施,相率惊骇而沮之,良不足为怪。顾政见自政见,而人格自人格也,独奈何以政见之不合,党同伐异,莫能相胜,乃架虚辞以蔑人私德,此村姬相谇之穷技,而不意其出于贤士大夫也。遂养成千年来不黑不白不痛不痒之世界,使光明俊伟之人,无以自存于社会,而举世以学乡原相劝勉。呜呼,吾每读宋史,未尝不废书而长恸也。"③梁氏此论揭示出了:宋人因痛诋王安石变法,遂恨屋及乌,连带着亦不齿荆公之为人,未能将政见与人格区分,两者往往混为一谈,从而使人格评价沦为了政治判断的牺牲品,使王安石在千百年来一直承担着本不应承担的历史骂名。这的确是荆公的大不幸。

当然,这一时期也并非完全都是贬斥王安石的声音,一些宋人也能以十分欣赏的笔调,记录荆公不慕富贵、淡泊自守的人格风度与操守品节,这通常以诗话或笔记中的逸闻趣事为主。如《临汉隐居诗话》载:"熙宁庚戌冬,王荆公安石自参知政事拜相。是日,官僚造门奔贺者相属于路,公以未谢,皆不见之。独与余坐于西庑之小阁,荆公语次,忽颦蹙久之,取笔书窗曰:'霜筠雪竹钟山寺,投老归欤寄此生。'放笔揖余而入。元丰己未,公已谢事,为会灵观使,居金陵白下门外。余谒公,公欣然邀余同游钟山,憩法云寺,偶坐于僧房。是时,虽无霜雪,而虚窗松竹皆如诗中之景。余因述昔

---

① 〔宋〕朱弁著,孔凡礼点校:《曲洧旧闻》卷一〇,第230—231页。
② 朱国华:《王安石小人化过程之推考》,《江苏社会科学》2000年第5期。
③ 梁启超:《王荆公》,《饮冰室合集》专集之二十七,第7册,第2页。

日题窗,并诵此诗,公怃然曰:'有是乎?'颔首微笑而已"①;《东轩笔录》载:
"王荆公再罢政,以使相判金陵……平日乘一驴,从数僮游诸山寺。欲入
城,则乘小舫,泛潮沟以行,盖未尝乘马与肩舆也。所居之地,四无人家,其
宅仅避风雨,又不设垣墙,望之若逆旅之舍"②;《默记》载:"先子言:元丰
末,荆公在蒋山野次,跨驴出入。时正盛暑,而提刑李茂直往候见,即于道
左遇之。荆公舍蹇相就,与茂直坐于路次。荆公以兀子,而茂直坐胡床也。
语甚久,日转西矣,茂直命张伞,而日光正漏在荆公身上。茂直语左右,令
移伞就相公。公曰:'不须。若使后世做牛,须着与他日里耕田'"③;等等。
这些记载虽然不能与当时抨击王安石的主要论调相抗衡,但毕竟在异口同
声的"小人化"评价中保留了另一人格风貌的王安石,未尝不是对历史的一
种弥补与纠正。

三、"小人"说的普泛与反思

南宋中后期对王安石的评价,继承了南宋初形成的基本观点,即以批
评贬斥为主,尤其是随着南宋大量官私史书对王安石变法的反复否定,再
加上理学兴盛并逐步取代新学成为官方认定的正统学术,此前对王安石新
法、新学的论定就更加稳固地成为了历史定谳,并且日益为社会普遍接受。
在这一大前提下,斥责其为"小人"与"奸臣"的言论亦不绝于耳。不过值得
注意的是,在王安石被"小人化"愈演愈烈的进程中,已经有个别南宋学者
能够秉持较为客观理性的态度,将王安石的人品与政治、学术区别对待,即
使否定、批判其新法与新学,也能对荆公之人格作出较为公允的评价。

自绍兴本《神宗实录》重修之后,"惟是直书安石之罪"就成了南宋人编
修本朝史书时的基本方针,这时期几部比较重要的官私史书,如李焘《续资
治通鉴长编》、赵汝愚《国朝诸臣奏议》、徐自明《宋宰辅编年录》、佚名《宋史
全文》等,均对王安石变法持批判态度。以《续资治通鉴长编》为例,史载其
编撰者李焘"博览经传,独不乐王安石学"④、"耻读王氏书"⑤,主张"存旧

①〔宋〕魏泰:《临汉隐居诗话》,〔清〕何文焕辑:《历代诗话》,第323页。
②〔宋〕魏泰著,李裕民点校:《东轩笔录》卷一二,第139页。
③〔宋〕王铚著,朱杰人点校:《默记》卷中,第24页。
④〔宋〕周必大:《敷文阁学士李文简公焘神道碑》,曾枣庄、刘琳主编:《全宋文》卷五一八三,第232
　册,第397页。
⑤〔元〕脱脱等:《宋史》卷三八八《李焘传》,第11914页。

章,畏天变"①,而"王安石变更法度,厉阶可鉴"②。虽说客观公正地叙述历史事实是良史的基本要求,而李焘本人也以对历史事实考订的严谨精神闻名,但史家修史毕竟不能摆脱社会历史环境与自身思想政治观点的制约,李焘对王安石变法鲜明的否定态度,也不可避免地影响了其历史叙述的倾向性。已经有学者指出,通过史料选择及注文征引等方式,李焘对王安石变法的描述有这样一些特点:基本史实以彻底否定新法的元祐本《神宗实录》为主导;为达到"厉阶可鉴"的目的,对变乱祖宗法度的各项新法之出台始末、变法派的活动、开边战争作了巨细无遗的详尽描述;刻意证明变乱祖宗之法的元凶是王安石,为宋神宗开解;王安石所用新进之人,大都是品行不端、心术不正、善于谄媚投机的"小人";特别留意网罗新法"害民""扰民"之事实和抨击指责新法的言论③。在《续资治通鉴长编》之后,杨仲良《续资治通鉴长编本末》、陈均《九朝编年备要》、彭百川《太平治迹统类》等史书,均在一定程度上参考、摘抄了《长编》的材料,其批判王安石及其新法的观点也一脉相承。不难想见,通过这些史书的一再渲染,自南宋初年以后经由官方论定而逐渐成型的王安石变法祸国殃民的论调,也会愈发深入人心。

与此同时,王安石的学术地位也一降再降,理学取代新学成为了南宋时期的显学。宋理宗端平年间前后编成的类书《群书会元截江网》对理学的兴起与发展有一段简要叙述:"大抵治无常盛,崇极而圮,从古固然,而道学之盛衰亦犹之。天朝天圣、嘉祐以来,文化极矣,道学盛矣。未几而王金陵以新经之似,乱儒学之真,人心失所师向,道统无与维持。上赖天相斯文,硕果不食,有若周濂溪者,独探无极、太极之妙,深得孔孟以来心传之学,倡道东南,而二程、横渠从而和之,自是道统传授,文教兴行。虽厄于崇、观,厄于宣、靖,而不能不复萌蘖于炎、绍,又不能不复枝干华实于乾道、淳熙。吾观乾、淳之际,异人辈出,正学大明,张之教行于荆,吕之教行于浙,朱之教行于闽,如笙簧之并奏,无非雅乐之正条也。迄今朱子之学尤盛,上之人表章而至再至三,下之人崇信而且敬且慕者也。朝廷节

---

①〔宋〕李壁:《巽岩先生墓刻》,曾枣庄、刘琳主编:《全宋文》卷六六八七,第294册,第2页。

②〔宋〕周必大:《敷文阁学士李文简公焘神道碑》,曾枣庄、刘琳主编:《全宋文》卷五一八三,第232册,第400页。

③参见李华瑞:《王安石变法研究史》,人民出版社2004年版,第148页。

惠之典,犹有所待,近年曰宣、曰成、曰文之谥,以周、程、张、吕数先生皆以子见称矣。"①所论大致符合事实。虽然理学曾在宁宗庆元时期一度被朝廷定为"伪学"而遭禁毁,但经过张栻、吕祖谦、朱熹、陆九渊等人的发展,理学通过"师友渊源"的方式,在士人间早已经普遍推广并臻于鼎盛,故此在"伪学之禁"后不久的嘉定至淳祐间,经过朝廷的有意推动,立刻就确立起了一尊官学的地位。淳祐元年(1241),理宗以周敦颐、张载、程颢、程颐和朱熹五人列为孔庙从祀;几乎与此同时,"以王安石谓'天命不足畏,祖宗不足法,人言不足恤',为万世罪人,岂宜从祀孔子庙廷"②,遂将他黜出孔庙。至此,王安石的新学已经彻底退出了历史舞台。

　　在政治与学术都被彻底否定的历史语境下,痛诋王安石人格的言论就更不鲜见了。南宋丞相谢深甫之子谢采伯编撰的《密斋笔记》颇具代表性。是书采择了大量流传于世的有关王安石"心术不正""奸邪误国"的各种逸闻传说,加以汇总道:"仁宗朝,王安石知制诰,赏花钓鱼,内侍各以金楪盛钓饵置几上,安石食之尽。明日,帝谓辅臣曰:'王安石诈人也。'老苏云:'王安石乃卢杞、王衍合为一人,天下将被其祸。'后安石参政,御史中丞吕晦叔云:'安石外示朴野,中藏巧诈,骄蹇慢上,阴贼害物。大奸得路,群阴汇进,则贤者渐去,乱由是生。误天下苍生者,必斯人矣。'安石尝奏言:'中书处分札子,皆称圣旨,不中理者十有八九,宜只令中书自出牒。'帝愕然。唐介曰:'如安石所陈,则是政不自天子出。'李师中始仕州县,邸报包拯三事。师中曰:'包公何能为,今鄞县王安石眼多白,甚似王处仲,他日乱天下必此人也。'陈了翁每谓:'天下事变故无常,唯稽考往事,则有以知其故而应变。王氏之学,乃欲废绝史学,而咀嚼虚无之言,其事与晋无异,必乱天下。'《弹蔡京文》曰:'绝灭史学,一似王衍,重南轻北,分裂有萌,逮今三十余年,而所言无不验者,人固未易知,亦岂有终不可知者。安石,圣君知其诈,群贤知其奸,或遇于已用,或争于已行。非无其人,而治乱所由分,定数有不可逃尔。'"③这简直可以视为对王安石"罪行"的集中诉状。此外,谢氏还将王安石排入了有宋"权奸"一列:"王安石以六经文奸,似王莽;蔡京党籍锢正人,似东汉中常侍;秦桧兴大狱、陷忠良,似李林甫。本朝累圣相

---

①〔宋〕佚名:《群书会元截江网》卷三五,《景印文渊阁四库全书》,第934册,第501—502页。
②〔元〕脱脱等:《宋史》卷四二《理宗纪二》,第821—822页。
③〔宋〕谢采伯:《密斋笔记》卷一,王云五主编:《丛书集成初编》,第2872册,第10页。

承,仁厚恭俭,过汉之文景。此三小人伤政害国,言路榛棘,外敌侵陵,可为痛哭。"①足见在他眼中,王安石是可与蔡京、秦桧这等真正的祸国殃民的奸贼小人相提并论的。这当然是对王安石的极大污蔑;不过由此也可以看出,自北宋即已开始,至南宋初迅速发展的将王安石"小人化"论调的影响之深、之广。谢采伯为南宋中后期人,他将王安石归入奸邪之类的依据,大都源于此前流传的史录、笔记等,在众口一词、积毁销骨的不断传播与反复渲染之下,王安石"小人"与"奸臣"的形象也就愈发地为社会普遍接受了。

　　这种普遍性还可以从南宋市井民间对王安石的情感态度得到进一步的验证,以民众百姓十分喜爱的小说话本为例,其时流传的《拗相公》一文,就颇能说明问题。这篇话本小说在明人冯梦龙编辑的《警世通言》第四卷又作《拗相公饮恨半山堂》,今人对其时代断限存有争议,不过《三言二拍》中有不少作品是脱胎于宋人话本或根据宋人话本改编演绎而来,仍可视作宋人作品来看待,《拗相公》当亦属此列。小说先引唐诗"周公恐惧流言日,王莽谦恭下士时。假使当年身便死,一生真伪有谁知",申明"此诗大抵说人品有真有伪,须要恶而知其美,好而知其恶","不可以一时之誉,断其为君子;不可以一时之谤,断其为小人"②。接着便引入正主:"如今说先朝一个宰相,他在下位之时,也着实有名有誉的。后来大权到手,任性胡为,做错了事,惹得万口唾骂,饮恨而终。假若有名誉的时节,一个瞌睡死去了不醒,人还千惜万惜,道国家没福,恁般一个好人,未能大用,不尽其才,却到也留名于后世。及至万口唾骂时,就死也迟了。这到是多活了几年的不是! 那位宰相是谁? 在那一个朝代? 这朝代不近不远,是北宋神宗皇帝年间,一个首相,姓王名安石,临川人也。"③至此,小说的主旨已经呼之欲出。为突出王安石的"奸恶"面目,小说作者安排王安石罢相后微服返回江宁,在路途中让他随处可见世人讥讽批判他的诗词,令其"忧愤"不已;更加狠辣的是,还有好几位深受其害的老百姓当着他的面痛诋变法的"蠹国害民,怨气腾天",甚至痛骂王安石其人,如下面这段江村老叟的锥心控诉:

　　　　荆公因此诗末句刺着他痛心之处,狐疑不已,因问老叟:"高寿几

①〔宋〕谢采伯:《密斋笔记》卷一,王云五主编:《丛书集成初编》,第2872册,第11页。
②〔明〕冯梦龙编著,梁成等点校:《警世通言》第四卷《拗相公饮恨半山堂》,齐鲁书社1993年版,第23页。
③〔明〕冯梦龙编著,梁成等点校:《警世通言》第四卷《拗相公饮恨半山堂》,第23页。

何？"老叟道："年七十八了。"荆公又问："有几位贤郎？"老叟扑簌簌泪下，告道："有四子，都死了。与老妻独居于此。"荆公道："四子何为俱夭？"老叟道："十年以来，苦为新法所害。诸子应门，或殁于官，或丧于途。老汉幸年高，得以苟延残喘，倘若少壮，也不在人世了。"荆公惊问："新法有何不便，乃至于此？"老叟道："官人只看壁间诗，可知矣。自朝廷用王安石为相，变易祖宗制度，专以聚敛为急，拒谏饰非，驱忠立佞。始设青苗法以虐农民，继立保甲、助役、保马、均输等法，纷纭不一。官府奉上而虐下，日以箠掠为事。吏卒夜呼于门，百姓不得安寝，弃产业，携妻子，逃于深山者，日有数十。此村百有余家，今所存八九家矣。寒家男女共一十六口，今只有四口仅存耳！"说罢，泪如雨下。荆公亦觉悲酸，又问道："有人说新法便民，老丈今言不便，愿闻其详。"老叟道："王安石执拗，民间称为拗相公。若言不便，便加怒贬，说便，便加升擢。凡说新法便民者，都是谄佞辈所为，其实害民非浅！且如保甲上番之法，民家每一丁教阅于场，又以一丁朝夕供送。虽说五日一教，那做保正的，日聚于教场中，受贿方释；如没贿赂，只说武艺不熟，拘之不放。以致农时俱废，往往冻馁而死。"言毕，问道："如今那拗相公何在？"荆公哄他道："见在朝中辅相天子。"老叟唾地大骂道："这等奸邪，不行诛戮，还要用他，公道何在！朝廷为何不相了韩琦、富弼、司马光、吕诲、苏轼诸君子，而偏用此小人乎？"①

小说中类似的场景还有两处，不难想见，当这些饱含着百姓民众斑斑血泪的控诉，在茶楼酒肆中为说书艺人娓娓道来时，会在同为百姓民众的听者之中引起怎样的共鸣与回响。老百姓相信因果循环、报应不爽，王安石的所作所为既然如此"伤天害理"，则其必然会受到天谴报应，小说为顺应这一大众心理，在开头和结尾两处都提到了王安石爱子王雱受病痛折磨发疽而死，且死后还在阴间受苦，就是意在说明上天对荆公变法害民的现世报应。《拗相公》这类民间作品的出现，其实在很大程度上反映着舆论和民心，代表着普通民众的情感与心理，不难看出，宋人将王安石"小人化"的进程已经不仅限于官方与士大夫之间了，而且还广泛渗透到了民间，由此形成了一股更加巨大的洪流。

---

① 〔明〕冯梦龙编著，梁成等点校：《警世通言》第四卷《拗相公饮恨半山堂》，第27—28页。

南宋中后期学者对王安石的批评，因为历史间隔已较北宋末南宋初时为远，所以无论是搜罗王安石的逸闻轶事也好，亦或是对王安石的各种评价也好，往往是对前人的继承与延续，而较少有新的发现或发明。不过也有例外的情况，如陆九渊、朱熹等人对王安石的评价，就能够独抒己见、不循流俗，值得引起充分注意。

先来看陆九渊。他的独特之处在于，当几乎举世皆以王安石为祸国殃民的"奸贼小人"时，他却力排众议，对王安石大加褒扬，可谓特立独行。其观点主要见于《荆国王文公祠堂记》，全文如下：

> 唐虞三代之时，道行乎天下。夏商叔叶，去治未远，公卿之间，犹有典刑。伊尹适夏，三仁在商，此道之所存也。周历之季，迹熄泽竭，人私其身，士私其学，横议蜂起。老氏以善成其私，长雄于百家，窃其遗意者犹皆逞于天下。至汉而其术益行，子房之师，实维黄石，曹参避堂以舍盖公。高、惠收其成绩，波及文、景者，二公之余也。自夫子之皇皇，沮溺接舆之徒固已窃议其后。孟子言必称尧舜，听者为之藐然。不绝如线，未足以喻斯道之微也。陵夷数千百载，而卓然复见斯义，顾不伟哉？

> 裕陵之得公，问唐太宗何如主？公对曰："陛下每事当以尧舜为法，太宗所知不远，所为未尽合法度。"裕陵曰："卿可谓责难于君，然朕自视眇然，恐无以副此意，卿宜悉意辅朕，庶同济此道。"自是君臣议论，未尝不以尧舜相期。及委之以政，则曰："有以助朕，勿惜尽言。"又曰："须督责朕，使大有为。"又曰："天生俊明之才，可以覆庇生民，义当与之戮力，若虚捐岁月，是自弃也。"秦汉而下，南面之君亦尝有知斯义者乎？后之好议论者之闻斯言也，亦尝隐之于心以揆斯志乎？曾鲁公曰："圣知如此，安石杀身以报，亦其宜也。"公曰："君臣相与，各欲致其义耳。为君则自欲尽君道，为臣则欲自尽臣道，非相为赐也。"秦汉而下，当途之士亦尝有知斯义者乎？后之好议论者之闻斯言也，亦尝隐之于心以揆斯志乎？惜哉！公之学不足以遂斯志，而卒以负斯志；不足以究斯义，而卒以蔽斯义也。

> 昭陵之日，使还献书，指陈时事，剖析弊端，枝叶扶疏，往往切当，然核其纲领，则曰："当今之法度，不合乎先王之法度。"公之不能究斯义，而卒以自蔽者，固见于此矣。其告裕陵，盖无异旨。勉其君以法尧

舜，是也，而谓每事当以为法，此岂足以法尧舜者乎？谓太宗不足法，可也，而谓其所为未尽合法度，此岂足以度越太宗者乎？不知言，无以知人也。公畴昔之学问，熙宁之事业，举不遁乎使还之书。而排公者，或谓容悦，或谓迎合，或谓变其所守，或谓乖其所学，是尚得为知公者乎？气之相近而不相悦，则必有相訾之言，此人之私也。公之未用，固有素訾公如张公安道、吕公献可、苏公明允者。夫三公者之不悦于公，盖生于其气之所近。公之所蔽，则有之矣，何至如三公之言哉？英特迈往，不屑于流俗，声色利达之习，介然无毫毛得以入于其心，洁白之操，寒于冰霜，公之质也。扫俗学之凡陋，振弊法之因循，道术必为孔孟，勋绩必为伊周，公之志也。不蕲人之知，而声光烨奕，一时巨公名贤为之左次，公之得此，岂偶然哉？用逢其时，君不世出，学焉而后臣之，无愧成汤高宗。君或致疑，谢病求去，君为责躬，始复视事，公之得君，可谓专矣。

新法之议，举朝谨哗，行之未几，天下汹汹，公方秉执《周礼》精白言之，自信所学，确乎不疑。君子力争，继之以去，小人投机，密赞其决，忠朴屏伏，憸狡得志，曾不为悟，公之蔽也。典礼爵刑，莫非天理，《洪范》九畴，帝实锡之，古所谓宪章、法度、典则者，皆此理也。公之所谓法度者，岂其然乎？献纳未几，裕陵出谏院疏与公评之，至简易之说曰："今未可为简易。"修立法度，乃所以简易也。熙宁之政，粹于是矣。释此弗论，尚何以费辞于其建置之末哉？为政在人，取人以身，修身以道，修道以仁。仁，人心也。人者，政之本也，身者，人之本也，心者，身之本也。不造其本而从事其末，末不可得而治矣。大学不传，古道榛塞，其来已久，随世而就功名者，渊源又类出于老氏。世之君子，天常之厚，师尊载籍，以辅其质者，行于天下，随其分量，有所补益，然而不究其义，不能大有所为。其于当时之弊有不能正，则依违其间，稍加润饰，以幸无祸。公方耻斯世不为唐虞，其肯安于是乎？蔽于其末而不究其义，世之君子，未始不与公同，而犯害则异者，彼依违其间，而公取必焉故也。熙宁排公者，大抵极诋訾之言，而不折之以至理。平者未一二，而激者居八九。上不足以取信于裕陵，下不足以解公之蔽，反以固其意，成其事，新法之罪，诸君子固分之矣。

元祐大臣一切更张，岂所谓无偏无党者哉？所贵乎玉者，瑕瑜不相掩也。古之信史直书其事，是非善恶靡不毕见，劝惩鉴戒，后世所赖。抑扬损益，以附己好恶，用夫情实，小人得以借口而激怒，岂所望于君子哉？绍圣之变，宁得而独委罪于公乎？熙宁之初，公固逆知己说之行，人所不乐，既指为流俗，又斥以小人。及诸贤排公，已甚之辞，亦复称是。两下相激，事愈戾而理益不明。元祐诸公，可易辙矣，又益甚之。六艺之正，可文奸言，小人附托，何所不至。绍圣用事之人如彼其杰，新法不作，岂将遂无所窜其巧以逞其志乎？反复其手，以导崇宁之奸者，实元祐三馆之储。元丰之末，附丽匪人，自为定策，至造诈以诬首相，则畴昔从容问学，慷慨陈义，而诸君子之所深与者也。格君之学，克知灼见之道，不知自勉，而戛戛于事为之末，以分异人为快，使小人得间，顺投逆逞，其致一也。近世学者，雷同一律，发言盈庭，岂善学前辈者哉？

公世居临川，罢政徙于金陵。宣和间，故庐丘墟，乡贵人属县立祠其上。绍兴初，常加葺焉。逮今余四十年，骧圮已甚，过者咨叹！今怪力之祠，绵绵不绝，而公以盖世之英，绝俗之操，山川炳灵，殆不世有，其庙貌弗严，邦人无所致敬，无乃议论之不公，人心之畏疑，使至是耶？郡侯钱公，期月政成，人用辑和。缮学之既，慨然撤而新之，视旧加壮，为之管钥，掌于学官，以时祠焉。余初闻之，窃所敬叹！既又属记于余，余固悼此学之不讲，士心不明，随声是非，无所折衷。公为使时，舍人曾公复书切磋，有曰："足下于今，最能取于人以为善。而比闻有相晓者，足下皆不之，必其理未有以夺足下之见也。"窃不自揆，得从郡侯，敬以所闻，荐于祠下，必公之所乐闻也。[1]

细读此文，可以看出陆九渊评价王安石与世人有所不同之处至少包括以下几点内容：

其一，世人以王安石变法为祸乱天下的根由，追本溯源之下，对荆公本人也往往冠以"心术不正"的奸恶之名。陆九渊尽管也不赞同变法，认为变法以"法尧舜"为名却恰恰背离了真正的圣人之道；但不可否认的是，王安石在北宋内忧外患之际，有志于辅佐君王成就"三代之治"，就这一点而言，其致君尧舜、安治天下的初心却是真诚的、难能可贵的。世人不应因其"学

---

[1]〔宋〕陆九渊著，钟哲点校：《陆九渊集》卷一九，第231—234页。

不足以遂斯志""不足以究斯义",而连其光伟纯粹的心志也一并诋毁诽谤。

其二,世人在评价新旧党争时,多视反对新法的旧党成员为公忠说直、不畏权势的正人君子,而以王安石为刚愎自用、排除异己的权臣小人。而陆九渊认为,王安石排斥歧见尽管也有蔽于义的地方,但党争造成的恶果却不应由他一人承担,旧党诸人同样表现出充满意气之争的固执与偏见,所以"熙宁排公者,大抵极诋訾之言,而不折之以至理,平者未一二,而激者居八九,上不足以取信于裕陵,下不足以解公之蔽,反以固其意,成其事,新法之罪,诸君子固分之矣",可见政治崩坏局面的出现,旧党也难辞其咎。

其三,正因为对"旧党君子"并不盲目推崇,所以陆九渊大胆揭示了一个众人讳莫如深的事实,那就是,北宋后期真正祸国殃民的奸臣贼子,虽被视为"新党"余孽,但实际与旧党也有脱不开的干系,正所谓"反复其手,以导崇宁之奸者,实元祐三馆之储;元丰之末,附丽匪人,自为定策,造诈以诬首相,则畴昔从容问学,慷慨陈义而诸君子之所深与者也"。陆氏这一观点或许与蔡京曾获得过司马光的赏识有关。元祐更化之际,司马光曾命各地废免役法,要求限期完成,许多地方官表示为难,唯独知开封府府事蔡京,令下五日就完成了任务,由此获得了司马光的极高赞许。在陆九渊看来,蔡京日后能够爬上高位,祸乱朝纲,旧党诸君子的"深与"恐怕也有不容推卸的责任。这种看法当然也有失偏颇,不过却是对世人总将王安石与蔡京视为同党而痛诋二人为奸臣贼子的不公言论的有力反击。

其四,基于以上原因,世人"雷同一律,发言盈庭"地评价王安石为"小人""奸臣",纯属"士心不明,随声是非",是"议论之不公,人心之畏疑"。而陆九渊指出,荆公之人格"英特迈往,不屑于流俗,声色利达之习,介然无毫毛得以入于其心,洁白之操,寒于冰霜,公之质也""以盖世之英,绝俗之操,山川炳灵,殆不世有",足以垂范后世,令人敬仰膜拜。

在王安石被"小人化"的风评正炽之时,陆九渊这位颇负盛名的理学大家却高唱反调,出人意料地为荆公辩诬,甚至盛赞荆公,就颇有些石破天惊的味道了,由此也引起了宋人的激烈讨论。比如朱熹提及这篇文章,就曾有自相矛盾的不同评价:"问:'万世之下,王临川当作如何评品?'曰:'陆象山尝记之矣,何待它人问'"①;但他又说:"临川近说愈肆,《荆舒祠记》见之

---

①〔宋〕黎靖德编,王星贤点校:《朱子语类》卷一三〇,第3101页。

否？此等议论，皆学问偏枯、见识昏昧之故，而私意又从而激之。"①对此，钱锺书先生的解释是此为朱熹与陆九渊相争不胜之后，移怨王安石，因二人都是临川人，盖是殃及池鱼之意②；不过可能还有其他深层原因，可以稍后再论。宋人中赞成陆九渊之说的，以赵与时为代表，他在《宾退录》中比较了几种有关王安石的评价："《四朝国史·王安石传》，史臣曰：'呜呼！安石托经术立政事，以毒天下。非神宗之明圣，时有以烛其奸，则社稷之祸，不在后日矣。今尚忍言之！天变不足畏，祖宗不足法，人言不足恤。此三者，虽少正卯言伪而辩，王莽诵六艺以文奸言，盖不至是也。所立几何？贻害无极。悲夫！'王偁《东都事略》则曰：'安石之遇神宗，千载一时也，而不能引君当道，乃以富国强兵为事。摈老成，任新进；黜忠厚，崇浮薄；恶鲠正，乐谀佞；是以廉耻汨丧，风俗败坏。孟子所谓"作于其心，害于其事；作于其事，害于其政"者，岂不然哉？呜呼！安石之学既行，则奸宄得志。假绍述之说，以胁持上下；立朋党之论，以禁锢忠良。卒之民愁盗起，夷狄乱华，其祸有不可胜言者。悲夫！'旧见象山陆先生所作《荆公祠堂记》，议论尤精确。先生尝与胡季随书云：'《王文公祠记》，乃是断百余年未了底大公案。自谓圣人复起，不易吾言。'诚非虚语。"③可见赵与时认为陆氏之评比《四朝国史》《东都事略》等官私史书更加客观公正，因此也更具权威，"乃是断百余年未了底大公案"。反对陆九渊之说的，则以时代比他稍后的理学家黄震为代表。《黄氏日抄》云："《王荆公祠堂记》此记滔滔二千言，其文凡十数转换，如蛟龙不可捕逐……继又援《中庸》'为政在人'一章，尽总而归罪于熙宁争新法之诸贤与元祐更新法之大老，且谓悼公此学之不讲，而为之记，凡文字十数转换之间，无一相回顾，此其文法之出奇，真如蛟龙不可捕逐，自有载籍之所未见。此固非后学所可窥测。然荆公之行事，人人所知，岂文法之奇所能使之易位哉？熙宁无诸贤之力争，则坐视民生之荼毒而嘿无容声，国非其国矣。元祐无大老之力救，则民生不复知我宋之恩，驯致板荡，民将不复戴宋中兴矣。奈何以荆公之罪而罪之？且既谓荆公学不足，又言惜此学之不讲，何相反欤？呜呼！《三经》、《字说》，世固犹有存者，

---

①〔宋〕朱熹：《晦庵先生朱文公文集》卷五三《答刘公度》其二，朱杰人等主编：《朱子全书》，第22册，第2486页。

②参见钱锺书：《谈艺录》，第85页。

③〔宋〕赵与时著，齐治平点校：《宾退录》卷七，上海古籍出版社1983年版，第88—89页。

苟欲讲之何难？顾天下不堪再坏耳。"①可见黄震以旧党为君子、新党为小人的观念根深蒂固，所以对《荆国王文公祠堂记》维护荆公的观点大为不满。

　　陆九渊为何能对王安石作出不同于世俗常人的评价？有一种说法是他和王安石都是江西临川人，他对王安石的褒扬，是中国古代尊重和敬仰"乡贤"优良传统的一种表现。还有一种说法是，此与陆九渊的学术思想以及朱、陆学术之争有关。贺麟先生认为，"王安石的哲学思想，以得自孟子、扬雄为最多，而与陆王的思想最为接近"②，而"一个哲学家，亦必有其政治主张，有其所拥护的政治家。如孔子之尊周公、老庄之尊黄帝、墨子之尊大禹。在宋儒朱陆两派中，显然程朱比较拥护司马光，而象山则拥护温公的政敌王安石。象山是哲学家中第一个替王安石说公道话的人。王安石的新法被司马光推翻，他的政治理想，迄未得真正实现。而陆象山的心学被程朱派压倒直至明之王阳明始发扬光大。而政治家中也只有张居正才比较服膺陆王之学。总之，讲陆王之学的人多比较尊崇王安石、张居正式的大气魄的政治家。"③除以上两种说法外，其实还有一种可能，就是陆九渊对王安石的评价只是秉持了比较客观的态度，对新旧党争这段历史事实作出了比较中立的评判，显示出了知识分子的理性独立精神，故此才在当时异口同声的王安石"小人化"的评价浪潮中独树一帜。况且这种客观理性精神也是渊源有自的，早在元祐先贤对王安石的盖棺论定中，就保持着一分"费厄泼赖"精神，陆九渊并不赞成王安石的政治与学术，所以充其量只是首肯其初心或志意甚佳，但他并不因此而彻底否定王安石的人格，能以辩证的眼光看待其事其人，是对昔日那种不失公允的理性精神的继承。

　　再来看朱熹的评价。朱熹对王安石变法亦持反对态度，但与众人往往将政乱国衰归罪于后者"变更祖宗法度"有所不同，朱熹认为"祖宗之法"并不是不可变的，"然祖宗之所以为法，盖亦因事制宜以趋一时之便……是以行之既久而不能无弊，则变而通之，是乃后人之责"④，而熙宁时行变法正

①〔宋〕黄震：《黄氏日抄》卷四二，张伟、何忠礼主编：《黄震全集》，浙江大学出版社 2013 年版，第 1488 页。
②贺麟：《王安石的哲学思想》，《文化与人生》，商务印书馆 1988 年版，第 287 页。
③贺麟：《王安石的哲学思想》，《文化与人生》，第 286 页。
④〔宋〕朱熹：《晦庵先生朱文公文集》卷七〇《读两陈谏议遗墨》，朱杰人等主编：《朱子全书》，第 23 册，第 3381 页。

是历史的必然,"盖那时也是合变时节"①,"熙宁更法,亦是势当如此"②。正因如此,朱熹对王安石变法的初心也予以肯定:"论来介甫初间极好,他本是正人,天下之弊如此,锐意欲更新之,可惜后来立脚不正,坏了。"③不过朱熹论人比陆九渊要严格,在他看来,即使本意甚佳,但结果适得其反的话,同样也罪不可恕:"刘叔通言:'王介甫,其心本欲救民,后来弄坏者,乃过误致然。'曰:'不然。正如医者治病,其心岂不欲活人?却将砒霜与人吃,及病者死,却云我心本欲救其病,死非我之罪,可乎?介甫之心固欲救人,然其术足以杀人,岂可谓非其罪?'"④

那么,王安石变法失败的"症结"何在呢?朱熹认为,治道最根本的是"正人心",所谓"盖政者,所以正人之不正"⑤、"既以自正其心,而推之以正君心,又推而见于言语政事之间,以正天下之心"⑥、"古圣贤之言治,必以仁义为先,而不以功利为急,夫岂固为是迂阔无用之谈,以欺世眩俗,而甘受责祸哉!盖天下万事本于一心,而仁者,此心之存之谓也。此心既存,乃克有制。而义者,此心之制之谓也。诚使是说著明于天下,则自天子以至庶人,人人得其本心以制万事,无一不合宜者,夫何难而不济?不知出此,而曰事求可,功求成,吾以苟为一切之计而已。是申、商、吴、李之徒所以亡人之国而自灭其身,国虽富,其民必贫;兵虽强,其国必病;利虽近,其为害也必远"⑦。以此观王安石变法,不但没有起到"正人心"的作用,还恰恰败坏了天下人之"心":"今世有二弊:法弊,时弊。法弊但一切更改之,却甚易;时弊则皆在人,人皆以私心为之,如何变得!嘉祐间法可谓弊矣,王荆公未几尽变之,又别起得许多弊,以人难变故也"⑧,"看来荆公亦有邪心夹杂,他却将《周礼》来卖弄,有利底事便行之。意欲富国强兵,然后行礼义;

①〔宋〕黎靖德编,王星贤点校:《朱子语类》卷一三〇,第 3097 页。
②〔宋〕黎靖德编,王星贤点校:《朱子语类》卷一三〇,第 3101 页。
③〔宋〕黎靖德编,王星贤点校:《朱子语类》卷一三〇,第 3112 页。
④〔宋〕黎靖德编,王星贤点校:《朱子语类》卷一三〇,第 3098 页。
⑤〔宋〕黎靖德编,王星贤点校:《朱子语类》卷二三,第 533 页。
⑥〔宋〕朱熹:《晦庵先生朱文公文集》卷二四《与汪尚书书》,朱杰人等主编:《朱子全书》,第 21 册,第 1097 页。
⑦〔宋〕朱熹:《晦庵先生朱文公文集》卷七五《送张仲隆序》,朱杰人等主编:《朱子全书》,第 24 册,第 3623 页。
⑧〔宋〕黎靖德编,王星贤点校:《朱子语类》卷一〇八,第 2688 页。

不知未富强,人才风俗已先坏了"①,"格君之本、亲贤之务、养民之政、善俗之方,凡古之所谓当先而宜急者,曷为不少留意,而独于财利兵刑为汲汲耶?"②

在朱熹看来,王安石变法之所以颠倒了"正人心"与"兵革财利"的本末关系,更深层的原因又在于王氏之学本身"学术不正"、不明根本的缘故:"若夫道德性命之与刑名度数,则其精粗本末虽若有间,然其相为表里如影随形,则又不可得而分别也。今谓安石之学独有得于刑名度数,而道德性命则为有所不足,是不知其于此既有不足,则于彼也,亦将何自而得其正耶? 夫以佛老之言为妙道而谓礼法事变为粗迹,此正王氏之深蔽。"③《朱子语类》亦载:"先生论荆公之学所以差者,以其见道理不透彻。因云:'洞视千古,无有见道理不透彻,而所说所行不差者。但无力量做得来,半上落下底,则其害浅。如庸医不识病,只胡乱下那没紧要底药,便不至于杀人。若荆公辈,他硬见从那一边去,则如不识病症,而便下大黄、附子底药,便至于杀人!'"④由此可见,朱熹也认为王安石学术的危害远大于变法,他将新法沦为"汲汲于财利兵刑"的原因归结为"道德性命有所不足",可见新法在根子上就已"立脚不正",这又是王安石"见道理不透彻",未能在学术上深入儒家"道德性命"这一根本之理所带来的必然结果。朱熹所处的时代,正是理学与新学在南宋争取学术正统地位的时期,身为理学的集大成者,对新法、新学予以坚决否定,正是他维护自身学派,传播推广理学的必然之义。正因如此,凡是触及到学术正统之争时,朱熹对王安石的批判往往十分严厉、毫不留情,而一旦跳出学派论争之外,则又能看出他对荆公的学术也有十分欣赏的一面,如《朱子语类》载:"'王氏《新经》尽有好处,盖其极平生心力,岂无见得著处?'因举书中改古注点句数处,云:'皆如此读得好。此等文字,某尝欲看一过,与撷撮其好者而未暇。'"⑤

这种看似矛盾的态度也表现在了他对王安石人品的评价上。一方

① 〔宋〕黎靖德编,王星贤点校:《朱子语类》卷七一,第1799页。
② 〔宋〕朱熹:《晦庵先生朱文公文集》卷七〇《读两陈谏议遗墨》,朱杰人等主编:《朱子全书》,第23册,第3382页。
③ 〔宋〕朱熹:《晦庵先生朱文公文集》卷七〇《读两陈谏议遗墨》,朱杰人等主编:《朱子全书》,第23册,第3382—3383页。
④ 〔宋〕黎靖德编,王星贤点校:《朱子语类》卷一三〇,第3097—3098页。
⑤ 〔宋〕黎靖德编,王星贤点校:《朱子语类》卷一三〇,第3099页。

面，朱熹认为王安石在性格上有许多缺点，他曾搜辑前人笔记小说与野史等编成《宋名臣言行录》，其中王安石部分主要采择了《温公琐语》《涑水记闻》《邵氏闻见录》《程氏遗书》《元城语录》《龟山语录》等书，而这些撰著多有对王氏"气量狭小""执拗""狡诈"等轶事的记载，朱熹选择收录，显是认同其说；他本人也认为荆公"其为人，质虽清介而器本偏狭，志虽高远而学实凡近"①、"天资亦有拗强处"②、"每以躁率任意而失之于前，又以狠愎徇私而败之于后，此其所以为受病之原"③。但另一方面，朱熹又不止一次表达过对王安石人格品行的赞许，如称"荆公德行"④、"介甫之见，毕竟高于世俗之儒"⑤、"王介甫为相，亦是不世出之资"⑥、"安石行己立朝之大节在当世为如何？而其始见神宗也，直以汉文帝、唐太宗之不足法者为言，复以诸葛亮、魏玄成之不足为者自任，此其志识之卓然，又皆秦汉以来诸儒所未闻者，而岂一时诸贤之所及哉！"⑦他甚至还将苏轼与王安石作了比较，认为后者人品更加优胜："荆公后来所以全不用许多儒臣，也是各家都说得没理会。如东坡以前进说许多，如均户口、较赋役、教战守、定军制、倡勇敢之类，是煞要出来整理弊坏处。后来荆公做出，东坡又却尽底翻转，云也无一事可做"⑧、"至于王氏、苏氏，则皆以佛老为圣人，既不纯乎儒者之学矣……然（苏氏）语道学则迷大本，论事实则尚权谋，衒浮华、忘本实、贵通达、贱名检，此其害天理、乱人心、妨道术、败风教，亦岂尽出王氏之下也哉"⑨、"二公之学皆不正。但东坡之德行那里得似荆公！"⑩不仅如此，朱熹还对世人论王安石为"小人"和"奸臣"的说法进行了

---

① 〔宋〕朱熹：《晦庵先生朱文公文集》卷七〇《读两陈谏议遗墨》，朱杰人等主编：《朱子全书》，第 23 册，第 3380 页。
② 〔宋〕黎靖德编，王星贤点校：《朱子语类》卷一三〇，第 3101 页。
③ 〔宋〕朱熹：《晦庵先生朱文公文集》卷七〇《读两陈谏议遗墨》，朱杰人等主编：《朱子全书》，第 23 册，第 3380 页。
④ 〔宋〕黎靖德编，王星贤点校：《朱子语类》卷一三〇，第 3097 页。
⑤ 〔宋〕黎靖德编，王星贤点校：《朱子语类》卷一二八，第 3082 页。
⑥ 〔宋〕黎靖德编，王星贤点校：《朱子语类》卷一二七，第 3046 页。
⑦ 〔宋〕朱熹：《晦庵先生朱文公文集》卷七〇《读两陈谏议遗墨》，朱杰人等主编：《朱子全书》，第 23 册，第 3380 页。
⑧ 〔宋〕黎靖德编，王星贤点校：《朱子语类》卷一三〇，第 3100—3101 页。
⑨ 〔宋〕朱熹：《晦庵先生朱文公文集》卷三〇《答汪尚书》其四，朱杰人等主编：《朱子全书》，第 21 册，第 1300—1301 页。
⑩ 〔宋〕黎靖德编，王星贤点校：《朱子语类》卷一三〇，第 3100 页。

一定程度的辩白："（张）方平尝托某人买妾，其人为出数百千买妾，方平受之而不偿其直，其所为皆此类也。安道是个秦不收魏不管底人，他又为正人所恶，那边又为王介甫所恶。盖介甫是个修饬廉隅孝谨之人，而安道之徒，平日苟简放恣惯了，才见礼法之士，必深恶。如老苏作《辨奸》以讥介甫，东坡恶伊川，皆此类耳"①，"蔡京虽名推尊王氏，然其淫侈纵恣，所以败乱天下者。不尽出于金陵也"②。

由此已不难看出，朱熹评价王安石有其自成一家的标准，绝不人云亦云，而从维护孔孟正统学派的角度发扬理学、打击新学，则是不容商榷的根本原则。故此只要涉及大道之争，朱熹对王安石的否定、批判态度总是十分坚定、毫不动摇的。正是秉持着这样的评价标准，朱熹作出了以下这段极具代表性的议论：

> 寄蔡氏女者，王文公之所作也。公以文章节行高一世，而尤以道德经济为己任。被遇神宗，致位宰相。世方仰其有为，庶几复见二帝三王之盛。而公乃汲汲以财利兵革为先务，引用凶邪，排摈忠直，躁迫强戾，使天下之人嚣然丧其乐生之心，卒之群奸嗣虐，流毒四海。至于崇宣之际，而祸乱极矣。公又以女妻蔡卞，此其所予之词也。然其言平淡简远，翛然有出尘之趣，视其平生行事心术，略无毫发肖似，此夫子所以有"于予改是"之叹也欤？③

"于予改是"是孔子斥责言行不一的典故。《论语·公冶长》："子曰：'始吾于人也，听其言而信其行；今吾于人也，听其言而观其行。于予与改是。'"④也就是说，朱熹谓王诗虽"平淡简远，翛然有出尘之趣"，但不能"听其言而信其行"，因王氏"平生行事心术"，与此"略无毫发肖似"也。这是一段很厉害的明褒暗贬的议论⑤。然而一旦不触及学术正统之争这一大是大非的原则问题，朱熹对王安石的态度就变得温和、辩证得多。实际上，抛

---

① 〔宋〕黎靖德编，王星贤点校：《朱子语类》卷一三〇，第 3112 页。

② 〔宋〕朱熹：《晦庵先生朱文公文集》卷三〇《答汪尚书》其四，朱杰人等主编：《朱子全书》，第 21 册，第 1301 页。

③ 〔宋〕朱熹：《楚辞后语》卷六《寄蔡氏女》，朱杰人等主编：《朱子全书》，第 19 册，第 304 页。

④ 〔魏〕何晏注，〔宋〕邢昺疏：《论语注疏》卷五，〔清〕阮元校刻：《十三经注疏》，第 2474 页。

⑤ 按：后来贬抑荆公的《宋史·王安石传》中引朱熹此论，独于"其言平淡简远"之后一段未录，似是未能理解透朱子的真实意图。

开学术思想不合这一根本因素不论,朱熹对王安石所代表的儒家"内圣外王""致君行道"这一理想人格范式,还是有极高程度的认同感的。正因如此,朱熹对陆九渊的《荆国王文公祠堂记》才有了那看似自相矛盾的评价,认为对王安石善恶是非的历史评判"陆象山尝记之矣,何待它人问",是因为他确实对王安石有所认可;转而又批评陆说"学问偏枯、见识昏昧",则是为防止矫枉过正,表明他在学术上坚决反对王学,维护理学正统地位的态度。

自南宋以降,程朱理学即已成为中国历史上的正统学术,成为支配中国人信仰和判断道德是非的基本准则,朱熹作为理学的集大成者,他对王安石的评价也成为了后世尊奉的圭臬。不过,朱熹的评价本身就具有两面性,既有坚决的否定与批判,也有辩证的肯定与赞许,很显然前者既是朱熹本人为争取理学正统而作出的不可动摇的主要评判,也成为了后人"小人化"王安石过程中接受的主要方面,如《宋史》卷三二七《王安石传》论,就摘录了上引材料中"以文章节行高一世"至"而祸乱极矣"这一段,以为是"天下之公言也"①,由此也给人造成了朱熹亦彻底否定王安石的印象。

其实除陆九渊、朱熹之外,这时期李壁《王荆文公诗注》通过笺注荆公诗的方式对王安石变法、学术与人格的评价,也有其独到见解,不与流俗相同,因本书第二章已有详细分析,此处就不赘述了。

第二节　"诗如其人":宋人对王安石
诗歌的人品化解读

"颂其诗,读其书,不知其人,可乎"②、"言,心声也;书,心画也。声画形,君子小人见矣"③、"言者志之苗,行者文之根。所以读君诗,亦知君为人"④,中国古人很早就认为作者与作品之间存在着一致性,简言之即"文

---

① 〔元〕脱脱等:《宋史》卷三二七,第10553页。
② 〔汉〕赵岐注,〔宋〕孙奭疏:《孟子注疏》卷一〇下《万章章句下》,〔清〕阮元校刻:《十三经注疏》,第2746页。
③ 〔汉〕扬雄著,汪荣宝疏,陈仲夫点校:《法言义疏》卷八《问神篇》,中华书局1987年版,第160页。
④ 〔唐〕白居易著,谢思炜校注:《白居易诗集校注》卷一《读张籍古乐府》,中华书局2006年版,第8页。

如其人"或"诗如其人"。宋人也十分关注人品与诗品之间的对应关系，早在宋初的徐铉就曾说过："人之所以灵者，情也；情之所以通者，言也。其或情之深、思之远，郁积乎中，不可以言尽者，则发为诗，诗之贵于时久矣。虽复观风之政阙，遒人之职废，文质异体，正变殊途，然而精诚中感，靡由于外奖，英华挺发，必自于天成。以此观其人，察其俗，思过半矣。"①他认为"诗"是作者情志所之，读诗则可以知人。随着宋代儒家思想的复兴，宋人不但越来越强调道德修养对文辞的决定作用，如谓"道胜者，文不难而自至"②、"道纯则充于中者实，中充实则发为文者辉光"等③，而且还将作者的人品也纳入了审美评价范畴之中，除了作品本身的艺术性之外，作家人品的高下也占有了相当重要的地位，正如南宋魏了翁所言："唐之辞章称韩、柳、元、白，而柳不如韩，元不如白，则皆于大节焉观之。苏文忠论近世辞章之浮靡无如杨大年，而大年以文名，则以其忠清鲠亮，大节可考，不以末伎为文也。眉山自长苏公以辞章自成一家，欧、尹诸公赖以变文体，后来作者相望，人知苏氏为辞章之宗也，孰知其忠清鲠亮，临死生利害而不易其守？此苏氏之所以为文也。"④人品的道德节义也成了衡量文学造诣高下的重要品评标准，这在宋代是很具代表性的观念。

宋人既重视人品与诗品的对应关系，则经由文学作品反观诗人的道德心性、品格气度等，便也成了文学批评中经常出现的内容，如："山谷尝谓余言：老杜虽在流落颠沛，未尝一日不在本朝，故善陈时事，句律精深，超古作者，忠义之气，感发而然。韩偓贬逐，末后依王审知，其集中所载：'手风慵展八行书，眼暗休寻九局图。窗里日光飞野鸟，案头筠管长蒲芦。谋身拙为安蛇足，报国危曾捋虎须。满世可能无默识，未知谁拟试齐竽。'其词凄楚，切而不迫，亦不忘其君者也"⑤、"老杜《省宿诗》云：'明朝有封事，数问夜如何？'盖忧君谏政之心切，则通夕为之不寐。想其犯颜逆耳，必不为身谋也"⑥、"观《赴奉先咏怀五百言》，乃声律中老杜心迹论一篇也。自'杜陵有布衣，老大意转拙。许身一何愚，窃比稷与契'，其心术祈向，自是稷契等

①〔宋〕徐铉：《萧庶子诗序》，曾枣庄、刘琳主编：《全宋文》卷二一，第2册，第188页。
②〔宋〕欧阳修著，洪本健校笺：《欧阳修诗文集校笺》居士集卷四七《答吴充秀才书》，第1177页。
③〔宋〕欧阳修著，洪本健校笺：《欧阳修诗文集校笺》外集卷一八《答祖择之书》，第1821页。
④〔宋〕魏了翁：《杨少逸不欺集序》，曾枣庄、刘琳主编：《全宋文》卷七〇八一，第310册，第69页。
⑤〔宋〕潘淳：《潘子真诗话》，郭绍虞辑：《宋诗话辑佚》，第310—311页。
⑥〔宋〕葛立方：《韵语阳秋》卷一一，〔清〕何文焕辑：《历代诗话》，第566页。

人。'穷年忧黎元,叹息肠内热',与饥渴由己者何异?……中间铺叙间关酸辛,宜不胜其戚戚。而'默思失业途,因念远戍役',所谓忧在天下而不为小己失得也。禹稷颜子不害为同道,少陵之迹江湖而心稷契,岂为过哉!《孟子》曰:'穷则独善其身,达则兼善天下。'其穷也,未尝无志于国与民;其达也,未尝不抗其易退之节。早谋先定,出处一致矣。是时先后周复,正合乎此。昔人目《元和贺雨》诗为谏书,余特目此诗为心迹论也"①,"陶彭泽《归去来辞》云:'既自以心为形役,奚惆怅而独悲?'是此老悟道处。若人能用此两句,出处有余裕也"②,"陶渊明辞云:'云无心而出岫,鸟倦飞而知还。'杜子美云:'水流心不竞,云在意俱迟。'若渊明与子美相易其语,则识者往往以谓子美不及渊明矣。观其云'云无心'、'鸟倦飞',则可知其本意。至于水流而'心不竞',云在而'意俱迟',则与物初无间断,气更混沦,难轻议也"③,等等,这样的例子不胜枚举。

这种以人论诗、因诗论人的批评方式,若单纯放在文学领域,可以促使作家更加注重内在修养,追求人格的完善,对作家道德修养的追求有积极的导向作用。可其一旦超出了单纯的文学评价领域,与党争、时势、政治等复杂因素纠结在一起时,也可能衍变成道德审判和杀人诛心的工具。宋人对王安石某些诗作的"特殊"解读,就体现了这一倾向。前文已经描述了宋人因党争或追溯亡国之祸而将王安石"小人化"的过程,既然王氏是"奸邪小人""乱臣贼子",根据"诗如其人"的原则,则其奸险狡诈的心术也必然会在诗中有所呈露,而其诗作反过来也就成了进一步证实其为"小人"与"奸臣"的"明证"。

熙宁年间御史中丞杨绘对王安石《商鞅》诗的解读就是一例。因王安石在政治上主张变法,宋人常将他比作战国时代的商鞅,在大多数宋代士大夫尤其是保守派看来,"自汉以来,学者耻言商鞅、桑弘羊""秦之所以见疾于民,如豺虎毒药,一夫作难而子孙无遗种,则鞅实使之""用商鞅、桑弘羊之术,破国亡宗者皆是也"④。可王安石却不仅不以商鞅为"不齿",还十分看重这位前辈改革家,写了一首题为《商鞅》的咏史诗予以褒扬:"自古驱

①〔宋〕蔡梦弼:《杜工部草堂诗话》卷二引《庚溪诗话》,丁福保辑:《历代诗话续编》,第222—223页。
②〔宋〕许顗:《彦周诗话》,〔清〕何文焕辑:《历代诗话》,第401页。
③〔宋〕蔡梦弼:《杜工部草堂诗话》卷二引张九成语,丁福保辑:《历代诗话续编》,第209页。
④〔宋〕苏轼著,王松龄点校:《东坡志林》卷五,中华书局1981年版,第107—108页。

民在信诚，一言为重百金轻。今人未可非商鞅，商鞅能令政必行。"①王安石在诗中对其政令如山、雷厉风行的治政气魄极为赞赏，并由此表达了欲效仿商鞅，大刀阔斧地进行变法改革的决心。然而就是这样一首咏史言志的作品，却在杨绘的刻意解读下，变成了反映王安石心怀叵测的不臣之作，并由此上疏警示神宗皇帝务必对其有所防范。在这篇疏文的开头，杨绘就耸人听闻地大谈人君战战兢兢、如履薄冰的孤危之势："臣窃见人君独享天下之奉，其势至隆也。以一人而块居深宫之中，其身至孤也。以其势之至隆，固不可不先绝乎觊觎也。以其身之至孤，固不可不深防乎危祸也。"这里的"危祸"其实就是指权臣趁皇帝"其身至孤"而有所"觊觎"，故"古圣贤者之著书立言，垂教于后世，未尝不先以辨君臣尊卑为首务也"，强调"君尊臣卑"的名分大义。他还指出，即使圣贤如周公，后世进行评价时也应恪守君臣本分，以便对权臣起到防微杜渐的警训作用："窃谓古圣贤未尝不以尊君卑臣为常道，至于权者，出于圣贤之不得已，亦未敢明著于书者，盖惧后世乱臣贼子如莽、操、师、温之辈，假之以为名也。"疏文铺垫至此，杨绘终于图穷匕见，开始攻击他的真正目标："臣窃见唐贤多以所为之文，见其人一生行事，如蓍蔡之不谬，如李绅作《悯农诗》，士称其有宰相器。韩愈称欧阳詹亦曰：'读其书，知其于慈孝最隆也。'丁谓诗有'天门九重开，终当掉臂入。'王禹偁读之曰：'入公门，鞠躬如也。天门岂可掉臂入乎？此人必不忠。'后果如其言。臣闻王安石文章之名久矣，尝闻其诗曰：'今人未可轻商鞅，商鞅能令政必行。'今睹其行事，已颇类之矣。"由此可见，杨绘的真正意图就是要在神宗面前揭露王安石乃是威胁君主的极大隐患，是包藏祸心的当代权奸。他的"有力"证据就是"文如其人"——"所为之文见其人一生行事，如蓍蔡之不谬"；王安石所作诗歌竟然对商鞅这样的权臣予以称许，这就充分暴露了他的人品与心术，暴露了他独揽大权、觊觎神器的不轨之心。为加深这一"论证"的"可靠性"，杨绘又引用王安石《淮南杂说》中"有伊尹之志，而放君可也。有周公之功，而代兄可也"等言论，进一步申说王安石必定心怀异志。直至最后，杨氏再次提醒神宗："今王安石于君尊臣卑、重熙累盛之朝，而显然再三丁宁于伊尹放君，周公用天子礼乐之事，臣愿陛下

①〔宋〕王安石著，〔宋〕李壁笺注，高克勤点校：《王荆文公诗笺注》卷四六，第1243页。

详其文而防其志。"①

杨绘的这番议论,可谓诛心之极,他从王安石的作品中望文生义,以历代君王最为忌讳的权臣跋扈、君弱臣强为说辞,意图挑动神宗对王安石的疏远戒备之心,实已属于造谣中伤和构陷污蔑,论其恶劣程度,丝毫不下于后来"乌台诗案"时王珪向神宗告苏轼诗"世间惟有蛰龙知"为"于陛下有不臣意"②。而他所采用的手段,实质上也是一种"文字狱"的方法,即从对方的诗文中锻炼罗织、深文周纳,通过对作品深意的发掘、歪曲、抹黑、诋毁作者的心术与人格。这正是将"诗如其人"的原理运用到了激烈残酷的党争之中,从而使文学批评方式变成了政客攻讦诬陷的狠厉手段。

不知是否受杨绘这一始作俑者的影响,随着北宋灭亡、南宋朝廷建立,在王安石遭到一致声讨并逐渐被"小人化"的过程中,对《商鞅》诗进行批驳的论调也多了起来。如葛立方《韵语阳秋》云:"荆公作《商鞅诗》云:'今人未可非商鞅,商鞅能令政必行。'余窃疑焉。孔子论为君难,有曰:'如其善而莫予违也,不亦善乎? 如不善而莫予违也,不几乎一言而丧邦乎?'盖人君操生杀之权,志在使人无违于我,其何所不至哉! 商鞅助秦为虐,而乃称其使政必行何邪?"③可见葛立方亦认为荆公《商鞅》诗所论不妥,容易开启君王独断专行之心,更何况商鞅这种助暴秦为孽的权臣,称赞其"能令政必行"就更加不合臣子之义。再如陈耆卿有《读商君传二首》,专为"翻案"荆公《商鞅》诗而作:"大信之信本不约,至诚之诚乃如神。欲识唐虞感通处,泊然无物自相亲。""计事应须远作程,快心多酿后灾成。迺来关下无人舍,正为商君法太行。"④诗言商鞅变法并非本于"诚信",是权谋诈术而非王道;商鞅本人招致杀身之祸,也正是因为擅权专断、法令严苛的缘故。这显然是影射王安石的。他在序言中就明确指出,《商鞅》诗正体现了王安石的性格缺陷,即以欺诈为诚信、刚愎自用一意孤行,这是其变法失败的重要原因:"荆公诗云:'自古驱民在信诚,一言为重百金轻。今人未可非商鞅,商鞅能令政必行。'余谓鞅非诚信者,虑民不服,设徙木事以劫之,真诈伪之尤

①〔宋〕杨绘:《论王安石之文有异志奏》,曾枣庄、刘琳主编:《全宋文》卷一五六二,第 72 册,第 55—56 页。

②见〔宋〕叶梦得:《石林诗话》卷上,〔清〕何文焕辑:《历代诗话》,第 410 页。

③〔宋〕葛立方:《韵语阳秋》卷八,〔清〕何文焕辑:《历代诗话》,第 547 页。

④北京大学古文献研究所编:《全宋诗》卷二九五四,第 56 册,第 35201 页。

耳。欲政必行,自是一病,古人之治,正其本而已,行不行非所计也。荆公以新法自负,不恤人言,患正堕此,故余诗反之。"①理学家黄震也说:"王安石以文行称天下,历事三朝,仁宗恶其诈不用。英宗建立,时有异议,自慊不求用。愈不用,名愈显。神宗立,遂骤用之。天下方翘首望太平,乃尽坏祖宗法度,聚敛毒民,生事开边,卒乱天下,何哉?正坐博学自矜,视天下无人而行其独耳……故愚尝谓,安石本效商鞅而才不及鞅。"②这里虽没有明确说议论是针对《商鞅》诗而发,但黄震特意将荆公与商鞅作了比较,又说王安石祸乱天下是因"视天下无人而行其独",则其本意是对《商鞅》"能令政必行"一句意有所讽,就已是不言而喻的了。与杨绘相比,葛立方、陈耆卿、黄震等人似乎也觉得,仅凭此诗就给荆公安上一个"有不臣之心"的大逆不道罪名实在是造谣污蔑,所以不像杨氏那样露骨地攻讦诗人的人格、心术。不过,他们对《商鞅》诗的解读实际上也并未脱离诗如其人、因人论诗观念的影响,尤其是陈耆卿与黄震,都将王安石变法导致天下大乱与《商鞅》诗联系了起来,在他们看来,对王氏祸国殃民的指责并没有错,因为从《商鞅》诗所表达出来的思想来看,王安石就是一个揽权自专、对祖宗法度毫无敬畏之人,而由这样的人施行变法,导致的结局必然是"尽坏祖宗法度,聚敛毒民,生事开边,卒乱天下"。不难看出,其实黄震等人先已认定了王安石就是祸乱天下的罪魁祸首,带着这一"阅读期待",《商鞅》诗的思想意蕴自然就被解读成了证实这点的"证据";反过来言,既然王诗已经暴露出了惑乱天下的思想,从而也就进一步证明了,王安石的的确确是一个误国误民的"奸贼"。"诗如其人",在这里变成了一个诠释上的逻辑怪圈。

除《商鞅》外,宋人从王安石诗作中看出其人"心术不正"的更有名的例子,是《明妃曲二首》:

> 明妃初出汉宫时,泪湿春风鬓脚垂。低徊顾影无颜色,尚得君王不自持。归来却怪丹青手,入眼平生未曾有。意态由来画不成,当时枉杀毛延寿。一去心知更不归,可怜着尽汉宫衣。寄声欲问塞南事,只有年年鸿雁飞。家人万里传消息,好在毡城莫相忆。君不见,咫尺长门闭阿娇,人生失意无南北。

---

①北京大学古文献研究所编:《全宋诗》卷二九五四,第 56 册,第 35201 页。
②〔宋〕黄震:《黄氏日抄》卷五〇,张伟、何忠礼主编:《黄震全集》,第 1657 页。

明妃初嫁与胡儿，毡车百辆皆胡姬。含情欲语独无处，传与琵琶
心自知。黄金捍拨春风手，弹看飞鸿劝胡酒。汉宫侍女暗垂泪，沙上
行人却回首。汉恩自浅胡恩深，人生乐在相知心。可怜青冢已芜没，
尚有哀弦留至今。①

诗作于嘉祐四年（1059），其时王安石正在京师，其作一出，即得到了欧阳
修、梅尧臣、曾巩、司马光、刘敞等众多诗友的唱和，蔚为一时盛事，从当时
诸公积极热烈的响应态度，足见他们对此诗都是十分赞赏的。不过诗作在
传播过程中，却也出了一些不同的议论之声，南宋李壁笺注此诗时曾记载
其事道："山谷跋荆公此诗云：荆公作此篇，可与李翰林、王右丞并驱争先
矣。往岁道出颍阴，得见王深父先生，最承教爱。因语及荆公此诗，庭坚以
为词意深尽，无遗恨矣。深父独曰：'不然。孔子曰："夷狄之有君，不如诸
夏之亡也。"人生失意无南北，非是。'庭坚曰：'先生发此德言，可谓极忠孝
矣。然孔子欲居九夷，曰："君子居之，何陋之有？"恐王先生未为失也。'明
日，深父见舅氏李公择曰：'黄生宜择明师畏友与居，年甚少而持论知古血
脉，未可量也。'"②当时青年诗人黄庭坚就对王安石的《明妃曲》大加称赏，
认为诗歌的艺术造诣堪比唐代一流诗人李白、王维，几乎达到了辞意俱佳、
无可挑剔的程度，正所谓"词意深尽无遗恨矣"。而王回（字深父）却对诗中
"人生失意无南北"一句颇有微词，认为诗意如此便是不分夷夏，或至少容
易造成这样的误解，实在有所不妥，故直言其"非是"。北宋因长年处在北
辽、西夏等少数民族政权的环伺包围之下，所以宋人特别重视"华夷之辨"
"夷夏之防"，在他们看来，这也是圣人之教的大义所在。王回对《明妃曲》
的疑虑与非议，就是受到了这一思想的影响，所以他还引孔子"夷狄之有
君，不如诸夏之亡"的言论为依据。黄庭坚虽然年轻，见解却远为通达，作
为同样优秀的诗人，他不认为王安石在作诗时还考虑到了什么"南北夷夏"
的所谓"华夷之辨"问题，但王回借以引申出来的"大义"又不便只以诗歌艺
术的精深超妙予以反驳，于是便因势利导地复引圣人之言予以开解，"然孔
子欲居九夷，曰：君子居之，何陋之有"，所以王诗中的"南北"即使有"夷夏"
之别，亦"未为失也"。这段小插曲虽然以王回对黄庭坚"年甚少而持论知

①〔宋〕王安石著，〔宋〕李壁笺注，高克勤点校：《王荆文公诗笺注》卷六，第141—143页。
②〔宋〕王安石著，〔宋〕李壁笺注，高克勤点校：《王荆文公诗笺注》卷六，第141—142页。

古血脉，未可量"的赞叹而告终，但不得不承认的是，王回这种"微言大义"式的阐释视角，却为《明妃曲》提供了另一种"特殊"的解读方式。当然，王回作为王安石的好友之一，并没有借此攻击荆公"心术不正"的意思，他只是以较为保守狭隘的经儒眼光，而不是以诗人的审美眼光，由此造成了对诗意的"过度阐释"与曲解而已。但是，随着北宋为金人所灭，民族矛盾开始转化为南宋的主要矛盾，朝野上下一致讨伐王安石为祸乱之源时，这种解读方式就被赋予了独特的政治意义①。

最先对《明妃曲》提出严正声讨的是范冲。绍兴四年（1134）八月，范冲入见宋高宗，君臣之间有这样一段对话：

> 绍兴四年八月戊寅朔，宗正少卿兼直史馆范冲入见，冲立未定，上云："以史事召卿。两朝大典，皆为奸臣所坏，若此时更不修定，异时何以得本末。"冲因论熙宁创制、元祐复古，绍圣以降，弛张不一，本末先后各有所因，不可不深究而详论。读毕，上顾冲云："如何？"对曰："臣闻万世无弊者，道也；随时损益者，事也。仁宗皇帝之时，祖宗之法诚有弊处，但当补缉，不可变更。当时大臣如吕夷简之徒，持之甚坚。范仲淹等初不然之，议论不合，遂攻夷简，仲淹坐此迁谪。其后夷简知仲淹之贤，卒擢用之。及仲淹执政，犹欲伸前志。久之，自知其不可行，遂已。王安石自任己见，非毁前人，尽变祖宗法度，上误神宗皇帝。天下之乱，实兆于安石，此皆非神祖之意。"上曰："极是，朕最爱元祐。"上又论史事。冲对："先臣修《神宗实录》，首尾在院，用功颇多。大意止是尽书王安石过失，以明非神宗之意。其后安石婿蔡卞怨先臣书其妻父事，遂言哲宗皇帝绍述神宗，其实乃蔡卞绍述王安石。惟是直书安石之罪，则神宗成功盛德，焕然明白。《哲宗皇帝实录》，臣未尝见，但闻尽出奸臣私意。"上曰："皆是私意。"冲对："未论其他，当先明宣仁圣烈诬谤。"上曰："正要辨此事。"上又曰："本朝母后皆贤，前世莫及。道君皇帝圣性高明，乃为蔡京等所误。当时蔡京外引小人，内结阉宦，作奇技淫巧，以惑上心，所谓逢君之恶。"冲对："道君皇帝止缘京等以'绍

---

① 北宋人对王安石《明妃曲二首》的唱和及评价的变化，可参见〔日〕内山精也：《王安石〈明妃曲〉考——围绕北宋中期士大夫的意识形态》，《传媒与真相——苏轼及其周围士大夫的文学》，上海古籍出版社 2013 年版。

述'二字劫持,不得已而从之。"上曰:"人君之孝,不在如此,当以安社稷为孝。"冲对:"臣顷在政和间,常闻道君皇帝《六鹤诗》,一联云'网罗今不密,回首不须惊',宣示蔡京等云:'此两句专为元祐人设。'以此知道君皇帝非恶元祐臣寮。"上曰:"题跋小诗,虽可以见意,何如当时便下一诏,用数旧臣,则其事遂正,惜乎不为此。"冲对:"若如圣谕,天下无事矣。"上又论王安石之奸,曰:"至今犹有说安石是者。近日有人要行安石法度,不知人情何故,直至如此。"冲对:"昔程颐尝问臣:'安石为害于天下者何事?'臣对以新法。颐曰:'不然。新法之为害未为甚,有一人能改之即已矣。安石心术不正,为害最大,盖已坏了天下人心术,将不可变。'臣初未以为然,其后乃知安石顺其利欲之心,使人迷其常性,久而不自知。且如诗人多作《明妃曲》,以失身为无穷之恨。至于安石为《明妃曲》,则曰:'汉恩自浅胡自深,人生乐在相知心。'然则刘豫不是罪过也。今之背君父之恩,投拜而为盗贼者,皆合于安石之意,此所谓坏天下心术。"上曰:"安石至今犹封王,岂可尚存王爵?"①

这段对话,实质上代表了以宋高宗为首的南宋君臣对王安石及其变法进行彻底否定与清算的官方宣言,其大要有三点:其一,重新确定"祖宗之法"为立国之本的不可动摇的地位,"祖宗之法"可以"补缉",但绝不可"更易",王安石"尽变祖宗法度"就是破坏了国家之本,所以才招致"天下之乱",由此全面否定王安石变法,并褒扬"元祐更化";其二,通过重修《神宗实录》,利用官修史书的方式彻底清算王安石的功过是非,为倡导"元祐更化"的宣仁高太后正名,明确神宗、哲宗、徽宗等支持新法的君王皆是受王安石、蔡京等新党小人蛊惑,王、蔡等人才是北宋亡国的罪魁祸首;其三,对王安石的人品心术予以否定,以其为"心术不正"的"奸邪小人",以汲汲利欲之心败坏天下风俗人心,"为害最大"。其中与《明妃曲》评价有关的是第三条,这里之所以将史书中的整段记载都移录过来,正是为了说明这一评价是在南宋朝廷全面批判王安石的历史语境下进行的。另外值得一提的是,范冲是元祐党人范祖禹之子,范祖禹在哲宗朝因反对变法而谪死岭表,范、王实可谓世仇。了解了这些背景,就不难理解范冲何以对《明妃曲》作出如此解读了。当然,奠定舆论导向基调的关键人物还是宋高宗,所以范氏的评价是

①〔宋〕李心传著,胡坤点校:《建炎以来系年要录》卷七九,第1487—1488页。

在"上又论王安石之奸"后才进一步展开的。他先引程颐论王安石心术祸乱天下尤甚于变法的言论作为理论依据，接着便引王诗《明妃曲》为证，其中"汉恩自浅胡自深，人生乐在相知心"两句，按照范冲的解读来看，实乃"无君无父"的大逆不道之言，置"夷夏大防""君臣大义"于不顾，按此诗所说，那么当时叛宋投金的刘豫也因"胡恩深"而"乐在相知心了"，天下间那些"背君父之恩、投拜而为盗贼者"也都是理所当然了，所以说王安石的更大罪过是"坏天下人心术"。其实范氏最后还有几句，《建炎以来系年要录》未载而李壁《王荆文公诗注》有录，其文曰："孟子曰：'无父无君，是禽兽也。'以胡虏有恩而遂忘君父，非禽兽而何？"①这是在痛骂王安石为"无君无父"的"禽兽"了。通过范冲对《明妃曲》的阐释，所谓由诗见人，就更加坐实了宋高宗对王安石之"奸"的论定，配合了官方对王安石的历史评判，而将后者牢牢钉在了"奸邪小人"与"乱臣贼子"的耻辱柱上。

与王回不同，范冲对《明妃曲》的解读，与其说是一种"误读"，毋宁说是故意歪曲，是所谓"欲加之罪，何患无辞"的诬陷；但在南宋民族矛盾加剧的特殊历史时期，尤其是在官方刻意将民族危亡归咎于王安石的舆论导向下，范氏所论却极容易煽动起人们同仇敌忾的民族情绪，故此说流传于众后，响应者大有人在。如朱弁《风月堂诗话》载："太学生虽以治经答义为能，其间甚有可与言诗者。一日，同舍生诵介甫《明妃曲》，至'汉恩自浅胡自深，人生乐在相知心。君不见咫尺长门闭阿娇，人生失意无南北'，咏其语称工。有木抱一者，艴然不悦曰：'诗可以兴，可以怨。虽以讽刺为主，然不失其正者，乃可贵也。若如此诗用意，则李陵偷生异域不为犯名教，汉武诛其家为滥刑矣。当介甫赋诗时，温国文正公见而恶之，为别赋二篇，其词严，其义正，盖矫其失也。诸君曷不取而读之乎？'众虽心服其论，而莫敢有和之者。"②罗大经《鹤林玉露》亦云："（荆公）其咏昭君曰：'汉恩自浅胡自深，人生乐在相知心。'推此言也，苟心不相知，臣可以叛其君，妻可以弃其夫乎？其视白乐天'黄金何日赎娥眉'之句，真天渊悬绝也"③，"古今赋昭君词多矣，唯白乐天云：'汉使却回凭寄语，黄金何日赎蛾眉？君王若问妾颜色，莫道不如宫里时。'前辈以为高出众作之上，亦谓其有恋恋不忘君之

①〔宋〕王安石著，〔宋〕李壁笺注，高克勤点校：《王荆文公诗笺注》卷六，第143页。
②〔宋〕朱弁著，陈新点校：《风月堂诗话》卷下，中华书局1988年版，第111页。
③〔宋〕罗大经著，王瑞来点校：《鹤林玉露》乙篇卷四，第186页。

意也。欧阳公《明妃词》自以为胜太白,而实不及乐天。至于荆公云'汉恩自浅胡自深,人生乐在相知心',则悖理伤道甚矣"①。这都是批评《明妃曲》所言不合义理,有违名教。还有人重作《明妃曲》,以此来表达对荆公的不满,据《宾退录》载:"范冲尝对高宗云:'诗人多作《明妃曲》,以失身胡虏为无穷之恨;独王安石曰:"汉恩自浅胡自深,人生乐在相知心。"然则刘豫之僭非其罪,汉恩浅而虏恩深也。今之背君父之恩,投拜而为盗贼者,皆合于安石之意,此所谓坏天下人心者也。'临江徐思叔亦尝病荆公此语,谓卫律、李陵之风,乃反其意而为之,遂得诗名于时。其词云:'妾生岂愿为胡妇,失信宁当累明主。已伤画史忍欺君,莫使君王更欺虏。琵琶却解将心语,一曲才终恨何数。朦胧胡雾染宫花,泪眼横波时自雨。专房莫倚黄金赂,多少专房弃如土。宁从别去得深嚬,一步思君一回顾。胡山不隔思归路,只把琵琶写辛苦。君不见,有言不食古高辛,生女无嫌嫁盘瓠。'"②针对王诗的"夷夏不辨""无父无君",徐思叔诗极力渲染民族大义、忠君思想和坚贞不屈的精神,遂得到了时人的认可与赞许。还有人将《明妃曲》与王安石的其他议论相结合,于是越发印证了其人的"心术不正"。邵博《邵氏闻见后录》云:"王荆公非欧阳公贬冯道。按道身事五主,为宰相,果不加诛,何以为史?荆公《明妃曲》云:'汉恩自浅胡自深,人生乐在相知心。'宜其取冯道也。"③冯道是五代时的达官显宦,历仕四朝十帝,欧阳修骂他"无廉耻者"④,司马光更斥其为"奸臣之尤"⑤,而王安石却有不同意见,"荆公雅爱冯道,尝谓其能屈身以安人,如诸佛菩萨之行,一日于上前语及此事,(唐)介曰:'道为宰相,使天下易四姓,身事十主,此得为纯臣乎?'荆公曰:'伊尹五就汤、五就桀者,正在安人而已,岂可亦谓之非纯臣也?'质肃公曰:'有伊尹之志则可。'荆公为之变色。"⑥其实欧、王诸公对冯道的不同评价是由于立论角度不同的缘故,欧阳修、司马光、唐介不齿冯道是就人格气节方面而论,而王安石"雅爱冯道"则是就其辅政安民的事功方面着眼的。邵博并没有作具体分析,而是简单抓住王安石曾肯定冯道的言论,再与《明妃

①〔宋〕罗大经著,王瑞来点校:《鹤林玉露》乙编卷二,第141页。
②〔宋〕赵与时著,齐治平点校:《宾退录》卷二,第15页。
③〔宋〕邵博著,刘德权、李剑雄点校:《邵氏闻见后录》卷一〇,第74页。
④〔宋〕欧阳修著,〔宋〕徐无党注:《新五代史》卷五四,中华书局1974年版,第611页。
⑤〔宋〕司马光著,〔元〕胡三省音注:《资治通鉴》卷二九一,中华书局1956年版,第9512页。
⑥〔宋〕魏泰著,李裕民点校:《东轩笔录》卷九,第99页。

曲》所谓的"悖逆"之言串联在一起，于是更加证实了王氏的"心术不正""坏天下人心术"。

自范冲以诛心之法批驳《明妃曲》后，此论就因堂而皇之地占据着道德制高点而影响极其深远，对王安石其人其诗的歪曲解读遂也成了一桩历史公案。放眼整个南宋时期，很少有学者敢于挑战"大义名分"而对范氏所论提出异议，李壁算是为数不多的个例。不过细查李壁对《明妃曲》的笺注，他先引用范冲之语，随后才提出自己的见解道："（荆）公语意固非，然诗人一时务为新奇，求出前人所未道，而不知其言之失也。然范公傅致亦深矣。"①意即王诗出于诗人之求新而未涉及"夷夏大防"或"君臣大义"之深意，范氏据此攻讦荆公"心术不正"的言论颇有"傅致"、附会之嫌，但他也承认"（荆）公语意固非"，"不知其言之失"，即王诗本身确实容易产生歧义而招致非议。这些颇为闪烁其词的议论，足见李壁虽有意对荆公的人格进行辩诬，但仍是不敢彻底否定、推翻范说，故此理学家魏了翁为其《王荆文公诗注》作序时还盛赞《明妃曲》之二章……则引范元长之语以致其讥""而发挥义理之正，将以迪民彝、厚世教"②，由此更加证明了范冲之论的影响力之大。王应麟《困学纪闻》则进一步综合范冲、杨绘之论道："雁湖注荆公诗，于《明妃曲》'汉恩自浅胡自深，人间乐在相知心'则引范元长之语，以致其讥。《日出堂上饮》之诗'为客当酌酒，何预主人谋'，则引郑氏《考槃》之误，以寓其贬。《君难托》之诗曰'世事反复那得知，谗言入耳须臾离'，则明君臣始终之义，以返诸正。愚按，杨元素谓：'介甫诗"今人未可轻商鞅，商鞅能令政必行"，今睹其行事，已颇类之矣。'言，心声也，其可掩乎？"③

"何故谓之诗，诗者言其志。既用言成章，遂道心中事。"④在宋人看来，"诗"就是诗人的"心中事"；换句话说，诗歌表达了诗人的志意，反映了诗人的心术，"诗如其人"。正因如此，宋人论诗对"性情之正"的品德要求有时更在艺术追求之上："仆尝论为诗之要。公（韩驹）曰：诗言志，当先正其心志，心志正，则道德仁义之语、高雅淳厚之义自具。《三百篇》中有美有

---

① 〔宋〕王安石著，〔宋〕李壁笺注，高克勤点校：《王荆文公诗笺注》卷六，第143页。

② 〔宋〕魏了翁：《临川诗注序》，曾枣庄、刘琳主编：《全宋文》卷七〇七八，第310册，第12—13页。

③ 〔宋〕王应麟著，〔清〕翁元圻等注，栾保群等点校：《困学纪闻》卷一八，上海古籍出版社2008年版，第1959页。

④ 〔宋〕邵雍著，郭彧整理：《邵雍集》卷一一《论诗吟》，中华书局2010年版，第356页。

刺，所谓'思无邪'也。先具此质，却论工拙。"①受此文学观念影响，宋代诗人固然更加注重个人修养与道德追求，但在批评鉴赏领域，它也容易带来重教化而轻审美、穿凿附会等迂腐之论的出现。宋人注杜就有这一毛病。因杜甫被宋人尊奉为"一饭不忘君"的"忠君"诗人，故宋人注释其诗时常常为阐发其中的"微言大义"而以自己的意志妄为曲解，造成了大量牵强附会的诠释，黄庭坚所处的时代已有不少这样的情况，所以他批评这种风气道："彼喜穿凿者，弃其大旨，取其发兴，于所遇林泉人物、草木鱼虫，以为物物皆有所托，如世间商度隐语者，则子美之诗委地矣。"②宋人对王安石《商鞅》《明妃曲》等诗的阐释，从理论上讲也属同一思路，都是对"诗如其人"说的发挥，或以人论诗，或因诗论人，结果是将诗品与人品更加牢固紧密地捆绑在一起，由此达到褒扬或批判的目的。正如对杜诗的穿凿是为了褒扬其忠君爱国的君臣大义，而对王诗的附会则是为揭露其心怀异志、无君无父的奸邪品行与险恶心术。值得注意的是，宋人注杜主要仍是在文学批评范畴中进行的；而对王安石诗的评价则还羼杂了党争倾轧、政治局势等更加复杂的外部因素，杨绘举《商鞅》诗为例是为了证明王安石有"不臣之心"而阻挠破坏新党的变法活动，范冲论《明妃曲》败坏天下人心术则是为了迎合南宋朝廷将王安石定为祸国罪魁的历史清算与政治要求。在这种背景下，对王诗的附会之论就已经彻底超出了文学评鉴的范畴，其带来的后果也不仅仅是对文学审美的破坏，而是沦为了党争或政争时打压对手、杀人诛心的工具。

　　庆幸的是，这种论诗风气虽在宋人"小人化"王安石的过程中时有呈现并影响颇大，却最终没有扩散为对王诗的全面傅致与罗织，《龟山语录》载杨时与门人弟子的一段对话，或许提供了宋人某些可供深思的深层心理因素：

　　　　问："或谓荆公晚年诗，多有讥诮神宗处，若下注脚，尽做得谤讪宗庙，它日亦拈得出？"

　　　　曰："君子作事，只是循一个道理，不成荆公之徒，笺注人诗文，陷人以谤讪宗庙之罪，吾辈也便学它。昔王文正在中书，寇莱公在密院，

---

① 〔宋〕魏庆之著，王仲闻点校：《诗人玉屑》卷一三，中华书局 2007 年版，第 386 页。
② 〔宋〕黄庭坚著，刘琳等点校：《黄庭坚全集》正集卷一六《大雅堂记》，第 437—438 页。

中书偶倒用了印,莱公须勾吏人行遣;它日密院亦倒用了印,中书吏人呈覆,亦欲行遣。文正问吏人:'汝等且道密院当初行遣倒用印,有是否?'曰:'不是。'文正曰:'既是不是,不可学它不是。'更不问。如今日所罪谤讪宗庙、毁谤朝政者,自是不是。先王之时,惟恐不闻其过,故许人规谏,至于舜求言乃立谤木,是真欲人之谤己也。《书》曰:'小人怨汝詈汝,则皇自敬德。'盖圣人之于天下,常惧夫在己者有所未至,故虽小人怨詈,亦使人主自反。《诗三百篇》经圣人删过,皆可以为后王法。今其所言讥刺时君者几半,不知当时遭谤讪之罪者几人?夫禁止谤讪,自出于后世无道之君,不是美事,何足为法。若祖宗功德,自有天下后世公议在,岂容小己有所抑扬。名之曰'幽'、'厉',虽孝子慈孙,百世不能改。夫为人子孙,岂不欲圣贤其祖考,但公议以恶名归之,则虽欲改之,不能得也。其曰名之曰'幽'、'厉',当时谁实名之,兹岂独其子孙之不孝乎?如此在人主前开陈,乃是正理。今之君子,但见人言继述,亦言继述;见人罪谤讪,亦欲求人谤讪之迹罪之。如此只是相把持,正理安在?如元祐臣寮章疏论事,今乃以为谤讪,此理尤非。使君子得志,须当理会令分明。今反谓它们亦尝谤讪,不唯效尤,兼是使元祐贤人君子愈出脱不得,济甚事!"①

可见当时想要从王安石晚年罢政后所作诗中寻找其"谤讪宗庙"罪名的大有人在,不过这种"笺注人诗文,陷人以谤讪宗庙之罪"的"文字狱"方式却遭到了杨时的极力反对。杨时反对的理由,并不仅仅是因为正人君子不屑于为此,其实他本人就曾向宋钦宗说过这样的话:

> 谨按安石挟管、商之术,饬六艺以文奸言,变乱祖宗法度。当时司马光已言其为害当见于数十年之后,今日之事,若合符契。其著为邪说以涂学者耳目,而败坏其心术者,不可缕数,姑即其为今日之害尤甚者一二事以明之,则其为邪说可见矣。昔神宗尝称美汉文惜百金以罢露台,曰:"朕为天下守财耳。此'谨以俭德,惟怀永图',正宜将顺。"安石乃言:"陛下若能以尧、舜之道治天下,虽竭天下以自奉不为过,守财之言非正理。"曾不知尧、舜茅茨土阶,未尝竭天下以自奉。其称禹曰

---

①〔宋〕杨时:《龟山语录》卷三,《龟山先生全集》卷一二,《宋集珍本丛刊》,第29册,第381—382页。

"克俭于家"，则竭天下以自奉者，必非尧、舜之道。其后王黼以应奉花石之事，竭天下之力，号为享上，实安石竭天下自奉之说有以倡之也。其释《凫鹥》守成之诗，于末章则谓："以道守成者，役使群众，泰而不为骄，宰制万物，费而不为侈，孰弊弊然以爱为事。"……《诗》之所言，正谓能持盈则神祇祖考安乐之，而无后艰尔。自古释之者，未有泰而不为骄、费而不为侈之说也。安石独倡为此说，以启人主之侈心。后蔡京辈轻费妄用，专以侈靡为事，盖祖此说耳。则安石邪说之害，岂不甚哉！①

其主旨无非是向君主阐说王安石"心术不正""邪说害人"，只不过所举例证由诗文换作了王安石的言论与经解而已。那么，杨时为何又反对从王安石晚年诗中寻找"谤讪宗庙"的行为呢？这应该是宋代文人出于对"以文字致祸"的"文字狱"的深深恐惧。众所周知，宋代党争倾轧与由此产生的"文字狱"十分频繁，比较有名的如"乌台诗案""元祐党禁""伪学逆党"之禁，均属规模较大的文字狱；至于奏邸之狱、同文馆之狱、车盖亭诗案、胡铨奏疏案、李光《小史》案、《江湖集》案、刘克庄"落梅诗案"等小规模文字狱，更是络绎不绝、数不胜数。据赵翼《廿二史札记》卷二五《秦桧文字之祸》考述②，单是宋高宗一朝的文字狱就不下二十起。正是在这种动辄以言论获罪的文化专制背景下，宋代文人承受着极大的心理压力与恐惧。由此就不难理解杨时所言："今其所言讥诮时君者几半，不知当时遭谤讪之罪者几人""见人罪谤讪，亦欲求人谤讪之迹。罪之如此，只是相把持，正理安在""今反谓他们亦尝谤讪，不唯效尤，兼是使元祐贤人君子愈出脱不得，济甚事"，在他看来，通过个别言论或篇章批驳王安石"心术不正""邪说害人"尚无不可，而一旦以深文周纳的方式将王安石全部作品牵扯在内，势必引起更加浩大无休止的文字狱，造成的恶劣后果或将不止于荆公一人遭殃，而是整个文人集团的巨大灾难。

　　或许正是出于这种心态，所以整个南宋时期将王安石贬斥为"小人"或"奸臣"的议论虽此起彼伏、不绝于耳，但像杨绘、范冲评《商鞅》《明妃曲》那样以"大义"名分肆意攻击诬蔑他人心术的论诗方式，却极少发生在宋人对

---

① 〔宋〕杨时：《龟山先生全集》卷一《上钦宗皇帝》其七，《宋集珍本丛刊》，第29册，第290页。
② 参见〔清〕赵翼著，王树民校证：《廿二史札记校证》卷二五，中华书局1984年版。

王安石其他诗歌的评价上。恰恰相反，当宋人摆脱了党争、政治等其他因素的干扰，而以较为纯粹的文学眼光看待荆公及其诗歌时，就呈现出了一派完全不同的光景。这也使宋人对王安石的评价呈现出一个十分矛盾而有趣的现象：一方面贬斥其政治、学术乃至人格，另一方面又无法掩盖对其诗的赞赏、喜爱与接受。接下来，就让我们看看宋人又是如何评价王安石的诗歌的。

第四章　王安石诗歌在宋人
中的评价及影响

通观宋人对王安石诗的评价，可谓非常丰富、全面，涉及到了王诗的艺术、题材、体裁、风格、渊源、诗史地位等各个方面，综合这些诗评来看，其实并不比宋人对苏轼、黄庭坚这两位诗坛大家的评论逊色，这也反映出了王安石诗在宋人心目中的崇高地位，故此宋人才对其钻研揣摩甚深。从宋代诗史发展演变的角度看，王安石虽不及苏轼、黄庭坚那样影响深远，但他对江西诗派、"四灵"以及江湖派的潜在影响，实已构成宋代诗坛上除苏、黄之外的另一条比较特殊的传承脉络。

第一节　精工与平淡：王诗艺术风格论

在宋诗艺术特点的形成过程中，王安石是关键人物，也是开风气之先的人物。宋诗强调锻炼、艺术精严、好用典故、追求新奇、善于点化前人诗句、讲究无一字无来处等特点，在王安石诗中均有鲜明呈现。对王诗的这些特点，宋人也进行了比较深入的分析与探讨。

王安石作诗讲求"炼字"。《艺苑雌黄》载："王介甫尝读杜诗云：'无人觉往来'，下得'觉'字大好；'暝色赴春愁'，下得'赴'字大好。若下'起'字，此即小儿言语。足见吟诗要一字两字工也。"[1]可见荆公平日读诗即非常注意诗句中的炼字功夫。他还常为其他诗人的诗句修改字眼，以求诗句更加挺拔劲健。《诗人玉屑》载："王仲至召试馆中，试罢，作一绝题云：'古木森林白玉堂，长年来此试文章。日斜奏罢长杨赋，闲拂尘埃看画墙。'荆公见之，甚叹爱，为改作'奏赋长杨罢'，且云：诗家语，如此乃健。"[2]王安石自己作诗时，则更加注重一二字眼的烹炼，不惮于反复修改、精益求精，最有

---

①〔宋〕严有翼：《艺苑雌黄》，郭绍虞辑：《宋诗话辑佚》，第582页。
②〔宋〕魏庆之著，王仲闻点校：《诗人玉屑》卷六，第196—197页。

名的就是他写"春风又绿江南岸"的例子："王荆公绝句云：'京口瓜洲一水间，钟山只隔数重山。春风又绿江南岸，明月何时照我还。'吴中士人家藏其草，初云'又到江南岸'，圈去'到'字，注曰不好，改为'过'，复圈去而改为'入'，旋改为'满'，凡如是十许字，始定为'绿'。"①正因如此，宋人评价王安石"最善下字"："予与乡人翁行可同舟沂汴，因谈及诗，行可云：'王介甫最善下字，如"荒埭野鸡催月晓，空场老雉挟春骄"，下得挟字最好，如《孟子》"挟长挟贵"之挟。'予谓介甫又有'紫苋凌风怯，苍苔挟雨骄'，陈无己有'寒气挟霜侵败絮，宾鸿将子度微明'，其用挟字，正与王介甫前一联同。"②

　　荆公诗下字的精严，还表现为宋人津津乐道的"字字有根蒂"或曰"无一字无来处"。《西清诗话》云："熙宁初，张侍郎掞以二府成，诗贺王文公。公和曰：'功谢萧规惭汉第，恩从隗始诧燕台。'示陆农师。农师曰：'萧规曹随，高帝论功，萧何第一，皆摭故实。而"请从隗始"，初无"恩"字。'公笑曰：'子善问也。韩退之《斗鸡联句》"感恩惭隗始"，若无据，岂当对"功"字耶？'乃知前人以用事一字偏枯，为倒置眉目，返易巾裳，盖慎之如此。"③《碧溪诗话》云："旧观《临川集》'肯顾北山如慧约，与公西崦斸苍苔'，尝爱其斸字最有力。后读杜集'当为斸青冥'，'药许邻人斸'；退之诗翁'憔悴斸荒棘'，'宁豁斸株橜'；子厚'戒徒斸云根'，虽一字之法，不无所本。"④《芥隐笔记》亦云："荆公《金陵怀古》诗'逸乐安知与祸双'，'双'字最佳。《史（记）·龟策传》：'祸与福同，刑与德双，圣人察之，以知吉凶。'"⑤

　　在使事用典方面，王安石主张跳出窠臼，自出己意，活用典故，如此则虽多而不厌其繁。《蔡宽夫诗话》载："荆公尝云：'诗家病使事太多，盖皆取其与题合者类之，如此乃是编事，虽工何益？若能自出己意，借事以相发明，情态毕出，则用事虽多，亦何所妨。'故公诗如'董生只为公羊感，岂肯捐书一语真'，'桔槔俯仰何妨事？抱瓮区区老此身'之类，皆意与本题不类，此真所谓使事也。"⑥故王安石诗大量用典却浑然流便，毫无堆垛滞涩之感："李商隐诗好积故实，如《喜雪》云：'班扇慵裁素，曹衣诎比麻。鹅归逸

①〔宋〕洪迈著，孔凡礼点校：《容斋随笔·续笔》卷八，第320页。
②〔宋〕严有翼：《艺苑雌黄》，郭绍虞辑：《宋诗话辑佚》，第537—538页。
③〔宋〕蔡絛：《西清诗话》卷上，张伯伟编校：《稀见本宋人诗话四种》，第174页。
④〔宋〕黄彻：《碧溪诗话》卷四，丁福保辑：《历代诗话续编》，第363页。
⑤〔宋〕龚颐正：《芥隐笔记》，王云五主编：《丛书集成初编》，第312册，第1页。
⑥〔宋〕蔡居厚：《蔡宽夫诗话》，郭绍虞辑：《宋诗话辑佚》，第419页。

少宅,鹤满令威家。'又'洛水妃虚妒,姑山客谩夸';'联辞虽许谢,和曲本惭《巴》。'一篇中用事者十七八。尝观临川《咏枣》止数韵:'余甘入邻家,尚得馋妇逐。赘享古已然,《豳诗》自宜录。'用'女赘枣修','八月剥枣'。'谁云食之昏',用范晔'枣膏昏蒙'。'愿比赤心投,皇明傥予烛',用萧琛'陛下投臣以赤心,臣敢不报以战栗'。以是知凡作者,须饱材料。传称任昉用事过多,属辞不得流便。余谓昉诗所以不能倾沈约者,乃才有限,非事多之过。"①"诗家多以一字命题,半山咏龟七言长篇,用尽龟事,咏虱咏棋亦然。"②

　　王诗用典的广博还表现在许多诗句看似寻常,实际却蕴含典故,待揭示其出处来历后,方知其读书之多、用事之深、积淀之厚,令人叹为观止。《艺苑雌黄》云:"予顷与荆南同官江朝宗论文,江云:'前辈为文皆有所本,如介甫《虎图诗》,语极遒健,其间有"神闲意定始一扫"之句,为此只是平常语无出处。后读《庄子》,宋元君画图,有一史后至,儃儃然不趋,受揖下立,因之舍,解衣盘礴嬴,君曰:"是真画者也。"郭象注:"内足者神闲而意定。"乃知介甫实用此语也。'"③《艇斋诗话》云:"荆公绝句云:'有似钱塘江上见,晚潮初落见平沙。'两句皆有来历。《才调集》诗云:'还似琵琶弦畔见,细圆无节玉参差。'此上句来历也。张籍诗云:'闲寻泊船处,潮落见平沙。'此下句来历也。第读诗不多,则不知耳。"④

　　除左抽右取、旁征博引外,荆公诗运用典故的最大特点还是在于超乎常人的工巧、精妙与贴切。如《彦周诗话》:"淮阴胜而不骄,乃能师李左车,最奇特事。荆公诗云:'将军北面师降虏,此事人间久寂寥。'李广诛霸陵尉,薄于德矣,东坡诗云:'今年定起故将军,未肯说诛霸陵尉。'用事当如此向背。"⑤再如《观林诗话》:"陆龟蒙《谢人诗卷》云:'谈仙忽似朝金母,说艳浑如见玉儿。'杜牧之云:'粉毫唯画月,琼尺只裁云。'(半山:)'美似狂醒初啖蔗,快如衰病得观涛。'涪翁:'清似钓船闻夜雨,壮如军垒动秋鼙。'论用

①〔宋〕黄彻:《䂬溪诗话》卷一〇,丁福保辑:《历代诗话续编》,第399页。
②〔宋〕刘克庄著,辛更儒笺校:《刘克庄集笺校》卷一一一《赵志仁百韵柞木诗》,中华书局2011年版,第4603页。
③〔宋〕严有翼:《艺苑雌黄》,郭绍虞辑:《宋诗话辑佚》,第570页。
④〔宋〕曾季狸:《艇斋诗话》,丁福保辑:《历代诗话续编》,第326页。
⑤〔宋〕许颉:《彦周诗话》,〔清〕何文焕辑:《历代诗话》,第379页。

事之工，半山为胜也。"①这都是论王诗用典之工致精巧，堪为诗法典范。另如《王直方诗话》："舒王《送吴仲庶待制守潭》诗云：'自古楚有材，醽醁多美酒。不知樽前客，更待贾生否？'盖贾谊初为河南吴公召置门下，而谪死长沙，其用事之精，余以为可诗法"②；《观林诗话》："赠人诗多用同姓事。如东坡赠郑户曹云：'公业有田常乏食，广文好客竟无毡。'又赠蔡子华云：'莫寻唐举问封侯，但遣麻姑为爬背。'涪翁和东坡诗云：'人间化鹤三千岁，海上看羊十九年。'陈无己赠何郎中云：'已度城阴先得句，不应从俗未忘荤。'唯徐师川赠张仁云：'诗如云态度，人似柳风流。'尤为工也。又半山与刘发诗云：'何妨过我论奇字，亦复令公见异书。'则又用彼我两姓事"③，"半山云：'不知太乙游何处，定把青藜独照公。'乃《上元夜戏刘贡父》诗。贡父时在馆中，适与王嘉所载刘向上元夜天禄阁遇太乙降事相契，故有此句。然此事前人引用已多，特半山用得着题耳"④。这几则例子，显示出王安石使事用典往往关照到酬赠对象的姓氏、身份、经历等，使创作情境与历史掌故获得了高度"重合"，故异常精工贴切，体现了诗人深厚的学问与艺术上的匠心独运。

　　在宋人看来，荆公诗在用典上已经达到了自然天成、水乳交融的境界："前辈诗材，亦或预为储蓄，然非所当用，未尝强出……王荆公作韩魏公挽词云：'木稼曾闻达官怕，山颓今见哲人萎。'或言亦是平时所得。魏公之薨，是岁适雨木冰，前一岁华山崩，偶有二事，故不觉尔"⑤，"文公在金陵追伤子履诗云：'主张寿禄无三甲，收拾文章有六丁。'用《管辂传》谓弟辰曰：'吾背无三甲，腹无三壬，不寿之兆。'及退之'仙官敕六丁，雷电下取将'。此亦故事叙实事，而'三甲'、'六丁'，俨若天成也"⑥。

　　荆公诗的对仗也具有精工极巧的特点，宋人称其"用法甚严，尤精于对偶"⑦，"用汉人语，止可以汉人语对，若参以异代语，便不相类"⑧，"经对经，

①〔宋〕吴聿：《观林诗话》，丁福保辑：《历代诗话续编》，第130页。
②〔宋〕王直方：《王直方诗话》，郭绍虞辑：《宋诗话辑佚》，第28页。
③〔宋〕吴聿：《观林诗话》，丁福保辑：《历代诗话续编》，第129页。
④〔宋〕吴聿：《观林诗话》，丁福保辑：《历代诗话续编》，第118页。
⑤〔宋〕叶梦得：《石林诗话》卷上，〔清〕何文焕辑：《历代诗话》，第413页。
⑥〔宋〕蔡絛：《西清诗话》卷上，张伯伟编校：《稀见本宋人诗话四种》，第179页。
⑦〔宋〕叶梦得：《石林诗话》卷中，〔清〕何文焕辑：《历代诗话》，第422页。
⑧〔宋〕叶梦得：《石林诗话》卷中，〔清〕何文焕辑：《历代诗话》，第422页。

史对史,释氏事对释氏事,道家事对道家事"①,作诗当然不可如此拘窘,但却由此体现出宋人对王诗偶对精严的叹服。《石林诗话》曰:"如'一水护田将绿去,两山排闼送青来'之类,皆汉人语也。此法惟公用之不觉拘窘卑凡。如'周颙宅在阿兰若,娄约身随窣堵波',皆以梵语对梵语,亦此意。尝有人面称公诗'自喜田园安五柳,但嫌尸祝扰庚桑'之句,以为的对。公笑曰:'伊但知柳对桑为的,然庚亦自是数。'盖以十干数之也。"②《雪浪斋日记》曰:"荆公诗:'草深留翠碧,花远没黄鹂。'人只知翠碧黄鹂为精切,不知是四色也。又以'武丘'对'文鹢','杀青'对'生白','苦吟'对'甘饮','飞琼'对'弄玉',世皆不及其工。小杜以'锦字'对'琴心',荆公以'带眼'对'琴心',谢夷季以'镜约'对'琴心',比荆公为最精切。"③可见宋人注意到了王诗不仅讲究属对工整,而且还常常追求更加复杂多变的对仗方式,如诗话中提到的对中有对即"多重对仗",就更加突出了其精巧工炼的艺术特点,再如《艺苑雌黄》载:"僧惠洪《冷斋夜话》载介甫诗云:'春残叶密花枝少,睡起茶多酒盏疏。''多'字当作'亲',世俗传写之误。洪之意盖欲以少对密,以疏对亲。予作荆南教官,与江朝宗汇者同僚,偶论及此。江云:'惠洪多妄诞,殊不晓古人诗格。此一联以密字对疏字,以多字对少字,正交股用之,所谓蹉对法也。'"④《藏海诗话》载:"'细数落花因坐久,缓寻芳草得归迟。''细数落花'、'缓寻芳草',其语轻清。'因坐久'、'得归迟',则其语典重。以轻清配典重,所以不堕唐末人句法中。盖唐末人诗轻佻耳。"⑤正因为荆公诗对仗严格精工而又灵活多变、极尽巧思,故被南宋刘克庄评为"炼字属对无遗巧"⑥。

宋人作诗注重借鉴前人的创作成果,或师其意,或法其句,再加以点化,使其焕发出崭新的艺术生命力,此谓之"点铁成金"或"夺胎换骨"。这一创作理论的提出者,据宋人记载是黄庭坚,但王安石显然已是精通此道的行家里手,宋人诗话中有不少相关评论。如《冷斋夜话》卷一"换骨夺胎法"条载:"山谷云:'诗意无穷,而人之才有限。以有限之才,追无穷之意,

①〔宋〕曾季狸:《艇斋诗话》,丁福保辑:《历代诗话续编》,第 310 页。

②〔宋〕叶梦得:《石林诗话》卷中,〔清〕何文焕辑:《历代诗话》,第 422—423 页。

③引自〔宋〕胡仔纂集,廖德明点校:《苕溪渔隐丛话》前集卷三五,第 236—237 页。

④〔宋〕严有翼:《艺苑雌黄》,郭绍虞辑:《宋诗话辑佚》,第 570 页。

⑤〔宋〕吴可:《藏海诗话》,丁福保辑:《历代诗话续编》,第 333 页。

⑥〔宋〕刘克庄著,王秀梅点校:《后村诗话》卷二,第 24 页。

虽渊明、少陵不得工也。然不易其意而造其语，谓之换骨法；规模其意形容之，谓之夺胎法。'如郑谷《十日菊》曰：'自缘今日人心别，未必秋香一夜衰。'此意甚佳，而病在气不长……所以荆公作《菊诗》则曰：'千花百卉雕零后，始见闲人把一支。'东坡则曰：'万事到头终是梦，休，休，休，明日黄花蝶也愁。'……凡此之类，皆换骨法也。顾况诗曰：'一别二十年，人堪几回别。'其诗简缓而立意精确。舒王作《与故人诗》曰：'一日君家把酒杯，六年波浪与尘埃。不知乌石江头路，到老相逢得几回。'乐天诗曰：'临风杪秋树，对酒长年身。醉貌如霜叶，虽红不是春。'东坡《南中作》诗曰：'儿童误喜朱颜在，一笑那知是醉红。'凡此之类，皆夺胎法也。学者不可不知。"①再如《艇斋诗话》载，"东湖言：'荆公《画虎行》用老杜《画鹘行》，夺胎换骨'"②；《韵语阳秋》载，"诗家有换骨法，谓用古人意而点化之，使加工也。李白诗云：'白发三千丈，缘愁似个长。'荆公点化之，则云：'缲成白发三千丈。'刘禹锡云：'遥望洞庭湖水面，白银盘里一青螺。'山谷点化之，则云：'可惜不当湖水面，银山堆里看青山。'……学诗者不可不知此"③。由这些例子可以看出，被宋人视为重要创作法门的"夺胎换骨"，王、苏、黄这三位诗坛大家可谓不分轩轾，均是引领风气的典范人物。

　　王安石诗的格律特点也受到了宋人的关注。首先是荆公诗善于押韵，尤其是擅押险韵，从而因难见巧、出奇制胜。《梁溪漫志》曰："作诗押韵是一奇。荆公、东坡、鲁直押韵最工，而东坡尤精于次韵，往返数四，愈出愈奇。如作梅诗、雪诗押'暾'字、'叉'字，在徐州与乔太博唱和押'粲'字，数诗特工，荆公和'叉'字数首，鲁直和'粲'字数首，亦皆杰出。盖其胸中有数万卷书，左抽右取，皆出自然。初不着意要寻好韵，而韵与意会，语皆浑成，此所以为好。若拘于用韵，必有牵强处，则害一篇之意，亦何足称。"④《遁斋闲览》曰："荆公在金陵，有《和徐仲文翚字韵咏梅诗》二首，东坡在岭南，有《暾字韵咏梅诗》三首，皆韵险而语工，非大手笔不能到也。"⑤《芥隐笔记》还记载了荆公在座上分险韵赋诗而拔得头筹的例子："荆公在欧公坐，

①〔宋〕惠洪：《冷斋夜话》卷一，张伯伟编校：《稀见本宋人诗话四种》，第17—18页。
②〔宋〕曾季狸：《艇斋诗话》，丁福保辑：《历代诗话续编》，第283页。
③〔宋〕葛立方：《韵语阳秋》卷二，〔清〕何文焕辑：《历代诗话》，第495页。
④〔宋〕费衮著，金圆点校：《梁溪漫志》卷七，上海古籍出版社1985年版，第74页。
⑤引自〔宋〕胡仔纂集，廖德明点校：《苕溪渔隐丛话》后集卷二一，第146—147页。

分韵送裴如晦知吴江,以'黯然消魂唯别而已'分韵。时客与公八人,荆公、子美、圣俞、平甫、老苏、姚子张、焦伯强也。时老苏得'而'字,押'谈诗究乎而'。荆公乃又作'而'字二诗:'采鲸抗波涛,风作鳞之而',盖用《周礼·考工记·瓬人》:'深其爪,出其目,作其鳞之而。'又云:'春风垂虹亭,一杯湖上持。傲兀何宾客,两忘我与而。'最为工。"①

除押韵外,宋人对王安石诗歌本身的音声格律之美也有所关注,如江西诗派后劲诗人韩驹就曾论:"王介甫律诗甚是律诗,篇篇作曲子唱得。盖声律不止平侧二声,当分平上去入四声,且有清浊,所以古人谓之吟诗,声律即吟咏乃可也。仆曰:鲁直所谓诗须皆可弦歌,公之意也。"②汪炎昶《编就荆公律》诗云:"半山松菊黯风烟,犹有新词世共传。暗叶宫商那有韵,绝无脂粉却成妍。趋朝玉佩行行整,入手骊珠颗颗圆。老子平生端崛强,可能着句独浑然。"③诗中所谓"暗叶宫商""趋朝玉佩"等语,就是指荆公诗和谐婉转、铿锵如玉的音律特点。

关于王安石诗的整体风格,宋人已指出其经历了前后变化的过程。《高斋诗话》云:"荆公《题金陵此君亭诗》云:'谁怜直节生来瘦,自许高才老更刚。'宾客每对公称颂此句,公辄频蹙不乐。晚年与平甫坐亭上,视诗牌曰:'少时作此题榜,一传不可追改,大抵少年题诗,可以为戒。'平甫曰:'杨子云所以悔其少作也。'"④可见王安石本人即对其早期作品有所不满。叶梦得《石林诗话》对此的记载更为详尽:"王荆公少以意气自许,故诗语惟其所向,不复更为涵蓄。如'天下苍生待霖雨,不知龙向此中蟠',又'浓绿万枝红一点,动人春色不须多','平治险秽非无力,润泽焦枯是有材'之类,皆直道其胸中事。后为群牧判官,从宋次道尽假唐人诗集,博观而约取,晚年始尽深婉不迫之趣。乃知文字虽工拙有定限,然亦必视初壮,虽此公,方其未至时,亦不能力强而遽至也。"⑤这里指出王诗经过了由直截刻露到深婉含蓄的变化,并揭示其变化的原因是王安石任群牧判官时深入钻研唐诗的结果。与此稍有不同,孙觌认为王诗之变始于其知制诰时而非任群牧时:

---

①〔宋〕龚颐正:《芥隐笔记》,王云五主编:《丛书集成初编》,第312册,第11—12页。

②〔宋〕魏庆之著,王仲闻点校:《诗人玉屑》卷一二,第265页。

③北京大学古文献研究所编:《全宋诗》卷三七二五,第71册,第44804—44805页。

④〔宋〕曾慥:《高斋诗话》,郭绍虞辑:《宋诗话辑佚》,第496页。

⑤〔宋〕叶梦得:《石林诗话》卷中,〔清〕何文焕辑:《历代诗话》,第419页。

"荆公《竹诗》：'人言直节生来瘦，自许高才老更刚。'《雪诗》：'平治险秽非无德，润泽焦枯实有才。'《送李璋下第》：'才如吾子何忧失，命属天公不可猜。'世人传诵，然非佳句。公诗至知制诰乃尽善，归蒋山乃造精绝，其后《再送李璋下第》、《和吴冲卿雪诗》，比少作如天渊相绝矣。"①孙觌与叶梦得都认为王安石晚年罢相归金陵后的诗作达到了创作上的巅峰，还有很多宋人也都认可这一观点，如《后山诗话》云，"公平生文体数变，暮年诗益工，用意益苦"②；《漫叟诗话》云，"荆公定林后诗，精深华妙，非少作之比"③；《彦周诗话》亦曰，"东坡海南诗、荆公钟山诗，超然迈伦，能追逐李杜陶谢"④。宋人崇尚豪华落尽的平淡老成之风，故对这种晚年诗文臻于高峰的现象，学者楼钥是这样解释的："少尝问从兄编修景山：'老杜、韩、柳泊本朝欧、苏、半山、山谷诸公，晚而诗文益高，何耶？'兄曰：'文章精神之发也，学问既充，精神有养，故老而日进。'"⑤

对荆公诗的风格特点，宋人抓住了精工极巧、精益求精这一特质，前面列举宋人对王诗艺术技巧的评论时已多有涉及。不过宋人在赞赏其艺术上精心锻炼的同时，对其整体诗风的过于精严巧丽也提出了批评，尤其是在黄庭坚、陈师道等江西派诗人提出了工拙参半的艺术标准后。如黄庭坚尝言："谓荆公之诗，暮年方妙，然格高而体下。如云：'似闻青秧底，复作龟兆坼。'乃前人所未道。又云：'扶舆度阳焰，窈窕一川花。'虽前人亦未易道也。然学二谢，失于巧尔。"⑥所谓"格高而体下"，就是指王诗气格高妙而诗风太过精巧，所以未为尽善尽美。陈师道《后山诗话》则更加直接地说："诗欲其好，则不能好矣。王介甫以工，苏子瞻以新，黄鲁直以奇。而子美之诗，奇常、工易、新陈莫不好也。"⑦他认为王诗（包括苏诗、黄诗）不如杜诗之处正在于过于追求精工新巧，未能像老杜那样随心所欲从而超越于工拙之上。此论也得到了张戒《岁寒堂诗话》的响应："王介甫只知巧语之为诗，而不知拙语亦诗也。山谷只知奇语之为诗，而不知常语亦诗也。欧阳

①〔宋〕孙觌：《与曾端伯书》，曾枣庄、刘琳主编：《全宋文》卷三四二九，第159册，第55页。
②〔宋〕陈师道：《后山诗话》，〔清〕何文焕辑：《历代诗话》，第304页。
③〔宋〕佚名：《漫叟诗话》，郭绍虞辑：《宋诗话辑佚》，第362页。
④〔宋〕许𫖮：《彦周诗话》，〔清〕何文焕辑：《历代诗话》，第383页。
⑤〔宋〕楼钥：《跋旧答李希岳启》，曾枣庄、刘琳主编：《全宋文》卷五九六〇，第264册，第282页。
⑥引自〔宋〕陈师道：《后山诗话》，〔清〕何文焕辑：《历代诗话》，第306页。
⑦〔宋〕陈师道：《后山诗话》，〔清〕何文焕辑：《历代诗话》，第306页。

公诗专以快意为主,苏端明诗专以刻意为工,李义山诗只知有金玉龙凤,杜牧之诗只知有绮罗脂粉,李长吉诗只知有花草蜂蝶,而不知世间一切皆诗也。惟杜子美则不然,在山林则山林,在廊庙则廊庙,遇巧则巧,遇拙则拙,遇奇则奇,遇俗则俗,或放或收,或新或旧,一切物,一切事,一切意,无非诗者。故曰'吟多意有余',又曰'诗尽人间兴',诚哉是言。"①宋人还具体分析了王诗过于精巧的弊端,如"东莱不喜荆公诗,云:'汪信民尝言荆公诗失之软弱,每一诗中,必有依依袅袅等字'"②,"东湖言荆公'月移花影上栏杆'不是好诗,予以为止似小词"③,"前人诗如'竹影金琐碎','竹日静晖晖',又'野林细错黄金日,溪岸宽围碧玉天',此荆公诗也。'错'谓'交错'之'错'。又'山月入松金破碎',亦荆公诗。此句造作,所以不入七言体格。如柳子厚'清风一披拂,林影久参差',能形容出体态,而又省力"④。对荆公诗这种精工极巧的艺术风格的态度,陈善《扪虱新话》的评价颇具代表性:"荆公晚年,诗极精巧,如'木落山林成自献,潮回洲渚得横陈'、'一水护田将绿绕,两山排闼送青来'之类,可见其琢句工夫,然论者犹恨其雕刻太过。"⑤既欣赏极精巧的"琢句工夫",又不满其"雕刻太过",由此亦反映出宋人对诗歌艺术风格的终极审美追求乃是由精工臻于自然、由极巧返归平淡。

值得注意的是,与之前批评王诗"失于巧"的观点不同,也有宋人认为王安石诗就达到了精工极巧却又自然平淡的艺术至境。叶梦得《石林诗话》曰:"王荆公晚年诗律尤精严,造语用字,间不容发。然意与言会,言随意遣,浑然天成,殆不见有牵率排比处。如'含风鸭绿鳞鳞起,弄日鹅黄袅袅垂',读之初不觉有对偶。至'细数落花因坐久,缓寻芳草得归迟',但见舒闲容与之态耳。而字字细考之,若经檃括权衡者,其用意亦深刻矣。"⑥叶氏所论,与他人多从风格上批评荆公诗过于精巧、不够平淡不同,他是从诗歌"言意"关系的角度着眼的,在他看来,荆公诗的"言"与"意"之间达到了"意与言会,言随意遣"的境界,也就是诗歌的语言表达与诗人的思想情感

①〔宋〕张戒:《岁寒堂诗话》卷上,丁福保辑:《历代诗话续编》,第464页。
②〔宋〕曾季狸:《艇斋诗话》,丁福保辑:《历代诗话续编》,第286页。
③〔宋〕曾季狸:《艇斋诗话》,丁福保辑:《历代诗话续编》,第293页。
④〔宋〕吴可:《藏海诗话》,丁福保辑:《历代诗话续编》,第329—330页。
⑤〔宋〕陈善:《扪虱新话》下集卷一,王云五主编:《丛书集成初编》,第311册,第52页。
⑥〔宋〕叶梦得:《石林诗话》卷上,〔清〕何文焕辑:《历代诗话》,第406页。

高度一致，惟其如此，精工极巧、精益求精的艺术追求不仅不会显得雕琢刻镂，还恰恰是诗思与情感的最好表达，由此也就形成了浑然天成、自然平淡的诗风。这一看法可谓慧眼独具，亦与东坡的"辞达"说遥相呼应①，使得宋人追求的"平淡"最终超越了风格论的层次，而深入到诗歌的情思表现与语言表达这一本质问题上来了。《石林诗话》又称荆公诗"晚年始尽深婉不迫之趣"②，《漫叟诗话》称其"精深华妙"③，表达的也都是相近似的观点，由"精""深"而造"华妙""深婉不迫之趣"，实际也就是精巧而不违自然的意思。

宋人还常常通过一些新奇精警的"比喻"表达了对王安石诗歌风格的独特感受，其议论亦各有妙处。如蔡絛云："黄太史诗，妙脱蹊径，言谋鬼神，唯胸中无一点尘，故能吐出世间语；所恨务高，一似参曹洞下禅，尚堕在玄妙窟里。东坡诗，天才宏放，宜与日月争光，凡古人所不到处，发明殆尽，万斛泉源，未为过也；然颇恨方朔极谏，时杂以滑稽，故罕逢酝藉……王介甫诗，虽乏丰骨，一番出清新，方似学语之小儿，酷令人爱。"④这里对王、苏、黄各自诗风的优缺点都有描绘，其中论王诗风格犹如骨格尚未长成的"小儿"，不足之处是不够刚健有力，但胜在清新可爱、自然天真。再如敖陶孙评诗曰："本朝苏东坡如屈注天潢，倒连沧海，变眩百怪，终归雄浑；欧公如四瑚八琏，止可施之宗庙；荆公如邓艾缒兵入蜀，要以嶮绝为功；山谷如陶弘景祗诏入宫，析理谈玄，而松风之梦故在。"⑤所谓"如邓艾缒兵入蜀，要以嶮绝为功"，就是论王诗的风格特点是生新奇崛，善于出奇制胜。再如张舜民曰："永叔之诗，如乍成春服，乍热酸醋，登山临水，竟日忘归。王介甫之诗，如空中之音，相中之色，人皆闻见，难可着摸。石延年之诗，如饥鹰夜归，岩冰春拆，迅逸不可言。苏东坡之诗，如武库初开，矛戟森然，不觉令

---

① 参见宋苏轼《与谢民师推官书》："大略如行云流水，初无定质，但常行于所当行，常止于所不可止，文理自然，姿态横生。孔子曰：'言之不文，行而不远。'又曰：'辞达而已矣。'夫言止于达意，即疑若不文，是大不然。求物之妙，如系风捕影，能使是物了然于心者，盖千万人而不一遇也。而况能使了然于口与手者乎？是之谓辞达。辞至于能达，则文不可胜用矣。"〔宋〕苏轼著，孔凡礼点校：《苏轼文集》卷四九，第1418页。

② 〔宋〕叶梦得：《石林诗话》卷中，〔清〕何文焕辑：《历代诗话》，第419页。

③ 〔宋〕佚名：《漫叟诗话》，郭绍虞辑：《宋诗话辑佚》，第362页。

④ 引自〔宋〕胡仔纂集，廖德明点校：《苕溪渔隐丛话》后集卷三三，第257—258页。

⑤ 引自〔宋〕魏庆之著，王仲闻点校：《诗人玉屑》卷二，第25页。

人神悚,仔细检点,不无利钝。"①这里所谓的"空中之音""相中之色"究竟是一种怎样的风格呢?严羽《沧浪诗话》中"盛唐诸人惟在兴趣,羚羊挂角,无迹可求,故其妙处,透彻玲珑,不可凑泊,如空中之音,相中之色,水中之月,镜中之象,言有尽而意无穷"这几句②,似乎可作参照。也就是说,张舜民认为荆公诗具有玲珑剔透的含蓄之美以及言有尽而意无穷的悠远韵味,故曰"人皆闻见,难可着摸"。

总之,王安石的诗歌风格在宋诗人中自成一家,对此宋人常以"某某体"称之,严羽《沧浪诗话》所列"以人而论"的宋人诗体中,计有"东坡体""山谷体""后山体""王荆公体""邵康节体""陈简斋体""杨诚斋体"等七家③,这是严氏看来最具个性特征、独自名家的七位宋代诗人,其中就包括王安石的"王荆公体"。

第二节 咏史·写物·律绝·集句

在诗歌的题材方面,王安石的咏史诗给宋人以极深印象。《梁溪漫志》云:"诗人咏史最难,须要在作史者不到处别生眼目,正如断案不为胥吏所欺,一两语中须能说出本情,使后人看之,便是一篇史赞,此非具眼者不能。自唐以来,本朝诗人最工为之。"④宋人好"以才学为诗""以议论为诗",故于彰显见识、议论古今的咏史诗十分擅长,其中尤以荆公最为突出。今人论王安石的咏史诗,多关注其善于"翻案"的一面,即议论的与众不同、立意构思的推陈出新等,而宋人则更加赞赏王诗立论的真知灼见与远见卓识。如《艇斋诗话》云:"荆公咏史诗,最于义理精深。如《留侯》诗,伊川谓说得留侯极是。予谓《武侯》诗,说得武侯亦出。又如《范增》诗云:'有道吊民天即助,不知何用牧羊儿。'又:'谁合军中称亚父,直须推让外黄儿。'咏史诗有如此等议论,他人所不能及。"⑤再如《韵语阳秋》曰:"王俭《七志》曰:宋高祖游张良庙,并命僚佐赋诗。谢瞻所赋,冠于一时,今载于《文选》者是

①引自〔宋〕胡仔纂集,廖德明点校:《苕溪渔隐丛话》后集卷三三,第 257 页。
②〔宋〕严羽著,郭绍虞校释:《沧浪诗话校释》,人民文学出版社 1983 年版,第 59 页。
③〔宋〕严羽著,郭绍虞校释:《沧浪诗话校释》,第 59 页。
④〔宋〕费衮著,金圆点校:《梁溪漫志》卷七,第 75 页。
⑤〔宋〕曾季狸:《艇斋诗话》,丁福保辑:《历代诗话续编》,第 320—321 页。

也。其曰'鸿门销薄蚀,陔下陨欃枪。爵仇建萧宰,定都护储皇。肇允契幽叟,翻飞指帝乡',则子房辅汉之策,尽于此数语矣。王荆公云:'素书一卷天与之,谷城黄石非吾师。固陵解鞍聊出口,捕取项羽如婴儿。从来四皓招不得,为我立弃商山芝。'亦用此数事。而议论格调,出瞻数等。"①真德秀《咏古诗序》亦曰:"古今诗人,吟讽吊古多矣,断烟平芜,凄风淡月,荒寒萧瑟之状,读者往往慨然以悲,工则工矣,而于世道未有云补也。惟杜牧之、王介甫,高才远韵,超迈绝出,其赋息妫、留侯等作,足以订千古是非。"②可见宋人是将王安石咏史诗的崇论宏议视作"史赞"来看待的。

当然,王安石在南宋时常被冠以"奸邪小人"之名,因此也有宋人对其咏史诗所表达的议论与道理极不以为然,甚至大加贬抑,前文提到的有关《商鞅》《明妃曲》的争议,其实也包含着这种情况。再如理学家罗大经,他就对王安石的咏史诗及史论进行了比较全面的否定:

> 荆公诗云:"谋臣本自系安危,贱妾何能作祸基。但愿君王诛宰嚭,不愁宫里有西施。"夫妲己者,飞廉、恶来之所寄也。褒姒者,聚子、膳夫之所寄也。太真者,林甫、国忠之所寄也。女宠蛊君心,而后憸壬阶之以进,依之以安。大臣格君之事,必以远声色为第一义。而谓"不愁宫里有西施"何哉?范蠡霸越之后,脱屣富贵,扁舟五湖,可谓一尘不染矣。然犹挟西施以行,蠡非悦其色也,盖惧其复以蛊吴者而蛊越,则越不可保矣。于是挟之以行,以绝越之祸基,是蠡虽去越,未尝忘越也。曾谓荆公之见而不及蠡乎?惟管仲之告齐桓公,以竖刁、易牙、开方为不可用,而谓声色为不害霸,与荆公之论略同。其论商鞅曰:"今人未可非商鞅,商鞅能令政必行。"夫二帝三王之政,何尝不行,奚独有取于鞅哉?东坡曰:"商鞅、韩非之刑,非舜之刑,而所以用刑者,则舜之术也。"此说犹回护,不如荆公之直截无忌惮。其咏昭君曰:"汉恩自浅胡自深,人生乐在相知心。"推此言也,苟心不相知,臣可以叛其君,妻可以弃其夫乎?其视白乐天"黄金何日赎娥眉"之句,真天渊悬绝也。其论冯道曰:"屈己利人,有诸佛菩萨之行。"唐质肃折之曰:"道事十主,更四姓,安得谓之纯臣?"荆公乃曰:"伊尹五就汤,五就桀,亦可

---

①〔宋〕葛立方:《韵语阳秋》卷九,〔清〕何文焕辑:《历代诗话》,第551页。

②曾枣庄、刘琳主编:《全宋文》卷七一六九,第313册,第149页。

谓之非纯臣乎?"其强辨如此。又曰:"有伊尹之志,则放其君可也。有
周公之志,则诛其兄可也。有周后妃之志,则求贤审官可也。"似此议
论,岂特执拗而已,真悖理伤道也。荀卿立"性恶"之论、"法后王"之
论,李斯得其说,遂以亡秦。今荆公议论过于荀卿,身试其说,天下既
受其毒矣。章、蔡祖其说,而推演之,加以凶险,安得不产靖康之祸乎!
荆公论韩信曰:"贫贱侵陵富贵骄,功名无复在刍荛。将军北面师降
虏,此事人间久寂寥。"论曹参曰:"束发山河百战功,白头富贵亦成空。
华堂不着新歌舞,却要区区一老翁。"二诗意却甚正。然其当国也,偏
执己见,凡诸君子之论,一切指为流俗,曾不如韩信之师李左车,曹参
之师盖公,又何也?①

在罗氏看来,王安石对西施、商鞅、昭君、伊尹、周公等历史人物或历史事件
作出的不同流俗的见解与议论,不仅是"执拗"不通、强词夺理,甚至还有
"悖理伤道"、荼毒人心的危害;正因为王安石的"偏执己见"、不明义理,所
以才导致靖康之难的发生:"天下既受其毒矣""安得不产靖康之祸乎"。由
此可见,罗大经对王安石咏史诗与史论的评价最后又回到了将其人斥为
"乱臣贼子"的论调上去了。无独有偶,另一位理学家黄震对王安石的咏史
诗也颇多批评:

《四皓诗》"采芝商山中,一视汉与秦。""一视"之语,似欠斟酌。

《孔子诗》,孔子岂是文人诗料?且"自古未有如孔子"之语,此本
发于孔门高弟,而孟子申述之者也。荆公乃谓其"蠛蠓何足知天高",
虽欲尊先圣,岂所以待先师?毋乃自道耶?

《杨雄二首》,其一以"孟子劝伐燕,伊尹干说亳"为雄《美新》之比,
何哉?其党奸至辱圣贤耶?其一谓"圣贤树立自有师",此荆公师心自
用发见之语也。

《汉文帝》,轻刑以全人之形体,短丧恐妨人于身后,荆公讥之,已
不知文帝之心矣!惜露台之费,薄霸陵之葬,亦痛骂之,何耶?

《秦皇》"天方猎中原。"恐非仁人之言也。

《东方朔》"何如夷与惠,空复忤时人。"是以朔之直谏为非耶?

---

① 〔宋〕罗大经著,王瑞来点校:《鹤林玉露》乙编卷四,第186—187页。

《严陵祠堂》"迹似磻溪应有待，世无西伯可能留。"荆公此言过矣。古今隐士，人品各自不同，有抱天下之志而隐者，有无志于斯世而隐者，有志念澹薄、本无操守而终变者。抱天下之志，如伊尹、孔明是也；本无操守，如卢藏用、种放之流是也。如严子陵，特无志于世者，使其才足有为，光武纵德薄于汤、武，独不名正于汤、武乎？孔明尚辅一隅之先主，奈何子陵不辅中兴之光武耶？士必待西伯而后出，孔子历聘之志荒矣。①

《读汉书诗》"毕竟论心异恭显，不妨迷国略相同。"此语为京房、刘向发，不晓荆公何见也。

《扬子诗》"千秋止有一扬雄。"荆公每尊之以比孔子，而略孟子，此其为荆公之见识也。

《商鞅诗》"自古驱民在信诚，一言为重百金轻。今人未可非商鞅，商鞅能令政必行。"荆公平生心事，尽见此诗矣。然荆公虽博学，而不明理。"诚"之一字，固未易言；信之为义，必有其实。徙木三丈而酬金百斤，天下宁有此理？此正商鞅矫情以行诈耳，顾谓之信诚，可乎？果诚信，民将不令而从，谓诚信为驱民之具，何耶？

《读后汉书》云："可怜窦武陈蕃辈，欲与天争汉鼎归。"如公之言，则曹瞒辈盗窃神器皆顺天者耶？②

不难看出，黄震虽没有像罗大经那样指斥王安石"祸国殃民"，但却同样对荆公咏史诗中的见解极为不满，故每每作出"此荆公师心自用发见之语""不晓荆公何见""此其为荆公之见识"等质疑、批评的评论，其重点就是指出王安石其实不知"道"，正因其"道"之不明，故识见弊亏、大义蒙昧，发出来的议论自然多有偏颇，难孚人意。深究起来，这背后其实又涉及到了理学与新学的"道统"与学术观念之争，如黄震学宗朱熹，尊崇孟子，而王安石推尊扬雄以比孔子，就遭到了黄氏"党奸至辱圣贤"的严词批评；再如黄震等理学家认为"天"是人格化的天，天道仁义、天理流行，故王安石《秦始皇》"天方猎中原"句便被斥为"非仁人之言"；等等。当然，黄氏所论也有望文生义、吹毛求疵的地方，如论《四皓》《读后汉书》二诗，便是指责王安石不尊

---

①按：此段原文标点有误，今径改之。
②以上均见〔宋〕黄震：《黄氏日抄》卷六四，张伟、何忠礼主编：《黄震全集》，第1943—1946页。

"正统"，"一视"秦汉、为奸贼如曹操等辈张本，其实王诗根本并无此意，这完全是黄震本人对诗作的过度阐释。

除咏史外，荆公诗还以擅长写物受到了宋人的青睐。这里的"写物"并不等同于"咏物"，而是一个更为广义的概念，既包括吟咏花鸟草木、山水景物等，也包括描写人情物态、场景情境等。如，"今山寺留题者亦多，而绝少佳句，惟'寺影中流见，钟声两岸闻'，又'天多剩得月，地少不生尘'，最为人传诵，要亦未为至工；若用之于落星寺，有何不可乎？熙宁中，荆公有句云：'天末海门横北固，烟中沙岸似西兴。'尤为中的"①，"王介甫少时作石榴花诗：'浓绿万枝红一点，动人春色不须多。'此老风味不薄，岂铁心石肠者哉"②，这是写景色风物的；再如，"东湖喜荆公《燕侍郎画山水图》诗，其间云：'燕公侍书燕王府，王求一笔终不予。仁人志士埋黄土，只有粉墨归囊楮。'此可谓能形容燕公也"③，"丁晋公《筑球》诗，世称曲尽形容之妙。如半山《观棋》诗云：'旁观各技痒，窃议儿女嗫。讳轮宁断头，悔悟乃搏颊。'亦曲写人情之妙也"④，这是状人情、绘物态的。

宋人认为王诗善于写物的原因，首先在于体物入微、立意奇妙。如《默记》云："若荆公暮年赋《临水桃花诗》：'还如景阳妃，含叹堕宫井。'此善体物者也。然不止此而已，终云'惆怅有微波，残妆坏难整'，此乃能见境而却扫除净尽，此所谓'倒弄造化手'也。"⑤其次，不仅体物微妙，关键还要能"写得出"，故王安石笔力雄健，也是其善于写物的重要原因。《韵语阳秋》云："古今人赋棋诗多矣。'几局赌山果，一先饶海僧'者，郑谷之诗也。'雁行布阵众未晓，虎穴得子人皆惊'者，刘梦得之诗也。'古人重到今人爱，万局都无一局同'者，欧阳炯之诗也。观诸人语意，皆无足取，独爱荆公《赠叶致远》之作，其略云：'或撞关以攻，或觑眼而攫。或羸形伺击，或猛出追蹑。垂成忽破坏，中断俄连接。或外示闲暇，或事先和燮。或冒突超越，鼓行令震叠。或粗见形势，驱除令远蹀。或开拓疆境，欲并句总摄。或惭如告亡，或喜如献捷。讳输宁断头，悔误乃披颊。'可谓曲尽围棋之态。非笔力可以

①〔宋〕胡仔纂集，廖德明点校：《苕溪渔隐丛话》前集卷三四引《遁斋闲览》，第232页。
②〔宋〕赵令畤著，孔凡礼点校：《侯鲭录》卷三，第89页。
③〔宋〕曾季狸：《艇斋诗话》，丁福保辑：《历代诗话续编》，第285页。
④〔宋〕吴聿：《观林诗话》，丁福保辑：《历代诗话续编》，第130页。
⑤〔宋〕王铚著，朱杰人点校：《默记》卷下，第46—47页。

回万钧，岂易至此。取退之《南山诗》读之，若可齐驱并驾也。"①再次，还有造语的工巧精妙、新颖奇特。《遁斋闲览》云："凡咏梅多咏白，而荆公诗独云：'须撚黄金危欲堕，蒂团红蜡巧能妆。'不惟造语巧丽，可谓能道人不到处矣。又东坡《咏梅》一句云：'竹外一枝斜更好。'语虽平易，然颇得梅之幽独闲静之趣。凡诗之咏物，虽平淡巧丽不同，要能以随意造语为工。公后复有诗云：'遥知不是雪，为有暗香来。'盖取苏子卿诗'只言花似雪，不悟有香来'之意。公在金陵，又有《和徐仲文鬘字韵咏梅诗》二首，东坡在岭南，有《敲字韵梅诗》三首，皆韵险而语工，非大手笔不能到也。"②《诗史》云："唐僧多佳句，其琢句法，有比物以意而不言物，谓之象外句。如《无可上人诗》曰：'听雨寒更尽，开门落叶声'，是落叶比雨声也。又曰：'微阳下乔木，远烧入秋山'，是微阳比远烧也。用事琢句，妙在言其用，而不言其名耳。此惟荆公山谷东坡知之。荆公诗：'含风鸭绿鳞鳞起，弄日鹅黄袅袅垂'，此言水柳之用，而不言水柳之名。"③复次，写物而能穷理合道，往往也是荆公诗能够超越侪辈的重要因素。《瓮牖闲评》云："棋，至难事也，而咏棋为尤难。尝观杜牧之诗云：'赢形暗去春泉长，猛势横来野火烧。'刘梦得诗云：'雁行布阵众未晓，虎穴得子人方惊。'黄太史诗云：'心似蛛丝游碧落，身如螳壳化枯枝。'观此三诗，皆道尽棋中妙处，殆不容优劣矣。至王荆公、苏东坡则不然，荆公之诗云：'战罢两奁收黑白，一枰何处有亏盈。'东坡之诗云：'胜固忻然，败亦可喜。优哉游哉，聊复尔尔。'二诗理趣尤奇，其见又高于前三公也。"④《碧溪诗话》云："临川《咏鲁公坏碑》云：'六书篆籀数变改，遂令后世多失真。谁初妄凿好与丑，坐令学士劳骸筋。堂堂鲁公勇且仁，岂亦以此夸常民。直疑技巧有天德，不必强勉亦通神。'坡《咏歙砚》诗云：'与天作石来几时，与人作砚初不辞。诗成鲍谢石何与，笔落钟王砚不知。'此皆穷本探妙，超出准绳外，不特状写景物也。"⑤

　　作为诗坛大家，王安石诗古律皆备、诸体兼善，而以近体诗尤其是绝句尤为宋人所称道。与荆公同时的黄庭坚已经指出："荆公暮年作小诗，雅丽

①〔宋〕葛立方：《韵语阳秋》卷一七，〔清〕何文焕辑：《历代诗话》，第623页。

②引自〔宋〕胡仔纂集，廖德明点校：《苕溪渔隐丛话》前集卷二七，第189—190页。

③〔宋〕蔡居厚：《诗史》，郭绍虞辑：《宋诗话辑佚》，第463—464页。

④〔宋〕袁文著，李伟国点校：《瓮牖闲评》卷六，第61页。

⑤〔宋〕黄彻：《碧溪诗话》卷六，丁福保辑：《历代诗话续编》，第374页。

精绝，脱去流俗，每讽味之，便觉沆瀣生牙颊间。"①这里的"小诗"就是指绝句。苏轼的看法与黄庭坚稍有不同，据《侯鲭录》记载："东坡云：'荆公暮年诗，始有合处。五字最胜，二韵小诗次之，七言诗终有晚唐气味。'"②他认为王安石的五古、五律最好，绝句次之，而五绝又在七绝、七律之上。相比较而言，黄庭坚的评价得到了更多宋人的认同，如《苕溪渔隐丛话》就在记录了山谷之言后接着附和道："荆公小诗，如'南浦随花去，回舟路已迷。暗香无觅处，日落画桥西。''染云为柳叶，剪水作梨花。不是春风巧，何绿见岁华。''檐日阴阴转，床风细细吹。翛然残午梦，何许一黄鹂。''蒲叶清浅水，杏花和暖风。地偏缘底绿，人老为谁红。''爱此江边好，留连至日斜。眠分黄犊草，坐占白鸥沙。''日净山如染，风暄草欲熏。梅残数点雪，麦涨一川云。'观此数诗，真可使人一唱而三叹也。"③江西诗派诗人徐俯亦谓，"荆公暮年，金陵绝句之妙传天下"，并自言所作"细落李花那可数，偶行芳草步因迟"诗句与荆公"细数落花因坐久，缓寻芳草得归迟"绝句偶合④；不过宋人认为徐诗不及王诗："予尝以为王因于唐人，而徐又因于荆公，无可疑者。但荆公之诗，熟味之，可以见其闲适优游之意。至于师川，则反是矣。"⑤

　　这里还提到了荆公绝句与唐绝句的关系。《艇斋诗话》曰："绝句之妙，唐则杜牧之，本朝则荆公，此二人而已。"⑥《墨庄漫录》曰："七言绝句，唐人之作，往往皆妙。顷时王荆公多喜为之，极为清婉，无以加焉。"⑦苏轼尝因王安石诗"有晚唐气味"而有所不喜，而南宋诗坛风气随着向唐诗的回归，则认为荆公绝句近于唐人，但离唐诗尚有一间，故杨万里自叙学诗过程曰："予之诗，始学江西诸君子，既又学后山五字律，既又学半山老人七字绝句，晚乃学绝句于唐人"⑧，"船中活计只诗编，读了唐诗读半山。不是老夫朝

①引自〔宋〕胡仔纂集，廖德明点校：《苕溪渔隐丛话》前集卷三五，第234页。
②〔宋〕赵令畤著，孔凡礼点校：《侯鲭录》卷七，第182页。
③〔宋〕胡仔纂集，廖德明点校：《苕溪渔隐丛话》前集三五，第234页。
④参见〔宋〕吴开《优古堂诗话》，丁福保辑：《历代诗话续编》，第266页。
⑤〔宋〕吴开：《优古堂诗话》，丁福保辑：《历代诗话续编》，第266页。
⑥〔宋〕曾季狸：《艇斋诗话》，丁福保辑：《历代诗话续编》，第299页。
⑦〔宋〕张邦基著，孔凡礼点校：《墨庄漫录》卷六，第180页。
⑧〔宋〕杨万里著，辛更儒笺校：《杨万里集笺校》卷八〇《诚斋荆溪集序》，中华书局2007年版，第3260页。

不食，半山绝句当朝餐"①，"不分唐人与半山，无端横欲割诗坛。半山便遣能参透，犹有唐人是一关"②。叶适也说："王安石七言绝句，人皆以为特工，此亦后人貌似之论尔。七言绝句，凡唐人所谓工者，今人皆不能到，惟杜甫功力气势之所掩夺，则不复在其绳墨中；若王氏则徒有纤弱而已，而今人绝句，无不祖述王氏，则安能窥唐人之藩墙！况甫之所掩夺者，尚安得至乎！"③

尽管如此，绝句仍被视为王安石的代表性诗体，南宋释普闻《诗论》即曰："老杜之诗，备于众体，是为'诗史'。近世所论：东坡长于古韵，豪逸大度；鲁直长于律诗，老健超迈；荆公长于绝句，闲暇清癯。其各一家也。然则荆公之诗，覃深精思，是亦今时之所尚者。鲁直曰：'荆公暮年小诗，雅丽清绝，脱去尘俗，不可以常理待之也。'荆公《送和甫寄女子》诗云：'荒烟凉雨助人悲，染湿衣衿不自知。除却春风沙际绿，一如送女过江时。'拂云豪逸之气，屏荡老健之节，其意韵幽远，清癯雅丽为得也。"④严羽《沧浪诗话》亦以荆公绝句为自成一家："五言绝句：众唐人是一样，少陵是一样，韩退之是一样，王荆公是一样，本朝诸公是一样。"⑤他在"王荆公体"后加按语云："公绝句最高，其得意处，高出苏黄陈之上，而与唐人尚隔一关。"⑥

由于荆公诗炼字、对仗、格律都极为工整精巧，合乎法度规矩，故也有宋人称赞王安石的律诗之精，如吴沆《环溪诗话》载："仲兄又问：'山谷拗体如何？'环溪云：'……盖其诗以律而差拗，于拗之中又有律焉。此体惟山谷能之，故有"黄流不解涴明月，碧树为我生凉秋"、"石屏堆叠翡翠玉，莲荡宛转芙蓉城"、"纸窗惊吹玉蹀躞，竹砌翠撼金琅珰"、"蜂房各自开户牖，蚁穴或梦封侯王"等语，皆有可观。然诗才拗，则健而多奇；入律，则弱为难工。荆公之诗，入律而能健，比山谷则为过之。'"⑦在吴沆看来，黄庭坚的拗律属于"变体"，王安石的律诗则属于"正体"。"变体"更容易出奇制胜，而荆

①〔宋〕杨万里著，辛更儒笺校：《杨万里集笺校》卷三一《读诗》，第1582页。

②〔宋〕杨万里著，辛更儒笺校：《杨万里集笺校》卷八《读唐人及半山诗》，第479页。

③〔宋〕叶适：《习学记言序目》卷四七，中华书局1977年版，第707页。

④〔宋〕释普闻：《诗论》，〔明〕陶宗仪等编：《说郛》（一百卷）卷六七，《说郛三种》，上海古籍出版社1988年版，第1008页。

⑤〔宋〕严羽著，郭绍虞校释：《沧浪诗话校释》，第141页。

⑥〔宋〕严羽著，郭绍虞校释：《沧浪诗话校释》，第59页。

⑦〔宋〕吴沆著，陈新点校：《环溪诗话》卷中，中华书局1988年版，第131页。

公能以"正体"擅场,故比山谷更加难能可贵。南宋学者林希逸也十分赞赏王安石的律体,对其评价极高:"前此我朝诸大家数,律之精,莫如半山,有杨、刘所不及;古之奥,莫如宛陵,有苏、黄所不及。"①这与释普闻将古诗、律诗、绝句的代表权分属苏轼、黄庭坚、王安石的看法不同,而是以苏、黄作为宋诗中古体诗的典范人物,王安石则为律体诗(包括律诗和绝句)的典型代表。正因如此,宋元之际似乎还有人以《荆公律》之名编选王安石律体诗集②。

　　王安石的集句诗也是宋人广泛讨论的话题。集句是一种比较特殊的诗体,即截取他人诗句拼集而成一诗。许多宋人诗话、笔记都记载了王安石雅好集句的逸闻趣事,如《石林诗话》:"王荆公在钟山,有马甚恶,蹄啮不可近。一日,两校牵至庭下告公。请鬻之。蔡天启时在坐,曰:'世安有不可调之马,第久不骑,骄耳!'即起捉其鬃,一跃而上,不用衔勒,驰数十里而还。荆公大壮之,即作集句诗赠天启,所谓'蔡子勇成癖,能骑生马驹'者。后又有'身着青衫骑恶马,日行三百尚嫌迟。心源落落堪为将,却是君王未备知。'士大夫自是盛传荆公以将帅之材许天启。"③《竹坡诗话》载:"王荆公作集句,得'江州司马青衫湿'之句,欲以全句作对,久而未得。一日问蔡天启:'江州司马青衫湿,可对甚句?'天启应声曰:'何不对梨园弟子白发新。'公大喜。"④《曲洧旧闻》亦记:"东坡自黄徙汝,过金陵,荆公野服乘驴谒于舟次……乃相招游蒋山。在方丈饮茶次,公指案上大砚,曰:'可集古人诗联句赋此砚。'东坡应声曰:'轼请先道一句。'因大唱曰:'巧匠斫山骨。'荆公沉思良久,无以续之,乃曰:'且趁此好天色,穷览蒋山之胜,此非所急也。'田画承君是日与一二客从后观之。承君曰:'荆公寻常好以此困人,而门下士往往多辞以不能,不料东坡不可以此慑伏也。'"⑤

　　王安石现存集句作品近 70 首(包括 2 首集句词),可见其的确是长于此道的高手。宋人已指出荆公集句极其工巧,每每为他人所不能及:"集句近世往往有之,惟王荆公得此三昧。前人所传,如'雨荒深院菊,风约半池

①〔宋〕林希逸:《方君节诗序》,曾枣庄、刘琳主编:《全宋文》卷七七三一,第 335 册,第 329 页。
②按:汪炎昶(1261—1338)有《编就荆公律》一诗,见北京大学古文献研究所编:《全宋诗》卷三七二五,第 71 册,第 44804—44805 页。
③〔宋〕叶梦得:《石林诗话》卷中,〔清〕何文焕辑:《历代诗话》,第 421—422 页。
④〔宋〕周紫芝:《竹坡诗话》,〔清〕何文焕辑:《历代诗话》,第 344 页。
⑤〔宋〕朱弁著,孔凡礼点校:《曲洧旧闻》卷五,第 151—152 页。

萍'之句,非不切律,但苦无思耳"①,"荆公集句诗,虽累数十韵,皆顷刻而就,词意相属,如出诸己,他人极力效之,终不及也。如《老人行》云:'翻手为云覆手雨,当面输心背面笑。'前句老杜《贫交行》,后句老杜《莫相疑行》,合两句为一联,而对偶亲切如此"②,"王荆公集古《胡笳词》一章云:'欲问平安无使来,桃花依旧笑春风。'后章云:'春风似旧花仍笑,人生岂得长年少。'二者贴合,如出一手,每叹其精工"③。集句诗因是汇集他人诗句而成,除了对集句者深厚的才学考验外,更高境界的要求是如何将这些出自众手的诗句完美融为一体而不显拼凑痕迹,甚至产生化合效应生发出新的诗境与意境,这也是很多诗人对此望而却步的原因。不过王安石却能够游刃有余地运用这一诗体,甚至取得了超越原创的艺术效果,宋人对此极为钦佩,沈括《梦溪笔谈》就赞叹道:"古人诗有'风定花犹落'之句,以谓无人能对。王荆公以对'鸟鸣山更幽'。'鸟鸣山更幽'本宋王籍诗,元对:'蝉噪林逾静,鸟鸣山更幽',上下句只是一意。'风定花犹落,鸟鸣山更幽',则上句乃静中有动,下句动中有静。荆公始为集句诗,多者至百韵,皆集合前人之句,语意对偶,往往亲切过于本诗。"④《王直方诗话》亦评:"荆公始为集句,多者至数十韵,往往对偶亲于本诗,盖以诵古今人诗多,或坐中率然而成,始可以为贵也。"⑤李纲也说:"昔蔡琰作《胡笳十八拍》,后多仿之者,至王介甫,集古人诗句为之,辞尤丽缛凄婉,能道其情致,过于创作。"⑥正因王安石集句创作的造诣已出神入化,以至于有的宋人认为这种诗体形式是从荆公开始的,如沈括、王直方皆谓"荆公始为集句",于是引起了其他宋人对此说法的纠正:"集句自国初有之,未盛也。至石曼卿,人物开敏,以文为戏,然后大著……至元丰间,王文公益工于此。人言起自公,非也"⑦,"荆公晚多喜取前人诗句为集句诗,世皆言此体自公始。予家有至和中成都人胡归仁诗,已有此作,自号安定八体"⑧。其实石曼卿、胡归仁也并非集句

---

① 〔宋〕周紫芝:《竹坡诗话》,〔清〕何文焕辑:《历代诗话》,第339页。
② 〔宋〕胡仔纂集,廖德明点校:《苕溪渔隐丛话》前集卷三五引《遁斋闲览》,第238页。
③ 〔宋〕洪迈著,孔凡礼点校:《容斋随笔·五笔》卷五,第882页。
④ 〔宋〕沈括著,胡道静校证:《梦溪笔谈校证》卷一四,上海古籍出版社1987年版,第504页。
⑤ 引自〔宋〕胡仔纂集,廖德明点校:《苕溪渔隐丛话》前集卷三五,第239页。
⑥ 〔宋〕李纲著,王瑞明点校:《李纲全集》卷二一《胡笳十八拍》,岳麓书社2004年版,第269页。
⑦ 〔宋〕蔡絛:《西清诗话》卷上,张伯伟编校:《稀见本宋人诗话四种》,第184—185页。
⑧ 〔宋〕蔡居厚:《蔡宽夫诗话》,郭绍虞辑:《宋诗话辑佚》,第407页。

诗的开创者,西晋人傅咸就有集《诗经》成句而成的《七经》诗了。此外,还有人径以"荆公体"来称呼集句诗,如江西诗派的洪刍有一首《戏用荆公体呈黄张二君》①,这是首集句诗,而洪刍就称此乃"荆公体"。

当然,集句这种诗体毕竟是拾取他人诗句而非本人创作,故此带有较强的游戏性质,因而也遭到了宋人的一些非议,如苏、黄两位诗坛大家就均对这一诗体有所不屑。苏轼《次韵孔毅父集古人句见赠五首》其一云:"羡君戏集他人诗,指呼市人如使儿。天边鸿鹄不易得,便令作对随家鸡。退之惊笑子美泣,问君久假何时归。世间好句世人共,明月自满千家墀。"②《集注分类东坡先生诗》引"尧卿"语曰:"公此诗美之,亦微以讥之耳。盖'市人'不可使之如儿,'鸿鹄'不可与'家鸡'为对,犹古人诗句有美恶工拙,其初各有思致,岂可混为一律邪?"③黄庭坚则更加不客气地指其为"可堪一笑"的"百家衣","王荆公暮年喜为集句,唐人号为四体,黄鲁直谓正堪一笑尔"④,"集句诗,山谷谓之百家衣体……人以为巧。然皆疲费精力,积日月而后成,不足贵也"⑤。

不过还是有不少宋人对集句这种可以驰学骋才的诗体十分喜爱。如李弥逊《舍人林公时骞集句后序》云:"自风雅之变,建安诸子,南朝鲍庾谢辈,至唐以诗鸣者,何止数百人,独杜子美上薄风骚,尽得古今体势。其它旁门异派,如沈、宋、韩、柳、贺、白、韦应物、刘禹锡、李商隐、杜牧、张籍、卢仝、韩偓、温庭筠之流,其精深雄健,闲淡放逸,绮丽软美变怪,人自为家。而元轻白俗,郊寒岛瘦,后世或以为讥。乃欲奴仆命之,拔其尤,揉而置之关纽间,如出一口,如捋狼,如探虎,如阵市人,噫,可以为难矣!"⑥这是说集句诗在某种程度上可以会集诗史名家之长而尽得"古今体势",故殊为难能可贵。又云:"集句,唐人号为四体,国朝石曼卿始以为名。至元丰临川王文公,造乎技矣。东坡好为高世说,雅不与临川相能,故有鸿鹄、家鸡之比。自是靡然不复相尚。其后学诗者流,闻于膏馥之余,爬罗牵挽,仅相比

---

① 北京大学古文献研究所编:《全宋诗》卷一二八〇,第22册,第14478页。

② 〔宋〕苏轼著,〔清〕王文诰辑注,孔凡礼点校:《苏轼诗集》卷二二,第1155—1156页。

③ 〔宋〕苏轼著,〔宋〕王十朋集注:《集注分类东坡先生诗》卷一八,张元济辑:《四部丛刊初编》,第951册。

④ 〔宋〕陈师道:《后山诗话》,〔清〕何文焕辑:《历代诗话》,第306页。

⑤ 〔宋〕惠洪:《冷斋夜话》卷三,张伯伟编校:《稀见本宋人诗话四种》,第31页。

⑥ 曾枣庄、刘琳主编:《全宋文》卷三九五二,第180册,第276页。

属,则揣意语近似而命之题,虽形模具存,真木偶人,惛惛无复生气。观介翁之作,失喜自贺,不意复见前辈。向使坐筌蘅兰蕊之室,享笙竽琴瑟之奏,登鲂鲤牛心熊掌而脍炙之,不足喻其美且乐也。介翁敏博而文,读书过眼辄诵,自著及训解卷百有奇。煨烬之余,唯此稿存。其所用诗,上下数百年,凡二百八十家。且曰:'惜哉,使我不得置东坡、山谷语于其间也!'"①这是评林震的集句诗非碌碌之辈可比,可以承续王安石的集句创作,蔚然名家。再如何梦桂《唐月心集句序》云:"荆公晚年好作集句,正不免黄太史一笑。余谓不然,集句虽古人糟粕,然用之如诸葛孔明学黄帝兵法,作八阵图,必其方圆曲直、纵横离合悉在吾胸中,而后可以应敌而不穷。不然龃龉牵合仓卒,鲜有不败者。月心集句政类此。吾方羡其三多,而心手相应,随取辄得,固未暇以涪翁之说少之。"②这也是认可集句诗自有其价值,而非如黄庭坚所认为的那样不堪,并称赞友人唐月心的集句创作。总之,大多数宋人对集句诗及王安石在集句上的贡献还是予以了充分肯定的,正如牟𪩘《厉瑞甫唐宋百衲集序》所言:"宋百余年间,乃有集句者出,其不变之变欤。求之回文离合、双声叠韵、建除郡邑名诸体,无与集句类者,惟联句近之。但柏梁则君臣同时,昌黎则朋友同席,视集句远衷古作颇异焉,实始于半山王公。半山平生崛强执拗,行新法则诋诸老为流俗,作《字说》、《新经义》则目《春秋》为断烂朝报,乃甘摭拾陈言,从事集句,何耶? 然其天资殊绝,学力至到,猝然之顷,不劳思惟,立成数十韵,对偶亲切,吻合自然,抑难矣。"③

第三节　王、苏、黄比较与
王安石的诗史地位问题

在宋代诗歌史上,苏轼、黄庭坚一般被认为代表了宋诗的最高成就,"苏、黄"齐名并称自元祐年间已为大多数诗人、学者所公认,这本身即意味着对苏、黄诗史地位的推重与肯定。值得注意的是,宋人其实不仅喜将苏、黄相提并论,还常常将王安石也与苏、黄放在一起讨论,这就涉及到宋人对

①曾枣庄、刘琳主编:《全宋文》卷三九五二,第180册,第276页。
②曾枣庄、刘琳主编:《全宋文》卷八二九二,第358册,第79页。
③曾枣庄、刘琳主编:《全宋文》卷八二二八,第355册,第272—273页。

王安石诗史地位的评价了。细分宋人对王安石与苏、黄的态度,有以下三种情况:

第一种情况是推崇苏、黄在王之上。众所周知,北宋嘉祐与元祐诗坛是宋诗发展的两次高潮,前者以欧阳修、梅尧臣为代表,后者则以苏轼、黄庭坚为代表;前者的历史贡献是对宋诗特质的形成有筚路蓝缕之功,后者则将宋诗推向了可以与唐诗媲美的诗国巅峰。王安石处于这两者的中间,恰是承前启后的人物,因此将他归入嘉祐诗坛还是元祐诗坛,往往就隐含着对其诗史地位的判定。无名氏《豫章先生传赞》云:"自李、杜殁而诗律衰,唐末以及五季,虽有兴比自名者,然格下气弱,无以议为也。宋兴,杨文公始以文章莅盟。然至于诗,专以李义山为宗,以渔猎掇拾为博,以俪花斗叶为工,号称西昆体。嫣然华靡,而气骨不存。嘉祐以来,欧阳公称太白为绝唱,王文公称少陵为高作,而诗格大变。高风之所扇,作者间出,班班可述矣。"①这是将王安石归入嘉祐诗坛,肯定了他与欧阳修等人变革晚唐至宋初以来的华靡诗风,从而为宋诗注入了积极刚健的诗学精神,开辟了宋诗革新的道路。李洪《橛株集序》云:"诗于文章为一体,必欲律严而意远,模写物状,吟咏情性,象外之象,境外之境,昔人谓如蓝田日暖,良玉生烟,可望而不可置于眉睫之前,其难如是!前辈用心之专,终身不以为易。由建安至六朝,莫盛于唐,三百年间,作者众多,传于今尚百家,而言诗者必以李、杜为宗,岂非专于所长乃能名家耶?皇朝之初,时尚昆体,自欧阳公、王文公起,而一变怪涩为清圆。苏、黄继鸣,四方风化,句法乃复于古。"②这也是以欧、王为宋诗变化之肇端,而以苏、黄为宋诗鼎盛之大成。不过必须指出的是,李洪等人虽然肯定了王安石对宋诗的开辟之功,却显然认为苏、黄才是宋诗的大成,影响更为巨大,故曰"苏、黄继鸣,四方风化,句法乃复于古"。

宋人以苏、黄为尊的观念还直接表现在并举二人作为宋诗的典型,以之作为学诗者共同师法的典范以及追配古人的代表。如吕本中《童蒙诗训》云:"自古以来语文章之妙,广备众体,出奇无穷者,唯东坡一人;极风雅之变,尽比兴之体,包括众作,本以新意者,唯豫章一人,此二者当永以为法"①,"学诗须熟看老杜、苏、黄,亦见其体式,然后遍考他诗,自然工夫度越他人"②。可见吕本中就是苏、黄的坚实拥趸,尊奉二人为诗坛宗师与诗学圭臬。作为江西诗派理论的重要传承者,吕本中的诗学观念在很大程度上影响并代表着江西后劲共同的诗学主张。江西诗派的另一位重要人物陈与义也有与吕本中相近的观点,《简斋诗集引》云:"诗至老杜极矣。东坡苏公、山谷黄公奋乎数世之下,复出力振之,而诗之正统不坠。然东坡赋才也大,故解纵绳墨之外,而用之不穷;山谷措意也深,故游泳□味之余,而索之益远。大抵同出老杜,而自成一家,如李广、程不识之治军,龙伯高、杜季良之行己,不可一概诘也。近世诗家知尊老杜矣,至学苏者乃指黄为强,而附黄者亦谓苏为肆;要必识苏、黄之所不为,然后可以涉老杜之涯矣。此简斋陈公之说云耳。"③这段议论,既揭示了苏、黄与杜甫的关系,又提出了超轶苏、黄,直接继承杜甫的诗学要求,但其本质实与吕本中所论殊途同归,都是高度认同由杜甫到苏轼、黄庭坚所形成的诗学正统,并以这条脉络作为宋诗发展的正确方向。到了南宋中兴诗坛,与江西诗派渊源甚深的杨万里又将苏、黄并举,以追配唐诗成就最高的李、杜:"今夫四家者流,苏似李,黄似杜。苏、李之诗,子列子之御风也。杜、黄之诗,灵均之乘桂舟、驾玉车也。无待者神于诗者欤,有待而未尝有待者,圣于诗者欤?嗟乎!离神与圣,苏李苏李乎尔,杜黄杜黄乎尔;合神与圣,苏李不杜黄,杜黄不苏李乎?"④可见在杨万里心目中,宋诗人中能与李、杜相提并论,并能代表宋诗最高成就的还是非苏、黄莫属。

　　第二种情况是推尊王在苏、黄之上。这在宋人中还是比较罕见的,叶梦得算是一例,他所撰的《石林诗话》多有对王、苏、黄三人的评论,宋末元初的方回已谓其"石林诗论专主半山而抑苏黄,非正论也"⑤;后来《四库全书总目》也说:"是编论诗,推重王安石者不一而足。而于欧阳修诗……于苏轼诗……皆有所抑扬于其间。盖梦得本绍述余党,故于公论大明之后,尚阴抑元祐诸人。"⑥叶梦得并非因为党争而"阴抑元祐",今人自郭绍虞先

①〔宋〕吕本中:《童蒙诗训》,郭绍虞辑:《宋诗话辑佚》,第 604 页。
②〔宋〕吕本中:《童蒙诗训》,郭绍虞辑:《宋诗话辑佚》,第 603 页。
③〔宋〕陈与义著,吴书荫、金德厚点校:《陈与义集》卷首,中华书局 1982 年版,第 4 页。
④〔宋〕杨万里著,辛更儒笺校:《杨万里集笺校》卷七九《江西宗派诗序》,第 3231—3232 页。
⑤〔元〕方回选评,李庆甲集评:《瀛奎律髓汇评》卷二四,第 1093 页。
⑥〔清〕永瑢等:《四库全书总目》卷一九五,第 1783 页。

生起已多为其辩白①。那么,叶氏《石林诗话》中究竟有没有"崇王而抑苏、黄"的议论呢?

首先,叶梦得确实对荆公推崇备至,前文列举宋人对王安石诗艺术精湛与风格深婉的称赞,就引用了不少《石林诗话》的例子,此不重复,不过以下评语还要再次提起:"(荆公)晚年始尽深婉不迫之趣"②,"王荆公晚年诗律尤精严,造语用字,间不容发。然意与言会,言随意遣,浑然天成,殆不见有牵率排比处。如'含风鸭绿鳞鳞起,弄日鹅黄袅袅垂',读之初不觉有对偶。至'细数落花因坐久,缓寻芳草得归迟',但见舒闲容与之态耳。而字字细考之,若经櫽括权衡者,其用意亦深刻矣"③,因为这些议论关乎到叶梦得本人的诗学旨趣问题。平心而论,《石林诗话》其实对苏、黄也十分推崇,绝无鄙薄轻视之意,认为叶梦得"阴抑元祐"者似是忽略了书中的这些评价:"诗禁体物语,此学诗者类能言之也。欧阳文忠公守汝阴,尝与客赋雪于聚星堂,举此令,往往皆阁笔不能下。然此亦定法,若能者,则出入纵横,何可拘碍。郑谷'乱飘僧舍茶烟湿,密洒歌楼酒力微',非不去体物语,而气格如此其卑。苏子瞻'冻合玉楼寒起粟,光摇银海眩生花',超然飞动,何害其言玉楼银海"④,"诗之用事,不可牵强,必至于不得不用而后用之,则事词为一,莫见其安排斗凑之迹。苏子瞻尝为人作挽诗云:'岂意日斜庚子后,忽惊岁在己辰年。'此乃天生作对,不假人力"⑤,"蜀人石异,黄鲁直黔中时从游最久。尝言见鲁直自矜诗一联云:'人得交游是风月,天开图画即江山。'以为晚年最得意,每举以教人,而终不能成篇,盖不欲以常语杂之。然鲁直自有'山围燕坐图画出,水做夜窗风雨来'之句,余以为气格当胜前联也"⑥,"外祖晁君诚善诗,苏子瞻为集序,所谓'温厚静深如其为人'者也。黄鲁直常诵其'小雨愔愔人不寐,卧听羸马龁残蔬',爱赏不已。他日得句云:'马龁枯萁喧午梦,误惊风雨浪翻江。'自以为工,以语舅氏无咎曰:'我诗实发于乃翁前联。'余始闻舅氏言此,不解风雨翻江之意。一日,憩于逆旅,闻旁舍有澎湃鞺鞳之声,如风浪之历船者,起视之,乃马食于槽,水与

---

①参见郭绍虞:《宋诗话考》,中华书局1987年版,第32—40页。

②〔宋〕叶梦得:《石林诗话》卷中,〔清〕何文焕辑:《历代诗话》,第419页。

③〔宋〕叶梦得:《石林诗话》卷上,〔清〕何文焕辑:《历代诗话》,第406页。

④〔宋〕叶梦得:《石林诗话》卷下,〔清〕何文焕辑:《历代诗话》,第436页。

⑤〔宋〕叶梦得:《石林诗话》卷上,〔清〕何文焕辑:《历代诗话》,第413页。

⑥〔宋〕叶梦得:《石林诗话》卷上,〔清〕何文焕辑:《历代诗话》,第410页。

草龃龊于槽间,而为此声,方悟鲁直之好奇。然此亦非可以意索,适相遇而得之也"①。由此可见,叶梦得对苏、黄诗艺的新奇精妙亦赞赏有加,一如对王安石诗艺精工的称美。

当然,毋庸讳言的是,《石林诗话》中也有对苏、黄的批评,如谓:"苏子瞻尝两用孔稚圭鸣蛙事,如'水底笙簧蛙两部,山中奴婢橘千头'。虽以笙簧易鼓吹,不碍其意同。至'已遣乱蛙成两部,更邀明月作三人',则成两部不知为何物,亦是歇后。故用事宁与出处语小异而意同,不可尽牵出处语而意不显也"②,"诗终篇有操纵,不可拘用一律。苏子瞻'林行婆家初闭户,翟夫子舍尚留关'。始读殆未测其意,盖下有'娟娟缺月黄昏后,袅袅新居紫翠间。系灊岂无罗带水,割愁还有剑铓山'四句,则入头不怕放行,宁伤于拙也! 然系灊罗带、割愁剑铓之语,大是险诨,亦何可屡打"③,"古今人用事有趁笔快意而误者,虽名辈有所不免。苏子瞻'石建方欣洗揄厕,姜庞不解叹蚍蜉',据《汉书》,揄厕本作厕揄,盖中衣也,二字义不应可颠倒用。鲁直'啜羹不如放麑,乐羊终愧巴西',本是西巴,见《韩非子》,盖贪于得韵,亦不暇省尔"④,"杨大年刘子仪皆喜唐彦谦诗,以其用事精巧,对偶亲切。黄鲁直诗体虽不类,然亦不以杨刘为过。如彦谦《题汉高庙》云:'耳闻明主提三尺,眼见愚民盗一抔。'虽是著题,然语皆歇后。一抔事无两出,或可略土字;如三尺,则三尺律、三尺喙皆可,何独剑乎?'耳闻明主','眼见愚民',尤不成语。余数见交游,道鲁直语意殊不可解。苏子瞻诗有'买牛但自捐三尺,射鼠何劳挽六钧',亦与此同病。六钧可去弓字,三尺不可去剑字,此理甚易知也"⑤。以上对苏、黄诗造语险诨、用典舛误、受使事拘牵而有碍诗意表达等问题均有微辞,这也是后人指其"阴抑元祐"的原因所在。

在与"唐诗"相对应的"宋诗"定型过程中,王、苏、黄都是关键人物,但相较而言,苏轼、黄庭坚在许多方面比王安石走得更远,故宋诗的优点与缺点在苏、黄身上体现得尤其突出,后世对宋诗或褒或贬而往往以苏、黄为典

①〔宋〕叶梦得:《石林诗话》卷上,〔清〕何文焕辑:《历代诗话》,第409—410页。
②〔宋〕叶梦得:《石林诗话》卷中,〔清〕何文焕辑:《历代诗话》,第416页。
③〔宋〕叶梦得:《石林诗话》卷上,〔清〕何文焕辑:《历代诗话》,第411页。
④〔宋〕叶梦得:《石林诗话》卷中,〔清〕何文焕辑:《历代诗话》,第420页。
⑤〔宋〕叶梦得:《石林诗话》卷中,〔清〕何文焕辑:《历代诗话》,第416页。

型,道理也在于此。叶梦得对苏、黄的批评,其实也正反映了这一现象,他肯定苏、黄诗艺的生新崛奇、独特不凡,但又不满过于生新出奇而破坏了诗歌自然含蓄的境界,而后者正是叶梦得论诗的旨趣所在,故《石林诗话》反复提到了对意与言会、自然天成之诗境的神往:

1. 诗人以一字为工,世固知之,惟老杜变化开阖,出奇无穷,殆不可以形迹捕。如"江山有巴蜀,栋宇自齐梁"。远近数千里,上下数百年,只在"有"与"自"两字间,而吞纳山川之气,俯仰古今之怀,皆见于言外。《滕王亭子》"粉墙犹竹色,虚阁自松声",若不用"犹"与"自"两字,则余八言凡亭子皆可用,不必滕王也。此皆工妙至到,人力不可及,而此老独雍容闲肆,出于自然,略不见其用力处。今人多取其已用字模放用之,偃蹇狭陋,尽成死法。不知意与境会,言中其节,凡字皆可用也。①

2. "池塘生春草,园柳变鸣禽。"世多不解此语为工,盖欲以奇求之耳。此语之工,正在无所用意,猝然与景相遇,借以成章,不假绳削,故非常情所能到。诗家妙处,当须以此为根本,而思苦言难者,往往不悟。②

3. 诗语固忌用巧太过,然缘情体物,自有天然工妙,虽巧而不见刻削之痕。老杜"细雨鱼儿出,微风燕子斜",此十字殆无一字虚设。雨细着水面为沤,鱼常上浮而淰,若大雨则伏而不出矣。燕体轻弱,风猛则不能胜,唯微风乃受以为势,故又有"轻燕受风斜"之语。至"穿花蛱蝶深深见,点水蜻蜓款款飞",深深字若无穿字,款款字若无点字,皆无以见其精微如此。然读之浑然,全似未尝用力,此所以不碍其气格超胜。使晚唐诸子为之,便当如"鱼跃练波抛玉尺,莺穿丝柳织金梭"体矣。③

4. 古今论诗者多矣,吾独爱汤惠休称谢灵运为"初日芙渠",沈约称王筠为"弹丸脱手"两语,最当人意。"初日芙渠",非人力所能为,而精彩华妙之意,自然见于造化之妙,灵运诸诗,可以当此者亦无几。"弹丸脱手",虽是输写便利,动无留碍,然其精圆快速,发之在手,筠亦未能尽也。然作诗审到此地,岂复更有余事。韩退之《赠张籍》云:"君诗多态度,霭霭春空云。"司空图记戴叔伦语云:"诗人之词,如蓝田日暖,良

---

① 〔宋〕叶梦得:《石林诗话》卷中,〔清〕何文焕辑:《历代诗话》,第420—421页。
② 〔宋〕叶梦得:《石林诗话》卷中,〔清〕何文焕辑:《历代诗话》,第426页。
③ 〔宋〕叶梦得:《石林诗话》卷下,〔清〕何文焕辑:《历代诗话》,第431页。

玉生烟。"亦是形似之微妙者，但学者不能味其言耳。①

据此再回过头来看叶梦得对王安石的评价，荆公诗的"深婉不迫之趣"，"用意深刻"却能"舒闲容与"，"诗律精严"而"意与言会""浑然天成"，"殆不见有牵率排比处"，不正是叶梦得在上述议论中所描绘的理想的诗歌境界？由此可以得出结论：叶梦得在王、苏、黄三人中更为推崇王安石，其根本原因并不是后人所指出的党争因素，而是叶氏本人的诗学旨趣与荆公那种深婉含蓄的审美风格更加亲近而已。

第三种情况是将王、苏、黄三人同提并称，将他们共同视为宋诗发展的高峰与典范。这一看法其实在宋人的诗史观念中亦相当普泛。在许多宋人看来，王、苏、黄三人在诗歌艺术上的造诣实是并驾齐驱、难分伯仲的：

1. 荆公诗曰："木末北山烟冉冉，草根南涧水泠泠。缲成白云桑重绿，割尽黄云稻正青。"东坡曰："桑畴雨过罗纨腻，麦陇风来饼饵香。"如《华严经》举因知果，譬如莲花，方其吐华，而果具蕊中。②

2. 临川"慷慨秋风起，悲歌不为鲈"。眉山"不须更说知几早，直为鲈鱼也自贤"。反复曲折，同归一意。亦如"把酒祝公公莫拒，《缁衣》心为好贤倾"，"我欲折缯留此老，《缁衣》谁作好贤诗"，共用一事，而造语居然不同。③

3. 古诗有倡有和，有杂拟追和之类，而无和韵者。唐始有之，而不尽同。有用韵者，谓同用此韵耳。后乃有依韵者，谓如首倡之韵，然不以次也。最后始有次韵，则一皆如其韵之次。自元、白至皮、陆，此体乃成，天下靡然从之。今苏文忠集中，有《雪诗》，用"尖""叉"二字。王文公集中，又有次苏韵者。议者谓非二公莫能为也。④

4. 荆公《咏淮阴侯》："将军北面师降虏，此事人间久寂寥。"山谷亦云："功成千金募降虏，东面置座师广武。谁云晚计太疏略，此事已足垂千古。"二诗意同。荆公《送望之出守临江》云："黄雀有头颅，长行万里

①〔宋〕叶梦得：《石林诗话》卷下，〔清〕何文焕辑：《历代诗话》，第435页。

②〔宋〕惠洪：《冷斋夜话》卷五，张伯伟编校：《稀见本宋人诗话四种》，第49页。

③〔宋〕黄彻：《䂮溪诗话》卷六，丁福保辑：《历代诗话续编》，第376页。

④〔宋〕陆游：《渭南文集》卷三〇《跋吕成叔和东坡尖叉韵雪诗》，《陆放翁全集》，第186页。

余。"山谷《黄雀》诗:"牛大垂天且割烹,细微黄雀莫贪生。头颅虽复行万里,犹和盐梅傅说羹。"二诗使袁谭事亦同。①

5.《禁脔》云:"沙草则众人所谓水边林下之物,所与之游处者牛羊鸥鸟耳,而荆公造而为语曰:'眠分黄犊草,坐占白鸥沙。'其笔力高妙,殆若天成。凡贫贱则语言不为人所敬信,岁寒则无如松竹,鲁直造而为语曰:'语言少味无阿堵,冰雪相看有此君。'其语便韵。"②

6.论曰:诗家云炼字莫如炼句,炼句莫若得格。格高本乎琢句,句高则格胜矣。天下之诗,莫出乎二句,一曰意句,二曰境句。境句易琢,意句难制,境句人皆得之,独意句不得其妙者,盖不知其旨也。所以鲁直、荆公之诗出于流辈者,以其得意句之妙也。何则? 盖意从境中宣出,所以此诗作。③

7.用事琢句,妙在言其用,而不言其名耳。此惟荆公、山谷、东坡知之。荆公诗:"含风鸭绿鳞鳞起,弄日鹅黄袅袅垂",此言水柳之用,而不言水柳之名。④

8.造语之工,至于舒王、东坡、山谷,尽古今之变。⑤

以上这些评论,从句法、用典、次韵、造语、立意、修辞等诸多方面,证明了王安石与苏轼、黄庭坚一样,均是宋诗艺术开拓创新的大家,对宋诗在唐诗之后能开辟出新的创作途径与艺术境界功不可没,故宋人称他们三人"尽古今之变",实际也就是"变古开今"之意。

前文尝提到宋人将王安石归入嘉祐诗坛还是元祐诗坛的问题,其实王安石的年辈比欧阳修、梅尧臣略晚,其诗学造诣则比欧、梅等人更胜一筹,故他对宋诗演变的主要贡献并不在"发轫"而是在"发展",即对宋诗艺术境界的提升,从而使宋诗真正走向高峰。从这个意义上来讲,王安石与苏轼、黄庭坚的诗史作用是旗鼓相当的。宋人已经意识到了这一点,故与"欧、王"并提的诗史观相比,他们更喜欢将"王、苏、黄"置于一处议论,如《扪虱新话》即明确指出三人对宋诗臻于大成的诗史意义:"欧阳公诗,犹有国初

①〔宋〕吴曾:《能改斋漫录》卷一〇,第278页。
②〔宋〕胡仔纂集,廖德明点校:《苕溪渔隐丛话》前集卷三六,第243—244页。
③〔宋〕释普闻:《诗论》,〔明〕陶宗仪等编:《说郛》(一百卷)卷六七,《说郛三种》,第1009页。
④〔宋〕蔡居厚:《诗史》,郭绍虞辑:《宋诗话辑佚》,第463—464页。
⑤〔宋〕王直方:《王直方诗话》,郭绍虞辑:《宋诗话辑佚》,第104页。

唐人风气，公能变国朝文格，而不能变诗格。及荆公、苏、黄辈出，然后诗格遂极于高古。"①这也就是说，宋诗到了王、苏、黄，终于达到了可以与唐诗甚至汉魏古诗相比肩的诗史地位，故曰"诗格遂极于高古"。宋人杜旃《读杜诗斐然有作》诗论述本朝诗史源流时亦曰："五季兵戈繁，嘲哳虫鸟喧。颓波既弥漫，新奇尚西昆。吻喙生讥评，神鬼怀愤冤。王苏发醯瓮，黄陈穷河源。煌煌百年间，后学同推尊。"②此处"发醯瓮""穷河源"也就是接续并发展久已不传的传统诗歌正脉的意思，在杜旃看来，王、苏、黄等人正是引导宋诗自我树立，由此作为诗史传承的重要一环的关键。

正如"苏、黄"齐名蕴含着宋人对东坡与山谷诗史地位的肯定，那么，"王、苏、黄"的三足鼎立，也就代表了宋人已经认可王安石是足堪与苏、黄并驾齐驱的诗坛大家，故此才有以下这样的议论：

1. 诗欲其好，则不能好矣。王介甫以工，苏子瞻以新，黄鲁直以奇。而子美之诗，奇常、工易、新陈莫不好也。③

2. 其发源也以家学，及其成功，自建安七子，南朝二谢，唐杜甫、韦应物、柳宗元，本朝王荆公、苏子瞻、黄鲁直之妙，皆心得而神解。④

3. 自汉而下，以文鸣者虽接踵，而古人秀杰之气、浑厚之质、萧散之趣衰矣。至有唐，诗称李、杜，文称韩、柳，然后唐之文驾乎汉之文。至我有宋，文有欧、苏，古律诗有黄豫章，四六有王金陵，长短句有晏、贺、秦、晁，于是宋之文掩迹乎汉唐之文。……予观韩、柳《元和圣德诗》与《平淮夷雅》、《十琴操》与《铙鼓歌》、《送文畅高闲》与《送浩初序》，未知其孰优孰劣。至《罗池庙碑》、《郓州溪堂诗》，奔轶绝尘，子厚不止交一臂而失之矣。是故东坡敛波澜而为简严，金陵去绳削而为闲雅，豫章罢追琢而为高古，皆其老笔如此。⑤

4. 建安以来，诗复盛行，历宋、齐、梁、陈，其流之末，束字数十，逞艳夸妍，体状于风月云露之间，求工于浮声切响之末，而诗弊矣。逮至少陵，博极书史，历览山川，以其闳材绝识，笼九有，猎众智，挫万物而发

①〔宋〕陈善：《扪虱新话》下集卷三，王云五主编：《丛书集成初编》，第311册，第77页。
②〔宋〕陈起编：《江湖小集》卷一九，《景印文渊阁四库全书》，第1357册，第153页。
③〔宋〕陈师道：《后山诗话》，〔清〕何文焕辑：《历代诗话》，第306页。
④〔宋〕徐俯：《苏祖可诗引》，曾枣庄、刘琳主编：《全宋文》卷三一四三，第146册，第62页。
⑤〔宋〕王炎：《松窗丑镜序》，曾枣庄、刘琳主编：《全宋文》卷六一〇九，第270册，第287—288页。

之毫端,凌厉驰骤,与长卿相上下。宋朝之诗,金陵、坡、谷三大家,或以其精,或以其博,体虽不同,而气壮语浑,同出于杜,此则诗之正派也。昔元微之于子美诗,欲条析其文体别相附而未暇。仆安窃此意,撷萃英华,以门分类,合为《四诗》,一名之曰《四诗类苑》。或曰,予尝辨春秋制度疆理以明君臣之大义,亦既上彻乙览,今琐碎编类之书,似非用力于通经学古者之所务也哉。仆曰不然。少陵爱君忧国,食息不忘;金陵清德实行,不徇流俗;东坡高风峻节,穷达不移;山谷孝友清修,行己有耻。珠玑咳唾,随处发见,皆可为世模范,岂可以推敲字句、描貌浅易者比哉!矧其纪时世之盛衰,述政治之美恶,评人物之高下,商古今之得失,制度兴废于焉而究,风俗污隆于焉而考,随其门目,粲然可观,吟哦讽咏,浸润优悠,自四诗之派以溯三百篇之正,孰谓其无益于世道也哉![①]

5. 王介甫刻意于文而不肯以文名,究心于诗而不肯以诗名。苏眉山虽不求名,隐然如玉三尺明,自焰不可掩。黄鲁直离《庄子》《世说》一步不得。[②]

这些评价,无论是赞誉也好,或寓微辞也罢,但都将王、苏、黄视为等量齐观的人物,同时也自觉不自觉地折射出了对三人诗史地位相埒的观点与态度。从这个角度看,元人袁桷议论宋诗有"三宗"的说法,其实正符合宋人自己的诗史观:"自西昆体盛,襞积组错,欧、梅诸公,发为自然之声,穷极幽隐。而诗有三宗焉:夫律正不拘,语腴意赡者,为临川之宗;气盛而力夸,穷抉变化,浩浩焉沧海之夹碣石也,为眉山之宗;神清骨爽,声振金石,有穿云裂竹之势,为江西之宗。"[③]南宋释普闻《诗论》云:"近世所论:东坡长于古韵,豪逸大度;鲁直长于律诗,老健超迈;荆公长于绝句,闲暇清癯。其各一家也。"[④]这与袁氏"宋诗三宗"的说法其实非常接近,只不过是从更加微观的诗体角度着眼,将王、苏、黄当作了三种不同体裁的诗家典范而已。

在许多宋人心目中,王安石等人作为宋诗的典型代表,已足以与诗史上最出色的诗坛大家相媲美而毫不逊色:"诗自苏李更号,抵建安七子、晋

①〔宋〕傅自得:《四诗类苑序》,曾枣庄、刘琳主编:《全宋文》卷七四二一,第 323 册,第 180—181 页。
②〔宋〕沈作喆:《寓简》卷八,〔清〕鲍廷博等辑:《知不足斋丛书》。
③〔元〕袁桷著,杨亮校注:《袁桷集校注》卷四八《书汤西楼诗后》,第 2104 页。
④〔宋〕释普闻:《诗论》,〔明〕陶宗仪等编:《说郛》(一百卷)卷六七,《说郛三种》,第 1008 页。

宋鲍谢之作,至唐极矣。而李、杜、韩、柳胜妙独出,格力自天,凌跨百代,为古今绝唱。本朝王荆公、苏东坡以道德文章师表一世,诗律精深,句法高妙,同以追配商那、鲁颂"①,"东坡海南诗、荆公钟山诗,超然迈伦,能追逐李、杜、陶、谢"②,"古今诗人,以诗名世者,或只一句,或只一联,或只一篇,虽其余别有好诗,不专在此,然传播于后世,脍炙人口者,终不出此矣,岂在多哉? ……若唐之李、杜、韩、柳,本朝之欧、王、苏、黄,清辞丽句,不可悉数,名与日月争光,不待摘句言之也"③,"古今诗人如麻粟,惟唐李杜,本朝欧、梅、半山、玉局,南渡放翁、诚斋号为大家数"④……这些评价将王安石等摆到了与李、杜相提并论的位置上,在宋代诗学话语中,这是对某人诗史地位的极高赞誉与推重。

　　当然,宋人的诗史观也是多元而复杂的,比如有的宋人就崇尚复古,认为古胜于今,古诗胜于宋诗。南宋初的张戒即在《岁寒堂诗话》中说:"国朝诸人诗为一等,唐人诗为一等,六朝诗为一等,陶阮、建安七子、两汉为一等,《风》《骚》为一等,学者须以次参究,盈科而后进,可也……人才高下,固有分限,然亦在所习,不可不谨,其始也学之,其终也岂能过之。屋下架屋,愈见其小,后有作者出,必欲与李杜争衡,当复从汉魏诗中出尔。"⑤此论之出自有其特定的诗史背景。两宋之交江西诗风盛行,其瘦硬僻涩、蹈袭前人的弊端亦日益显现,故张戒认为宋诗的发展道路应该是追步李杜、上攀汉魏,而不是停留在王、苏、黄等人创立的宋诗既定格局下,否则只能是"屋下架屋,愈见其小"。这种"向上一路"的诗学观,对纠正当时诗坛风气确有一定的理论意义,但却不免以"格以代降"的文学退化论的观点,将宋诗以及代表宋诗最高成就的王、苏、黄等人置于了诗史发展的末端,故此今人终究难以超越古人,王、苏、黄也终究难以比肩李、杜:"人才各有分限,尺寸不可强。同一物也,而咏物之工有远近;皆此意也,而用意之工有浅深……东坡《真兴寺阁》云:'山林与城郭,漠漠同一形。市人与鸦鹊,浩浩同一声。侧身送落日,引手攀飞星。登者尚呀咻,作者何以胜。'……意虽有佳处,而

①〔宋〕孙觌:《押韵序》,曾枣庄、刘琳主编:《全宋文》卷三四七五,第160册,第303页。
②〔宋〕许颢:《彦周诗话》,〔清〕何文焕辑:《历代诗话》,第383页。
③〔宋〕胡仔纂集,廖德明点校:《苕溪渔隐丛话》后集卷二,第11—13页。
④〔宋〕刘克庄著,辛更儒笺校:《刘克庄集笺校》卷一一二《黄有容字说》,第4650页。
⑤〔宋〕张戒:《岁寒堂诗话》卷上,丁福保辑:《历代诗话续编》,第451—452页。

语不甚工,盖失之易也……王介甫《登景德寺塔》云:'放身千仞高,北望太行山。邑屋如蚁冢,蔽亏尘雾间。'此二诗语虽稍工,而不为难到。杜子美则不然,《登慈恩寺塔》首云:'高标跨苍天,列风无时休。自非旷士怀,登兹翻百忧。'不待云'千里''千仞''小举足''头目旋'而穷高极远之状,可喜可愕之趣,超轶绝尘而不可及也。'七星在北户,河汉声西流。羲和鞭白日,少昊行清秋。'视东坡'侧身''引手'之句陋矣。'秦山忽破碎,泾渭不可求。俯视但一气,焉能辨皇州',岂特'邑屋如蚁冢,蔽亏尘雾间'、'山林城郭,漠漠一形。市人鸦鹊,浩浩一声'而已哉? 人才有分限,不可强乃如此"①,"如介甫、东坡,皆一代宗匠,然其词气视太白一何远也"②,"鲁直学子美,但得其格律耳"③。不过话又说回来,张戒虽然认为宋诗不如唐诗,但他将王、苏、黄特别提出来与唐诗大家李、杜进行比较,仍是下意识地反映出了以王安石等人为宋诗最高典范的心理认知。

第四节　从"江西"到"江湖"、由"宋调"而"唐音":
荆公诗在两宋诗坛传承的潜在脉络

　　王安石既然在宋人心目中有如此崇高的诗史地位,那么,他对宋代诗坛的影响是否也如苏轼、黄庭坚那样广泛而深远呢? 前引元人袁桷《书汤西楼诗后》在提出"临川""眉山""江西"的宋诗"三宗"之后,还有一段议论值得注意,他说:"二宗为盛,惟临川莫有继者,于是唐声绝矣! 至乾淳间,诸老以道德性命为宗,其发为声诗,不过若释氏辈,条达明朗,而眉山、江西之宗亦绝。永嘉叶正则始取徐、翁、赵氏为四灵,而唐声渐复。至于末造,号为诗人者,极凄切于风云花月之摹写,力屡气消,规规晚唐之音调,而三宗泯然无余矣。"④这段话其实大致概括了王、苏、黄对南宋诗坛的影响以及宋诗由盛转衰的过程。在袁氏看来,"三宗"中"临川之宗"也就是王安石对宋代诗坛的影响最小,所以当苏、黄"二宗为盛"时,王诗已"莫有继者";而随着南宋诗坛向唐诗复归的风气盛行,则苏、黄二宗亦逐渐退出了历史

---

①〔宋〕张戒:《岁寒堂诗话》卷上,丁福保辑:《历代诗话续编》,第454—455页。
②〔宋〕张戒:《岁寒堂诗话》卷上,丁福保辑:《历代诗话续编》,第462页。
③〔宋〕张戒:《岁寒堂诗话》卷上,丁福保辑:《历代诗话续编》,第451页。
④〔元〕袁桷著,杨亮校注:《袁桷集校注》卷四八,第2104页。

舞台，宋诗也便走向了彻底的衰落。平心而论，袁桷对王、苏、黄诗坛影响力的判断还是比较准确的，就这一方面而言，王安石的确不能与形成了规模庞大的"苏门文人群"的苏轼，以及作为影响了几乎整个南宋诗坛的"江西诗派"之宗祖的黄庭坚相比。不过，袁氏称"二宗为盛，惟临川莫有继者"，则又似乎过于绝对了；实际上，王安石对宋代诗人的影响还是有迹可循的。

一般认为，王安石虽然完全有资格成为诗坛领袖，但他却并没有以自我为中心建立起一个具有诗坛影响力的"王门文学群体"，正因如此，王安石不可能像苏轼、黄庭坚那样，通过紧紧围绕在其周围的志同道合而又声势浩大的"苏门文人群"或"江西诗人群"，将自己的创作转化为风气与时尚，进而对整个诗坛产生更广泛的影响。不过笔者并不完全认同这一看法。若仔细考察，就可发现王安石身边其实也聚集了一批数量可观的后进诗人，如王令、吴颐、王雱、俞紫芝、俞澹、方惟深、蔡肇、蔡卞、贺铸、龙太初、叶涛、陈辅、魏泰、孙冲、陆佃、陆传、卢秉、刘季孙等；在笔者看来，这批诗人的存在已经构成了所谓"王门诗人群"的必要条件①。当然，这个诗人群体或许不像"苏门文人"那样群星璀璨、联系紧密，也不像"江西诗人"那样带动了风格相近且广泛流行的诗学风潮，但这足以说明，王安石诗学的传承与影响，也许并不像后人想象的那样"寂寞"；"惟临川莫有继者"的说法，也并非完全符合王安石影响宋代诗人的实际。

"王门诗人群"的成员就程度不一地受到了荆公诗艺术旨趣与创作精神的陶冶。如陈辅"尝题所居云：'湖水山云绕县斜，茂林修竹野人家。宿醒过午无人问，卧听东风扫落花。'或诵之于王安石，安石称诗甚佳，但落花无声，宜改'听'为'倩'字。"②这就是所谓的"一字之师"。后来陈辅在《陈辅之诗话》中有"改恨字作幸字"一条③，对诗歌下字问题予以特别关注，或许就与荆公曾改其诗之字的经验有关。再如陆佃诗的特点是精求字训、错综典故，当与其亲炙王安石有很大关系，其《和岩老》诗云"官清自可看奇字，俸薄尤能写异书"④，以"奇字"对"异书"，乃分用扬雄与《论衡》之典，而

①可参阅本书附录四。
②〔宋〕佚名：《京口耆旧传》卷三，《景印文渊阁四库全书》，第451册，第150页。
③参见〔宋〕陈辅：《陈辅之诗话》，郭绍虞辑：《宋诗话辑佚》，第294页。
④北京大学古文献研究所编：《全宋诗》卷九〇七，第16册，第10660页。

率先创用这组对法的正是王安石所作"数能过我论奇字，当复令公见异书"①，此即为陆诗所本②。化用荆公诗意的还有吴颐。王安石《送丁廓秀才归汝阴》诗云"风驶柳条乾，驼裘未胜寒。殷勤陌上日，为客暖征鞍"③，通过嘱托日头为行客温暖征鞍的拟人手法来表达对友人的殷切关怀；这一写法也被吴颐移用到了他的《出历坪铺》诗中："从来年少怯春寒，老大那堪行路难。已去邮亭重下马，少须朝日暖征鞍。"④王安石精研杜诗句法，而其门人又有学得荆公句法而辗转上通于老杜者，如《唐子西文录》云："王荆公五字诗，得子美句法，其诗云：'地蟠三楚大，天入五湖低。'"⑤这两句其实出自王安石《旅思》，原句是"地大蟠三楚，天低入五湖"⑥；而陈辅有句云"云树天低楚，烟汀地失吴"⑦，无论从意象还是句法上看，都与荆公学杜之句有千丝万缕的联系。再如王安石有意效杜甫的错综句法"香稻啄余鹦鹉粒，碧梧栖老凤凰枝"，有"缫成白雪桑重绿，割尽黄云稻正青"这样的名句为世人传诵⑧，其门生陆佃擅长七律，遂亦有"舞得六幺除是柳，啼消红粉奈何花"之类的效法之作⑨。王安石追求精工极巧的诗学造诣，最终是要达到"意与言会，言随意遣，浑然天成，殆不见有牵率排比处"的艺术境界⑩，这一点对"王门"文人的审美趣味也产生了重要影响，如魏泰就在《临汉隐居诗话》中屡屡申说："凡为诗，当使挹之而源不穷，咀之而味愈长"，"诗主优柔感讽，不在逞豪放而致怒张也"，"诗者述事以寄情，事贵详，情贵隐，及乎感会于心，则情见于词，此所以入人深也。如将盛气直述，更无余味，则感人也浅"⑪。其中"挹之而源不穷，咀之而味愈长"等语，正是他在与荆公评诗论艺的过程中提出的。

---

① 〔宋〕王安石著，〔宋〕李壁笺注，高克勤点校：《王荆文公诗笺注》卷四三《过刘全美所居》，第1121页。
② 按：苏轼亦有以"奇字"对"异书"之例，参见〔宋〕王直方：《王直方诗话》"以奇字对异书"条，郭绍虞辑：《宋诗话辑佚》，第55页。
③ 〔宋〕王安石著，〔宋〕李壁笺注，高克勤点校：《王荆文公诗笺注》卷四〇，第1022页。
④ 北京大学古文献研究所编：《全宋诗》卷五七八，第10册，第6790页。
⑤ 〔宋〕强幼安述：《唐子西文录》，〔清〕何文焕辑：《历代诗话》，第445页。
⑥ 〔宋〕王安石著，〔宋〕李壁笺注，高克勤点校：《王荆文公诗笺注》卷二三，第552页。
⑦ 北京大学古文献研究所编：《全宋诗》卷五七八，第10册，第6793页。
⑧ 参见〔宋〕赵与虤：《娱书堂诗话》卷下，丁福保辑：《历代诗话续编》，第498页。
⑨ 〔宋〕陆佃：《依韵和赵令畤三首》其一，北京大学古文献研究所编：《全宋诗》卷九〇七，第16册，第10666页。
⑩ 见〔宋〕叶梦得：《石林诗话》卷上，〔清〕何文焕辑：《历代诗话》，第406页。
⑪ 〔宋〕魏泰：《临汉隐居诗话》，〔清〕何文焕辑：《历代诗话》，第323、319、322页。

　　王安石对江西诗派后劲的影响也值得注意,这层渊源可能还要从黄庭坚说起。梁启超先生尝论荆公与山谷之间的诗学关系云:"宋诗伟观,必推苏黄。以荆公比东坡,则东坡之千门万户,天骨开张,诚非荆公所及。而荆公遒峭谨严,予学者以模范之迹,又似比东坡有一日长。山谷为西江派之祖,其特色在拗硬深窈,生气远出,然此体实开自荆公,山谷则尽其所长而光大之耳。祖山谷者必当以荆公为祖之所自出,以此言之,则虽谓荆公开宋诗一代风气,亦不必过。"①这段议论颇具启发性。徐复观先生亦云:"而积极奠定宋诗基础的,应推王安石。王安石学博才高,思深律严,晚年所走路数与山谷相同,而学问才气及胸次远过于山谷。宋诗之特征,至他而始完备……可以说,山谷对诗的要求,他自己或未能达到,而安石却早已达到了。正因为如此,所以在宋诗话中,王、黄并称,且多于苏、黄并称,而山谷的服膺安石,实在服膺东坡之上。"②其后日本学者内山精也《黄庭坚与王安石——黄庭坚心中的另一个师承关系》一文,在更加详细地论述了王、黄渊源的基础上,遂得出了"王、黄"之间的诗学传承关系比"苏、黄"更加紧密的结论:"'王黄'这一关系,是具有共同的基本诗歌观的继承关系。在这一点上,比可以看到几点本质差异的'苏黄'关系更具有合理性,是实际状态上的师承关系……如果上面的推论是正确的,那么宋代诗歌史的一个重要的部分,不得不进行修正吧? 也就是说,在北宋末期到南宋前期,江西诗派的诗风遮蔽了诗坛,而诗歌发展至此的过程,犹如从眼前滔滔流过的大河,'苏轼—黄庭坚—江西诗派'这样的流向下面,是更不为人知地如同奔流而下的潜流的'王安石—黄庭坚—江西诗派'这样一个流向,就是说这个流向一直符合实际状态。换个观察的方法,可以说经过黄庭坚以及江西诗派诗人这样的媒介,王安石的诗歌观确实被传给了陆游、杨万里等诗人。"③

　　将"王安石—黄庭坚—江西诗派"作为宋诗发展的一条潜流,的确有其合理性。实际上,不少证据表明,黄庭坚之后的江西派诗人正不乏受荆公影响的例子,如黄山谷的外甥徐俯(字师川,号东湖),就是推崇王安石的重要人物。据《艇斋诗话》记载:"东湖喜荆公《燕侍郎画山水图》诗,其间云:

---

① 梁启超:《王荆公》,《饮冰室合集》专集之二十七,第 7 册,第 204 页。
② 徐复观:《宋诗特征试论》,《中国文学精神》,上海书店出版社 2004 年版,第 381—382 页。
③〔宋〕内山精也:《黄庭坚与王安石——黄庭坚心中的另一个师承关系》,《传媒与真相——苏轼及其周围士大夫的文学》,第 506 页。

'燕公侍书燕王府,王求一笔终不予。仁人志士埋黄土,只有粉墨归囊楮。'此可谓能形容燕公也。"①这是欣赏王安石诗句精妙的例子。他本人还将晚年得意之句与荆公诗作比较,认为深得后者之神髓:"荆公绝句云:'细数落花因坐久,缓寻芳草得归迟。'东湖晚年绝句云:'细落李花那可数,缓行芳草步因迟。'自题云:'荆公绝句妙天下。老夫此句,偶似之邪?窃取之邪?学诗者不可不辨。'"②对于徐俯所作究竟是"偶似之"还是"窃取之",以及徐诗与王诗孰为优劣的问题,宋人所见不一,如《艇斋诗话》的作者曾季狸认为:"予谓东湖之诗因荆公之诗触类而长,所谓举一隅三隅反者也,非偶似之,亦非窃取之。"③即徐诗并非有意相似,更非故意窃取,而是受到王诗理趣、意境的感发,自然而然地生发出相近似的格调、意趣。吴开《优古堂诗话》则说:"前辈读诗与作诗既多,则遣词措意,皆相缘以起,有不自知其然者。荆公晚年《闲居》诗云:'细数落花因坐久,缓寻芳草得归迟。'盖本于王摩诘'兴阑啼鸟换,坐久落花多'。而其辞意益工也。徐师川自谓……偶似之邪?窃取之邪?喜作诗者,不可不辨。予尝以为王因于唐人,而徐又因于荆公,无可疑者。但荆公之诗,熟味之,可以见其闲适优游之意。至于师川,则反是矣。"④显然吴氏认为荆公、徐俯所作皆与前人相似是因"读诗与作诗既多"而"不自知其然者",但王安石能做到后出转精、"辞意益工",徐俯则述者不如作者,难以超越荆公。而陆游《老学庵笔记》转述曾几所论却又有不同看法:"茶山先生云:'徐师川拟荆公"细数落花因坐久,缓寻芳草得归迟",云:"细落李花那可数,偶行芳草步因迟。"初不解其意,久乃得之。盖师川专师陶渊明者也。渊明之诗,皆适然寓意而不留于物,如"悠然见南山",东坡所以知其决非望南山也。今云细数落花,缓寻芳草,留意甚矣,故易之。'又云:'荆公多用渊明语而意异,如"柴门虽设要常关,云尚无心能出岫。"要字能字,皆非渊明本意。'"⑤可见曾几认为徐俯虽是效仿王安石诗,却恰恰超越前作,因王诗过于刻意,徐俯则师法陶渊明而能出于自然也。总之无论是偶然相似还是刻意效仿,抑或是孰优孰

---

①〔宋〕曾季狸:《艇斋诗话》,丁福保辑:《历代诗话续编》,第285页。

②〔宋〕曾季狸:《艇斋诗话》,丁福保辑:《历代诗话续编》,第304页。

③〔宋〕曾季狸:《艇斋诗话》,丁福保辑:《历代诗话续编》,第304页。

④〔宋〕吴开:《优古堂诗话》,丁福保辑:《历代诗话续编》,第266页。

⑤〔宋〕陆游著,李剑雄、刘德权点校:《老学庵笔记》卷四,中华书局1979年版,第50页。

劣，徐俯此诗"因于荆公"，则是无可置疑的。这也说明了徐俯对王诗的确是极为熟稔。汪藻《跋半山诗》云："《半山别集》有诗百余首，表启十余篇，乃荆公罢相居半山时老笔也……顷见徐师川，云黄鲁直读此诗，句句击节。公器之不可掩也如此。"①则徐俯之赏荆公，亦有黄庭坚的影响之故，可谓其来有自。值得注意的是，徐俯《画虎行为吉州假守苏公作》诗曾自叙其学诗经历道："忆昔余顽少小时，先生教诵荆公诗"②，这样看来，他对王安石诗歌的诵习更是早在"少小时"就已经开始了。正因如此，徐俯诗作也就与王诗有了挥之不去的联系，尤其是他的绝句。《艇斋诗话》已然指出："绝句之妙，唐则杜牧之，本朝则荆公，此二人而已。近年东湖绝句亦可继荆公。"③这就将身为江西诗派中坚人物的徐俯当作了荆公绝句的继承者。

除徐俯外，其他江西诗派诗人也有效仿荆公诗作的例子，如洪刍"作《陶靖节祠堂》诗，全效荆公《谢安墩》古诗"④，吕本中"《明妃曲》：'人生在相合，不论胡与秦。但取眼前好，莫言长苦辛。君看轻薄儿，何殊胡地人。'其意固佳，然不脱王半山'人生失意无南北'之窠臼也"⑤。再如韩驹论荆公律体云："王介甫律诗甚是律诗，篇篇作曲子唱得。盖声律不止平侧二声，当分平上去入四声，且有清浊，所以古人谓之吟诗，声律即吟咏乃可也。仆曰：鲁直所谓诗须皆可弦歌，公之意也。"⑥这也是将王安石律诗的特点与黄庭坚及江西诗派的诗学追求相印证。又如徐俯论江西诗派另一成员僧祖可的诗学渊源云，"其发源也以家学，及其成功，自建安七子，南朝二谢，唐杜甫、韦应物、柳宗元，本朝王荆公、苏子瞻、黄鲁直之妙，皆心得而神解"⑦，就再次佐证了"王安石—黄庭坚—江西诗派"的确是存在于"苏轼—黄庭坚—江西诗派"之外的另一条诗学潜流。

受江西诗派影响甚深的杨万里，也与王安石有千丝万缕的诗学联系，他在《诚斋江湖集序》中说："予少作有诗千余篇，至绍兴壬午七月皆焚之，

①曾枣庄、刘琳主编：《全宋文》卷三三八四，第157册，第239页。

②北京大学古文献研究所编：《全宋诗》卷一三八〇，第24册，第15834页。

③〔宋〕曾季狸：《艇斋诗话》，丁福保辑：《历代诗话续编》，第299页。

④〔宋〕曾季狸：《艇斋诗话》，丁福保辑：《历代诗话续编》，第295页。

⑤〔宋〕周密著，孔凡礼点校：《浩然斋雅谈》卷中，中华书局2010年版，第35—36页。

⑥〔宋〕魏庆之著，王仲闻点校：《诗人玉屑》卷一二引韩驹《室中语》，第379页。

⑦〔宋〕徐俯：《苏祖可诗引》，曾枣庄、刘琳主编：《全宋文》卷三一四三，第146册，第62页。

大概江西体也。今所存曰《江湖集》者,盖学后山及半山及唐人者也。"①可
见杨万里诗曾经历过由学江西体到学陈师道、王安石及唐诗的转变过程。
在《诚斋荆溪集序》中,他将本人的诗学历程交代得更加详尽:"予之诗,始
学江西诸君子,既又学后山五字律,既又学半山老人七字绝句,晚乃学绝句
于唐人。学之愈力,作之愈寡。尝与林谦之屡叹之,谦之云:'择之之精,得
之之艰,又欲作之之不寡乎?'予喟曰:'诗人盖异病而同源也,独予乎
哉?'……戊戌三朝时节,赐告少公事。是日即作诗,忽若有寤。于是辞谢
唐人,及王、陈、江西诸君子,皆不敢学,而后欣如也。试令儿辈操笔,予口
占数首,则浏浏焉,无复前日之轧轧矣。自此每过午,吏散庭空,即携一便
面,步后园,登古城,采撷杞菊,攀翻花竹。万象毕来,献予诗材。盖麾之不
去,前者未雠而后者已迫,涣然未觉作诗之难也,盖诗人之病去体将有日
矣。"②也就是说,杨万里大致经历了"学江西体—学陈师道(五律)—学王
安石(七绝)—学唐诗(绝句)—随心所欲"的诗学转变过程。由这一过程来
看,学王安石虽然只是杨万里创作道路上的一个环节,且诚斋最终走上了
自由洒脱、摆落旧日一切成法的艺术境界,但荆公诗学还是对他产生了不
小的影响。再看诚斋诗文中的这些记载:

> 1. 船中活计只诗编,读了唐诗读半山。不是老夫朝不食,半山绝句当
> 朝餐。③
> 2. 不分唐人与半山,无端横欲割诗坛。半山便遣能参透,犹有唐人是
> 一关。④
> 3. 受业初参且半山,终须投换晚唐间。《国风》此去无多子,关捩挑来
> 只等闲。⑤
> 4. 五七字绝句最少,而最难工,虽作者亦难得四句全好者,晚唐人与介
> 甫最工于此。⑥
> 5. 夫诗何为者也? 尚其词而已矣。曰善诗者去词,然则尚其意而已

①〔宋〕杨万里著,辛更儒笺校:《杨万里集笺校》卷八〇,第 3257 页。
②〔宋〕杨万里著,辛更儒笺校:《杨万里集笺校》卷八〇,第 3260 页。
③〔宋〕杨万里著,辛更儒笺校:《杨万里集笺校》卷三一《读诗》,第 1582 页。
④〔宋〕杨万里著,辛更儒笺校:《杨万里集笺校》卷八《读唐人及半山诗》,第 479 页。
⑤〔宋〕杨万里著,辛更儒笺校:《杨万里集笺校》卷三五《答徐子材谈绝句》,第 1785 页。
⑥〔宋〕杨万里:《诚斋诗话》,丁福保辑:《历代诗话续编》,第 141 页。

矣。日善诗者去意，然则去词去意，则诗安在乎？日去词去意而诗有
在矣。然则诗果焉在？日尝食夫饴与荼乎？人孰不饴之嗜也？初而
甘，卒而酸。至于荼也，人病其苦也。然苦未既而不胜其甘。诗亦如
是而已矣。昔者暴公谮苏公，而苏公刺之。今求其诗，无刺之之词，亦
不见刺之之意也。乃曰："二人从行，谁为此祸？"使暴公闻之，未尝指
我也。然非我其谁哉？外不敢怒，而其中愧死矣。三百篇之后，此味
绝矣。惟晚唐诸子差近之。《寄边衣》曰："寄到玉关应万里，戍人犹在
玉关西。"《吊古战场》曰："可怜无定河边骨，犹是春闺梦里人。"《折杨
柳》曰："羌笛何须怨杨柳，春光不度玉门关。"三百篇之遗味，黯然犹存
也。近世惟半山老人得之，予不足以知之，予敢言之哉？①

通过这些材料，就可看出杨万里对王安石诗学的认识有以下几点值得
注意：

其一，如果说江西诗人将"王安石—黄庭坚—江西诗派"视为其诗学传
承的潜流，强调与荆公之间的联系的话，那么，杨万里诗学则通过"江西诗
派—王安石—唐诗（晚唐）"的逆向追索，将王安石向"唐诗（晚唐）"推近了
一步，而与江西诗派拉开了距离。这两种不同的观点并不矛盾，因为荆公
诗本身即表现出双重特质。一方面，王安石在诗歌艺术特点的许多方面都
已开宋诗先路，又经过苏轼、黄庭坚乃至江西诗派的继续实践而终于成为
典型的宋诗特质，这也就是徐复观先生所说的"积极奠定宋诗基础的，应推
王安石"；而另一方面，与东坡、山谷相比，荆公诗又在相当程度上保留了一
部分唐诗的本色，尤其是他晚年追求深婉不迫的含蓄诗风，从而与苏、黄为
主的以筋骨思理见长的诗风产生了一定的距离。江西诗派强调的是前者，
而杨万里强调的是后者，所以才出现了上述诗学观点的不同。其二，杨万
里之推崇王安石与晚唐诗，是因为在他看来，这两者继承了以《诗经》为典
范的诗歌艺术精神，那就是"言外之意"与"味外之味"。所谓"去词去意而
诗有在"，即指诗歌在言词与表面意思之外的"余意""余味"与"余韵"，杨万
里用了比喻的方式来说明这一问题："尝食夫饴与荼乎？人孰不饴之嗜也？
初而甘，卒而酸；至于荼也，人病其苦也，然苦未既而不胜其甘。诗亦如是
而已矣。"要达到这种甘苦相济、苦尽甘来的"味外味"，就要像《小雅·何人

---

①〔宋〕杨万里著，辛更儒笺校：《杨万里集笺校》卷八三《颐庵诗稿序》，第 3332 页。

斯》的"苏公刺暴公"一样，"无刺之之词，亦不见刺之之意"，也就是深婉不迫、蕴藉含蓄，含不尽之意见于言外。这种追求婉约韵味的诗学主张，是杨万里打破生硬僻涩的江西诗风，转向唐诗回归的重要标志，由此王安石的诗学意义也被凸显出来，正因他比苏、黄保留着更多唐诗的本色，故此荆公诗也就成为了向唐风转关、进而远绍"三百篇之遗味"的关键。

众所周知，南宋诗坛经历了江西诗派盛极一时到"四灵"、江湖派崛起取而代之的嬗递过程，后者正是以唐诗为艺术目标，由此开启了"宋调"向"唐音"的转变。正如叶适在《徐文渊墓志铭》中所云："初，唐诗废久，君与其友徐照、翁卷、赵师秀议曰：'昔人以浮声切响单字只句计巧拙，盖风骚之至精也。近世乃连篇累牍，汗漫而无禁，岂能名家哉！'四人之语遂极其工，而唐诗由此复行矣。"①严羽《沧浪诗话》亦云："近世赵紫芝、翁灵舒辈，独喜贾岛、姚合之诗，稍稍复就清苦之风；江湖诗人多效其体，一时自谓之唐宗。"②由此来看，杨万里摒弃江西、转倡唐诗的诗学转向，实已开"四灵"等人之先声，而他提出的王安石与唐诗尤其是晚唐诗之间的密切联系，也就顺理成章地引起了后来宗唐风的诗人的关注。

叶适在《习学记言序目》中言："五七言律诗：按诗自曹刘至二谢日趋于工，然犹未以联属校巧拙。灵运自夸'池塘生春草'，而无偶句亦不计也。及沈约、谢朓竞为浮声切响，自言'灵均所未睹'，其后浸有声病之拘，前高后下，左律右吕，匀致丽密，哀思宛转，极于唐人而古诗废矣。杜甫强作近体，以功力气势掩夺众作，然当时为律者不服，其或绝口不道。至本朝初年，律诗大坏，王安石、黄庭坚欲兼用二体擅其所长，然终不能庶几唐人；苏氏但谓七言之伟丽者，则失之尤甚，盖不考源流所自来，姑因其已成者貌似求之耳。"③又云："王安石七言绝句，人皆以为特工，此亦后人貌似之论尔。七言绝句，凡唐人所谓工者，今人皆不能到，惟杜甫功力气势之所掩夺，则不复在其绳墨中；若王氏则徒有纤弱而已。而今人绝句，无不祖述王氏，则安能窥唐人之藩墙！况甫之所掩夺者，尚安得至乎！"④叶氏认为宋代的近体诗整体不如唐代，包括成就最高的王安石、黄庭坚，也"终不能庶几唐

①〔宋〕叶适著，刘公纯等点校：《叶适集》卷二一，第 410 页。
②〔宋〕严羽著，郭绍虞校释：《沧浪诗话校释》，第 27 页。
③〔宋〕叶适：《习学记言序目》卷四七，第 705 页。
④〔宋〕叶适：《习学记言序目》卷四七，第 707 页。

人"；至于王安石的七言绝句，亦难以与唐人绝句相媲美。这一说法显然与杨万里推崇王安石及晚唐绝句的观点针锋相对，可见在叶适的诗学观念中，还是将王、苏、黄视为宋诗的典型诗人，宋调不如唐音，故此王、苏、黄终究难以达到唐人的高度。

抛开崇唐抑宋的观点不论，叶适所言"王安石七言绝句，人皆以为特工""而今人绝句，无不祖述王氏"，值得引起注意。这表明，尽管叶适不喜荆公绝句，但诗坛上却流行着"祖述王氏绝句"的风气。这一说法并非无中生有，实际上，叶适的弟子、"四灵"之一的赵紫芝，就与其师的意见不同，而对王安石及其绝句十分看重。《娱书堂诗话》云："荆公'缲成白雪桑重绿，割尽黄云稻正青'之句，今古传诵。宗人紫芝《送谢耘游淮诗》有云：'柘空淮茧白，梅近楚秧青'，盖模仿此。"①林希逸亦云："'久埋瘴雾看犹湿，一取春波洗更鲜'，此荆公《谢丁元珍送绿石砚诗》；'久霾厚地金声尽，才着新泉翠色深'，赵紫芝《古鼎诗》句绝相类。岂紫芝读公诗熟，不觉似之耶，抑偶合也？"②由此可见赵紫芝与徐俯的情况相似，都是熟读王安石诗以至于浃髓沦肌，在创作中自觉不自觉地就流露出了仿效的痕迹。

其实王安石绝句早就引起了宋人的注意，如黄庭坚、徐俯等皆对其赞赏有加，吴说编《古今绝句》独以荆公配享杜甫等等，这在前文皆有提及。再如南宋孝宗皇帝赵眘也是王安石绝句的拥趸，《娱书堂诗话》载："王荆公《初夏》绝句：'石梁茅屋有湾碕，流水溅溅度两陂。晴日暖风生麦气，绿阴幽草胜花时。'范石湖云：'尝蒙恩独引觞燕，寿王与行苑中亲诵后句，以为佳。'"③刘克庄《陈丞相家所藏御书二》其二"阜陵书荆公诗"亦载："臣按故相王文公绝句尤多而工，阜陵书此篇赐陈正献公者，岂非以其冲淡闲雅，异于它作欤？如'晴日暖风生麦气，绿阴芳草胜花时'之联，亦为天语称赏，盖与前诗同一关键。惟深于诗者知之。文公又有'何时白石冈边路，渡水穿云取此行'之句，亦甚妙。"④可见宋孝宗亦对荆公绝句极为喜爱，不仅向臣子诵其佳句，还亲书其诗以赐大臣。在创作上，南宋诗人也时有"追和"荆

---

① 〔宋〕赵与虤：《娱书堂诗话》卷下，丁福保辑：《历代诗话续编》，第 498 页。按：文中"宗人"原作"宋人"，今据《景印文渊阁四库全书》本改。

② 〔宋〕林希逸著，〔宋〕林式之编：《竹溪鬳斋十一稿续集》卷二八《学记》，《景印文渊阁四库全书》，第 1185 册，第 845 页上。

③ 〔宋〕赵与虤：《娱书堂诗话》卷上，丁福保辑：《历代诗话续编》，第 494 页。

④ 〔宋〕刘克庄著，辛更儒笺校：《刘克庄集笺校》卷一〇四，第 4372 页。

公之作,如王庭珪《和介甫少狂喜文章》①、张扩《次韵子公舍人侄纸阁用荆公韵二首》②、姜特立《特立夜直读荆公客至当饮酒篇感而有赋》《和荆公二首》③等等,所和有古有律;而史浩《和九日赐宴琼林苑》《和竹里》《和夜直》《和杨柳》《和钟山晚步》《和道傍大松人取以为明》《和同熊伯通自定林过悟真》《和城北》《和答东流顿令罢官阻风》《和斜径》《和雨晴》《和乌石》《和乌塘》等十三诗④,所和者皆为荆公七绝,就可谓是对王安石绝句这一诗体的情有独钟了。

　　随着南宋崇尚唐诗风气的流行,荆公诗尤其是绝句又被赋予了接近唐体的意义,其对诗坛的影响也就因之水涨船高。根据一些记载,当时似有不少诗人都有肖似王安石的创作倾向,如刘克庄《题听蛙方君诗卷二首》其二称方审权之诗"警句可编半山集"⑤,《真仁夫诗卷》称真氏之诗"绝去尘秽,刊落冗腐,简淡而微婉,轻清而虚明,有唐人、半山之思"⑥;再如林希逸《回心游刘躔甫生日启》云"贻半山之绝句,问少陵之残年"⑦,《回刘智翁生日启》云"七字论工,真半山之绝句,三文得友,胜子美之残年"⑧,《回檗山照老生日启》云"七言虽妙,不入半山之宗"等⑨,想必这些诗人在风格上均与王安石有相近之处,故此才被刘克庄、林希逸拿来与荆公诗作比。刘、林皆为江湖派诗人,从他们对其他诗人的评价中,其实也能看出二人对王诗的态度,刘克庄以"唐人、半山"并举,林希逸将"半山、少陵"同提,都表达了对王安石与唐诗的推重,是对当时诗坛潮流与诗学主张的真实反映。

　　了解了这一点,就可更进一步地理解江湖派领袖人物刘克庄的诗学主张及其对王诗的看法了。他说:"元祐后,诗人迭起,一种则波澜富而句律疏,一种则锻炼精而性情远,要之不出苏、黄二体而已。及简斋出,始以老杜为师……造次不忘忧爱,以简洁扫繁缛,以雄浑代尖巧,第其品格,故当

①见北京大学古文献研究所编:《全宋诗》卷一四五五,第25册,第16747页。

②见北京大学古文献研究所编:《全宋诗》卷一三九八,第24册,第16076页。

③见北京大学古文献研究所编:《全宋诗》卷二一三三、卷二一三六,第38册,第24089、24112页。

④见北京大学古文献研究所编:《全宋诗》卷一九七六,第35册,第22155—22156页。

⑤〔宋〕刘克庄著,辛更儒笺校:《刘克庄集笺校》卷二〇,第1117页。

⑥〔宋〕刘克庄著,辛更儒笺校:《刘克庄集笺校》卷九九,第4154页。

⑦曾枣庄、刘琳主编:《全宋文》卷七七二九,第335册,第291页。

⑧曾枣庄、刘琳主编:《全宋文》卷七七二九,第335册,第297页。

⑨曾枣庄、刘琳主编:《全宋文》卷七七三〇,第335册,第319页。

在诸家之上。"①刘克庄亦认可苏轼、黄庭坚是"元祐后"诗即宋诗的最典型代表，但苏、黄在"性情"与"句律"两个方面各有偏执割裂，未能做到情文并重；后来的陈与义以老杜为师，能兼顾"性情"与"句律"，因此"品格"在苏、黄之上。这段话也可以理解为：苏、黄不如杜，亦即宋诗不如唐诗。陈与义因学唐人杜甫而成为刘克庄比较欣赏的宋代诗人，那么苏、黄之前，也就是宋调尚未成型、尚受唐风影响的北宋诗坛又如何呢？刘克庄言道："欧公诗如昌黎，不当以诗论。本朝诗，惟宛陵为开山祖师。宛陵出，然后桑濮之淫哇稍息，风雅之气脉复续，其功不在欧、尹下。世之学梅诗者，率以为淡，集中如'蔊上春田阔，芦中走吏参'，'海货通闽市，渔歌入县楼'，'白水照茅屋，清风生稻花'，'霜落熊升树，林空鹿饮溪'，'河汉微分练，星辰淡布萤'，'每令夫结友，不为子求郎'，'山形无地接，寺界与波分'，'山风来虎啸，江雨过龙腥'之类，殊不草草。盖逐字逐句铢铢而较者，决不足为大家数，而前辈号大家数者，亦未尝不留意于句律也。"②在这里，梅尧臣被奉为了"本朝诗"的"开山祖师"，可谓赞誉有加，而刘克庄所持的评价标准亦正是"性情"与"句律"兼顾，所谓"逐字逐句铢铢而较者，决不足为大家数"，意即大诗人当有大胸襟、大情怀；而"前辈号大家数者，亦未尝不留意于句律"，则是指大诗人也当留心于锻炼，不可率易疏阔也。总之，梅尧臣诗能兼具"性情"与"句律"，故堪为宋诗之诗祖。刘克庄还提到了欧阳修，谓其"诗如昌黎，不当以诗论"，这涉及到他对"风人之诗"与"文人之诗"的看法，其实也就是反对宋诗"以书为本""以事为料"的特点③，认为这不是纯粹的"风人之诗"；欧阳修学韩愈"以文为诗"，是"文人之诗"，故不及梅尧臣。不过，刘克庄在《王子文诗》中又称欧阳修、王安石为宋诗"诗祖"，再加上梅尧臣，刘氏所认可的宋诗祖师就可谓鼎立三分了："昔庐陵、半山二公愈贵愈显，其诗愈肆，岿然为吾宋诗祖。"④这里先不论他对欧阳修的评价略有矛盾，值得注意的是在刘克庄的诗学观念里，王安石与欧阳修、梅尧臣等嘉祐诗人显然更为接近，都是宋调尚未成为典型之前保留着唐风的诗坛大家。前文说过，将王安石归为"嘉祐诗坛"还是"元祐诗坛"，往往反映着宋人对王安

①〔宋〕刘克庄著，王秀梅点校：《后村诗话》卷二，第26—27页。
②〔宋〕刘克庄著，王秀梅点校：《后村诗话》卷二，第22—23页。
③参见〔宋〕刘克庄著，辛更儒笺校：《刘克庄集笺校》卷一○六《何谦诗》，第4413页。
④〔宋〕刘克庄著，辛更儒笺校：《刘克庄集笺校》卷九四，第3999页。

石诗史地位的评价，以苏、黄为尊者往往将荆公归入"嘉祐诗坛"以示王不如苏、黄；刘克庄亦将王安石与欧、梅等人同列，不过与前者不同的是，他这样做恰恰是表达对荆公"诗祖"地位的推崇而非贬抑。由此可见，即使是说法比较相近的观点，在截然不同的诗学主张下，其含义也可能完全不同。

综上所述，王安石诗在宋代诗人中的影响或许不似苏轼与黄庭坚那样普遍而广泛，但却一直如涓涓细流般绵延不绝，由江西而江湖、由宋调而唐音，成为了宋诗人中一条比较特殊的传承脉络。

第五章　方回、刘辰翁对王安石 诗的选评与评点

方回、刘辰翁均为宋末元初的诗评家，在文学批评领域有较大影响，且他们的批评方式亦各具特色，两人都对王安石诗有比较独到的评价和看法，本章将对此展开探讨。

第一节　"宋诗"与"唐诗"之间：方回 《瀛奎律髓》对王安石的诗学定位

方回(1227—1307)，字万里，号虚谷，别号紫阳，徽州歙县（今属安徽）人。宋理宗景定三年(1262)登第，提领池阳茶盐，任安吉通判。贾似道鲁港丧师(1275)，他因上书论贾似道之罪迁知严州。德祐二年(1276)元军南下，方回原有死守封疆之论，当时却望风迎降，遂得建德路总管，又迁安抚使，以此为清议所讥，寻即罢官。晚年闲居故里，以诗酒自娱。

对方回之人品，古今颇有争议，周密《癸辛杂识别集》即载其诸多卑污行事；然据今人考辨，其说或是党同伐异的产物，似有轻薄诋毁之嫌[1]。至于其"失节"降元又在异族政权中出任高官之事，以风骨论确实比不上宋末的大批"遗民"之士，但在易代之际的特殊历史背景下，尤其是在南宋朝廷已主动投降的情况下，不应简单地以"政治选择"作为衡量士人道德的唯一标准，且方回许多诗文能陈述世态之弊和民生之艰，表达对清明政治的诉求，可见其人并非一味投机钻营、自私自利的无耻之辈。

方回能诗善文，著有《桐江集》《桐江续集》《续古今考》《虚谷闲钞》《文

---

[1] 参见方孝岳：《〈瀛奎律髓〉所说的高格》，《中国文学批评》，生活·读书·新知三联书店2007年版，第177页；詹杭伦：《周密〈癸辛杂识〉"方回"条考辨》，《四川师范大学学报》（社会科学版）1989年第6期；姚大勇：《方回志行考辨》，《中国学研究》第4辑，中国书籍出版社1997年版；于磊：《〈癸辛杂识〉之贺诗风波——论方回的人品及其他》，《元史及民族与边疆研究集刊》第20辑，上海古籍出版社2008年版。

选颜鲍谢诗评》等,而对后世影响最大的当推《瀛奎律髓》一书。此书成于元至元二十年(1283),是唐、宋五七言律诗的选集。全书入选诗家385人,选诗合计3 014首①,其中唐人164家,选诗1 249首;宋人221家,选诗1 765首,分列为49门,除"拗字类""变体类"两种外,其余皆以题材分类。《瀛奎律髓》在编撰体例上有新突破,它改变了以往很多选本只选不评、通过对诗歌的取舍来反映编选者文学思想的模式,明确提出了自己的批评标准:"文之精者为诗,诗之精者为律。所选,诗格也;所注,诗话也。学者求之,髓由是可得也。"②也就是主张将诗选与诗评结合起来。成书于宋宁宗时期的《竹庄诗话》与元世祖至元年间的《诗林广记》,它们的体例亦是合诗选、诗话于一体,但这两书的"诗话"是对前人诗话的汇编,不似《瀛奎律髓》中的"诗话"基本都是方回本人对诗人、诗作的评价,这是《瀛奎律髓》的影响与价值都要远远超过前两书的重要原因。

由于《瀛奎律髓》的选评对象包括唐、宋两代的律诗,因此后人对它的争议也较大,贬之者谓其"全是执己见以强缚古人。古人无碍之才,圆通因变之学,曲合于拘方板腐之辈"③;褒之者则称"其论世则考其时地,逆其意志,使作者之心,千载犹见;其评诗则标点眼目,辨别体制,使风雅之轨,后学可寻,斯固诗林之指南,而艺圃之侯鲭也"④。之所以产生这样的争论,除了与方回本人宗宋祧唐的诗学观有关外,也与后世诗评者或宗唐、或宗宋的诗学冲突有很大关系。总体而言,方回作为两宋末期的诗评者,其《瀛奎律髓》在很大程度上比较合理地反映了唐宋诗尤其是唐宋律诗的发展轨迹与面貌,故此与之在诗学观念上有许多抵牾的纪昀也说:"其诗专主江西,平生宗旨,悉见所编《瀛奎律髓》中,虽不免以粗率生硬为老境,而当其合作,实出宋末诸家上,更不能以其人废矣。"⑤

从选诗数量上看,《瀛奎律髓》排在前列的宋代诗人依次为:陆游(188首)、梅尧臣(127首)、陈师道(111首)、王安石(81首)、张耒(79首)、陈与义(68首)、曾几(63首)、苏轼(41首)、刘克庄(39首)、宋祁与张泽民(各

---

① 按:其中重出22首。
② 〔元〕方回选评,李庆甲集评:《瀛奎律髓汇评》卷首《瀛奎律髓序》,第1页。
③ 〔元〕方回选评,李庆甲集评:《瀛奎律髓汇评》卷一引冯班语,第6页。
④ 〔元〕方回选评,李庆甲集评:《瀛奎律髓汇评》附录一引吴之振语,第1813页。
⑤ 〔清〕永瑢等:《四库全书总目》卷一六六《桐江续集》,第1423—1424页。

36首）、黄庭坚（35首）、杨万里与尤袤（各31首）、吕本中与范成大（各28
首）。其中王安石排第4位，名列苏轼及"一祖三宗"中的黄庭坚、陈与义之
前，似乎显示了方回对荆公诗的"偏爱"，但实际情况却并非选诗数量多少
所能说明。《瀛奎律髓》对王安石诗歌特质及诗史地位的评价，是在方回自
成体系的诗学观念下作出的。

　　《瀛奎律髓》比较细致地分析了王安石诗在押韵、炼字、用典等诗法方
面的精妙工切，值得注意的是，方回常常结合着诗意来品评诗艺，如此一
来，诗人创作时独具匠心的立意与艺术构思就被更加深刻、生动地揭示出
来了。如卷一评《登小茅山》"物外真游来几席，人间荣愿付苓通"："马矢为
'通'，猪矢为'苓'。山以高而群仙易于接近，故云'物外真游来几席'。身
登绝境，视世之荣利如粪土，故云'人间荣愿付苓通'。此一韵自公作古，前
此未有人用。"①评《平山堂》"淮岑日对朱栏出，江岫云齐碧瓦浮"："'淮
岑'、'江岫'，皆言山也。'日出对朱栏，云浮齐碧瓦'，则所谓平山而堂字又
在其中也，其精如此。他人泥于题则巧而反拙，半山敛高才于小篇，包藏万
象至矣。"②卷三评《和微之重感南唐事》"谁诱昏童肯用长"："末句押韵好，
谓有舟楫之长技，而不能保夫江者，以运去人离也。"③卷四评《送周都官通
判湖州》"酒醪犹美好，茶荈正芳新""仁风已入俗，乐事始关身"："酒与古不
殊，茶于今适春，'犹'字、'正'字已佳，可以聚而泛，可以分而班，亦乐事也。
然必仁风先及物，而后身可乐，故'已'字、'始'字尤妙。"④卷一二评《秋露》
"空令半夜鹤，抱此一端愁"："周处《风土记》曰：'白鹤性警，至八月繁露降，
流草叶上，滴滴有声，即鸣也。'《春秋繁露》：'白鹤知夜半。'此诗三、四已切
于秋露，五、六似言秋，而未及露，却着结句引'半夜鹤'以终之，亦妙。"⑤卷
一三评《次韵朱昌叔岁暮》"城云漏日晚，树冻裹春深"："'漏'字、'裹'字，诗
眼，突如其光也。'深'字尤好。"⑥由此不难看出，与一般诗话仅就诗歌字
句本身品评其艺术不同，方回往往从诗意表达的角度出发，考察诗人押韵、
炼字、用典等艺术手法是如何具体地对诗意发生作用并产生不可取代的艺

---

① 〔元〕方回选评，李庆甲集评：《瀛奎律髓汇评》卷一，第32—33页。
② 〔元〕方回选评，李庆甲集评：《瀛奎律髓汇评》卷一，第33页。
③ 〔元〕方回选评，李庆甲集评：《瀛奎律髓汇评》卷三，第138页。
④ 〔元〕方回选评，李庆甲集评：《瀛奎律髓汇评》卷四，第179页。
⑤ 〔元〕方回选评，李庆甲集评：《瀛奎律髓汇评》卷一二，第443页。
⑥ 〔元〕方回选评，李庆甲集评：《瀛奎律髓汇评》卷一三，第478页。

术效果的。这正体现了方回主张"意脉"的诗学观,所谓"以意为脉,以格为骨,以字为眼,则尽之"①。"以意为脉",即指诗人创作时的诗思立意与艺术构思互为表里、互相配合,从而使诗篇脉络分明、法度井然。

对王安石诗的整体风格和艺术特点,《瀛奎律髓》亦屡以"精""妙"称之,如卷一评《登中茅山》:"此诗律精语妙"②,评《登大茅山顶》《登中茅山》《登小茅山》:"三诗皆绝妙"③;卷四评《送周都官通判湖州》:"诗律精密如此"④;卷一三评《岁晚》:"《漫叟诗话》谓荆公定林后诗律精深华妙。此作自比以(谢)灵运,予以为一唱三叹之音也。"⑤以"精""妙"论荆公诗其实是大多数宋人的共识,《瀛奎律髓》的这些评价并无特别之处。不过,方回又拈出"细润工密"作为王安石诗的风格特点,这就显示出他与众不同的眼光了,如卷一〇评《半山春晚即事》:"半山诗工密圆妥,不事奇险"⑥;卷一六评《冬至》:"幽闲聚集,珍丽携擎,此等句细润,乃三谢手段,半山多如此"⑦;卷二九评《次御河寄城北会上诸友》:"细润之中,于五、六下慢字眼"⑧;卷四七评《荣上人遽欲归以诗留之》:"此诗工密已甚"⑨。

何为"细润工密"?以此评价王安石诗有何特别之处?众所周知,方回倡为"一祖三宗"之说,自明清以来直至二十世纪的相当长一段时期内他都被视为江西诗派的护法、殿军,而随着今人研究的不断深入,学界已普遍认为,他并不恪守江西门户,在诗歌选评上具有融通态度和开阔视野,推尊以杜甫为代表的盛唐诗和以黄庭坚为代表的宋代江西诗派,贬抑晚唐和宋末"江湖派",对江西诗的弊病亦多有指摘,实是欲合诸家之长处,为宋诗发展开辟新出路⑩。以此观之,方回提出的"细润工密"的风格,实是对宋诗弊

---

① 〔元〕方回选评,李庆甲集评:《瀛奎律髓汇评》卷四二,第 1512 页。

② 〔元〕方回选评,李庆甲集评:《瀛奎律髓汇评》卷一,第 32 页。

③ 〔元〕方回选评,李庆甲集评:《瀛奎律髓汇评》卷一,第 33 页。

④ 〔元〕方回选评,李庆甲集评:《瀛奎律髓汇评》卷四,第 179 页。

⑤ 〔元〕方回选评,李庆甲集评:《瀛奎律髓汇评》卷一三,第 477 页。

⑥ 〔元〕方回选评,李庆甲集评:《瀛奎律髓汇评》卷一〇,第 346 页。

⑦ 〔元〕方回选评,李庆甲集评:《瀛奎律髓汇评》卷一六,第 565 页。

⑧ 〔元〕方回选评,李庆甲集评:《瀛奎律髓汇评》卷二九,第 1294 页。

⑨ 〔元〕方回选评,李庆甲集评:《瀛奎律髓汇评》卷四七,第 1747 页。

⑩ 参见黄启方:《两宋文史论丛》,学海出版社 1985 年版,第 580—583 页;袁行霈等:《中国诗学通论》,安徽教育出版社 1994 年版,第 697—702 页;聂巧平、李光生:《论〈瀛奎律髓〉对梅尧臣五律的评点》,《西南民族大学学报》(人文社科版)2004 年第 2 期;张哲愿:《方回〈瀛奎律髓〉及其评点研究》,花木兰文化出版社 2008 年版,第 55—60 页。

端和局限的补救。《瀛奎律髓》卷四七于江西派诗人善权《寄致虚兄》诗下有评云："'江西派'中三僧，倚松老人饶德操，僧号如璧，诗最高，足与吕居仁对垒。祖可正平，善权巽中，二人齐名，世称瘦权癫可。然《瀑泉集》无一首律诗可取，五言古诗间有自然闲淡者，七言长句得山谷变体而不得其正格，虽矫古，语无韵味，殊使人厌。《真隐集》律诗仅三、二首，如此诗亦出老杜，而避寇寄兄，题目甚易，无一唱三叹之风。谓晚唐雕虫小技不及此之大片粗抹，亦恐过矣。老杜之细润工密，不可不参，无徒曰喝咄以为豪也。"①这则材料有两点值得注意：其一是方回对江西诗派，尤其是江西末流的创作倾向表达了不满，指出了其粗莽槎枒的毛病，这正是江西诗派在南宋走向式微的原因之一；其二是提出了疗救这种创作弊端的方法，即参以晚唐尤其是老杜的"细润工密"。在方回看来，"细润工密"的风格可以上溯到杜甫，晚唐诗的雕润功夫亦承老杜而来，故《瀛奎律髓》卷一张祜《金山寺》诗下评云："大历十才子以前，诗格壮丽悲感。元和以后，渐尚细润，愈出愈新。而至晚唐，以老杜为祖，而又参此细润者，时出用之，则诗之法尽矣。"②卷四二对李白《赠升州王使君忠臣》的诗评亦云："盛唐人诗气魄广大，晚唐人诗工夫纤细。善学者能两用之，一出一入，则不可及矣。"③

　　方回是贬抑南宋后期诗坛上弥漫一时的江湖诗风的，而江湖诗人极力推崇的晚唐诗，亦每每在他的批评范围之内，如谓："（许浑）诗出于元白之后，体格太卑，对偶太切，而后世晚进争由此入，所以卑之又卑也。陈后山《次韵东坡》有云：'后世无高学，举俗爱许浑'"④，"近世为诗者，七言律宗许浑，五言律宗姚合，自谓足以符水心、四灵之好，而斗钉粉绘，率皆死语、哑语"⑤。这与方回提倡晚唐诗的"细润工密"并不矛盾，他并不反对诗歌的锻炼功夫，而是反对狭隘的锻炼，以致丢弃了精益求精的真精神，只在恒钉琐碎的形式上求工整。正因如此，方回认为学晚唐的途径也有上下之分，"向下一路"即所谓的"后世无高学，举俗爱许浑"；而"向上一路"则是"以老杜为祖"，正本清源，以"细润工密"风格的源头为参照。在方回看来，

---

①〔元〕方回选评，李庆甲集评：《瀛奎律髓汇评》卷四七，第 1731 页。

②〔元〕方回选评，李庆甲集评：《瀛奎律髓汇评》卷一，第 14 页。

③〔元〕方回选评，李庆甲集评：《瀛奎律髓汇评》卷四二，第 1485 页。

④〔元〕方回选评，李庆甲集评：《瀛奎律髓汇评》卷一四，第 509 页。

⑤〔元〕方回：《桐江集》卷一《滕元秀诗集序》，〔清〕阮元辑：《宛委别藏》，江苏古籍出版社 1988 年版，第 105 册，第 21 页。

王安石诗是越晚唐而追杜甫的,故云:"半山诗步骤老杜,有工致而无悲壮。"①这里先不论"无悲壮"的说法,而"步骤老杜""有工致"的评语,则意味着荆公诗的"细润工密"正是参之于老杜这"向上一路"的,故其"诗律精密如此,他人太工则近弱,惟荆公独能工而不萎云"②。

　　方回以王安石的"细润工密"修正江西诗风之弊,这种诗学思路在杨万里那里也曾出现过,在他的诗学转变环节中,学王安石与晚唐诗正是他打破江西体藩篱的重要一步;当然,诚斋最后是走上了自由洒脱、摆落旧日一切成法的艺术境界,但借由王安石与晚唐为跳板,以此突破弊端丛生的江西诗风统治诗坛的格局,却为接下来的南宋诗人提供了"法门"。"四灵"与"江湖派"都是以"反江西"的面目登上诗坛的,但与杨万里不同的是,他们径直标榜"晚唐"而不再提及王安石,这一变化其实反映了更加决绝的"由宋返唐"的诗学倾向。不过遗憾的是,标榜"晚唐"并没有真正地为诗坛迎来新气象,恰恰相反,"宋诗"根基的破坏与狭隘短浅的诗学选择使诗歌创作走上了更加逼仄寒伧的道路。方回深知其中之弊,故以"细润工密"的风格特点为纽带,重新将王安石与晚唐联系在了一起,作为对江西诗风粗莽槎枒之病的修正,就其本质意义而言,这已经不是"四灵"或"江湖派"倡导的"以唐变宋",而是主张宋诗内部的"以宋济宋"了;既然王安石诗既有宋诗的特质,同时又兼备晚唐诗"细润工密"的特点,可以补救江西诗派在后来发展过程中出现的弊端与缺陷,那么,这就意味着"宋诗"在兼容"唐诗"的前提下,完全有能力实现内部的"自我修正"。这样一来,南宋后期以来形成的"贬宋尊唐"的诗学风气,就完全可以被更具诗史通变精神的"宗宋祧唐"的诗学观念所取代了。为加强这一理论的可能性,方回还特意将"晚唐—王安石"一脉归于杜甫之下,这样,"杜甫—黄庭坚—江西诗派"与"杜甫—晚唐—王安石"就具有了共同的艺术源头,"晚唐"与"江西"也就完全可以相互吸收融合,而不再是不可调和的对立两极了。

　　接下来的问题是,王安石诗兼具宋诗"精妙"与唐诗"细润工密"的特点,这是否就是方回心目中理想的风格境界了呢? 通观《瀛奎律髓》及方回其他文章的表述,答案无疑是否定的。其实方回最为推崇的是"劲健清瘦"

①〔元〕方回选评,李庆甲集评:《瀛奎律髓汇评》卷一六《壬辰寒食》评语,第589页。
②〔元〕方回选评,李庆甲集评:《瀛奎律髓汇评》卷四《送周都官通判湖州》评语,第179页。

与"圆熟自然"这两种风格；在宋代诗人中，前者的典范是陈师道，后者的典范是梅尧臣。

先来看他对陈师道的评价。方回虽倡为"一祖三宗"之说，推尊江西诗派，但他最为看重的并非黄庭坚而是陈师道。《瀛奎律髓》选黄庭坚诗仅有35首，而选陈师道诗则有111首；其每每黄、陈并称，而实际尊陈更甚于尊黄，如卷一七评曰："自老杜后，始有后山，律诗往往精于山谷也。山谷弘大，而古诗尤高。后山严密，而律诗尤高。"①这看似无意间解释了选陈诗多于黄诗的原因，但实际反映了方回对黄、陈的真实态度。方回还在《刘元辉诗评·读后山诗感其获遇山谷》中说："（后山）不知何年以诗见山谷，听山谷说诗，读山谷所为诗，樊弃旧作，一变而学豫章。然未尝学山谷诗，字字句句同调也，意有所悟，落花就实而已。然后山平生诗，初不因山谷品题而后增价也。"②这就将陈师道由师从山谷的地位，提高到与黄庭坚并驾齐驱的位置上去了，故《瀛奎律髓》卷一〇云："自山谷始学老杜，而后山继之。'山谷学老杜而不为'，此后山之言也，未知不为如何？后山诗步骤老杜，而深奥幽远，咀嚼讽咏，一看不可了，必再看，再看不可了，必至三看、四看，犹未深晓何如者耶？曰：后山述山谷之言矣，譬之弈焉，弟子高师一着，始及其师。"③这是直接将陈师道当作了杜甫的继承者。

方回推尊陈师道，正是因为后者"劲健清瘦"的风格。《瀛奎律髓》卷一评《登快哉亭》："全篇劲健清瘦，尾句尤幽邃，此其所以逼老杜也"④；卷一〇评《早春》："极瘦有骨，尽力无痕"⑤，评《春怀示邻曲》："淡中藏美丽，虚处着工夫，力能排天斡地，此后山诗也"⑥；卷一六评《元日》："读后山诗，若以色见，以声音求，是行邪道，不见如来。全是骨，全是味，不可与拈花簇叶者相较量也"⑦；卷四二评《寄外舅郭大夫》："后山学老杜，此其逼真者，枯淡瘦劲，情味深幽"⑧。从这些评语，可以看出方回的诗学旨趣与审美倾

①〔元〕方回选评，李庆甲集评：《瀛奎律髓汇评》卷一七《寄无敳》评语，第667页。
②〔元〕方回：《桐江集》卷五，〔清〕阮元辑：《宛委别藏》，第105册，第327页。
③〔元〕方回选评，李庆甲集评：《瀛奎律髓汇评》卷一〇《春日江村》其五评语，第324页。
④〔元〕方回选评，李庆甲集评：《瀛奎律髓汇评》卷一，第17页。
⑤〔元〕方回选评，李庆甲集评：《瀛奎律髓汇评》卷一〇，第351页。
⑥〔元〕方回选评，李庆甲集评：《瀛奎律髓汇评》卷一〇，第378页。
⑦〔元〕方回选评，李庆甲集评：《瀛奎律髓汇评》卷一六，第577页。
⑧〔元〕方回选评，李庆甲集评：《瀛奎律髓汇评》卷四二，第1500页。

向。纪昀在《瀛奎律髓刊误序》中说"其选诗之大弊有三:一曰矫语古淡,一曰标题句眼,一曰好尚生新"①,概称之为"弊"未必妥当,但指出"古淡"即方回所称的"劲健清瘦"为《瀛奎律髓》的选评标准,确是慧眼如炬。

在方回的诗学体系中,梅尧臣常被拿来与黄庭坚、陈师道等人相提并论,如《瀛奎律髓》卷一云:"老杜诗为唐诗之冠。黄、陈诗为宋诗之冠。黄、陈学老杜者也。嗣黄、陈而恢张悲壮者,陈简斋也。流动圆活者,吕居仁也。清劲洁雅者,曾茶山也。七言律,他人皆不敢望此六公矣。若五言律诗,则唐人之工者无数,宋人当以梅圣俞为第一,平淡而丰腴。舍是,则又有陈后山耳。此余选诗之条例,所谓正法眼藏也。"②这条"诗学正脉"在方回《送俞唯道序》一文中的表述则是:"律诗当专师老杜、黄、陈、简斋,稍宽则梅圣俞,又宽则张文潜,此皆诗之正派也。"③吕本中(字居仁)、曾几(号茶山)皆为江西诗派后劲,所以方回心目中的"诗之正派"实可以归纳为江西诗派以及梅尧臣、张耒等人这两条脉络。前者以"劲健清瘦"的诗风为尚,后者则追求"圆熟自然"的风格,如《瀛奎律髓》卷二评梅诗"流丽圆活,自然有味"④,卷四称"梅诗似唐而不装不绘,自然风韵,又当细咀"⑤,卷一六称"圣俞诗不争格高,而在乎语熟意到"⑥。他又在卷一六评张耒"平熟圆妥,视之似易。能作诗到此地,亦难也"⑦,卷二九称"宛丘诗大抵不事雕琢,自然有味"⑧。与梅、张风格相近的还可以加上陆游,《瀛奎律髓》卷一一称其"真诗人难得如此格律。信手圆成,不吃一丝毫力也"⑨,卷四五称其"体熟语丽"⑩。在《瀛奎律髓》的宋代诗人中,梅尧臣、张耒、陆游的诗歌入选数量分别排在第五、第二、第一位,由此可见方回对这一脉诗人的重视。

这是因为,梅尧臣等人"圆熟自然"的风格,在方回看来是融合了盛唐

①〔元〕方回选评,李庆甲集评:《瀛奎律髓汇评》附录一,第1826页。
②〔元〕方回选评,李庆甲集评:《瀛奎律髓汇评》卷一《与大光同登封州小阁》评语,第42页。
③〔元〕方回:《桐江集》卷一,〔清〕阮元辑:《宛委别藏》,第105册,第91页。
④〔元〕方回选评,李庆甲集评:《瀛奎律髓汇评》卷二《次韵景彝赴省直宿马上》评语,第76页。
⑤〔元〕方回选评,李庆甲集评:《瀛奎律髓汇评》卷四《宣州二首》其二评语,第169页。
⑥〔元〕方回选评,李庆甲集评:《瀛奎律髓汇评》卷一六《依韵和李舍人旅中寒食感事》评语,第626页。
⑦〔元〕方回选评,李庆甲集评:《瀛奎律髓汇评》卷一六《寒食赠游客》评语,第626页。
⑧〔元〕方回选评,李庆甲集评:《瀛奎律髓汇评》卷二九《二十三日立秋夜行泊林里港》评语,第1280页。
⑨〔元〕方回选评,李庆甲集评:《瀛奎律髓汇评》卷一一《夏日二首》其二评语,第418页。
⑩〔元〕方回选评,李庆甲集评:《瀛奎律髓汇评》卷四五《梦蜀》评语,第1607页。

诗风的产物。正如方回在《送罗寿可诗序》中所云："欧阳公出焉，一变为李太白、韩昌黎之诗，苏子美二难相为颉颃，梅圣俞则唐体之出类者也，晚唐于是退舍。"①"唐体之出类者"，指的就是盛唐。故《送倪耕道之官历阳序》又云："变西昆体诗为盛唐诗，自梅都官圣俞始，当是时，变五代文体者，欧阳公也，故世称欧梅。"②《瀛奎律髓》卷二四亦评："宋人诗善学盛唐而或过之，当以梅圣俞为第一。喜学老杜而才格特高，则当属之山谷、后山、简斋。"③由此可见，梅尧臣之所以受到方回的重视，正因为他是"宋人诗善学盛唐而或过之"者，可以与代表宋诗典型的黄、陈等人平分秋色："宋诗孰第一，吾赏梅圣俞。绰有盛唐风，晚唐其劣诸。……黄陈吟格高，此事分两途。"④

如果说以陈师道为代表的"劲健清瘦"风格体现的是"格高"的诗学境界——"诗以格高为第一……以四人为格之尤高者，鲁直、无己上配渊明、子美为四也"⑤；那么，以梅尧臣为代表的"圆熟自然"风格则体现了"韵胜"的审美品味——"夫诗莫贵于格高。不以格高为贵，而专尚风韵，则必以熟为贵。熟也者，非腐烂陈故之熟，取之左右逢其源是也"⑥。梅、陈由此"分两途"："宋之盛时，文风日炽，乃有梅圣俞之蕴藉闲雅，陈后山之苦硬瘦劲，一专主韵，一专主律，梅宽陈严，并高一世，而古人之诗半或可废。"⑦顾易生先生等人的《宋金元文学批评史》指出，方回论诗"以黄庭坚、陈师道、陈与义上承杜甫为一脉，以梅尧臣、张耒上承盛唐人为另一脉。前者以才格律法胜，后者以自然风韵胜。方回视此为诗家之两途"⑧。所见极是。

崇尚"格高"与"韵胜"，再次体现了方回"宗宋祧唐"的诗学观。值得注意的是，梅尧臣虽"承盛唐"，但他毕竟是宋人而非唐人，他的诗歌仍然属于"宋诗"，只是在此基础上又融合了"唐诗"的特点，而不是说梅诗是盛唐诗的复制，所以方回在《送胡植芸北行序》中说："予取三人焉，曰梅圣俞，曰陈

---

①〔元〕方回：《桐江续集》卷三二，《景印文渊阁四库全书》，第 1193 册，第 662 页。

②〔元〕方回：《桐江续集》卷三三，《景印文渊阁四库全书》，第 1193 册，第 671 页。

③〔元〕方回选评，李庆甲集评：《瀛奎律髓汇评》卷二四《送徐君章秘丞知梁山军》评语，第 1060 页。

④〔元〕方回：《桐江续集》卷二八《学诗吟十首》其七，《景印文渊阁四库全书》，第 1193 册，第 589 页。

⑤〔元〕方回：《桐江续集》卷三三《唐长孺艺圃小集序》，《景印文渊阁四库全书》，第 1193 册，第 682—628 页。

⑥〔元〕方回选评，李庆甲集评：《瀛奎律髓汇评》卷二〇《梅花二十首》评语，第 850 页。

⑦〔元〕方回选评，李庆甲集评：《瀛奎律髓汇评》卷四七《寺居寄简长》评语，第 1725 页。

⑧顾易生、蒋凡、刘明今：《宋金元文学批评史》，上海古籍出版社 1996 年版，第 931 页。

无己,曰赵昌甫。世谓宋之诗不及唐,予谓此三人,唐诗似反出其下。"①这也就意味着,标举"格高"与"韵胜",其实仍与方回为日益凋敝的"宋诗"寻找创作出路的终极目的有关。在方回看来,最理想的途径不外有二:其一是重振"江西",通过对"一祖三宗"等诗派内部成员的再发现,重新发扬其全盛时期的的艺术质素,而被方回选中的典范人物,便是陈师道;其二是在宋代诗人中寻找能够兼容"唐诗"质素的人物,通过其艺术成功的垂范,为"宋诗""唐诗"之融合提供典型,其中最为方回所看重的,便是"绰有盛唐风"的梅尧臣。当然,无论是重振"江西",抑或兼容"盛唐",从本质上讲都是在宋诗内部寻求突破,是"以宋济宋"而非"尊唐贬宋",这是由方回为宋诗发展寻求出路的终极目的决定的。

前文说过,王安石诗其实也是方回拈出的兼容"唐诗"质素的例子,不过王诗的"细润工密"是径由晚唐上追杜甫,尽管方回也肯定了荆公的"工致"是"步骤老杜"的,但毕竟有"晚唐"这一关,比起梅尧臣诗的"圆熟自然"直入"盛唐",已经落后了一间。况且荆公诗也未必没有落下"晚唐"的"余习",《瀛奎律髓》对其精妙细密处多有赞赏,但也指出了不少用"工"过度而有损"自然"的例子,如卷二一对其《读眉山集次韵雪诗五首》及《读眉山集爱其学诗能用韵复次韵一首》的评论:"蛛网之座,瑶池之家,以形容雪耳。然晦僻,不及坡诗之自然","末句'银为宫阙寻常见,岂即诸天守夜叉'……亦牵强矣","第三首前联'皭若易缁终不染,纷然能幻本无花',亦佳,但颇装点","'绰约无心熟万家',即庄子'姑射神人,其神凝,年谷熟,出处有绰约若冰雪'语,意尽工也。末句亦奇。汉三公领兵入见,交戟叉颈。袁安以卧雪得举孝廉,后为三公。意谓叉颈而入朝,而不如闭门而闲卧也。然则亦勉强矣"②。"晦僻""牵强""装点""勉强"等语,都是对王诗过于求工的批评。最值得注意的还是《瀛奎律髓》卷二○《次韵徐仲元咏梅》的这段评语:"或问:半山此诗方之和靖,高下如何? 予谓荆公不过饾饤工致而已,君复之韵,不可及也。和靖飘然欲仙,半山规行矩步。如用太真事,凡两联,

①〔元〕方回:《桐江集》卷一,〔清〕阮元辑:《宛委别藏》,第 105 册,第 101 页。按:赵蕃字昌甫,亦江西派后劲,方回即称其"隐然以后山为宗",见《桐江集》卷四《跋赵章泉诗》,第 257 页。由此可见,这里指出的三人其实仍是以梅尧臣、陈师道为主。
②〔元〕方回选评,李庆甲集评:《瀛奎律髓汇评》卷二一,第 882—883 页。

诚无一字苟率，然不如'摇落'、'攀翻'之联有滋味。"①其中的关键是"饾饤工致"与"滋味"。尽管前者是方回在比较王安石与林逋两首咏梅诗后作出的评语，并不代表他对荆公诗的整体评价，但在方回看来，"工致"有余而"滋味"不足，恐怕正是王安石不及梅尧臣处。不妨看一下《瀛奎律髓》对梅诗的具体评价：卷二评《次韵景彝赴省直宿马上》"自然有味"②，卷三评《夏日陪提刑彭学士登周襄王故城》"五六平淡之中有滋味"③，卷一四评《晓》"淡而有味"④，卷一六评《春社》"此篇独佳，淡泊中浓醇味"⑤，卷二三评《闲居》"平淡有味"⑥，等等。由此可见，王安石取径晚唐的"细润工密"，终究还是在自然韵味上略逊直取盛唐的梅尧臣一筹，故《瀛奎律髓》卷四在《鲁山山行》诗下云："王介甫最工唐体，苦于对偶太精而不洒脱。圣俞此诗尾句自然，'熊'、'鹿'一联，人皆称其工，然前联尤幽而有味。"⑦

　　王安石诗在"韵胜"方面不及梅尧臣，那么在"格高"方面又如何呢？《瀛奎律髓》卷一六评《壬辰寒食》云："半山诗步骤老杜，有工致而无悲壮，读之久则令人笔拘而格退。"⑧方回还在《瑶池集考》一文中说："荆公诗虽工密，然格不高，立言命意有颇僻处，又焉得谓之'全于道'？"⑨足见方回眼中的王诗也并不以"格高"见长。这除了与以上提出的情志"无悲壮"、立意"有颇僻处"等因素有关外，恐怕更主要的还是因为王诗精工深细的风格与方回心目中代表"格高"的"劲健清瘦"诗风格格不入的缘故。

　　这样一来，王安石在方回诗学体系中的实际地位也就一目了然了。也就是说，王安石兼具"宋诗"与"晚唐"（上追杜甫）的风格特质，的确可以在一定程度上修正宋诗发展的缺陷，尤其是在南宋后期"江西"式微、"晚唐"盛行，却又带来更多新弊端的语境下，以王安石诗的创作路径为例，也不失为一条弥合"宋诗"与"唐诗"的途径。不过，这绝非方回心中的最佳选择，

①〔元〕方回选评，李庆甲集评：《瀛奎律髓汇评》卷二〇，第792页。

②〔元〕方回选评，李庆甲集评：《瀛奎律髓汇评》卷二，第76页。

③〔元〕方回选评，李庆甲集评：《瀛奎律髓汇评》卷三，第96页。

④〔元〕方回选评，李庆甲集评：《瀛奎律髓汇评》卷一四，第513页。

⑤〔元〕方回选评，李庆甲集评：《瀛奎律髓汇评》卷一六，第587页。

⑥〔元〕方回选评，李庆甲集评：《瀛奎律髓汇评》卷二三，第970页。

⑦〔元〕方回选评，李庆甲集评：《瀛奎律髓汇评》卷四，第174页。

⑧〔元〕方回选评，李庆甲集评：《瀛奎律髓汇评》卷一六，第589页。

⑨〔元〕方回：《桐江集》卷七，〔清〕阮元辑：《宛委别藏》，第105册，第435页。

他为宋诗发展开创道路的理想途径,一是重振"江西",标举"劲健清瘦"的诗风以臻"格高"之境;一是兼容"盛唐",崇尚"圆熟自然"的风格而具"韵胜"之致。前者的典范是陈师道,后者的典范是梅尧臣。正因如此,尽管王安石诗数量在《瀛奎律髓》宋人中排名第4,但却每每成为方回诗学序列中的"缺席者",不入"老杜、黄、陈、简斋,稍宽则梅圣俞,又宽则张文潜"的"诗家正脉",就是其中明证。在方回心目中,王安石也许算得上是一位优秀的诗坛名家,但却绝不是解决宋诗发展困境的"妙剂良方",因此也就难以真正入他的"正法眼藏"。《瀛奎律髓》对荆公诗的所有评价,正当作如是观。

第二节　深意·构思·悲情·自然:
刘辰翁评点荆公诗的独特倾向

刘辰翁(1232—1297),字会孟,号须溪,吉州庐陵(今江西吉安)人。与文天祥同为欧阳守道弟子。少补太学生,景定三年(1262)第进士。以母亲年老,请为濂溪书院山长。后曾入江东转运使江万里幕,又入临安任职,旋丁母忧返乡。德祐元年(1275),文天祥起兵勤王,刘辰翁入其江西幕府。此后数载,南宋国事屡遭大变以至败亡,刘辰翁亦辗转漂泊于四方,至元世祖至元十八年(1281)始返归庐陵乡里隐居,著书以终老。

刘辰翁以鲠直闻名,早年曾忤权奸丁大全、贾似道,宋亡后又以遗民自居,风骨凛凛,故其文章亦见重于世。在文学史上,刘辰翁以"须溪词"闻名,而他的诗文评点也有很大影响,元人吴澄称:"近年庐陵刘会孟,于诸家诗融液贯彻,评论造极。"[1]其实刘氏评点的范围不仅仅是诗,据今人考证,凡经部如《大戴礼记》、史部如《史记》《汉书》、子部如《老》《庄》《列》、集部如《杜工部诗》《韦孟全集》等数十种典籍[2],刘辰翁皆作过专门评点,可见他对"评点"这种特殊的文学批评形式的喜好。

刘辰翁的诗学趣尚带有鲜明的个性色彩,他对评点对象的选择亦多是出于个人的好恶兴趣与阅读体会。就诗歌而言,刘辰翁曾着力评点过李贺、王维、孟浩然、韦应物、孟郊、杜甫、王安石、苏轼、陈与义、陆游、汪元亮

---

①〔元〕吴澄著,〔元〕吴当编:《吴文正集》卷一八《大酉山白云集序》,《景印文渊阁四库全书》,第1197册,第202页。

②参见焦印亭:《刘辰翁文学评点寻绎》,中国社会科学出版社2015年版,第17—73页。

等人的诗集。以李贺为例，他早年读李诗的感觉是"厌其涩"①，而在国破家亡、避走山中之际，"无以纾思寄怀，始有意留眼目"，逐渐品味出李诗"思深情浓，故语适称而非刻画"，"若得其趣，动天地泣鬼神者，固如此"的意蕴②，于是才开始对李贺诗进行评点。刘辰翁对王安石诗的评点，同样是出于兴趣与喜爱，正如其子刘将孙所言："先君子须溪先生于诗喜荆公，尝评点李注本，删其繁，以付门生儿子。"③他还转述了刘辰翁对荆公诗的评价："公诗为宋大家，非文人诗，而其用文法，抑光耀以朴意，融制作为裁体。陶冶古今，而呼吸如令；精变尘秕，而形神俱妙。其核也，如老吏之约三尺；其丽也，又如一笑之可千金。历选百年，亦东京之子美也。独其不能如子美之称于唐者，相业累之耳。呜呼！使公老翰林学士，韪然一代词宗，亦何必执政邪！"④可见刘辰翁对王安石的推崇。

　　刘辰翁评点王诗，选择的是李壁《王荆文公诗注》这一注本，但他觉得李壁注过于烦琐："李笺比注家异者，间及诗意。不能尽脱枭臼者，尚袭常眩博，每句字附会，肤引常言常语，亦跋涉经史。"⑤故他在评点诗歌的同时，还对李壁注进行了删削。元大德五年（1301），刘辰翁的门人王常将经过其评点与删节的王安石诗李壁注本刊刻行世，并请刘辰翁之子刘将孙作序，这就是大德五年本《王荆文公诗笺注》50 卷（简称王常本）。收有刘辰翁评、李壁注的王安石诗在元代还有另一种刻本，即大德十年（1306）毋逢辰重刻的《王荆文公诗》50 卷（简称毋逢辰本）。这两种刻本的李壁注有所不同，应该是毋逢辰本在王常本之外，还参考了其他的李壁注本⑥。本书第二章提及朝鲜活字本《王荆文公诗李壁注》保留了大量的李壁注原貌，是王常本、毋逢辰本所缺失的，故研究李壁注洇以朝活本为善本，但朝活本也有一个缺点，就是其中收录的刘辰翁评点有不少遗漏，因此要研究刘氏对

---

①〔宋〕刘辰翁：《须溪集》卷六《评李长吉诗》，《景印文渊阁四库全书》，第 1186 册，第 545 页。

②〔元〕刘将孙：《养吾斋集》卷九《刻长吉诗序》，《景印文渊阁四库全书》，第 1199 册，第 80 页。

③〔宋〕王安石著，〔宋〕李壁笺注：《王荆文公诗笺注》附录《大德本旧序三篇》，中华书局 1958 年版，第 718 页。

④〔宋〕王安石著，〔宋〕李壁笺注：《王荆文公诗笺注》附录《大德本旧序三篇》，中华书局 1958 年版，第 719 页。

⑤〔宋〕王安石著，〔宋〕李壁笺注：《王荆文公诗笺注》附录《大德本旧序三篇》，中华书局 1958 年版，第 718 页。

⑥关于这两个刻本李壁注的差异，可参阅韩元：《王荆公诗李壁注版本新考》，《古籍整理研究学刊》2016 年第 1 期。

王诗的评点，则不能不参考大德本①。

刘辰翁评点王安石诗所具有的特点，有的学者已经进行了一些总结归纳，如汤江浩在《论刘辰翁评点荆公诗之理论意蕴》一文中指出：刘氏多从读者接受的角度来评点荆公诗，注重读者之感受与联想；受到了以禅论诗及道家、玄学思想的多重影响，故评王诗常用禅语并屡以"自然""语真"称许；刘辰翁论荆公诗多从情感特征进行评价，且得出了与方回所谓"有工致而无悲壮"完全相反的结论；对王安石之咏史诗大多给予了肯定性的评介，主张将评价荆公之诗与其为人行事分开，将其为人行事与其相业政事分开，各论其是非得失；在充分肯定王安石诗歌艺术成就的同时，也对个别诗作的字句有所批评；对王安石诗的整体风格特点进行了评价；等等②。

其实，刘氏之评点还有几个比较重要而独特的特点，兹分别言之。

第一，刘辰翁对王安石诗的评点并非仅仅是"论文评艺"，还涉及到了对诗意的注解与阐释。

评点这种批评形式，虽然是以"评"为主，但由于刘辰翁对王安石诗的评点是以李壁注本为对象，故他不可能对其中的注文置之不理。前面说过，刘氏曾删削李壁注，淘汰那些"炫耀博学"的注释，但他这样做在一定程度上破坏了李壁注的原貌，有的还因删削过甚而妨碍了后人对诗歌的理解。不过刘辰翁也并非一味地删减李注，他有时亦能对李壁注进行补充或纠正，这就在一定程度上起到了"补注"的作用。如李壁对《次韵平甫喜唐公自契丹归》"万里春风归正好，亦逢佳客想挥金"的注释，引疏广、疏受辞官归家，将家财分与乡里的典故③，实与诗意不合。刘辰翁则指出："仍用陆贾'归橐'为戏耳。"④《说苑·奉使》载陆贾出使南越，南越王尉佗赐其

---

①朝活本与王常本的对比校勘，可参阅本书附录五。

②汤江浩：《论刘辰翁评点荆公诗之理论意蕴》，《华中科技大学学报》(社会科学版)2003 年第 1 期。
　按：此文之内容后被收入汤江浩《北宋临川王氏家族及文学考论——以王安石为中心》的第九章《刘辰翁评点荆公诗与方回选评荆公诗比较研究》。

③〔宋〕王安石著，〔宋〕李壁笺注，高克勤点校：《王荆文公诗笺注》卷二九，第 723 页。

④按：上海古籍出版社 2010 年出版、高克勤点校的《王荆文公诗笺注》所据为朝鲜活字本《王荆文公诗李壁注》，而朝活本未收此条评语，此据国家图书馆出版社 2003 年版《中华再造善本》(金元编)中《王荆文公诗笺注》(编号 0689)卷二九补。《中华再造善本》中《王荆文公诗笺注》据中国国家图书馆藏元大德五年王常刻本影印，以下简称王常本《王荆文公诗笺注》，凡朝活本未收或有误者，皆据此本补充或勘正。

"橐中装直千金"的典故①，王诗此处正用以比拟出使辽邦的张瓌(字唐公)，劝其归来后与"佳客"挥尽"橐中千金"，故刘评称其"为戏耳"。不难看出，刘辰翁对这两句诗典故出处的注解才是正确的，纠正了李壁注的谬误。再如对《招约之职方并示正甫书记》"更能适我愿，中水开茆屋。鬼营诛荒梗，人境扫喧黩"中"鬼营"的注释，李壁云："马祖居山，山鬼为筑垣，马自谓修行不至，为山鬼所识，乃舍去。"②不得不说，李注此处确有附会典故之嫌，所谓"常言常语，亦跋涉经史"，反而与诗意凿枘不合；刘辰翁则直截了当地说"鬼营，似谓古冢耳"③，不深求典故，简洁明了，却比李注更为符合诗意。

　　值得注意的是，刘辰翁不满李壁注的"袭常眩博"，但他对后者能够阐发王安石诗歌深意的做法却十分欣赏，"李笺比注家异者，间及诗意"④。本书第二章曾论，李壁注对王诗蕴含的深意进行深度挖掘与阐发，是其最有价值的内容之一。刘辰翁显然早已注意到了李壁注的这一特点，而他本人也时常通过"评曰"的方式，去发掘王安石诗的深层意蕴。如他评《元丰行示德逢》曰："田翁、邻并得雨歌呼，人情自不能不尔，第归之帝力。引用湖阴，政似避嫌。"⑤这段评语其实大有深意，显示出刘辰翁对此诗的历史背景以及王安石复杂心意的深刻领会。王安石在熙宁七年(1074)罢相，与熙宁六年冬至七年春的大旱有直接关系，旧党趁大旱之机猛烈抨击新法，利用天灾异变之说给宋神宗和王安石造成了极大的政治压力，最终导致了安石的黯然离朝，就连神宗本人也对新法产生了摇摆不定之意⑥。而到元丰初年，数载间风调雨顺、连获丰收，旧党指责变法招致天灾的说法实已不攻自破，故王安石在元丰四年(1081)时作了这首《元丰行示德逢》，借助友人杨德逢(湖阴先生)之口来歌咏丰年及新政："元丰圣人与天通，千秋万岁

①〔汉〕刘向著，向宗鲁校证：《说苑校证》卷一二，中华书局1987年版，第301页。
②〔宋〕王安石著，〔宋〕李壁笺注，高克勤点校：《王荆文公诗笺注》卷一，第12页。
③〔宋〕王安石著，〔宋〕李壁笺注，高克勤点校：《王荆文公诗笺注》卷一，第12页。
④见刘将孙序，〔宋〕王安石著，〔宋〕李壁笺注：《王荆文公诗笺注》附录《大德本旧序三篇》，中华书局1958年版，第718页。
⑤〔宋〕王安石著，〔宋〕李壁笺注，高克勤点校：《王荆文公诗笺注》卷一，第2页。
⑥见明陈邦瞻《宋史纪事本末》卷三七："(熙宁)七年夏四月癸酉，权罢新发。自去岁秋七月不雨，以至于是月，帝忧形于色，嗟叹肯恻，欲尽罢法度之不善者。"(中华书局2015年版，第358页。)

与此同。先生在野故不穷,击壤至老歌元丰。"①这就是刘评所谓的"引用湖阴"。王安石为什么要借湖阴先生之口来说事呢? 首先,杨德逢的身份比较特殊。在当时人看来,湖阴先生是一位有德行的"逸民",亦即隐居于山野的贤士,连这位"逸民"都出来称颂朝政,更可证明新法的实施是顺应天意民心的。其次,王安石作此诗应该还蕴含着更为复杂的深意,并不仅仅是为了歌颂称贺,他希望借此诗再次向神宗阐明"天变不足畏"的信念,劝其不要被一时的天灾异变所动摇,从而坚定其进行变法的决心。当然,此时的王安石已远离朝堂退居林下,而权威日重的神宗也不再是昔日那个视其如师长、事事听从的少年天子,他这番用心良苦的劝诫,自然要以更加婉转的方式予以表达,所以才要"归之帝力""引用湖阴"。这恐怕就是刘辰翁评语所谓"政似避嫌"的深层指向了。

由上例已可以看出,刘辰翁评点诗歌讲究细读与熟味,注重读者自我的阅读体会与理解,他在《题刘玉田选杜诗》一文中即对这种批评方法有所表述:"予评唐宋诸家,类反复作者深意,跋涉何限","凡大人语,不拘一义,亦其通脱透活自然","观诗各随所得,别自有用","同是此语,本无交涉,而见闻各异,但觉问者会意更佳"②。刘辰翁对王诗也经过了"反复作者深意"的过程,故往往能深契诗人之心。如王安石《读史》诗云:"自古功名亦苦辛,行藏终欲付何人。当时黯黮犹承误,末俗纷纭更乱真。糟粕所传非粹美,丹青难写是精神。区区岂尽高贤意,独守千秋纸上尘。"对此诗的开头两句,李壁注云:"功名虽出于邂逅,然殚虑竭精而为之者多矣,公自言行藏欲效古之何人。"③刘辰翁评则不同意此注并反驳道:"上句谓无易事,下句舍我其谁。注者安知作者之意。"④通观全诗,诗人认为史书所传不过是"糟粕""纸上尘",无人能真正理解那些在历史与当下叱咤风云、建立了不朽功业的仁人志士的精神;既然如此,一生辛苦得来的功业行藏,又怎能寄希望于史家之笔? 这其中隐含的言外之意则是,成就丰功伟绩须把握当下,这才是对自身"行藏"的最真实展现——其实也就是刘辰翁所谓的"舍

---

①〔宋〕王安石著,〔宋〕李壁笺注,高克勤点校:《王荆文公诗笺注》卷一,第2页。按:"元丰圣人",指宋神宗。

②〔宋〕刘辰翁:《须溪集》卷六,《景印文渊阁四库全书》,第1186册,第543—544页。

③〔宋〕王安石著,〔宋〕李壁笺注,高克勤点校:《王荆文公诗笺注》卷三九,第980页。

④〔宋〕王安石著,〔宋〕李壁笺注,高克勤点校:《王荆文公诗笺注》卷三九,第980页。

我其谁"。就此诗而言,刘辰翁更深刻、更准确地把握住了王安石诗中蕴含的那种高自期许、一往无前的政治家气概,故比李壁注更加深入透辟、直达本质。

与李壁注相比,刘辰翁对诗意的阐发不喜长篇大论,他通常是用带有总结性或提示性的简洁语言,来揭示诗中寓含的"微义"。如:

1.《韩持国从富并州辟》。评曰:"送人赴并门,乃多说江湖间趣,微意似谓主人俗也。"①

2.《晨兴望南山》:铜瓶取井水,已至尚余温。天风一吹拂,的皪成璵璠。评曰:"此井亦是实境,第言在严凝中尚自如玉,有以自见。"②

3.《阴山画虎图》:契丹弋猎汉耕作,飞将自老南山边,还能射虎随少年。评曰:"只如此,自有风刺,真得体。"③

4.《草堂》:隐或寄公朝。评曰:"解嘲语。"④

5.《吴江》:吾虽轻范蠡,终欲此幽寻。李壁注:"蠡霸者之佐,公薄之。"评曰:"闲处着一语,便不可堪,其弃国载西子皆在焉,不独以其霸者之佐也。"⑤

6.《筹思亭》:昔人何计亦何思,许国忧民适此时……坐听楚谣知岁美,想衔杯酒问花期。评曰:"讥此亭有名无实也,果然。"⑥

7.《代陈景初书于太一宫道院壁》。评曰:"殆借此道士雪屈。"⑦

8.《鱼儿》:无人挈入沧江去,汝死那知世界宽。评曰:"可风曲学。"⑧

这些评语皆短小精悍,点到即止,其价值在于对诗歌提出了比较独到的见解,从而启发读者透过语句表面,发掘其中的深层意蕴。如《晨兴望南山》是否寓有诗人不畏严寒、本质不改的自况;《阴山画虎图》是否体现了对朝政边防松弛、用人不当的忧虑与规讽;《代陈景初书于太一宫道院壁》是否蕴含着不平与愤懑,是诗人借他人之酒杯浇胸中之块垒等等,这些都值得

---

①此据王常本《王荆文公诗笺注》卷一〇补。
②〔宋〕王安石著,〔宋〕李壁笺注,高克勤点校:《王荆文公诗笺注》卷一一,第269页。
③〔宋〕王安石著,〔宋〕李壁笺注,高克勤点校:《王荆文公诗笺注》卷一二,第311页。
④〔宋〕王安石著,〔宋〕李壁笺注,高克勤点校:《王荆文公诗笺注》卷二二,第536页。
⑤〔宋〕王安石著,〔宋〕李壁笺注,高克勤点校:《王荆文公诗笺注》卷二四,第591页。
⑥此据王常本《王荆文公诗笺注》卷三一补。
⑦〔宋〕王安石著,〔宋〕李壁笺注,高克勤点校:《王荆文公诗笺注》卷四〇,第1009页。
⑧〔宋〕王安石著,〔宋〕李壁笺注,高克勤点校:《王荆文公诗笺注》卷四八,第1317页。

结合原诗乃至诗人的人生际遇，进行反复地思索与品味。刘辰翁的这些评语扩大了王安石诗意的解读空间，并引领读者的联想参与其中，是对作品的丰富与再创造，故此有的学者认为刘氏之评点与"接受美学"理论亦有相通之处①。

刘辰翁评点王安石诗的第二个显著特点，是对王诗作法与构思的艺术分析。吴承学先生在《评点之兴——文学评点的形成和南宋的诗文评点》一文中指出："传统的文学批评讲究对于批评对象知人论世，追源溯流，其批评则重在对批评对象作总体审美把握的品第，而很少是对文本的具体入微的批评。而评点之学恰是转向对文本的语言分析和形式的批评，其特点在于为人指点创作的具体途径，从'作文之用心'的角度来进行批评，对于作品的用词、造句、修辞、构思和结构上的抑扬、开阖、奇正、起伏等方面的艺术技巧进行评点。"②可见强调文章或诗歌的"作法"，指点创作的具体途径，正是"评点"这种文学批评形式的独特之处。

刘辰翁评点王安石诗，也凸显了"评点"的这一本质。南宋吕祖谦的《古文关键》，是当时最重要的评点著作之一，对评点方法提出了一些具体法则，其"总论看文字法"云：

> 第一看大概主张。第二看文势规模。第三看纲目关键：如何是主意首尾相应；如何是一篇铺叙次第；如何是抑扬开合处。第四看警策句法：如何是一篇警策；如何是下句下字有力处；如何是起头换头佳处；如何是缴结有力处；如何是融化屈折、翦截有力处；如何是实体贴题目处。③

刘辰翁显然受到了《古文关键》评点的影响，而将这些方法运用到了对王安石诗的评点之中。

其一，刘辰翁对王诗是如何起笔开头的，表现出了浓厚的评论兴趣。如评《纯甫出僧惠崇画要予作诗》"画史纷纷何足数"，曰"起得突兀"④；评《虎图》"壮哉非黑亦非骍"，曰"此句最难起"⑤；评《葛蕴作巫山高爱其飘逸

①参见汤江浩：《北宋临川王氏家族及文学考论——以王安石为中心》，第405—406页。
②吴承学：《评点之兴——文学评点的形成和南宋的诗文评点》，《文学评论》1995年第1期。
③〔宋〕吕祖谦编：《古文关键》，王云五主编：《丛书集成初编》，第1821册，第1—2页。
④〔宋〕王安石著，〔宋〕李壁笺注，高克勤点校：《王荆文公诗笺注》卷一，第6页。
⑤〔宋〕王安石著，〔宋〕李壁笺注，高克勤点校：《王荆文公诗笺注》卷七，第163页。

因亦作两篇》其一"巫山高,十二峰,上有往来飘忽之猿猱,下有出没瀺灂之蛟龙",曰"三语便不可羁"①;评《登景德塔》"放身千仞高",曰"五字便别"②;评《长孙倩归辉州》"溪涧得雨潦,奔逸不可航",曰"来得怪"③,这些是点出了王诗以奇崛之笔布局开篇,有造势不凡之效。评《题燕侍郎山水图》"往时濯足潇湘浦",云"造意如画"④;评《别谢师宰》"阊阖城西地如水,鸡鸣黄尘波浪起",曰"句自好"⑤,这是指出王诗落笔即为佳句,开篇即营造出了优美的意境,引人入胜。评《夜梦与和甫别如赴北京时和甫作诗觉而有作因寄纯甫》"水菽中岁乐,鼎茵暮年悲",曰"只是古人语,写入老少,无限凄紧"⑥;评《澶州》"去都二百五十里",曰"以见当日危甚亡具"⑦,这是取其一篇之警策、诗意之关键,有提挈全篇的作用。由此可见,刘辰翁的评点不仅留意到了王安石诗是如何起头的,还对其不同的艺术效果有所甄别。

其二,刘辰翁对王诗的结尾处也格外关注。如《法云》前面写景物,而结尾以人不如物的感慨收束:"汲泉养之花不老,花底幽人自衰槁",刘评曰"只如此最好"⑧;《明妃曲二首》其二想象昭君出塞之情景,最后哀挽其千古之悲云:"可怜青冢已芜没,尚有哀弦留至今",刘评曰"却如此结,神情俱敛,深得乐府之体。惟张籍唐贤间或知此"⑨;《送程公辟之豫章》写友人分别,而以"使君谢吏趣治装,我行乐矣未渠央"的豁达语作结,刘评曰"只如此结合,何用商量"⑩;《北山暮归示道人》写山行返归,由动至静:"天黑月未上,儿童初掩关",刘评曰"结语虽气格未离,而翛然远胜"⑪。刘辰翁所欣赏的王诗结尾,一是含蓄蕴藉、余韵悠长,如评《纯甫出僧惠崇画要予作诗》"故结语极佳,有风有叹"⑫,评《杏花》"初看身影甚朴,末意风情殊别,

①〔宋〕王安石著,〔宋〕李壁笺注,高克勤点校:《王荆文公诗笺注》卷九,第230页。
②〔宋〕王安石著,〔宋〕李壁笺注,高克勤点校:《王荆文公诗笺注》卷一〇,第256页。
③〔宋〕王安石著,〔宋〕李壁笺注,高克勤点校:《王荆文公诗笺注》卷一三,第332页。
④〔宋〕王安石著,〔宋〕李壁笺注,高克勤点校:《王荆文公诗笺注》卷一,第9页。
⑤〔宋〕王安石著,〔宋〕李壁笺注,高克勤点校:《王荆文公诗笺注》卷八,第197页。
⑥〔宋〕王安石著,〔宋〕李壁笺注,高克勤点校:《王荆文公诗笺注》卷一,第4页。
⑦〔宋〕王安石著,〔宋〕李壁笺注,高克勤点校:《王荆文公诗笺注》卷七,第177页。
⑧〔宋〕王安石著,〔宋〕李壁笺注,高克勤点校:《王荆文公诗笺注》卷二,第37页。
⑨〔宋〕王安石著,〔宋〕李壁笺注,高克勤点校:《王荆文公诗笺注》卷六,第143页。
⑩〔宋〕王安石著,〔宋〕李壁笺注,高克勤点校:《王荆文公诗笺注》卷八,第205页。
⑪〔宋〕王安石著,〔宋〕李壁笺注,高克勤点校:《王荆文公诗笺注》卷二二,第538页。
⑫〔宋〕王安石著,〔宋〕李壁笺注,高克勤点校:《王荆文公诗笺注》卷一,第7页。

殆是绝唱"①，评《四皓二首》其二"语短味长如此"②，评《澶州》"语如不着褒贬，熟味最高"③；一是语、意精悍，不枝不蔓，如评《谢公墩》"不多不浅，造次名言"④，评《张良》"能评能消，一语已多"⑤，评《送石赓归宁》"亦不多少"⑥，评《九鼎》"语不少多，复不深辨，皆是"⑦。正因如此，他不满《示元度》的结尾，云"转入为情，收结恨短"⑧；又批评《弯碕》的结尾"似赘"⑨，前面所说的"短"是指"韵短"，而后面所论的"赘"是谓"语赘"。

其三，刘辰翁还特别留意到了王安石诗歌章法脉络中的转折、起伏、承接、开阖之处。如《后元丰行》的后半段："鲥鱼出网蔽洲渚，荻笋肥甘胜牛乳。百钱可得酒斗许，虽非社日长闻鼓。吴儿踏歌女起舞，但道快乐无所苦。老翁堑水西南流，杨柳中间杙小舟。乘兴欹眠过白下，逢人欢笑得无愁"，刘辰翁在"百钱可得酒斗许，虽非社日长闻鼓"与"吴儿踏歌女起舞，但道快乐无所苦"之间插入评语道："上两句自好，又着两句分疏。"⑩从诗意脉络看，自"老翁堑水西南流"句以下，由写农家之乐转为写诗人乘兴之游，押韵亦随之改变，可见这里就是诗歌的转折之处。本来王安石以"百钱可得酒斗许，虽非社日长闻鼓"这两句来收束上一段亦无不可，但他却又宕开一笔，增以"吴儿踏歌女起舞，但道快乐无所苦"两句，在刘辰翁看来，这就使得诗意更加婉转悠长、毫无迫促之感，故此他才有"上两句自好，又着两句分疏"的评语，提醒读者注意诗歌此处章法的转折承接之法。

再如《和吴冲卿鸦树石屏》：

寒林昏鸦相与还，下有跂石苍屏颜。曾于古图见仿佛，已怪笔力非人间。君家石屏谁为写，古图所传无似者。鸦飞历乱止且鸣，林叶惨惨风烟生。高斋日午坐中见，意以落日空山行。君诗雄盛付君手，

---

① 〔宋〕王安石著，〔宋〕李壁笺注，高克勤点校：《王荆文公诗笺注》卷一，第22页。
② 〔宋〕王安石著，〔宋〕李壁笺注，高克勤点校：《王荆文公诗笺注》卷二，第46页。
③ 〔宋〕王安石著，〔宋〕李壁笺注，高克勤点校：《王荆文公诗笺注》卷七，第178页。
④ 〔宋〕王安石著，〔宋〕李壁笺注，高克勤点校：《王荆文公诗笺注》卷五，第114页。
⑤ 〔宋〕王安石著，〔宋〕李壁笺注，高克勤点校：《王荆文公诗笺注》卷五，第132页。
⑥ 〔宋〕王安石著，〔宋〕李壁笺注，高克勤点校：《王荆文公诗笺注》卷七，第170页。
⑦ 〔宋〕王安石著，〔宋〕李壁笺注，高克勤点校：《王荆文公诗笺注》卷一八，第452页。
⑧ 〔宋〕王安石著，〔宋〕李壁笺注，高克勤点校：《王荆文公诗笺注》卷一，第20页。
⑨ 〔宋〕王安石著，〔宋〕李壁笺注，高克勤点校：《王荆文公诗笺注》卷二，第38页。
⑩ 朝活本有缺字，此据王常本《王荆文公诗笺注》卷一补。

云此非人乃天巧。

嗟哉浑沌死,乾坤生,造作万物丑妍巨细各有理。问此谁主何其精,恢奇谲诡多可喜。人于其间乃复雕镵刻画出智力,欲与造化追相倾。拙者婆娑尚欲奋,工者固已穷夸矜。吾观鬼神独与人意异,虽有智巧无所争。所以虢山间,埋没此宝千万岁,不为见者惊。吾又以此知妙伟之作不在百世后,造始乃与元气并。【评曰】三反五折,如出不穷。

画工粉墨非不好,【评曰】看他收。岁久剥烂空留名。能从太古到今日,独此不朽由天成。世人尚奇轻货力,山珍海怪采掇今欲索。此屏后出为君得,胡贾欲著价不识。吾知金帛不足论,当与君诗两相直。【评曰】如此结甚佳,不是鼠尾。[①]

诗歌中间大段描写"鸦树石屏",诗人没有从正面描写,而是选择侧面落笔,通过乾坤浑沌造作万物之理的渲染、人间智巧黯然失色的反衬,以及宝物为天地所藏不轻易示人的烘托,穷极笔力地突出了"鸦树石屏"的特异不凡,故刘辰翁称其"三反五折,如出不穷"。诗歌接着一转,进一步阐明"画工"的"人巧"为何不如"天工":"画工粉墨非不好,岁久剥烂空留名。能从太古到今日,独此不朽由天成",从而更加彰显出"鸦树石屏"的可贵,刘辰翁注意到诗意至此的承前启后,故评云"看他收"。诗歌结尾处点明了此篇的唱和咏物之意,是所谓"着题";其实还流露出惟有吴、王二人之诗方能与此自然天成的"鸦树石屏"相媲美的自矜,这又照应了之前"画工粉墨"难以匹配石屏的议论,故刘辰翁评其"如此结甚佳,不是鼠尾"。

其他如评《题燕侍郎山水图》前半段,云"收拾不易,它人六句三折则促矣,此独有余"[②];评《明妃曲二首》其一中间四句,云"此'归来'二字,转换迎送不觉,已极老手。其下一句一折,无限哀愁,有长篇所不能叙。又极风致,如'意态由来画不成'是也"[③];评《送李屯田守桂阳二首》其一,云"首尾语"[④];评《吴江》第五句,云"承得浑"[⑤];评《老嫌》第三句,云"翻得亲切"[⑥];

①〔宋〕王安石著,〔宋〕李壁笺注,高克勤点校:《王荆文公诗笺注》卷一〇,第241—242页。

②〔宋〕王安石著,〔宋〕李壁笺注,高克勤点校:《王荆文公诗笺注》卷一,第9页。

③〔宋〕王安石著,〔宋〕李壁笺注,高克勤点校:《王荆文公诗笺注》卷六,第141页。

④〔宋〕王安石著,〔宋〕李壁笺注,高克勤点校:《王荆文公诗笺注》卷八,第186页。按:此当言首尾呼应之意。

⑤〔宋〕王安石著,〔宋〕李壁笺注,高克勤点校:《王荆文公诗笺注》卷二四,第591页。

⑥〔宋〕王安石著,〔宋〕李壁笺注,高克勤点校:《王荆文公诗笺注》卷四一,第1044页。

等等,都显示了刘辰翁对王诗章法脉络的琢磨与钻味。

在刘辰翁之前,很少有人从章法脉络与写作构思的角度分析王安石诗,这也是刘辰翁的评点不同于其他宋代诗评者的一个重要方面。

刘辰翁评点王诗的第三个独特之处,是对王安石诗中蕴含的"悲愤哀怨"之情进行了比较集中的揭示与评析。刘辰翁论诗主张"不平则鸣",其《不平鸣诗序》云:"亘古今之不平者无如天。人者有所不平则求直于人,则求直于有位者,则求直于造物,能言故也。若天之视下也,其不平有甚于我,有甚于我而不能自言,故其极为烈风、为迅雷、为孛、为彗、为虹、为山崩石裂水涌川竭,意皆其郁积愤怒,亡所发泄,以至此也……凡天之所不平者,皆人事之激也。"①在对王诗的评点中,他就常以"恨""怨""悲"等字眼评价王安石的情感特征。

王诗之"悲情"有时与诗歌本身表达的内容有关。如对《一日归行》,刘评曰"此悼亡之作也,古无复悲于此者"②;《送张甥赴青州幕》《送赞善张君西归》皆为送别之作,刘评曰"下五字又悲""从上至此,语意甚悲,谓不再见也"③;《全椒张公有诗在北山西庵僧者壏之怅然有感》《思王逢原》均有对亡故友人的怀念之情,刘评曰"两语宛转凄断"④、"沉着慷慨,真肝鬲之悲也"⑤。这些"悲情"的抒发,是受到了"悼念""分别"等具体情事的触发。

更能体现"不平则鸣"的,是王安石诗歌在不自觉间呈露出来的那股"悲愤"情绪,这也是刘辰翁更注意抉发的地方。如评《杂咏八首》其二至其五,云"自次篇至此,耿耿如有恨事"⑥;评《食黍行》,云"本无富贵,亦失情爱,语甚选甚悲"⑦;评《韩持国从富并州辟》,云"此语却如有憾""一转至此,殊抱耿耿"⑧;评《朝日一曝背》,云"语不多而怨长"⑨;评《少年见青春》,

① 〔宋〕刘辰翁:《须溪集》卷六,《景印文渊阁四库全书》,第1186册,第521—521页。
② 〔宋〕王安石著,〔宋〕李壁笺注,高克勤点校:《王荆文公诗笺注》卷一二,第309页。
③ 〔宋〕王安石著,〔宋〕李壁笺注,高克勤点校:《王荆文公诗笺注》卷二二,第517、520页。
④ 〔宋〕王安石著,〔宋〕李壁笺注,高克勤点校:《王荆文公诗笺注》卷二七,第666页。
⑤ 此据王常本《王荆文公诗笺注》卷一〇补。
⑥ 〔宋〕王安石著,〔宋〕李壁笺注,高克勤点校:《王荆文公诗笺注》卷五,第128页。
⑦ 〔宋〕王安石著,〔宋〕李壁笺注,高克勤点校:《王荆文公诗笺注》卷六,第145页。
⑧ 〔宋〕王安石著,〔宋〕李壁笺注,高克勤点校:《王荆文公诗笺注》卷一〇,第248页。
⑨ 〔宋〕王安石著,〔宋〕李壁笺注,高克勤点校:《王荆文公诗笺注》卷一一,第271页。

云"语不深，伤而悲，动左右"①；评《汴流》，云"哀怨跌宕，俯焉欲绝"②；评《何处难忘酒二首》其一，云"此生此死，无限恨意"③；评《招丁元珍》，云"志意凄怆。每读，想见其难言，不独诗好"④；评《招吕望之使君》，云"甚怨"⑤；评《春风》，云"最是愁意"⑥；评《葛溪驿》，云"常语，字字句句合读之，每不可堪"⑦；评《金陵郡斋》，云"语有恨意"⑧；评《读后汉书》，云"伤之甚"⑨；评《读蜀志》，云"愈读愈恨"⑩；等等，在刘辰翁看来，这些"恨""悲""怨""怆"，是诗人情感的自然流露。值得注意的是，它们并非一己之哀愁、个人之悲怨，而是王安石深沉厚重的忧世之心、世道之感的体现，故刘辰翁评《寄孙正之》，云"皆非儿女间意"⑪；评《朝日一曝背》，云"俯仰自足，而有忧世之心，非为己饥己寒也"⑫；评《少狂喜文章》，云"无论相业如何，此岂志富贵者？每诵，慨然伤怀"⑬；评《阴漫漫行》，云"极是恨痛。今人以为谶者，此世道之感也"⑭。由此可见，刘辰翁对王诗"悲愤哀怨"之情的体味，并不限于某一具体诗篇，而是在充分理解王安石的人生轨迹、生命历程后作出的，是"知人论世"的结果，是对荆公本人志意、诗心的深刻领悟，是所谓的"求其文者知其心，非明白痛快何以哉"⑮。

　　不难看出，刘辰翁眼中的王安石是一位具有"悲剧"色彩的人物，他对荆公生前身后的遭遇深感同情，故极力反驳那些因政治、历史等原因对荆公诗怀有偏见甚至刻意歪曲的评论。如对是非纷纭的《明妃曲二首》，刘辰翁论"家人万里传消息，好在毡城莫相忆。君不见咫尺长门闭阿娇，人生失

---

① 〔宋〕王安石著，〔宋〕李壁笺注，高克勤点校：《王荆文公诗笺注》卷一一，第 274 页。
② 〔宋〕王安石著，〔宋〕李壁笺注，高克勤点校：《王荆文公诗笺注》卷一二，第 310 页。按："俯焉欲绝"原作"俯焉欲俯"，据王常本《王荆文公诗笺注》改。
③ 〔宋〕王安石著，〔宋〕李壁笺注，高克勤点校：《王荆文公诗笺注》卷二四，第 575 页。
④ 〔宋〕王安石著，〔宋〕李壁笺注，高克勤点校：《王荆文公诗笺注》卷二四，第 595 页。
⑤ 〔宋〕王安石著，〔宋〕李壁笺注，高克勤点校：《王荆文公诗笺注》卷二七，第 664 页。
⑥ 此据王常本《王荆文公诗笺注》卷二九补。
⑦ 此据王常本《王荆文公诗笺注》卷三五补。
⑧ 〔宋〕王安石著，〔宋〕李壁笺注，高克勤点校：《王荆文公诗笺注》卷四三，第 1123 页。
⑨ 〔宋〕王安石著，〔宋〕李壁笺注，高克勤点校：《王荆文公诗笺注》卷四六，第 1250 页。
⑩ 〔宋〕王安石著，〔宋〕李壁笺注，高克勤点校：《王荆文公诗笺注》卷四六，第 1251 页。
⑪ 〔宋〕王安石著，〔宋〕李壁笺注，高克勤点校：《王荆文公诗笺注》卷一○，第 260 页。
⑫ 〔宋〕王安石著，〔宋〕李壁笺注，高克勤点校：《王荆文公诗笺注》卷一一，第 271 页。
⑬ 〔宋〕王安石著，〔宋〕李壁笺注，高克勤点校：《王荆文公诗笺注》卷一一，第 272 页。
⑭ 〔宋〕王安石著，〔宋〕李壁笺注，高克勤点校：《王荆文公诗笺注》卷一二，第 309 页。
⑮ 〔宋〕刘辰翁：《须溪集》卷七《答刘英伯书》，《景印文渊阁四库全书》，第 1186 册，第 561 页。

意无南北"云："此独从家人寄声得之，读者堕泪，但见蔼然，无嫌南北。"①
又论"汉恩自浅胡自深，人生乐在相知心"云："正言似反，与《小弁》之怨同
情。更千古孤臣出归，有口不能自道者，乃从举声一动出之。谓为'背君
父'，是不知怨也。三复可伤，能令肠断。"②再如对《兼并》，苏辙尝论，"至
于今日，民遂大病，源其祸，出于此诗。盖昔之诗病，未有若此酷者也"，李
壁注据以引于题下③，而刘辰翁则反驳道："说未有敝，因其行事，遂疑其说
之都非，儒者之反覆也。使他人赋此，为有志，为名言。"④又如对《虎图》，
有人认为其是王安石为讥刺韩琦而作⑤，刘评批之曰："凡赋亦□有讥，妙
入想象，语见事外，何必为何人作？ 皆是浅论。"⑥这些都可见出他对荆公
的回护之意。

　　平心而论，刘辰翁其实也并不认可王安石变法，"论诗文与论人物异，
论行事意见又异"⑦，这既可以说是一种较为公允的文学批评态度——只
就文学本身说事，但同时也意味着刘氏亦未能跳出宋人批判王安石变法的
固有观念，所以只好避其历史是非不谈而只论其诗。不过，刘辰翁显然对
王安石志存高远、心忧天下的广阔胸襟和不慕富贵、淡泊名利的崇高人格
十分钦佩，所以他极为反对那些利用政治成败或历史是非将王安石"小人
化"的议论。从这个角度上讲，刘辰翁对荆公忧世伤怀、沉着慷慨的悲愤之
情的反复呈露，实际上也正是对这位"不平则鸣"的优秀诗人的充分理解，
以及对其人品的高度肯定。在宋人当中，能以一种"悲剧精神"观照荆公的
情感世界的，刘辰翁实属第一人。

　　刘辰翁评点的第四个特点，是对王安石诗艺术风格的别有会心。本书
第四章第一节曾论，宋人多议论王诗精工极巧、精益求精的特点，惟叶梦得
等少数诗评者注意到了其自然平淡的风格。而刘辰翁的评点则继叶氏之
后，进一步凸显出了荆公诗的"自然"特征。

①〔宋〕王安石著，〔宋〕李壁笺注，高克勤点校：《王荆文公诗笺注》卷六，第141页。
②〔宋〕王安石著，〔宋〕李壁笺注，高克勤点校：《王荆文公诗笺注》卷六，第142页。
③〔宋〕王安石著，〔宋〕李壁笺注，高克勤点校：《王荆文公诗笺注》卷六，第147页。
④〔宋〕王安石著，〔宋〕李壁笺注，高克勤点校：《王荆文公诗笺注》卷六，第147页。
⑤参见李壁注引，〔宋〕王安石著，〔宋〕李壁笺注，高克勤点校：《王荆文公诗笺注》卷七，第163页。
⑥此据王常本《王荆文公诗笺注》卷七补。按："凡赋亦□有讥"，"□"字漫漶不清。
⑦见刘将孙序，〔宋〕王安石著，〔宋〕李壁笺注：《王荆文公诗笺注》附录《大德本旧序三篇》，中华书
　局1958年版，第719页。

在刘氏的王诗评点中,"精""工""巧"之类的评语极少,而"自然"一词出现的频率却很高,如:

1.《陈桥》:走马黄昏渡河水,夜争归路春风里。指点韦城太白高,投鞭日午陈桥市。杨柳初回陌上尘,烟脂洗出杏花匀。纷纷塞路堪追惜,失却新年一半春。【评曰】为它来处自然,轻轻便足。①

2.《秋日不可见》:秋日不可见,林端但余黄。杖藜思平野,俯仰畏无光。栗栗涧谷风,吹我衣与裳。娟娟空山月,照我冠上霜。【评曰】随分自然,不着一语。遂如哽绝,人以为未尽,未悟已多。②

3.《自白门归望定林有寄》:寒驴愁石路,余亦倦跻攀。不见道人久,忽然芳岁残。【评曰】渐近自然。朝随云暂出,暮与鸟争还。杳杳青松壑,知公在两间。③

4.《次韵冲卿除日立春》:犹残一日腊,并见两年春。物以终为始,人从故得新。【评曰】议论之自然者。迎阳朝剪彩,守岁夜倾银。恩赐随嘉节,无功只自尘。④

5.《雨花台》:盘互长干有绝陉,并包佳丽入江亭。新霜浦溆绵绵白,薄晚林峦往往青。南上欲穷牛渚怪,北寻难忘草堂灵。【评曰】自然。篮舆却走垂杨陌,已戴寒云一两星。⑤

6.《染云》:染云为柳叶,剪水作梨花。不是春风巧,何缘有岁华。【评曰】初看郑重,熟味自然。⑥

7.《秣陵道中口占二首》其一:经世才难就,田园路欲迷。殷勤将白发,下马照青溪。【评曰】颠倒自然。⑦

8.《题西太一宫壁二首》其一:柳叶鸣蜩绿暗,荷花落日红酣。三十六陂春水,白头想见江南。【评曰】语调自然。清绝,愁绝。⑧

9.《天童山溪上》:溪水清涟树老苍,行穿溪树踏春阳。溪深树密无人

---

① 〔宋〕王安石著,〔宋〕李壁笺注,高克勤点校:《王荆文公诗笺注》卷七,第177页。

② 朝活本字句有缺,此据王常本《王荆文公诗笺注》卷一一补足。

③ 〔宋〕王安石著,〔宋〕李壁笺注,高克勤点校:《王荆文公诗笺注》卷二二,第533页。

④ 〔宋〕王安石著,〔宋〕李壁笺注,高克勤点校:《王荆文公诗笺注》卷二四,第571页。

⑤ 〔宋〕王安石著,〔宋〕李壁笺注,高克勤点校:《王荆文公诗笺注》卷二七,第659页。

⑥ 〔宋〕王安石著,〔宋〕李壁笺注,高克勤点校:《王荆文公诗笺注》卷四〇,第996页。

⑦ 〔宋〕王安石著,〔宋〕李壁笺注,高克勤点校:《王荆文公诗笺注》卷四〇,第1008页。

⑧ 〔宋〕王安石著,〔宋〕李壁笺注,高克勤点校:《王荆文公诗笺注》卷四〇,第1028—1029页。

处,唯有幽花渡水香。【评曰】妙处自然,不入思索。①

还有一些评语虽未用"自然"一词,但表达的意思却与之相近:

1.《己未耿天骘著作自乌江来予逆沈氏妹于白鹭洲遇雪作此诗寄天骘》:朔风积夜雪,明发洲渚净。开门望钟山,松石皓相映。故人过我宿,未尽跻攀兴。而我方渺然,长波一归艇。欷段庶可策,柴荆当未暝。与子出东冈,墙西扫新径。【评曰】无一句可点,而情景皦然;无一字剩,故不俗。②

2.《望钟山》:伫立望钟山,阳春更萧瑟。暮寻北郭归,故绕东冈出。【评曰】其诗每欲为萧然者,更胜思索。③

3.《示长安君》:少年离别意非轻,老去相逢亦怆情。草草杯盘供笑语,昏昏灯火话平生。【评曰】自在浓至。自怜湖海三年隔,又作尘沙万里行。欲问后期何日是,寄书应见雁南征。④

有论者认为刘辰翁屡以"自然"称许荆公诗,是受到了道家、玄学思想及美学趣味的影响⑤。从须溪本人崇尚自然的文学思想的角度看,此说诚有一定道理;但就具体诗篇而言,刘辰翁评价王诗之"自然",实指诗歌的语言表达与诗人的思想情感高度一致,由此达到了浑然天成的境界,故曰"随分自然,不着一语""初看郑重,熟味自然""妙处自然,不入思索""无一句可点""无一字剩",其实这也就是《石林诗话》所说的"意与言会,言随意遣,浑然天成,殆不见有牵率排比处"⑥。

值得注意的倒是刘辰翁认为荆公诗的"自然"风格与魏晋诗歌传统有一定联系。他在《简斋诗集序》中说:"诗无论工拙,恶忌矜持。'瞻彼日月',不在情景入玄;'彼黍离离',不分奇闻异事。流荡自然,要以畅极而止。彼'讦谟定命,远犹辰告',虽为德人深致,若论其感发浓至,故不如'昔我往矣,杨柳依依'之句,比之柔肠易断,复何以学问着力为哉!诗至晚唐已厌,及近年江湖又厌。谓其和易如流,殆于不可庄语,而学问为无用

---

① 〔宋〕王安石著,〔宋〕李壁笺注,高克勤点校:《王荆文公诗笺注》卷四八,第1319页。
② 〔宋〕王安石著,〔宋〕李壁笺注,高克勤点校:《王荆文公诗笺注》卷一,第11页。
③ 〔宋〕王安石著,〔宋〕李壁笺注,高克勤点校:《王荆文公诗笺注》卷五,第112页。
④ 此据王常本《王荆文公诗笺注》卷三〇补。
⑤ 参见汤江浩:《北宋临川王氏家族及文学考论——以王安石为中心》,第406—407页。
⑥ 〔宋〕叶梦得:《石林诗话》卷上,〔清〕何文焕辑:《历代诗话》,第406页。

也……余尝谓晋人语言使一用为诗,皆当掩出古今,无它,真故也。"①可见刘辰翁主张诗歌的语言与情感都应自然天真,既反对刻意雕琢、以学问为诗,也不满浅薄率意、以流易为工;在他看来,惟"晋人语言"最好,因其韵致天成,不失自然本色,"真故也"。与此相映成趣,他常常品评王安石诗流露出的"魏晋之风",如评《弯碕》,曰"却似三谢"②;评《和耿天骘同游定林寺》,曰"近陶"③;评《即事六首》其一、其二,曰"古意""如此写景复胜,如《古诗十九首》,以其意不在景也"④;卷一七卷尾的评语,曰"其诗犹有唐人余意者,以其浅浅即止,读之如晋人语,不在多而深情自见也"⑤;评《书会别亭》,曰"不特高古;缠绵之音,阔达之度,皆有可诵"⑥;评《题舒州山谷寺石牛洞泉穴》,曰"甚似晋语,晋人乃不能及"⑦;评《蒋山手种松》,曰"此等即似晋人语言"⑧;评《对棋呈道原》,曰"造次古意,可传"⑨;等等。由此可见,刘辰翁认为王诗的语言简练自然、情意真淳而有高古浑成之境,这正是其与"晋人"的相通相似之处。

正因为刘辰翁所崇尚的"自然"乃是"魏晋诗"式的自然,即言意合一、浑然天成,故他并不反对宋诗的"以议论为诗"或"以理为主";相反,他对王安石诗中的精妙议论亦大加赞赏。如评《谢公墩》"涕泪对桓伊,暮年无乃昏",云"不多不浅,造次名言"⑩;评《张良》"洛阳贾谊才能薄,扰扰空令绛灌疑",云"能评能消,一语已多"⑪;评《澶州》"天发一矢胡无酋,河冰亦破沙水流。欢盟从此至今日,丞相莱公功第一",云"语如不着褒贬,熟味最高"⑫;评《读史》,云"经事方知史之不足信,经事方知史之难为言。吾尝持此论,未见此诗,被公道尽"⑬;评《韩信》"将军北面师降虏,此事人间久寂

---

①见〔宋〕陈与义著,吴书荫、金德厚点校:《陈与义集》卷首,第 3 页。
②〔宋〕王安石著,〔宋〕李壁笺注,高克勤点校:《王荆文公诗笺注》卷二,第 37 页。
③〔宋〕王安石著,〔宋〕李壁笺注,高克勤点校:《王荆文公诗笺注》卷五,第 116 页。
④〔宋〕王安石著,〔宋〕李壁笺注,高克勤点校:《王荆文公诗笺注》卷八,第 189—190 页。
⑤此据王常本《王荆文公诗笺注》卷一七补。
⑥此据王常本《王荆文公诗笺注》卷一八补。
⑦此据王常本《王荆文公诗笺注》卷一八补。
⑧〔宋〕王安石著,〔宋〕李壁笺注,高克勤点校:《王荆文公诗笺注》卷四二,第 1097 页。
⑨〔宋〕王安石著,〔宋〕李壁笺注,高克勤点校:《王荆文公诗笺注》卷四八,第 1336 页。
⑩〔宋〕王安石著,〔宋〕李壁笺注,高克勤点校:《王荆文公诗笺注》卷五,第 114 页。
⑪〔宋〕王安石著,〔宋〕李壁笺注,高克勤点校:《王荆文公诗笺注》卷五,第 132 页。
⑫〔宋〕王安石著,〔宋〕李壁笺注,高克勤点校:《王荆文公诗笺注》卷七,第 178 页。
⑬〔宋〕王安石著,〔宋〕李壁笺注,高克勤点校:《王荆文公诗笺注》卷三九,第 980 页。

寥",云"也说得别"①;评《范增二首》其一"有道吊民天即助,不知何用牧羊
儿",云"特见"②;等等。而对王安石那些饱含着深沉人生感悟与人生哲理
的"体道"之语,刘辰翁更是屡屡称许。如对《两山间》"只应身后塚,便是眼
中山",刘氏评曰"甚达"③;对《吾心》"初闻守善死,颇复吝肝脑。中稍历艰
危,悟身非所保。犹然谓俗学,有指当穷讨。晚知童稚心,自足可忘老",评
曰"展转发明,甚有警发,他人不到"④;对《独归》"谁能欹眠共此乐,秋港虽
浅可扬舲",评曰"知惭知足语"⑤;对《聊行》"聊行弄芳草,独坐隐团蒲。问
客茅檐日,君家有此无",评曰"其淡荡自足,古人所未到,几于道矣"⑥;对
《传神自赞》"此物非他物,今吾即故吾。今吾如可状,此物若为摹",评曰
"是公透彻,岂比野狐哉? 传神自赞,第一句如此,妙、妙、妙"⑦;对《北山道
人栽松》"磊砢拂天吾所爱,他生来此听楼钟",评曰"超然一至于此"⑧。

　　吴承学《评点之兴——文学评点的形成和南宋的诗文评点》一文云:
"《四库全书总目》对刘辰翁评点的评价很低,如卷150《笺注评点李长吉歌
诗》提要说'辰翁论诗,以幽隽为宗,逗后来竟陵弊体。'又卷165《须溪集》
提要也说他'论诗评文往往意取尖新,太伤佻巧,其所批点……大率破碎纤
仄,无裨来学。'这种说法并不准确,至少是片面的。其实刘辰翁十分注重
自然天成。其评语中对此极尽赞美之辞。刘辰翁论诗文并不取'尖新''佻
巧',对于用平淡的语言刻画出生活真实来的诗歌特别赞赏。"⑨观刘辰翁
对荆公诗的评点,正可证明这一论点;他对王安石诗歌"自然"风格的评价,
也进一步丰富了后人对荆公诗的品味与认识。

　　除以上四点外,刘辰翁评点王诗还有一个容易被忽视的方面,即"点"。
所谓"评点",是"评"与"点"的结合,"评"是评语,"点"则是圈点,即一些特
殊的阅读符号,如点、画、圈、抹等。这些圈点符号是评点者在读书时特意

①〔宋〕王安石著,〔宋〕李壁笺注,高克勤点校:《王荆文公诗笺注》卷四六,第1246页。
②〔宋〕王安石著,〔宋〕李壁笺注,高克勤点校:《王荆文公诗笺注》卷四六,第1247页。
③〔宋〕王安石著,〔宋〕李壁笺注,高克勤点校:《王荆文公诗笺注》卷二,第40页。
④〔宋〕王安石著,〔宋〕李壁笺注,高克勤点校:《王荆文公诗笺注》卷四,第99页。
⑤〔宋〕王安石著,〔宋〕李壁笺注,高克勤点校:《王荆文公诗笺注》卷四,第101页。
⑥〔宋〕王安石著,〔宋〕李壁笺注,高克勤点校:《王荆文公诗笺注》卷四〇,第995页。
⑦〔宋〕王安石著,〔宋〕李壁笺注,高克勤点校:《王荆文公诗笺注》卷四〇,第999页。
⑧〔宋〕王安石著,〔宋〕李壁笺注,高克勤点校:《王荆文公诗笺注》卷四二,第1092页。
⑨吴承学:《评点之兴——文学评点的形成和南宋的诗文评点》,《文学评论》1995年第1期。

标上去的,通常兼具有语法意义和鉴赏意义;尤其是鉴赏意义,它是一种超越文字的特殊的分析方式,也是"评点"这种文学批评形式不可或缺的有机组成部分。不过研究古人的圈点有两个难题,一是由于时代久远,当时的评点本大都经过后人传刻,往往只留下"评"而删去了"点",难以看到评点本的原貌;一是圈点带有极大的模糊性,并无一定之凡例,不同的评点者对相同的阅读符号,可以根据自己的习惯赋予其任何鉴赏意义,因此圈点"带有'秘传'性质,更需人去揣摩,弄通各种符号的象征意义以及彼此之间的微妙区别"①。

现存刘辰翁对王安石诗的评点本中,以《中华再造善本》影印国家图书馆藏元大德五年王常刻本保存的圈点符号为多,不过似并非出自一人之手。可将书中的圈点符号分为墨笔刊刻体与红笔手写体两类。墨笔圈点主要有黑杠(丨)与圈(〇)两种,为刊刻体,应为刘辰翁之批点无疑。而红笔圈点则有点(丶)、圈(〇)、抹(丨)三种符号,点(丶)、圈(〇)在王安石诗及李壁注上皆有,而抹(丨)则只在李壁注上有。与墨笔为刊刻体不同,红笔圈点皆为手写体,且有时与墨笔圈点重合,即诗句上既有墨笔圈(〇)又有红笔圈(〇),据此推测红笔圈点似并非刘辰翁原作,否则不会出现重复批点的情况,应当是有人在刘辰翁圈点王常刻本的基础上,又以红笔手批进行了圈点。

关于黑杠(丨)这种圈点符号,在刘辰翁现存其他诗歌评点本中似不常见,不过它在朝鲜活字本《王荆文公诗李壁注》及朝鲜活字本《须溪先生评点简斋诗集》中出现过,应该可以证明其确系刘氏使用的圈点标志②。

刘辰翁用黑杠(丨)与圈(〇)这两种符号批点王诗,常与评语相辅相成,起到了聚焦读者目光、萃取精华的功能与作用。以《诸葛武侯》为例:"汉日落西南,中原一星黄。群盗伺昏黑,联翩各飞扬。武侯当此时,龙卧独摧藏。掉头梁甫吟,羞与众争光。邂逅得所从,幅巾起南阳。崎岖巴汉间,屡以弱攻强。晖晖若长庚,孤出照一方。势欲起六龙,东回出扶桑。惜哉沦中路,怨者为悲伤。竖子祖余策,犹能走强梁。"诗中划波浪线处代表刘辰翁以黑杠(丨)标出的句子,其评语云:"只杜子美数诗后,岂复可着手。

---

① 吴承学:《评点之兴——文学评点的形成和南宋的诗文评点》,《文学评论》1995 年第 1 期。
② 楼昉的《崇古文诀》评点也用过黑杠符号,参见张秋娥:《楼昉评点中的圈点符号及其修辞指向》,《安阳师范学院学报》2005 年第 1 期。

此独以节度胜,亦如八阵首尾,情势俱极;有传有赞,无一字欠剩。包括众作。"①通过"点""评"结合,这首诗在立意构思与章法脉络上的优胜之处与紧要部分,就比较清晰地呈现在读者眼前了。再如《定林院》:"漱甘凉病齿,坐旷息烦襟。因脱水边屦,就敷岩上衾。但留云对宿,仍值月相寻。真乐非无寄,悲虫亦好音。"此诗中间加点的四句皆以圈(○)批点,并加评语云"有辋川幽淡之趣"②,显然是特意点出了构造诗篇意境的关键句。

　　刘辰翁使用黑杠(|)与圈(○)似并无一定之规,只有在一些黑杠(|)、圈(○)、评语并存的诗歌评点中,能约略区分出它们各自代表的不同意义。如《明妃曲》其一:

　　　　明妃初出汉宫时,泪湿春风鬓脚垂。【评曰】太嫩。低徊顾影无颜色,尚得君王不自持。归来却怪丹青手,入眼平生几曾有。意态由来画不成,当时枉杀毛延寿。【评曰】此"归来"二字,转换迎送不觉,已极老手。其下一句一折,无限哀愁,有长篇所不能叙,又极风致,如"意态由来画不成"是也。一去心知更不归,可怜着尽汉宫衣。寄声欲问塞南事,只有年年鸿雁飞。家人万里传消息,好在毡城莫相忆。君不见咫尺长门闭阿娇,人生失意无南北。【评曰】一样。"君不见",乐府常语耳。此独从家人寄声得之,读者堕泪,但见蔼然,无嫌南北。③

其中划波浪线处代表黑杠(|),加点处代表圈(○)。参考评语所论,可见刘氏使用黑杠(|)是为划出诗中的妙语佳句,而使用圈(○)则标志着诗歌在章法脉络上的承转关键,或是最能体现诗人情思意旨的点睛之笔。值得注意的是,这里的符号使用仍不具有凡例意义,因为就在接下来的《明妃曲》其二中,其指向就已有所变化了:

　　　　明妃初嫁与胡儿,毡车百辆皆胡姬。含情欲说独无处,传与琵琶心自知。【评曰】浅浅处亦有情。黄金捍拨春风手,弹看飞鸿劝胡酒。【评曰】七字俯仰何堪。汉宫侍女暗垂泪,沙上行人却回首。汉恩自浅胡恩深,人生乐在相知心。【评曰】正言似反,与《小弁》之怨同情。更千古孤臣,出归有不能自道者,乃从举声一动出之,谓为"背君父",是不知怨也。三复可伤,能

---

①王常本《王荆文公诗笺注》卷五。
②王常本《王荆文公诗笺注》卷二二。
③王常本《王荆文公诗笺注》卷六。

令断肠。可怜青冢已芜没，尚有哀弦留至今。【评曰】却如此结，神情俱敛，深得乐府之体，惟张籍唐贤间或知此。

不难看出，此诗中的黑杠（∣）与圈（○）均有点出写情佳句的作用；另外，刘辰翁仍用圈（○）来指示诗意情思之关键，如"汉恩"二句，而对章法结构的重要句子，如结尾"可怜"二句，则转为用黑杠（∣）来标志。这显然又与《明妃曲》其一的用法不尽相同。

　　尽管刘辰翁对圈点符号的使用具有很大的模糊性，但这些圈点本身毕竟是评点者细心领会诗歌艺术与情思的成果，仍然具备一定的鉴赏意义。尤其是在一些没有"评"只有"点"的诗歌中，"点"实际上起到了不评而评的作用。这对读者更深刻地品味王安石诗歌艺术的精妙所在，或更深入地关注诗人情思意旨的幽微之处，不无切磋俳发之功。

附录一　王安石诗系年考五例

　　王安石是北宋诗坛大家,对其诗歌作品的整理考订自古代就开始了,从南宋李壁,清代顾栋高、沈钦韩、蔡上翔,到近现代学者夏敬观、刘咸炘、刘乃昌、李德身、高克勤、贾三强、汤江浩、寿涌、杨天保、刘成国等,均有不少考证发明,为今天的荆公诗研究奠定了基础。不过,由于种种原因,王安石还有不少作品仍未得到确切考订,比如其中的系年问题,就有很多尚未解决的,这不能不说是一个遗憾。今笔者在阅读荆公集的过程中,发现其中《寄吴冲卿》《河北民》《送何圣从龙图》《张工部庙》,以及《和张仲通忆钟陵绝句二首》《汀沙》《西山》(此四首系为组诗)等数首诗歌,似可通过细读与考证手段进一步推定其创作年代,而前贤未曾注意,或旧说犹有讹误①。故本文不揣浅陋考证如次,以祈对荆公诗的整理与研究工作略有裨益。

　　1.《王荆文公诗笺注》卷一〇《寄吴冲卿》②,今按:此诗当作于嘉祐六年(1061)。

　　诗云:"穷年走区区,得谤大于屋。归来污省舍,又继故人躅。"李壁注曰:"至和二年,公召为群牧判官。"③意此四句谓至和二年(1055)吴充(字冲卿)、王安石同为群牧判官事④。

　　李壁注可议者有二:其一,诗云"又继故人躅",而群牧判官乃吴、王二人初次同僚时,则"又"字如何着落?其二,在北宋官制中,群牧判官属群牧司,其官署似不应称"省舍"。故笔者认为此四句应当是指吴、王再

---

① 本文原题《王安石诗系年新证》,发表于凤凰出版社 2016 年出版的《古典文献研究》第 18 辑下卷。刘成国《王安石年谱长编》于 2018 年出版,故本文撰成时并未参考此书。今笔者据以参对,发现本文考证的几首诗篇系年与《王安石年谱长编》仍有不尽相同之处,故此处仍依原文内容收录,特此说明。

② 〔宋〕王安石著,〔宋〕李壁笺注,高克勤点校:《王荆文公诗笺注》卷一〇,第 250—252 页。

③ 〔宋〕王安石著,〔宋〕李壁笺注,高克勤点校:《王荆文公诗笺注》卷一〇,第 250 页。

④ 吴充至和二年六月任群牧判官,见〔宋〕李焘:《续资治通鉴长编》卷一八〇,第 4352 页;王安石同年为群牧判官,参见李德身:《王安石诗文系年》,第 87 页。

次同僚,即嘉祐年间同为三司判官事。三司判官(包括盐铁、度支、户部)属三司,三司别名"计省""省司"①,故其厅署可称"省舍"。如此则与诗意相合。

王安石任三司度支判官在嘉祐四年(1059)②。吴充任三司户部判官,此事不见于《宋史·吴充传》,然李清臣《吴正宪公充墓志铭》载:"徙开封府推官……徙三司户部判官。"③又据《续资治通鉴长编》载:"(嘉祐三年七月)内降札子:'臣僚上言,开封府推官吴充与权知开封府欧阳修为亲家,遂除户部判官。近制,推官或改判官,通三年方授三司判官。充在府始逾年而迁之,颇为侥幸。'"④由上可证吴充出任三司户部判官在嘉祐三年(1058)七月前。吴、王至和间同为群牧判官,而嘉祐间又同属三司判官,且吴任职皆在王前,故王诗才有"又继故人躅"之句。

李德身《王安石诗文系年》将此诗系于嘉祐四年,谓是荆公"自叙自知常州至直集贤院、三司度支判官时事"⑤。但他未引李壁注"群牧判官"之说,当然亦未考辨此说之误;又引《宋史·吴充传》叙吴充履历,而《吴充传》恰未记载吴氏任三司户部判官事,则显然其对"归来污省舍,又继故人躅"的诗意并未深解。他遽断诗乃荆公自叙"三司度支判官时事",带有较强的猜测成分。

《王安石诗文系年》还有一个严重错误,即这几句诗乃王安石"回忆"与吴充同僚之经历,未可据之以为诗篇即作于王在三司判官任上。今诗中尚有"岁残东风生,陕树尘翳薉"句,考诸《宋史·吴充传》"历知陕州"⑥,则知此诗实乃作于吴充知陕州之时。《系年》已看出这一点,但作者并未仔细考察吴充知陕州的时间,而遂将此诗系于嘉祐四年即王安石任三司判官时,同时以为吴充在本年知陕,则不免于史实大谬。

那么,吴充究竟何年知陕州?据笔者考证,当在嘉祐五年(1060)至八年(1063)间。欧阳修有《西斋小饮赠别陕州冲卿学士》诗,系于嘉祐五年

①参见龚延明编著:《宋代官制辞典》"三司"条下"别名"之考证,中华书局1997年版,第115页。
②李德身:《王安石诗文系年》,第119页。
③曾枣庄、刘琳主编:《全宋文》卷一七一八,第79册,第56页。
④〔宋〕李焘:《续资治通鉴长编》卷一八七,第4516页。
⑤李德身:《王安石诗文系年》,第124页。
⑥〔元〕脱脱等:《宋史》卷三一二,第10239页。

九月①，刘敞亦有《永叔西斋送冲卿知陕府》②，可知吴充在本年赴陕。《吴正宪公充墓志铭》载吴充陕州知府后的官职是"京西路转运使"③，而《续资治通鉴长编》载"（嘉祐八年四月）京西转运使吴充"④，可见在此之前吴已由知陕州徙京西转运使。荆公诗云"岁残东风生"，表明诗当是作于吴充在陕州的某年冬，即嘉祐五年、六年或七年冬。

据诗意及王安石本人事迹，还可进一步推定此诗的创作时间。诗云："清明有冲卿，奥美如晦叔。时谓当迁升，屈指尚五六。揆才最不称，饕宠宁无恶？殷勤故人书，纸尾又见勖。君虽好德言，我自望忠告……进为非成材，罪恐不容赎。"不难看出，这是诗人自叙仕途升擢并自谦之语。诗意谓：吴充、吕公著（晦叔）本当以美材"迁升"，而"不材"如自己反受拔擢，故不禁"饕宠"而"有恶"；并称谢吴充以"德言""相勖"。考察王安石嘉祐五年至七年间履历，《续资治通鉴长编》载："（嘉祐六年六月）度支判官、刑部员外郎、直集贤院、同修起居注王安石知制诰。初，安石辞起居注，既得请，又申命之，安石复辞至七八乃受。于是径迁知制诰，安石遂不复辞官矣。"⑤诗中所指拔擢之事，当即指此而言。由此推断，《寄吴冲卿》诗当作于嘉祐六年（1061）冬。

2.《王荆文公诗笺注》卷二一《河北民》⑥，今按：此诗当作于治平四年（1067）。

诗云："河北民，生近二边长苦辛。家家养子学耕织，输与官家事夷狄。今年大旱千里赤，州县仍催给河役。老小相携来就南，南人丰年自无食。悲愁白日天地昏，路旁过者无颜色。汝生不及贞观中，斗粟数钱无兵戎。"关于这首诗的创作时间，主要有以下几种说法：

其一，作于庆历八年（1048）。李壁注云："河北人过河南逐熟，疑富公在青州时。"⑦"富公"指富弼，庆历七年（1047）至皇祐元年（1049）知青州，据《续资治通鉴长编》载："（庆历八年）河北大水，流民入京者不可胜数，知

①〔宋〕欧阳修著，洪本健校笺：《欧阳修诗文集校笺》居士集卷九，第240页。
②北京大学古文献研究所编：《全宋诗》卷四七三，第9册，第5733页。
③曾枣庄、刘琳主编：《全宋文》卷一七一八，第79册，第56页。
④〔宋〕李焘：《续资治通鉴长编》卷一九八，第4803页。
⑤〔宋〕李焘：《续资治通鉴长编》卷一九三，第4677页。
⑥〔宋〕王安石著，〔宋〕李壁笺注，高克勤点校：《王荆文公诗笺注》卷二一，第508页。
⑦〔宋〕王安石著，〔宋〕李壁笺注，高克勤点校：《王荆文公诗笺注》卷二一，第508页。

青州富弼择所部丰稔者五州劝民出粟，得十五万斛，益以官廪，随所在贮之。"①今按：庆历八年河北流民是因水灾，而王安石诗所写河北流民乃因"大旱"，故李壁注恐不确。李德身《王安石诗文系年》已驳其非②。

其二，作于熙宁七年（1074）。林庚、冯沅君主编的《中国历代诗歌选》注此诗曰："诗为哀怜饥民流亡而作，可能是神宗熙宁七年的作品。这年四月，神宗以天旱罢方田（新法的一种），王安石因而求去，遂罢相，出知江宁。"③

今按：宋神宗熙宁七年春之大旱，受灾者不止河北，而是遍及河北、河东、京东西、荆湖、淮南、江南、福建、两浙、永兴、秦凤、梓州路等地④，其中又以河北、河东、京东、淮南、陕西尤为严重，故《续资治通鉴长编》屡记朝廷应对各方灾情之事⑤。当时有郑侠上《流民图》并叙灾民情状曰："去年大蝗，秋冬亢旱，以至今春不雨，麦苗干枯，黍、粟、麻、豆皆不及种，五谷踊贵，民情忧惶，十九惧死，逃移南北，困苦道路。"⑥此亦泛论灾民之众，而不仅言河北。如谓《河北民》作于熙宁七年，则在天下受灾的情况下，身为宰相的王安石何以唯独哀怜"生近二边长苦辛"的"河北民"？此甚可疑者一。

再者诗中有"州县仍催给河役"句，乃暗讽朝廷河役之重。而熙宁七年，王安石正主张在河北路疏浚滹沱河、漳河等⑦，当时有谓此河役乃"骚扰河北"者，安石曰："……调数万夫塞却河，致恩、冀数州皆免流亡，得良田耕垦，何名骚扰？"⑧如谓《河北民》作于熙宁七年，则岂非成王安石本人自讽其政？此甚可疑者二。

又细绎《河北民》诗意，颇含有不满朝政之意，如谓"汝生不及贞观中，斗粟数钱无兵戎"等。林庚、冯阮君主编的《中国历代诗歌选》注此诗时引神宗罢方田、王安石罢相事，似是隐含着解释诗中的"不满"乃因安石含"怨"之故。然王安石虽罢相，朝廷新法却仍在进行，此时他若因仕途挫折

①〔宋〕李焘：《续资治通鉴长编》卷一六六，第3985页。按：此事记载在皇祐元年，而河北水灾在庆历八年。

②李德身：《王安石诗文系年》，第43页。

③林庚、冯沅君主编：《中国历代诗歌选》下编（一），人民文学出版社1979年版，第607页。

④参见〔宋〕李焘：《续资治通鉴长编》卷二五一，第6139页。按：朝廷特下诏，规定这些地区饥民犯法从轻量刑，可见各地皆有灾情。

⑤参见〔宋〕李焘：《续资治通鉴长编》卷二五〇、卷二五一，第6099、6116、6121、6123、6158页。

⑥〔宋〕李焘：《续资治通鉴长编》卷二五二，第6152页。

⑦参见〔宋〕李焘：《续资治通鉴长编》卷二四九，第6075—6076页。

⑧〔宋〕李焘：《续资治通鉴长编》卷二五〇，第6088页。

便有不满朝政之辞,岂非正好落人口实,可以借以打击他辛苦经营的新法之政? 此甚可疑者三。

由以上三点推测,则"作于熙宁七年"说亦难成立。

其三,作于庆历六年(1046)。李德身《王安石诗文系年》曰:"安石《读诏书》说:'去秋东出汴河梁,已见中州旱势强。日射地穿千里赤,风吹沙度满城黄。'与此诗所云相应,必为本年秋东出汴河时作。"①今按:北宋的"中州"是指都城汴京所在的京畿路一带,与河北(河北东路、河北西路)无涉,王安石《读诏书》诗仅言中州旱势,并未言河北大旱及流民事,而史书中亦未见有任何庆历六年河北流民的记载;李德身将《读诏书》与此诗联系起来,乃于地理常识有误,遂致误解诗意。

由以上考辨,可知要推定《河北民》的创作时间,需注意以下两点:一、河北旱灾并有流民;二、诗中对朝政颇有不满,当作于荆公熙宁变法之前。据此展开检索,符合诗意的似惟有英宗治平四年(1067)河北流民事。《宋史·神宗纪》载:"(治平四年)五月辛巳,以久旱,命宰臣祷雨……(六月)己未,振河北流民。"②记载更连贯的是马端临《文献通考》卷二六《国用考四》:"英宗治平四年,河北旱,民流入京师。"③还可参见司马光治平四年六月上《赈赡流民札子》:"臣窃见朝廷差官支拨粳米于永泰等门,遇有河北路流民逐熟经过,即大人每人支与米一斗,小儿支与米五升。"④又,治平四年王安石正以知制诰知江宁府⑤,其时英宗驾崩,神宗即位,第二年便是熙宁元年。综上所述,《河北民》所咏叹哀悯的应即治平四年河北大旱之流民,诗云"汝生不及贞观中",而王安石的抱负是"越汉唐而追三代";在不久的将来,他便怀着这一理想入京实施新法了。

3.《王荆文公诗笺注》卷三四《送何圣从龙图》⑥,今按:此诗当作于嘉祐六年(1061)。

诗题中"何圣从龙图"谓何郯,其字圣从。诗中有"应留赐席丹涂地,误

---

① 李德身:《王安石诗文系年》,第43页。
② 〔元〕脱脱等:《宋史》卷一四,第266页。
③ 〔元〕马端临:《文献通考》卷二六,第253页。
④ 〔宋〕司马光著,李文泽、霞绍晖点校:《司马光集》卷三六,第840页。
⑤ 〔元〕脱脱等:《宋史》卷一四,第265页。
⑥ 〔宋〕王安石著,〔宋〕李壁笺注,高克勤点校:《王荆文公笺注》卷三四,第856—857页。

责飞刍紫塞功"句,李壁注曰:"(何)郯⋯⋯后判银台,言龙昌期异端之学,非毁周公,不宜崇长,诏追所赐绯及绢。文彦博少从昌期学,深恶郯言,徙判吏部流内铨,又改龙学、河东都转运使。此言公不应去朝廷,职将输也。"①"职将输"即指任转运使,可见这首诗是王安石送何郯赴河东转运使时而作,因何郯的"贴职"为龙图阁直学士,故又称"何龙图"。

《宋史·何郯传》载何郯的仕宦经历:"擢天章阁待制,还判银台司⋯⋯唐介出荆南,敕过门下,郯封还之,介复留谏院。迁龙图阁直学士,为河东都转运使。故相梁适帅太原,病不能事,内臣苏安静钤辖兵马,怙宠不法,皆劾奏之。历知永兴、河南。"②其任河东转运使之时间,即《送何圣从龙图》诗的创作时间。李德身《王安石诗文系年》推测其时在嘉祐八年(1063):"何郯为待制乃嘉祐六年事;迁龙图阁直学士、为河东都转运使,乃嘉祐末事。此诗⋯⋯必为送何郯为河东都转运使而作,时或在是年。"③

今按:李德身此说错误极多。其一,何郯为天章阁待制在至和元年(1054)而非"嘉祐六年",《续资治通鉴长编》载:"(至和元年十一月)何郯为天章阁待制,留再任。"④其二,银台司兼门下封驳,掌受天下奏状案牍,何郯判银台司时封还唐介敕,乃嘉祐五年(1060)七月事,《续资治通鉴长编》载:"⋯⋯唐介知荆南,从介请也。敕过门下,知封驳事何郯封还之。"⑤其三,迁龙图阁直学士、为河东转运使在此之后,但不可能晚于嘉祐八年,因何郯上任后即奏劾河东路经略使、知并州(太原府)梁适,并导致梁适改调⑥;而到嘉祐八年或更早,知并州的已是文彦博⑦,故知何郯出任河东转运使不可能在嘉祐八年后。

①〔宋〕王安石著,〔宋〕李壁笺注,高克勤点校:《王荆文公诗笺注》卷三四,第856页。
②〔元〕脱脱等:《宋史》卷三二二,第10441页。
③李德身:《王安石诗文系年》,第157页。
④〔宋〕李焘:《续资治通鉴长编》卷一七七,第4288页。
⑤〔宋〕李焘:《续资治通鉴长编》卷一九二,第4635页。
⑥宋王珪《梁庄肃公适墓志铭》:"乃拜公定国军节度使、检校太傅、河东路经略使、知并州⋯⋯未及,暴得风眩,求罢边,易忠武军节度使、检校太尉、知河阳。"(曾枣庄、刘琳主编:《全宋文》卷一一六一,第53册,第311页。)按:所谓"暴得风眩"云云,即《宋史·何郯传》载何郯劾其"病不能事"事。
⑦元脱脱等:《宋史》卷三一三《文彦博传》:"迁尚书左仆射、判太原府,俄复镇保平、判河南。丁母忧。"(第10261页)宋韩琦《祭文潞公太夫人文》:"维嘉祐八年岁次癸卯,二月某朔某日⋯⋯致祭于鲁国太夫人之灵。"(曾枣庄、刘琳主编:《全宋文》卷八六〇,第40册,第139页。)由上可知,文彦博嘉祐八年二月丁母忧之前已知太原府(并州)。

由此可知,何郯为河东转运使的时间应在嘉祐五年至七年之间。李之亮《王荆公诗注补笺》即判定:"(何)郯为河东都转运使在嘉祐五年。"①其实,此说亦稍有舛差。

笔者检校欧阳修集,发现其与刘敞书简中有一则记载云"前日饯圣从,与景仁、介甫清坐",系于"嘉祐六年"②。"景仁"谓范镇,"介甫"即王安石。此处言"前日饯圣从",从时间与何郯事迹推断,应当就是饯别何郯赴河东转运使。同与送别的似还有王珪,他有一首《送何圣从龙图将漕河东》诗③,与王安石《送何圣从龙图》同为七律,且押同一韵部,当为一时所作。由此断定,何郯出为河东转运使应在嘉祐六年,王安石诗亦作于此时。

4.《王荆文公诗笺注》卷四四《和张仲通忆钟陵绝句二首》,卷四七《汀沙》《西山》④,今按:此组诗当作于治平四年(1067)。

王安石《和张仲通忆钟陵绝句二首》《汀沙》《西山》这四首七言绝句,在龙舒本《王文公文集》中作《和张仲通忆钟陵绝句四首》,《汀沙》为其三,《西山》为其四⑤。

《汀沙》《西山》就内容看,都与"张仲通忆钟陵"有关。如《汀沙》云"归去北人多忆此",张仲通乃张洞,开封祥符人,故称其为"北人"。再如《西山》云"但道使君留不得,那知肯更忆江南","西山"代指洪州(钟陵)⑥,而张洞曾为江西转运使(详见下文),故诗中称其"使君"。《汀沙》《西山》皆取诗的首二字为题,故疑二诗本与《和张仲通忆钟陵绝句二首》为组诗,并无别目,不知何故与组诗脱落,后人编荆公集时遂取今题。龙舒本《王文公文集》中四诗合题为《和张仲通忆钟陵绝句四首》,似更符合荆公诗原貌。

欲考索这组诗的写作时间,需先了解相关背景。依据诗题,张洞本应

①〔宋〕王安石著,〔宋〕李壁笺注,李之亮补笺:《王荆公诗注补笺》卷三四,巴蜀书社 2002 年版,第 634 页。

②〔宋〕欧阳修著,李逸安点校:《欧阳修全集》卷一四八《与刘侍读原父二十七通》其二一,第 2427 页。

③北京大学古文献研究所编:《全宋诗》卷四九五,第 9 册,第 5986 页。

④〔宋〕王安石著,〔宋〕李壁笺注,高克勤点校:《王荆文公诗笺注》卷四四、卷四七,第 1154、1276—1277 页。

⑤〔宋〕王安石著,唐武标点校:《王文公文集》卷五二,第 591 页。按:此书以影印南宋龙舒本为底本,见其"出版说明"。

⑥参见〔宋〕王安石著,〔宋〕李壁笺注,高克勤点校:《王荆文公诗笺注》卷四四《和张仲通忆钟陵绝句二首》李壁注,第 1154 页。

有《忆钟陵》原唱,而荆公诗乃和作。晁补之《张洞传》载,张氏在"濮议"时曾赋"孝慈则忠"进上,英宗疑其有讽意,后因奏对称旨受赏识,"上欲遂进用,而大臣忌之,出为江西转运使"①。江西转运使治所在洪州(钟陵)②,而张洞诗为"忆钟陵",则应是他离开江西转运使之后的作品了。

"濮议"事在英宗治平二年(1065)四月③,张洞出为江西转运使的时间当晚于此;又据《张洞传》,他在江西转运使后又移淮南转运使,而"卒于治平四年七月",可知《忆钟陵》诗大致作于治平二年四月至治平四年七月间。又,张洞在江西、淮南任上皆有治绩④,任职均不会太短(至少数月)。据此推算他离任江西转赴淮南的时间,较有可能是在治平三年,而《忆钟陵》就作于此后的淮南任上。其时王安石居江宁,而淮南转运使治所在扬州⑤,二地相距不远,故二人往来唱和甚便。又据王安石和诗"只应两岸当时柳,能到春来尚可怜""汀沙雪漫水溶溶,睡鸭残芦晻霭中"等句⑥,可知诗当作于治平三年或四年春。

王安石诗虽是和作,却写得很有感情,如"一梦章江已十年""西山南浦惯曾游……闻说章江即泪流"等句⑦,都是他本人"忆钟陵"的感受,就不仅仅只是应和张洞诗了。这是因为王安石与钟陵亦有渊源,他在嘉祐三年(1058)"提点江东西路刑狱"时⑧,曾至洪州一带,其诗《豫章道中次韵答曾子固》《将次镇南》《寄虔州江阴二妹》等⑨,皆与洪州有关。可能张洞正是知悉王安石的这段经历,故才有《忆钟陵》诗相赠,从而引起了荆公本人对钟陵的回忆。合"一梦章江已十年"之句以观,则王安石《和张仲通忆钟陵绝句四首》当以作于治平四年春为近是,此距嘉祐三年正合"十年"之数也。

---

① 〔宋〕晁补之:《鸡肋集》卷六二,张元济辑:《四部丛刊初编》,第1036册。

② 参见王文楚:《北宋诸路转运司的治所》,《古代交通地理丛考》,中华书局1996年版,第322页。

③ 参见〔宋〕李焘:《续资治通鉴长编》卷二〇四,第4957页。

④ 参见〔宋〕晁补之:《鸡肋集》卷六二《张洞传》,张元济辑:《四部丛刊初编》,第1036册。

⑤ 参见王文楚:《北宋诸路转运司的治所》,《古代交通地理丛考》,第319—320页。

⑥ 〔宋〕王安石著,〔宋〕李壁笺注,高克勤点校:《王荆文公诗笺注》卷四四、卷四六,第1154、1276页。

⑦ 〔宋〕王安石著,〔宋〕李壁笺注,高克勤点校:《王荆文公诗笺注》卷四四,第1154页。

⑧ 参见李德身:《王安石诗文系年》,第105—106页。又,"提点江东西路刑狱"乃据沈钦韩说,参见〔清〕沈钦韩:《王荆公诗文沈氏注》,第22页。

⑨ 〔宋〕王安石著,〔宋〕李壁笺注,高克勤点校:《王荆文公诗笺注》卷三七、卷四八、卷二〇,第929、1305、485页。按:《将次镇南》有"豫章江面朔风惊"之句,"豫章""镇南",皆指洪州;《寄虔州江阴二妹》有"贡水日夜下,下与章水期。我行二水间,无日不尔思"等句,"贡水""章水"合流为赣江,亦经过洪州。

　　或许正因这组诗含有荆公本人的"自我抒情",而《汀沙》《西山》二诗又与《和张仲通忆钟陵绝句二首》脱落,故有的学者误认为《西山》诗是王安石的"自道"。《西山》诗云:"西山映水碧潭潭,楚老长谣泪满衫。但道使君留不得,那知肯更忆江南。"①李德身《王安石诗文系年》即曰"使君"是王安石"自谓","诗当作于是年(按:即嘉祐三年)提点江东刑狱离临川时"②。依此解释,则此诗成王安石本人"思乡"之作,"江南"系指诗人的家乡临川。

　　今按:这一说法讲不通。且不论龙舒本《王文公文集》将此诗收为《和张仲通忆钟陵绝句四首》其四,单就诗意而论,"西山"代指"洪州",而非指荆公家乡"临川",此乃典实。王勃《滕王阁》诗云"画栋朝飞南浦云,朱帘暮卷西山雨"③,"南浦""西山"皆代指洪州;王安石《和张仲通忆钟陵绝句二首》其二即有"西山南浦惯曾游"句,李壁注云"见王勃《滕王阁记》"④,已明确指出"西山""南浦"出典及其代指含义。由此可证,《西山》确系王安石唱和张洞之作,"使君"指张洞,他离江西转运使,当地百姓依依不舍,故诗曰"楚老长谣泪满衫""但道使君留不得";而张洞本人亦颇留恋此地,故又有"那知肯更忆江南"之句,至此也照应了"忆钟陵"的诗歌主题。

　　又按:《西山》诗李壁注亦有舛误,容易产生歧解,今并为辨正。"楚老长谣泪满衫"一句,李壁注曰:"谢灵运《庐陵王墓下》诗:'延州协心许,楚老惜兰芳。'李善注云:'《徐州先贤传》曰:楚老者,彭城之隐人。'"⑤此典实际源自《汉书·两龚传》:王莽篡汉,龚胜耻事二姓,坚不应莽之征,绝食而死,"有老父来吊,哭甚哀,既而曰:'嗟乎! 熏以香自烧,膏以明自销。龚生竟夭天年,非吾徒也。'遂趋而出,莫知其谁。"⑥将哭吊龚胜之老父称"楚老",似首见于东晋谢万的著述。《世说新语·文学》载:"谢万作《八贤论》。"刘孝标注云:"(谢)万《集》载其叙四隐四显,为八贤之论,谓渔父、屈原、季主、

①〔宋〕王安石著,〔宋〕李壁笺注,高克勤点校:《王荆文公诗笺注》卷四七,第1277页。

②〔宋〕王安石著,〔宋〕李壁笺注,高克勤点校:《王安石诗文系年》,第115页。

③〔唐〕王勃著,〔清〕蒋清翊注:《王子安集注》卷三,上海古籍出版社1995年版,第76—77页。

④〔宋〕王安石著,〔宋〕李壁笺注,高克勤点校:《王荆文公诗笺注》卷四四,第1154页。

⑤〔宋〕王安石著,〔宋〕李壁笺注,高克勤点校:《王荆文公诗笺注》卷四六,第1277页。

⑥〔汉〕班固著,〔唐〕颜师古注:《汉书》卷七二,中华书局1962年版,第3085页。

贾谊、楚老、龚胜、孙登、嵇康也。"①庾信《哀江南赋》云："楚老相逢，泣将何及。"清人倪璠注："楚老，谓汉世吊龚胜者也。"②由《汉书》记载可知，被后世尊为彭城隐士的"楚老"与吊丧之典有关，李壁注引谢灵运《庐陵王墓下作》即为吊祭之作。而《西山》乃荆公唱和友人诗，他怎么会在诗中用此"哭吊"典故，这岂非对友人大不吉利？故笔者认为，此处"楚老"并非用彭城隐士"楚老"典，而就是指"楚地（这里特指洪州）之父老"③；这一用法在前人诗中亦非罕见，如杜甫《虎牙行》"楚老长嗟忆炎瘴"④、白居易《宣武令狐相公以诗寄赠传播吴中聊奉短章用伸酬谢》"楚老吴娃耳遍闻"等⑤。张洞在洪州免饥民租赋，有惠政于民⑥，"楚老长谣泪满衫"即言当地父老感念其恩，不愿其调任他处。李壁注推求典故过深，反而误入歧途。

5.《王荆文公诗笺注》卷四八《张工部庙》⑦，今按：此诗当作于皇祐二年（1050）。

诗云："使节纷纷下禁中，几人曾到此城东。独君遗像今如在，庙食真须德与功。"李壁注"未详何人"⑧，是言其未知诗题中"张工部"为何人也。李德身《王安石诗文系年》将此诗系于嘉祐元年（1056）："安石是年末提点开封府界诸县镇公事，诗当是时作。"⑨此说尤为无据，李氏未考"张工部庙"究为何人庙、坐落何处，焉可断定诗为王安石"提点开封府界诸县镇公事"时作？

今按："张工部庙"乃张夏祠，位于杭州城东。《海塘录·祠祀一》于"敕封静安公庙"收王安石此诗，并载："旧名昭贶庙……《咸淳临安志》：故司封郎官张夏祠也。"⑩依此寻检，南宋《咸淳临安志》载："昭贶庙。在候潮门

①〔南朝宋〕刘义庆著，余嘉锡笺疏，周祖谟、余淑宜整理：《世说新语笺疏》上卷下《文学第四》，中华书局1983年版，第270页。

②〔北周〕庾信著，〔清〕倪璠注，许逸民点校：《庾子山集注》卷二，中华书局1980年版，第97页。

③按：王安石为临川人，有时亦自称"楚老"，如："楚老一枝筇"（《定林寺》），"新篇楚老得先知"（《公辟枉道见过获闻新诗因叙叹仰》），但此处并非王安石自称。

④〔唐〕杜甫著，〔清〕仇兆鳌注：《杜诗详注》卷二〇，中华书局1979年版，第1807页。

⑤〔唐〕白居易著，谢思炜校注：《白居易诗集校注》卷二四，第1874页。

⑥参见〔宋〕晁补之：《鸡肋集》卷六二《张洞传》，张元济辑：《四部丛刊初编》，第1036册。

⑦〔宋〕王安石著，〔宋〕李壁笺注，高克勤点校：《王荆文公诗笺注》卷四八，第1310页。

⑧〔宋〕王安石著，〔宋〕李壁笺注，高克勤点校：《王荆文公诗笺注》卷四八，第1310页。

⑨李德身：《王安石诗文系年》，第95页。

⑩〔清〕翟均廉：《海塘录》卷一一，《景印文渊阁四库全书》，第583册，第545页。

外,浑水闸东。故司封郎官张夏祠也。《会要》作工部员外郎。夏,雍邱人,景祐中为两浙漕使。江潮为患,故堤率用薪土,潮水冲击,每缮修,不过三岁辄坏,重劳民力。夏始作石堤,延袤十余里,人感其功。庆历二年,立祠堤上;嘉祐六年,襃赠太常少卿;政和二年,封宁江侯,后改安济公,赐'昭贶庙'额。"①由此可见,"张工部庙"即张夏祠,到北宋徽宗时改称"昭贶庙"。王安石诗云"几人曾到此城东",据《咸淳临安志》所载,"(昭贶庙)在候潮门外",而候潮门正为杭州城"城东便门"②,可知张夏祠位于杭州城东,与王诗所言完全吻合。

　　这里有一个疑问:既然张夏祠就在杭州城东,而杭州又是南宋都城,身为南宋人的李壁何以竟不知"张工部庙"? 其中缘故可能与"张夏祠"在两宋的复杂名称有关。《咸淳临安志》载张夏为"司封郎官",下有小字注云"《会要》作工部员外郎"。明人郎瑛《七修类稿》考证曰:"钱塘江干张司封庙,宋太宗朝进士,仁宗景祐中出为两浙运司。名夏,字伯起,雍邱人也。正史作兵部郎,由前为兵部郎也;旧碑作张太常,由后嘉祐又有功而赠为太常少卿也;宋祠典作工部夏员外,讹也;俗呼司封,以其有功授司封郎中也。其称谓不同如此。"③而据《宋史·河渠志七》载:"至景祐中,以浙江石塘积久不治,人患垫溺,工部郎中张夏出使,因置捍江兵士五指挥,专采石修塘,随损随治,众赖以安。邦人为之立祠。"④这里所记的"工部郎中",与王安石诗题的"张工部"相合。盖邦人为张夏立祠,可通称"张夏祠",而张夏本人官职变化,则祠庙名称亦必随之而变,故又有"张司封庙""张工部庙"等不同称法。这是张夏生前的情况,其死后,朝廷对他的封号亦一直不断,到北宋徽宗政和二年(1112),已累封至安济公,并赐"昭贶庙"额;至此,"昭贶庙"便成为"张夏祠"的御赐官方名称了。到南宋作《咸淳临安志》,仍称"昭贶庙",并保留着"张夏祠"的通称;至于北宋年间流传的"张司封庙""张工部庙"等称呼,则似乎已渐渐埋没不闻了。恐怕这就是李壁不知"张工部庙"的原因了。

---

① 〔宋〕潜说友纂修:《咸淳临安志》卷七二,《宋元方志丛刊》,第4006页。
② 参见〔清〕嵇曾筠监修,〔清〕沈翼机等编纂:《浙江通志》卷二三,《景印文渊阁四库全书》,第519册,第625页。
③ 〔明〕郎瑛:《七修类稿》卷二八,上海书店出版社2001年版,第299页。
④ 〔元〕脱脱等:《宋史》卷九七,第2396页。

　　了解了"张工部庙"乃张夏祠、位于杭州城东，则可以推定此诗乃王安石至杭州时所作。李壁注荆公《初去临川》诗曰："抚州金峰有公题字云：'皇祐庚寅，自临川如钱塘，过宿此。'"①皇祐庚寅即皇祐二年，根据这条记载，可知王安石本年有赴杭之行，过张夏祠即应在此行中。故今将《张工部庙》诗系于皇祐二年。

---

① 〔宋〕王安石著，〔宋〕李壁笺注，高克勤点校：《王荆文公诗笺注》卷三九，第 979 页。

附录二　荆公集人名考辨

笔者在阅读荆公诗文集的过程中,发现其中有两处"人名"问题,仅靠版本校勘难以解决,而必须参以"理校",故作此考辨之文,以祈就正于方家。

1.《次韵冲卿过滩阳》诗,诗题中"冲卿"为"仲庶"之误。

就笔者所见各种版本的荆公诗文集,此诗诗题"滩阳"一般作"睢阳",在指地名时,"滩""睢"可通,这不是问题;然"冲卿"实应作"仲庶",而诸本皆误。

"冲卿"系吴充,《宋史·吴充传》载"吴充,字冲卿"①,王安石与之交好,且为儿女亲家,其集中有近二十首诗皆赠答吴充。因二人交厚,又诸本皆作"冲卿",故从未有人怀疑此诗题人名有误。今按:"冲卿"实为"仲庶"之误,王安石此诗的酬赠对象是吴中复(仲庶)而非吴充(冲卿)。

吴中复字仲庶②,也是王安石好友,王诗《和仲庶出守潭》《和吴仲庶》等十余首,皆与吴中复唱和,可见二人交情亦非泛泛。

何以谓"冲卿"为"仲庶"之误?《次韵冲卿过滩阳》为王安石"次韵"之作,而梅尧臣有一组《吴仲庶殿院寄示与吕冲之马仲涂唱和诗六篇邀予次韵焉》诗,其中第三首即《次韵晚泊睢阳》,恰与王安石诗同题同韵:

> 梅尧臣《吴仲庶殿院寄示与吕冲之马仲涂唱和诗六篇邀予次韵焉·次韵晚泊睢阳》:日下绣衣客,江南燕尾艎。迹虽同鹖退,心不假犀凉。旧国旌旄去,包原苑囿荒。临堤一怀古,柳上见微阳。③

> 王安石《次韵冲卿过滩阳》:宫庙此神乡,留亲泊楚艎。天开今壮丽,地积古悲凉。不改山河旧,犹余草木荒。还闻足宾客,谁是汉邹阳?④

---

① 〔元〕脱脱等:《宋史》卷三一二,第 10238 页。
② 〔元〕脱脱等:《宋史》卷三二二《吴中复传》,第 10441 页。
③ 〔宋〕梅尧臣著,朱东润编年校注:《梅尧臣集编年校注》卷二五,上海古籍出版社 2006 年版,第796 页。
④ 〔宋〕王安石著,〔宋〕李壁笺注,高克勤点校:《王荆文公诗笺注》卷二四,第 586 页。

不难看出，除梅诗次韵"（吴）仲庶"、王诗次韵"（吴）冲卿"的唱和对象不同外，二诗题目（"过睢阳"）、体裁（五律）、韵脚（次韵）全部契合。值得注意的是，梅诗是一组六首的组诗；假如除此诗外，王安石也有相关唱和，且题目、韵脚还都一一契合，那就可以证明：梅、王唱和对象必是同一人；至于一作"仲庶"，一作"冲卿"，则必有一误。且看下表：

梅尧臣、王安石诗比较表

	梅尧臣	王安石
吴仲庶殿院寄示与吕冲之马仲涂唱和诗六篇邀予次韵焉	《次韵被命出城共泛》：（略）	（无）
	《依韵游陈留禅寺后池》：（略）	（无）
	《次韵晚泊睢阳》：（见上）	《次韵冲卿过濉阳》：（见上）
	《汴渠》： 我实山野人，不识经济宜。闻歌汴渠劳，邅缀汴渠诗。汴水源本清，随分黄河枝。浊流方已盛，清派不可推。天王居大梁，龙举云必随。设无通舟航，百货当陆驰。人间牛骡驴，定应无完皮。苟欲东南苏，要省聚敛为。兵卫讵能削，乃须雄京师。今来虽太平，尽罢未是时。愿循祖宗规，忽益群息之。譬竭两川赋，岂由此水施。纵有三峡下，率皆粗冗资。慎莫尤汴渠，非渠取膏脂。	《和吴御史汴渠诗》： 郑国欲弊秦，渠成秦富强。本始意已陋，末流功更长。维汴亦如此，浚源在淫荒。归作万世利，谁能弛其防。夷门筑天都，横带国之阳。漕引天下半，岂云独翔扬。货入空外府，租输陈太仓。东南一百年，寡老无残粮。自宜富京师，乃亦窘盖藏。征求过凤昔，机巧到筵芒。御史闵其然，志欲穷舟航。此言信有激，此水何伤。救世讵无术，习传自先王。念非老经纶，岂易识其方。我懒不足数，君材宜自强。他日听施设，无乃弃篇章。①
	《次韵临淮感事》： 楚舸高帆未可开，满帆风暴作阴雷。圣文亹亹伤漂溺，世路纷纷自往来。浮磬犹闻传激越，沉妖不见锁渊回。连陂蛙黾鸣无数，安得周官为洒灰。	《和吴御史临淮感事》： 栅锁城崖晓一开，枙牙车轴转成雷。黄尘欲碍龟山出，白浪空沄汴水来。澄观有材邀昧陋，霁云无力报奸回。骚人此日追前事，悲气随风动管灰。②
	《次韵夜过新开湖忆二御共泛》： 出舟湖渺渺，月白绝纤氛。已见水中鉴，莫生波上云。独征干慕侣，冷酌不知醺。露下清吟久，同心本爱君。	《和仲庶夜过新开湖忆冲之仲涂共泛》： 水远浮秋色，河空洗夜氛。行随一明月，坐失两孤云。露发此时湿，风颜何处醺。淹留各有趣，不比汉三君。③

（按：《吴仲庶殿院寄示与吕冲之马仲涂唱和诗六篇邀予次韵焉》为梅尧臣六诗之总题，可见这是一组"组诗"。）

通过上表可以看出：（1）梅尧臣有六首唱和诗，而王安石有四首，缺《被命出

---

① 〔宋〕王安石著，〔宋〕李壁笺注，高克勤点校：《王荆文公诗笺注》卷六，第 148—149 页。
② 〔宋〕王安石著，〔宋〕李壁笺注，高克勤点校：《王荆文公诗笺注》卷三〇，第 757—758 页。
③ 〔宋〕王安石著，〔宋〕李壁笺注，高克勤点校：《王荆文公诗笺注》卷二三，第 560 页。

城共泛》《游陈留禅寺后池》二首,可能是王安石未和,也可能是原有和作而后来失传;(2)王安石四首和作,《过睢阳》《临淮感事》《夜过新开湖忆冲之仲涂共泛》三首皆为"次韵",惟《汴渠》一首和诗而不和韵,笔者认为这是由于此诗关涉到王安石本人的经济大计①,故其必要自吐胸臆,不肯为和韵束缚;(3)王安石这几首诗同梅尧臣诗性质一样,实为一组唱和组诗,题中或称"冲卿",或称"吴侍御",或称"仲庶",而唱和对象实为一人;(4)合梅尧臣诗题观之,"冲卿"应为"仲庶"之误,梅、王唱和对象是吴中复(仲庶)而非吴充(冲卿)。

这一结论还可以证之以吴中复本人事迹。对梅尧臣《吴仲庶殿院寄示与吕冲之马仲涂唱和诗六篇邀予次韵焉》的写作时间,朱东润先生系于至和二年(1055)。诗中另外两位人物,吕冲之系指吕景初②,马仲涂系指马遵③。据《续资治通鉴长编》:"(至和元年六月)癸丑,殿中侍御史里行吴中复上殿弹宰相梁适奸邪,上曰:'近日马遵亦有弹疏……'","(七月)己巳,殿中侍御史马遵知宣州,殿中侍御史吕景初通判江宁府,主客员外郎、殿中侍御史里行吴中复通判虔州。梁适之得政也,中官有力焉。及遵等于上前极陈其过,上左右或言御史捃拾宰相,自今谁敢当其任者。适既罢,左右欲并遵等去之","(八月)丁未,徙知宣州、殿中侍御史马遵为京东转运使,通判江宁府、殿中侍御史吕景初知衢州,通判虔州、主客员外郎吴中复知池州"④。由此可知,吴中复、吕景初、马遵三人于至和元年(1054)弹劾宰相梁适奸邪,遭中官谗毁而落职被贬,吴中复先通判虔州,俄而改知池州,《被命出城共泛》《游陈留禅寺后池》《汴渠》《晚泊睢阳》《临淮感事》《夜过新开湖忆二御共泛》等诗,即其贬谪途中所作,至和二年梅尧臣得其寄示,遂有唱和之作。梅尧臣诗题称"吴殿院",王安石诗题称"吴侍御",亦因吴中复以殿中侍御史里行遭贬之故也。

因吴、吕、马三人以忠直进谏、弹劾权要被谪,故梅尧臣《次韵被命出城共泛》诗云:"三骢忽出乘楚艘,直气突兀如吴涛。大都智勇皆世豪,横身破

---

① 李壁评此诗曰:"(公)其自负经济可见,甚言汴河之利也。"见〔宋〕王安石著,〔宋〕李壁笺注,高克勤点校:《王荆文公诗笺注》卷六,第149页。
② 元脱脱等《宋史》卷三〇二《吕景初传》:"吕景初,字冲之。"(第10020页)
③ 元脱脱等《宋史》卷三〇二《马遵传》:"马遵者,字仲涂。"(第10022页)
④〔宋〕李焘:《续资治通鉴长编》卷一七六,第4263、4265、4272页。

浪亲战斾。"①这是褒扬三人直气傲兀，为世之英豪。王安石《次韵冲卿过
濉阳》也云"还闻足宾客，谁是汉邹阳"，李壁注曰："睢阳，梁孝王都，故用邹
阳事。"②由于诗题误"仲庶"为"冲卿"，故李壁以为王安石用邹阳典只是为
了与诗题"睢阳"相合，殊不知邹阳曾被诬陷入狱，有《狱中上书自明》，而吴
中复被谗见疏的遭遇正与邹阳相似，故王安石才用这一典故，此既合睢阳
之地点，又合唱和对象之身世，更可见王安石用典之精切。

　　既已证"冲卿"为"仲庶"之误，还有两个问题需要注意：（1）王安石《次
韵冲卿过濉阳》《和吴御史汴渠诗》《和吴御史临淮感事》《和仲庶夜过新开
湖忆冲之仲涂共泛》是一组唱和吴中复的组诗，四首诗作于同时；（2）这组
诗的写作时间。

　　李德身《王安石诗文系年》将《次韵冲卿过濉阳》《和吴御史汴渠诗》《和
吴御史临淮感事》三诗系于嘉祐六年（1061）③，本年王安石有《寄吴冲卿二
首》等诗，故《系年》以为上三诗为一时之作；又将《和仲庶夜过新开湖忆冲
之仲涂共泛》系于嘉祐七年（1062）④，本年王安石有《和仲庶池州齐山图》
等诗，遂亦以为上诗为一时之作。《王安石诗文系年》的错误，有的学者已
经看出，如刘成国《王安石诗文五首系年考》考证出《和吴御史汴渠诗》中的
"吴御史"应为吴中复而非吴充，《系年》致误的原因，在于未加考辨"吴侍
御"为何人，而直接次于《次韵冲卿过睢阳》之后以为其是吴充；他还引梅尧
臣《吴仲庶殿院寄示与吕冲之马仲涂唱和诗六篇邀予次韵焉》诗为据，将
《和吴御史汴渠诗》定为至和二年作⑤。这已距解决问题的关键仅一步之
遥，但可惜作者过于相信文献本身，因此未能发现《次韵冲卿过濉阳》中的
"冲卿"之误才是导致后人误读的更严重舛差，从而也就没能揭示出《次韵
冲卿过濉阳》《和吴御史汴渠诗》《和吴御史临淮感事》《和仲庶夜过新开湖
忆冲之仲涂共泛》为唱和吴中复的一组组诗。

　　通过上面的考证，可以确定《次韵冲卿过濉阳》中的"冲卿"应为"仲
庶"，它与《和吴御史汴渠诗》《和吴御史临淮感事》《和仲庶夜过新开湖忆冲

①〔宋〕梅尧臣著，朱东润编年校注：《梅尧臣集编年校注》卷二五，第795页。
②〔宋〕王安石著，〔宋〕李壁笺注，高克勤点校：《王荆文公诗笺注》卷二四，第587页。
③李德身：《王安石诗文系年》，第149页。
④李德身：《王安石诗文系年》，第153页。
⑤刘成国：《王安石诗文五首系年考》，《文献》2012年第1期。

之仲涂共泛》为组诗，写作时间与梅尧臣诗大致同时，也是至和二年
（1055）。

2. "王微之"乃"王皙"（亦有作"王晢"）而非"王皙""王贽"。

王安石有《和王微之高斋二首》《和微之登高斋》《和甫如京师微之置
酒》《次韵微之赠池纸并诗》《和王微之秋浦望齐山感李太白杜牧之》《次韵
登微之高斋有感》《谢微之见过》等二十首诗，与"王微之"唱和颇多，然"微
之"究竟是谁，却颇多异说，就笔者所见，即有"王皙（从折从曰）""王晢（从析
从曰）""王贽"等说，迄今尚无定论。

导致异说纷纭的原因，与文献本身有一定关系。就以现在通行的朝鲜
活字本李壁注《王荆文公诗》（以下简称"朝活本"）为例，其中《和微之登高
斋》诗，注引《西清诗话》，曰"王文公兄弟在金陵，和王微之皙《登高斋》诗，
押篋字韵"①；《和甫如京师微之置酒》诗，注云"王皙，字微之，时知江宁"②，
皆以"王微之"为"王皙"。然同书《和王微之秋浦望齐山感李太白杜牧之》
诗，注引"王晢《齐山记》"③；又《谢微之见过》诗，注云"王晢，字微之"④，则
又将"王微之"作"王晢"。由此可见，即使是在同一版本中，"王微之"究竟
作"王皙"还是"王晢"，就已出现了混乱。"朝活本"系综合宋刻、元刻而成，
而清代较为流行的清绮斋刻本《王荆文公诗》，上引李壁注"王皙"处皆作
"王晢"，由此又形成了"朝活本""清绮斋本"等不同版本间的歧义问题。

作"王皙"或"王晢"，毕竟是指同一人，只不过"皙""晢"二字形近易误；
然而还有一种说法，认为"王微之"系"王贽"，这就将问题进一步复杂化了。

持这一观点的是清代学者沈钦韩，他在《王荆公诗集李壁注勘误补正》
卷一中考证《和微之登高斋》诗说："'王微之，名皙'，李注云：'时知江宁
府。'而《建康志》不载'王皙'，于嘉祐七年云：'以谏议大夫王贽知府事。'则
'皙'乃'贽'之讹也。贽知江宁历二年，至英宗治平元年，始迁，与诗中'黄
屋初启圣'语合。《建康志》云：'高斋旧在江宁府治，今在行宫内。康定辛

---

① 〔宋〕王安石著，〔宋〕李壁笺注，高克勤点校：《王荆文公诗笺注》卷九，第221页。按：参见校记
　 〔九〕。
② 〔宋〕王安石著，〔宋〕李壁笺注，高克勤点校：《王荆文公诗笺注》卷一四，第337页。
③ 〔宋〕王安石著，〔宋〕李壁笺注，高克勤点校：《王荆文公诗笺注》卷三〇，第749页。
④ 〔宋〕王安石著，〔宋〕李壁笺注，高克勤点校：《王荆文公诗笺注》卷四八，第1336页。

已，叶公清臣建，胡公宿作记。'"①这一说法亦有从者，如李德身《王安石诗文系年》即引沈氏说为据，并说："按沈注谓'晳'乃'赟'之讹，得之；然'黄屋初启圣'语乃《和甫如京师微之置酒》之诗句，此诗无之②，沈氏偶误。考安石于嘉祐八年丁母忧，归江宁，而王赟于治平元年由江宁府迁官，此诗当作于是年……安石兄弟均在金陵，乃为母居丧故之故，事亦当在治平元年。"③

　　以上考证并非无据。王安石《和王微之高斋二首》其二云"使君新篇韵险绝"④，《和微之登高斋》云"使君登高一访古"⑤；"高斋"在江宁府，王安石称其为"使君"，又李壁注云："王晳，字微之，时知江宁"⑥，则很容易使人相信"王微之"即为"江宁知府"。又，王安石《和甫如京师微之置酒》云"季子将北征，貂裘解亭皋。使君拥鸣驺，出饯载酒醪。……黄屋初启圣，万灵归一陶"⑦，"黄屋初启圣"句，谓英宗初即位，英宗登基在嘉祐八年（1063）四月，而嘉祐八年八月，王安石归葬其母吴氏于江宁，随即在江宁丁忧，故与"使君"王微之交游。至此，上引诸诗与王安石本人行迹完全相合，于是沈钦韩遂断定王微之必是嘉祐八年左右知江宁者。循此思路，他检校了《建康志》——这里应是指南宋理宗景定二年（1261）修的《景定建康志》，此书卷一三载王赟嘉祐七年（1062）十月至治平元年（1064）四月知江宁⑧，这又与王安石诗"吻合"，于是沈钦韩进一步断定："王微之晳"乃"王赟"之讹。

　　这一推论有合理之处，然亦经不住仔细推敲。王安石兄弟嘉祐八年八月为母守孝，以三年之制计算⑨，至少要于治平二年（1065）八月后始能服除，王安石即于本年十月复为工部郎中、知制诰，"母丧除故也"⑩，则《和甫如京师微之置酒》诗的写作时间，亦应在治平二年十月后；李德身《王安石诗文系年》即将此诗系于治平二年，并言"时和甫入京师而微之尚未迁

---

①〔清〕沈钦韩：《王荆公诗文沈氏注》，第24页。

②按："此诗"指《和微之登高斋》。

③〔宋〕王安石著，〔宋〕李壁笺注，高克勤点校：《王安石诗文系年》，第160页。

④〔宋〕王安石著，〔宋〕李壁笺注，高克勤点校：《王荆文公诗笺注》卷九，第219页。

⑤〔宋〕王安石著，〔宋〕李壁笺注，高克勤点校：《王荆文公诗笺注》卷九，第221页。

⑥〔宋〕王安石著，〔宋〕李壁笺注，高克勤点校：《王荆文公诗笺注》卷一四，第337页。

⑦〔宋〕王安石著，〔宋〕李壁笺注，高克勤点校：《王荆文公诗笺注》卷一四，第338页。

⑧〔宋〕马光祖修，〔宋〕周应合纂：《景定建康志》卷一三，《宋元方志丛刊》，第1484页。

⑨按：实际时间是二十四个月或二十七个月。

⑩〔宋〕李焘：《续资治通鉴长编》卷二〇六，第5004页。

官"①。然而据沈钦韩断定"王微之"为"王贽",王贽于治平元年四月已离江宁府任,他又怎么会以"使君"身份置酒饯送王安礼(和甫)呢②? 由此可见,"王微之"为"王贽"之说不可信。

下面两则证据,可遽断"王微之"绝非"王贽"。其一,张方平《朝散大夫守尚书户部侍郎致仕上柱国太原郡开国公食邑二千九百户食实封五百户赐紫金鱼袋王公墓志铭》载"公讳贽,字至之"③,已明言王贽字"至之",而非"微之"。其二,《王公(贽)墓志铭》载王贽"知池州",据《续资治通鉴长编》,其事在嘉祐六年(1061)④,而梅尧臣有一首《送王微之学士知池州诗》⑤,众所周知梅氏卒于嘉祐五年(1060),则其送别之知池州的"王微之"绝不可能是嘉祐六年知池州的王贽⑥。至此已经可以断定,"王微之"绝非"王贽",沈钦韩之说不确。

沈钦韩的结论是错误的,但他考证的思路却还应注意,即大约王安石为母丁忧期间,也就是嘉祐八年之后,治平元年、二年之间,王微之正在江宁,且王安石称其为"使君"。上面已证"江宁知府王贽"必误,现在就有必要考察:王诗所谓的"使君"是不是一定指"知府"? 李壁"时知江宁"的说法是否本身有误? "王晢"在当时所任之职与江宁有无关系?

今检阅宋人诗文中所称"使君",有:(1)"转运使"例:刘攽《送程少卿》"使君船舸如浮宫"⑦,吕大防《示问帖》"大防顿首运使质夫使君"⑧,王洋《送周仲固运使之官湖北》"使君作意不求异"⑨;(2)"按察使"例:刘过《喜雨呈吴按察》"使君人物旧乌台"⑩;(3)"安抚使"例:刘敞《送湖南安抚某使君序》⑪,黄庭坚《祭王补之安抚文》"敬致祭于亡友补之泸州安抚使君之灵

---

① 李德身:《王安石诗文系年》,第161页。按:"和甫"乃王安石之弟王安礼。

② 按:王安石《和甫如京师微之置酒》有"使君拥鸣驺,出饯载酒醑"之句。

③ 曾枣庄、刘琳主编:《全宋文》卷八二五,第38册,第266页。

④ 宋李焘:《续资治通鉴长编》卷一九五:"(嘉祐六年闰八月)王贽为吏部郎中、知池州。"(第4718页)

⑤ 〔宋〕梅尧臣著,朱东润编年校注:《梅尧臣集编年校注》卷二七,第972页。

⑥ 按:朱东润先生将梅尧臣《送王微之学士知池州诗》系于嘉祐二年(1057)。

⑦ 北京大学古文献研究所编:《全宋诗》卷六〇四,第11册,第7147页。按:诗题下有小字云"江西转运使",知程少卿时赴江西转运使任。

⑧ 〔清〕安岐:《墨缘汇观录》卷一,〔清〕伍崇曜编:《粤雅堂丛书三编》第二十八集,清光绪元年刊本。

⑨ 北京大学古文献研究所编:《全宋诗》卷一六八七,第30册,第18944页。

⑩ 北京大学古文献研究所编:《全宋诗》卷二七〇二,第51册,第31827页。

⑪ 曾枣庄、刘琳主编:《全宋文》卷一二八五,第59册,第201页。

曰……"①，项安世《次韵和张安抚九日龙山赋》"使君千骑踏清秋"②。可见称"使君"者，不一定即专指"知府"，凡转运、按察、安抚等使皆可称"使君"。

再考察"王哲"履历，其于治平年间恰为江南东路转运使。韩维有《江南东路转运使尚书祠部郎中充集贤校理王哲可尚书刑部郎中制》③，韩氏任知制诰在治平二年八月前，治平四年（1067）二月已为龙图阁直学士④，则上制当作于其间，也就是说，王哲在此期间被任命为江南东路转运使，而江南东路转运使的治所正在江宁府⑤。由此可证，李璧注"王哲时知江宁"本身即已不确，故而误导后人；正确的说法应是："王哲，时为江南东路转运使。"考证出了这一点，则王哲在治平年间何以能登"高斋"，王安石何以能与之唱和并称其为"使君"⑥，也就涣然冰释，再无歧解了。

至于"王微之"作"王皙"还是"王哲"，笔者认为应以"皙"字为是。前引韩维《江南东路转运使尚书祠部郎中充集贤校理王哲可尚书刑部郎中制》即作"王哲"，"皙""哲"可通。又，王安石有《次韵微之赠池纸并诗》《和王微之秋浦望齐山感李太白杜牧之》诗，而梅尧臣《送王微之学士知池州》诗系于嘉祐二年（1057）⑦，可知王微之嘉祐初曾知池州⑧；李璧注曾引"王皙《齐山记》"，齐山正为池州名胜，而《舆地纪胜》卷二二载作"王哲《齐山记》"⑨，司马光有《齐山诗呈王学士》，注云"哲，字微之"⑩，周必大《泛舟游山录》载：池州齐山"九项洞""嘉祐中，因太守王哲易名集仙洞"，并注："哲与王介

①〔宋〕黄庭坚著，刘琳等点校：《黄庭坚全集》正集卷二九，第796页。

②北京大学古文献研究所编：《全宋诗》卷二三七二，第44册，第27270页。

③曾枣庄、刘琳主编：《全宋文》卷一〇五八，第49册，第59页。按："王哲"亦可写作"王皙"，详见后文。

④参见〔宋〕李焘：《续资治通鉴长编》卷二〇三、卷二〇六、卷二〇九，第4927、4995、5077页。

⑤参见王文楚：《北宋诸路转运司的治所》，《古代交通地理丛考》，第321页。

⑥按：王安石嘉祐八年至治平二年为母守丧，治平二年服除授知制诰、知江宁府等职，而他一直居于江宁，直至熙宁元年（1068）始由江宁入京师。

⑦〔宋〕梅尧臣著，朱东润编年校注：《梅尧臣集编年校注》卷二七，第972页。

⑧李德身将王安石《次韵微之赠池纸并诗》《和王微之秋浦望齐山感李太白杜牧之》二诗系于治平二年，显误。见李德身：《王安石诗文系年》，第165页。按：王皙知池州在嘉祐二年至三年间，梅尧臣有《送闵郎中知池州》诗，朱东润先生将之系于嘉祐三年，可知王皙时已调任。见〔宋〕梅尧臣著，朱东润编年校注：《梅尧臣集编年校注》卷二八，第1029页。故《次韵微之赠池纸并诗》《和王微之秋浦望齐山感李太白杜牧之》二诗亦应作于嘉祐二年至三年间。

⑨按：此据北京图书馆藏清影宋抄本（清抄本配补），见〔宋〕王象之：《舆地纪胜》卷二二，《续修四库全书》，第584册，第253页。

⑩按：此据《全宋诗》本，见北京大学古文献研究所编：《全宋诗》卷五〇〇，第9册，第6047页。

甫唱酬甚多，即撰《齐山记》者。"①由上可见，若言"王微之"为"王皙"，则众人诗文及地志何以皆言其为"王哲"？"哲""皙"音义不同，又不太易混，这就讲不通；若其人作"王皙"，则"王哲"可通，而"王晳"易混，就可以说明混杂的原因。

又，王皙著有《春秋通义》《春秋皇纲论》及《孙子兵法注》，检校宋代目录、类书等，其人或署"王哲"，或署"王皙"，或署"王晳"②。何以言"王皙"为是？即因"哲""皙"音义可通，"皙""晳"形近易混，故宋人著录中"王哲""王皙"可通用，"王皙""王晳"渐相混，遂导致了夹杂不清的情况。今若以"王皙"统一，则诸种分歧皆可解决。

今再举两例，以参证"王皙"为是。其一，顾炎武《日知录》卷二七《史记注》中即举古人误"皙"为"皙"例："《赵世家》：'吾有所见子晣也。'晣者，分明之意。《易·大有》象传：'明辨，晢也。'即此字，音折，又音制。索隐误以为郑子皙之'皙'。"③由此益可见古籍中"皙"字易误作"晳"。其二，西晋文学家"束皙"，字广微，其名有"皙（从析从白）""晳（从析从曰）""晢（从折从曰）"三种歧说，有的研究者从古人名与字之间的关系分析，认为"束皙"实应名"束晢"，因"晢（晣）"字训为"明也"，与其字"广微"之"微"字意义相关，如高金霞《束皙研究》指出："微"字训为"细"，可引申为"明晰"，故"束皙"字广微乃名、字同义相关④。笔者认为："皙"可训为"明"，如《诗经·陈风·东门之杨》"明星皙皙"⑤；而"微"可训为"不明"，《诗经·小雅·十月之交》"彼月而微，此日而微"，郑笺云"微，谓不明也"⑥，故束皙字广微、王皙字微之，是取名、字反义相关而非同义相关；疑其名、字即从《诗经》中来，恰含"日""月""星"之"三光"故也。

---

① 按：此据〔宋〕周必大著，〔宋〕周纶编：《文忠集》卷一六八，《景印文渊阁四库全书》，第1148册，第830页。

② 参见〔宋〕王应麟著，武秀成、赵庶洋整理：《玉海艺文校证》卷六"天禧《春秋》纂类"条"校证二"，凤凰出版社2013年版，第269—270页；魏鸿：《〈十一家注孙子〉宋代注家成书考》"王皙及其注释"条，《滨州学院学报》2007年第5期，按：此文将"晳（从析从曰）"作"皙（从析从白）"，又误。

③〔清〕顾炎武著，陈垣校注：《日知录校注》卷二七，安徽大学出版社2007年版，第1518页。

④ 参见高金霞：《束皙研究》，山东大学硕士学位论文，2009年，第9—11页。

⑤〔汉〕毛亨传，〔汉〕郑玄笺，〔唐〕孔颖达疏：《毛诗正义》卷七，〔清〕阮元校刻：《十三经注疏》，第377页。

⑥〔汉〕毛亨传，〔汉〕郑玄笺，〔唐〕孔颖达疏：《毛诗正义》卷一二，〔清〕阮元校刻：《十三经注疏》，第445页。

附录三　王安石晚年诗与陶、谢的关系

"东坡海南诗、荆公钟山诗,超然迈伦,能追逐李、杜、陶、谢。"①这是宋人许彦周对王安石、苏轼二人晚年诗的评价;就许氏本意,"李、杜、陶、谢"之比或许只是用以肯定王、苏的诗学造诣足以追配古人,但却恰好无意间提及了王安石与陶渊明、谢灵运之间的关系。《后山诗话》云:"公平生文体数变,暮年诗益工,用意益苦。"②《石林诗话》则曰:"王荆公少以意气自许,故诗语惟其所向,不复更为涵蓄……从宋次道尽假唐人诗集,博观而约取,晚年始尽深婉不迫之趣。"③今人多已指出王安石后期诗风变化与唐诗尤其是晚唐诗的渊源;而笔者认为,对陶渊明、"二谢"(谢灵运、谢朓)的关注,同样是荆公"平生文体数变"的一个不可忽视甚至是更为重要的内容,与王安石晚年的诗学倾向乃至思想倾向都密切相关,但这一问题尚未引起研究者足够的重视④。

一

王安石对陶、谢诗的关注并非始于其晚年,实际上,陶渊明这位"古今隐逸诗人之宗"早在王安石出仕之初就成为了他念念不忘的渴慕对象。"小吏一身今倦宦,先生三亩独安贫。欲抛县印辞黄绶,来伴山冠戴白纶"⑤,这首

---

① 〔宋〕许顗:《彦周诗话》,〔清〕何文焕辑:《历代诗话》,第383页。

② 〔宋〕陈师道:《后山诗话》,〔清〕何文焕辑:《历代诗话》,第304页。

③ 〔宋〕叶梦得:《石林诗话》卷中,〔清〕何文焕辑:《历代诗话》,第419页。

④ 已经有学者注意到王安石与陶渊明的关系,如李剑锋:《元前陶渊明接受史》,齐鲁书社2002年版,第259—271页;赵鲲:《王安石与陶渊明——兼论北宋诗人的慕陶》,《甘肃广播电视大学学报》2009年第1期;宋皓琨:《论王安石对陶渊明的接受》,《聊城大学学报》(社会科学版)2010年第1期;等等。这些文章论及了王安石在思想、人格、诗风、词句等方面对陶渊明的学习,不过仍有未尽之处。至于王安石与谢灵运、谢朓的关系,则尚未见有专文研究。

⑤ 〔宋〕王安石著,〔宋〕李壁笺注,高克勤点校:《王荆文公诗笺注》卷三一《和正叔怀其兄草堂》,第787页。

充满"陶味"的诗歌作于王安石庆历八年（1048）知鄞县时①，其时距他登第释褐不过六年光景；此后陶渊明及其诗歌意象就在王诗中不断涌现："彭泽陶潜归去来，素风千岁出尘埃……却寻五柳先生传，薪水区区但可哀"②，"渊明久负东篱醉，犹分低心事折腰"③，"久闻阳羡安家好，自度渊明与世疏。亦有未归沟壑日，会应相近置田庐"④……不难看出，此时的王安石是将陶渊明及陶诗视为其隐逸理想的符号或象征，当作其仕宦生涯的重要调剂或补充，在"出"与"处"之间寻找心理平衡。

与陶诗一样，王安石对谢灵运、谢朓这两位山水诗名家的关注也是从早期就开始了，这从早年王诗频频点化"二谢"诗句就能看得出来，如"霜枫衰更殷"化用谢灵运《晚出西射堂》"晓霜枫叶丹"，"飞帆浩浩穷天际"化用谢朓《之宣城出新林浦向板桥》"天际识归舟"，"家家新堤广能筑"化用谢朓《和王著作八公山》"秋场广能筑"，"更留佳句似池塘"用谢灵运《登池上楼》"池塘生春草"典⑤，等等。这些例子的共同点就是王安石点化的都是大、小谢的山水佳句。他还在酬赠友人登临游览之作的《见远亭上王郎中》诗中说"康乐诗名旧，芜音讵可攀"⑥；又在《寄吴正仲却蒙马行之都官梅圣俞大博和寄依韵酬之》诗中称"山水玄晖去后空，骚人还向此间穷"⑦，可见"二谢"山水诗在他心目中的地位。

当然，王安石早年对陶、谢的倾赏尚属外在，对于身历仕途又锐意革新政治的诗人而言，"隐逸"与"山水"虽为其心中所系，却不可能成为他精神世界的主导，这一状况的转变要待王安石晚年罢相退居江宁之后。"王荆公退居金陵，结茅钟山下，策杖入村落"⑧，当昔日的济世热情随罢归林下而大为减退，当曾经反复念兹的山水田园生活成为现实，此时王安石对陶、

①李德身：《王安石诗文系年》，第52页。

②〔宋〕王安石著，〔宋〕李壁笺注，高克勤点校：《王荆文公诗笺注》卷三〇《题致政孙学士归来亭》，第738页。

③〔宋〕王安石著，〔宋〕李壁笺注，高克勤点校：《王荆文公诗笺注》卷三六《九日登东山寄昌叔》，第915页。

④〔宋〕王安石著，〔宋〕李壁笺注，高克勤点校：《王荆文公诗笺注》卷三九《寄虞氏兄弟》，第984页。

⑤参见〔宋〕王安石著，〔宋〕李壁笺注，高克勤点校：《王荆文公诗笺注》卷七、卷一九、卷二〇、卷三九，第174、462、481、982页。

⑥〔宋〕王安石著，〔宋〕李壁笺注，高克勤点校：《王荆文公诗笺注》卷二五，第625页。

⑦〔宋〕王安石著，〔宋〕李壁笺注，高克勤点校：《王荆文公诗笺注》卷三二，第813页。

⑧〔宋〕朱彧著，李伟国点校：《萍洲可谈》卷三，中华书局2007年版，第155页。

谢的态度便由外在的倾慕欣赏转变为内在的精神会通了："未怕元刘妨独步，每思陶谢与同游"①、"临流遇兴还能赋，自比渊明或未惭"②。如果说遗世高蹈的陶渊明原先还是一个可望不可即的理想形象，那么此时的"自比渊明"则意味着心理距离的缩短。

　　"先生岁晚事田园，鲁叟遗书废讨论。问讯桑麻怜已长，按行松菊喜犹存。农人调笑追寻壑，稚子欢呼出候门。遥谢载醪祛惑者，吾今欲辩已忘言。"③这是《遁斋闲览》指出的"荆公在金陵，作诗多用渊明诗中事，至有四韵诗全使渊明诗者"④。王安石晚年对陶诗的化用确实越来越得心应手："一雨洗炎蒸，旷然心志适……暮逢田父归，倚杖问消息"⑤、"晚知童稚心，自足可忘老"⑥、"枕簟不移随处有，饱餐甘寝更无求"⑦、"亦欲心如秋水静，应须身似岭云闲"⑧……由这些例子可以看出，在退逸避世的生活中求得心灵的宁静安顿，这正是王安石从陶诗中觅得的精神契合处。

　　但必须指出的是，王安石晚年对陶诗的接受也只是止于宁静心灵，借以化解政治理想的破灭带给他的失望与痛苦而已，而并没有更进一步，在人生哲学上也全部接受陶渊明任真自然、委运随化的人生思想。在这一点上，他与后来的苏轼不同。如果看一下苏轼所作的"和陶诗"，如"是身如虚空，谁受誉与毁。得酒未举杯，丧我固忘尔""人间本儿戏，颠倒略似兹。惟有醉时真，空洞了无疑""醉中虽可乐，犹是生灭境。云何得此身，不醉亦不醒""委运忧伤生，忧去生亦还。纵浪大化中，正为化所缠。应尽便须尽，宁复事此言"⑨，这显然是对陶诗任运自然思想的继承与发挥。正如韩经太所言："他（陶渊明）的超脱是以体认'大化'的理性认识为动因的。至于苏轼，则连'大化'之道也要摆脱，从而企希着既无主观困扰又无客观制约的绝对自由境界。……在陶渊明那里，大道之真是以否定俗念为前提的！真

────────────

① 〔宋〕王安石著，〔宋〕李壁笺注，高克勤点校：《王荆文公诗笺注》卷四三《示俞秀老二首》其二，第1127页。
② 〔宋〕王安石著，〔宋〕李壁笺注，高克勤点校：《王荆文公诗笺注》卷四一《移柳》，第1044页。
③ 〔宋〕王安石著，〔宋〕李壁笺注，高克勤点校：《王荆文公诗笺注》卷二六《岁晚怀古》，第629页。
④ 引自〔宋〕胡仔纂集，廖德明点校：《苕溪渔隐丛话》前集卷三，第18页。
⑤ 〔宋〕王安石著，〔宋〕李壁笺注，高克勤点校：《王荆文公诗笺注》卷二《次前韵寄德逢》，第31页。
⑥ 〔宋〕王安石著，〔宋〕李壁笺注，高克勤点校：《王荆文公诗笺注》卷四《吾心》，第98页。
⑦ 〔宋〕王安石著，〔宋〕李壁笺注，高克勤点校：《王荆文公诗笺注》卷四一《园蔬》，第1041页。
⑧ 〔宋〕王安石著，〔宋〕李壁笺注，高克勤点校：《王荆文公诗笺注》卷四八《赠僧》，第1308页。
⑨ 〔宋〕苏轼著，〔清〕王文诰辑注，孔凡礼点校：《苏轼诗集》卷三二、卷三五，第1716、1885、1888页。

俗之间,泾渭分明,而到了苏轼这里,其意志已在真俗之外。陶渊明以诗明志,唯求超脱,苏轼更进一层,以为何必非以超脱为超脱。"①类似东坡"和陶诗"这样深富哲理的思想蕴涵,在荆公诗中是很少看到的。这并不意味着王安石的思想境界不及苏轼,以荆公的才学而论,他对陶诗自然任真的人生哲学自能看得十分通透;但关键是无论就性格抑或思想而言,他都不会也不愿将"委运随化"当作自己的精神归宿,正如其诗所言:"杖藜随水转东冈,兴罢还来赴一床。尧桀是非犹入梦,因知余习未全忘。"②"是非"犹存,"余习"未抛,因此他并不将自我与自然同化,在精神世界中获得更大程度的解脱。这是王安石对现实的一份执着。

　　其实,陶渊明诗既有"静穆"的一面,也有"金刚怒目"的一面,他的遗世独立、高蹈绝俗原本就含有对抗世俗污浊黑暗的意味,只不过在任运自然的思想底蕴下,他的内心奇崛往往显得不动声色;至于苏轼,更以一种看似消泯真俗之际的自由超脱,将对抗世俗的深意表现得和光同尘、不露圭角。与此相映,王安石诗中的孤高绝俗,则可以说是既得陶诗之遗意,但又比陶诗、苏诗都更加刻意而呈露:"老来厌世语,深卧塞门窦"③、"适野无世喧,吾今亦如此。纷纷旧可厌,俗子今扫轨"④、"楚老一枝筇,于此傲人群"⑤、"晤言或世间,谁谓非绝俗"⑥;有些作品虽披上了咏物的外衣,但深谙古人"比兴"传统的人一看便知其另有深意:"芳草知谁种,缘阶已数丛。无心与时竞,何苦绿匆匆"⑦、"一陂春水绕花身,花影妖饶各占春。纵被春风吹作雪,绝胜南陌碾成尘"⑧、"午阴宽占一方苔,映水前年坐看栽。红蕤似嫌尘染污,青条飞上别枝开"⑨。"我"本无心"与时竞",奈何世俗偏以"尘染污",纵使此身被春风吹散零落,也绝胜于混同渣滓尘泥! 由此可见,王安

①韩经太:《诗禅:严羽妙悟与苏、黄解会》,《宋代诗歌史论》,吉林教育出版社1995年版,第88—89页。
②〔宋〕王安石著,〔宋〕李壁笺注,高克勤点校:《王荆文公诗笺注》卷四一《杖藜》,第1042页。
③〔宋〕王安石著,〔宋〕李壁笺注,高克勤点校:《王荆文公诗笺注》卷一《示元度》,第20页。
④〔宋〕王安石著,〔宋〕李壁笺注,高克勤点校:《王荆文公诗笺注》卷二《与吕望之上东岭》,第33页。
⑤〔宋〕王安石著,〔宋〕李壁笺注,高克勤点校:《王荆文公诗笺注》卷四《定林寺》,第80页。
⑥〔宋〕王安石著,〔宋〕李壁笺注,高克勤点校:《王荆文公诗笺注》卷五《和耿天骘同游定林寺》,第116页。
⑦〔宋〕王安石著,〔宋〕李壁笺注,高克勤点校:《王荆文公诗笺注》卷四〇《芳草》,第1019页。
⑧〔宋〕王安石著,〔宋〕李壁笺注,高克勤点校:《王荆文公诗笺注》卷四二《北陂杏花》,第1084页。
⑨〔宋〕王安石著,〔宋〕李壁笺注,高克勤点校:《王荆文公诗笺注》卷四二《池上看金沙花数枝过酴醾架盛开二首》其一,第1089页。

石晚年虽退居林下，却始终对真俗是非成败并未释怀，故此仍要高傲地强调"厌世""厌俗""绝俗"来与世俗对抗；这样，其晚年诗中时常欲语还休的奇崛不平之气也就不难理解了："红绿纷在眼，流芳与时竞。有怀无与言，伫立钟山暝"①、"杖藜缘堑复穿桥，谁与高秋共寂寥。伫立东冈一搔首，冷云衰草暮迢迢"②，这即是清人吴之振所说的"安石遣情世外，其悲壮即寓闲淡之中"③。

　　曾几曰："渊明之诗，皆适然寓意而不留于物……荆公多用渊明语而意异，如'柴门虽设要常关'，'云尚无心能出岫'。'要'字'能'字，皆非渊明本意也。"④在许多宋人眼中，陶、王境界由此高下立判。陈岩肖《庚溪诗话》就说："王荆公介甫辞相位，退居金陵，日游钟山，脱去世故，平生不以势利为务，当时少有及之者。然其诗曰：'穰侯老擅关中事，长恐诸侯客子来。我亦暮年专一壑，每逢车马便惊猜。'既以丘壑存心，则外物去来，任之可也，何惊猜之有，是知此老胸中尚蒂芥也。如陶渊明则不然，曰：'结庐在人境，而无车马喧。问君何能尔，心远地自偏。'然则寄心于远，则虽在人境，而车马亦不能喧之。心有蒂芥，则虽擅一壑，而逢车马，亦不免惊猜也。"⑤抛开尊陶抑王的观点，"心有蒂芥"一语，确实道出了王安石晚年的心结：他虽然可以学习陶渊明旷达闲适的生活态度以安顿心灵、化解苦闷，但内心的是非真俗之见仍泾渭分明，故绝不会义无反顾地选择陶诗任运自然的人生哲学作为自己最后的精神栖居⑥。

　　正因如此，诗人便需常常借助外在的自然，在山水徜徉间获得苦闷的进一步消解与心灵的澄虑宁静，这就是王安石晚年创作了大量山水诗的原因。叶梦得《避暑录话》云："王荆公不耐静坐，非卧即行。"⑦其实王安石自己说得更加透彻明白："幽独若可厌，真实为可喜。见山不碍目，闻水不逆

---

① 〔宋〕王安石著，〔宋〕李壁笺注，高克勤点校：《王荆文公诗笺注》卷四《独卧有怀》，第101页。
② 〔宋〕王安石著，〔宋〕李壁笺注，高克勤点校：《王荆文公诗笺注》卷四二《寄蔡天启》，第1100页。
③ 〔清〕吴之振等选：《宋诗钞》，中华书局1986年版，第564页。
④ 引自〔宋〕陆游著，李剑雄、刘德权点校：《老学庵笔记》卷四，第50页。
⑤ 〔宋〕陈岩肖：《庚溪诗话》卷下，丁福保辑：《历代诗话续编》，第183页。
⑥ 按：正因"心有蒂芥"，王安石晚年的嗜佛亦并未真正化解其内心的不平，黄庭坚《跋王荆公禅简》即谓："荆公学佛，所谓'吾以为龙又无角，吾以为蛇又有足'者也。"〔宋〕黄庭坚著，刘琳等点校：《黄庭坚全集》正集卷二六，第696页。
⑦ 〔宋〕叶梦得：《避暑录话》卷上，朱易安、傅璇琮等主编：《全宋笔记》第2编，第10册，第226页。

耳。翛然无所为，自得而已矣"①、"白土长冈路，朱湖小洞天。望公时顾我，于此畅幽悁"②、"那知抱孤伤，罢顿不能遒。世味已鲜久，但余野心稠"③，总之一句话："聊为山水游，以写我心悁。"④

正是在这种心境下，早年即已十分熟悉的"二谢"山水诗便与诗人产生了更为深刻的心理共鸣。这正如白居易对谢灵运的评价："谢公才廓落，与世不相遇。壮志郁不用，须有所洩处。洩为山水诗，逸韵谐奇趣。大必笼天海，细不遗草树。岂唯玩景物，亦欲摅心素。"⑤其实不惟谢灵运，谢朓山水诗又何尝不是"与世不相遇""亦欲摅心素"的产物。大谢因政治失意而放浪山水，小谢处吏隐之间而寄情丘壑，王安石对"二谢"的重新审视也正是源于与他们人生际遇与生活态度的相契。"荆公定林后诗，精深华妙，非少作之比。尝作《岁晚诗》云：'月映林塘静，风涵笑语凉。俯窥怜净绿，小立伫幽香。携幼寻新的，扶衰上野航。延缘久未已，岁晚惜流光。'自以比谢灵运，议者亦以为然。"⑥前面说过，"自比渊明"意味着王、陶心理距离的拉近，此处的"自以比谢灵运"，同样不是简单的文学比较，而蕴含着王安石对谢灵运（包括谢朓）借山水以遣情的心理认同。

就大、小谢山水诗的特点来看，小谢常常钟情于世俗的习以为见的青山秀水，大谢则较多不食人间烟火的山水野性美；而荆公诗便往往兼有"二谢"的特点："蹋月看流水，水明摇荡月。草木已华滋，山川复清发"⑦、"暮坞屋荒凉，寒陂水清浅。捐书息微倦，委辔随小蹇。偶攀黄黄柳，却望青青巘。幽寻复有兴，未觉西林晚"⑧、"南浦随花去，回舟路已迷。暗香无觅处，日落画桥西"⑨……在如画般的清丽明秀中，似乎总萦绕着淡淡的幽寂清冷；明明是写世俗山水，却有一股超尘脱俗的清美。故此黄庭坚评道，"荆公暮年作小诗，雅丽精绝，脱去流俗，每讽味之，便觉沆瀣生牙颊间"⑩，

①〔宋〕王安石著，〔宋〕李壁笺注，高克勤点校：《王荆文公诗笺注》卷四《书八功德水庵》，第83页。
②〔宋〕王安石著，〔宋〕李壁笺注，高克勤点校：《王荆文公诗笺注》卷二二《示耿天骘》，第537页。
③〔宋〕王安石著，〔宋〕李壁笺注，高克勤点校：《王荆文公诗笺注》卷一七《有感》，第436页。
④〔宋〕王安石著，〔宋〕李壁笺注，高克勤点校：《王荆文公诗笺注》卷二《与望之至八功德水》，第34页。
⑤〔唐〕白居易著，谢思炜校注：《白居易诗集校注》卷七《读谢灵运诗》，第603页。
⑥〔宋〕佚名：《漫叟诗话》，郭绍虞辑：《宋诗话辑佚》，第362页。
⑦〔宋〕王安石著，〔宋〕李壁笺注，高克勤点校：《王荆文公诗笺注》卷二《步月二首》其二，第39页。
⑧〔宋〕王安石著，〔宋〕李壁笺注，高克勤点校：《王荆文公诗笺注》卷五《上南冈》，第113页。
⑨〔宋〕王安石著，〔宋〕李壁笺注，高克勤点校：《王荆文公诗笺注》卷四〇《南浦》，第1005页。
⑩〔宋〕胡仔纂集，廖德明点校：《苕溪渔隐丛话》前集卷三五，第234页。

而他也正以为王安石晚年诗"学二谢"①。

　　总而言之，兀傲不平的是非真俗之见是王安石晚年的重要心结，而在此心态下的"抗俗""绝俗""脱俗""超俗"之意，便构成了他会通陶、谢的精神基础。

二

　　荆公晚年对陶、谢诗的属意，又不仅仅只是因为精神上的契合，其中还蕴含着诗学思考。

　　王安石"平生文体数变"，尤其是退隐之后，"暮年诗益工，用意益苦"②，正是这种精工极巧的审美趣味与艺术风格，使其诗作常被人与晚唐诗联系起来："诗到李义山，谓之文章一厄……然荆公晚年亦或喜之，而字字有根蒂"③，"五七字绝句最少，而最难工，虽作者亦难得四句全好者，晚唐人与介甫最工于此"④，"学唐人丁卯桥诗逼真而又过之者，王半山、陆放翁集中多有其作"⑤。王安石的确有学习晚唐诗的倾向，但他学晚唐并不是亦步亦趋的摹仿，而是学而能化、遗貌取神，故此能"始尽深婉不迫之趣"⑥；况且在王安石心目中，晚唐诗也绝非其崇尚的诗学典范。

　　不妨看一下与王安石相前后的宋诗诸家对晚唐诗的评价："唐之晚年，诗人无复李、杜豪放之格，然亦务以精意相高"，"郑谷诗名盛于唐末……其诗极有意思，亦多佳句，但其格不甚高"⑦，"唐末五代，文章衰尽。诗有贯休，书有亚栖，村俗之气，大率相似"⑧，"学老杜诗，所谓刻鹄不成犹类鹜也。学晚唐诸人诗，所谓作法于凉，其敝犹贪，作法于贪，敝将若何"⑨，"后

①参见〔宋〕陈师道：《后山诗话》，〔清〕何文焕辑：《历代诗话》，第306页。

②〔宋〕陈师道：《后山诗话》，〔清〕何文焕辑：《历代诗话》，第304页。

③〔宋〕惠洪：《冷斋夜话》卷四，张伯伟编校：《稀见本宋人诗话四种》，第38页。

④〔宋〕杨万里：《诚斋诗话》，丁福保辑：《历代诗话续编》，第141页。

⑤〔元〕方回：《桐江集》卷一《沧浪会稽十咏序》，〔清〕阮元辑：《宛委别藏》，第105册，第61页。

⑥〔宋〕叶梦得：《石林诗话》卷中，〔清〕何文焕辑：《历代诗话》，第419页。

⑦〔宋〕欧阳修：《六一诗话》，〔清〕何文焕辑：《历代诗话》，第265、267页。

⑧〔宋〕苏轼著，孔凡礼点校：《苏轼文集》卷六七《书诸集伪谬》，第2098页。

⑨〔宋〕黄庭坚著，刘琳等点校：《黄庭坚全集》外集二一《与赵伯充》，第1371页。

世无高学,举俗爱许浑"①,"陈去非尝为余言:'唐人皆苦思作诗,所谓"吟安一个字,捻断数茎须"……故造语皆工,得句皆奇,但韵格不高'"②……不难看出,北宋诗人对晚唐诗的看法是较为一致的,即既肯定其精工巧思的一面,又批评其因过于追求技巧而导致的气格孱弱、格韵卑俗之缺点,而"格卑韵俗"正是诸家极力摒斥的。

王安石的态度与此并无不同,他对晚唐诗精深巧丽的艺术特点钻味极深,但并不妨碍他对晚唐诗弊病的了解也同样深刻:"荆公云:凡人作诗,不可泥于对属"③,"荆公尝云:'诗家病使事太多,盖皆取其与题合者类之,如此乃是编事,虽工何益?'"④,"舒王云:'梨花一枝带春雨'、'桃花乱落如红雨'、'珠帘暮卷西山雨',皆警句也,然终不若'院落深沉杏花雨'为佳,言尽而意不尽也"⑤。对属拘执、格力卑弱,使事用典繁复呆板,言尽意竭缺少余味,王安石的这些论诗之语虽未明确表明是针对晚唐诗的,但却恰好戳中了晚唐诗的要害。实际上,这正透露出王安石晚年的一种诗学倾向,那就是:由精工极巧进而追求精深华妙、自然浑成。叶梦得《石林诗话》说得好:"王荆公晚年诗律尤精严,造语用字,间不容发。然意与言会,言随意遣,浑然天成,殆不见有牵率排比处。如'含风鸭绿鳞鳞起,弄日鹅黄袅袅垂',读之初不觉有对偶。至'细数落花因坐久,缓寻芳草得归迟',但见舒闲容与之态耳。而字字细考之,若经檃括权衡者,其用意亦深刻矣。"⑥意深语工,而有舒闲容与之态;精严深刻,却行之以浑然天成,这正是入乎晚唐之中而又出乎晚唐之外的重要法门,由此则可以精益求精而无格韵卑俗之弊。

诗学陶、谢,正是王安石晚年追求精深华妙、自然浑成的诗学理想的重要体现。《遁斋闲览》云:"荆公在金陵,作诗多用渊明诗中事……尝言其诗有奇绝不可及之语,如'结庐在人境,而无车马喧。问君何能尔,心远地自

---

① 〔宋〕陈师道著,〔宋〕任渊注,冒广生补笺,冒怀辛整理:《后山诗注补笺》逸诗卷上《次韵苏公西湖观月听琴》,中华书局1995年版,第479页。
② 〔宋〕葛立方:《韵语阳秋》卷二,〔清〕何文焕辑:《历代诗话》,第483页。
③ 〔宋〕王直方:《王直方诗话》,郭绍虞辑:《宋诗话辑佚》,第90页。
④ 〔宋〕蔡居厚:《蔡宽夫诗话》,郭绍虞辑:《宋诗话辑佚》,第419页。
⑤ 〔宋〕李颀:《古今诗话》,郭绍虞辑:《宋诗话辑佚》,第125—126页。
⑥ 〔宋〕叶梦得:《石林诗话》卷上,〔清〕何文焕辑:《历代诗话》,第406页。

偏'，由诗人以来，无此句也。"①从陶诗的平淡自然中见出奇绝精拔之处，这很容易使人想起荆公的另一评诗语："看似寻常最奇崛，成如容易却艰辛。"②其中贯穿的诗学精神是一致的，即精华内敛、深藏不露，这也是王安石从陶诗中得到的重要启示。

故荆公晚年诗歌的创作方向就是一种圆融不露圭角的浑成精美："尝有人面称公诗'自喜田园安五柳，但嫌尸祝扰庚桑'之句，以为的对。公笑曰：'伊但知柳对桑为的，然庚亦自是数。'"③"僧惠洪《冷斋夜话》载介甫诗云：'春残叶密花枝少，睡起茶多酒盏疏。''多'字当作'亲'，世俗传写之误。洪之意盖欲以少对密，以疏对亲……江（朝宗）云：'惠洪多妄诞，殊不晓古人诗格。此一联以密字对疏字，以多字对少字，正交股用之，所谓蹉对法也。'"④"荆公诗：'草深留翠碧，花远没黄鹂。'人只知翠碧黄鹂为精切，不知是四色也。"⑤这些例子的共同点，就是引用的荆公诗均是看似从容舒闲而实际深涵巧思，精益求精却又自然圆润；其中体现的诗学倾向，实与荆公从陶渊明平淡的诗句中看出"奇绝"为同一机杼。

苏轼亦盛称陶诗"外枯而中膏，似淡而实美"⑥、"质而实绮，癯而实腴"⑦，但王安石对陶诗平淡而奇绝的认识却与苏轼并不完全一致。苏轼的酷爱陶诗，以思想上继承了陶渊明任运自然、超然淡泊的人生哲学最为关键，故"我即渊明，渊明即我也"⑧；在苏轼看来，陶渊明正是他所向往的自然适意之"道"的体现者："陶渊明欲仕则仕，不以求之为嫌，欲隐则隐，不以去之为高，饥则扣门而乞食，饱则鸡黍以延客，古今贤之，贵其真也"⑨，"靖节以无事自适为得此生，则凡役于物者，非失此生耶？"⑩正因如此，陶诗的意义早已超出文字工拙之外，而是"中边皆甜"⑪，即使朴素自然的语

①引自〔宋〕胡仔纂集，廖德明点校：《苕溪渔隐丛话》前集卷三，第18页。

②〔宋〕王安石著，〔宋〕李壁笺注，高克勤点校：《王荆文公诗笺注》卷四五《题张司业诗》，第1189页。

③〔宋〕叶梦得：《石林诗话》卷中，〔清〕何文焕辑：《历代诗话》，第423页。

④〔宋〕严有翼：《艺苑雌黄》，郭绍虞辑：《宋诗话辑佚》，第570页。

⑤〔宋〕胡仔纂集，廖德明点校：《苕溪渔隐丛话》前集三五引《雪浪斋日记》，第236页。

⑥〔宋〕苏轼著，孔凡礼点校：《苏轼文集》卷六七《评韩柳诗》，第2110页。

⑦〔宋〕苏轼著，孔凡礼点校：《苏轼文集》佚文汇编卷四《与子由六首》其五，第2515页。

⑧〔宋〕苏轼著，孔凡礼点校：《苏轼文集》卷六七《书渊明东方有一士诗后》，第2115页。

⑨〔宋〕苏轼著，孔凡礼点校：《苏轼文集》卷六八《书李简夫诗集后》，第2148页。

⑩〔宋〕苏轼著，孔凡礼点校：《苏轼文集》卷六七《题渊明诗二首》其二，第2091页。

⑪〔宋〕苏轼著，孔凡礼点校：《苏轼文集》卷六七《评韩柳诗》，第2110页。

言也具有深厚的意蕴,可以从中味"道"之腴,故淡而实美。而王安石对陶渊明的人生哲学是持保留态度的,因此就不可能如苏轼那般对陶诗的观照也溢出文字之外;换句话说,荆公对陶诗平淡而奇绝的认识,最主要的还是从艺术境界的层面考虑,对后者精深高妙的艺术造诣的深刻体悟与研味。惟其如此,在后世宋人看来,陶渊明诗的"发明者"是苏轼而非王安石[1]。

　　但依笔者之见,这也恰恰是王安石在"陶"之外还要引入"谢"的原因。清人翁方纲论陶、谢诗曰:"盖陶、谢体格,并高出六朝,而以天然闲适者归之陶,以蕴酿神秀者归之谢。"[2]王安石诗学精神的本质终归还是精益求精,以精工巧丽上达自然浑成之境,这显然与谢灵运、谢朓等人"蕴酿"通"神秀"的诗学路径更加契合。且看历代诗评者对"二谢"的评价,如"康乐之诗精工"[3]、"(谢灵运)以险为主,以自然为工"[4]、"如谢公(灵运),乃是学者之诗,可谓精深华妙"[5]、"谢朓清绮绝伦……其佳处则秀色天成"[6]、"谢朓……其诗极清丽新警"[7]等;再看对荆公的评价,如"荆公……雅丽精绝"[8]、"荆公晚年诗极精巧"[9]、"荆公定林后诗,精深华妙"[10]、"(荆公)其笔力高妙,殆若天成"[11]等,不难发现,这与对"二谢"的评语惊人的相似,显示出王安石在"精工""清丽""精深华妙"等审美倾向方面与"二谢"关系的亲近。

　　这从王安石本人的创作中也能见出端倪。且不论那些本就与"二谢"渊源甚深的山水之什,单论荆公晚年那些看上去自然平淡若深得陶诗况味的作品,也不难发现"二谢"诗的痕迹。如《弯碕》诗的前八句为"残暑安所

①宋张戒《岁寒堂诗话》卷上:"陶渊明、柳子厚之诗,得东坡而后发明。"载丁福保辑:《历代诗话续编》,第463页。

②〔清〕翁方纲:《石洲诗话》卷七,人民文学出版社1981年版,第232页。

③〔宋〕严羽著,郭绍虞校释:《沧浪诗话校释》,第151页。

④〔清〕陈祚明评选,李金松点校:《采菽堂古诗选》卷一七引陈绎曾《诗谱》,上海古籍出版社2008年版,第518页。

⑤〔清〕方东树著,汪绍楹点校:《昭昧詹言》卷五,人民文学出版社1961年版,第128页。

⑥〔明〕陆时雍选评,任文京、赵东岚点校:《诗镜·古诗镜》卷一六,河北大学出版社2010年版,第161页。

⑦〔清〕吴淇编选:《六朝选诗定论》卷一五,《四库全书存目丛书补编》,齐鲁书社2001年版,第11册,第332页。

⑧〔宋〕胡仔纂集,廖德明点校:《苕溪渔隐丛话》前集卷三五引黄庭坚语,第234页。

⑨〔宋〕陈善:《扪虱新话》下集卷一,王云五主编:《丛书集成初编》,第311册,第52页。

⑩〔宋〕佚名:《漫叟诗话》,郭绍虞辑:《宋诗话辑佚》,第362页。

⑪〔宋〕胡仔纂集,廖德明点校:《苕溪渔隐丛话》前集三六引《禁脔》,第244页。

逃,弯碕北窗北。伐翳作清旷,培芳卫岑寂。投衣挂青枝,敷簟取一息。凉风过碧水,俯见游鱼食",萧散老成的笔法难掩其中对仗极为工致的两句,即"伐翳作清旷,培芳卫岑寂",刘辰翁即一针见血地指出其"却似三谢"①。再如《奉酬约之见招》的"君家段干木,为义畏人侵。冯轼信厚礼,逾垣终褊心。川坻宁有此,园屋谅非今。雨过梅柳净,潮来蒲稗深。种芳弥近渚,伐翳取遥岑。清节亦难尚,旷怀差易寻",李壁对"伐翳"一句评道:"比少陵'开林出远山'益工矣。"②其实,"雨过梅柳净,潮来蒲稗深"气味更似杜诗,而"种芳弥近渚,伐翳取遥岑"二句,造语高古又对属精严,实与大谢山水诗的风格更近。又如《寄德逢》"山樊老惮暑,独寤无所适。湖阴宛在眼,旷若千里隔。遥闻青秧底,复作龟兆坼。占岁以知子,将勤而后食"中的"遥闻青秧底,复作龟兆坼"③,黄庭坚评其深得"二谢"之"巧"④。类似的例子还可以举《怀吴显道》"南郭红亭冷,西山白道嚑。江光凌翠气,洲色乱黄云。岁暮谁邀客,情亲故忆君。天涯独惆怅,归鸟黑纷纷"中的"江光凌翠气,洲色乱黄云"⑤,等等。总之,以工致精美上达浑然天成,平淡自然与雅丽精绝并存,王安石晚年诗往往能兼具陶、谢之长,但贯穿其中的诗学精神的本质还是精益求精,故终归更近"二谢"。

　　再看荆公晚年那些精妙绝伦的山水小诗:"日净山如染,风暄草欲薰。梅残数点雪,麦涨一溪云"⑥、"西崦水泠泠,沿冈有涧亭。自从春草长,遥见只青青"⑦、"爱此江边好,留连至日斜。眠分黄犊草,坐占白鸥沙"⑧、"木末北山烟冉冉,草根南涧水泠泠。缲成白雪桑重绿,割尽黄云稻正青"⑨、"北山输绿涨横陂,直堑回塘滟滟时。细数落花因坐久,缓寻芳草得归迟"⑩……这些山水佳作的共同特点,就是几乎都隐去了主体"我"的情思意绪,而以一种近乎纯粹却精致之极的白描手法,将景物描绘得鲜活生动、

---

① 〔宋〕王安石著,〔宋〕李壁笺注,高克勤点校:《王荆文公诗笺注》卷二,第37页。
② 〔宋〕王安石著,〔宋〕李壁笺注,高克勤点校:《王荆文公诗笺注》卷一,第22—23页。
③ 〔宋〕王安石著,〔宋〕李壁笺注,高克勤点校:《王荆文公诗笺注》卷二,第30页。
④ 〔宋〕陈师道:《后山诗话》,〔清〕何文焕辑:《历代诗话》,第306页。
⑤ 〔宋〕王安石著,〔宋〕李壁笺注,高克勤点校:《王荆文公诗笺注》卷二二,第529页。
⑥ 〔宋〕王安石著,〔宋〕李壁笺注,高克勤点校:《王荆文公诗笺注》卷四〇《题齐安壁》,第997页。
⑦ 〔宋〕王安石著,〔宋〕李壁笺注,高克勤点校:《王荆文公诗笺注》卷四〇《涔亭》,第1001页。
⑧ 〔宋〕王安石著,〔宋〕李壁笺注,高克勤点校:《王荆文公诗笺注》卷四〇《题舫子》,第1018页。
⑨ 〔宋〕王安石著,〔宋〕李壁笺注,高克勤点校:《王荆文公诗笺注》卷四一《木末》,第1049页。
⑩ 〔宋〕王安石著,〔宋〕李壁笺注,高克勤点校:《王荆文公诗笺注》卷四一《北山》,第1090页。

超妙入神。这种写法应与擅长山水白描的大谢密切相关,难怪王安石要将他的《岁晚诗》"自以比谢灵运"了。当然,就其风格的清新婉丽而言,王诗又不似大谢那般"钩深索隐,穷态极妍"①,而与清美圆转的小谢诗更加相近。

众所周知,稍后于王安石的苏轼、黄庭坚这两位诗坛大家皆是以陶渊明为最高诗学典范。黄庭坚就曾辩论陶、谢优劣道:"谢康乐、庾义成之于诗,炉锤之功不遗力也。然陶彭泽之墙数仞,谢、庾未能窥者,何哉?盖二子有意于俗人赞毁其工拙,渊明直寄焉耳。"②这是说谢灵运诗仍着意于锤炼精巧,而陶渊明诗则直寄本心,已超越于工拙之外,故谢不及陶。宋人对陶、谢的态度多承苏、黄之说,因而诗学精神更近"二谢"的王安石自然也引起了宋人的不满:"荆公晚年诗伤工"③,"王介甫只知巧语之为诗,而不知拙语亦诗也"④;黄庭坚则更干脆地直击本源:"鲁直谓荆公之诗,暮年方妙,然格高而体下。如云:'似闻青秧底,复作龟兆坼。'乃前人所未道。又云:'扶舆度阳焰,窈窕一川花。'虽前人亦未易道也。然学二谢,失于巧尔。"⑤

值得注意的是,尽管黄庭坚认为王安石"学二谢"有"体下""失于巧"的遗憾,但他还是充分肯定了荆公诗的"格高",这显然也与"学二谢"有关。苏轼尝论诗史道:"苏、李之天成,曹、刘之自得,陶、谢之超然,盖亦至矣。而李太白、杜子美以英玮绝世之姿,凌跨百代,古今诗人尽废,然魏晋以来高风绝尘,亦少衰矣。"⑥诗歌发展到唐代尤其是李、杜,已达到了集大成的境界,但魏晋诗歌特有的超尘拔俗之气,却也由此而少衰,可见陶、谢等魏晋名家(主要是陶)在苏轼心目中是有其特殊诗史意义的,在一定程度上代表着超越唐诗的方向。作为苏门弟子的黄庭坚自然深谙此义;如果再结合着他对荆公诗"雅丽精绝,脱去流俗"的评语,此处的"格高"就是指一种"高风绝尘"之气。

其实王安石虽在诗学精神上更近于谢,但毕竟是陶、谢皆学的,故荆公

---

① 〔清〕陈祚明评选,李金松点校:《采菽堂古诗选》卷一七,第519页。
② 〔宋〕黄庭坚著,刘琳等点校:《黄庭坚全集》外集卷二四《论诗》,第1428页。
③ 〔宋〕王直方:《王直方诗话》引陈师道语,郭绍虞辑:《宋诗话辑佚》,第93页。
④ 〔宋〕张戒:《岁寒堂诗话》卷上,丁福保辑:《历代诗话续编》,第464页。
⑤ 引自〔宋〕陈师道:《后山诗话》,〔清〕何文焕辑:《历代诗话》,第306页。
⑥ 〔宋〕苏轼著,孔凡礼点校:《苏轼文集》卷六七《书黄子思诗集后》,第2124页。

晚年之作显示出了一种不同于唐诗尤其是晚唐诗的超尘脱俗的清高品格。且看:"石梁度空旷,茅屋临清炯。俯窥娇饶杏,未觉身胜影。嫣如景阳妃,含笑堕宫井。怊怅有微波,残妆坏难整"①、"翠幌卷东冈,欹眠月半床。松声悲永夜,荷气馥初凉。清话非无寄,幽期故不忘。扁舟亦在眼,终自懒衣裳"②、"沟港重重柳,山坡处处梅。小舆穿麦过,狭径碍桑回"③、"蒲叶清浅水,杏花和暖风。地偏缘底绿,人老为谁红"④、"幅巾慵整露苍华,度陇深寻一径斜。小雨初晴好天气,晚花残照野人家"⑤……如果将这些诗作与以精巧见长的晚唐诗作一比较,荆公艺术造诣的精美工致可谓有过之而无不及;但诗中绝没有因重视技巧而导致的格卑韵俗之弊,而是在雅丽中有平淡,精绝中有高妙,精深内敛,格韵高绝。从这个角度上看,王安石通过学习陶、谢,以精益求精臻于自然平淡的诗学努力是成功的,是对晚唐诗乃至唐诗的超越,对魏晋以来高风绝尘之气的回归,也是对宋诗自家格调的树立:"欧阳公诗犹有国初唐人风气……及荆公、苏、黄辈出,然后诗格遂极于高古。"⑥

再回到王安石本身,当考虑到诗人会通陶、谢的精神基础正是对抗世俗,那么再来进一步观照他"脱去流俗"的诗学变化,就不难发现王安石的诗学倾向与思想倾向在"绝俗""超俗"意义上的桴鼓相应、和衷共济,这也构成了他晚年诗学陶、谢的完整内涵。

王安石曾在《读史》一诗中说"丹青难写是精神"⑦,其实这句话也可以移之于对荆公本人思想及诗学的评判,即以诗学而论,王安石的艺术品鉴能力很高,毫不逊色于稍后的苏、黄,但他留下来的评诗论文之语却远远少于后二者,这就使得他的诗学思想常常成为一种"隐性存在",为后人探究这位诗坛大家的艺术精神带来了不小的难度。如本文所论的王安石晚年对陶、谢的学习,就是其诗学思想中较为隐蔽的一环,荆公虽从未大张旗鼓地明确主张诗学陶、谢,但这却恰恰是深入了解荆公晚年诗学倾向乃至思想倾向的关键。

①〔宋〕王安石著,〔宋〕李壁笺注,高克勤点校:《王荆文公诗笺注》卷一《杏花》,第22页。
②〔宋〕王安石著,〔宋〕李壁笺注,高克勤点校:《王荆文公诗笺注》卷二二《欹眠》,第514页。
③〔宋〕王安石著,〔宋〕李壁笺注,高克勤点校:《王荆文公诗笺注》卷四〇《沟港》,第996页。
④〔宋〕王安石著,〔宋〕李壁笺注,高克勤点校:《王荆文公诗笺注》卷四〇《蒲叶》,第1019页。
⑤〔宋〕王安石著,〔宋〕李壁笺注,高克勤点校:《王荆文公诗笺注》卷四一《初晴》,第1038页。
⑥〔宋〕陈善:《扪虱新话》下集卷三,王云五主编:《丛书集成初编》,第311册,第77页。
⑦〔宋〕王安石著,〔宋〕李壁笺注,高克勤点校:《王荆文公诗笺注》卷三九,第980页。

附录四　王安石与"王门" 文人群及其文学活动

　　今人在研究北宋文坛带有"结盟"性质的文学群体时,多将注意力集中到以欧阳修为宗的"欧门"和以苏轼为宗的"苏门",而较少关注以王安石为宗的"王门"。这当然有一定的客观原因,从文学史角度看,"王门"的确比不上"欧门""苏门"的人才济济、名家辈出;不过还有一个重要原因,那就是"王门"文人往往被打上"新党作家群"的标签,从而导致了文学上的受冷落。沈松勤先生《论王安石与新党作家群》一文,将"新党"这个政治集团还原为作家群予以考察,得出的结论是:"北宋文学的发展与欧阳修、苏轼先后盟主文坛,切磋唱和、各逞才力密不可分;而北宋文坛一度出现的'弥望皆黄茅白苇'式的萧条景象,则与王安石和新党作家的结盟实践有着内在联系","作用于王安石及其结盟的新党作家的,已非文学本身,而是政治;维系他们的文学实践的,主要不是文学自身的运行规律,而是政治权力。因此,阻碍了文学的健康发展,在文坛产生了严重的负面效应"①。嗣后一些涉及"王门"文学的研究,也常持近似观点:"从实际情形来说,王门人才之多应该说超过了后来的苏门、黄门,但与苏门相比,新党文人群政治意义大于文学意义,苏门则文学意义大于政治意义。"②以"党争""新党"等为观照文学的视角自然无可非议,但若仅以此衡量和评判整个"王门"文学群体,并与"欧门""苏门"的文学业绩比较高下,则难免有不公平之嫌。

一

　　"欧门""苏门"文人群主要是以文学为纽带构成的,而"王门"文人群的

---

① 沈松勤:《论王安石与新党作家群》,《杭州大学学报》(哲学社会科学版)1998 年第 1 期。
② 庄国瑞:《北宋熙丰诗坛研究》,浙江大学博士学位论文,2009 年,第 120 页。此外还可参阅杜若鸿:《荆公诗之政治功能——兼"新党诗人群"行履考》,《国学学刊》2014 年第 2 期;王奕琦:《北宋王门及其文学研究》,浙江大学硕士学位论文,2013 年;袁鲁军:《北宋新党作家群研究》,闽南师范大学硕士学位论文,2015 年。

构成则比较复杂，大致可分为三类群体，即新党文人群、新学文人群、文学文人群。

　　"王门"新党文人群是由王安石变法期间提拔或任用的后进士人组成的，成员包括：吕惠卿、章惇、蔡确、曾布、王雱、龚原、陆佃、常秩、邓绾、舒亶、李定、蒋之奇、王子韶、邓润甫、唐坰、张璪、张商英、谢景温、吕嘉问、程昉、郏亶、韩宗古、吕升卿、邵奇、张安国、彭汝砺、刘泾、练亨甫等①。

　　"王门"新学文人群是指师从王安石学术的一批士人，包括：龚原、陆佃、郑侠、王雱、陈祥道、钱景谌、鲍慎由、王伯起、韩宗厚、杨骥、张仅、顾棠、吴点、杨训、孙适、沈铢、周种、方惟深、马仲舒、张文刚、王无咎、沈凭、郏侨、晏防、王沇之、王迥、华峃、郭逢原、汪澥、李定、董必、杨畏、侯叔献、蔡肇、薛昂、叶涛、许允成、蔡卞、吕希哲、吴恕、吴颐、陈度、刘发、石诔、徐君平、成倬等②。

　　由于王安石变法和新学在宋代政治、学术史上影响巨大，故上述两类群体较受瞩目，这也在一定程度上遮蔽了"王门"的文学面貌。其实作为一位文坛宗主，王安石与欧阳修、苏轼一样，在他身边也吸引着一群文学之士，形成了"王门"的文学文人群。本文认为，那些以文学受王安石识赏、推毂、拔擢，或与王安石文学关系密切，而其本人也对荆公怀有知遇之恩的，都可归为这一群体。胡应麟《诗薮》云："宋世人才之盛，亡出庆历、熙宁间，大都尽入欧、苏、王三氏门下。今略记其灼然者……荆国所交，则刘贡父、王申父、俞清老、秀老、杨公济、袁世弼、王仲至、宋次道、方子通。门士则郭功父、王逢原、蔡天启、贺方回、龙太初、刘巨济、叶致远，二弟一子俱才隽知名。"③所列名单中的俞紫芝（字秀老）、俞澹（又名紫琳，字清老）、方惟深（字子通）、郭祥正（字功父、功甫）、王令（字逢原）、蔡肇（字天启）、贺铸（字方回）、龙太初、叶涛（字致远），以及并未列入的陈辅（字辅之）④、魏

----

①参见梁启超：《王荆公》，《饮冰室合集》专集之二十七，第 7 册，第 167—180 页；沈松勤：《论王安石与新党作家群》，《杭州大学学报》（哲学社会科学版）1998 年第 1 期；王奕琦：《北宋王门及其文学研究》，浙江大学硕士学位论文，2013 年，第 16—20 页。

②参见〔清〕黄宗羲著，〔清〕全祖望补修，陈金生、梁运华点校：《宋元学案》卷九八，第 3235—3237 页；刘成国：《荆公新学研究》，上海古籍出版社 2006 年版，第 62—83 页。

③〔明〕胡应麟：《诗薮》杂编卷五，第 311—312 页。

④宋佚名《京口耆旧传》卷三《陈辅传》："陈辅，字辅之……尤工于诗……安石称（其）诗甚佳……由是出入安石之门。"载《景印文渊阁四库全书》，第 451 册，第 150 页。

泰(字道辅)①、孙冲(字子和)②、陆传(字岩老)③、王韶(字子纯,一作醇)、卢秉(字仲甫)、刘季孙(字景文)等④,皆可视为"王门"文学文人群的成员。

不难看出,以上三类群体的划分是相对的而不是绝对的,颇有相互交叉的情况。而与"王门"文学密切相关的还有以下两点。一方面,"王门"新党文人群的维系纽带是政治上的变法运动,洵如有的学者所论,"王安石……所提携者多为政治上的投机分子,去来无情。王安石执政时,门庭若市,人人尽道是门人;罢政后,门庭冷落,'人人讳道是门生'"⑤,这种关系本身就并不稳固,况且王安石在执政期间并不以文学为务,自然就导致新党文人群在文学方面的联系十分松散,无意于在当时的文坛上倡导风气。另一方面,与新党文人群相比,"王门"新学文人群及文学文人群的关系则远为稳固融洽,他们大多是在治平、元丰年间从游于王安石之门,其时正值王安石服除闲居与罢相归隐时期,可见是真正倾心于荆公的学术文学,而非政治上的投机者;而且这两类群体的交叉现象也更为突出,新学文人群中很多成员本身也是优秀的文学之士,他们师从王安石学习经术,同时也以文学见知于荆公,如:蔡肇"师事王安石,长于歌诗"⑥,叶涛"往从安石于金陵,学为文词"⑦,方惟深"最长于诗……凡有所作,荆公读之必称善"⑧,鲍慎由"少从王安石学,又尝亲炙苏轼,故其文汪洋闳肆,而诗尤高妙"⑨,吴颐"以学问文章,为荆公门人高弟"⑩,等等。也就是说,所谓新学文人群只是学术身份的界定,而若从文学研究的角度看,他们与"王门"文

---

① 宋佚名《桐江诗话》:"魏道辅泰,襄阳人,元祐名士也,与王介甫兄弟最相厚。"载郭绍虞辑:《宋诗话辑佚》,第342页。又,魏泰与王安石的关系还可见其《临汉隐居诗话》所记游从荆公门下谈诗论艺的相关内容。

② 宋龚明之著、孙菊园点校《中吴纪闻》卷三:"孙冲字子和,登熙宁六年进士第。少负才名,为荆公之客。"(第67页)

③ 宋周紫芝《书陆祠部贴后》:"祠部郎陆公岩老少以经术文采见知舒王。"载曾枣庄、刘琳主编:《全宋文》卷三五二一,第162册,第169页。

④ 以上三人,参见〔宋〕魏庆之著,王仲闻点校:《诗人玉屑》卷一〇"荆公以三诗取三士"条,第323—324页。

⑤ 沈松勤:《论王安石与新党作家群》,《杭州大学学报》(哲学社会科学版)1998年第1期。

⑥ 〔宋〕王偁:《东都事略》卷一一六,《丛书集成三编》,第97册,第385页上。

⑦ 〔元〕脱脱等:《宋史》卷三五五,第11182页。

⑧ 〔宋〕龚明之著,孙菊园点校:《中吴纪闻》卷三,第71页。

⑨ 〔宋〕王偁:《东都事略》卷一一六,《丛书集成三编》,第97册,第385页。按:《东都事略》"鲍慎由"作"鲍由",当为避宋孝宗赵昚讳。

⑩ 〔宋〕慕容彦逢:《送吴显道序》,曾枣庄、刘琳主编:《全宋文》卷二九三八,第136册,第243页。

学文人群都应被予以重点关注。

有鉴于此，本文认为：想要从文学方面考察王安石与"王门"文人群体的文学活动及其在北宋文坛的影响，以新党文人群为考察对象固然是视角之一，但较少受政治与党争影响并在更大程度上保持了文学群体本来面貌的"王门"新学文人群与文学文人群，同样是不可或缺，甚至是更为重要的视角。

二

对作为政治改革家的王安石，宋人有"荆公以诗赋决科，而深不乐诗赋"的说法①，罢诗赋而以经义取士成为王安石变法的一项重要内容，在神宗论文章"华辞无用，不如吏材有益"时，他言"华辞诚无用，有吏材则能治人，人受其利。若从事于放辞而不知道，适足以乱俗害理"②，似乎并不属意于文人才士。然而，脱离了政治背景、以文坛宗主面貌出现的王安石，则完全称得上是爱重文士的典范，这方面他比之欧阳修、苏轼并无不及。如王韶、刘季孙、卢秉三人原本默默无闻，却因诗作偶然为荆公所知遂得以不次拔擢，成为宋人口中津津乐道的"荆公以三诗取三士"事，魏庆之对此评价道："（公）乐善之心，今人所未有也。"③而王安石通过称美揄扬推毂后进的例子，更是不胜枚举："贺方回题一绝于定林云……舒王见之大相称赏，缘此知名"④，"俞紫芝字秀老，喜作诗，人未知之，荆公爱焉。手写其一联……于所持扇，众始异焉"⑤，"（郭）功甫曾题人山居一联云……荆公命工绘为图，自题其上云：'此是功甫《题山居诗》处。'即遣人以金酒钟并图遗之"⑥，"（方惟深）《红梅》《古柏》《舟下建溪》等诗，大为王荆公称赏，至书之座间"⑦，如此不一而足。对从游于己的贫寒文士，王安石也每每施以援手、多方周济。王令与王安石为至交好友，王令家贫未婚，王安石请舅氏吴

①〔宋〕葛立方：《韵语阳秋》卷五，〔清〕何文焕辑：《历代诗话》，第524页。

②参见〔宋〕李焘：《续资治通鉴长编》卷二一一，第5135页。

③〔宋〕魏庆之著，王仲闻点校：《诗人玉屑》卷一〇，第324页。

④〔宋〕王直方：《王直方诗话》，郭绍虞辑：《宋诗话辑佚》，第58页。

⑤〔宋〕潘淳：《潘子真诗话》，郭绍虞辑：《宋诗话辑佚》，第305页。

⑥〔宋〕胡仔纂集，廖德明点校：《苕溪渔隐丛话》前集卷三七引《遁斋闲览》，第251页。

⑦〔宋〕李俊甫：《莆阳比事》卷三，〔清〕阮元辑：《宛委别藏》，第50册，第149页。

賷将女嫁之，后来王令早亡，荆公又待其遗腹女长成后亲自为之择婿；又据
宋人记载，王安石晚年建书堂于蒋山，"客至必留宿，寒士则假以衾裯，其去
也，举以遗之"①，同样见出荆公善待寒士之一端。总之，正因为王安石对
晚生后进的赏识拔擢往往不遗余力，再加上他本人令人仰慕钦佩的道德
人格与学术文学，自然具有一股强大的向心力，吸引着大批文人才士围
绕在他身边，这为"王门"的形成创造了有利条件："荆国王文公，以多闻
博学为世宗师，当世学者得出其门下者，自以为荣，一被称与，往往名重
天下。"②

　　王安石在嘉祐年间已隐然为众士子所趋，"眉山苏明允先生，嘉祐初游
京师时，王荆公名始盛，党与倾一时"③，"游京师，求谒先达之门，是时文忠
欧阳公、司马温公、王荆公，为学者之共趋之"④。治平年间，王安石在江宁
正式设帐讲学⑤，一时从之者众，门人陆佃有诗文回忆当时情景："治平三
年，今大丞相王公守金陵以绪余成学者，而某也实并群英之游"⑥，"诸生横
经饱余论，宛若茂草生陵阿……登堂一见便称许，暴之秋阳濯江沱"⑦。元
丰年间，王安石退归江宁，其时往来的门人文士依然络绎不绝。今人常以
为王安石罢相后门生故吏流散，晚景颇为寂寞，死后更是凄凉，宋人中也有
这样的记载："相公罢政，门下之人解体者十七八"⑧，"门前无爵罢张罗，玄
酒生刍亦不多。恸哭一声唯有弟，故时宾客合如何"⑨，"于是学者皆变所
学至有著书以诋公之学者，且讳称公门人。故（张）芸叟为挽词云：'今日江
湖从学者，人人讳道是门生'"⑩。但这也许仅为事实之一面，与之形成鲜
明对照的是，黄庭坚《跋俞秀老清老诗颂》云："荆公之门，盖晚多佳士"⑪，

---

① 〔宋〕洪迈著，何卓点校：《夷坚志》丙志卷一九，中华书局1981年版，第523页。
② 〔宋〕王辟之著，吕友仁点校：《渑水燕谈录》卷一〇，中华书局1981年版，第126页。
③ 〔宋〕邵伯温著，李剑雄、刘德权点校：《邵氏闻见录》卷一二，第130页。
④ 〔宋〕张舜民：《与司马理书》，曾枣庄、刘琳主编：《全宋文》卷一八一四，第83册，第286页。
⑤ 参见刘成国：《王安石江宁讲学考述》，《中华文史论丛》第73辑，上海古籍出版社2003年版。
⑥ 〔宋〕陆佃：《沈君墓表》，曾枣庄、刘琳主编：《全宋文》卷二二一一，第101册，第267页。
⑦ 〔宋〕陆佃：《依韵和李知刚黄安见示》，北京大学古文献研究所编：《全宋诗》卷九〇六，第16册，
　　第10647页。
⑧ 〔宋〕魏泰著，李裕民点校：《东轩笔录》卷五，第59页。
⑨ 〔宋〕张舜民：《哀王荆公》其一，北京大学古文献研究所编：《全宋诗》卷八三六，第14册，第9693页。
⑩ 〔宋〕王辟之著，吕友仁点校：《渑水燕谈录》卷一〇，第127页。
⑪ 〔宋〕黄庭坚著，刘琳等点校：《黄庭坚全集》正集卷二七，第722页。

据李之仪说，"晚有佳客"的说法实乃出自荆公本人之口①；蔡絛《西清诗话》也说："王文公归金陵，四方种学缉文之士多归之"②；汪藻亦云："王文公居金陵，四方英隽阗门"③，根据王安石晚年诗文唱和的情况，以及宋人笔记、诗话等的相关记载，谓"英隽阗门"似乎并非夸饰之词。至于王安石辞世之后，史书更是记载了陆佃"率诸生供佛，哭而祭之"的情景④；此外，"王门"文人现存诗文中也不乏悼念荆公之作⑤。由此可见，所谓"人人讳道是门生"云云，主要是针对政治上离合不定的"新党"士人所发，至于"王门"新学、文学文人群中的成员，则大多始终保持着对荆公发自内心的服膺与敬重。这也从另一面证明了王安石作为学术与文学宗主所具有的强大凝聚力。

从北宋文坛的发展看，以王安石为中心的"王门"主要形成于嘉祐之后，特别是治平、元丰间，时间上正好处于嘉祐时的"欧门"与元祐时的"苏门"中间，这也致使其文学影响在很大程度上被"欧门""苏门"的光芒所掩，但这一文学群体的存在却是无可争辩的事实。当然不得不提的是，"王门"文人群文学业绩的沉没不彰，与其作品散佚严重也有很大关系。今据尤袤《遂初堂书目》、陈振孙《直斋书录解题》、晁公武《郡斋读书志》、焦竑《国史经籍志》及《宋史·艺文志》等公私书目及其他典籍，可略知他们当年撰有别集的情况：王安石《临川集》100 卷；王无咎《王直讲集》15 卷；陆佃《陶山集》20 卷；龚原文集 70 卷又诗 3 卷；郏侨《幼成警悟集》（《淳祐玉峰志》卷中）；方惟深《方秘校集》10 卷；鲍慎由文集 50 卷；蔡肇文集 30 卷又诗 3 卷（《遂初堂书目》载其集名《浮玉集》及《丹阳集》，另《两宋名贤小集》存其《据梧小集》1 卷）；郑侠《西塘集》20 卷；吴颐《金溪文集》20 卷（《宋史艺文志补》）；王雱《元泽先生文集》36 卷；陈辅《南郭先生前后集》40 卷（《京口耆旧传》卷三）；郭祥正《青山集》30 卷；贺铸《庆湖遗老集》29 卷；魏泰《临溪隐居

---

① 参见〔宋〕李之仪：《书俞秀老诗卷后》，北京大学古文献研究所编：《全宋诗》卷九五八，第 17 册，第 11198 页。

② 〔宋〕蔡絛：《西清诗话》卷中，张伯伟编校：《稀见本宋人诗话四种》，第 207 页。

③ 〔宋〕汪藻：《徽猷阁待制致仕赠少师谥僖简庄公墓志铭》，曾枣庄、刘琳主编：《全宋文》卷三三九〇，第 157 册，第 334 页。

④ 〔元〕脱脱等：《宋史》卷三四三《陆佃传》，第 10918 页。

⑤ 如陆佃有《丞相荆公挽歌词》《祭丞相荆公文》《江宁府到任祭丞相荆公墓文》，郭祥正有《王丞相荆公挽词二首》《西轩看山怀荆公》《莫谒王荆公坟三首》，贺铸有《寓泊金陵寻王荆公陈迹》，等等。

集》20 卷;俞澹《敝帚集》(《敬乡录》卷二);王令《广陵集》20 卷;卢秉文集10 卷又奏议 30 卷;刘季孙集 10 卷(《遂初堂书目》载其集名《横槊集》)。其中除王安石、陆佃、郑侠、郭祥正、贺铸、王令仍有较为完整或一定数量的作品传世外,其他 13 家则仅有零星篇章留存。不过这也提醒我们,"王门"文人或许的确不及"欧门""苏门"的彬彬之盛,但他们当年仍是以学术、文学立身的文才之士,文学活动仍然是维系这个群体的重要纽带之一。

三

这一点从"王门"文人的交游活动中也可证明。就北宋文坛而言,一个文学群体内部的唱和活动繁荣与否,往往是衡量其影响力的重要标准之一,"苏门"之盛就与其成员间此起彼伏的酬唱风气有关。据"王门"文人现存诗篇看,虽没有形成"苏门"唱和那样的规模,但还是可以约略看出他们诗文往来的活动情况,尤其是以王安石为中心,形成了"王门"的唱和网络,本文将之制成了下表:

王安石与"王门"文人唱和篇目表

王安石酬唱诗文 篇目	"王门"其他 文人	"王门"其他文人酬唱 诗文篇目
《元丰行示德逢》《陶缜菜示德逢》《寄德逢》《次前韵寄德逢》《过杨德逢庄》《送杨骥秀才归鄱阳》《示德逢》《招杨德逢》《书湖阴先生壁二首》《游城东示深之德逢二首》《杨德逢送米与法云二老作此诗》《示杨德逢》(集句)	杨骥(字德逢,号湖阴先生)	
《示元度》《江宁府园示元度》《怀元度四首》(集句)、《招元度》(集句)	蔡卞(字元度)	
《游土山示蔡天启秘校》《再用前韵寄蔡天启》《寄蔡天启》《成字说后与曲江谭揽丹阳蔡肇同游齐安院》《示蔡天启三首》(集句)、《答蔡天启书》	蔡肇(字天启)	

王安石酬唱诗文 篇目	"王门"其他 文人	"王门"其他文人酬唱 诗文篇目
《用前韵戏赠叶致远直讲》《次韵致远木人洲二首》《次韵叶致远》《次韵叶致远置洲田以诗言志四首》《招叶致远》《招叶致远》（集句）	叶涛（字致远）	
《移桃花示俞秀老》《答俞秀老》《示俞秀老》《酬俞秀老》《次俞秀老韵》《马死》《陈俞二君忽然不见》《示俞秀老二首》《示俞处士》《答俞秀老书》	俞紫芝（字秀老）	《宿蒋山栖霞寺》（按：王安石《次俞秀老韵》即和此诗）、《松风》（按：王安石《示俞处士》有"何如云卧唱松风"句，疑即和此诗）、《口占》（按：此诗后二句，《全宋诗》据《京口耆旧传》以为陈辅作，当误；陆游《家世旧闻》卷下记全诗为俞紫芝作，王安石《马死》即和此诗）
《清凉寺送王彦鲁》《送王彦鲁》	王沇之（字彦鲁）	
《寄王逢原》《题王逢原讲孟子后》《与王逢原书七》《答王逢原书》（按：王安石还有祭悼王令的诗文《思王逢原》《思王逢原三首》《王逢原挽词》《王逢原墓志铭》）	王令（字逢原）	《噫田操四章章六句寄呈王介甫》《南山之田赠王介甫》《翩翩弓之张兮诗三章寄王介甫》《我策我马寄王介甫》《赠王介甫》《次韵介甫冬日》《寄介甫》（天门帘陛郁巍巍）、《寄介甫》（已推事业皆归命）、《岁暮呈王介甫平甫》《尘土呈介甫》《忆江阴呈介甫》《羁旅呈介甫》《送介甫行畿县》《次韵介甫怀舒州山水见示之什》《因忆潜楼读书之乐呈介甫》《次韵介甫集禧池上咏鹅》《上王介甫书》《答王介甫书》《与王介甫书》
《怀吴显道》《寄显道》《送吴显道五首》（集句）、《送吴显道南归》（集句）	吴颐（字显道）	《过赤石湖有感寄献荆公》
《寄王补之》《送王补之行风忽作因题四句于舟中》（按：王安石还有《王补之墓志铭》）	王无咎（字补之）	
《次韵酬龚深甫二首》《游城东示深之德逢二首》《答龚深父书》《再答龚深父论语孟子书》	龚原（字深甫，一字深之）	

续表

王安石酬唱诗文 篇目	"王门"其他 文人	"王门"其他文人酬唱 诗文篇目
《答刘季孙》	刘季孙（字景文）	
《和陈辅秀才金陵书事》	陈辅（字辅之）	《访杨湖阴不遇因题其门》（按：王安石《和陈辅秀才金陵书事》即和此诗）、《上荆公生辰》
《和郭功甫》《与郭祥正太博书三》	郭祥正（字功甫）	《寄王丞相荆公》《次韵和上荆公》
《与薛肇明弈棋赌梅花诗输一首》《又代薛秀才一首》《偿薛肇明秀才棺木》	薛昂（字肇明）	
《过刘全美所居》	刘发（字全美）	
《与王子醇书四》	王韶（字子纯，一作子醇）	
	陆佃（字农师）	《呈越州程给事》（按：此与王安石《寄程给事》为依韵之作）、《贺王荆公父子俱侍经筵》
	方惟深（字子通）	《呈荆公》《谒荆公不遇》

（按：表中所列篇目，王安石诗出自上海古籍出版社 2010 年版《王荆文公诗笺注》，集句诗和文出自复旦大学出版社 2016 年版《王安石全集》中的《临川先生文集》；其他人的诗、文则出自《全宋诗》《全宋文》。）

不难看出，王安石在"王门"唱和群中居于绝对的主导地位，常常是唱和的发起者，依照常理推测，其他人在得到荆公的寄赠后也会有所回应；又据王安石篇题中不少的"答""和""酬""次韵"，可知亦不乏"王门"文人原唱而荆公赓和的例子。惜乎以上两种情况中其他人的作品均散佚严重，否则当能更好地反映出当年"王门"唱酬也颇为繁盛的情景。

　　如前所言，"王门"新学、文学文人群与新党文人群相比，最大特点就是更好地保持了文学群体的本来面貌，因此，与新党文人群的唱和活动往往受政治驱动不同，他们的唱和活动则主要是由文学激发才展开的。如《中吴纪闻》载："（方惟深）尝过黯淡滩，题一绝云：'溪流怪石碍通津，一一操舟

若有神。自是世间无妙手，古来何事不由人。'王荆公见之大喜，欲收致门
下……后子通以诗集呈荆公，侑以诗云：'年来身计欲何为？跌宕无成一轴
诗。懒把行藏问詹尹，愿将生死遇秦医。丹青效虎留心拙，斤匠良工入手
迟。此日知音堪属意，枯桐正在半焦时。'凡有所作，荆公读之必称善，谓深
得唐人句法。尝遗以书，曰：'君诗精淳警绝，虽元、白、皮、陆，有不可及。'
子通游王氏之门，极蒙爱重。"①再如《石林诗话》载："（俞紫芝）工于作诗。
王荆公居钟山，秀老数相往来，尤爱重之，每见于诗，所谓'公诗何以解人
愁，初日芙蓉映碧流。未怕元刘争独步，不妨陶谢与同游'是也。秀老尝有
'夜深童子唤不起，猛虎一声山月高'之句，尤为荆公所赏，亟和云：'新诗比
旧仍增峭，若许追攀莫太高。'"②可见王安石与方、俞等人的诗篇唱和，完
全是出于双方文学上的相知相赏；对文学后进，王安石毫不悭吝地极力称
赏，为其扬名，对方一有佳作，更往往迫不及待地酬唱应和，这自然会进一
步刺激后辈文士的创作动力，并视荆公为文字知音从而倾心追随。

　　"王门"宾主间相得甚欢的唱和氛围，与王安石这位座主的性情气度也
有很大关系。政治史上的王安石常给人雷厉风行甚至不近人情的"拗相
公"印象，可一旦卸下政治包袱，王安石就恢复了其平易亲切而又雅好诙谐
的文人本色。《冷斋夜话》载："（荆公）尝与俞秀老至报宁，公方假寐，秀老
私跨公驴，入法云谒宝觉禅师，公知之。有顷，秀老至，公佯睡，睡起，遣秀
老下阶曰：'为僧子乃敢盗跨吾驴。'秀老叩头，愿有以自赎其罪，寺僧亦为
解劝。公徐曰：'罚松声诗一首。'秀老立就，其词极佳。"③此事颇有谐谑意
味，俞紫芝被"罚作"的"松声"诗，《全宋诗》中题作《松风》④。王安石有《示
俞处士》诗，云"鲁山眉宇人不见，只有歌辞来向东。借问楼前踏《于芳》，何
如云卧唱松风"⑤，最后一句似即暗指前事⑥，而且诗中还用唐人元德秀（字

---

①〔宋〕龚明之著，孙菊园点校：《中吴纪闻》卷三，第71页。按：《中吴纪闻》谓方惟深题黯淡滩诗乃
　"荆公欲行新法，沮之者多，子通之诗适有契于心，故为其所喜也"，此说恐为作者附会，因方惟深
　入荆公之门在治平间（参见刘成国：《王安石江宁讲学考述》，《中华文史论丛》第73辑），其时王
　安石尚未变法，又怎会有"沮之者多"？可见此诗为王安石所喜，主要还是因为其立意高远不循
　流俗，并无其他政治寓意。
②〔宋〕叶梦得：《石林诗话》卷中，〔清〕何文焕辑：《历代诗话》，第427—428页。
③〔宋〕惠洪：《冷斋夜话》卷五，张伯伟编校：《稀见本宋人诗话四种》，第46页。
④北京大学古文献研究所编：《全宋诗》卷六二〇，第11册，第7376页。
⑤〔宋〕王安石著，〔宋〕李壁笺注，高克勤点校：《王荆文公诗笺注》卷四三，第1132页。
⑥参见马东瑶：《文化视域中的北宋熙丰诗坛》，陕西人民教育出版社2006年版，第38页。

紫芝)的典故,将古今两位"紫芝"作了对比,更具幽默风趣的效果。再如《王直方诗话》载:"丹阳陈辅每岁清明过金陵上冢,事毕,则过蒋山,谒湖阴先生,岁率为常。元丰辛酉、癸亥两岁,访之不遇,因题一绝于门,云:'北山松粉未飘花,白下风轻麦脚斜。身似旧时王谢燕,一年一度到君家。'湖阴归见其诗,吟赏久之,称于荆公。荆公笑曰:'此正戏君为寻常百姓耳。'湖阴亦大笑。盖古诗云'旧时王谢堂前燕,飞入寻常百姓家'。"①就陈辅诗之原意,或未必是存心戏谑,但经过荆公的一番"推原""解释"后,却具有了用机锋隐语较量智力的游戏意味;书中未载杨德逢本人作何回应,倒是荆公有一首《和陈辅秀才金陵书事》,云"南郭先生比鹔鹴,年年过我未愆期。休论王谢当时事,大抵乌衣只旧时"②,这显然是代杨德逢捉刀作答,意思是说:这里依旧还是刘禹锡《乌衣巷》中的那个"寻常百姓家",阁下亦不必以"旧时王谢"的隐语相戏,你的"言外之意"早就被"我"看穿了!受王安石通脱诙谐的性格感染,"王门"文人亦保持着豪爽洒脱的本色,如"俞秀老物外人也,尝作《唱道歌》十章,极言万事如浮云、世间膏火煎熬可厌,语意高胜。荆公乐之,每使人歌。秀老又有与荆公往返游戏歌曲,皆可传,长干白下舟人芦子或能记忆也"③,"(秀老)弟澹,字清老,亦不娶,滑稽善谐谑,洞晓音律,能歌。荆公亦善之,晚年作《渔家傲》等乐府数阕,每山行,即使澹歌之。然澹使酒好骂,不若秀老之恬静。一日见公云:'我欲去为浮图,但贫无钱买祠部尔。'公欣然为置祠部,澹约日祝发。既过期,寂无耗,公问其然,澹徐曰:'我思僧亦不易为,公所赠祠部,已送酒家偿旧债矣。'公为之大笑"④。

这种适性任真的交游气氛也使"王门"成员将各逞才气、争强好胜的切磋较量之风带入到了诗文唱和活动中。《王直方诗话》载:"郭功父方与荆公坐,有一人展刺云:'诗人龙太初。'功父勃然曰:'相公前敢称诗人,其不识去就如此。'荆公曰:'且请来相见。'既坐。功父曰:'贤道能作诗,能为我赋乎?'太初曰:'甚好。'功父曰:'只从相公请个诗题。'时方有一老兵,以沙擦铜器,荆公曰:'可作沙诗。'太初不顷刻间,诵曰:'茫茫黄出塞,漠漠白铺

---

① 〔宋〕王直方:《王直方诗话》,郭绍虞辑:《宋诗话辑佚》,第6—7页。
② 〔宋〕王安石著,〔宋〕李壁笺注,高克勤点校:《王荆文公诗笺注》卷四一,第1054页。
③ 〔宋〕黄庭坚著,刘琳等点校:《黄庭坚全集》正集卷二七《书玄真子渔父赠俞秀老》,第721页。
④ 〔宋〕叶梦得:《石林诗话》卷中,〔清〕何文焕辑:《历代诗话》,第428页。

汀。鸟过风平篆,潮回日射星。'功父阁笔,太初缘此名闻东南。"①郭祥正成名甚早,对龙太初这位自称"诗人"的年轻后辈颇不以为然,没想到在即席赋诗的比试中却败下阵来;相反,名不见经传的龙太初则一战成名声闻东南。由此一例,即可概见"王门"切磋竞争的风气堪称一时盛事;更何况,身为座主的王安石还恰恰是最雅好此道的人物:"公在朝争法,在野争墩,故翰墨间亦欲与古争强梁……生性好胜,一端流露。"②与门生弟子的诗歌往来,王安石也发挥了"好胜"的本色,如其寄与蔡肇的《游土山示蔡天启秘校》与依韵再作的《再用前韵寄蔡天启》③,均为长达五百二十言的五古,这两首明显效法韩愈的鸿篇巨制,据有的学者分析,正是因为它们的寄赠对象蔡肇长于此类风格,故荆公有意为之,隐含着切磋诗艺或暗自争胜的意味④。可能是王安石在完成以上两诗后仍然意犹未尽,故又依前韵作了《用前韵戏赠叶致远直讲》⑤,这次的寄赠对象换作了叶涛,而叶涛也是以"喜赋咏"见称的⑥,颇有一种反复搌战乐此不疲的劲头。还有一点值得注意,那就是"集句诗"这种文学样式在王安石手中的发展成熟,似乎也和荆公与门人间的娱乐唱和活动密切相关。据《石林诗话》载:"王荆公在钟山,有马甚恶,蹄啮不可近……蔡天启时在坐,曰:'世安有不可调之马,第久不骑,骄耳!'即起捉其鬃,一跃而上,不用衔勒,驰数十里而还。荆公大壮之,即作集句诗赠天启。"⑦今王诗《示蔡天启三首》即是。除蔡肇外,王安石还有集句分赠杨骥、蔡卞、叶涛、吴颐等人⑧,似乎是有意要在门人中掀起一股创作风气,只不过"集句"这种文学样式对诗人博学多才的能力要求很高,"王门"其他文人都未能精通此道,结果就成了王安石一人独舞的局面。

当然,王安石与门人的唱和并不仅仅是为了"争胜",更重要的是提供了一种相互激发研磨诗艺的契机与环境,如寄给蔡、叶二人的长诗就显示了荆公在长篇"依韵"的高难度挑战下是如何左右驰突、游刃有余不为束缚

①〔宋〕王直方:《王直方诗话》,郭绍虞辑:《宋诗话辑佚》,第 20 页。

②钱锺书:《谈艺录》(补订本),第 247 页。

③〔宋〕王安石著,〔宋〕李壁笺注,高克勤点校:《王荆文公诗笺注》卷二、卷三,第 51、59 页。

④参见马东瑶:《文化视域中的北宋熙丰诗坛》,第 36 页。

⑤〔宋〕王安石著,〔宋〕李壁笺注,高克勤点校:《王荆文公诗笺注》卷三,第 63 页。

⑥〔宋〕蔡絛:《西清诗话》卷下,张伯伟编校:《稀见本宋人诗话四种》,第 221 页。

⑦〔宋〕叶梦得:《石林诗话》卷中,〔清〕何文焕辑:《历代诗话》,第 421—422 页。

⑧详见前《王安石与"王门"文人唱和篇目表》。

的,对蔡、叶二人的诗艺进步与提高恐不无启愤发悱之功。再如《石林诗话》载:"(荆公)尝与叶致远诸人和头字韵诗,往返数四,其末篇有云:'名誉子真矜谷口,事功新息困壶头。'以谷口对壶头,其精切如此。后数日,复取本追改云:'岂爱京师传谷口,但知乡里胜壶头。'"①从中更隐然见出荆公通过诗篇唱和将自己锻字炼意的创作经验,以及精益求精的艺术追求传授给门人弟子的良苦用心。

四

　　一个文学群体,除了成员之间彼此交游唱和的文学互动,通过诗艺的切磋探讨,从而培养出一种新的欣赏与创作习惯,并使之成为较为稳定的审美爱好,也是这个群体得以存在并产生影响的重要方式。"王门"形成的时间长、跨度大、成员多,不少成员的诗作独具特色,如王令"才思奇轶,所为诗磅礴奥衍,大率以韩愈为宗"②,方惟深则"精淳警绝,虽元、白、皮、陆,有不可及";蔡肇"最长歌诗"③,而陆佃则"以七言近体见长"④,再加上作为中心人物的王安石的诗风亦有前后阶段的变化,因此,想要为"王门"找到一个共通的创作风格是不可能的。不过,这并不意味着"王门"文人在交流过程中就没有发生艺术与审美倾向的相互影响,实际上,身为诗坛大家的王安石,他的诗学追求与艺术造诣,就往往对"王门"其他成员具有指导和典范作用。

　　王安石本人努力追求诗艺的精工极巧,对下字、对仗、句法、用典、押韵等创作要求很严⑤,这种诗学倾向在他与门人弟子的交流中也有所呈现,如"(陈辅)尝题所居云:'湖水山云绕县斜,茂林修竹野人家。宿醒过午无人问,卧听东风扫落花。'或诵之于王安石,安石称诗甚佳,但落花无声,宜改'听'为'倩'字"⑥,真可谓"一字之师";再如王安石曾读苏轼《雪后书北台壁二首》中"冻合玉楼寒起粟,光摇银海眩生花"一联,"叹曰:'苏子瞻乃

①〔宋〕叶梦得:《石林诗话》卷上,〔清〕何文焕辑:《历代诗话》,第406页。
②〔清〕永瑢等:《四库全书总目》卷一五三《广陵集》,第1325页。
③〔元〕脱脱等:《宋史》卷四四四,第13120页。
④〔清〕永瑢等:《四库全书总目》卷一五四《陶山集》,第1333页。
⑤参见莫砺锋:《论王荆公体》,《唐宋诗歌论集》,凤凰出版社2007年版。
⑥〔宋〕佚名:《京口耆旧传》卷三,《景印文渊阁四库全书》,第451册,第150页。

能使事至此。'时其婿蔡卞曰：'此句不过咏雪之状，妆楼台如玉楼，弥漫万象若银海耳。'荆公哂焉，谓曰：'此出道书也。'"①这是在提点门婿蔡卞的同时，也传达出王安石本人化渊博学问为使事精深的创作态度；至于上文提到的示与叶涛等人"以谷口对壶头"的诗例，则不仅用典精切深刻，而且还体现了荆公"用汉人语，止可以汉人语对"的对仗要求②。又据《石林诗话》，蔡肇还曾记录了王安石与其论学老杜句法的一次经历："荆公每称老杜'钩帘宿鹭起，丸药流莺啭'之句，以为用意高妙，五字之模楷。他日公作诗，得'青山扪虱坐，黄鸟挟书眠'，自谓不减杜语，以为得意，然不能举全篇。"③

　　通过这样的交流，王安石精益求精的诗学追求自然会对"王门"文人产生潜移默化的影响。陈辅撰有《陈辅之诗话》，其中一条是"改恨字作幸字"④，对诗歌下字问题予以特别关注，应该就与荆公曾改其诗有关；而"冥搜造极"条更云："人心思究经术，往往不能致精，唯诗冥搜造极，所谓'应须入海求'"⑤，明确提出了作诗应苦心孤诣、致精造极的艺术要求。"王门"弟子由具体创作而学习、效法王安石诗歌的例子亦比比可见。如陆佃诗的特点是精求字训、错综典故，当与其亲炙王安石有很大关系。陆佃《和岩老》诗云："官清自可看奇字，俸薄尤能写异书"⑥，以"奇字"对"异书"，除了用扬雄、王充《论衡》之典，还颇能见出诗人的特立不群之气，而率先创用这组对法的正是王安石："数能过我论奇字，当复令公见异书"⑦，此即为陆诗所本⑧。化用荆公诗意的还有吴颐。王安石有一首《送丁廓秀才归汝阴》："风驶柳条乾，驼裘未胜寒。殷勤陌上日，为客暖征鞍"⑨，此诗最大的亮点就是通过嘱托日头为行客温暖征鞍的拟人手法来表达对友人的殷切关怀，既具"反常合道"的奇趣之妙，又突出了情意绸缪的送别之意；这一写法也

---

① 〔宋〕苏轼著，〔宋〕王十朋集注：《集注分类东坡先生诗》卷七，张元济辑：《四部丛刊初编》，第951册。
② 参见〔宋〕叶梦得：《石林诗话》卷中，〔清〕何文焕辑：《历代诗话》，第422页。
③ 〔宋〕叶梦得：《石林诗话》卷上，〔清〕何文焕辑：《历代诗话》，第406页。
④ 参见〔宋〕陈辅：《陈辅之诗话》，郭绍虞辑：《宋诗话辑佚》，第294页。
⑤ 〔宋〕陈辅：《陈辅之诗话》，郭绍虞辑：《宋诗话辑佚》，第293页。
⑥ 北京大学古文献研究所编：《全宋诗》卷九〇七，第16册，第10660页。
⑦ 〔宋〕王安石著，〔宋〕李壁笺注，高克勤点校：《王荆文公诗笺注》卷四三《过刘全美所居》，第1121页。
⑧ 按：苏轼亦有以"奇字"对"异书"之例，参见〔宋〕王直方：《王直方诗话》"以奇字对异书"条，郭绍虞辑：《宋诗话辑佚》，第55页。
⑨ 〔宋〕王安石著，〔宋〕李壁笺注，高克勤点校：《王荆文公诗笺注》卷四〇，第1022页。

被吴颐移用到了他的《出历坪铺》诗中："从来年少怯春寒，老大那堪行路难。已去邮亭重下马，少须朝日暖征鞍。"①不过，与王诗相比，"少须朝日暖征鞍"被压缩到一句之中，就少了原作"殷勤陌上日，为客暖征鞍"那种对面如诉的唱叹风韵。王安石精研杜诗句法，曾与门人蔡肇讨论，而其他门人又有学得荆公句法而辗转上通于老杜者，如《唐子西文录》云："王荆公五字诗，得子美句法，其诗云：'地蟠三楚大，天入五湖低。'"②这两句其实出自王安石《旅思》，原句是"地大蟠三楚，天低入五湖"③；而陈辅有句云："云树天低楚，烟汀地失吴"④，无论从意象还是句法上看，都与荆公学杜之句有千丝万缕的联系。再如王安石有意效杜甫"香稻啄余鹦鹉粒，碧梧栖老凤凰枝"的错综句法，有"缫成白雪桑重绿，割尽黄云稻正青"这样的名句为世人传诵⑤；其门生陆佃擅长七律，遂亦有"舞得六幺除是柳，啼消红粉奈何花"之类的效法之作⑥，当然这两句诗的艺术功力较杜甫、王安石还略逊一筹。

值得注意的是，王安石追求精工极巧的诗学造诣，最终是要达到像《石林诗话》所说的"诗律尤精严，造语用字，间不容发。然意与言会，言随意遣，浑然天成，殆不见有牵率排比处"的艺术境界⑦，他本人的诗风也正经历了由早年的"以意气自许，故诗语惟其所向，不复更为涵蓄"到晚年的"始尽深婉不迫之趣"的蜕变⑧，这一点对"王门"文人的审美趣味也产生了重要影响。如魏泰就在《临汉隐居诗话》中屡屡申说："凡为诗，当使揾之而源不穷，咀之而味愈长"，"诗主优柔感讽，不在逞豪放而致怒张也"，"诗者述事以寄情，事贵详，情贵隐，及乎感会于心，则情见于词，此所以入人深也。如将盛气直述，更无余味，则感人也浅"⑨。其中"揾之而源不穷，咀之而味愈长"等语，正是他在与荆公评诗论艺的过程中提出的。

---

①北京大学古文献研究所编：《全宋诗》卷五七八，第10册，第6790页。
②〔宋〕强幼安述：《唐子西文录》，〔清〕何文焕辑：《历代诗话》，第445页。
③〔宋〕王安石著，〔宋〕李壁笺注，高克勤点校：《王荆文公诗笺注》卷二三，第552页。
④北京大学古文献研究所编：《全宋诗》卷五七八，第10册，第6793页。
⑤参见〔宋〕赵与虤：《娱书堂诗话》卷下，丁福保辑：《历代诗话续编》，第498页。
⑥〔宋〕陆佃：《依韵和赵令畤三首》其一，北京大学古文献研究所编：《全宋诗》卷九〇七，第16册，第10666页。
⑦〔宋〕叶梦得：《石林诗话》卷上，〔清〕何文焕辑：《历代诗话》，第406页。
⑧〔宋〕叶梦得：《石林诗话》卷中，〔清〕何文焕辑：《历代诗话》，第419页。
⑨〔宋〕魏泰：《临汉隐居诗话》，〔清〕何文焕辑：《历代诗话》，第323、319、322页。

众所周知，王安石诗的独特风格被宋人称为"荆公体"，其中又以他晚年律绝尤其是绝句最能体现"荆公体"的特征，这也引起了"王门"文人的密切关注。王安石本人对自己的绝句成就也颇为满意，据《诗话总龟》载："舒王与吴彦律云：'含风鸭绿鳞鳞起，弄日鹅黄袅袅垂'，自云：'此几凌轹造物'。"①《苕溪渔隐丛话》亦载："山谷云尝见荆公于金陵，因问丞相近有何诗，荆公指壁上所题两句'一水护田将绿绕，两山排闼送青来'，此近所作也。"②上述所引诗句出自《南浦》《书湖阴先生壁》（其一）二绝③，王安石特别拈出作为自己得意之笔的诗句示范后学，可见对它们的重视程度；诗学修养极高的黄庭坚更深得其中三昧，遂发出"（荆公）暮年小语，雅丽精绝，脱去流俗"的赞叹④。"王门"弟子对老师的创作动向自然更加熟悉，故陈辅就曾取荆公晚归金陵后所作诗编为《半山集》二卷并刊刻流传，可惜版刻在南宋时已亡佚⑤。而"王门"中学习荆公绝句的更不乏其人，王安石次子王旁就继承了家风⑥。荆公《题旁诗》云："旁近有诗云：'杜家园上好花时，尚有梅花三两枝。日莫欲归岩下宿，为贪香雪故来迟。'俞秀老一见，称赏不已，云绝似唐人。旁喜作诗，如此诗甚工也。"⑦"荆公体"绝句的特征之一即是有"晚唐气味"⑧，而此处俞紫芝评王旁诗"绝似唐人"并被王安石引用，可见确是道出了王氏绝句的真味。而俞紫芝本人也是善学此体的人物，张邦基《墨庄漫录》云："七言绝句，唐人之作往往皆妙。顷时王荆公多喜为之，极为清婉，无以加焉。近人亦多佳句，其可喜者，不可概举。予每爱俞紫芝秀老《岁杪山中》云：'石乱云深客到稀，鹤和残雪在高枝。小轩日午贪浓睡，门外春风过不知'……"⑨这里敏锐地捕捉到了俞紫芝绝句与

①〔宋〕阮阅编，周本淳点校：《诗话总龟》前集卷一四，第163页。
②〔宋〕胡仔纂集，廖德明点校：《苕溪渔隐丛话》前集卷三三，第226页。
③〔宋〕王安石著，〔宋〕李壁笺注，高克勤点校：《王荆文公诗笺注》卷四一、卷四三，第1046、1120页。
④〔宋〕黄庭坚著，刘琳等点校：《黄庭坚全集》正集卷二六《跋王荆公禅简》，第696页。
⑤〔宋〕陆游：《渭南文集》卷二七《跋半山集》，《陆放翁全集》，第164页。
⑥按：学术界对王安石后嗣究竟是王雱一人还是王雱、王旁两人曾存在争议，今已基本可以断定王安石有两子，长子王雱，次子王旁。见刘成国：《稀见史料与王安石后裔考——兼辨宋代笔记中相关记载之讹》，《浙江大学学报》（人文社会科学版）2017年第4期。
⑦〔宋〕王安石：《临川先生文集》卷七一，王水照主编：《王安石全集》，第1286页。按：王旁此诗，《全宋诗》收为王雱之作，题为《诗一首》。见北京大学古文献研究所编：《全宋诗》卷九七八，第17册，第11315页。
⑧见〔宋〕赵令畤著，孔凡礼点校：《侯鲭录》卷七引苏轼语，第182页。
⑨〔宋〕张邦基著，孔凡礼点校：《墨庄漫录》卷六，第180页。

"荆公体"的渊源关系。实际上,秀老此诗与王安石的《竹里》诗"竹里编茅倚石根,竹茎疏处见前村。闲眠尽日无人到,自有春风为扫门"正有异曲同工之妙①,这说明俞氏平日即对荆公绝句深有会心,沦肌浃髓,故下笔亦具"荆公体"之神韵。方惟深也是"王门"高弟,其《谒荆公不遇》"春江渺渺抱墙流,烟草茸茸一片愁。吹尽柳花人不见,春旗催日下城头"、《舟下建溪》"客航收浦月黄昏,野店无灯欲闭门。半出岸汀枫半死,系舟犹有去年痕"二诗②,精绝深婉、清雅脱俗,置诸荆公集中亦可乱楮,故宋人已误以二诗为王安石作③。

五

由上所述,"王门"文人通过诗文酬赠等活动,逐渐形成了一个以王安石为中心的文学交游群体;而在往来唱和、争奇斗胜以及谈诗论文的过程中,特别是受王安石艺术造诣的熏习陶冶,又逐渐形成了较为一致的艺术追求与审美倾向,这虽然没有化作统一的创作风格,但无疑对"王门"文学群体的凝聚起到了促进和强化作用。

考察"王门"一众弟子之间的交往情况,虽各家作品散佚严重,但还是略有蛛丝马迹可寻。如陆佃有《寄龚深父给事》《寄龚深之曾子开》二诗④,又有《边氏夫人行状》一文,自注"借龚深之待制名撰"⑤,可见其与龚原(字深甫,一字深之)交情非浅,而陆、龚二人也是"新学"的重要传人与传播者;陆氏在《书王荆公游钟山图后》文中还提道:王安石退居金陵后常骑驴游钟山,李公麟将此情景作为图画,而侍立松下者为"进士杨骥"⑥,可见其与杨德逢亦有交;杨骥又与陈辅为友(见前文),而陈辅则"一时名流苏公轼、邹公浩、蔡公肇、沈公括皆与之游"⑦;再如荆公之子王雱有写给陆佃之弟陆

---

①〔宋〕王安石著,〔宋〕李壁笺注,高克勤点校:《王荆文公诗笺注》卷四一,第 1046 页。

②北京大学古文献研究所编:《全宋诗》卷八七五,第 15 册,第 10185、10188 页。

③按:《谒荆公不遇》《舟下建溪》二诗,南宋李壁注《王荆文公诗笺注》卷四四、卷四五已收作王安石诗,分别题作《春江》《江宁夹口三首》其三,故《中吴纪闻》《直斋书录解题》为之辨正。参见北京大学古文献研究所编之《全宋诗》在方惟深二诗后的按语。

④北京大学古文献研究所编:《全宋诗》卷九○六、九○八,第 16 册,第 10648、10675 页。

⑤曾枣庄、刘琳主编:《全宋文》卷二二○八,第 101 册,第 226 页。

⑥曾枣庄、刘琳主编:《全宋文》卷二二○八,第 101 册,第 210 页。

⑦〔宋〕佚名:《京口耆旧传》卷三,《景印文渊阁四库全书》,第 451 册,第 151 页。

传（字岩老）的《与岩老书》①，而陆佃则有《贺王荆公父子俱侍经筵》诗②；等等，从这些都可以看出"王门"弟子之间交错相连的关系。此外，"王门"弟子有辞世者，其他成员往往为撰吊祭诗文，同样显示了这个文学群体的彼此情谊。如王令殁后，除王安石有不少祭奠怀念之作外，郭祥正亦有《王逢原哀辞》③，而曾经学于王令、后又拜入荆公门下的刘发则撰有《广陵先生传》④，对王令的志向、道德、文章皆给予了极高评价。再如王雱病重，友人魏泰亲至榻前探望，而王雱则自书墓志铭以诀别⑤；雱死后，陆佃为撰《祭王元泽待制墓文》⑥。又如方惟深有《挽张几道》诗，是写给"王门"友人张仅（字几道）的挽词，因情真意切而使"诵其诗者为之出涕"，竟得到了"方挽词"的称号⑦……"王门"弟子之间当年的交往自然远远不止于此，不过由这些线索也足以进一步证明，以王安石为主的"王门"的确是一个关系密切的文人群体，足可以与"欧门""苏门"相提并论。

　　至于"王门"的整体文学成就未能与"欧门""苏门"比肩，本文亦无意于打破这一评判；但需注意的是，如果我们承认"王门"是一个可以揭去"新党"等政治标签而以较为纯粹的文学面貌存在的文人群体，从这一共识出发，那么北宋文坛的许多文学现象，就隐隐闪现出"王门"与其他文人群体如"欧门""苏门"相互碰撞的火花，从而凸显了"王门"独特的文学史意义。限于篇幅，本文仅举一例以资讨论：诗人郭祥正好交游，在"欧门""王门""苏门"中皆可看到他的身影，然其受到的不同待遇颇堪玩味。《王直方诗话》云："郭祥正自梅圣俞赠诗有'采石月下闻谪仙'，以为李白后身，缘此有名。又有《金山行》云：'飞鸟不尽暮天碧，渔歌忽断芦花风'，大为荆公所赏。秦少章尝云：郭功父过杭州，出诗一轴示东坡，先自吟诵，声振左右；既罢，谓坡曰：'祥正此诗几分？'坡曰：'十分诗也。'祥正惊喜问之。坡曰：'七分来是读，三分来是诗，岂不是十分也。'"⑧关于郭祥正与三门交往的记载

---

①曾枣庄、刘琳主编：《全宋文》卷二二六九，第104册，第40页。

②北京大学古文献研究所编：《全宋诗》卷九〇八，第16册，第10682页。

③曾枣庄、刘琳主编：《全宋文》卷一七三九，第80册，第20页。

④曾枣庄、刘琳主编：《全宋文》卷二七七三，第128册，第206页。

⑤参见〔宋〕释文莹著，郑世刚、杨立扬点校：《玉壶清话》卷五，中华书局1984年版，第55页。

⑥曾枣庄、刘琳主编：《全宋文》卷二二一一，第101册，第273页。

⑦参见〔宋〕龚明之著，孙菊园点校：《中吴纪闻》卷四，第88页。

⑧〔宋〕王直方：《王直方诗话》，郭绍虞辑：《宋诗话辑佚》，第11—12页。

还有很多,但反映出来的宾主关系大抵与此符合,即欧阳修、梅尧臣、王安石等对其极为赞赏,而苏轼、黄庭坚等则对其不甚重视。个中消息,恰恰鲜活生动地勾勒出宋诗由"欧门""王门"到"苏门",或者说由嘉祐诗坛、熙丰诗坛到元祐诗坛的变化缩影,"王门"在其中起到了过渡阶段的作用,成为某些"落伍"诗人"最后的狂欢"。莫砺锋师曾撰文《郭祥正——元祐诗坛的落伍者》①,正是从宋诗时代发展角度探讨了郭祥正地位跌落的原因,可以参见。由此再联想到王安石诗风由"不复涵蓄"到"深婉不迫"的转变,以及"王门"弟子对精益求精的"荆公体"的学习,从中又可以窥见宋诗在自身变革中不断调整、融会、贯通、发展的时代讯息。此正是"王门"这一文学群体背后蕴含的诗史意义所在。

①参见莫砺锋:《唐宋诗歌论集》。

附录五　朝活本、王常本
刘辰翁评荆公诗辑校

　　刘辰翁对王安石诗的评点,是在李壁《王荆文公诗注》的基础上进行的,因不满李壁注的"袭常眩博,每句字附会,肤引常言常语,亦跋涉经史"①,故他对李壁注进行了删削,后来大德五年(1301)由其门人王常刊刻的李壁注刘辰翁评本,就是删削后的本子,大德十年(1306)毋逢辰重刻的本子也是如此。自王水照先生将朝鲜活字本《王荆文公诗李壁注》引介回国后,是本成了考察李壁注的最佳版本,与大德本相比,其"最为可贵之处,在于保存了被刘辰翁删节的李注一倍左右,保存了'补注'和'庚寅增注',得见已佚宋本的原貌,提供了大量有用的研究资料"②。这是就李壁注而言的。那么,刘辰翁评点在不同版本中的情况又如何呢? 笔者通过比较发现:因大德本是刘辰翁弟子王常所刻,故其对老师的评语保存比较完整精善;而朝活本则少了刘评 69 条,另外,还有缺字 3 处、异文 11 处、以壁注为刘评 3 处、以刘评为壁注 3 处、刘评位置不同 1 处,等等。由此可见,作为李壁注善本的朝鲜活字本,却并非研究刘辰翁评点的最好版本。此前已经有学者注意到了这一问题,如焦印亭《刘辰翁文学评点寻绎》一书,就将大德本与朝活本中的刘评分别拈出并汇辑到一起,形成了一个比较完整的刘评本子③。但焦氏并没有区别朝活本与大德本的不同,故哪些评语是大德本有而朝活本缺的、朝活本与大德本有哪些异文等,都没有交代清楚,仍是不便学者甄别这两个版本的优劣异同。有鉴于此,本文拟以朝活本《王荆文公诗李壁注》为底本④,而

---

① 〔宋〕王安石著,〔宋〕李壁笺注:《王荆文公诗笺注》附录《大德本旧序三篇》,中华书局 1958 年版,第 718 页。

② 参见王水照:《前言》,〔宋〕王安石著,〔宋〕李壁笺注:《王荆文公诗李壁注》,上海古籍出版社 1993 年据日本蓬左文库藏朝鲜活字本影印,第 7 页。

③ 参见焦印亭:《刘辰翁文学评点寻绎》,中国社会科学出版社 2015 年版,第 151—168 页。

④ 〔宋〕王安石著,〔宋〕李壁笺注:《王荆文公诗李壁注》,上海古籍出版社 1993 年据日本蓬左文库藏朝鲜活字本影印。

参校以王常本①,并出以校勘记的形式,更直观地呈现两个版本的差别。

卷一

《元丰行示德逢》篇末:田翁、邻并得雨歌呼,人情自不能不尔,第归之帝力。
　　引用湖阴,政似避险。

《后元丰行》首二句下:只此两语,岂可及。不可谓无其事也。亦怪他自诧
　　不得。"虽非社日长闻鼓"下:上(两)①句自好,又着两句分疏。

　　①两:朝活本无,据王常本补。

《夜梦与和甫别如赴北京时和甫作诗觉而有作因寄纯甫》"鼎茵暮年悲"下:
　　只是古人语,写入老少,无限凄紧。"诗言道路寒,乃似北征时"下:十字
　　婉转都尽。

《纯甫出僧惠崇画要予作诗》首句下:起得突兀。"往时所历今在眼"下:增
　　入乡思,蔼然。"洒落生绡变寒暑"下:"从旱云六月"至此,收拾变化,楚
　　楚有情。"粉墨空多真慢与"下:两语似羡,政是过度处。"曾见桃花静初
　　吐"下:题画亦是众意,此独写到同时,不惟萧散,襟度又不可及,比杜老
　　《韩干》又高,真宰相用人意也。故结语极佳,有风有叹。

《题徐熙花》"安知有人槃礴裸"下:苦心狭①韵,然此画岂须槃②礴裸耶?篇
　　末:语含讥而未达。

　　①狭:王常本作"狭"。　②槃:王常本作"盘"。

《题燕侍郎山水图》首句下:造意如画。"苍梧之野烟漠漠"下:恍惚入玄。
　　"不意画中能更睹"下:收拾不易,它人六句三折则促矣,此独有余。篇
　　末:忽尽黯然,亦是起语已绝,付之潇洒,少不为乏。

《己未耿天骘著作自乌江来予逆沈氏妹于白鹭洲遇雪作此诗寄天骘》篇末:
　　无一句可点,而情景皦然;无一字剩,故不俗。

《招约之职方并示正甫书记》"鬼营诛荒梗"下:鬼营,似谓古冢耳。"耕锄聊
　　效辇"下:"效辇"字,收拾一篇。

---

①〔宋〕王安石著,〔宋〕李壁笺注:《王荆文公诗笺注》,《中华再造善本》(金元编),国家图书馆出版
社 2003 年版。据中国国家图书馆藏元大德五年王常刻本影印,编号 0689。按:"大德本"还有一
种是大德十年(1306)毋逢辰重刻的《王荆文公诗》,此本现藏中国台湾"国家"图书馆,笔者未见,
故此处仅以王常本参校。

《同王浚贤良赋龟得升字》"盛溲除聋岂必验"下：自"支床"至此，叠用出处对字，颇嫩。

《示元度》篇末：转入无情，收结恨短。

《张明甫至宿明日遂行》自首句至"得子如得公，交怀我欣戚"下：每语出一"公"字，恳款至尽，自不为厌。

《杏花》首句下：楚楚有来历。篇末：初看身影甚朴，末意风情殊别，殆是绝唱。

卷二

《闻望之解舟》篇末：以为解舟之赠，甚非佳语。

《法云》"扶舆渡焰水"下：度阳焰犹可，焰水却未喻，亦未见其工耳。篇末：只如此最好。

《弯碕》"培芳卫岑寂"下：却似三谢。篇末：似赘。

《步月二首》(其一)篇末：痴欲更绝。

《两山间》"便是眼中山"下：甚达。

《题晏使君望云亭》末句下："嫂"韵可备笑谈。

《新花》篇末：短绝可诵。

《四皓二首》(其二)篇末：真世外之言。当其来时，不知将易太子也。使其为太子故，岂不自量非力所及，又岂足以动老人之心哉。语短味长如此。

《真人》篇末：采集为诗，欲时时诵之耳。

《梦黄吉甫》篇末：皆情钟之语。

《游土山示蔡天启秘校》"妄言屐齿折"下：折自是折，不以喜故入内，而亟为欲谁语？

卷三

《再用前韵寄蔡天启》"韩愈真秦侠"下：(用本语，亦不可解。)①

　　①此条评语：朝活本无，据王常本补。

《用前韵戏赠叶致远直讲》"讳输宁断头，悔悟乃批颊"下：十字颇得情态。

《白鹤吟示觉海元公》篇末：无味。

卷四

《题半山寺壁二首》(其二)篇末:甚善甚善。

《移桃花示俞秀老》篇末:(皆朴实语。)①

　　①此条评语:朝活本无,据王常本补。

《拟寒山拾得》(其四)篇末:(妙。)①

　　①此条评语:朝活本无,据王常本补。

《拟寒山拾得》(其七)篇末:《华严经》云:不由他悟。

《拟寒山拾得》(其九)"有亦何妨事":(妙。)①

　　①此条评语:朝活本无,据王常本补。

《拟寒山拾得》(其十)"佛法无多子"下:说得有悟处。

《拟寒山拾得》(其十一)篇末:切近。[《乐府杂录》:傀儡,起汉平城
　　之围。]①

　　①《乐府杂录》以下:朝活本误作刘辰翁评语,王常本作李壁注,且其后又有"心役于
　　五根,亦犹傀儡为人牵掣。僧问:如何是第三句? 临济师曰:看取棚头弄傀儡,抽牵
　　全藉里边人"之语。

《拟寒山拾得》(其十六)篇末:快。

《吾心》篇末:辗转发明,甚有警发,他人不到。

《病起》篇末:此等语,不厌举似。

《独归》篇末:知惭知足语。

《独卧有怀》篇末:看似容易。

《跋黄鲁直画》篇末:不作复何欠?

卷五

《秋热》"老衰奄奄气易夺"下:语则则无一字闲阙。末二句下:比之"桃笙"
　　"葵扇"之句更是深远,真书生白发之见也。

《望钟山》篇末:其诗每欲为萧然者,更胜思索。

《谢公墩》篇末:不多不浅,造次名言。

《和耿天骘同游定林寺》篇末:近陶。

《杂咏八首》（其三）篇末：此陈恕笑面如靴之感也。

《杂咏八首》（其五）篇末：自次篇至此，耿耿如有恨事。

《张良》"为我立弃商山芝"下：它口语毒，"立弃"二字有疑，便如"天发一矢胡无酋"，不动声色。篇末：能评能诮，一语已多。

《司马迁》"不失孟子直"下：其意深有感于子长重交，雪李陵之事而得罪，甘心焉，磊磊落落，用意不变。篇末：欺以自私，谓隐情惜之也，语意甚厚。

《诸葛武侯》篇末：只杜子美数诗后，岂复可着手？此独以节度胜，亦如八阵，首尾情势俱极，有传有赞，无一字欠剩，包括众作。

卷六

《幽谷引》篇末：意者为滁人作也，非醉翁莫能称。谆至往复，比《罗池》词更畅，与"攘旨否，听鼓乐"同意。

《明妃曲二首》（其一）"泪湿春风鬓角垂"下：太嫩。"当时枉杀毛延寿"下：此"归来"二字，转换迎送不觉，已极老手。其下一句一折，无限哀愁，有长篇所不能叙。又极风致，如"意态由来画不成"是也。篇末：一样。"君不见"，乐府常语耳，此独从家人寄声得之，读者堕泪，但见蔼然，无嫌南北。

《明妃曲二首》（其二）"传与琵琶心自知"下：浅浅处亦有情。"弹看飞鸿劝胡酒"下：七字俯仰何堪。"人生乐在相知心"下：正言似反，与《小弁》之怨同情。更千古孤臣出（妇）①，有口不能自道者，乃从举声一（恸）②出之。谓为背君父，是不知怨者也。三复可伤，能令肠断。篇末：却如此结，神情俱敛，深得乐府之体。惟张籍、唐贤间或知此。

①妇：朝活本作"归"，此据王常本改。　②恸：朝活本作"动"，此据王常本改。

《桃源行》首句下：称二世死处曰望夷，犹称楚细腰、吴馆娃，何必鹿马之地。"秦人半死长城下"下：正在不分时代莽莽，形容世界之所以不可处者，两语慨然。"避世不独商山翁"下：题外题，事外事。"采花食实枝为薪"下：七字尽自足之趣。"虽有父子无君臣"下：闲处着褒贬，用古语，得新意。"山中岂料今为晋"下：两语互换，且喜且悲。篇末：此虽世外语，却属议论，书生之极致也。

《食黍行》篇末：本无富贵，亦失情爱，语甚选甚悲。

《叹息行》篇末：语深厚，有俯仰。

《送春》篇末：信非公诗，有得有失。

《兼并》"兼并乃奸回"下：说未有敝，因其行事，遂疑其说之都非，儒者之反复也。使他人赋此，为有志，为名言。

《和吴御史汴渠诗》"机巧到筳芒"下："筳芒"似是镈于所用之法，两字方得合。篇末：其自负经济可见，甚言汴河之利也。

卷七

《虎图》首句下：此句最难起。"熟视稍稍摩其须"下：它说虎处不过两三句，却有许多雍容调度。篇末：自然知是画虎。（凡赋亦□[按：此字漫漶不清]有讥，妙入想象，语见事外，何必为何人作，皆是浅论。）①

　　①"凡赋"以下：朝活本缺，据王常本补。

《和冲卿雪并示持国》篇末：岂以前韵为未足展骥，广之使畅，因亦曰和邪？

《送石赓归宁》篇末：亦不多少。

《送张拱微出都》首二句下：送人以此，可见慨然。篇末：悠然不自得之意，非强点缀林下风景者。

《寄题睡轩》"亦足慰所思"下：（嗟予。）①

　　①嗟予：朝活本无，据王常本补。

《白沟行》篇末：谓通国以和好为久可待，不复越白沟一步也。

《河间》"乃知阴自修，彼不为倾商"下：十字不特未尽，更自有病。篇末：老人语。

《陈桥》篇末：为它来处自然，轻轻便足。

《澶州》首句下：以见当日危甚亡具。篇末：语如不着褒贬，熟味最高。

卷八

《送李屯田守桂阳二首》（其一）末句下：首尾语。

《即事六首》（其一）篇末：古意。

《即事六首》（其二）篇末：如此写景，复胜如古诗十九首，以其意不在景也。

《别谢师宰》"鸡鸣黄尘波浪起"下：句自好。

《骐骥》篇末：来处平凡，甚不可侧①。

　　①侧：王常本作"测"。

《寄朱氏妹》篇末：（张倩谓张奎；沈君，季长也。）①

　　①此条评语：朝活本无，据王常本补。

《送程公辟之豫章》"岂得跨有此一方"：（无谓。）①篇末：只如此结合，何用
　　商量。

　　①此条评语：朝活本无，据王常本补。

《凤凰山二首》（其一）篇末：赖其能言，尚可想见。

《凤凰山二首》（其二）篇末：怨达。

卷九

《和微之登高斋二首》（其一）"忽忆归云胡为哉"句"云"字下：（恐是
　　去字。）①

　　①此条评语：朝活本无，据王常本补。

《和微之登高斋》篇末：三诗牵强，皆未精。又时时多一韵，如第二篇"才"
　　字，第三篇"该"字。

《书任村马铺》篇末：俯仰情景如见，极人事所不能言。

《葛蕴作巫山高爱其飘逸因亦作两篇》（其一）首三句下：三语便不可羁。
　　"白月如日明房栊"下：不必珠，自佳。篇末：直是脱洒。

《葛蕴作巫山高爱其飘逸因亦作两篇》（其二）篇末：怪愈怪，奇愈奇，而正大
　　切实，隐然破千古之惑。其飘然天地间意，陋视能赋。

《久雨》篇末：谓世道必至重思舜时。

卷一〇

《和吴冲卿鸦树石屏》"造始乃与元气并"下：三反五折，如出不穷。"画工粉
　　墨非不好"下：看他收。篇末：如此结甚佳，不是鼠尾。

《送裴如晦宰吴江》"泆水何由宁"下：不可解，疑是八州水未尽入太湖，故
　　云。与后《送洺倅》说引漳，可见素志。

《送裴如晦即席分题三首》（其二）"风作鳞之而"下：牵强，不足贵。

《韩持国从富并州辟》"势若杍易拉"下：谓荐贤如拉杍，似不切。"说将尚不
　　纳"下：此语却如有憾。"意愿多所合"下：一转至此，殊抱耿耿。篇末：
　　（送人赴并门，乃多说江湖间趣，微意似为主人俗也。）①

　　①此条评语：朝活本无，据王常本补。

《思王逢原》篇末：（沉着慷慨，真肝鬲之悲也。）①

　　①此条评语：朝活本无，据王常本补。

《登景德塔》首句下：五字便别。"贵气即难攀"下：乃有低视一世，下侣渔樵
　　之意，第语不自遂而止。

《思古》篇末：只一"羞"字映前，注得明畅。

《寄孙正之》篇末：皆非儿女间意。

卷一一

《晨兴望南山》篇末：此井亦是实境，第言在严凝中尚自如玉，有以自见。

《结屋山涧曲》篇末：尽不相妨。

《朝日一曝背》"歌罢坐长叹"下：俯仰自足，而有忧世之心，非为己饥己寒
　　也。篇末：语不多而怨长。

《少狂喜文章》篇末：无论相业如何，此岂志富贵者，每诵，慨然伤怀。

《少年见青春》"努力作春事"下：政是妙寄。篇末：语不深，伤而悲，动左右。

《山田久欲坼》"侧见星月吐"下：老成，无所不具。

《散发一扁舟》"迢迢藕花底"下：自是好语。

《秋日不可见》篇末：随分自然，不着一语。（遂）①如哽绝，人以为未尽，未
　　悟已（多）②。

　　①遂：朝活本缺，据王常本补。　　②多：朝活本缺，据王常本补。

《我欲往沧海》篇末：客是亲见，其言如此，无所奈何，直相与浮沉末流而已。

卷一二

《汉文帝》"丧短生者偷"下：死人众，非轻者意也；生者偷，生者罪也。后人
　　据此，非是。篇末：语少刻，第严重如史笔。

《田单》篇末：整整欲竭。

《相送行效张籍》篇末：虽为惜别，语近妇人，极难言之悲。

《阴漫漫行》"更听波涛围野屋"下：情切语工。篇末：极是恨痛，今人以为谶者，此世道之感也。

《一日归行》篇末：此悼亡之作也，古无复悲于此者。

《汴流》"处处蝉声令客愁"下：哀怨跌宕，俯焉欲绝①。

　　①绝：朝活本作"俯"，据王常本改。

《阴山画虎图》篇末：只如此，自有风刺，真得体。

卷一三

《杜甫画像》"竟莫见以何雕锼"下：语少蠢。

《送宋中道通判洺州》"功成人始思"下：东坡亦有孙莘老说湖州事，前辈用心略同。而可成与否，不能必也。

《孙长倩归辉州》"奔逸不可航"下：来得怪。"溪涧之日短，江海之日长"下：两语奇。

《云山诗送正之》末句下：旧见本云后有"不可"，似顺。

卷一四

《示平甫弟》"付与天地从今始"下：有林回弃璧①之气。

　　①璧：王常本作"璧"。

《信都公家白兔》篇末：备数可尔，无甚得意。

《同昌叔赋雁奴》"频惊莫我捕，顾谓奴不直"下：十字既尽曲折，下又言雁奴中语，所以沉着。

《老树》李壁注"此诗托意甚深，当是更张后作"下：（本无甚意，未必此时。）①篇末：三反四折，终是世故有情，非为己之叹也。

　　①此条评语：朝活本无，据王常本补。

《飞雁》篇末：蔼然善怨，闻者犹不堪也。（沙漠中赋飞雁，不怨自非，怨又谁为？语言至浅浅，许有反复无穷之味。）①

　　①"沙漠"以下：朝活本缺，据王常本补。

卷一五

《彼狂》"上智闭匿不敢成"下：本说以文鸣之弊，却推论至此，甚贱能言。

《寄题郢州白雪楼》篇末：谓每降愈下也。

《和王乐道烘虱》篇末：事猥陋，语精密。

《水车》篇末：(极其主张，不及抱瓮最是。)①

　　①此条评语：朝活本无，据王常本补。

卷一六

《明州钱君倚众乐亭》"百女吹笙彩凤悲，一夫伐鼓灵鼍壮"下：百女自多，一
　　夫恨少。

《和微之药名劝酒》"独醒至死诚可伤"下：至此不类药名，但觉痛快。篇
　　末：妙。

《客至当饮酒二首》(其二)篇末：豪落感激，参差跌绝。

《饮裴侯家》篇末：自讥自诳，殊有襟度。

卷一七

本卷卷末：(其诗犹有唐人余意者，以其浅浅即止，读之如晋人语，不在多而
　　深情自见也。)①

　　①此条评语：朝活本无，据王常本补。

卷一八

《自州追送朱氏女弟宿木瘤僧舍每日度长安岭至皖口》"天低浮云深，更觉
　　所向高"下：如此十字亦难得。

《七星砚》篇末：从虚入实，矫矫①亦不着相，故是此老高处。

　　①矫：朝活本作"二"，王常本作"々"，今据王常本改为"矫"字。

《九鼎》篇末：语不少多，复不深辨，皆是。

《书会别亭》篇末:(不特高古,缠绵之音,阔达之度,皆有可诵。)①

　　①此条评语:朝活本无,据王常本补。

《题舒州山谷寺石牛洞泉穴》篇末:(甚似晋语,晋人乃不能及。)①

　　①此条评语:朝活本无,据王常本补。

卷一九

《垂虹亭》"中家不虑始"下:五字有味。篇末:亦自三折,浩有情事。

《次韵唐彦猷华亭十咏·三女岗》"此恨亦难平"下:不问三女何说,直仿佛
　　自足己意,最是。"音容若有作,无力倾人城"句下:"有",当作"可"。

《赠曾子固》篇末:顿挫竭尽。

卷二〇

《寄赠胡先生》"不复睥睨蔡与崔"下:它人用不到此。

《澶州》"岂独讥当世"下:无谓。

卷二一

《寄慎伯筠》题下李壁注"或云王逢原作"下:[是。]①

　　①此条评语:朝活本作刘辰翁评;王常本"是"字以"□"标出,当是李壁补注。

《三月十日韩子华招饮归城》"暴谑一似渔阳挝"下:不似不似,知何人诗?

《勿去草》题下李壁注"或云是杨次公诗"下:[是。]①

　　①此条评语:朝活本作刘辰翁评,王常本作李壁注。

卷二二

《欣会亭》"晚食静适已"下:郑重自陈。篇末:汝今自奇。

《定林院》"就敷岩上衾"下:有辋川幽澹之趣。

《送张甥赴青州幕》"人情每期费"下:它用"期费",别似谓屡①约不来者。

　　"少留班露草"下:下五字又悲。

①屡：王常本作"娄"。

《送张宣义之官越幕二首》（其一）篇末：着意似唐，稍涉变体。

《送赞善张君西归》篇末"遥听下坂坷"句下：从上至此，语意甚悲，谓不再见

也。（坷，从车葬也。）①

①此条评语：朝活本无，据王常本补。

《送邓监簿南归》"水阅公三世"下：亦自苦语，第平易，不甚觉。

《秋夜二首》（其二）篇末：竟无一字放过。

《昼寝》"万事总无如"下：造奇。

《雁》篇末：句意蔼然。

《寄西庵禅师行详》"归漾晚云间"下：别做就一种五字。

《怀吴显道》"洲色乱黄云"下：时杂选语，故好。

《静照堂》"任公蹲会稽"下：任公语本不相涉，用得奇崛，使人想见其处。

《重游草堂寺次韵三首》（其一）"鹰无变遁心"下：变化本事。

《自白门归望定林有寄》"忽然芳岁残"下：渐近自然。

《宿定林示宝觉》"天女穿林至"下：谓霜。

《草堂》"隐或寄公朝"下：解嘲语。

《北山暮归示道人》篇末：结语虽气格未离，而翛然远胜。

《怀古二首》（其一）篇末：此欲以渊明同社见己意，善哉！善哉！

卷二三

《与宝觉宿僧舍》"扰扰复翩翩"下："翩"，岂音"翻"耶？

《送吴叔开南征》"惜别有千名"下：（谓舟。）①

①此条评语：朝活本无，据王常本补。

《游栖霞庵约平甫至因寄》"闲貌老难增"句：人以老故闲，此独未老已闲，即

更老，不过如此。篇末：即"问舍求田意最高"，而更婉美。

《春日》"门无长者车"下：正以"无"字胜。

卷二四

《次韵冲卿除日立春》"人从故得新"下：议论之自然者。

《题友人郊居水轩》"非无仕进媒"下:有味。篇末:别,别。

《何处难忘酒二首》(其一)"岩谷死伊周"下:此生此死,无限恨意。

《送孙子高》"客路贫堪病"下:即如"可"字、"肯"字,谓不堪也。

《自白土村入北寺二首》(其二)篇末:此等仅可数首。

《还家》"闵目数重山"下:殊未佳,何也?

《答许秀才》"其辞多慨然"下:甚不恶。

《吴江》"天入五湖深"下:景语适称。"柑橘无千里"下:承得浑。篇末:闲处
　　着一语,便不可堪,其弃国载西子皆在焉,不独以其霸者之佐也。

《江》"赢缩但相随"下:第二句难下。"泥沙拆蚌蛤"下:不分细大,谓藏珠。

《贾生》篇末:(谓今比谊时更自不容,惟有蹈海,不止如生流涕而止,
　　注误。)[①]

　　①此条评语:朝活本无,据王常本补。

《世事》"宜见古人羞"下:语欲沉剧。

《招丁元珍》篇末:志意凄怆,每读,想见其难言,不独诗好。

《游杭州圣果寺》篇末:所谓妥帖力排奡,两诗皆然。

《江上二首》(其一)"空江无近舟"下:(谓舟不来也。)[①]
　　①此条评语:朝活本无,据王常本补。

卷二五

《孤桐》篇末:自状太切,故是一病。

《冬至》"都城开博路"下:京俗如此,纵博无禁。篇末:观首尾可见。

《次韵留题僧假山》篇末:甚自超。

《双庙》"无地与腾骧"下:起便哀痛。"此独身如在,谁令国不亡"下:十字尽
　　他千百语。"西日照窗凉"下:只作景语,最妙。

卷二六

《段约之园亭》篇末:本说家山乐,却如此转来。

《酴醾金沙二花合发》"人有朱铅见即愁"下:意外意。

《辄次公辟韵书公戏语申之以祝助发一笑》篇末:"间生",其戏也,谓不止此

也,故祝云。

《次韵致远木人洲二首》(其二)"有干作身根作头"下:又奇。

《次韵酬龚深甫二首》(其一)"北寻五作故未慭,东挽三杨仍有樛"下:"樛"
　　字韵强,故对以"慭"耳。

《次韵酬龚深甫二首》(其二)篇末:杜诗,语拙。

《送许觉之奉使东川》"后会感期黄耇日"下:此语亦今人以为讳者。

卷二七

《雨花台》"北寻难忘草堂灵"下:自然。①

　　①此条评语:王常本在"薄晚林峦往往青"句之下。

《小姑》篇末:"弄玉""飞琼"好,四字无谓,惟实用了。

《招吕望之使君》篇末:甚怨。

《公辟枉道见过获闻新诗因叙叹仰》篇末:事、句严密如此。

《全椒张公有诗在北山西僧者塓之怅然有感》"真俗相妨久绝弦"下:两语宛
　　转凄断。篇末:着"疑邂逅",又好。

《岭云》"交游涣散渊明喜"下:政是用事意。

《莫疑》"真心自放赤松烟"下:"烟"字欠考。

《读眉山集次韵雪诗五首》总评:其读坡集,喜而屡①和,然节度严②整,未足
　　当韩豪也。《读眉山集次韵雪诗五首》(其五)"岂能舴艋真寻我"下:去访
　　戴太远,又用意之弊。

　　①屡:王常本作"娄"。　　②严:王常本作"整"。

卷二八

《次韵元厚之平戎庆捷》"汉人烟火起湟中"下:好气象,尤可想其胸中。

《谒曾鲁公》篇末:终无佳语。

《驾自启圣还内》"天子当怀霜露感"下:语朴厚。

《和御制赏花钓鱼诗二首》(其一)"太液池边送玉杯"下:死语。

《和御制赏花钓鱼诗二首》(其二)"朱蕊受风天下暖"李壁注下:(注及"天
　　下",使人面赤。)①

①此条评语：朝活本无，据王常本补。

卷二九

《和杨乐道韵六首》（其一）"尚忆当年应鹄头"下：（公用"鹄"字，只是白袍耳。）①

　　①此条评语：朝活本无，据王常本补。

《和杨乐道韵六首》（其二）"静间金舆穿树影，清含玉漏过墙声"下：（下句最好。）①

　　①此条评语：朝活本无，据王常本补。

《崇政殿详定幕次偶题》"宫花一段锦新翻"下：（不成锻炼。）①

　　①此条评语：朝活本无，据王常本补。

《详定试卷二首》（其一）"勋业安能保不磨"下：（名言痛快。）①

　　①此条评语：朝活本无，据王常本补。

《详定试卷二首》（其二）"今日论才将相中"下：（含味无穷。）①

　　①此条评语：朝活本无，据王常本补。

《春风》篇末：（最是愁意。）①

　　①此条评语：朝活本无，据王常本补。

《永济道中寄诸弟》"更绝荒陂人马劳"下：（写得出。）①

　　①此条评语：朝活本无，据王常本补。

《将次相州》首句下：（起得便慷慨。）①"气力回天到此休"下：（语酣畅。）②

　　①此条评语：朝活本无，据王常本补。　②此条评语：朝活本无，据王常本补。

《次韵平甫喜唐公自契丹归》篇末：（仍用陆贾归橐为戏耳。）①

　　①此条评语：朝活本无，据王常本补。

《尹村道中》"更觉黄云是塞尘"下：（过墓之词。）①

　　①此条评语：朝活本无，据王常本补。

《次韵酬府推仲通学士雪中见寄》"何如云屋听窗知"下：（萧然。）①

　　①此条评语：朝活本无，据王常本补。

《送刘和甫奉使江南》"无人敢劝公荣酒"下：（劝酒语，必有为。）①

　　①此条评语：朝活本无，据王常本补。

卷三〇

《即席次韵微之泛舟》"天着岗峦望易昏"下：(俗子论诗,则此等皆足占平生矣,不然,不然。)①

　　①此条评语：朝活本无,据王常本补。

《示长安君》"昏昏灯火话平生"下：(自在浓至。)①

　　①此条评语：朝活本无,据王常本补。

《思王逢原三首》(其二)"妙质不为平世得,微言惟有故人知"下：(上句可哀。)①

　　①此条评语：朝活本无,据王常本补。

卷三一

《次韵徐仲元咏梅二首》(其二)"肤雪参差是太真"下：(和韵两太真,不为工。)①

　　①此条评语：朝活本无,据王常本补。

《上西垣舍人》"诗看子建的应亲"下：(的即亲也。)①

　　①此条评语：朝活本无,据王常本补。

《筹思亭》篇末：(讥此亭有名无实也,果然。)①

　　①此条评语：朝活本无,据王常本补。

《愁台》篇末：(是愁台语。)①

　　①此条评语：朝活本无,据王常本补。

《郑子宪新起西斋》篇末：[小儿语。]①

　　①此条评语：朝活本作李壁注,王常本作刘辰翁评。

卷三二

《丁年》篇末：(二诗如杂。)①

　　①此条评语：朝活本无,据王常本补。

《送逊师归舒州》"亦见桐乡诸父老"下：(多见"亦"字。)①

　　①此条评语：朝活本无,据王常本补。

《寄平父》"求田问舍转悠悠"下：(比"挟策读书"语更胜。)①

　　①此条评语：朝活本无，据王常本补。

卷三三

《酬慕容员外》李壁注"江尤亦见应须饮"下：("江尤"，欠注。)①

　　①此条评语：朝活本无，据王常本补。

《寄余温卿》"空驰上国青泥信"李壁注下：(只是封书泥，空引许多事。)①

　　①此条评语：朝活本无，据王常本补。

《奉酬永叔见赠》李壁注"他日若能窥孟子，终身何敢望韩公"下：(孟韩皆譬欧公，上句是道义，下句是文章，有何不满？谓吏部指谢朓，尤谬，谁知有谢朓哉？)①

　　①此条评语：朝活本无，据王常本补。

《华藏院此君亭》"自许高材劳更刚"下：[语无含蓄风韵，故当悔之。]①

　　①此条评语：朝活本作李壁注，王常本作刘辰翁评。

卷三四

《示德逢》"怜愍鸡豚非孟子"下：(不佳。)①

　　①此条评语：朝活本无，据王常本补。

《次韵平甫金山会宿寄亲友》"远有楼台只见灯"下：(是望中意。)①

　　①此条评语：朝活本无，据王常本补。

《送何圣从龙图》"回首孙高想见公"下：(孙高如何？)①

　　①此条评语：朝活本无，据王常本补。

《始于韩玉汝相近居遂相与游今日复相近而两家子唱和诗相属因有此作》"此地更为同社人"下：(重用。)①

　　①此条评语：朝活本无，据王常本补。

卷三五

《落星寺》"雁飞云路声低过，客近天门梦易回。胜概唯诗可收拾，不才羞作等闲来"下：(后四句自不为佳，"声低过"，尤可笑。)①

①此条评语：朝活本无，据王常本补

《清风阁》"平看鹰隼去飞翔"下：(平平有味。)①

①此条评语：朝活本无，据王常本补。

《留题微之廨中清辉阁》"宣室应疑鬼神事"下：(着得"疑"字好。)①

①此条评语：朝活本无，据王常本补。

《酬微之梅暑新句》末句下：(非佳语。)①

①此条评语：朝活本无，据王常本补。

《玉晨大桧鹤庙古松最为佳树》"材大贤于人有用，节高仙与世无情"下：
(句木。)①

①此条评语：朝活本无，据王常本补。

《葛溪驿》篇末：(常景，句句字字合读之，每不可堪。)①

①此条评语：朝活本无，据王常本补。

卷三六

《寄曾子固》"斗粟犹惭报礼轻，敢嗟吾道独难行。脱身负米将求志，戮力乘
田岂为名"下：(四句重用。)①篇末：(前偶成第一首，改寄南丰，如此首
尾，不似前作自在。)②

①此条评语：朝活本无，据王常本补。　　②此条评语：朝活本无，据王常本补。

《寄王回深甫》"窗间暗淡月含雾，船底飘摇风送波"下：(月雾暗淡，语最凄
塞，惟船底二字，郑重遂减。)①"一寸古心俱未试，相思中夜起悲歌"下：
(知己情怀，语言不待勉强，读之如林谷风声，悲愤满听，所谓天然。)②

①此条评语：朝活本无，据王常本补。　　②此条评语：朝活本无，据王常本补。

本卷卷末：(尝见引同时或后人诗注，意不知荆公尝见如此等否？本不用
看，亦不能忘言。)①

①此条评语：朝活本无，据王常本补。

卷三七

《次韵王禹玉平戎庆捷》"天子坐筹星两两，将军归佩印累累"下："两两""累
累"，佳对。

《和金陵怀古》"数帆和雨下归舟"下：画尽无涯之景。

《离北山寄平父》"日月沄沄与水争,披襟照见发华惊。少年忧患伤豪气,老
　　去经纶误半生"下:四句不可读。"休向朝廷论一鹗"下:[一鹗,公自
　　谓也。]①
　　　①此条评语:朝活本作李壁注,王常本作刘辰翁评。
《寄孙正之》"一箪五鼎不须论"下:皆除服后诗。
《清明辇下怀金陵》篇末:惨怆流丽俱极。
《同长安君钟山望》"东归与续棣华篇"下:与坡公"脚力尽时山更好"之句可
　　以并传。
《松江》"五更缥缈千山月,万里凄凉一笛风"下:上句无用。

卷三八

《江上》"春风似补林塘破,野水遥连草树高"下:上句先得。
《寄石鼓陈伯庸》"时伴君心夜斗间"下:"伴君心",不成语。

卷三九

《自金陵至丹阳道中有感》"空场老雉挟春骄"下:丽句而有凄怆之至,然犹
　　属有待,若山借扬州,则超远不可及已。
《初去临川》末句:看他改末句,别是苦心。有如此末句,方觉上句一一
　　愁绝。
《读史》首句下:他来处便有说。"行藏终欲付何人"下:上句谓无易事,下句
　　舍我其谁。注者安知作者之意。"区区岂尽高贤意,独守千秋纸上尘"
　　下:经事方知史之不足信,经事方知史之难为言,吾常持此论,未见此诗,
　　被公道尽。
《送江宁彭给事赴阙》"粉闹鸡舌更须含"下:非佳语。
本卷卷末:公请①律甚严,得意亦少,及其拙也,有书生词赋之气。
　　　①请:王常本作"诗"。

卷四〇

《聊行》篇末:其淡荡自足,古人所未到,几于道矣。

《染云》篇末:初看郑重,熟味自然。

《沟港》篇末;比望花随柳,更极风流。

《霹雳沟》篇末:妙。此其暗用崔护,变化冷然。

《昭文斋》篇末:虽出米意,引庄语近戏,竟似浅浅。

《台上示吴愿》篇末:不惟弗意体制往来,好其顿挫恨惋,萧然晚悟。十字哥①绝。

　　①哥:王常本作"奇"。

《传神自赞》篇末:是公透澈,岂比野狐哉。传神自赞,第一句如此,妙、妙、妙。

《池上看金沙花数枝过酴醿架盛开》篇末:诗意如有所指,生此话柄。

《移松皆死》篇末:虽属戏笑,使人别有所省。

《山中》篇末:(朝暮如此,可见情事。)①

　　①此条评语:朝活本无,据王常本补。

《被召作》"更上北山头"下:北山,陟岵之恨也。

《再题南涧楼》"南涧水悠悠"下:坟墓之感,与前篇相属,故曰"再题南涧"。

《南浦》篇末:渠兴未尽在。

《秣陵道中口占二首》(其一)篇末:倾倒自然。

《代陈景初书于太一宫道院壁》篇末:殆借此道士雪屈。

《送陈景初》篇末:(长安君也,其女弟也。)①

　　①此条评语:朝活本无,据王常本补。

《泊姚江》篇末:学韩"沄沄"。

《楼上》篇末:玉台体,不能言已。

《春晴》篇末:也极痴嫩。

《将母》篇末:二十字孤恨宛然。

《送望之赴临江》篇末:送人作守,独举此细事,细事且然。

《送丁廓秀才归汝阳》篇末:可谓不伤。

《梅花》篇末:句意高绝。

《春怨》篇末:一往有情。

《离升州作》篇末:五字自别。

《题西太一宫壁二首》(其一)篇末:语调自然,清绝,愁绝。

《题西太一宫壁二首》(其二)篇末:"持"字自是,不须着一字,自是好,是谓

　　六言。

本卷卷末：五言绝难得十首好者，荆公短语长事，妙冠古今。

卷四一

《歌元丰五首》（其四）篇末：《元丰行》两首，又益以此，却似着迹。

《棋》"切可随缘道我赢"下：虽是噫笑，人我未忘。

《春郊》篇末：写得轻冷。

《九日》篇末：语极萧然。

《东皋》篇末：虽用白语，动荡不同。

《一陂》篇末：野意，宜《竹枝》《欸乃》。

《老嫌》"百岁用痴能几许"下：翻得亲切。

《南浦》篇末：若无如许句法，匿名何用？看它流丽，如景外景。

《竹里》篇末：众人语。

《秋云》首二句下：两句皆不为佳。

《木末》篇末：如画两叠。

《初夏即事》篇末：别是幽胜，令人识宰物气象。

《千蹊》篇末：语亦活动。

卷四二

《北陂杏花》篇末：静态自可。

《北山道人栽松》篇末：超然一至于此。

《蒋山手种松》篇末：此等即似晋人语言。

《和叔招不往》篇末：（名言。）①

　　①此条评语：朝活本无，据王常本补。

卷四三

《悟真院》篇末：妙意。

《金陵郡斋》篇末：语有恨意。

《送黄吉父三首》(其三)篇末:(甚达,可诵。)①

　　①此条评语:朝活本无,据王常本补。

卷四四

《金陵即事三首》(其二)篇末:无奇。

《金陵即事三首》(其三)"背人相唤百般鸣"下:无名不为雅。

《九日赐宴琼林苑作》"饱食太官还惜日"下:此岂志富贵者?

《道傍大松人取为明》篇末:语真意厚①。

　　①语真意厚:王常本作"意真语厚"。

《见鹦鹉戏作》"直须强学人间语,举世无人解鸟言"下:翻一句更佳。

《邵平》"独傍青门手种瓜"下:好。

《神物》篇末:能言自异。

《春雨》篇末:解不通。

卷四五

《题张司业诗》篇末:第张诗乃不尽然。

《书氿水关寺壁》篇末:似有似无,说尽里许,诗之所以能言。

《和崔公度家风琴八首》(其八)篇末:此风琴似风马耳,若挂琴风中,其妙非
　　此可比。诗固未知。

卷四六

《访隐者》篇末:不类公诗,以其韵短。

《杂咏六首》(其六)篇末:非闲居诗也。

《山前》篇末:隐者词。

《张良》首句下:此所谓不倡之妙也。

《曹参》篇末:妙。

《韩信》篇末:也说得别。

《范曾二首》(其一)篇末:特见。

《谢安》篇末：(可哀。)①

　　①此条评语：朝活本无,据王常本补。

《读〈后汉书〉》篇末：伤之甚。

《读〈蜀志〉》篇末：愈读愈恨。

《读开成事》篇末：后来类此,可叹。

卷四七

《泊姚江》篇末：好。

《汉武》篇末：形容武帝不须多。

卷四八

《次韵张仲通水轩》篇末：如此引贺诗似戏,非前人比。

《宰嚭》篇末：偏宕可怜。

《鱼儿》篇末：可风曲学。

《天童山溪上》篇末：妙处自然,不入思索。

《别鄞女》篇末：惨绝。

《咏月》篇末：以最高层为谶,则此句当如何? 小人多忌,漫寄一笑。

《金山》篇末：即是前《金山寺》第一首,疑改本,然不及。

《杨子三首》(其二)篇末：(也是出韩。)①

　　①此条评语：朝活本无,据王常本补。

《对棋呈道原》篇末：造次古意,可传。

《子贡》篇末：信大于国,身重于天下。

卷四九

《神宗皇帝挽词二首》(其一)"聪明初四达,隽乂尽旁求"下：十字尽当日倚
　　任意,第初字不满,在今人则以为谤,诸老风流笃厚,未尝及此。

《神宗皇帝挽词二首》(其二)"玉暗蛟龙蛰,金寒雁鹜飞"下：寻常对偶,而有
　　以为极工者。篇末：此老佛心肠,无甚情事。

《太皇太后挽词二首》(其一)"《关雎》求窈窕,《卷耳》念勤劳"下:十字欲不
　可动。

《韩忠献挽词二首》(其二)篇末:语意甚悲,谓有憾,非也。

《故相吴正宪公挽词》篇末:乃极不满耳。

卷五〇

《孙威敏公挽词》首二句下:起得慨叹。

《崇禧给事马兄挽词二首》(其一)"甘留所憩棠"下:句好。

《陈动之秘丞挽词二首》(其一)"论今我未平"下:甚顿挫抑扬,何也?

《陈动之秘丞挽词二首》(其二)"似欲来为瑞"下:好。

参考文献

一、古代典籍

经　部

〔汉〕孔安国传，〔唐〕孔颖达正义：《尚书正义》，〔清〕阮元校刻：《十三经注疏》，中华书局1980年版。

〔汉〕毛亨传，〔汉〕郑玄笺，〔唐〕孔颖达疏：《毛诗正义》，〔清〕阮元校刻：《十三经注疏》，中华书局1980年版。

〔汉〕赵岐注，〔宋〕孙奭疏：《孟子注疏》，〔清〕阮元校刻：《十三经注疏》，中华书局1980年版。

〔魏〕何晏注，〔宋〕邢昺疏：《论语注疏》，〔清〕阮元校刻：《十三经注疏》，中华书局1980年版。

史　部

〔五代〕刘昫等：《旧唐书》，中华书局1975年版。

〔宋〕晁公武著，孙猛校证：《郡斋读书志校证》，上海古籍出版社1990年版。

〔宋〕陈均著，许沛藻等点校：《皇朝编年纲目备要》，中华书局2006年版。

〔宋〕陈振孙著，徐小蛮、顾美华点校：《直斋书录解题》，上海古籍出版社1987年版。

〔宋〕程俱著，张富祥校证：《麟台故事校证》，中华书局2000年版。

〔宋〕杜大珪编：《名臣碑传琬琰集》，《景印文渊阁四库全书》，台湾商务印书馆1986年版。

〔宋〕范成大纂修，〔宋〕汪泰亨等增订：《绍定吴郡志》，《宋元方志丛刊》，中华书局1990年版。

〔宋〕龚明之著，孙菊园点校：《中吴纪闻》，上海古籍出版社1986年版。

〔宋〕胡寅：《致堂读史管见》，台湾商务印书馆1981年据《宛委别藏》影印。

〔宋〕李俊甫：《莆阳比事》，〔清〕阮元辑：《宛委别藏》，江苏古籍出版社1988年版。

〔宋〕李焘:《续资治通鉴长编》,中华书局 1995 年版。

〔宋〕李心传辑,朱军点校:《道命录》,上海古籍出版社 2016 年版。

〔宋〕李心传著,胡坤点校:《建炎以来系年要录》,中华书局 2013 年版。

〔宋〕李心传著,徐规点校:《建炎以来朝野杂记》,中华书局 2000 年版。

〔宋〕李埴著,燕永成校正:《皇宋十朝纲要校正》,中华书局 2013 年版。

〔宋〕马光祖修,〔宋〕周应合纂:《景定建康志》,《宋元方志丛刊》,中华书局 1990 年版。

〔宋〕欧阳忞著,李勇先、王小红校注:《舆地广记》,四川大学出版社 2003 年版。

〔宋〕欧阳修、宋祁:《新唐书》,中华书局 1975 年版。

〔宋〕欧阳修著,〔宋〕徐无党注:《新五代史》,中华书局 1974 年版。

〔宋〕彭百川:《太平治迹统类》,江苏广陵古籍刻印社 1981 年据乌程张氏刻本影印。

〔宋〕潜说友纂修:《咸淳临安志》,《宋元方志丛刊》,中华书局 1990 年版。

〔宋〕沈作宾修,〔宋〕施宿等纂:《嘉泰会稽志》,《宋元方志丛刊》,中华书局 1990 年版。

〔宋〕司马光著,〔元〕胡三省音注:《资治通鉴》,中华书局 1956 年版。

〔宋〕汪藻著,王智勇笺注:《靖康要录笺注》,四川大学出版社 2008 年版。

〔宋〕王偁:《东都事略》,《丛书集成三编》,新文丰出版公司 1997 年版。

〔宋〕王象之:《舆地纪胜》,《续修四库全书》,上海古籍出版社 2002 年版。

〔宋〕王象之:《舆地纪胜》,中华书局 1992 年版。

〔宋〕王应麟著,武秀成、赵庶洋整理:《玉海艺文校证》,凤凰出版社 2013 年版。

〔宋〕熊克:《皇朝中兴纪事本末》,北京图书馆出版社 2005 年版。

〔宋〕杨仲良:《皇宋通鉴长编纪事本末》,《续修四库全书》,上海古籍出版社 2002 年版。

〔宋〕佚名:《京口耆旧传》,《景印文渊阁四库全书》,台湾商务印书馆 1986 年版。

〔宋〕佚名编,汝企和点校:《续编两朝纲目备要》,中华书局 1995 年版。

〔宋〕佚名编撰,汪圣铎点校:《宋史全文》,中华书局 2016 年版。

〔宋〕佚名著,孔学辑校:《皇宋中兴两朝圣政辑校》,中华书局 2019 年版。

〔宋〕尤袤:《遂初堂书目》,〔清〕潘仕成编:《海山仙馆丛书》,清道光二十六年刻本。

〔宋〕詹大和著,裴汝诚点校:《王荆文公年谱》,《王安石年谱三种》,中华书局 1994 年版。

〔宋〕赵不悔修,〔宋〕罗愿纂:《新安志》,《宋元方志丛刊》,中华书局 1990 年版。

〔宋〕赵汝愚编:《宋朝诸臣奏议》,上海古籍出版社 1999 年版。

〔宋〕朱熹编:《五朝名臣言行录》,张元济辑:《四部丛刊初编》,商务印书馆 1929 年版。

〔宋〕祝穆著,〔宋〕祝洙增订,施和金点校:《方舆胜览》,中华书局 2003 年版。

〔元〕马端临:《文献通考》,中华书局 1986 年版。

〔元〕脱脱等:《宋史》,中华书局 1977 年版。

〔元〕辛文房著,孙映逵校注:《唐才子传校注》,中国社会科学出版社 1991 年版。

〔明〕陈邦瞻:《宋史纪事本末》,中华书局 2015 年版。

〔明〕黄淮、杨士奇编:《历代名臣奏议》,上海古籍出版社 1989 年版。

〔清〕安岐:《墨缘汇观录》,〔清〕伍崇曜编:《粤雅堂丛书三编》第二十八集,清光绪元年刊本。

〔清〕毕沅编著:《续资治通鉴》,中华书局 1957 年版。

〔清〕蔡上翔著,裴汝诚点校:《王荆公年谱考略》,《王安石年谱三种》,中华书局 1994 年版。

〔清〕顾栋高著,裴汝诚点校:《王荆国文公年谱》,《王安石年谱三种》,中华书局 1994 年版。

〔清〕黄以周等辑注,顾吉辰点校:《续资治通鉴长编拾补》,中华书局 2004 年版。

〔清〕黄宗羲著,〔清〕全祖望补修,陈金生、梁运华点校:《宋元学案》,中华书局 1986 年版。

〔清〕稽曾筠监修,〔清〕沈翼机等编纂:《浙江通志》,《景印文渊阁四库全书》,台湾商务印书馆 1986 年版。

〔清〕陆心源辑撰:《宋史翼》,中华书局 1991 年版。

〔清〕莫友芝著,傅增湘订补,傅熹年整理:《藏园订补郘亭知见传本书目》,中华书局 1993 年版。

〔清〕瞿镛编纂,瞿果行标点,瞿凤起复校:《铁琴铜剑楼藏书目录》,上海古籍出版社 2000 年版。

〔清〕汪士钟:《艺芸书舍宋元本书目》,王云五主编:《丛书集成初编》,商务印书馆 1939 年版。

〔清〕王夫之著,舒士彦点校:《宋论》,中华书局 1964 年版。

〔清〕王梓材、冯云濠编撰,沈芝盈、梁运华点校:《宋元学案补遗》,中华书局 2011 年版。

〔清〕徐松辑:《宋会要辑稿》,中华书局 1957 年版。

〔清〕永瑢等:《四库全书总目》,中华书局 1965 年版。

〔清〕翟均廉:《海塘录》,《景印文渊阁四库全书》,台湾商务印书馆 1986 年版。

〔清〕赵翼著,王树民校证:《廿二史札记校证》,中华书局 1984 年版。

司义祖整理:《宋大诏令集》,中华书局 1962 年版。

子 部

〔汉〕扬雄著,汪荣宝疏,陈仲夫点校:《法言义疏》,中华书局 1987 年版。

〔南朝宋〕刘义庆著,余嘉锡笺疏,周祖谟、余淑宜整理:《世说新语笺疏》,中华书局 1983 年版。

〔宋〕蔡絛著,冯惠民、沈锡麟点校:《铁围山丛谈》,中华书局 1983 年版。

〔宋〕晁说之:《晁氏客语》,朱易安、傅璇琮等主编:《全宋笔记》第 1 编,第 10 册,大象出版社 2003 年版。

〔宋〕陈鹄著,孔凡礼点校:《西塘集耆旧续闻》,中华书局 2002 年版。

〔宋〕陈善:《扪虱新话》,王云五主编:《丛书集成初编》,商务印书馆 1939 年版。

〔宋〕陈师道著,李伟国点校:《后山谈丛》,中华书局 2007 年版。

〔宋〕陈世崇著,孔凡礼点校:《随隐漫录》,中华书局 2010 年版。

〔宋〕陈郁:《藏一话腴》,朱易安、傅璇琮等主编:《全宋笔记》第 7 编,第 5 册,大象出版社 2016 年版。

〔宋〕陈长方:《步里客谈》,朱易安、傅璇琮等主编:《全宋笔记》第 4 编,第 4 册,大象出版社 2008 年版。

〔宋〕范晞文:《对床夜语》,朱易安、傅璇琮等主编:《全宋笔记》第 8 编,第 5 册,大象出版社 2017 年版。

〔宋〕方勺著,许沛藻、杨立扬点校:《泊宅编》,中华书局 1983 年版。

〔宋〕费衮著,金圆点校:《梁溪漫志》,上海古籍出版社 1985 年版。

〔宋〕龚颐正:《芥隐笔记》,王云五主编:《丛书集成初编》,商务印书馆 1937 年版。

〔宋〕何薳著,张明华点校:《春渚纪闻》,中华书局 1983 年版。

〔宋〕洪迈著,何卓点校:《夷坚志》,中华书局 1981 年版。

〔宋〕洪迈著,孔凡礼点校:《容斋随笔》,中华书局 2005 年版。

〔宋〕黄伯思:《宋本东观余论》,中华书局 1988 年据《古逸丛书三编》影印。

〔宋〕黄震:《黄氏日抄》,张伟、何忠礼主编:《黄震全集》,浙江大学出版社 2013 年版。

〔宋〕黎靖德编,王星贤点校:《朱子语类》,中华书局 1986 年版。

〔宋〕李衡著,〔宋〕龚昱编:《乐庵语录》,《景印文渊阁四库全书》,台湾商务印书馆 1986 年版。

〔宋〕李廌著,孔凡礼点校:《师友谈记》,中华书局 2002 年版。

〔宋〕刘昌诗著,张荣铮、秦呈瑞点校:《芦浦笔记》,中华书局 1986 年版。

〔宋〕陆游著,孔凡礼点校:《家世旧闻》,中华书局 1993 年版。

〔宋〕陆游著,李剑雄、刘德权点校:《老学庵笔记》,中华书局 1979 年版。

〔宋〕罗大经著,王瑞来点校:《鹤林玉露》,中华书局 1983 年版。

〔宋〕吕希哲:《吕氏杂记》,朱易安、傅璇琮等主编:《全宋笔记》第 1 编,第 10 册,大象出版社 2003 年版。

〔宋〕马永卿辑,〔明〕王崇庆解:《元城语录解》,王云五主编:《丛书集成初编》,商务印书馆 1939 年版。

〔宋〕彭乘著,孔凡礼点校:《墨客挥犀·续墨客挥犀》,中华书局 2002 年版。

〔宋〕邵博著,刘德权、李剑雄点校:《邵氏闻见后录》,中华书局 1983 年版。

〔宋〕邵伯温著,李剑雄、刘德权点校:《邵氏闻见录》,中华书局 1983 年版。

〔宋〕沈括著,胡道静校证:《梦溪笔谈校证》,上海古籍出版社 1987 年版。

〔宋〕沈作喆:《寓简》,〔清〕鲍廷博等辑:《知不足斋丛书》,上海古书流通处 1921 年影印。

〔宋〕施德操:《北窗炙輠录》,朱易安、傅璇琮等主编:《全宋笔记》第 3 编,第 8 册,大象出版社 2008 年版。

〔宋〕释文莹著,郑世刚、杨立扬点校:《玉壶清话》,中华书局 1984 年版。

〔宋〕司马光著,邓广铭、张希清点校:《涑水记闻》,中华书局 1989 年版。

〔宋〕苏轼:《仇池笔记》,朱易安、傅璇琮等主编:《全宋笔记》第 1 编,第 9 册,大象出版社 2003 年版。

〔宋〕苏轼著,王松龄点校:《东坡志林》,中华书局 1981 年版。

〔宋〕苏籀:《栾城先生遗言》,朱易安、傅璇琮等主编:《全宋笔记》第 3 编,第 7 册,大象出版社 2008 年版。

〔宋〕孙奕:《履斋示儿编》,朱易安、傅璇琮等主编:《全宋笔记》第 7 编,第 3 册,大象出版社 2016 年版。

〔宋〕王得臣著,俞宗宪点校:《麈史》,上海古籍出版社 1986 年版。

〔宋〕王楙著,郑明、王义耀点校:《野客丛书》,上海古籍出版社 1991 年版。

〔宋〕王明清:《挥麈录》,中华书局上海编辑所 1961 年版。

〔宋〕王辟之著,吕友仁点校:《渑水燕谈录》,中华书局 1981 年版。

〔宋〕王应麟著,〔清〕翁元圻等注,栾保群等点校:《困学纪闻》,上海古籍出版社 2008 年版。

〔宋〕王栐著,诚刚点校:《燕翼诒谋录》,中华书局 1981 年版。

〔宋〕王铚著,朱杰人点校:《默记》,中华书局 1981 年版。

〔宋〕魏泰著,李裕民点校:《东轩笔录》,中华书局 1983 年版。

〔宋〕吴处厚著,李裕民点校:《青箱杂记》,中华书局 1985 年版。

〔宋〕吴坰:《五总志》,朱易安、傅璇琮等主编:《全宋笔记》第 5 编,第 1 册,大象出版社 2012 年版。

〔宋〕吴曾:《能改斋漫录》,上海古籍出版社 1979 年版。

〔宋〕谢采伯:《密斋笔记》,王云五主编:《丛书集成初编》,商务印书馆 1936 年版。

〔宋〕徐度:《却扫编》,朱易安、傅璇琮等主编:《全宋笔记》第 3 编,第 10 册,大象出版社 2008 年版。

〔宋〕姚宽著,孔凡礼点校:《西溪丛语》,中华书局 1993 年版。

〔宋〕叶梦得:《避暑录话》,朱易安、傅璇琮等主编:《全宋笔记》第 2 编,第 10 册,大象出版社 2006 年版。

〔宋〕叶梦得:《岩下放言》,朱易安、傅璇琮等主编:《全宋笔记》第 2 编,第 9 册,大象出版社 2006 年版。

〔宋〕叶梦得著,〔宋〕宇文绍奕考异,侯忠义点校:《石林燕语》,中华书局 1984 年版。

〔宋〕叶绍翁著，沈锡麟、冯惠民点校：《四朝闻见录》，中华书局 1989 年版。

〔宋〕叶适：《习学记言序目》，中华书局 1977 年版。

〔宋〕叶寘著，孔凡礼点校：《爱日斋丛抄》，中华书局 2010 年版。

〔宋〕佚名：《道山清话》，朱易安、傅璇琮等主编：《全宋笔记》第 2 编，第 1
　　册，大象出版社 2006 年版。

〔宋〕佚名：《群书会元截江网》，《景印文渊阁四库全书》，台湾商务印书馆
　　1986 年版。

〔宋〕俞成：《萤雪丛说》，朱易安、傅璇琮等主编：《全宋笔记》第 7 编，第 5
　　册，大象出版社 2016 年版。

〔宋〕俞德邻：《佩韦斋辑闻》，〔清〕曹溶辑，〔清〕陶樾增订：《学海类编》，上海
　　涵芬楼 1920 年据道光六安晁氏木活字排印本景印。

〔宋〕俞文豹著，张宗祥校订：《吹剑录全编》，古典文学出版社 1958 年版。

〔宋〕袁文著，李伟国点校：《瓮牖闲评》，上海古籍出版社 1985 年版。

〔宋〕曾敏行著，朱杰人点校：《独醒杂志》，上海古籍出版社 1986 年版。

〔宋〕曾慥：《高斋漫录》，朱易安、傅璇琮等主编：《全宋笔记》第 4 编，第 5
　　册，大象出版社 2008 年版。

〔宋〕张邦基著，孔凡礼点校：《墨庄漫录》，中华书局 2002 年版。

〔宋〕张耒：《明道杂志》，朱易安、傅璇琮等主编：《全宋笔记》第 2 编，第 7
　　册，大象出版社 2006 年版。

〔宋〕张世南著，张茂鹏点校：《游宦纪闻》，中华书局 1981 年版。

〔宋〕赵令畤著，孔凡礼点校：《侯鲭录》，中华书局 2002 年版。

〔宋〕赵彦卫著，傅根清点校：《云麓漫钞》，中华书局 1996 年版。

〔宋〕赵与时著，齐治平点校：《宾退录》，上海古籍出版社 1983 年版。

〔宋〕周必大：《二老堂杂志》，王云五主编：《丛书集成初编》，商务印书馆
　　1936 年版。

〔宋〕周煇著，刘永翔校注：《清波杂志校注》，中华书局 1994 年版。

〔宋〕周密著，孔凡礼点校：《浩然斋雅谈》，中华书局 2010 年版。

〔宋〕周密著，吴企明点校：《癸辛杂识》，中华书局 1997 年版。

〔宋〕周密著，张茂鹏点校：《齐东野语》，中华书局 1983 年版。

〔宋〕朱弁著，孔凡礼点校：《曲洧旧闻》，中华书局 2002 年版。

〔宋〕朱翌：《猗觉寮杂记》，朱易安、傅璇琮等主编：《全宋笔记》第 3 编，第 10

册,大象出版社 2008 年版。

〔宋〕朱彧著,李伟国点校:《萍洲可谈》,中华书局 2007 年版。

〔宋〕庄绰著,萧鲁阳点校:《鸡肋编》,中华书局 1983 年版。

〔明〕郎瑛:《七修类稿》,上海书店出版社 2001 年版。

〔清〕顾炎武著,陈垣校注:《日知录校注》,安徽大学出版社 2007 年版。

〔清〕姚范:《援鹑堂笔记》,《续修四库全书》,上海古籍出版社 2002 年版。

集　部

〔唐〕白居易著,谢思炜校注:《白居易诗集校注》,中华书局 2006 年版。

〔唐〕杜甫著,〔清〕仇兆鳌注:《杜诗详注》,中华书局 1979 年版。

〔唐〕韩愈著,马其昶校注,马茂元整理:《韩昌黎文集校注》,上海古籍出版
社 1987 年版。

〔宋〕蔡居厚:《蔡宽夫诗话》,郭绍虞辑:《宋诗话辑佚》,中华书局 1980 年版。

〔宋〕蔡居厚:《诗史》,郭绍虞辑:《宋诗话辑佚》,中华书局 1980 年版。

〔宋〕蔡梦弼:《杜工部草堂诗话》,丁福保辑:《历代诗话续编》,中华书局
2006 年版。

〔宋〕蔡絛:《西清诗话》,张伯伟编校:《稀见本宋人诗话四种》,江苏古籍出
版社 2002 年版。

〔宋〕蔡正孙著,常振国、绛云点校:《诗林广记》,中华书局 1982 年版。

〔宋〕晁补之:《鸡肋集》,张元济辑:《四部丛刊初编》,商务印书馆 1929 年版。

〔宋〕陈辅:《陈辅之诗话》,郭绍虞辑:《宋诗话辑佚》,中华书局 1980 年版。

〔宋〕陈傅良著,周梦江点校:《陈傅良先生文集》,浙江大学出版社 1999 年版。

〔宋〕陈亮著,邓广铭点校:《陈亮集》(增订本),中华书局 1987 年版。

〔宋〕陈起编:《江湖小集》,《景印文渊阁四库全书》,台湾商务印书馆 1986
年版。

〔宋〕陈师道:《后山居士文集》,上海古籍出版社 1986 年影印宋本。

〔宋〕陈师道:《后山诗话》,〔清〕何文焕辑:《历代诗话》,中华书局 1981 年版。

〔宋〕陈师道著,〔宋〕任渊注,冒广生补笺,冒怀辛整理:《后山诗注补笺》,中
华书局 1995 年版。

〔宋〕陈与义著,吴书荫、金德厚点校:《陈与义集》,中华书局 1982 年版。

〔宋〕程颢、程颐著,王孝鱼点校:《二程集》,中华书局 1981 年版。

〔宋〕葛立方:《韵语阳秋》,〔清〕何文焕辑:《历代诗话》,中华书局 1981

年版。

〔宋〕何汶著，常振国、绛云点校：《竹庄诗话》，中华书局 1984 年版。

〔宋〕胡仔纂集，廖德明点校：《苕溪渔隐丛话》，人民文学出版社 1962 年版。

〔宋〕黄彻：《䂬溪诗话》，丁福保辑：《历代诗话续编》，中华书局 2006 年版。

〔宋〕黄庭坚：《豫章黄先生文集》，张元济辑：《四部丛刊初编》，商务印书馆
　　1929 年版。

〔宋〕黄庭坚著，〔宋〕任渊、史容、史季温笺注，刘尚荣点校：《黄庭坚诗集
　　注》，中华书局 2003 年版。

〔宋〕黄庭坚著，陈永正、何泽棠注：《山谷诗注续补》，上海古籍出版社 2012
　　年版。

〔宋〕黄庭坚著，刘琳等点校：《黄庭坚全集》，四川大学出版社 2001 年版。

〔宋〕黄庭坚著，郑永晓整理：《黄庭坚全集辑校编年》，江西人民出版社
　　2011 年版。

〔宋〕惠洪：《冷斋夜话》，张伯伟编校：《稀见本宋人诗话四种》，江苏古籍出
　　版社 2002 年版。

〔宋〕李纲著，王瑞明点校：《李纲全集》，岳麓书社 2004 年版。

〔宋〕李觏著，王国轩点校：《李觏集》，中华书局 2011 年版。

〔宋〕李颀：《古今诗话》，郭绍虞辑：《宋诗话辑佚》，中华书局 1980 年版。

〔宋〕林希逸著，〔宋〕林式之编：《竹溪鬳斋十一稿续集》，《景印文渊阁四库
　　全书》，台湾商务印书馆 1986 年版。

〔宋〕刘辰翁：《须溪集》，《景印文渊阁四库全书》，台湾商务印书馆 1986 年版。

〔宋〕刘克庄著，王秀梅点校：《后村诗话》，中华书局 1983 年版。

〔宋〕刘克庄著，辛更儒笺校：《刘克庄集笺校》，中华书局 2011 年版。

〔宋〕陆九渊著，钟哲点校：《陆九渊集》，中华书局 1980 年版。

〔宋〕陆游：《渭南文集》，《陆放翁全集》，中国书店 1986 年版。

〔宋〕罗从彦：《豫章文集》，《景印文渊阁四库全书》，台湾商务印书馆 1986
　　年版。

〔宋〕吕本中：《童蒙诗训》，郭绍虞辑：《宋诗话辑佚》，中华书局 1980 年版。

〔宋〕吕祖谦编：《古文关键》，王云五主编：《丛书集成初编》，商务印书馆
　　1936 年版。

〔宋〕梅尧臣著，朱东润编年校注：《梅尧臣集编年校注》，上海古籍出版社

2006 年版。

〔宋〕欧阳修著,洪本健校笺:《欧阳修诗文集校笺》,上海古籍出版社 2009
年版。

〔宋〕欧阳修著,李逸安点校:《欧阳修全集》,中华书局 2001 年版。

〔宋〕欧阳修著,刘德清等笺注:《欧阳修诗编年笺注》,中华书局 2012 年版。

〔宋〕潘淳:《潘子真诗话》,郭绍虞辑:《宋诗话辑佚》,中华书局 1980 年版。

〔宋〕彭汝砺:《鄱阳集》,《景印文渊阁四库全书》,台湾商务印书馆 1986
年版。

〔宋〕强幼安述:《唐子西文录》,〔清〕何文焕辑:《历代诗话》,中华书局 1981
年版。

〔宋〕阮阅编,周本淳点校:《诗话总龟》,人民文学出版社 1987 年版。

〔宋〕邵雍著,郭彧整理:《邵雍集》,中华书局 2010 年版。

〔宋〕释普闻:《诗论》,〔明〕陶宗仪等编:《说郛》(一百卷),《说郛三种》,上海
古籍出版社 1988 年版。

〔宋〕司马光著,李文泽、霞绍晖点校:《司马光集》,四川大学出版社 2010
年版。

〔宋〕苏轼著,〔宋〕郎晔选注:《经进东坡文集事略》,文学古籍刊行社 1957
年版。

〔宋〕苏轼著,〔宋〕王十朋集注:《集注分类东坡先生诗》,张元济辑:《四部丛
刊初编》,商务印书馆 1929 年版。

〔宋〕苏轼著,〔清〕王文诰辑注,孔凡礼点校:《苏轼诗集》,中华书局 1982
年版。

〔宋〕苏轼著,〔清〕查慎行补注,范道济点校:《苏诗补注》,中华书局 2019
年版。

〔宋〕苏轼著,孔凡礼点校:《苏轼文集》,中华书局 1986 年版。

〔宋〕苏洵著,曾枣庄、金成礼校注:《嘉祐集校注》,上海古籍出版社 1993
年版。

〔宋〕苏辙著,陈宏天、高秀芳点校:《苏辙集》,中华书局 1990 年版。

〔宋〕孙觌:《鸿庆居士集》,《景印文渊阁四库全书》,台湾商务印书馆 1986
年版。

〔宋〕孙觌著,〔宋〕李祖尧编注:《李学士新注孙尚书内简尺牍》,宋蔡氏家塾

刻本。

〔宋〕孙绍远编：《声画集》，《景印文渊阁四库全书》，台湾商务印书馆 1986
年版。

〔宋〕汪藻：《浮溪集》，张元济辑：《四部丛刊初编》，商务印书馆 1929 年版。

〔宋〕王安石：《临川先生文集》，王水照主编：《王安石全集》，复旦大学出版
社 2016 年版。

〔宋〕王安石：《临川先生文集》，张元济辑：《四部丛刊初编》，商务印书馆
1929 年版。

〔宋〕王安石：《临川先生文集》，中华书局上海编辑所 1959 年版。

〔宋〕王安石：《王临川全集》，清光绪九年听香馆刊本。

〔宋〕王安石：《王文公文集》，中华书局上海编辑所 1962 年影印宋本。

〔宋〕王安石著，〔宋〕李壁笺注：《王荆公诗笺注》，清乾隆六年张宗松清绮斋
刊本。

〔宋〕王安石著，〔宋〕李壁笺注：《王荆文公诗笺注》，中华书局 1958 年版。

〔宋〕王安石著，〔宋〕李壁笺注：《王荆文公诗李壁注》，上海古籍出版社
1993 年据朝鲜活字本影印。

〔宋〕王安石著，〔宋〕李壁笺注：《王荆文公诗笺注》，《中华再造善本》（金元
编），国家图书馆出版社 2003 年版。

〔宋〕王安石著，〔宋〕李壁笺注，高克勤点校：《王荆文公诗笺注》，上海古籍
出版社 2010 年版。

〔宋〕王安石著，〔宋〕李壁笺注，李之亮补笺：《王荆公诗注补笺》，巴蜀书社
2002 年版。

〔宋〕王安石著，唐武标点校：《王文公文集》，上海人民出版社 1974 年版。

〔宋〕王令著，沈文倬点校：《王令集》，中华书局 2011 年版。

〔宋〕王直方：《王直方诗话》，郭绍虞辑：《宋诗话辑佚》，中华书局 1980 年版。

〔宋〕魏了翁：《鹤山先生大全文集》，张元济辑：《四部丛刊初编》，商务印书
馆 1929 年版。

〔宋〕魏庆之著，王仲闻点校：《诗人玉屑》，中华书局 2007 年版。

〔宋〕魏泰：《临汉隐居诗话》，〔清〕何文焕辑：《历代诗话》，中华书局 1981
年版。

〔宋〕吴沆著，陈新点校：《环溪诗话》，中华书局 1988 年版。

〔宋〕吴开:《优古堂诗话》,丁福保辑:《历代诗话续编》,中华书局 2006 年版。

〔宋〕吴可:《藏海诗话》,丁福保辑:《历代诗话续编》,中华书局 2006 年版。

〔宋〕吴聿:《观林诗话》,丁福保辑:《历代诗话续编》,中华书局 2006 年版。

〔宋〕许顗:《彦周诗话》,〔清〕何文焕辑:《历代诗话》,中华书局 1981 年版。

〔宋〕严有翼:《艺苑雌黄》,郭绍虞辑:《宋诗话辑佚》,中华书局 1980 年版。

〔宋〕严羽著,郭绍虞校释:《沧浪诗话校释》,人民文学出版社 1983 年版。

〔宋〕杨时:《龟山先生全集》,《宋集珍本丛刊》,线装书局 2004 年版。

〔宋〕杨万里著,辛更儒笺校:《杨万里集笺校》,中华书局 2007 年版。

〔宋〕叶梦得:《石林居士建康集》,《宋集珍本丛刊》,线装书局 2004 年版。

〔宋〕叶梦得:《石林诗话》,〔清〕何文焕辑:《历代诗话》,中华书局 1981
年版。

〔宋〕叶适著,刘公纯等点校:《叶适集》,中华书局 1961 年版。

〔宋〕佚名:《垂虹诗话》,郭绍虞辑:《宋诗话辑佚》,中华书局 1980 年版。

〔宋〕佚名:《漫叟诗话》,郭绍虞辑:《宋诗话辑佚》,中华书局 1980 年版。

〔宋〕佚名:《诗事》,郭绍虞辑:《宋诗话辑佚》,中华书局 1980 年版。

〔宋〕佚名:《桐江诗话》,郭绍虞辑:《宋诗话辑佚》,中华书局 1980 年版。

〔宋〕曾巩著,陈杏珍、晁继周点校:《曾巩集》,中华书局 1984 年版。

〔宋〕曾季狸:《艇斋诗话》,丁福保辑:《历代诗话续编》,中华书局 2006
年版。

〔宋〕曾慥:《高斋诗话》,郭绍虞辑:《宋诗话辑佚》,中华书局 1980 年版。

〔宋〕张戒:《岁寒堂诗话》,丁福保辑:《历代诗话续编》,中华书局 2006 年版。

〔宋〕赵与虤:《娱书堂诗话》,《景印文渊阁四库全书》,台湾商务印书馆 1986
年版。

〔宋〕赵与虤:《娱书堂诗话》,丁福保辑:《历代诗话续编》,中华书局 2006
年版。

〔宋〕真德秀:《西山先生真文忠公文集》,张元济辑:《四部丛刊初编》,商务
印书馆 1929 年版。

〔宋〕周必大著,〔宋〕周纶编:《文忠集》,《景印文渊阁四库全书》,台湾商务
印书馆 1986 年版。

〔宋〕周紫芝:《竹坡诗话》,〔清〕何文焕辑:《历代诗话》,中华书局 1981 年版。

〔宋〕朱弁著,陈新点校:《风月堂诗话》,中华书局 1988 年版。

〔宋〕朱熹:《晦庵先生朱文公文集》,朱杰人等主编:《朱子全书》,上海古籍出版社、安徽教育出版社 2002 年版。

〔元〕方回:《桐江集》,〔清〕阮元辑:《宛委别藏》,江苏古籍出版社 1988 年版。

〔元〕方回:《桐江续集》,《景印文渊阁四库全书》,台湾商务印书馆 1986 年版。

〔元〕方回选评,李庆甲集评:《瀛奎律髓汇评》,上海古籍出版社 1986 年版。

〔元〕刘将孙:《养吾斋集》,《景印文渊阁四库全书》,台湾商务印书馆 1986 年版。

〔元〕吴澄著,〔元〕吴当编:《吴文正集》,《景印文渊阁四库全书》,台湾商务印书馆 1986 年版。

〔元〕袁桷著,杨亮校注:《袁桷集校注》,中华书局 2012 年版。

〔明〕冯梦龙编著,梁成等点校:《警世通言》,齐鲁书社 1993 年版。

〔明〕胡应麟:《诗薮》,上海古籍出版社 1979 年版。

〔明〕陆时雍选评,任文京、赵东岚点校:《诗镜》,河北大学出版社 2010 年版。

〔清〕陈祚明评选,李金松点校:《采菽堂古诗选》,上海古籍出版社 2008 年版。

〔清〕方东树著,汪绍楹点校:《昭昧詹言》,人民文学出版社 1961 年版。

〔清〕李绂:《穆堂类稿》,清道光十一年奉国堂刻本。

〔清〕全祖望著,朱铸禹汇校集注:《全祖望全集汇校集注》,上海古籍出版社 2000 年版。

〔清〕沈钦韩:《王荆公诗文沈氏注》,中华书局上海编辑所 1959 年版。

〔清〕王文诰:《苏文忠公诗编注集成总案》,巴蜀书社 1985 年版。

〔清〕翁方纲:《复初斋文集》,《清代诗文集汇编》,上海古籍出版社 2010 年版。

〔清〕吴淇编选:《六朝选诗定论》,《四库全书存目丛书补编》,齐鲁书社 2001 年版。

〔清〕吴之振等选:《宋诗钞》,中华书局 1986 年版。

〔清〕严元照:《悔庵学文》,清光绪五年刘履芬抄本。

北京大学古文献研究所编:《全宋诗》,北京大学出版社 1991 年版。

王水照主编:《王安石全集》,复旦大学出版社 2016 年版。

曾枣庄、刘琳主编:《全宋文》,上海辞书出版社、安徽教育出版社 2006 年版。

张志烈、马德富、周裕锴主编:《苏轼全集校注》,河北人民出版社 2010 年版。

二、近现代学者著述与文章

著 述

卞东波:《宋代诗话与诗学文献研究》,中华书局 2013 年版。

陈伟文:《清代前中期黄庭坚诗接受史研究》,中国人民大学出版社 2012 年版。

陈铮:《王安石诗研究》(上、下),《古典诗歌研究汇刊》第 7 辑,花木兰文化出版社 2010 年版。

陈植锷:《北宋文化史述论》,中国社会科学出版社 1992 年版。

程千帆、吴新雷:《两宋文学史》,上海古籍出版社 1991 年版。

邓广铭:《北宋政治改革家王安石》,河北教育出版社 2000 年版。

邓广铭:《邓广铭学术论著自选集》,首都师范大学出版社 1994 年版。

邓广铭:《王安石——中国十一世纪的改革家》,人民出版社 1979 年版。

邓小南:《祖宗之法——北宋前期政治述略》,生活·读书·新知三联书店 2006 年版。

方孝岳:《中国文学批评》,生活·读书·新知三联书店 2007 年版。

方笑一:《北宋新学与文学——以王安石为中心》,上海古籍出版社 2008 年版。

傅林辉:《王安石述略》,抚州王安石研究会 1986 年编印。

傅璇琮、辛更儒主编:《宋才子传笺证》,辽海出版社 2011 年版。

傅增湘:《藏园群书题记》,上海古籍出版社 1989 年版。

高克勤:《王安石诗文选评》,上海古籍出版社 2002 年版。

高克勤:《王安石与北宋文学研究》,复旦大学出版社 2006 年版。

龚延明:《王安石》,中华书局 1986 年版。

龚延明编著:《宋代官制辞典》,中华书局 1997 年版。

巩本栋:《宋集传播考论》,中华书局 2009 年版。

顾易生、蒋凡、刘明今:《宋金元文学批评史》,上海古籍出版社 1996 年版。

郭绍虞:《宋诗话考》,中华书局 1987 年版。

韩经太:《宋代诗歌史论》,吉林教育出版社 1995 年版。

贺麟:《文化与人生》,商务印书馆 1988 年版。

洪本健:《宋文六大家活动编年》,华东师范大学出版社 1993 年版。

黄启方：《两宋文史论丛》，学海出版社 1985 年版。

焦印亭：《刘辰翁文学评点寻绎》，中国社会科学出版社 2015 年版。

柯昌颐：《王安石评传》，商务印书馆 1933 年版。

孔凡礼：《苏轼年谱》，中华书局 1998 年版。

李德身：《王安石诗文系年》，陕西人民教育出版社 1987 年版。

李华瑞：《宋史论集》，河北大学出版社 2001 年版。

李华瑞：《王安石变法研究史》，人民出版社 2004 年版。

李祥俊：《王安石学术思想研究》，北京师范大学出版社 2000 年版。

李燕新：《王荆公诗探究》，台北文津出版社有限公司 1995 年版。

李震：《曾巩年谱》，苏州大学出版社 1997 年版。

李之亮：《宋代郡守通考丛书》，巴蜀书社 2001 年版。

李之亮：《宋代路分长官通考》，巴蜀书社 2003 年版。

梁崑：《宋诗派别论》，商务印书馆 1938 年版。

梁明雄：《王安石诗研究》，《古典诗歌研究汇刊》第 7 辑，花木兰文化出版社
　　2010 年版。

梁启超：《王荆公》，《饮冰室合集》，第 7 册，中华书局 1989 年版。

林庚、冯沅君主编：《中国历代诗歌选》，人民文学出版社 1979 年版。

刘成国：《变革中的文人与文学——王安石的生平与创作考论》，浙江大学
　　出版社 2011 年版。

刘成国：《荆公新学研究》，上海古籍出版社 2006 年版。

刘成国：《王安石年谱长编》，中华书局 2018 年版。

刘德清：《欧阳修年谱》，《宋人年谱丛刊》，四川大学出版社 2003 年版。

刘乃昌：《王安石诗文编年选释》，山东教育出版社 1992 年版。

罗根泽：《中国文学批评史》，上海古籍出版社 1984 年版。

罗克典：《王安石评传》，中国台湾“国家”出版社 1990 年版。

马东瑶：《文化视域中的北宋熙丰诗坛》，陕西人民教育出版社 2006 年版。

莫砺锋：《唐宋诗歌论集》，凤凰出版社 2007 年版。

木斋：《宋诗流变》，京华出版社 1999 年版。

彭东焕：《魏了翁年谱》，四川人民出版社 2003 年版。

漆侠：《宋学的发展和演变》，河北人民出版社 2002 年版。

漆侠：《王安石变法》（增订本），河北人民出版社 2001 年版。

钱穆:《国史大纲》,商务印书馆 2013 年版。

钱锺书:《宋诗选注》,生活·读书·新知三联书店 2002 年版。

钱锺书:《谈艺录》(增订本),中华书局 1984 年版。

邱美琼:《黄庭坚诗歌传播与接受研究》,江西人民出版社 2009 年版。

沈松勤:《北宋文人与党争》,人民出版社 1998 年版。

沈松勤:《南宋文人与党争》,人民出版社 2005 年版。

谭其骧主编:《中国历史地图集》(宋·辽·金时期),中国地图出版社 1982 年版。

汤江浩:《北宋临川王氏家族及文学考论——以王安石为中心》,人民文学出版社 2005 年版。

《王安石研究论文专集》,抚州王安石研究会 1986 年编印。

汪辟疆:《汪辟疆文集》,上海古籍出版社 1988 年版。

王晋光:《王安石八论》,大安出版社 2006 年版。

王晋光:《王安石的前半生》,香港文德文化事业有限公司 1991 年版。

王晋光:《王安石论稿》,大安出版社 1993 年版。

王晋光:《王安石诗技巧论》,陕西人民出版社 1992 年版。

王晋光:《王安石诗探索》,德扬公司 1987 年版。

王晋光:《王安石诗系年初稿》,德扬公司 1986 年版。

王晋光:《王安石书目与琐探》,香港华风书局 1983 年版。

王岚:《宋人文集编刻流传丛考》,江苏古籍出版社 2002 年版。

王水照:《唐宋文学论集》,齐鲁书社 1984 年版。

王水照:《王水照自选集》,上海教育出版社 2000 年版。

王水照主编:《宋代文学通论》,河南大学出版社 1997 年版。

王文楚:《古代交通地理丛考》,中华书局 1996 年版。

王友胜:《苏诗研究史稿》(修订版),中华书局 2010 年版。

萧庆伟:《北宋新旧党争与文学》,人民文学出版社 2001 年版。

熊公哲:《王安石政略》,商务印书馆 1936 年版。

熊海英:《江西诗派诸家考论》,北京大学出版社 2005 年版。

徐复观:《中国文学精神》,上海书店出版社 2004 年版。

严复:《严复集》,中华书局 1986 年版。

杨倩描:《王安石易学研究》,河北大学出版社 2006 年版。

杨天保：《金陵王学研究》，上海人民出版社 2008 年版。

杨渭生：《两宋文化史研究》，杭州大学出版社 1998 年版。

叶坦：《大变法——宋神宗与十一世纪的改革运动》，生活·读书·新知三联书店 1996 年版。

余嘉锡：《四库提要辨证》，中华书局 1980 年版。

余英时：《朱熹的历史世界——宋代士大夫政治文化的研究》，生活·读书·新知三联书店 2004 年版。

袁行霈等：《中国诗学通论》，安徽教育出版社 1994 年版。

曾枣庄、吴洪泽：《宋代文学编年史》，凤凰出版社 2010 年版。

曾枣庄等：《苏轼研究史》，江苏教育出版社 2001 年版。

詹杭伦：《方回的唐宋律诗学》，中华书局 2002 年版。

张白山：《王安石》，上海古籍出版社 1986 年版。

张保见、高青青编：《王安石研究论著目录索引（1912—2014）》，四川大学出版社 2015 年版。

张伯伟：《中国古代文学批评方法研究》，中华书局 2002 年版。

张高评：《宋诗特色研究》，长春出版社 2002 年版。

张祥浩、魏福明：《王安石评传》，南京大学出版社 2006 年版。

张毅：《宋代文学思想史》（修订本），中华书局 2006 年版。

张哲愿：《方回〈瀛奎律髓〉及其评点研究》，花木兰文化出版社 2008 年版。

赵齐平：《宋诗臆说》，北京大学出版社 1993 年版。

郑永晓：《黄庭坚年谱新编》，社会科学文献出版社 1997 年版。

周勋初主编：《宋人轶事汇编》，上海古籍出版社 2014 年版。

周裕锴：《宋代诗学通论》，上海古籍出版社 2007 年版。

周裕锴：《中国古代阐释学研究》，复旦大学出版社 2019 年版。

朱刚：《苏轼十讲》，上海三联书店 2019 年版。

朱立元主编：《当代西方文艺理论》，华东师范大学出版社 2005 年版。

朱自清：《朱自清古典文学论文集》，上海古籍出版社 1981 年版。

祝尚书：《宋代科举与文学》，中华书局 2008 年版。

祝尚书：《宋人别集叙录》，中华书局 1999 年版。

祝尚书：《宋人总集叙录》，中华书局 2004 年版。

〔美〕包弼德著，刘宁译：《斯文：唐宋思想的转型》，江苏人民出版社 2001

年版。

〔日〕内山精也著,朱刚等译:《传媒与真相——苏轼及其周围士大夫的文学》,上海古籍出版社 2013 年版。

〔日〕浅见洋二著,金程宇、〔日〕冈田千穗译:《距离与想象——中国诗学的唐宋转型》,上海古籍出版社 2005 年版。

文　章

卞东波:《李壁〈王荆文公诗笺注〉引诗正讹》,《古典文献研究》第 13 辑,凤凰出版社 2010 年版。

蔡乐苏、刘超:《政术心术学术——梁启超、严复评王安石之歧异探微》,《浙江大学学报》(人文社会科学版)2010 年第 3 期。

陈静:《〈宋人佚简〉之"舒州"、"龙舒"地名考》,《沧州师范专科学校学报》2011 年第 3 期。

陈开林:《〈王荆文公诗笺注〉引诗正讹续补》,《古典文献研究》第 18 辑上卷,凤凰出版社 2015 年版。

陈润叶:《评王安石的史论》,《史学史研究》1993 年第 3 期。

陈元锋:《论"嘉祐四友"的进退分合与交游唱和》,《江西师范大学学报》(哲学社会科学版)2014 年第 1 期。

陈元锋:《王安石屡辞馆职考论》,《文史哲》2002 年第 4 期。

邓广铭:《〈辨奸论〉真伪问题的重提与再判》,《国学研究》第 3 卷,北京大学出版社 1995 年版。

邓广铭:《王安石在北宋儒家学派中的地位——附说理学家的开山祖问题》,《北京大学学报》(哲学社会科学版)1991 年第 2 期。

董岑仕:《王安石诗李壁注引朱熹说小考》,《励耘学刊》(文学卷)2016 年第 2 辑,学苑出版社 2016 年版。

杜若鸿:《荆公诗之政治功能——兼"新党诗人群"行履考》,《国学学刊》2014 年第 2 期。

范建文:《〈容斋随笔〉对王安石形象的历史书写及其影响》,《重庆师范大学学报》(哲学社会科学版)2014 年第 1 期。

范立舟:《熙丰变法前后王安石形象的变化及其意蕴》,《中山大学学报》(社会科学版)2017 年第 2 期。

方笑一:《两宋之际的学派消长与学术变局》,《学术月刊》2013 年第 2 期。

付佳：《王安石〈明妃曲〉在宋代的接受》，《人文杂志》2014 年第 6 期。

傅义：《王安石开江西诗派的先声》，《江西社会科学》1987 年第 1 期。

高纪春：《宋高宗朝初年的王安石批判与洛学之兴》，《中州学刊》1996 年第
　　1 期。

高克勤：《王安石年谱补正》，《文献》1993 年第 4 期。

高克勤：《王安石著述考》，《复旦学报》（社会科学版）1988 年第 1 期。

高文、高启明：《蔡上翔〈王荆公年谱考略〉及李壁〈王荆文公诗笺注〉勘误补
　　正》，《河南大学学报》（社会科学版）1996 年第 3 期。

巩本栋：《论〈王荆文公诗李壁注〉》，《文学遗产》2009 年第 1 期。

顾宏义：《〈三朝名臣言行路·丞相荆国王文公〉征引文献探析》，《中国典籍
　　与文化》2009 年第 3 期。

顾宏义：《〈邵氏闻见录〉有关王安石若干史料辨误》，《河北大学学报》（哲学
　　社会科学版）1998 年第 3 期。

顾友泽：《程敦厚事迹辨误》，《文学遗产》2010 年第 6 期。

顾友泽：《南宋程敦厚卒年考》，《江海学刊》2013 年第 1 期。

郭畑：《道统与政统：王安石与宋代孔庙配享的位向问题》，《河南大学学报》
　　（哲学社会科学版）2016 年第 1 期。

韩元：《〈王荆文公诗李壁注〉前五卷勘误补正》，《古籍整理研究学刊》2018
　　年第 4 期。

韩元：《王荆公诗李壁注版本新考》，《古籍整理研究学刊》2016 年第 1 期。

郝明：《浅论陆九渊对王安石的评价》，《西南政法大学学报》2010 年第 1 期。

何泽棠：《李壁〈王荆公诗注〉的诗学批评》，《西华大学学报》（哲学社会科学
　　版）2011 年第 1 期。

胡守仁：《试谈王荆公的绝句》，《抚州师专学报》1990 年第 3 期。

黄复山：《王安石"三不足"说考辨》，《汉学研究》1993 年第 1 期。

黄长椿：《王安石与柘冈吴氏》，《江西师院学报》（哲学社会科学版）1979 年
　　第 3 期。

贾三强：《王安石文系年考》，《中华传统文化与新世纪国际学术研讨会论文
　　集》，三秦出版社 2004 年版。

贾三强：《王安石文系年续考》，章培恒主编：《中国中世文学研究论集》，上
　　海古籍出版社 2006 年版。

蒋义斌:《朱熹之排佛及其对王安石的评价》,《史学汇刊》总第 13 期,1984 年。

金生杨:《〈乐庵语录〉辨证》,《西华师范大学学报》(哲学社会科学版)2013 年第 3 期。

康来新:《小说对历史人物的民意制裁——宋人话本中的王安石》,《历史月刊》1997 年第 9 期。

李德身:《谈〈泊船瓜洲〉的作年、主题和艺术价值》,《文学遗产》1991 年第 3 期。

李德身:《王安石"使北诗"考》,《南充师院学报》(哲学社会科学版)1981 年第 2 期。

李华瑞:《南宋浙东学派对王安石的批判》,《史学月刊》2001 年第 2 期。

李华瑞:《宋代笔记小说中的王安石形象》,《中国社会历史评论》2004 年第 2 期。

李华瑞:《也评朱熹论王安石》,《漆侠先生纪念文集》,河北大学出版社 2002 年版。

李强:《放翁心目中的王安石》,《阴山学刊》2003 年第 1 期。

李伟国:《绍兴末隆兴初舒州酒务公文研究》,邓广铭、漆侠主编:《国际宋史研讨会论文选集》,河北大学出版社 1992 年版。

李祥俊:《王安石的儒学人物评价及其道统观》,《江西社会科学》2002 年第 7 期。

李裕民:《宋诗话丛考》,《文史》第 23 辑,中华书局 1984 年版。

刘成国:《"荆公体"别解》,《文学遗产》2006 年第 4 期。

刘成国:《论唐宋间的"尊扬"思潮与古文运动》,《文学遗产》2011 年第 3 期。

刘成国:《论王安石的翻案文学》,《浙江社会科学》2014 年第 2 期。

刘成国:《王安石江宁讲学考述》,《中华文史论丛》第 73 辑,上海古籍出版社 2003 年版。

刘成国:《王安石诗文五首系年考》,《文献》2012 年第 1 期。

刘成国:《稀见史料与王安石后裔考——兼辨宋代笔记中相关记载之讹》,《浙江大学学报》(人文社会科学版)2017 年第 4 期。

刘乃昌:《试论山谷诗与王安石》,《文史哲》1988 年第 2 期。

刘宁:《论王安石绝句对中晚唐绝句的继承与变化》,《广西师范大学学报》

(哲学社会科学版)2005 年第 2 期。

罗家坤:《王安石的咏史怀古诗》,《晋阳学刊》2005 年第 4 期。

马德鸿、胡光:《龙舒本〈王文公文集〉考》,《新世纪图书馆》2005 年第 1 期。

马东瑶:《王安石与变法时期的汴京诗坛》,《励耘学刊》(文学卷)2005 年第
　1 辑,学苑出版社 2005 年版。

蒙文通:《王安石变法论稿》,《蒙文通文集》第 5 卷《古史甄微》,巴蜀书社
　1999 年版。

莫砺锋:《论王荆公体》,《南京大学学报》(哲学社会科学版)1994 年第 1 期。

聂巧平、李光生:《论〈瀛奎律髓〉对梅尧臣五律的评点》,《西南民族大学学
　报》(人文社科版)2004 年第 2 期。

漆侠:《王安石的〈明妃曲〉》,《中国文化研究》1999 年春之卷。

冉启斌:《王安石咏史诗探微——从观念的冲突看变法的失败》,《四川大学
　学报》(哲学社会科学版)1999 年第 1 期。

任群:《增补〈王荆文公诗李壁注〉引诗正讹七十六则》,《中国韵文学刊》
　2012 年第 2 期。

任树民:《从宋人笔记看王安石的人格》,《抚州师专学报》2001 年第 1 期。

阮堂明:《〈全宋诗〉王安石卷辨正》,《常熟理工学院学报》(哲学社会科学
　版)2015 年第 3 期。

沈松勤:《北宋党争与"荆公体"》,《文学遗产》1999 年第 4 期。

沈松勤:《论王安石与新党作家群》,《杭州大学学报》(哲学社会科学版)
　1998 年第 1 期。

史苏苑:《关于王安石评价的几个问题》,《中州学刊》1988 年第 6 期。

寿涌:《〈临川先生文集〉年月与阶官疑误十一则》,《古籍整理研究学刊》
　2009 年第 2 期。

寿涌:《蔡上翔〈王荆公年谱考略〉诗文系年正误》,《人文中国学报》第 17
　期,上海古籍出版社 2011 年版。

寿涌:《考〈王荆文公诗李壁注〉误收他人诗三首》,《江西教育学院学报》(社
　会科学版)2009 年第 5 期。

寿涌:《李壁〈王荆文公诗李壁注〉误收五首考述》,《江西教育学院学报》(社
　会科学版)2007 年第 4 期。

寿涌:《王安石诗题疑难人名解读》,《文献》2008 年第 1 期。

汤江浩:《李壁注荆公诗考论》,《中华文化论坛》2006年第2期。

汤江浩:《论刘辰翁评点荆公诗之理论意蕴》,《华中科技大学学报》(社会科学版)2003年第1期。

汤江浩:《蓬左文库所藏朝鲜活字本李壁注荆公诗发微》,《华中师范大学学报》(人文社会科学版)2006年第2期。

汤江浩:《薛昂奉旨编定〈王安石集〉考》,《中国典籍与文化》2006年第3期。

童强:《"王安石研究"的清学地位》,《江海学刊》2005年第3期。

童强:《论清代李绂等人的王安石研究》,《古典文献研究》第7辑,江苏古籍出版社2004年版。

童强:《论王安石的平易诗风》,《古典文献研究》第5辑,江苏古籍出版社2002年版。

童强:《王安石诗歌系年补正》,莫砺锋编:《周勋初先生八十寿辰纪念文集》,中华书局2008年版。

万斌生:《一篇正确评价王安石的划时代文献——读陆九渊〈荆国王文公祠堂记〉》,《抚州师专学报》1998年第1期。

万伟成:《禅与诗:王安石晚年的生活寄托与创作思维》,《江西社会科学》1996年第3期。

王曾瑜:《王安石变法简论》,《中国社会科学》1980年第3期。

王国巍、陈冬根:《欧阳修与王安石第一次诗歌互赠之辨正》,《江西师范大学学报》(哲学社会科学版)2008年第2期。

王昊:《近五十年来〈辨奸论〉真伪问题研究述评》,《社会科学战线》2002年第1期。

王建生:《陆九渊视野中的王安石——以〈荆国王文公祠堂记〉为中心》,《南昌大学学报》(人文社会科学版)2019年第4期。

王晋光:《王安石以文逆志论与创作技巧论》,《文艺理论研究》1992年第1期。

王兴君:《论元杂剧中的王安石形象》,《菏泽学院学报》2010年第1期。

王友胜:《论〈王荆公诗笺注〉的学术价值与局限》,《中国文学研究》2008年第2期。

魏鸿:《〈十一家注孙子〉宋代注家成书考》,《滨州学院学报》2007年第5期。

吴承学:《评点之兴——文学评点的形成和南宋的诗文评点》,《文学评论》

1995 年第 1 期。

吴林抒:《王安石的美学思想与实践》,《江西社会科学》1987 年第 1 期。

吴振清:《北宋〈神宗实录〉五修始末》,《史学史研究》1995 年第 2 期。

夏长朴:《"其所谓'道'非道,则所言之韪不免于非"——朱熹论王安石新学》,《中国史研究》2009 年第 4 期。

邢蕊杰:《王安石形象"翻案"与士人历史意识书写——以陆游〈老学庵笔记〉为中心》,《福州大学学报》(哲学社会科学版)2017 年第 6 期。

熊宪光:《王安石的文学观及其实践》,《西南师范大学学报》(人文社会科学版)1981 年第 1 期。

薛磊:《"半山体"及其晚唐渊源》,《北京师范大学学报》(人文社会科学版)1999 年第 5 期。

严铭:《从钟山系列诗看王安石人生价值体系的调整》,《文艺评论》2014 年第 6 期。

燕永成:《北宋变法派首次分裂问题试探》,《文史哲》2011 年第 2 期。

燕永成:《流言与王安石变法》,《首都师范大学学报》(社会科学版)2014 年第 6 期。

阳繁华、唐成可:《论宋人笔记小说中王安石的负面形象》,《合肥学院学报》(社科版)2012 年第 2 期。

杨崇仁:《禅宗思维方式与王安石晚年的诗歌》,《思想战线》1988 年第 6 期。

杨天保、徐规:《王安石集的古本与新版》,《古籍整理研究学刊》2007 年第 3 期。

姚大勇:《方回志行考辨》,《中国学研究》第 4 辑,中国书籍出版社 1997 年版。

叶建华:《朱熹评王安石》,《朱子学刊》1995 年第 7 期。

于磊:《〈癸辛杂识〉之贺诗风波——论方回的人品及其他》,《元史及民族与边疆研究集刊》第 20 辑,上海古籍出版社 2008 年版。

曾雄生:《北宋熙宁七年的天人之际》,《南开学报》(哲学社会科学版)2008 年第 2 期。

曾枣庄:《苏洵〈辨奸论〉真伪考》,《四川大学学报丛刊》第 15 辑《古典文学论丛》,1982 年。

詹杭伦:《周密〈癸辛杂识〉"方回"条考辨》,《四川师范大学学报》(社会科学版)1989 年第 6 期。

张白山:《王安石前期诗歌及其诗论》,《文学遗产》1980 年第 2 期。

张白山:《王安石晚期诗歌评价问题》,《中国社会科学》1980 年第 5 期。

张涤云:《关于王安石使辽及使辽诗的考辨》,《文学遗产》2006 年第 1 期。

张秋娥:《楼昉评点中的圈点符号及其修辞指向》,《安阳师范学院学报》
2005 年第 1 期。

张全明:《论朱熹对王安石及其变法的评价》,《晋阳学刊》1993 年第 3 期。

张三夕:《宋诗宋注管窥》,《古籍整理与研究》第 4 期,中华书局 1989 年版。

张小丽:《宋代士人心态的解读——以宋代昭君诗为例》,《江淮论坛》2007
年第 1 期。

张义德:《南宋学者如何看待王安石变法?》,《浙江社会科学》2003 年第 2 期。

张羽:《王安石古诗二十八首浅论》,《淮阴师范学院学报》(哲学社会科学
版)2004 年第 5 期。

张钰翰:《北宋中期士大夫集团的分化》,《宋史研究论丛》第 14 辑,河北大
学出版社 2013 年版。

赵超:《王荆公诗在清末的接受与阐释——以新见梁启超评点〈王荆文公
诗〉为中心》,《江淮论坛》2019 年第 1 期。

赵克:《王安石使辽及使辽诗考辨》,《北方论丛》2001 年第 2 期。

赵晓兰:《李壁和他的〈王荆文公诗笺注〉》,《四川师范大学学报》1988 年第
3 期。

周本淳:《〈辨奸论〉并非伪作》,《南京大学学报》(哲学社会科学版)1979 年
第 1 期。

周广学:《古代的公牍纸印书》,《图书与情报》1991 年第 3 期。

周焕卿:《〈王荆文公诗注〉版本源流考》,《古籍研究》第 49 期,安徽大学出
版社 2006 年版。

周建刚:《陆九渊〈荆国王文公祠堂记〉与朱陆学术之争》,《江西师范大学学
报》(哲学社会科学版)2013 年第 1 期。

周良霄:《王安石变法纵探》,《史学集刊》1985 年第 1 期。

朱国华:《王安石小人化过程之推考》,《江苏社会科学》2000 年第 5 期。

左志南:《王安石诗歌佛禅观照方式运用的现象学解读》,《新国学》第 13
卷,四川大学出版社 2016 年版。

〔日〕近藤一成:《南宋初期的王安石评价》,《东洋史研究》第 38 卷第 3 号,

同朋舍发行所 1979 年。

三、学位论文

博士论文

董岑仕:《阅读史视域中的〈王荆文公诗李壁注〉》,北京大学博士学位论文,
　2013 年。

韩元:《王荆公诗李壁注研究》,南京大学博士学位论文,2016 年。

童强:《王安石诗歌研究》,南京大学博士学位论文,2002 年。

张锡龙:《论王荆公体》,山东大学博士学位论文,2010 年。

郑永晓:《江西诗派研究史》,中国社会科学院博士学位论文,2003 年。

庄国瑞:《北宋熙丰诗坛研究》,浙江大学博士学位论文,2009 年。

硕士论文

安梦倩:《1949—1978 年的王安石文学研究》,河北大学硕士学位论文,
　2018 年。

符云辉:《南宋的王安石论》,复旦大学硕士学位论文,2001 年。

贾一星:《民国时期的王安石文学研究》,河北大学硕士学位论文,2018 年。

金建锋:《汪藻年谱》,广西师范大学硕士学位论文,2006 年。

雷雪:《清代王安石诗歌接受研究》,郑州大学硕士学位论文,2019 年。

刘文娟:《王安石诗歌在宋代的批评与接受》,北京师范大学硕士学位论文,
　2007 年。

青格勒图:《王安石形象的近代"重塑"与新传记史学的诞生:以梁启超〈王
　荆公〉为中心的探讨》,中国人民大学硕士学位论文,2004 年。

田小林:《民国年间宋诗研究概论》,湖南科技大学硕士学位论文,2010 年。

王奕琦:《北宋王门及其文学研究》,浙江大学硕士学位论文,2013 年。

杨国文:《宋代王安石诗歌接受研究》,郑州大学硕士学位论文,2017 年。

叶国云:《王安石诗歌接受史研究》,南昌大学硕士学位论文,2017 年。

袁鲁军:《北宋新党作家群研究》,闽南师范大学硕士学位论文,2015 年。

赵一曼:《改革开放以来的王安石文学研究》,河北大学硕士学位论文,
　2018 年。

后 记

在本书出版之际，首先要感谢我的导师莫砺锋先生。我在 2009 年考入南京大学文学院，有幸成为了莫老师的博士研究生，2012 年毕业后，又蒙老师推荐留校任教。作为一名资质并不出色的学生，我始终感激莫老师的教导、包容和关爱！在老师身边学习、工作的这些年，老师的人品与学问既是我景慕的榜样，也是督促我前进的动力。

其次还要感谢我的硕士导师冯建国先生。我最初选择走上学术研究的道路，与冯老师的鼓励和教诲是分不开的。在我读博乃至工作之后，冯老师仍然一如既往地关注我的成长，并给予我很多帮助。

本书除附录部分外，从搜集材料到最后完成，用了差不多两年时间，其中还有不少遗憾和不足之处。最大的遗憾就是未能在两宋以后继续延伸下去，尤其是清代到民国对王安石及其诗歌的研究，还有许多值得关注和深入探讨的问题，但限于我自身才识学力的不足，最终只能草草搁笔，令本书只能以"阶段性"的面貌呈现；而且就算如此，书中的疏漏舛误之处也在所难免。对这些问题，我希望能在今后的时间里逐步改正、补充和提高，也敬请学界前辈与同仁们多批评指教。

八年前我租住在南京东郊，周围是很大一片田地，远处则是起伏的丘陵，真有种"荒郊野外"之感。那时的我还曾附庸风雅地写道："还家向晚路迢遥，风送霜寒草木凋。故垒摧颓失画角，荒陂荦确响山烧。人归野径迟行迹，月转星河辨斗杓。回看重城灯火里，寂寥犹可避尘嚣。"这些年迫于工作、科研、生活等各方面的压力，连这点儿写歪诗的小从容也被磨掉了。唯一不变的，或许就只有那不喜"尘嚣"和不怕"寂寥"的心情吧。

2020 年 12 月记于南京大学文学院启园